Kirsten Winkelmann

Zwischen Treue und Verrat

Roman

Über die Autorin

Kirsten Winkelmann ist gelernte Finanzbeamtin. Sie ist verheiratet und Mutter von vier Kindern. Mit ihrer Familie lebt sie in Norddeutschland.
Von ihr noch erhältlich: „Als gäbe es kein Gestern“, „Schwesterherz“, „Zwei Leben – eine Liebe“ und „Alles aus Berechnung“.

Kirsten Winkelmann

Zwischen Treue und Verrat

Roman

Gerth Medien

MIX
Papier aus verantwortungsvollen Quellen
FSC® C014496

Verlagsgruppe Random House FSC-DEU-0100
Das für dieses Buch verwendete FSC®-zertifizierte Papier *Enso Classic 95*
liefert Stora Enso, Finnland.

1. Auflage 2012
Bestell-Nr. 816717
ISBN 978-3-86591-717-1

Umschlaggestaltung: Olaf Johannson, spoon
Satz: Marcellini Media GmbH, Wetzlar
Druck und Verarbeitung: GGP Media GmbH, Pößneck
Printed in Germany

Nachdem Du nun schon so lange darauf warten musstest,
widme ich dieses Buch Dir, Janika.
Du hast viel mit Rebekka gemeinsam …
auf jeden Fall bist Du genauso eigensinnig.
Nutze diese Eigenschaft, um den Weg zu gehen,
den Gott Dir zeigt! Er liebt Dich sogar noch mehr als ich!

Deine Mama

Kapitel 1

Rebekka stand mehr in ihrem Renault Twingo, als dass sie saß. Sie hatte sich so weit aufgerichtet, wie das in einem klitzekleinen Auto wie diesem nur möglich war. Gleichzeitig klebte sie schon beinahe mit der Nase an der Windschutzscheibe. Und trotzdem sah sie fast gar nichts. Draußen war es stockfinstere Nacht. Mond und Sterne lagen hinter dichten Regenwolken verborgen, außerdem gab es hier, in diesem kleinen, abgelegenen Gewerbegebiet vor den Toren Hannovers, nur sehr wenige, weit voneinander entfernt liegende Straßenlaternen. Auch die spärlich beleuchteten Firmenschilder machten da keinen Unterschied. Das bisschen Licht, das von ihnen ausging, reichte nicht bis an die Straße. Und da Rebekka an ihrem Wagen keinerlei Beleuchtung eingeschaltet hatte, befand sie sich nun schon seit geraumer Zeit auf einem absoluten Blindflug.

„Komm schon, Peppo", flüsterte sie und klopfte liebevoll auf das Armaturenbrett, „bleib auf der Straße. Ich brauch jetzt deinen Spürsinn!"

Wenig später runzelte sie die Stirn. Irrte sie sich oder hatte sich das Fahrgefühl verändert? Ruckelte es nicht etwas stärker als noch ein paar Sekunden zuvor? Rebekka lauschte immer noch dem Vibrieren des Wagens, als sie plötzlich erschrak und das Steuer nach links herumriss. Das typische Geräusch von Zweigen, die an der Karosserie des Wagens entlangkratzten, hatte sie vom Ernst der Lage überzeugt.

„Zipfelsinn und Zeckendreck", schimpfte sie und hielt an. Dann griff sie nach der überdimensionalen Taschenlampe, die neben ihr auf dem Beifahrersitz lag, und stieg aus. Da sie obenherum nicht mehr trug als einen schwarzen, baumwollenen Rollkragenpullover, fröstelte sie sofort. Ein Pulli war für eine Herbstnacht entschieden zu wenig, besonders, wenn sie so kalt und windig daherkam, wie es heute der Fall war. Hastig beleuchtete sie mit ihrer Taschenlampe die Umgebung. Und tatsächlich, die Reifenspuren ließen darauf schließen, dass sie mit der rechten Seite des Wagens bereits vor ein paar Metern von der Straße abgekommen war. Wäre sie noch weiter gefahren, hätte sie Bekanntschaft mit einer kleineren, aber durchaus stabil wirkenden

Birke gemacht. Und das wäre Peppo bestimmt nicht gut bekommen!

„Heilige Mutter Gottes, ich danke dir", seufzte Rebekka und bekreuzigte sich. Ihre Mutter hatte sie streng katholisch aufgezogen, und das hatte seine Wirkung – zumindest in gewisser Hinsicht – nicht verfehlt. Rebekka war der festen Überzeugung, dass in ihrem Leben nur das gelingen konnte, was die Jungfrau Maria in Ordnung fand. Umso erfreulicher fand sie es, dass sie gerade vor einem Unfall bewahrt worden war. Wenn das kein gutes Omen war!

Rebekka eilte jetzt wieder zu Peppos Fahrertür, öffnete sie und schlüpfte auf den Sitz zurück. Hier entging sie wenigstens der steifen Brise! Dann aber stutzte sie. In dem Moment, in dem sie die Tür hinter sich zugeworfen hatte, war ein beunruhigendes Geräusch an ihr Ohr gedrungen. Sie fuhr herum und starrte durch das Heckfenster nach draußen. Und tatsächlich, in der Ferne leuchteten jetzt zwei Scheinwerfer auf, die schnurstracks auf sie zukamen. Ein Auto? Um diese Zeit? Ihr Puls beschleunigte sich. Es musste schon fast halb elf sein. Wer zum Henker – wer außer ihr – trieb sich so spät am Abend in einem unbedeutenden Gewerbegebiet herum?

Rebekka überlegte nicht lange. Ein geparktes Auto war mitten in der Nacht immer noch unauffälliger als eines, in dem jemand saß. Sie warf sich nach rechts und versenkte ihren Oberkörper tief auf dem Beifahrersitz. Dann lauschte sie gespannt in die Dunkelheit hinein. Erst vernahm sie nur ein weit entferntes Surren, aber dann verstärkte es sich immer mehr, bis sie deutlich das Motorengeräusch erkennen konnte. Es kam schnell näher.

Lass ihn vorbeifahren, betete sie, als sie bereits die leichte Erschütterung spürte, die der herannahende Wagen verursachte. Sekunden später verstummte das gleichmäßige Tuckern des Motors. Überdeutlich war jetzt das schleifende, knackende Geräusch zu hören, das die bremsenden Reifen auf dem Asphalt verursachten. Aber auch dieses Geräusch ebbte ab und ging schließlich in eine gespenstische Stille über. Rebekka vernahm jetzt nur noch ihren Atem, der allerdings stoßweise ging und von einem leichten Zittern begleitet wurde.

Diese Aktion hier dient einem guten Zweck, erinnerte sie die Jungfrau Maria. Darauf kam es schließlich an. *Der Zweck heiligt die Mittel*, das war jedenfalls der Lieblingsspruch ihrer Mutter. Heute aber schien er nicht zu helfen, denn jetzt hörte sie, wie eine Bremse angezogen und eine Autotür geöffnet wurde.

Die Bullerei, dachte sie entsetzt. *Das kann nur die Bullerei sein! Aber warum? Warum?* Ihre Gedanken überschlugen sich. Niemand kannte ihre Pläne! Niemand! Wie um alles in der Welt waren ihr die Bullen dann auf die Schliche gekommen?

Und dann klopfte es an ihre Fensterscheibe.

Rebekka schloss die Augen und sah in Gedanken schon, wie ihr Handschellen angelegt wurden. Ihre Mutter würde einen Herzinfarkt bekommen! Nicht, dass ihre Familie nicht schon einschlägige Erfahrungen mit Gefängnissen gemacht hätte, aber das hier würde ihr den Rest geben. Ihr Vater und ihr Bruder, die durften mit dem Gesetz in Konflikt geraten. Aber nicht sie – Rebekka –, das war undenkbar!

Unendlich langsam, so als könnte sie das Unheil dadurch aufhalten, richtete sie sich auf und wandte den Kopf. Im nächsten Augenblick leuchtete eine Taschenlampe mitten in ihr Gesicht. Rebekka riss die Hände vor die Augen.

„Oh, Verzeihung“, hörte sie eine gedämpfte Männerstimme sagen. „Ich wusste nicht, dass jemand im Wagen ist.“ Das grelle Licht verschwand. Rebekka nahm die Hände herab und starrte verwirrt nach draußen.

Im nächsten Augenblick sah sie ein voll beleuchtetes Männergesicht, dessen Mund zu einem breiten Grinsen verzogen war. Eine Hand hielt die Taschenlampe und richtete ihren Lichtschein direkt auf das eigene Gesicht. Die andere Hand winkte ihr hektisch zu.

Rebekkas Gesichtszüge entgleisten. Der Mann, den sie vor sich hatte, war noch jung, wahrscheinlich jünger als sie selbst, dabei aber so dürr und knochig, dass sie ihm unter anderen Umständen sofort einen Schokoriegel gekauft hätte. Und wenn er grinste, sah er einem Totenkopf ähnlicher als einem lebendigen Menschen. Wirklich, diese Fratze entsprach so gar nicht ihren Vorstellungen von einem Gesetzeshüter. Und überhaupt, wieso hatte der Typ keine blaue Mütze auf dem Kopf? Einem Impuls gehorchend kurbelte Rebekka die Fensterscheibe herunter.

„Tut mir leid, ich wollte Sie nicht erschrecken", plapperte der Mann drauflos. Seine Stimme klang viel zu hell und kratzig. „Ich kam nur zufällig vorbei und sah Ihren Wagen. Mir ist aufgefallen, dass er von der Straße abgekommen ist. Ich wollte nur sicherstellen, dass es sich nicht um einen Unfall handelt ..."

Rebekka sah an ihm herunter. Mittlerweile hatte der Mann die Taschenlampe auf den Boden gerichtet. Auf diese Weise fiel nur wenig Licht auf seine Gestalt. Rebekka konnte aber erkennen, dass er genauso klapperdürr war, wie es sein Gesicht vermuten ließ. Jedenfalls hingen die schwarze Jacke und die helle Jeans wie ein Sack an ihm herunter. *Kein Bulle*, dachte Rebekka nur. *Kein Bulle.*

„... und außerdem wollte ich gucken, ob jemand verletzt wurde. Aber Ihr Wagen scheint intakt zu sein. Und Sie auch" – er kicherte dümmlich –, „wenn ich mir diese Bemerkung erlauben darf. Sie sind doch in Ordnung? Oder haben Sie vielleicht einen Platten? Oder eine Panne? Ich verstehe viel von Autos – und von Frauen auch, wenn ich mir diese Bemerkung erlauben darf. Haben Sie heute Nacht schon was vor?"

Rebekka war einen Moment lang sprachlos.

„Nein? Das ist prima! Ich nämlich auch nicht. Wie wäre es, wenn ich Sie abschleppe – ich meine, na ja, Ihren Wagen natürlich. Aber danach, da könnten wir zusammen essen gehen. Vielleicht haben Sie ja Hunger. Es gibt einen Italiener ganz in der Nähe, wobei, na ja, ich bin mir nicht sicher, ob er um diese Zeit noch aufhat. Aber ich koche auch sehr gut. Wirklich, ich kann Pizza und Pasta und ..."

Rebekka schüttelte den Kopf, um wieder zu sich zu kommen. Das Geschwätz des Mannes rief bei ihr Schwindelgefühle hervor.

„... Pommes und so was. Kathrin, also, meine Exfreundin, hat gesagt, ich sei fast so gut wie Jamie Oliver. Na ja, okay, ich sehe vielleicht nicht ganz so gut aus" – er strich sich über die dünnen Haare –, „aber ich hab andere Qualitäten, wenn Sie wissen, was ich meine. Ich kann –"

„Klappe!", entfuhr es Rebekka.

Der Mann verstummte. „Wie bitte?"

„Halt – die – Klappe", wiederholte Rebekka nur mühsam beherrscht.

„Wie darf ich das denn jetzt verstehen?" Die Stimme des Mannes klang beleidigt. „Ich eile hier zu Ihrer Rettung, und Sie verbieten mir den Mund?"

„Nicht nur das", fauchte Rebekka. „Ich verbiete dir sogar, hier herumzustehen. Also sieh zu, dass du Land gewinnst. Oder freundlicher ausgedrückt: Verpiss dich."

Der junge Mann zögerte. „Ich soll wirklich gehen?"

„Kor-rekt!", zischte Rebekka.

„Aber ich möchte Sie gern wiedersehen! Sie sind so ... so wunderschön!" Er leuchtete ein weiteres Mal in Rebekkas Gesicht. „Diese Haare, diese Haut, diese Lippen", schwärmte er. „Wenn ich es mir recht überlege" – er zögerte, dann aber brach es regelrecht aus ihm heraus –, „sehen Sie aus wie Schneewittchen!"

Vor Rebekkas Augen tanzten Sternchen. Obwohl sie dem gleißend hellen Schein der Taschenlampe sofort ausgewichen war, hatte er sie so unvorbereitet erwischt, dass sie wie geblendet war. Ihre Augen brannten.

„Ich bin aber", schnaubte Rebekka und stieß mit aller Kraft die Fahrertür auf, „eher die böse Stiefmutter!"

Es rumste, der junge Mann stöhnte auf, taumelte nach hinten und landete unsanft auf seinem Hosenboden. Dabei entglitt ihm die Taschenlampe. Sie fiel in hohem Bogen zur Seite, kam polternd auf und verlosch, noch während sie zur Seite rollte. Von einer Sekunde auf die nächste war es stockfinster.

„Was soll das?", schimpfte der junge Mann atemlos. „Sind Sie wahnsinnig oder so was?"

„Nein, du bist wahnsinnig", zischte Rebekka. Ihre Stimme klang geradezu frostig. Sie war so wütend wie selten zuvor. Was bildete sich dieser Kerl eigentlich ein, ihre Pläne zu durchkreuzen? Und wie konnte er es wagen, sie mit Schneewittchen zu vergleichen? Das hatte schon ewig niemand mehr gewagt! Na ja ... außer Vincent natürlich ... Sie sprang aus dem Wagen. Dieses Mal nahm sie den kalten Wind überhaupt nicht wahr. Es klickte, und nun war es der junge Mann, dem eine Taschenlampe mitten ins Gesicht leuchtete.

„Lassen Sie das!", stöhnte er und hielt sich die Hände vors Gesicht.

Und tatsächlich, Sekundenbruchteile später wanderte der Lichtkegel auf den Boden.

Der Mann atmete auf, brauchte aber noch einige Sekunden, bis er wieder sehen konnte. Als er dann zu Rebekka aufblickte, erkannte er, dass sie die Taschenlampe in ihrer linken Hand hielt. Aber wobei handelte es sich bei dem Gegenstand in ihrer rechten Hand? Und warum war er auf ihn gerichtet?

Als er begriff, was er da vor sich hatte, schrie er auf und begann panikartig rückwärtszurutschen. „Nein, bitte nicht! Tun Sie das nicht! Sie würden es bereuen! Ich werde hier noch gebraucht!" Die Erkenntnis, dass er wohl versehentlich mit einer entlaufenen Irren geflirtet hatte und nunmehr in Lebensgefahr schwebte, schien einen neuerlichen Redezwang in ihm auszulösen. Jedenfalls holte er nicht mal mehr Luft, während er weitersprach. „Ich bin wichtig! Ich bin ... äh ... Arzt ... und stehe kurz vor einem Durchbruch in der ... äh ... Aidsforschung. Außerdem ... äh ... bin ich für den Nobelpreis nominiert. Hunderttausende von Menschenleben hängen von mir ab!"

Rebekka verdrehte die Augen. Der Blödmann ging ihr fürchterlich auf die Nerven. Sie klemmte sich die Taschenlampe unter die Achselhöhle und legte mit der frei gewordenen Hand den Sicherheitshebel an ihrer Pistole um. Das entsprechende Geräusch erschreckte den Mann so sehr, dass er herumwirbelte und nunmehr auf allen vieren weiterflüchtete. Gleichzeitig glitt sein Ton ins Weinerliche ab.

„Bitte, bitte, bitte nicht", jammerte er hysterisch. „Mein Schwager ist Polizeibeamter! Er hat mich verkabelt und hört alles mit an. Er befindet sich ganz in der Nähe! In spätestens zwei Minuten wird er hier sein und Sie festnehmen!"

Trotz ihres Ärgers musste Rebekka auf einmal grinsen. Sie hatte noch nie jemanden getroffen, der in so kurzer Zeit so viel Unsinn von sich geben konnte. Amüsiert sah sie mit an, wie der Mann jetzt seinen Wagen erreichte, in höchster Panik hineinkletterte und anschließend die Tür hinter sich zuwarf. Sekunden später heulte der Motor auf, Räder drehten durch, dann sauste das Gefährt mit quietschenden Reifen an Rebekka vorbei.

„Aidsforschung", wiederholte sie flüsternd und sah dem Wagen kopfschüttelnd nach. Dann drehte sie sich um und ging zu

Peppo zurück. Sie zwängte sich auf den Fahrersitz, legte die Taschenlampe auf dem Beifahrersitz ab und verstaute die Attrappe, die einer echten Pistole täuschend ähnlich sah, wieder auf der Ablage. Eigentlich ging es ihr auf die Nerven, dass Vincent ständig seine Sachen in ihrem Auto herumliegen ließ. Aber heute hatte ihr seine „Spielzeugpistole" – wie sie sie nannte – gute Dienste geleistet ... Sie lehnte sich auf ihrem Sitz zurück und atmete erst einmal tief durch. Was nun? Konnte sie es wagen, ihre Pläne weiterzuverfolgen? Oder musste sie das Ganze verschieben?

Sie überlegte. Der Typ hatte so panisch gewirkt, den würden keine zehn Pferde hierher zurückbringen. Genauso unwahrscheinlich war es, dass die Polizei hier aufkreuzte. Bestimmt würde dieser seltsame Vogel sie nicht einmal informieren. Im Grunde genommen war ja auch gar nichts vorgefallen. Sie hatte ihm nur Angst eingejagt, mehr nicht!

Sie nickte entschlossen. Sie hatte diese Aktion so lange und so gründlich vorbereitet, dass sie sie nicht aufs Spiel setzen wollte. Sie musste ... sie *wollte* sie durchziehen.

Und so startete sie einmal mehr ihren Peppo, schaltete dieses Mal aber ihre Scheinwerfer ein und fuhr ein ganzes Stück durch das Gewerbegebiet. Als sie zum zweiten Mal abbog, fragte sie sich, wie sie diese Strecke in vollkommener Dunkelheit hätte bewältigen wollen. Gleichzeitig erschien es ihr immer unnötiger, ein solches Risiko einzugehen. Es war mitten in der Nacht und das Gewerbegebiet vollkommen ausgestorben. Sie begegnete keiner Menschenseele. Und so schaltete sie das Abblendlicht erst wieder aus, als das Ziel ihrer nächtlichen Aktion in Sicht kam. Deutlich drang der Schein des beleuchteten Firmenschilds zu ihr auf die Straße: „Roselius GmbH & Co. KG". Rebekka fuhr allerdings daran vorbei, bog noch einmal links ab und parkte in etwa dreihundert Metern Entfernung in einer Parkbucht, die sie sich schon lange vorher ausgesucht hatte. Dann griff sie nach hinten auf den Rücksitz und holte eine Plastiktüte zu sich nach vorne. Zuerst kramte sie ein Paar dünne schwarze Stoffhandschuhe daraus hervor und zog sie an. Dann folgten eine Packung Taschentücher und eine Tube mit schwarzer Schuhcreme. Rebekka nahm ein Papiertaschentuch zur Hand, schraubte die Tube auf und gab ein wenig Creme auf das Tuch. Als der intensive, muffige Geruch an ihre Nase drang, verzog sie angewidert das Gesicht. Sollte sie wirklich?

Eine Maßnahme wie diese erfordert nun einmal Leidensfähigkeit, dachte sie und klatschte sich das Tuch auf ihr schmales, aber immer noch verzerrtes Gesicht. Hastig verteilte sie die Farbe darauf. Als sie meinte, damit fertig zu sein, sah sie sich noch einmal vorsichtig in alle Richtungen um, schaltete dann ihre Taschenlampe an, drehte den Rückspiegel ein Stückchen und sah hinein.

„Iihhh", flüsterte sie, als sie feststellte, dass sie wirklich verdreckt und furchterregend aussah. Aber immerhin leuchtete ihre schneeweiße Haut jetzt nicht mehr so verräterisch wie zuvor. Sie nahm noch ein paar Verbesserungen vor, bis auch das letzte Fleckchen Haut zumindest gräulich gefärbt war. Dann grinste sie schief. „Du hast Glück, Schneewittchen, dass deine Haare schwarz sind ..." Sie waren wirklich pechschwarz, so schwarz, dass sie bläulich schimmerten, wenn Licht darauf schien. Jetzt aber, als Rebekka die Taschenlampe wieder ausschaltete, verschmolzen sie mit der Dunkelheit. Und genau das war es, was sie beabsichtigt hatte. Rebekka stieg aus. Ihre kleine, zierliche Gestalt war jetzt kaum zu erkennen. Die schwarzen Haare, das schwarze Gesicht, die schwarze Kleidung, all das war jetzt nicht mehr als ein sich bewegender Schatten.

Sie ging zum Kofferraum, holte eine schwarze Windjacke daraus hervor und schlüpfte hinein. Dann griff sie ein weiteres Mal in den Kofferraum und zog mühsam etwas Großes, Schweres daraus hervor. Es entpuppte sich als eine Art Flaschenhalter, in dem sich zwei etwa 40 Zentimeter hohe Stahlflaschen befanden. Eine der Flaschen war blau, die andere gelb. Von jeder der beiden Flaschen ging ein etwa zwei Meter langes Schlauchstück ab, an dessen Ende zwei Drehknöpfe prangten. Direkt dahinter befand sich ein Griff, der wiederum in ein gebogenes Metallstück überging. Rebekka setzte die schwere Last auf dem Asphalt ab, griff ein drittes Mal in den Kofferraum und holte einen Rucksack heraus, aus dem zwei daumendicke Stäbe herausguckten. Sie schnallte sich den Rucksack auf den Rücken, verschloss den Kofferraum wieder und klemmte sich die angeschaltete Taschenlampe unter den linken Arm. Anschließend nahm sie den Flaschenhalter in die eine Hand, das Griffstück in die andere und setzte sich mühsam in Bewegung. Es kam ihr jetzt so vor, als würde das Gewicht ihren Körper buchstäblich zu Boden ziehen. Sie kämpfte jedoch dagegen an und bewegte sich schwer atmend und ein wenig schwankend auf das Gelände der Firma Roselius zu. Es war von einem meterhohen Zaun umgeben, der oben mit Stacheldraht versehen war. Das Nachbargelände allerdings war völlig ungesichert. Rebekka nutzte diesen Umstand und wankte um das Roselius-Gelände herum, bis sie in den zurückliegenden Teil gelangte. Sie befand sich jetzt auf einem Gebiet, das von der Straße aus nicht einsehbar war. Hier – davon ging sie zumindest aus – konnte sie in aller Ruhe die nötigen Vorbereitungen treffen. Sie legte die Taschenlampe auf den Boden, setzte den Flaschenhalter ab und ließ den Rucksack auf den Boden gleiten. Anschließend holte sie den langen Bolzenschneider daraus hervor, dessen Enden schon vorher sichtbar gewesen waren. Jetzt machte sie sich daran, den Draht des Zaunes zu durchtrennen. Er war dicker als gewöhnlicher Maschendraht, dabei aber immer noch ein wenig flexibel und nicht allzu widerstandsfähig. Trotzdem war es harte Arbeit. Rebekka sah nicht nur schmal und zierlich aus – sie war es auch. Trotz ihrer Motivation war die Kraft, die ihr zur Verfügung stand, begrenzt. Die ersten Drähte gaben noch relativ problemlos nach, aber mit jedem Draht, den sie bewältigt hatte, wurde es schwieriger. Durch die Anstrengung bildeten sich kleine Schweißperlen auf Rebekkas Oberlippe. Gleichzeitig begann sie zu frösteln. Die Stelle, an der sie sich befand, war alles andere als windgeschützt. Im Gegenteil, gerade hier, zwischen den Grundstücken, fegte der kalte Wind ungehindert über die gebäudelose Fläche.

Als Rebekkas Arme ihren Dienst versagten, drückte sie einen Griff des Bolzenscheiders gegen ihren Bauch, umfasste den anderen mit nunmehr beiden Händen und zog ihn mit aller Kraft zu sich heran. Nachdem sie das ein paarmal gemacht hatte, schmerzte ihr gesamter Bauch und an ihren Händen bildeten sich trotz der Handschuhe die ersten Blasen. Aber sie war nicht der Typ, der einfach aufgab. Ächzend und stöhnend bezwang sie einen weiteren Draht, dann noch einen und noch einen. Sie hatte unten begonnen und sich senkrecht nach oben gearbeitet. Jetzt hatte sie den Zaun auf einer Höhe von dreißig Zentimetern durchtrennt. Sie packte die eine Hälfte des zerschnittenen Zaunes an der unteren Ecke und bog ihn mühsam zur Seite. Das Gleiche tat sie mit der anderen Hälfte. Dadurch entstanden rechts und links vom Schnitt zwei offene Dreiecke.

Rebekka verstaute den Bolzenschneider wieder in ihrem Rucksack, legte den Flaschenträger auf die Seite und schob beides durch die Öffnung. Dann legte sie sich flach auf den Boden und robbte mit ihrer Taschenlampe hinterher. Und tatsächlich, es klappte! Jetzt machte es sich bezahlt, dass sie so klein und zierlich war. Die Öffnung war groß genug. Mit einem selbstzufriedenen Lächeln erhob sich Rebekka auf der anderen Seite des Zaunes, griff nach ihrem Gepäck und steuerte damit auf das Hauptgebäude zu.

Es war ein riesiger, rechteckiger Klotz mit flachem Satteldach. Die Fassade bestand aus einfachen roten Steinen. Auffallend war allerdings, dass es keine Fenster gab, überhaupt keine. Rebekka hatte das bereits zu einem früheren Zeitpunkt ausgekundschaftet. Ihr blieb also keine andere Möglichkeit, als durch eine der beiden Türen ins Innere zu gelangen. Bei beiden handelte es sich allerdings um solide Metalltüren, die nicht gerade einen einladenden Eindruck machten. Eine dieser beiden Türen war eine riesige Doppeltür, die andere wirkte eher wie eine schmale Nebeneingangstür. Beide waren mit dunkelbrauner Farbe überzogen. Die schmalere Tür lag – von der Straße aus betrachtet – nach hinten hinaus, sodass Rebekka sich längst für diese entschieden hatte.

Als sie dort ankam, blieb sie erst einmal stehen und horchte intensiv in die Dunkelheit hinein. Sie nahm allerdings nichts Beunruhigendes wahr, weder die Sirene eines Polizeiwagens noch Motorengeräusche. Bis auf das weit entfernte Bellen eines Hundes war es mucksmäuschenstill.

Rebekka öffnete erneut ihren Rucksack und holte einen kleinen metallenen Feueranzünder sowie eine Schutzbrille daraus hervor. Letztere ähnelte einer Taucherbrille, unterschied sich aber insofern, als die Glaselemente tiefschwarz eingefärbt worden waren. Rebekka setzte sich die Brille auf, beließ die Gläser aber vorerst auf der Stirn. Jetzt sollte der Schneidbrenner zum Einsatz kommen, den sie heute Abend heimlich ihrem Vater entwendet hatte. Es war kein Zufall, dass dieser vergleichsweise klein und kompakt konstruiert worden war. Rebekka war sich fast sicher, dass ihr Vater ihn nicht für Heimwerkertätigkeiten, sondern für die diversen Raubzüge verwendete, die ihm schon mehrere – wenn auch kürzere – Gefängnisaufenthalte beschert hatten. Heute aber sollte das Gerät zum ersten Mal einem guten Zweck dienen! Rebekka drehte an den beiden Rädchen und öffnete dadurch zuerst die Sauerstoff-, dann die Acethylenzufuhr. Anschließend hielt sie den Feueranzünder an das gebogene Ende des Schneidbrenners, schob die Brille in die richtige Position und betätigte den Feueranzünder. Das schnappende Geräusch ging unmittelbar in das Zischen über, mit dem die Flamme zum Leben erwachte. Mithilfe der Brille konnte Rebekka jetzt direkt in den Feuerschein sehen. Einen Moment lang war sie wie hypnotisiert, verlor sich im faszinierenden Tanz der Flamme, dann aber ging sie eilig ans Werk. Als Tochter eines Gelegenheitseinbrechers wusste sie genau, wo sie ansetzen musste. Sie visierte das Türschloss an, das sich links befand, und setzte etwa zehn Zentimeter oberhalb davon an, da, wo das Türblatt anfing. Von dort arbeitete sie sich horizontal nach rechts, um schließlich in eine senkrecht nach unten führende Schnittrichtung überzuwechseln. Auch dabei hielt sie einen Abstand von zehn Zentimetern zum Türschloss ein. Rebekka ging hoch konzentriert zu Werke. Sie rührte sich kaum und hatte die Lippen fest aufeinandergepresst. Trotzdem war es ein beinahe romantisches Bild. Der Funkenregen, den der Schneidbrenner versprühte, tauchte Rebekka in ein warmes, weiches Licht. Nur auf ihrer Schutzbrille spiegelten sich die unruhigen Lichtblitze wider.

Die junge Frau kam gut voran. Der Schneidbrenner fraß sich durch die Metalltür, als sei sie aus Butter. Es dauerte kaum eine Minute, bis Rebekka ein sauberes Rechteck um das Türschloss geschweißt hatte. Als sie die Gaszufuhr einstellte, waren ihre Finger noch genauso klamm wie vorher. Die Flamme hatte nicht einmal genug Zeit gehabt, um Rebekka zu wärmen. Dafür konnte man ihre Wirkung jetzt deutlich riechen. Der unangenehme Gestank von Chemikalien, wahrscheinlich Bestandteile der Farbe, mit der die Tür überzogen war, hing in der Luft. Außerdem nahm Rebekka den unverwechselbaren Geruch von verbranntem Zink wahr.

Rebekka legte jetzt den Schneidbrenner zur Seite, nahm wieder ihre Taschenlampe zur Hand und erhob sich. Dann trat sie mit dem rechten Fuß schwungvoll gegen die Tür. Leider erzielte das nicht den gewünschten Effekt. Die Tür bewegte sich nicht einmal. Irritiert streckte Rebekka die rechte Hand aus und wollte die Schnittstelle untersuchen, die der Schneidbrenner hinterlassen hatte. Im nächsten Moment aber zog sie sie erschrocken zurück. Dort, wo sie die Tür durchtrennt hatte, war das Metall kochend heiß. Sie hatte sich durch den Stoff der Handschuhe hindurch die Fingerkuppen verbrannt!

Rebekka stieß eine Ladung derber Flüche aus, zog ihren rechten Handschuh aus und hielt Zeige-, Mittel- und Ringfinger an eine der beiden Gasflaschen. Sofort zog eine angenehme Kühle in ihre Finger und der Schmerz ließ deutlich nach. Rebekka zog den Handschuh wieder an, klemmte sich die Taschenlampe unter den linken Arm, öffnete ihren Rucksack und holte den Bolzenschneider daraus hervor. Sie setzte ihn an der senkrechten Schnittkante der Tür an und benutzte ihn wie ein Brecheisen. Wenige Augenblicke später knirschte es, dann schwang die Tür auf. Mithilfe ihres Fußes konnte Rebekka sie nun endgültig öffnen und das Gebäude betreten.

Drinnen war es erstaunlich still. Im Schein der Taschenlampe erkannte Rebekka, dass sie sich in einem etwa acht Quadratmeter großen Raum befand. Es schien sich um eine Art Kontrollraum zu handeln, jedenfalls gab es an der Wand einige Kästen, die mit elektronischen Reglern und Anzeigen versehen waren. Auf dem Boden standen ein paar leere Eimer, direkt links neben der Tür ein paar verschlossene Kartons. *Hoppla!* Rebekka trat eilig das kleine Flämmchen aus, das gerade am untersten der drei großen Kartons in die Höhe züngelte. Ob ein Schweißfunke ihn in Brand gesetzt hatte? Um sicherzustellen, dass die Gefahr gebannt war, wartete sie noch einen Moment ab, dann erst durchschritt sie den kleinen Raum und öffnete die Tür, die sich am anderen Ende befand.

Im nächsten Moment wurde Rebekka von einem durchdringenden Gestank empfangen, den sie sofort mit Tieren in Verbindung brachte. Sie tastete nach einem Lichtschalter, fand ihn auch und betätigte ihn. Jetzt wurde es schlagartig hell und Rebekka riss schützend die Hände vor die Augen. Gleichzeitig brach ein ohrenbetäubender Lärm los. Es kreischte, gackerte und zeterte wie aus tausend Kehlen. Rebekka konnte es kaum ertragen, und wenn sie sich mit den Händen nicht gerade die Augen zugehalten hätte, hätte sie damit ihre Ohren geschützt. Und das nicht nur wegen der Lautstärke, sondern auch wegen der Art des Lärmes. Er war einfach unangenehm, so entsetzlich schrill, so durchdringend ... so verzweifelt.

Als sich Rebekkas Augen an die plötzliche Helligkeit gewöhnt hatten, drehte sie sich langsam um – und staunte. In der Realität wirkte es irgendwie anders als auf Bildern!

Die Halle, in der sie sich befand, war riesig. Links und rechts von ihr türmten sich Wände auf, die über zehn Meter hoch zu sein schienen. Insgesamt erstreckte sich der Raum über eine Länge von vielleicht fünfzig Metern. Und überall waren Gitterstäbe, durch die Hühnerköpfe hindurchragten! Die Hühner vegetierten in mehreren „Stockwerken" übereinander dahin. Ganz unten befand sich ein Gitterrost mit einem schmalen Laufband, das im Moment jedoch stillstand. Vereinzelt lagen Eier darauf. Direkt darüber gab es ein Brett, das im 45-Grad-Winkel in die Höhe ragte und wohl verhindern sollte, dass die Hühner an den frisch gelegten Eiern pickten. Gleich darüber kamen die Hühnerkäfige, dann wiederholte sich das Ganze über mehrere Etagen. Alles in allem wirkte das Bild furchtbar beklemmend. Rebekka fühlte sich nur an eines erinnert: an ein riesiges, kaltes Gefängnis!

Als sich ihr Staunen ein wenig gelegt hatte, trat ein Ausdruck kalter Entschlossenheit auf Rebekkas Gesicht. Was hier passierte, war einfach ungerecht! Sie griff in ihre rechte Gesäßtasche und kramte ein helles Stofftuch daraus hervor. Es bestand aus hauchdünnem Material und ließ sich zu einer stattlichen Größe von etwa zwei Mal einem Meter entfalten. **„Stoppt Massentierhaltung!"** stand in riesigen schwarzen Lettern darauf. An den beiden oberen Ecken waren kleine, metallene Haken befestigt.

Rebekka zögerte nicht lange, sondern befestigte ihr Banner gut sichtbar an einigen der sich auf Augenhöhe befindlichen Käfigen.

Dann begann sie mit dem zweiten Teil ihrer Mission. Sie wandte sich dem nächstbesten Käfig zu und fingerte an der kleinen

Befestigung herum, mit deren Hilfe man die gesamte Front des Käfigs öffnen konnte. Und tatsächlich, nach wenigen Handgriffen konnte sie die Käfigtür öffnen.

„Komm her, meine Süße", gurrte sie in Richtung des rötlich braunen Huhnes. Doch es spiegelte sich bloß blankes Entsetzen in den Augen des Huhnes. „Komm her", wiederholte die junge Frau so sanft und freundlich wie möglich. Doch das Huhn drückte sich lediglich so weit nach hinten, wie dies in einem derart kleinen Käfig überhaupt möglich war. Sie hatte zwar nicht wirklich angenommen, dass sich die Hühner voller Begeisterung in ihre Arme stürzen würden, aber dass sie ihre Absichten derart missverstanden ...

„Na, dann muss ich dich jetzt leider zu deinem Glück zwingen", seufzte Rebekka und griff beherzt in den Käfig. Schon im nächsten Moment allerdings zog sie ihre Hände mit einem Aufschrei zurück. Dieses Vieh hatte nach ihr gepickt!

Ein wenig mutlos blickte Rebekka an den Massen von Käfigen entlang. Hatte sie nicht vorgehabt, all diese Tiere zu befreien? Wenn das so weiterging, würde sie dafür Tage brauchen!

„Jetzt ist aber Schluss", murmelte Rebekka und setzte einen Blick auf, den selbst Sylvester Stallone in „Rambo" nicht besser hingekriegt hätte. Dann zog sie ihre Jacke aus, drehte sie herum und griff in die beiden Ärmel, wobei sie allerdings sicherstellte, dass die Hände an den Enden nicht herausguckten. So geschützt näherte sie sich dem Huhn, packte es energisch und zerrte das sich sträubende Exemplar aus seinem Gefängnis. Interessanterweise war es leichter, das Huhn aus dem Käfig zu bekommen, als es anschließend auch noch heil auf den Boden zu befördern. Auf den wenigen Metern, die das Huhn durch die Luft getragen wurde, zappelte es derart panisch herum, dass Rebekka es beinahe fallen gelassen hätte. Nie und nimmer hätte sie für möglich gehalten, dass ein gewöhnliches Huhn eine derartige Kraft entwickeln konnte! Rebekka war ziemlich erleichtert, als sie das Huhn wieder loslassen konnte.

Dem Huhn ging es ähnlich. Jedenfalls flüchtete es laut gackernd und mit heftigen Flügelschlägen in den hinteren Teil des Stalles. Rebekka sah ihm kopfschüttelnd nach, verschnaufte kurz und wandte sich dann dem nächsten Käfig zu.

Geraume Zeit arbeitete sie sich verbissen vorwärts. Obwohl die Arbeit anstrengend war, kam sie mit der Zeit besser damit zurecht. Sie wusste bald, wie sie die Hühner anfassen musste, damit diese weder nach ihr kratzten noch pickten. Sie hatte etwa dreißig Hühner befreit, als ihr zum ersten Mal auffiel, dass alle Hühner in die gleiche Richtung gelaufen waren. Alle drängten sich im hinteren Bereich des Stalles zusammen. Kein einziges war in Richtung Nebeneingang geflüchtet!

Verwundert hielt Rebekka inne. Eigentlich hatte sie ja vor, die Hühner in die Freiheit zu entlassen. Wussten die blöden Viecher denn nicht, dass diese Freiheit in der anderen Richtung zu finden war? Rochen sie denn nicht die frische Luft, die zweifellos durch die geöffnete Tür in diesen stinkenden Stall strömte?

Unwillkürlich schnupperte auch Rebekka nach der erwarteten Frischluftzufuhr, musste aber feststellen, dass ein völlig anderer Geruch zu ihr drang. Sie hob einen Arm und hielt sich den Ärmel ihrer Jacke an die Nase. Aha! Das war es also, ihre Kleidung roch verbrannt. Das musste vom Schweißen kommen und war nicht weiter ungewöhnlich.

Beruhigt wandte sich Rebekka erneut ihren Hühnern zu. Sie befreite zehn weitere, dann noch einmal zehn. Dabei roch sie immer wieder an ihrer Jacke. Wenn der Geruch von dort kam, wieso schien er dann stärker zu werden? Er hätte doch eigentlich eher abnehmen müssen! Sie schüttelte verwirrt den Kopf, öffnete einen weiteren Käfig, packte das laut gackernde Huhn und zog es nach draußen. Dann setzte sie es auf dem Fußboden ab. Wie die anderen peste es sofort davon, in den hinteren Teil des Stalles, in dem sich auch die anderen befanden. Aber warum nur? Warum wollte keines dieser Hühner in den vorderen Teil des Stalles?

Nachdenklich drehte sich Rebekka in diese Richtung – und erstarrte. Im nächsten Moment spürte sie, wie ihr Herzschlag ins Stolpern geriet. Es war fast wie ein Schlag gegen ihre Brust. *Zipfelsinn und Zeckendreck!*, dachte sie nur.

Ganz hinten, am anderen Ende der Halle, in der Nähe des Nebeneingangs, flackerte ein seltsam warmes, unruhiges Licht. Rebekka wusste sofort, um was es sich dabei handelte. Feuer! Sie überlegte nicht lange und rannte auf das Feuer zu. Sie musste es löschen! Während sie lief, wirbelten ihre Gedanken wie ein Orkan hinter ihr her und überholten schließlich ihre Schritte. Sie hatte kein Wasser, besaß keinen Feuerlöscher und hatte auch nirgends einen stehen oder hängen sehen. Wenn sie die Flammen löschen wollte, stand ihr nur das zur Verfügung, was sie bei sich trug! Die Jacke! Aber dann prallte sie plötzlich gegen eine Hitzewand, die all ihre Pläne zunichtemachte. Rebekka bremste so abrupt ab, dass sie beinahe hingefallen wäre. Gleichzeitig riss sie schützend die Jacke vor ihr Gesicht. Doch es war weiterhin so heiß, dass Rebekka das Gefühl hatte, sie hätte selbst Feuer gefangen. Ihr Gesicht brannte wie von tausend Nadelstichen, ihre Lungen fühlten sich so an, als würde sie jeden Moment platzen. Beinahe gegen ihren Willen wich sie zurück ... und zurück ... und weiter zurück. Da ihr langsam der Sauerstoff ausging, holte sie tief Luft, doch das bekam ihr überhaupt nicht. Dort, wo sie sich jetzt befand, hatte das Feuer längst allen Sauerstoff verzehrt und ihn durch Rauch ersetzt. Rebekka begann, zu husten und zu röcheln, und bekam Panik. Sie stolperte rückwärts, japste keuchend nach Luft und betrachtete voller Entsetzen das Ausmaß der Katastrophe. Die Flammen loderten schon fast bis zur Decke, schienen die Verkleidung der rückwärtigen Wand erfasst zu haben. Rebekka konnte die Tür, die doch ihr Ausweg war, nicht einmal mehr sehen. Alles brannte lichterloh! Sie saß in der Falle!

Wieder überschlugen sich Rebekkas Gedanken. Die einzige offene Tür durch das Feuer versperrt ... keine Fenster ... kein Schweißgerät! Und dann der Rauch ... Rebekka war sich bewusst, dass sie in Gefahr schwebte, und so tat sie das einzig Richtige: Sie warf sich auf den Boden und bewegte sich kriechend weiter. Rauch stieg immer nach oben, Sauerstoff hingegen konnte man in Bodennähe atmen ...

Kapitel 2

Alf Westenholz saß nun schon seit einer geschlagenen Stunde in der kleinen Kneipe und wartete auf seinen Freund Chris. Er hatte den einzigen Tisch belegt, der bei seiner Ankunft noch frei gewesen war, und befand sich deshalb in der hintersten Ecke dieser verrauchten Gaststätte. Vor ihm stand sein drittes Bier. Das Glas war beinahe leer. Aber auch der Alkohol hatte ihn nicht fröhlicher zu stimmen vermocht.

Er sah auf seine Uhr. Es war schon fast zwölf. Hätte er gewusst, dass Chris so lange brauchen würde, dann wäre er selbstverständlich in den weiter entfernten Club gefahren, den Chris und er für gewöhnlich besuchten.

Sein Gesichtsausdruck verfinsterte sich. Allein die Musik, die hier gespielt wurde ... Pop aus den 80ern und 90ern in einer Endlosschleife. Gerade waberte „Mandy" durch den Raum. Waren die hier von vorgestern?

Immerhin waren die Ausblicke nicht schlecht. Nur wenige Meter entfernt standen zwei Billardtische, die eifrig bespielt wurden. Alf betrachtete nun schon seit geraumer Zeit eine dürftig bekleidete, aber extrem hübsche Blondine, die ihm dort von Zeit zu Zeit den Allerwertesten entgegenstreckte.

Er seufzte tief. Die Blondine war mit ihrem Freund hier, das hatte er längst ausgekundschaftet. Im Gegensatz zu ihr spielte der Typ kein Billard, sondern saß mit seinen Kumpels an einem weiter entfernten Tisch und schien den Vorsatz gefasst zu haben, sich bis zur Besinnungslosigkeitzu betrinken. Jedenfalls kippte er einen Kurzen nach dem anderen hinunter und vermittelte nicht mehr den Eindruck, als hätte er sich im Griff.

Aber auch wenn sie allein hier gewesen wäre ... Er selbst, Alf, war nun einmal nicht das, was Frauenherzen höher schlagen ließ. Er war zu klein und zu mager. Und ganz bestimmt spielte er nicht in der Liga einer solchen Granate ...

„Bist du nicht ganz dicht?", wurde er in diesem Moment von der Seite angesprochen.

Er riss seinen Blick von der Frau los. „Da bist du ja endlich", entgegnete er mürrisch. Dann musterte er Chris nachdenklich. Und obwohl er ihn wirklich gern hatte, wurde er in diesem

Moment wieder einmal von einem Gefühl des Neides durchflutet. Wieso war die Natur so ungerecht? Chris war das, was er immer hatte sein wollen – ein Bild von einem Mann, groß, breitschultrig und gutaussehend. Wieso konnte er nicht wenigstens einmal im Leben mit ihm tauschen?

„Was ist denn das hier für 'ne Proletenbar?", griff Chris ihn an. Er trug einen dünnen, dunkelblauen Viskosepullover, der seine ausgeprägte Oberkörpermuskulatur besonders gut zur Geltung brachte, dazu eine helle Jeans.

„Hast du nicht was von 'nem halben Stündchen gesimst?", knurrte Alf. „Für 'n halbes Stündchen lohnt es sich doch wohl kaum, 'ne Dreiviertelstunde bis zum Club zu fahren."

„Aber dieses Etablissement lohnt zehn Minuten Fahrt, ja?"

Jetzt endlich hatte er Alfs volle Aufmerksamkeit. „Ist dir irgend 'ne Laus über die Leber gelaufen oder was?", wollte dieser wissen.

Chris grummelte irgendetwas und setzte sich. Dabei legte er die Unterarme auf den Tisch und beugte sich missmutig vor.

Sekunden später kam eine Bedienung an den Tisch. „Noch 'n Bier?", fragte sie in Alfs Richtung. Der nickte stumm.

„Für dich auch?", fragte sie Chris.

Chris und Alf schüttelten zeitgleich den Kopf. „Haben Sie alkoholfreie Cocktails?", erkundigte sich Chris, der immer noch ziemlich finster dreinblickte.

Die junge Frau mit dem Block in der Hand hob amüsiert die Augenbrauen. „Bist du minderjährig oder so was?", spöttelte sie.

Chris sah auf und fixierte sie mit einem Blick, der ihr das Grinsen förmlich aus dem Gesicht fegte. Nach dem ersten Schock räusperte sie sich verlegen. Sie wusste natürlich, dass der Typ schon Mitte zwanzig war, aber wer konnte denn ahnen, dass er keinen Spaß verstand?

Betont höflich sagte sie: „Nein, leider nicht ..."

Chris warf Alf einen triumphierenden Blick zu. „Also doch 'ne Proletenbar!"

Das Gesicht der Bedienung veränderte sich. „Wie bitte?", brach es angriffslustig aus ihr hervor.

Aber Alf warf ihr einen beschwichtigenden Blick zu. „Lass das lieber", riet er. „Wenn er wütend wird, kauft er diesen Laden und wirft dich raus. Willst du das?"

Die junge Frau schluckte. Sie schien nicht zu wissen, was sie mit dieser Aussage anfangen sollte.

„Er nimmt ein Wasser", versuchte Alf die Situation zu retten. Dann sah er Chris an. „Okay?"

Chris nickte düster. Aber als die Bedienung entschwunden war, zischte er wütend: „Jetzt hör endlich mit diesem Geldthema auf! Es hängt mir zum Hals raus!"

„Weil du's hast", behauptete Alf. „Aber wenn du dafür arbeiten müsstest, so wie andere Leute –"

„Arbeiten muss ich nicht dafür", fiel ihm Chris ins Wort, „aber betteln. Bist du sicher, dass du mit mir tauschen möchtest?"

Alf lehnte sich auf seinem Stuhl zurück und verschränkte die Arme vor der Brust. „Dein Alter hat dich wieder zusammengeschissen", stellte er fest. „Deshalb die schlechte Laune, stimmt's?"

„Das geht dich überhaupt nichts an", gab Chris zurück und hatte die Frage auf diese Weise bereits beantwortet.

Währenddessen wechselte die Blondine am Billardtisch ihre Position. Sie ging um den Tisch herum und drehte Alf und Chris jetzt ihre Vorderseite zu. Als sie dann auch noch eine Kugel spielte, gab sie den Blick auf ihren üppigen Ausschnitt frei. Alf starrte sie wie gebannt an.

Chris folgte seinem Blick und quittierte die offensichtliche Faszination seines Freundes mit dem ersten Lächeln dieses Abends. Dabei bildete sich ein sympathisches Grübchen auf seiner rechten Wange. „Einen Pluspunkt hat der Laden wohl ..."

„Hm?", machte Alf geistesabwesend.

„Gleich fällt das erste Auge raus", warnte Chris.

Alf bemerkte sein spöttisches Grinsen und errötete bis unter die Haarwurzeln. „Ich brauch mich nicht zu schämen, oder?", fragte er. „Sie ist 'ne ganz heiße Nummer!"

Chris sah ein zweites Mal zu der Blondine hinüber und musterte sie mit einem Kennerblick. Dann zuckte er die Achseln. „Nullachtfuffzehn, wenn du mich fragst."

Alf atmete einmal tief durch und versuchte, sich von ihrem Anblick loszureißen. „Sie ist ohnehin mit ihrem Macker hier."

Chris' Augenbrauen hüpften interessiert in die Höhe. „Ach tatsächlich?" Er ließ den Blick durch den Raum schweifen. „Welcher ist es?"

„Zwei Tische weiter links“, entgegnete Alf. „Der gutaussehende Typ mit den Springerstiefeln.“

Chris fixierte ihn mit seinem Blick und rutschte dabei unruhig auf seinem Stuhl hin und her. Sein Jagdinstinkt war geweckt. „Das wird nicht einfach“, murmelte er nach einer Weile.

„Was soll das denn heißen?“, wunderte sich Alf. „Ich dachte, sie sei uninteressant.“

„Jetzt nicht mehr“, grinste Chris. Er tippte mit dem Finger auf seine Unterlippe und dachte kurz nach.

Alf schwante nichts Gutes und er beugte sich vor. „Komm, hör auf“, mahnte er. „Du hast doch schon ’ne Freundin.“

„Hab ich?“, fragte Chris erstaunt.

Alf sah ihn entgeistert an. „Schon wieder abgeschossen?“

Chris zuckte entschuldigend die Achseln. „Sie war wirklich nervig. Es war hundertmal schwerer, sie wieder loszuwerden, als sie zu erobern.“

„Aber sie war toll!“ Alf war fassungslos.

„Soll ich dir ihre Nummer geben?“, erkundigte sich Chris mit einem spöttischen Grinsen.

„Ich bin zwar verzweifelt“, knurrte Alf, „aber nicht so verzweifelt, dass ich deine abgelegten Socken anziehe!“

„Auch nicht, wenn es um diese“ – er deutete mit dem Kopf dezent auf die Blondine –, „zukünftige Ex-Freundin geht?“

Alf schüttelte verständnislos den Kopf. „Ich begreif nicht, was in dir vorgeht, Chris“, sagte er ernst. „Die schönsten Frauen liegen dir zu Füßen. Und alle genau dein Typ. Blond und kurvenreich. Wenn ich eine, nur *eine* davon haben könnte – ungebraucht, versteht sich –, wäre ich schon zufrieden. Aber du ... Nach ein paar Tagen schießt du sie alle wieder ab. Findest du das normal?“

Chris zuckte erneut mit den Schultern. „Was soll ich sagen?“, fragte er leichthin. „Männer sind halt Jäger und Sammler.“ Er griff in seine Hosentasche und holte eine verzierte, goldene Taschenuhr hervor, die nicht an einer Uhrenkette hing. „Ich nehm schon mal die Zeit“, sagte er. „Bist du jetzt dabei oder nicht?“

Alf atmete einmal tief durch. „Dieses Mal nicht, Kumpel“, sagte er dann. „Ich finde wirklich, du solltest allmählich damit aufhören. Das wird ja zur Besessenheit bei dir!“

„Nur kein Neid“, erwiderte Chris und erhob sich. Er fuhr

sich noch einmal durch seine braunen, wuscheligen Haare und schlenderte dann langsam zum Billardtisch hinüber.

Die Blondine bemerkte ihn schon von Weitem. Zwar würdigte sie ihn nur eines einzigen kurzen Blickes, doch sah man ihr an, dass sie sich seiner Aufmerksamkeit deutlich bewusst war. Jedenfalls verlieh sie ihren Bewegungen eine stärkere erotische Note, auch wenn sie hoch konzentriert weiterspielte.

Chris lehnte sich lässig gegen den Billardtisch und beobachtete sie eine Weile.

Das Objekt seiner Begierde versuchte ihn auch weiterhin zu ignorieren, strich sich aber mehrfach nervös die Haare aus dem Gesicht.

Schließlich sprach Chris sie an. „Was muss man tun, um hier mitspielen zu dürfen?", erkundigte er sich.

Die Blondine unterbrach ihr Spiel, stellte den Queue im Zeitlupentempo auf dem Boden ab und musterte Chris erst einmal abschätzend von oben bis unten. Dann antwortete sie mit erstaunlich tiefer Stimme: „Man muss gut sein."

Chris hielt sie mit einem tiefen Blick gefangen. „In welcher Disziplin?"

Die Blondine lachte auf. „Welche beherrschst du denn?"

„So ziemlich jede, die du willst", antwortete Chris. Dann verzog sich sein Mund zu einem extrem anziehenden Lächeln. „Na ja", gab er zu, „außer Billard spielen, wenn ich ehrlich bin. Aber das ist auch schon mein einziges Defizit."

„Was du nicht sagst", antwortete die Blondine mit tiefer, immer erotischer wirkender Stimme. „Das Problem ist nur, dass ich mit meinem Freund hier bin."

Chris nickte. „Ich weiß. Und deshalb sollten wir uns schnell ein lauschigeres Plätzchen suchen. Findest du nicht auch?"

Angesichts dieser Unverfrorenheit schüttelte die junge Frau fassungslos den Kopf. „Schüchtern bist du nicht", stellte sie fest. Dann sprach sie ein wenig leiser weiter. „Aber glaub mir, es ist wirklich besser, wenn du dich nach 'ner anderen umsiehst. Mein Freund kann ziemlich ungemütlich werden."

Chris antwortete genauso leise. „Draußen auf dem Parkplatz steht ein gelber Ferrari. Der trägt uns mit 250 Sachen ans andere Ende der Welt. Ich warte dort auf dich." Mit diesen Worten zwinkerte er ihr noch einmal zu und schlenderte dann seelenruhig nach draußen.

Am Wagen traf er Alf. Dieser war gerade im Begriff, in den betagten Golf III zu steigen, der neben Chris' Ferrari stand. Chris kramte erneut die Taschenuhr hervor. Sie sah aus wie eine wertvolle Antiquität. „Vier Minuten", verkündete er stolz. „Wenn das klappt, ist es ein neuer Rekord."

„Du hast den Wagen ins Spiel gebracht", stellte Alf fest und blickte mit einer Mischung aus Neid und Verachtung auf Chris' nagelneuen Ferrari.

„Na und? Sie hat ihren Freund dabei. Das gleicht sich aus!"

„Sie hat den Eindruck gemacht, als wäre sie glücklich mit ihm", gab Alf zu bedenken.

„Nicht glücklich genug", grinste Chris und deutete auf die Kneipentür, die sich in diesem Moment öffnete und eine bildhübsche Blondine in die Dunkelheit entließ ...

Kapitel 3

Als Rebekka am späten Nachmittag des nächsten Tages das Achtfamilienhaus in Hannover, Stadtteil Vahrenheide-Ost, betrat, in dem sie mit ihrer Familie wohnte, war sie ganz in Gedanken versunken. Obwohl sie am Kiosk nebenan so ziemlich alle Tageszeitungen durchforstet hatte, die mit lokalen Nachrichten aufwarten konnten, hatte sie nichts über den Brand in der Legebatterie in Erfahrung bringen können. Nichts, nicht mal ein einziger Satz über die ganze Sache. Aber das Feuer war ja auch kaum zwölf Stunden her. Da konnte man wohl noch keine Berichterstattung erwarten.

Rebekka seufzte tief. Heute Morgen nach ihrem Chemieseminar, bei dem sie beinahe eingeschlafen war, hatte sie ernsthaft mit dem Gedanken gespielt, einfach am Gewerbegebiet vorbeizufahren. Dann hätte sie zumindest in Erfahrung bringen können, ob die Feuerwehr einen Teil des Gebäudes hatte retten können – und damit möglicherweise auch den Großteil der Hühner. Aber ein Brandstifter, der zum Tatort zurückkehrte? Das war nun wirklich zu gefährlich!

Während Rebekka eine Stufe nach der anderen erklomm, tauchte wieder einmal das letzte Bild vor ihr auf, das sie von dem Stall gesehen hatte. Sie sah den riesigen Schatten des Gebäudes und die Flammen, die bis zum Himmel schlugen und die gesamte Umgebung in ein bedrohlich flackerndes Licht tauchten. Und sie hörte das Knistern des Feuers, das sich mit dem panischen Gekreische der Hühner und der Sirene des Feuerwehrfahrzeugs vermischte. Und dabei hatte sie den Tieren doch nur helfen wollen! Warum ging bei ihr immer alles schief?

Schwer atmend und mit hängenden Schultern erreichte Rebekka schließlich das vierte Stockwerk. Sie steuerte auf die links gelegene Wohnungstür zu und gähnte herzhaft. Dann ließ sie ihren olivfarbenen Rucksack von ihrer linken Schulter gleiten, öffnete den Reißverschluss und zog den Hausschlüssel daraus hervor. Mit ihrer vom Bolzenschneider und der heißen Tür immer noch ein wenig lädierten rechten Hand schloss sie die Tür auf.

Im tadellos aufgeräumten Flur der kleinen Wohnung war es menschenleer, allerdings hörte Rebekka gedämpfte Stimmen, die aus dem Wohnzimmer zu kommen schienen. Sie zog leise ihre Schuhe aus, hängte ihre schwarze Jeansjacke an die Garderobe und strich den anthrazitfarbenen Pullover glatt, den sie zu einer hellgrauen Jeans trug. Dann schlich sie zur Wohnzimmertür und hielt ihr Ohr ans Türblatt. Und tatsächlich, Rebekka hörte die Stimmen ihres Vaters und ihres Bruders. Im ersten Moment wollte sie umkehren und einfach in ihrem Zimmer verschwinden, aber im nächsten hielt sie irgendetwas zurück. Sie verstand zwar nicht, was drinnen gesprochen wurde, merkte aber deutlich, dass es kein gewöhnliches Gespräch war, das dort geführt wurde. Beide Männer klangen aufgeregt, sie sprachen viel lauter als sonst und schienen zu diskutieren. Sie hatten doch nicht etwa herausgefunden, was Rebekka angestellt hatte?

Obwohl sie einen starken Fluchttrieb verspürte, siegte Rebekkas Neugier. Sie drückte vorsichtig die Klinke herunter und schob die Tür ein Stückchen auf.

„Blödsinn", hörte sie die etwas nasal klingende Stimme ihres Vaters sagen. „Chloroform ist tausendmal besser. Erstens ist es leichter zu besorgen und zweitens kostet es nur die Hälfte."

Rebekka konnte jetzt in den Raum hineinsehen. Ihr Vater und ihr jüngerer Bruder saßen nebeneinander auf der olivgrünen Couch mit dem altmodischen Blumenmuster. Vor ihnen, auf dem grün gefliesten Eichentisch, lag ein riesiger Stapel mit Papieren.

„Alter Geizkragen", fauchte Vincent, Rebekkas Bruder. „Dies ist die Chance unseres Lebens! Und die lass ich mir nich dadurch vermasseln, dass de wie Dagobert Duck anner Kohle klebst!"

„Man kann nur Geld ausgeben, das man hat", konterte Jürgen. „Oder willst du zur Bank gehen und einen Kredit beantragen?" Er wechselte die Stimmlage und fuhr mit heller, piepsiger Stimme fort. „Wofür brauchen Sie das Geld denn, Herr Petrell?" Er räusperte sich und ahmte nunmehr die ungewöhnlich tiefe Stimme seines Sohnes nach. „Oh, junge Frau, das ist das Startkapital für unseren neuesten Coup."

„Du vergisst, dass ich meine eigene Bank hab", grinste Vincent. „Wo isse eigentlich, Mutti, mein ich?"

„Lass Mutti da raus", fuhr sein Vater ihn an. Seine Stimme klang eindringlich, wenn nicht gar angsterfüllt. „Wirklich, Vince, das hier muss geheim bleiben. Wenn sie den geringsten Verdacht schöpft, kann ich für nichts mehr garantieren. Du kennst sie doch, sie verzeiht alles, aber *das* nicht, bestimmt nicht."

„Schon gut, schon gut", lachte Vincent und hob beschwichtigend die Hände. „War nur 'n Scherz. Also Chloroform, meinetwegen. Haste eigentlich den Kellerschacht schon gesichert?"

Sein Vater schüttelte den Kopf. „Ich kann nicht! Ob du's glaubst oder nicht, aber ich finde mein Schweißgerät nicht. Ich bin mir hundertprozentig sicher, dass ich es in unseren Fahrradkeller gestellt hab. Und jetzt ist es weg, einfach –"

Jürgen wurde unterbrochen, weil irgendetwas klirrend zu Boden fiel. Er wirbelte herum, starrte in Richtung Tür – und riss entsetzt die Augen auf.

Vincent fand als Erster die Sprache wieder. „Wie lange stehst'n da schon?", fragte er Rebekka, der die Hausschlüssel entglitten waren.

„Nicht ... nicht lange", stammelte diese. „Sekunden ... ich meine ... ich bin gerade erst ..."

Jürgen sprang vom Sofa auf und kam auf Rebekka zu. Er war nicht viel größer als seine Tochter, wahrscheinlich erreichte er nicht einmal 1,70, dafür war er aber breiter – und vor allem untersetzter. Man durfte ihn als typischen Birnentyp bezeichnen, jedenfalls quoll ihm der Speck an Bauch und Hüften gleichmäßig über den zu eng geschnallten Gürtel.

„Belauschst du uns etwa?“, polterte er drauflos und baute sich breitbeinig vor seiner Tochter auf.

Rebekka verzog ihr schmales Gesicht. Ihr Vater roch wie üblich nach kaltem Zigarettenqualm. Angst machte er ihr allerdings nicht. Mit seiner Fast-Glatze, dem runden Mondgesicht und dem unübersehbaren Doppelkinn sah er nicht sehr gefährlich aus, eher wie die Karikatur eines gewissen Borstentieres. Hinzu kam, dass Rebekka noch nie sehr viel Respekt vor ihrem Vater empfunden hatte. Sie wusste eben um sein Scheitern in allen erdenklichen Bereichen des Lebens. Und so erlangte Rebekka erstaunlich schnell ihre Fassung zurück. Sie entschied spontan, dass Angriff die beste Verteidigung war, spazierte einfach an ihrem Vater vorbei und näherte sich neugierig dem Couchtisch. „Wieso fragst du? Habt ihr was zu verbergen?“

Im nächsten Moment stand ihr jedoch ein neues Hindernis im Weg: Vincent. Er war mit zwei Sätzen regelrecht vor sie gesprungen. Rebekka zuckte zusammen und blieb stehen. Dann hob sie in Zeitlupentempo den Kopf. Sie stand nur wenige Zentimeter von ihrem Bruder entfernt. In dieser Position musste sie ihren Kopf ganz in den Nacken legen, um Vincent überhaupt ins Gesicht sehen zu können. Obwohl ihr Bruder jünger war, überragte er Rebekka um mehr als einen Kopf. Er war an die 1,95 Meter groß und dazu auch noch furchteinflößend breitschultrig. Von der Größe einmal abgesehen hatte er viel Ähnlichkeit mit seinem Vater. Auf jeden Fall zierte auch ihn ein eher rundes Gesicht mit einer schmalen, feinen Nase und kleinen, funkelnden Knopfaugen. Im Gegensatz zu Jürgen war er allerdings längst nicht so übergewichtig. Er trug zwar einen kleinen Bauchansatz mit sich herum, dennoch passte dieser gut zu seiner imposanten Erscheinung. Fett wirkte er ganz und gar nicht.

„Mach 'ne Fliege“, sagte er in seinem brummenden Bass.

„Ist das auf einmal *dein* Wohnzimmer?“, fauchte Rebekka.

Vincent antwortete nicht, machte aber einen Schritt nach vorn. Rebekka wich unwillkürlich ein Stück zurück. Erstens roch er nach Schweiß und zweitens war er ihr nun einmal körperlich überlegen. Und da sie das ärgerte, griff sie intuitiv zu der Methode, derer sie sich schon immer bedient hatte. „Mutti wird sich freuen, wenn sie hört, dass ihr schon wieder einen Coup plant."

„Du wirst ihr nichts davon sagen!", explodierte ihr Vater. „Gar nichts!"

Rebekka reckte trotzig ihr Kinn nach vorn und wandte sich zu ihrem Vater um. Dabei fiel ihr Blick kurz auf den Fernseher, der in einer Aussparung mitten in dem massiven, grünlich-braunen Eichenschrank stand. Obwohl der Ton ausgeschaltet war, lief das Bild. „Willst du mich etwa daran hindern?"

Jürgen Petrell lief rot an und kam auf Rebekka zu. „Und ob ich das will!", schrie er sie an.

Rebekka lachte auf. Obwohl sie kleiner war als ihr Vater, wirkte sie jetzt ganz schön von oben herab. „Und wie, bitte schön, willst du das anstellen?"

„Ich werde ... ich kann ...", stammelte Jürgen wutentbrannt. „Ich ... ich bin hier der Herr im Haus! Und wenn du, kleines Luder, nicht tust, was ich dir sage, drehe ich dir den Geldhahn ab!"

„‚Man kann nur Geld ausgeben, das man hat'", zitierte Rebekka ihren Vater. Ihre Stimme war eiskalt. „Und der Goldesel in diesem Haus ist ja wohl Mutti!"

„Du ... du kleines Aas! Du studierender Nichtsnutz! Du arrogante Schlampe, du ..."

Obwohl ihr Vater wie ein Rohrspatz auf sie einschimpfte, zuckte Rebekka nur gleichgültig mit den Schultern. Sie hatte keine Angst vor ihm. Er hatte noch nie gewagt, die Hand gegen sie zu erheben, was daran lag, dass sie unter dem besonderen Schutz ihrer Mutter stand. Trotzdem beschlich sie auf einmal ein ungutes Gefühl. Unwillkürlich starrte sie auf den Fernseher. Die Bilder, die dort zu sehen waren, beunruhigten sie. Und dabei waren es doch nur Nachrichten, die dort gezeigt wurden ...

Von einer Sekunde zur nächsten verstummte das Gezeter ihres Vaters. Anstatt sich weiter aufzuregen, wanderte sein Blick verwundert zwischen seiner Tochter und dem Fernseher hin und her.

Rebekkas Augen hingen wie gebannt an der Mattscheibe. Voller Entsetzen starrte sie auf das Bild eines bis zur Unkenntlichkeit niedergebrannten Gebäudes, das in diesem Augenblick gesendet wurde. Rebekka erkannte die Umgebung sofort. Das Roselius-Gelände! Der Stall!

Schneller, als man es ihm zugetraut hätte, zog Jürgen Petrell die Fernbedienung aus der Tasche und drückte den Knopf, mit dem der Ton angeschaltet wurde. „... des Motivs tappt die Polizei weiter im Dunkeln. Der Schaden beläuft sich auf mehrere Millionen Euro."

„Ich werd nicht wieder", hauchte er fassungslos.

Aber Rebekka hörte ihn gar nicht. Ihre Ohren waren einmal mehr vom panischen Geschrei der Hühner erfüllt, sie roch wieder den Rauch, spürte die Hitze des Feuers, sah die blau-roten Flammen. Die Hühner, die sie aus der Gefangenschaft hatte retten wollen, waren alle tot!

„Wen interessiert das 'n jetzt?", fragte Vincent in Richtung Fernseher. Er begriff wie immer rein gar nichts.

Jürgen schaltete den Ton wieder aus. „Deine Mutter", antwortete er, doch es klang mehr wie eine Frage. Unablässig fixierte er seine Tochter mit einem zutiefst prüfenden Blick. „Ich denke, das interessiert vielleicht deine Mutter."

Rebekka wurde durch diese Worte abrupt aus ihren Erinnerungen gerissen. Sie erschrak, ließ ihren Kopf herumschnellen und starrte fragend ihren Vater an. Als sie sah, wie sich sein unsicherer Blick in ein triumphierendes Grinsen verwandelte, entglitten ihr die Gesichtszüge. Er hatte es erraten! Er wusste, was sie angerichtet hatte!

„Hast du wenigstens den Schneidbrenner wieder mitgebracht?", fragte Jürgen mit unverkennbarer Heiterkeit in der Stimme.

„Häh?", machte Vincent.

Rebekka schluckte. Im Gegensatz zu Vincent war ihr Vater nicht unbedingt auf den Kopf gefallen! Sie senkte den Kopf und schüttelte ihn leicht.

„Na ja, was soll's", kicherte Jürgen, „ist ein guter Tausch für deine Verschwiegenheit." Er verschränkte die Arme und begann auf den Füßen hin und her zu wippen. Er wirkte sehr zufrieden, seine Wangen hatten eine rosarote Farbe angenommen, und seine kleinen Schweineaugen funkelten vor Begeisterung. Rebekka hingegen war totenblass und stand mit hängenden Schultern einfach nur so da. „*Lebenslange* Verschwiegenheit", setzte ihr Vater hinzu, und sein Grinsen schien beinahe von einem Ohr zum anderen zu reichen.

Rebekka sank noch ein bisschen weiter in sich zusammen.

Dadurch bekam ihr Vater noch mehr Oberwasser. „Nun gräm dich man nicht", sagte er gönnerhaft. Seine Stimme hatte jetzt einen beinahe väterlichen Klang. „Das Gute ist doch, dass ich dich dadurch mit völlig neuen Augen sehe. Und ich revidiere meine Meinung, ja, wirklich! Du bist doch nicht so nichtsnutzig! Du hast mehr von mir, als ich dachte! Du hast meine Gene!"

„Nein!", brach es aus Rebekka hervor. Von einem Augenblick zum nächsten kam ihre Kämpfernatur wieder zum Vorschein. Sie richtete sich zu ihrer vollen Größe von immerhin 1,62 Metern auf, stemmte die Hände in die Hüften und zog drohend ihre Augenbrauen zusammen. „Ich hab nichts von dir. Gar nichts! Ich bin nicht wie du! Ich bin wie Mutti!"

„Du wärst vielleicht gern wie Mutti", lachte Jürgen. „Aber du solltest dich gelegentlich mal im Spiegel betrachten. Am besten jetzt sofort. Dann würdest du vor Entsetzen davonlaufen!"

„Würde ich überhaupt nicht", fauchte Rebekka. „Ich –"

„Sprecht ihr über mich?" Es war eine leise, überaus sanftmütige Stimme, die Rebekka im Handumdrehen zum Schweigen brachte. Erschrocken fuhr sie herum und sah ihre Mutter im Türrahmen stehen. In der rechten Hand trug sie noch ihre hochhackigen, etwas altbacken wirkenden Schuhe. Auch ihren dunkelgrauen Wollmantel hatte sie noch an.

„Wie lange stehst du 'n da schon?", fragte Rebekka in dem gleichen Wortlaut und beinahe dem gleichen Tonfall, den Vincent wenige Minuten zuvor angeschlagen hatte.

„Lange genug, um festzustellen, dass ihr euch schon wieder streitet." Louise Petrell besaß die unnachahmliche Gabe, jeden beliebigen Satz so klingen zu lassen, dass ein einziger Vorwurf daraus wurde.

Dennoch atmeten Jürgen, Vincent und Rebekka sichtlich auf.

„Aber wir streiten uns doch gar nicht!", rief Jürgen und klang dabei fast ein bisschen *zu* fröhlich. „Wir diskutieren nur ein bisschen. Stimmt's, Becky?"

Rebekka lächelte schief und verkniff sich jeden Kommentar zu dem Spitznamen „Becky", den sie noch nie hatte leiden können.

„Wieso bist du überhaupt schon hier?", fuhr Jürgen fort und sah auf seine Uhr. „Ich dachte, du müsstest bis acht arbeiten."

„Herr Roselius hat mich heute früher nach Hause geschickt", antwortete Louise. Sie seufzte tief. „Er war mal wieder ziemlich in Rage. Wahrscheinlich wegen des Brandes."

Rebekka schluckte und wäre am liebsten im Erdboden versunken. Ihre Mutter arbeitete seit ein paar Jahren als Haushaltshilfe im Privathaushalt der Familie Roselius. Von dem Gehalt, das sie dort verdiente, lebte im Grunde die ganze Familie.

„Was für'n Brand?", fragte Vincent.

„Habt ihr's denn noch nicht in den Nachrichten gehört?", wunderte sich seine Mutter. „Einer seiner Hühnerställe ist gestern Nacht abgebrannt."

„Ach, das war das!", entfuhr es Vincent. „*Deshalb* sind Becky fast die Augen rausgefallen."

Louises Blick wanderte zu ihrer Tochter. „Schlimm, nicht?"

Rebekka nickte und spürte, wie sie errötete. Fast zeitgleich veränderte sich auch der Ausdruck in Louises Gesicht. Erst zeigte sich so etwas wie Verwunderung, dann wurde ihr Blick prüfend. Rebekka spürte ihn wie Nadelstiche auf ihrer Haut und glühte bald wie eine Laterne. Hilfe suchend blickte sie in Richtung ihres Vaters.

Schließlich holte Louise Luft, um etwas zu sagen.

„Du hast den ganzen Tag geschuftet!", kam Jürgen ihr zuvor. Er hatte einen ungewohnt fürsorglichen Ton angeschlagen. „Und jetzt stehst du hier angezogen in der Tür. Das geht doch nicht!" Er ging auf seine Frau zu, packte sie sanft an den schmalen, zierlichen Schultern und wollte sie herumdrehen. Aber als Louise einen Warnlaut ausstieß, hielt er inne.

„Oh, deine Schulter", sagte Jürgen schuldbewusst. „Das hätte ich fast vergessen." Louise litt seit vielen Jahren unter einer Omarthrose, einer Arthrose des rechten Schultergelenkes. „Aber gerade deshalb muss ich darauf bestehen, dass du erst mal deine

Schuhe wegstellst und dich ein bisschen hinlegst. Danach koch ich dir was Schönes." Er wedelte mit der Hand. „Husch, husch."

Rebekka zog skeptisch die Stirn in Falten. Ob das funktionierte? Sie konnte sich nicht erinnern, dass ihr Vater in den vergangenen zehn Jahren jemals für irgendwen gekocht hätte.

„Aber, Liebling!", sagte Louise dann auch erstaunt. „Ist das dein Ernst? Du willst für mich kochen?"

„Aber natürlich, mein Schatz. Das ist doch das Mindeste, was ich tun kann." Und mit diesen Worten schob er sie zur Tür hinaus. Kurz bevor er selbst den Raum verließ, wandte er noch einmal den Kopf. Erst sah er zu Rebekka hinüber und legte warnend den Zeigefinger auf seine Lippen, dann fand sein Blick Vincent. Er hatte gerade noch Zeit, ihm auffordernde Blicke zuzuwerfen und bedeutungsvoll auf den Couchtisch zu zeigen, dann war er aus dem Blickfeld seiner Kinder verschwunden.

Vincent sah zu seiner Schwester hinüber. Sein Gesicht bestand aus einem einzigen großen Fragezeichen.

Rebekka seufzte. Ihr Bruder war fast so dumm wie breitschultrig. „Du sollst die geheimen Dokumente wegschaffen", half ihm Rebekka im Flüsterton.

Die Erkenntnis erhellte Vincents Gesicht wie ein Sonnenstrahl an einem Frühlingsmorgen. „Na, klar!", freute er sich und machte sich auch sofort eifrig ans Werk.

Rebekka hingegen verließ kopfschüttelnd das Wohnzimmer. Sie wandte sich in den Bereich des Flures, der von ihrer Mutter wegführte. Als sie jedoch gerade in ihr Zimmer entschwinden wollte, rief diese ihr nach: „Rebekka! Was hast du denn mit deinen Schuhen gemacht?"

Rebekka blieb abrupt stehen und wandte den Kopf. Eine dunkle Vorahnung beschlich sie. „Wieso?" Langsam und zögerlich drehte sie sich um und ging zum Eingangsbereich zurück.

Ihre Mutter hatte einen ihrer Schuhe in der Hand und rieb mit ihrem Taschentuch auf dem schwarzen Kunstleder herum. „Da sind ja lauter Flecken drauf. Sieht aus wie ... wie ... verkohlt oder so!"

Rebekka schluckte den Kloß herunter, der ihre Stimme blockierte. „Ist nur Dreck, Mutti", brachte sie heraus.

„Nein!", widersprach Louise Petrell, spuckte auf das Leder

und scheuerte nun noch kräftiger darauf herum. „Das sind keine Flecken. Sieh doch mal!"

Mittlerweile hatte Rebekka ihre Mutter erreicht. „Gib mal her", sagte sie und ließ sich den Schuh aushändigen. Sie warf einen flüchtigen Blick darauf. „Nur Flecken, Mutti", murmelte sie dann und machte Anstalten, den Schuh anzuziehen.

„Was hast du denn jetzt vor?", wunderte sich ihre Mutter.

Rebekka schlüpfte hektisch in den zweiten Schuh und riss die Jeansjacke von der Garderobe. „Ich muss dringend noch mal weg", murmelte sie. Dann hauchte sie ihrer Mutter einen Kuss auf die Wange, rief: „Bis nachher!", und drängte sich an ihr vorbei zur Wohnungstür.

„Aber, Liebes", rief ihre Mutter noch hinter ihr her, „ich dachte –" Der Rest des Satzes wurde von der Tür verschluckt, die hinter Rebekka ins Schloss fiel.

Die junge Frau lief so schnell die Treppen hinab, als wäre nicht ihre Mutter, sondern bereits die Polizei hinter ihr her. Die relativ harten Absätze ihrer Schuhe klackerten lautstark durch das gesamte Treppenhaus. Aber das kümmerte sie nicht. Ihre Gedanken kreisten um ihre Schuhe. Ihr fiel sofort wieder ein, dass sie sie vor ein paar Monaten im riesigen Schuhladen gekauft hatte, der nur ein paar Straßen von hier entfernt war. Ob es die Schuhe dort noch gab? Und ob der Laden noch aufhatte? Sie sah auf ihre Uhr. Es war zehn vor sechs. Wenn sie sich beeilte …

Sie warf sich im Laufen ihre Jacke über, erreichte das Erdgeschoss, riss die dicke, schwere Haustür auf und stürmte auf die Straße. Draußen war es noch einigermaßen hell. Obwohl der Himmel bewölkt war, regnete es nicht. Allerdings wehte ein kräftiger Wind, der Rebekkas lange, glatte Haare sofort durcheinanderwirbelte. Für Anfang Oktober war dieses Wetter ausgesprochen passend.

Rebekka wandte sich nach links und verfiel in ein gleichmäßiges, zügiges Tempo. Die Wohnung ihrer Eltern befand sich in einer eher abgelegenen Gegend. Daher waren die Straßen fast menschenleer, und Rebekka musste sich beim Laufen nicht sonderlich konzentrieren. Schon nach wenigen Metern schweiften ihre Gedanken ab. Sie kehrten zurück zu dem, was sie im Fernsehen gesehen hatte … zu den Überresten des Hühnerstalles …

zum Feuer. Wenn der Kasten nicht gewesen wäre, in dem sie den Schlüssel für die zweite Tür gefunden hatte, dann wäre sie jetzt tot! Verbrannt! Wie die Hühner, die sie hatte retten wollen ...

Warum? Warum hatte sie es vermasselt? Warum war die Jungfrau Maria nie auf ihrer Seite? Sie musste doch sehen, wie sehr sie sich bemühte! Oder war sie zu blind, um ihre Motive zu erkennen? Zu beschäftigt, um ihr überhaupt zuzuhören?

Während Rebekka die Fahrbahn überquerte und in eine Querstraße einbog, tastete sie nach dem Rosenkranz in ihrer Hosentasche und begann, ein Ave Maria zu beten. *Gegrüßet seist du, Maria, voll der Gnade, der Herr ist mit dir. Du bist gebenedeit unter den Frauen, und gebenedeit ist die Frucht deines Leibes, Jesus. Heilige Maria, Mutter Gottes, bitte für uns Sünder jetzt und in der Stunde unseres Todes. Amen.*

Warum fühlte sie eigentlich nie etwas, wenn sie dieses Gebet sprach? Warum kam es ihr so leer vor? So, als würde es nirgendwo ankommen?

Rebekka spürte, wie Ärger in ihr aufkeimte. „Es ging um Tierschutz", murmelte sie ein wenig atemlos vom Laufen. „Und das ist wichtig, sehr wichtig sogar. Dir sind Tiere egal? Glaub ich nicht! Als du schwanger warst, hat dich der Esel von Nazareth bis Bethlehem getragen. Stell dir mal vor, du hättest die ganze Strecke laufen müssen. Das wäre nicht sehr witzig gewesen. Womöglich wäre Jesus dann auf der Straße geboren worden!"

Das Gespräch mit der Jungfrau Maria gestaltete sich etwas einseitig, und so nahm Rebekka das Ave Maria schnell wieder auf. Sie schaffte es dreimal, dann hatte sie den Schuhladen erreicht. Zu ihrer größten Erleichterung stellte sie fest, dass innen noch Licht brannte, und sie stürmte durch die Glastür hinein. Dort war es nicht nur hell, sondern gleißend hell. Der Raum erinnerte aufgrund seiner Größe eher an einen Tanzsaal als einen Schuhladen. Außerdem war er mit Deckenleuchten nur so gespickt. Auf diese Weise sollte wohl auch der letzte Schuh noch richtig ausgeleuchtet werden. Aber man konnte die Schuhe nicht nur gut sehen, sondern auch gut riechen. Jedenfalls stieg Rebekka sofort eine Mischung aus Leder und Chemikalien in die Nase.

An dem riesigen Verkaufstresen in der Mitte der Verkaufshalle stand eine junge Frau und war mit der Kasse beschäftigt. Sie war nicht viel älter als Rebekka, vielleicht Mitte zwanzig. Ihre stark blondierten Haare, bei denen die natürliche dunkelbraune Farbe im Ansatz schon wieder sichtbar wurde, waren im Nacken kurz gehalten. Das Deckhaar hingegen war einige Zentimeter länger, mit einem Mittelscheitel versehen und rechts und links neckisch aus der Stirn geföhnt. Die Frau war nicht sonderlich hübsch, dafür aber sehr groß gewachsen. Sie hatte eine gute Figur, die sie mithilfe einer beigefarbenen Hüfthose und eines schwarzen, bauchfreien Kapuzen-T-Shirts geschickt betonte. Als sie jetzt aufsah, zog sie verärgert ihre Augenbrauen hoch und musterte Rebekka abschätzend von oben bis unten.

Rebekka sah ein wenig verlegen an sich herab. Ihre hellgraue Jeans und der schlichte, anthrazitfarbene Pullover konnten mit dem Outfit ihres Gegenübers nicht mithalten.

„Schön, dass Sie noch aufhaben", sagte Rebekka und probierte es mit einem freundlichen Lächeln.

Der Blick der Verkäuferin verfinsterte sich. „Ich schließe gerade die Kasse ab", antwortete sie mit einem vorwurfsvollen Unterton.

Rebekka begriff, dass sie hier um diese Uhrzeit nicht mehr gern gesehen war, beschloss aber, das Verhalten der Verkäuferin zu ignorieren. Sie war nicht hierhergejoggt, um sich so leicht wieder abwimmeln zu lassen.

„Ich brauch auch nicht lange!", säuselte sie, wandte sich nach links und eilte auch schon in den hinteren Verkaufsbereich. Dort steuerte sie schnurstracks auf die Abteilung mit den Kinderschuhen zu. Sie war noch damit beschäftigt, die richtige Größe zu suchen, als sie plötzlich feststellte, dass sich der Geruch, den sie um sich herum wahrnahm und den sie selbst als „neu" betitelt hätte, um eine Nuance veränderte. Irgendwie gesellte sich etwas Frisches, Blumiges dazu. Gleich darauf vernahm sie hinter sich eine Stimme.

„Das hier sind die Kindergrößen", sagte die Verkäuferin und klang dabei so arrogant und geringschätzig, dass Rebekka innerlich zu kochen begann. In Zeitlupentempo drehte sie sich zu der Verkäuferin um, die, wie sich jetzt herausstellte, mindestens einen Kopf größer war als Rebekka.

„Seh ich aus, als bräuchte ich 'ne Brille?", fragte Rebekka gefährlich leise.

„Nein. Aber immerhin sehen Sie so aus, als wären Sie älter als zwölf", entgegnete die Verkäuferin pampig. „Und das hier sind Kinderschuhe." Sie deutete auf das Regal, vor dem Rebekka stand. „Größe 34, um genau zu sein."

„Dann bin ich ja goldrichtig!", fauchte Rebekka zurück. „Ich bin nämlich gestern dreizehn geworden, und da mir meine Kommunionsschuhe nicht mehr passen, brauche ich jetzt dringend etwas Neues."

Die Verkäuferin hielt den Atem an und starrte Rebekka mit großen Augen an. Wieder einmal musterte sie ihr Gegenüber von oben bis unten, dieses Mal aber nicht abschätzig, sondern staunend. Man sah ihr deutlich an, dass sie nicht wusste, was sie denken sollte. Rebekka war zwar klein und zierlich, wirkte aber dennoch sehr fraulich. Fremde schätzten ihr Alter meist richtig ein: auf Anfang zwanzig, genauer gesagt 21. Sie war also geschlagene acht Jahre älter als die genannten 13. Und auch ihre Frisur passte nicht unbedingt zu einer derart jungen Teenagerin. Sie trug ihre glatten schwarzen Haare mit Mittelscheitel, wobei sie auf einen Pony verzichtet hatte. Die vorderen Haare, die ihr bis zu den Wangenknochen reichten, fielen ihr in einem leichten Bogen ins Gesicht und wurden nach unten hin bis zu den Schulterblättern gleichmäßig länger. Insgesamt wirkte dies fransig und frech.

Der fassungslose Blick der Verkäuferin wanderte von den Haaren in Richtung Fußboden.

Als Rebekka sah, dass er an ihren Schuhen haften blieb, musste sie grinsen. Als Kind hatte sie darunter gelitten, so kleine Füße zu haben. Mittlerweile hatte sie sich daran gewöhnt, dass ihr Schuhgröße 34 beinahe noch zu groß war. Um ihren Standpunkt zu untermauern, hob sie ihre Schuhe ein paarmal vorn an. Ihr Lächeln erstarb jedoch genauso schnell, wie die Verkäuferin wieder aufblickte. „Tut mir leid, Mädel. Ich hab dich viel älter geschätzt. Wo hast du denn deine Eltern gelassen?"

Rebekka seufzte tief. Dann entschied sie sich, das Spiel, das sie so eigentlich gar nicht geplant hatte, mitzuspielen. Sie senkte den Kopf, verfiel in einen weinerlichen Ton und sagte: „Meine Eltern wissen nicht, dass ich hier bin. Sie sehen doch …" Sie deutete auf ihre Schuhe. „Ich hab mir meine Schuhe ruiniert. Wenn ich keine neuen auftreibe, krieg ich ’ne Tracht Prügel!“ Noch während sie die Worte aussprach, erfasste sie die Komik der Situation. Was sie gesagt hatte, war zwar einerseits unwahr, andererseits entsprach es aber auch der Wahrheit. Sie war wirklich hier, um ihre Mutter zu besänftigen. Gut, sie fürchtete sich nicht vor einer Tracht Prügel, nur vor der bodenlosen Enttäuschung, die ihre Mutter sicher empfinden würde, wenn sie herausbekäme, wobei die Schuhe beschädigt worden waren. Aber war das wirklich richtig? War es richtig, in ihrem Alter noch so von der Meinung seiner Mutter abhängig zu sein?

„Ist schon Monate her, dass wir die im Sortiment hatten“, überlegte die Verkäuferin. „Aber ich kann mich erinnern, dass er nicht so gut ging …“ Sie warf Rebekka einen nachdenklichen Blick zu. „Du weißt, dass er nur aus Kunstleder ist?“

„Wieso ‚nur‘?“, brach es aus Rebekka hervor. „Ich kaufe niemals Schuhe aus echtem Leder! Haben Sie eine Ahnung, was Schweine durchmachen, bevor ihnen die Haut vom Leib gerissen wird?“

Die Verkäuferin blickte erschrocken erst aufs Regal, dann auf ihre eigenen Schuhe. „Das … äh … nein …“ Sie wich mit unsicheren Schritten zurück. „Ich … ich glaub … ich seh mal am Lager nach.“ Mit diesen Worten stürmte sie an Rebekka vorbei und eilte davon.

Rebekka sandte ihr einen bösen Blick nach und machte sich nun ihrerseits auf die Suche. Sie durchforstete zuerst das Regal mit den Schuhen in Größe 34, dann das mit der Größe 33 – Fehlanzeige. Flache Halbschuhe gab es in Massen, aber nichts, das ähnlich schlicht und damenhaft gehalten war. Rote Blumen, Strasssteine und pinkfarbene Herzen – ja, stinknormale schwarze Kunstlederschuhe – nein!

Rebekka war kurz vor dem Verzweifeln, als die Verkäuferin wieder auftauchte. Obwohl sie noch mindestens zwanzig Meter entfernt war, strahlte sie bereits über das ganze Gesicht und schwenkte schon von Weitem einen Schuhkarton. „Ich hab sie“, tönte sie durch den Laden. „Die Gleichen! Aus Kunstleder! Es sind genau die gleichen!“

Rebekka lächelte und war froh, dass außer ihr kein Kunde mehr im Laden war. Sie ging der Frau entgegen.

Diese riss noch im Gehen den Deckel vom Karton und kramte einen der beiden Schuhe hervor. Als sie Rebekka erreicht hatte, drückte sie ihr den Schuh in die Hand. „Siehst du? Es sind genau die gleichen."

Rebekka sah es. Sie hatte einen schwarzen Kunstlederschuh in der Hand, der den Schuhen an ihren Füßen bis aufs i-Tüpfelchen glich. Oder?

„Sieht ein bisschen groß aus", murmelte Rebekka. „Ist das wirklich Schuhgröße 34?"

Das breite Lächeln auf dem Gesicht der Verkäuferin erstarb. „Na ja", druckste sie herum, „fast."

„Fast?", wiederholte Rebekka und ahnte Schlimmes. Die Schuhe, die sie an den Füßen trug, waren eher groß ausgefallen. Rebekka hätte sie schon damals, vor ein paar Monaten, lieber in Größe 33 gekauft. Genau das war auch der Grund, aus dem Rebekka in letzter Zeit ziemlich dicke Socken trug.

„35", räumte die Verkäuferin ein. „Aber besser als eine Tracht Prügel, oder?"

Rebekka seufzte. Dieser Argumentation musste sie sich einfach beugen. Sie ließ den Schuh auf den Boden fallen – es war ein rechter –, zog ihren eigenen aus und stieg in den anderen hinein. Verdächtig war, dass sie dafür weder einen Schuhanzieher noch die Hilfe ihrer Hände brauchte.

„Sieht toll aus", freute sich die Verkäuferin.

Rebekka sagte gar nichts. Stattdessen zog sie den Schuh wieder aus, setzte sich auf den Fußboden, entfernte auch ihren linken Schuh, zog den Socken aus, zog ihn rechts über den anderen Socken und schlüpfte ein weiteres Mal in den Schuh der Größe 35. Dann erhob sie sich und ging ein paar Schritte durch den Laden.

„Geht doch", bemerkte die Verkäuferin.

Rebekka schwieg. Der Schuh „ging" überhaupt nicht. Sie schlupfte beim Gehen mit dem Hacken aus ihm heraus, und das trotz des zweiten Sockens! Außerdem hatte sie beim Anziehen gesehen, dass der Schuh noch genauso viel kostete wie damals, nämlich 49 Euro. Und das war wirklich ein Haufen Geld für eine Studentin, deren Eltern chronisch pleite waren und die sich jeden Extra-Cent mit Gelegenheitsjobs erarbeitete! Sie schluckte und dachte an ihren letzten Kontoauszug. Sie lebte nun schon seit anderthalb Wochen von ihrem Dispo!

Mutti würde dich nie verpfeifen, dachte sie.

„Und?", erkundigte sich die Verkäuferin.

Außerdem solltest du allmählich von Muttis Meinungen unabhängig sein, dachte Rebekka.

Die junge Frau tat ein paar weitere Schritte und verlor dabei fast den Schuh.

„Ich nehm ihn", antwortete sie.

„Wusste ich's doch", lächelte die Verkäuferin. „Willst du ihn gleich anbehalten?"

Rebekka nickte gequält, setzte sich ein weiteres Mal auf den Fußboden, zog den Schuh aus, platzierte den Socken wieder am richtigen Fuß, ließ sich den zweiten Schuh reichen, zog beide an und stand auf. „Kann ich die alten hierlassen?"

„Aber selbstverständlich!" Die junge Verkäuferin lächelte wissend und stolzierte mit dem Schuhkarton in Richtung Kasse. Rebekka stolperte hinterher.

Als sie die Kasse erreicht hatte, gab die junge Frau den Verkaufspreis ein. „Darf's noch ein Pflegemittel sein?"

Rebekka schüttelte den Kopf und versuchte, den Schrei zu unterdrücken, der sich in ihrem Brustkorb geformt hatte und jetzt immer dringender nach einem Ventil suchte.

„Zahlst du bar?"

Rebekka griff wortlos in ihre Jackentasche, holte ihr altes, abgescheuertes Portemonnaie hervor und öffnete es. Dann nahm sie ihre EC-Karte heraus. Dabei rutschte auch ihr EU-Kartenführerschein heraus und plumpste auf den Tresen. Die junge Verkäuferin streifte ihn kurz mit ihrem Blick, war dann aber damit beschäftigt, die EC-Karte entgegenzunehmen und durch einen Schlitz an der Kasse zu ziehen. Sie wartete, bis ein Zettel ausgedruckt worden war, und legte Rebekka diesen zur Unterschrift vor.

Rebekka griff nach einem Kugelschreiber, der auf dem Tresen lag, setzte ihre Unterschrift an die erforderliche Stelle und schob der jungen Frau den Zettel zurück.

„Ich danke dir", sagte diese und hielt Rebekka die EC-Karte wieder hin.

Genau in dem Moment aber, in dem Rebekka danach griff, stutzte die junge Verkäuferin. Als Rebekka jetzt an der Karte zog, war sie in der Hand der Frau wie festgewachsen. Rebekka sah die Verkäuferin fragend an. Als sie dann aber das maßlose Erstaunen sah, mit dem die junge Frau auf Rebekkas Führerschein starrte, begriff auch sie, wo das Problem lag. Sie musste grinsen. „Dürfte ich bitte meine EC-Karte wiederhaben?"

Die Verkäuferin antwortete nicht. Fassungslos wanderte ihr Blick von dem Führerschein zur EC-Karte und von dort zu Rebekka.

Rebekkas Grinsen verbreiterte sich. Sie ließ die Karte los, wedelte mit der frei gewordenen Hand übertrieben vor der Nase der Verkäuferin herum und kombinierte das Ganze mit einem Gesichtsausdruck, der den Verdacht nahe legte, dass sie die Frau für geistesgestört hielt. „Meine EC-Karte, bitte", säuselte sie.

„Ja, aber ...", stammelte die junge Frau.

Rebekka seufzte. Dann griff sie ein zweites Mal nach der Karte und riss so heftig und ruckartig daran, dass sie ihrer endlich habhaft wurde. „Danke schön", fauchte sie. Sie schnappte sich noch schnell ihren Führerschein, drehte sich herum und schlurfte auf den Ausgang zu. Sie wurde nicht noch einmal angesprochen, erreichte unbehelligt die Glastür und schlüpfte nach draußen. Allerdings hatte sie noch lange das Gefühl, die entgeisterten Blicke der Verkäuferin auf ihrem Rücken spüren zu können. Trotzdem bewegte sie sich beinahe im Schneckentempo vorwärts. Die Schuhe behinderten sie mit jedem Schritt mehr. Wenn sie nicht buchstäblich am Boden entlangschlurfte, verlor sie sie fast. Und so dauerte der Rückweg nach Hause fast doppelt so lange wie der Hinweg.

Als sie endlich in die richtige Straße einbog, hatte es bereits zu dämmern begonnen. Rebekka beschleunigte ihre Schritte ein wenig. Sie war kein ängstlicher Typ, aber die Gegend, in der sich die Wohnung ihrer Eltern befand, gehörte nicht gerade zu den sichersten in der Stadt. „Sozialer Brennpunkt" war ein Begriff, den Rebekka nicht gern hörte. Aber es war doch etwas dran. Der Spielplatz zum Beispiel, der sich zwei Straßen weiter befand, war abends stets in der Hand von mehr oder weniger betrunkenen Jugendlichen. Ihre Mutter hatte ihr daher das Versprechen abgenommen, nach Einbruch der Dunkelheit nicht mehr draußen unterwegs zu sein. Und Rebekka hielt sich auch daran – nach Möglichkeit jedenfalls.

Zum Glück sah es heute Abend überhaupt nicht danach aus, als würde ihr Gefahr drohen. Die Straße war wie ausgestorben. Kein Auto fuhr vorbei. Und Rebekka konnte auch keine Halbstarken ausmachen, deren betrunkene Launen sie hätte fürchten müssen.

Trotzdem steigerte sie ihr Tempo ein weiteres Mal. Das Licht, das ihr ein Gefühl von Sicherheit vermittelt hatte, zog sich jetzt fast so schnell zurück, wie Rebekka der elterlichen Wohnung näher kam. Sie hatte beinahe das Gefühl, als könnte sie zusehen, wie sich die Dunkelheit auf die Stadt herabsenkte.

Als sie das Haus ihrer Eltern fast erreicht hatte, war es schon beinahe stockfinster. In der Ferne vernahm sie das gleichmäßige Surren verkehrsreicher Straßen, in der Nähe nur das charakteristische Schlurfen ihrer eigenen Schritte. Sie beschäftigte sich gerade mit der Frage, wie viele Socken wohl erforderlich sein würden, damit sie in ihren Schuhen halbwegs bequem gehen konnte, als sich wie aus dem Nichts ein Schatten vor ihr aufbaute. Erstaunt blieb sie stehen und blinzelte. Aber der Schatten blieb. Und er hatte verdächtig viel Ähnlichkeit mit einem menschlichen, wahrscheinlich männlichen Wesen. Auf alle Fälle war er viel, sehr viel größer als sie selbst. Und er stank ein bisschen nach Zigarettenrauch.

„Hallo, mein Täubchen“, sagte eine Stimme, die Rebekka nie zuvor gehört hatte und die zu einem Mann mittleren Alters gehören musste.

Rebekka schluckte, bekam ihre Angst aber schnell unter Kontrolle und antwortete pampig: „Hey, Zuckerschnute, du stehst hier im Weg rum. Wenn du nicht umgerannt werden willst, solltest du dich schleunigst in Luft auflösen.“

Der Mann lachte auf. „Du hattest ja recht! Die Kleine ist wirklich nicht auf den Mund gefallen.“

Rebekka riss überrascht die Augen auf. Irrte sie sich oder sprach der Mann mit einer zweiten Person? Sie wirbelte herum – und sah sich einem weiteren, allerdings kleineren Schatten gegenüber. Auch diesen Mann hatte sie nicht kommen hören.

Sie spürte, wie ihr Herz einmal aussetzte und dann in einen Rhythmus verfiel, der eher zu einem Hundert-Meter-Lauf gepasst hätte. „Was wollt ihr Witzbolde von mir?“, fauchte sie.

„Wir wollen, dass du eine kleine Botschaft für uns überbringst“, antwortete der zweite Mann. Seine Stimme klang leise und erstaunlich sanft – zu sanft.

„Seh ich aus wie'n Postbote?“, zischte Rebekka und holte mit dem Fuß aus. Sie hatte vor, das Überraschungsmoment zu nutzen, traf auch das Schienbein des kleineren Mannes, hörte ihn aufstöhnen und lief los. Schon nach wenigen Schritten verlor sie allerdings ihren rechten Schuh, stolperte und fiel auf die Knie. Noch bevor sie sich wieder hochrappeln konnte, hatten zwei riesige Arme sie gepackt und in die Höhe gehoben. Rebekkas Füße strampelten jetzt nur noch in der Luft. Dafür konzentrierte sie all ihre Kräfte darauf, einen möglichst lauten Schrei auszustoßen. Doch da sich sofort eine stählerne Hand auf ihren Mund legte und jedes Geräusch dämpfte, entwich ihr nur ein schrilles, panisches Kreischen. Aber auch jetzt gab Rebekka nicht auf. Sie riss ihren Mund so weit auf wie möglich, schnappte nach der Hand und biss mit aller Kraft zu. Erneut stöhnte jemand auf, die stahlharten Arme öffneten sich, und Rebekka stürzte zu Boden. Sie landete halb auf der Seite, halb auf ihrem Gesäß, ignorierte aber den stechenden Schmerz und kämpfte sich ein weiteres Mal auf die Beine. Wieder versuchte sie zu flüchten, doch auf einmal hielt jemand ihre langen Haare fest. Sie zappelte, wehrte sich und spürte plötzlich einen heftigen Schlag in ihrem Gesicht, der alles veränderte. Von einer Sekunde auf die nächste drehte sich alles um sie herum. Das Blut rauschte wie ein Wasserfall in ihren Ohren, und Lichtblitze durchzuckten die Dunkelheit.

Rebekka war jetzt so benommen, dass sie jeglichen Widerstand aufgab. Sie blinzelte nur noch hektisch und versuchte irgendwie zu ermitteln, wo oben und wo unten war.

„Sag ihm, dass wir mit unserer Geduld am Ende sind.“ Die Worte klangen dumpf und verzerrt und Rebekka konnte ihnen keinen vernünftigen Sinn entnehmen. „Noch sieben Tage, dann stirbt jemand.“

Jetzt spürte sie, wie irgendetwas nach ihrer rechten Hand griff und sie festhielt. „Was?“, stöhnte sie nur. Dann legte sich erneut eine Hand auf ihren Mund und unterdrückte jedes Geräusch. Rebekka ließ es geschehen. Es war, als wäre der letzte Funken Kraft in ihr erloschen. Das änderte sich jedoch schon im nächsten Augenblick, als ein stechender Schmerz in die Innenfläche ihrer Hand fuhr. Rebekka quiekte vor Schmerz auf, doch wurde das Geräusch durch die riesigen Hand unterdrückt, die über ihrem Mund lag. Der Schmerz aber blieb ... wanderte ... verstärkte sich. Rebekka bäumte sich ein letztes Mal auf, dann sackte sie bewusstlos zusammen.

Kapitel 4

Chris schreckte mitten in der Nacht hoch. Wo war er? Es war stockfinster um ihn herum, aber neben ihm atmete jemand. Wer war das?

Er streckte seine rechte Hand aus und tastete suchend nach dem Nachttisch. Dabei war er wohl etwas ungeschickt. Jedenfalls streifte er mit dem Handrücken etwas Kaltes, Hartes und fegte es zur Seite. Im nächsten Moment fiel es mit einem leichten Rumpeln zu Boden. Chris erstarrte und horchte in die Dunkelheit hinein. Wider Erwarten atmete die Person neben ihm gleichmäßig weiter. Daraufhin setzte Chris die Erkundung seiner Umgebung fort. Schließlich fand er heraus, dass sich neben ihm der Nachttisch befand. Auf der Ablagefläche entdeckte er eine Lampe mit Schalter. Er zog diese vorsichtig vom Nachttisch herunter, schob sie ein Stück unter das Bett und schaltete sie ein. Jetzt fiel gedämpftes Licht in den Raum. Er sah sich um.

Ach ja ... jetzt erinnerte er sich ... Er befand sich in einem Hotelzimmer ... Es war ein großer, hochwertig ausgestatteter Raum mit Flachbildfernseher und Mini-Bar. Neben ihm lag Simone ... oder hieß sie Sabine? Die Blondine aus dem Schuppen, in den Alf ihn geschleppt hatte. Er hatte den ganzen gestrigen Tag hier mit ihr verbracht ...

Und es war eigentlich auch ganz nett gewesen. Sie hatten ferngesehen, sich etwas zu essen kommen lassen und ... na ja ... der Kenner genießt und schweigt ...

Chris beugte sich ein wenig zur Seite, stellte fest, dass es seine

Taschenuhr gewesen war, die auf den Boden gefallen war, und hob sie wieder auf. Dann betätigte er den Knopf auf der rechten Seite, und der Deckel schnellte mit einem Klicken in die Höhe. Der kleine verschnörkelte Zeiger war auf die Vier gerichtet. Der andere, etwas längere auf die Drei. Es war also Viertel nach vier.

Chris seufzte tief, verschloss die Uhr wieder und legte sie auf den Nachttisch zurück. Dann drehte er sich um und sah Simone – ja, er war sich jetzt fast sicher, dass sie so hieß – an.

Sie lag auf dem Bauch und hatte ihm das Gesicht zugewandt, das von hellblonden Haaren umrahmt war. Ungekämmt, wie diese waren, verliehen sie ihr ein wildes, aber ganz und gar nicht unattraktives Aussehen.

Komm schon, dachte Chris. *Sie ist hübsch ... sie ist sogar jetzt noch hübsch, wo sie nicht mehr geschminkt ist. Außerdem ist sie unterhaltsam. Jedenfalls kann sie derbe Witze erzählen ...*

Sie mag „Hanna Montana", erinnerte ihn eine andere Stimme.

Uahhh ... Er schüttelte sich ein wenig. Da war schon wieder dieser Fluchttrieb. Er spürte ihn ganz deutlich. Dabei hatte Alf doch recht gehabt. Es wurde Zeit, dass er sesshaft wurde und weniger als drei Frauen pro Woche verschliss ...

„Ich hab's anderthalb Tage lang ausgehalten", flüsterte Chris kaum hörbar. „Das ist ein Fortschritt."

Aber länger ging es nicht. Definitiv nicht!

Er schlüpfte leise aus dem Bett und begann, in einem beängstigenden Tempo seine Klamotten zusammenzusuchen. Da diese im ganzen Raum verteilt waren, dauerte es ein Weilchen, bis er sie anziehen konnte. Dann holte er seine Taschenuhr, stellte sicher, dass er Portemonnaie, Handy und Autoschlüssel bei sich hatte, fuhr sich noch einmal durch seine wuscheligen, braunen Haare und schlich leise aus dem Hotelzimmer. Draußen angekommen atmete er sichtbar auf. Im Flur brannte nur wenig Licht, doch reichte dies aus, um ihm den Weg ins Treppenhaus zu zeigen. Er nahm immer zwei Stufen auf einmal und gelangte innerhalb kürzester Zeit in die feudale Empfangshalle. Auch hier brannte nur eine Notbeleuchtung, doch saß ein Mitarbeiter des Hotels hinter dem dunkelbraunen Tresen. Es handelte sich um einen Mann mittleren Alters, der einen dunklen Anzug trug. Als er Chris kommen hörte, sprang er umgehend auf.

„Was kann ich für Sie tun?“, fragte der Mann fast ein bisschen zu leise. Er wirkte, als schliefe er halb.

„Ich reise ab“, erwiderte Chris knapp. „Meine Begleitung bleibt allerdings noch bis morgen. Bitte stellen Sie sicher, dass sie ein ordentliches Frühstück einnimmt. Und, ähm ...“ – er räusperte sich –, „sorgen Sie bitte dafür, dass die Rechnung nicht an mich, sondern an meinen Vater geht.“ Er fing innerlich an zu grinsen. Er wusste nun einmal, wie er seinen Alten auf die Palme bringen konnte ...

Kapitel 5

Als Rebekka zu sich kam, begriff sie im ersten Moment weder, wo sie sich befand, noch, was geschehen war. Sie wusste nur, dass ihr alles wehtat, dass sie furchtbare Kopfschmerzen hatte und dass alles um sie herum stockfinster war.

Sie versuchte, ihre Gliedmaßen zu bewegen. Das linke Bein – gehorchte. Das rechte Bein – schmerzte in Hüfthöhe, ließ sich aber bewegen. Die linke Hand – kein Problem, die rechte – aua!

Als der Schmerz ein weiteres Mal wie ein Peitschenhieb in ihre Hand fuhr, erinnerte sich Rebekka sofort an das, was geschehen war. Die beiden Männer ... die seltsame Botschaft!

Ängstlich tastete sie mit der linken nach der rechten Hand. Ob noch alles dran war? Alle Finger? Sie zählte vom Daumen bis zum kleinen Finger ... und atmete auf. Alle fünf waren vollständig vorhanden, und sie fühlten sich unverletzt an. Nein, der Schmerz befand sich woanders, in der Innenfläche der Hand, da, wo sie eine harte Kruste ertasten konnte. Aber was bedeutete das? Was hatte die Männer mit ihrer Hand angestellt? Und warum?

Rebekka nahm all ihre Kraft zusammen und richtete sich auf. Ihr war immer noch schwindelig, aber als sie ein paar Sekunden gesessen hatte, beruhigte sich ihr Gleichgewichtssinn. Sie sah sich um. Es war doch gar nicht so dunkel, wie sie angenommen hatte. In etwa fünfzig Metern Entfernung entdeckte sie eine Straßenlaterne, deren Schein zwar nicht bis zu ihr herüberreichte, ihr aber verriet, dass sie sich noch immer genau dort befand, wo sie überfallen worden war. Sie atmete auf. Immerhin befand sie sich ganz in der Nähe ihres Zuhauses.

Ohne ihre rechte Hand zu benutzen, rappelte sie sich hoch. Dabei musste sie zwar die Hauswand zu Hilfe nehmen, schaffte es aber immerhin. Als sie stand, waren die Lichtverhältnisse noch ein bisschen besser. Sie konnte jetzt deutlich den Hauseingang erkennen, der in die Wohnung ihrer Eltern führte.

Ein unbestimmtes Gefühl durchdringender Kälte lenkte ihren Blick auf ihre Füße. Irrte sie sich oder war der rechte Fuß viel kälter als der linke? Sie bewegte ihre Zehen. Tatsächlich! Links trug sie einen Schuh, rechts nicht. Sie hielt sich weiter an der kühlen, glatten Hauswand fest und tastete mit dem rechten Fuß suchend ihre Umgebung ab – nichts. Sie probierte es mit dem linken Fuß – da! Der Schuh lag nur wenige Zentimeter neben ihr. Rebekka schob ihn mit dem linken Fuß nach rechts hinüber und schlüpfte hinein. Zum ersten Mal freute sie sich darüber, dass er so groß war und man ihn dadurch so problemlos anziehen konnte.

Als sie dies geschafft hatte, griff Rebekka mit der linken Hand in ihre rechte Jackentasche. Das Suchen gestaltete sich schwierig und glich beinahe einer Verrenkung, führte aber schließlich zum Erfolg. Glücklich zog Rebekka ihren Hausschlüssel hervor und wankte damit auf die Haustür zu. Sie fand schnell den Lichtschalter und betätigte ihn. Im ersten Moment war die Helligkeit so groß, dass Rebekka schützend den Arm über ihre Augen legen musste, dann aber konnte sie einen Blick auf ihre Hand werfen. Sie hielt den Atem an. Obwohl die Hand über und über mit Blut beschmiert war, konnte Rebekka deutlich das Eurozeichen erkennen, das die beiden Männer hineingeritzt hatten. Verkrustetes Blut bedeckte die Wunde und ließ die Form deutlich hervortreten. Ein Eurozeichen – Geld. Ging es bei der ganzen Geschichte um Geld?

Ein Verdacht keimte in ihr auf. Ihr Vater?

Es gab eigentlich keine andere Erklärung …

Ein weiterer Blick auf ihre Verletzung ließ Wut durch ihren Körper schießen. Zipfelsinn und Zeckendreck! Wie konnte er nur! Wie konnte er nur!

Die Lippen fest aufeinandergepresst näherte sich Rebekka mit der linken Hand dem Türschloss. Ungeschickt hantierte sie am Schloss herum, bis es ihr schließlich gelang, den Schlüssel hineinzustecken, herumzudrehen und die Tür zu öffnen. Ohne sich Gedanken über den Lärm zu machen, den sie verursachte, stürmte sie in den Hausflur hinein, ließ die Tür hinter sich ins Schloss fallen und erklomm immer zwei Stufen auf einmal. Dass sie dabei mehrfach stolperte und ihre Schuhe beinahe erneut verlor, kümmerte sie nicht.

Oh, wie wütend sie war! Sie war ja so wütend! Sie würde ... sie würde ... Ja, was würde sie?

Wenn es nach ihr ginge, würde sie jetzt in die Wohnung ihrer Eltern stürmen und ihren Vater zur Rede stellen. Ihn zur Schnecke machen. Ihn in Grund und Boden stampfen! Aber wenn sie es sich recht überlegte, war ihre Mutter ja zu Hause ... und würde alles mitkriegen und sich wieder einen Haufen Sorgen machen ...

Sie seufzte und verlangsamte ihre Schritte. Es war wohl besser, ihre Emotionen im Zaum zu halten, bis sie ihren Vater allein erwischen konnte. Aber wann war das? Sie blickte unwillkürlich auf ihre Uhr – und erstarrte. Halb fünf??? War es wirklich halb fünf Uhr nachts? Hatte sie stundenlang bewusstlos auf der Straße gelegen?

Angesichts dieser Vorstellung drohten ihre Beine nachzugeben. Sie blieb stehen und musste sich erst einmal am Geländer festhalten. Rebekka hatte angenommen, nur für ein paar Minuten ohnmächtig gewesen zu sein. Und jetzt fehlten ihr gleich mehrere Stunden! Ob sie ernsthafter verletzt war, als sie angenommen hatte? Ob sie womöglich sogar ins Krankenhaus gehörte?

Sie sah an sich herunter. Wie das blühende Leben wirkte sie jedenfalls nicht. Ihre Kleidung war über und über mit Blut bedeckt, ihre Hose am rechten Knie zerrissen. Aber wie sah ihr Gesicht aus? Sie brauchte einen Spiegel!

Vorsichtig erklomm sie die letzte Treppe. Als sie vor der Wohnungstür ankam, ging das Licht aus. Rebekka seufzte, schaltete es neben der Tür wieder ein und suchte mit ihrer linken Hand mühsam den Wohnungsschlüssel aus ihrem Schlüsselbund hervor. Dann schloss sie leise die Tür auf. Im Flur war es stockfinster, allerdings schlug ihr ein verbrannter Geruch entgegen. Sie musste grinsen. Ob ihr Vater wohl wirklich versucht hatte zu kochen? In dem Fall dürfte es wohl gründlich schiefgegangen sein!

Rebekka betrat den Flur und schloss vorsichtig die Tür hinter sich. Jetzt war es wieder stockfinster um sie herum. Aber natürlich kannte sie die Wohnung wie ihre Westentasche, und so war es auch im Dunkeln kein Problem für sie, erst ihre Jacke auszuziehen und an der Garderobe aufzuhängen, dann ihre Schuhe abzustreifen und sich schließlich schnurstracks auf den Weg in ihr Zimmer zu machen.

Sie hatte gerade ihre Zimmertür erreicht, als sie ein Geräusch vernahm, das dem Öffnen einer Tür ähnelte. „Rebekka?", hörte sie jemanden flüstern.

Die junge Frau erstarrte. Die Situation erinnerte sie so stark an den frühen Abend, dass sie beinahe gesagt hätte: *Die Schuhe sind okay, Mutti. Du kannst sie dir ansehen.*

„Rebekka?", wiederholte ihre Mutter.

Rebekkas Herz bummerte jetzt so laut, dass sie befürchtete, ihre Mutter könne es hören. „Ja?", flüsterte sie zurück und drehte sich um.

„Ich hab mir Sorgen gemacht!", flüsterte ihre Mutter vorwurfsvoll. Trotz der Dunkelheit konnte Rebekka ihre Umrisse sehen. Sie war mit einem langen, weißen Nachthemd bekleidet und stand im Türrahmen des Schlafzimmers. Eigentlich war es nicht ungewöhnlich, dass sie hier herumgeisterte. Die Schmerzen in der Schulter raubten ihr oft den Schlaf. „Weißt du eigentlich, wie spät es ist?"

„Tut mir leid", antwortete Rebekka im Flüsterton. „Wir waren noch was trinken."

„Du bist 21. Da habe ich natürlich kein Recht mehr, dich zu kontrollieren."

Rebekka seufzte. Der Tonfall ihrer Mutter hatte schon wieder beleidigt geklungen. Wenn sie jetzt nichts unternahm, musste sie wochenlang die schlechte Stimmung zu Hause ertragen. „Es tut mir *wirklich* leid, Mutti. Ich hatte nicht geplant, so lange wegzubleiben. Es war nur so nett, dass ich nicht auf die Uhr geschaut habe."

Ihre Mutter antwortete nicht.

„Es wird ganz bestimmt nicht wieder vorkommen", setzte Rebekka hinzu.

„Versprochen?"

Rebekka atmete auf. Ihre Mutter schien einzulenken. „Großes Ehrenwort!", flüsterte sie fast fröhlich.

„Also gut, dann geh jetzt schlafen. Wir sehen uns morgen Abend. Gute Nacht!"

„Gute Nacht", entgegnete Rebekka und flüchtete erleichtert in ihr Zimmer. An einen Gang ins Badezimmer war jetzt keinesfalls mehr zu denken. Das Risiko, ihrer Mutter bei Licht zu begegnen und sich damit als Lügnerin zu outen, konnte sie nicht eingehen. Sie entschloss sich daher, ihre Wunden später zu lecken, wenn ihre Mutter längst aus dem Haus war. Um zu verhindern, dass ihre Mutter am Morgen noch einmal nach ihr sah, drehte sie vorsichtig den Schlüssel im Schloss herum. Dann ließ sie sich bekleidet auf ihr Bett fallen. Wenn sie allerdings angenommen hatte, so ohne Weiteres einschlafen zu können, dann hatte sie sich getäuscht. Kaum, dass sie lag, fing sich alles um sie herum an zu drehen. Außerdem kehrte die Erinnerung an die Begegnung mit den beiden Männern mit voller Wucht zu ihr zurück. Wer waren die beiden? Und was hatten sie gewollt? Sie versuchte, sich an ihre Worte zu erinnern, bekam aber nur einen Teil davon zusammen. *Noch sieben Tage, dann stirbt jemand.* Sie schluckte. Sie war kein schreckhafter Mensch, aber diese Aussage machte ihr schon Angst. Würden die beiden zurückkehren? Und ihr Werk womöglich vollenden?

Kapitel 6

Als Chris in seinen Ferrari gestiegen war, steckte er den Schlüssel ins Zündschloss, um den Motor anzulassen, zögerte dann aber doch. Wohin wollte er überhaupt? Lohnte es sich noch, nach Hause zu fahren?

Er dachte nach. Welcher Tag war heute eigentlich? Er begann zu rechnen und stellte fest, dass Donnerstag war. Donnerstag … Irgendetwas zupfte an seinem Unterbewusstsein wie ein Kind am Rockzipfel seiner Mutter. Donnerstag! Er schrieb am Donnerstag eine wichtige Klausur! Die hatte er ja vollends vergessen!

Chris ließ den Zündschlüssel wieder los und griff stattdessen in die Innentasche seiner Jacke. Von dort holte er sein sündhaft teures Handy hervor und schaltete es ein. „Drei Kurzmitteilungen erhalten“ informierte ihn das Handy, aber Chris kümmerte sich nicht darum, sondern wischte mit dem Daumen über das Touchscreen-Display, bis Alfs Nummer erschien. Dann rief er ihn an.

Es klingelte viele, sehr viele Male, dann erklang das Besetztzeichen.

„Geh sofort ans Telefon!“, knurrte Chris und wählte die Nummer ein zweites Mal. Wieder klingelte es mehrfach, bis schließlich ein äußerst verschlafenes „Ja?“ an Chris' Ohren drang.

„Hast du für die Klausur gelernt?“, fragte Chris.

„Ob ich ... ob ich was?“, krächzte Alf.

„Wir schreiben heute eine Klausur in Controlling!“

Am anderen Ende der Leitung raschelte und knackte es, dann sagte Alf aufgebracht: „Chris ... es ist halb fünf Uhr morgens!“

„Das weiß ich!“, gab Chris ungeduldig zurück. „Aber es sind nur noch wenige Stunden bis zur Klausur. Und ich hab nicht den geringsten Schimmer, wie ich sie bestehen soll!“

„Seit wann interessieren dich Klausuren?“, fragte Alf, nun schon ein wenig verzweifelt.

„Seit mein Alter droht, mir den Geldhahn zuzudrehen!“

Einen Moment lang herrschte Stille am anderen Ende der Leitung. „Aha ... Deshalb warst du vorgestern Abend so schlecht gelaunt“, kombinierte Alf.

Chris murmelte irgendetwas Unverständliches.

„Das mit deinem Alten tut mir leid“, seufzte Alf, änderte dann aber seinen Tonfall und fuhr weitaus schärfer fort: „Aber es tut mir in ein paar Stunden leid, okay? Ab acht, um genau zu sein. Und jetzt lass mich in Ruhe.“

Chris beeilte sich mit seiner Antwort und haute sie raus, bevor Alf auflegen konnte. „Hattest du nicht vor Kurzem mal gefragt, ob du dir meinen Ferrari ausleihen könntest?“

Stille am anderen Ende der Leitung.

„Alf?“

„Du hast Nein gesagt, Chris!“, knurrte Alf.

„Nur, weil ich Angst um dein Leben hatte. Du musst zugeben, dass du miserabel Auto fährst.“

„Was kann ich dafür, dass der Golf andauernd kaputt ist? Wie soll man Fahrpraxis kriegen, wenn der Wagen ständig streikt?“

„Ist ja auch egal. Ich hab's mir anders überlegt. Du kannst den

Wagen haben. Jedenfalls im Anschluss an die Fahrstunde, die ich dir zu geben gedenke."

Alf seufzte tief. An der Uni gab es dieses Mädchen. Er hatte sich bis heute nicht getraut, sie anzusprechen. Aber wenn er sie auf eine Fahrt in einem quietschgelben Ferrari würde einladen können ... „Du kaufst deine Kommilitonen, und dann wunderst du dich, dass ich ständig dieses leidige Geldthema anschneide ..."

Dieses Mal war es Chris, der nicht gleich antwortete. „Ein bisschen recht hast du schon", seufzte er. „Es ist nur ... ich bin wirklich verzweifelt, weißt du?"

„Also gut, komm vorbei ..."

„Ja!", jubelte Chris und wollte schon auflegen.

„Aber, Chris!", kam ihm Alf zuvor.

Chris führte das Handy, das er bereits hatte ausschalten wollen, noch einmal an sein Ohr zurück. „Ja?"

„Ich will den Ferrari zweimal haben. Und zwar an Tagen meiner Wahl!"

„Zwei Tage", wiederholte Chris grimmig. „Also gut. Aber das zweite Mal ist eine Erfolgsprämie. Wenn du es schaffst, dass ich die Klausur bestehe, kriegst du ihn zwei Mal, sonst nur ein Mal."

„Abgemacht!", freute sich Alf und legte auf.

Chris tat dasselbe und begann dann, seine Kurzmitteilungen abzurufen.

Eine Tanja fragte an, warum er sich nicht meldete ... *Tanja*, überlegte Chris und kramte in seiner Erinnerung nach einem entsprechenden Gesicht ... Aber er fand keines, und so löschte er die Mitteilung.

Als Nächstes war da eine Botschaft seines Onkels mütterlicherseits ... Er lud Chris zu seinem Geburtstag ein. Chris beantwortete die Mitteilung, indem er versprach zu kommen.

Die dritte Mitteilung stammte von seinem Vater ... Chris löschte sie, ohne sie gelesen zu haben ...

Kapitel 7

Als Rebekka später an diesem Morgen noch ein wenig schlaftrunken das Badezimmer betrat, war es bereits taghell. Die Sonne schien aus vollen Rohren durch das große Fenster und machte ihr das Öffnen ihrer Augen schwer. Deshalb blinzelte sie nur müde unter ihren Wimpern hervor, schloss die Tür hinter sich ab und wankte auf die Dusche zu. Auf dem quietschgrünen Badvorleger kam sie zum Stehen. Rebekka hatte ihn noch nie gemocht. Aber selbst sie musste zugeben, dass er hervorragend zu den groß gemusterten, orangefarbenen Fliesen passte, die hier seit den 70er-Jahren klebten. Und mittlerweile, das sagte sich Rebekka immer wieder, kam dieses Dekor ja auch wieder in Mode.

Rebekka zog schon mal den ebenfalls grünen Duschvorhang zur Seite und begann sich dann auszuziehen. Als sie jedoch zu ihrer hellgrauen Jeans vordrang, stieß sie auf Schwierigkeiten. Das rechte Hosenbein klebte an ihrem verletzten Knie fest, und als sie es lösen wollte, fing der schon gebildete Schorf sofort wieder an aufzureißen. Rebekka stieß eine Reihe von Flüchen aus und kickte mit dem Fuß eilig den Badvorleger zur Seite. Sie konnte es sich nun wirklich nicht leisten, dass ihre Mutter auch noch Blutstropfen von ihr fand. Es würde schon schwierig genug sein, die Verletzung an der Hand vor ihr zu verbergen.

Da ihr keine bessere Lösung einfiel, stieg Rebekka nun kurzerhand *mit* Hose unter die Dusche. Sie brauchte eine ganze Weile, bis sie die Temperatur richtig eingestellt hatte, aber als das endlich geschafft war und der erste Schmerz an Bein und Hand allmählich abebbte, genoss sie das sprudelnde Nass wie selten zuvor. Es wusch den Dreck der gestrigen Begegnung von ihr ab, weckte sie vollends auf und belebte ihre Sinne. Auch die Kopfschmerzen wurden allmählich besser.

Als sich dann auch noch die Hose von ihrem Bein lösen ließ, hob sich Rebekkas Laune beträchtlich. In gereinigtem Zustand sah ihre Verletzung auch schon viel besser aus. Sicher würde es nur ein paar Tage dauern, bis sie einigermaßen verheilt war.

Rebekka stellte das Wasser aus und stieg mühsam aus der Dusche. Sie trocknete sich ab und zog die frischen Sachen an, die sie ins Badezimmer mitgebracht hatte. Sie rubbelte ein wenig an ihren langen, schwarzen Haaren herum und beschloss, den Rest an der Luft trocknen zu lassen. Frisch geduscht und anständig bekleidet fühlte sie sich fast wie neu geboren. Jetzt hatte sie die Kraft, mit ihrem Vater über die Geschehnisse der vergangenen Nacht zu reden. Sie öffnete noch schnell das Fenster, um die Feuchtigkeit nach draußen zu lassen, verließ dann das Badezimmer und klopfte gleich schräg gegenüber an die Tür. Dort befand sich ein kleines Extra-Zimmer, das ihrem Vater als Werk- und Bastelraum diente. Hier war er eigentlich immer zu finden.

Auf das Klopfen erhielt Rebekka keine Antwort. Daher drückte sie verwundert die Türklinke herunter und betrat den Raum. Sofort stieg ihr der Geruch von Lösemitteln in die Nase.

„Hab ich etwa ‚Herein' gesagt?", ranzte ihr Vater sie an.

Rebekka runzelte die Stirn und ließ ihren Blick über den Fußboden gleiten. Ihr Vater schien dieses Mal nicht mit Werk-, sondern ausschließlich mit Bastelarbeiten beschäftigt zu sein. Er hatte Tisch und Stühle zur Seite geschoben und dadurch Platz auf dem Boden geschaffen. Dort saß er jetzt inmitten eines Meeres aus Zeitungen, von denen die meisten an einigen Stellen bereits zerschnitten waren. Rebekka entdeckte außerdem zwei Scheren und mehrere Tuben Kleber. Das Ergebnis seiner Arbeit – ein weißes Blatt Papier, auf dem irgendwelche Worte und Buchstaben aneinandergereiht worden waren – hatte ihr Vater allerdings bei Rebekkas Eintreten hastig herumgedreht. Scheinbar handelte es sich hierbei um irgendetwas streng Geheimes.

„Das hier ist privat", fauchte ihr Vater. „Gehst du jetzt oder muss ich dir Beine machen?" Während er dies sagte, durchforstete er mit den Augen angestrengt den Fußboden um sich herum. Anscheinend versuchte er sicherzustellen, dass auch wirklich nichts herumlag, das Rebekka nicht sehen durfte.

„Ich muss mit dir reden", antwortete Rebekka, ohne sich die Mühe zu machen, angesichts dieses Empfangs noch freundlich zu klingen.

„Und worüber?" Jürgen schien jetzt alles abgecheckt zu haben, jedenfalls blickte er seiner Tochter zum ersten Mal in die Augen. Im gleichen Moment stutzte er, kniff prüfend die Augen zusammen ... und sah schließlich verwundert aus. „Wo hast du denn das her?"

Rebekka wusste nicht, was er meinte, schließlich hatte sie ihm die Innenfläche ihrer Hand noch gar nicht gezeigt. „Was denn?“, entgegnete sie und wandte sich vorsichtshalber um. Ob er eventuell mit ihrem Bruder sprach? Aber hinter ihr war niemand, insbesondere kein Vincent.

„Na, ist das vielleicht 'ne neue Art, sich zu schminken?“

Auf Rebekkas Stirn bildeten sich Falten. Was redete ihr Vater nur für wirres Zeug?

Aber jetzt streckte er die Hand aus und deutete damit auf Rebekkas Gesicht. „Sag bloß, du hast heute noch nicht in den Spiegel geguckt!“

Rebekka beschlich eine böse Vorahnung. Eilig wandte sie ihren Kopf nach links, wo von jeher ein Spiegel mit einer alten Bierwerbung an der Wand hing. Sie konnte auf Anhieb hineinsehen ... und sog vor Schreck ruckartig Luft durch die Nase ein. Was da ihr schmales Gesicht verunstaltete, war ein ausgeprägtes Veilchen! Es reichte von ihrem linken Auge fast bis zu ihrem Wangenknochen hinunter und leuchtete nach so kurzer Zeit bereits in den herrlichsten Blau- und Lilatönen. Unten, dort, wo es endete, wirkte es am kräftigsten.

„Hübsch, nicht?“, kicherte Jürgen.

Rebekka riss sich von ihrem Spiegelbild los und bedachte ihren Vater mit einem Blick, der ihn umgehend zum Schweigen brachte. Dann hob sie langsam wie zum Gruß ihre rechte Hand und öffnete sie. „Nicht so hübsch wie das hier.“

Jürgen bekam große Augen und hielt die Luft an. „Wer ... wer war das?“, stammelte er. „Ich meine ... wann ... und ... wie sahen sie aus? Was haben sie gesagt?“

„Mir geht's gut“, antwortete Rebekka sarkastisch. „Danke der Nachfrage.“

Währenddessen war ihr Vater bereits aufgesprungen. Jetzt stürmte er auf Rebekka zu, packte sie mit beiden Händen an den Oberarmen und schüttelte sie. „Sag es mir! Sag es mir!“ Sein Blick war panisch, seine Stimme versagte ihm zusehends.

Rebekka verzog das Gesicht. Erstens stank er nach kaltem Zigarettenqualm. Zweitens empfand sie nicht das geringste Mitleid für ihn. „Hast du Spielschulden?“, fragte sie streng.

Ihr Vater stöhnte auf, ließ Rebekka los und wandte sich ab.

„Hast – du – Spielschulden?“, wiederholte Rebekka erbarmungslos.

Jürgen war zum Fenster gegangen und sah durch die dichte, weiße Gardine hindurch nach draußen. „Ja“, flüsterte er schließlich. „Bitte sag es nicht Mutti.“

Rebekka seufzte tief. Sie hatte es eigentlich nicht anders erwartet. „Du hast Mutti versprochen, nicht mehr zu spielen!“, sagte sie wütend.

„Ich kann sie bezahlen“, hauchte ihr Vater.

Rebekka lachte auf und betrachtete die Innenfläche ihrer rechten Hand. „Oh ja, das merkt man!“

„Ich bring das in Ordnung“, brach es aus Jürgen hervor. „Wirklich, ich schaff das.“

„Und wie, bitte schön?“

„Ich hab Geld in Aussicht. Viel Geld!“ Je aufgeregter er war, desto gepresster und näselnder klang Jürgens Stimme. „Ich muss nur dafür sorgen, dass sie mir mehr Zeit geben. Das ist alles.“

Rebekka runzelte die Stirn. „Was immer du planst, lass es bleiben. Sonst wird Mutti dich umbringen!“

„Ich kann es vor ihr geheim halten.“

Rebekka stöhnte auf. „Das hast du letztes Mal auch gesagt. Und vorletztes Mal ... und vorvorletztes. Und du hast es ja auch geschafft!“ Rebekkas Stimme wurde lauter. „Du hast es super geheim gehalten – bis zum Schluss, bis ich auf einmal auf dem Boden lag, über mir ein Polizist, der mir Handschellen anlegte!“

„Du wurdest schon zwei Stunden später wieder freigelassen“, erinnerte Jürgen sie.

„Du aber nicht!“, schrie Rebekka ihn an.

„Dieses Mal ist es anders!“, behauptete Jürgen. „Dieses Mal gehe ich nicht ins Gefängnis. Ich hab alles bis ins Detail geplant. Es ist todsicher!“

Rebekka sank in sich zusammen und schüttelte verzweifelt den Kopf. Ihrem Vater war einfach nicht zu helfen. Alles fing immer wieder von vorn an – das Spielen, die Einbrüche. Mutlos drehte sie sich um und schlich zur Tür. „Auch das hab ich schon mal gehört“, flüsterte sie noch, dann ging sie hinaus.

❖

Rebekka verbrachte einen großen Teil des Vormittages im Badezimmer. Sie probierte all ihre Schminkutensilien aus, um den Bluterguss zu verbergen – vergebens. Doch was auch immer sie auftrug, schien das Veilchen nur noch stärker zu betonen. Ihr Gesicht sah entweder furchtbar unnatürlich aus oder schlicht und ergreifend lächerlich.

Gegen Mittag sah sie ein, dass es zwecklos war. Sie musste zu ihrer Verletzung stehen. Aber was würde ihre Mutter dazu sagen? Sie konnte ihr unmöglich die Wahrheit erzählen. Diese würde sie viel zu sehr aufregen und eine Lawine von Sorgen bei ihr lostreten. Nein, sie musste sich eine halbwegs glaubwürdige Geschichte ausdenken. *Der Zweck heiligt die Mittel!* Vielleicht würde ihr ihre Mutter ja abnehmen, dass sie ein wenig zu viel getrunken hatte und im Dunkeln gestürzt war.

Die junge Frau seufzte. Ihre Mutter hasste Alkohol. Sie würde wahrscheinlich wochenlang kein Wort mehr mit ihr reden. Trotzdem war das immer noch besser als die Wahrheit – sehr viel besser sogar.

Nachdem das geklärt war, fühlte sich Rebekka gleich ein bisschen wohler. Fast zeitgleich fing ihr Magen an zu knurren – kein Wunder, wo sie doch noch nicht einmal gefrühstückt hatte. Sie verließ das Badezimmer und steuerte geradewegs auf die Küche zu. Dort traf sie auf Vincent. Er sah aus, als wäre er erst wenige Minuten zuvor aus dem Bett gestiegen. Seine blonden, raspelkurzen Haare standen nach allen Seiten ab. Außerdem trug er noch seinen Schlafanzug – ein Exemplar aus hellblauem Flanell, das schon bessere Tage gesehen hatte. Er hatte den Backofen angestellt und war gerade dabei, drei Tiefkühlpizzas von ihrer Verpackung zu befreien und auf drei Backblechen zu verteilen. Auf dem Tisch lag der Gameboy, mit dem er so gern spielte.

Rebekka zog verwundert die Augenbrauen hoch. „Sag bloß, du hast zur Abwechslung auch mal an deine Familie gedacht. Drei Pizzas für drei Personen, ich bin schwer beeindruckt. Ist 'ne vegetarische dabei? Du weißt schon, ich esse keine Wurst, die von gequälten Tieren stammt!"

Vincent wandte überrascht den Kopf. „Was machst'n *du* hier?"

„Ich *wohne* hier", entgegnete Rebekka mit einem spöttischen Lächeln, „immer noch."

„Musste nich zur Uni?“

„Und du?“, antwortete Rebekka spitz. „Musste nich zum Arbeitsamt?“

Vincent grummelte irgendetwas, wandte sich wieder dem Backofen zu und öffnete die Klappe. Dann schob er nacheinander die drei Bleche hinein. Rebekka lief schon bei ihrem Anblick das Wasser im Munde zusammen. „Ich deck schon mal den Tisch.“

„Kommt nicht infrage!“, brauste Vincent auf. „Die Pizzas sind für mich. Du kannst dir selbst was kochen.“

„*Kochen*“, wiederholte Rebekka abfällig. „Du schiebst was in den Backofen und nennst das *kochen*?“

„Leck mich!“, sagte Vincent und wandte sich nun seinerseits den Küchenschränken zu. Er öffnete einen von ihnen, nahm einen großen, flachen Teller heraus und stellte ihn auf den Küchentisch. Anschließend kramte er Besteck aus einer Schublade und legte es dazu.

Währenddessen schienen sich die Pizzas im Backofen hervorragend zu entwickeln. Jedenfalls stieg Rebekka der herzhafte Duft von Schinken und Käse in die Nase. Sie schluckte zweimal, ging zum Kühlschrank, öffnete ihn und machte sich am Gefrierfach zu schaffen.

„Da ist keine einzige Pizza mehr!“, entrüstete sie sich.

„Mehr als drei passen auch gar nich rein.“ Vincent grinste.

Rebekka knallte das Gefrierfach zu, warf die Kühlschranktür hinterher und stürmte wütend auf ihren Bruder zu. „Ach, nein? Dann würde ich an deiner Stelle mal schnell für Nachschub sorgen!“ Mit diesen Worten baute sie sich mit ihrer zierlichen Gestalt breitbeinig vor dem riesigen Vincent auf und funkelte ihn wütend an.

Der sah zunächst nur gelangweilt auf sie hinab, dann aber stutzte er ... sah genauer hin ... und fing plötzlich an zu kichern. „Wie siehst *du* denn aus, Schneewittchen? Bist den anderen Studis wohl genauso auf den Keks gegangen wie mir, was?“

Das war zu viel! Rebekkas Wut geriet außer Kontrolle. Sie ballte die Hände und versenkte sie mit all ihrer Kraft in Vincents Bauch. Die ersten Boxhiebe quittierte dieser noch mit einem Grinsen, aber als Rebekka wieder und wieder auf ihn einschlug, tat es wohl doch ein bisschen weh. Irgendwann wurde es ihm zu bunt. Er packte seine Schwester, drehte ihr einen Arm auf den Rücken, fasste von hinten um ihre Hüfte und ihren Bauch und hob sie hoch. Dann trug er sie in Richtung Tür.

Rebekka strampelte und schlug wie wild um sich, hatte aber gegen ihren Bruder, der fast das Zweieinhalbfache wog, keinerlei Chance. Und auch die wüsten Beschimpfungen, die sie ausstieß, bewirkten rein gar nichts. Vincent trug seine Schwester in aller Gemütsruhe den Flur entlang und steuerte auf ihr Zimmer zu.

„Lass sie runter, Vince", befahl plötzlich eine Stimme, die ungewohnt energisch klang.

Vincent war im ersten Moment so perplex, dass er abrupt innehielt. Erstaunt blickte er in die Richtung, aus der die Stimme gekommen war.

„Jürgen?", fragte er dann. „Biste nich ganz bei Trost?"

Rebekka hatte inzwischen aufgehört, sich zu wehren. Ihre Beine baumelten bewegungslos in der Luft, doch sah sie interessiert zu ihrem Vater hinüber. Gleichzeitig registrierte sie den strengen Schweißgeruch, der wieder einmal von Vincent ausging.

„Lass sie runter", wiederholte sein Vater. Er stand in der Tür seines Werkraumes.

„Seit wann nimmste denn Becky in Schutz?", fragte Vincent fassungslos.

„Seit sie unseretwegen so aussieht", lautete die Antwort.

„Häh?", machte Vincent.

Rebekka verdrehte die Augen und fragte sich zum wiederholten Male, ob die Gene nicht etwas gleichmäßiger hätten verteilt werden können. Ein bisschen mehr Körpermasse für sie selbst und ein bisschen mehr Hirnmasse für Vincent wären schon toll gewesen! Aber dann nahm etwas anderes ihre Gedanken in Beschlag. „*Unseretwegen?*" Rebekkas Kopf wirbelte zu ihrem Vater herum. Anklagend sah sie ihn an. „Sag jetzt nicht, dass du Vincent da mit reingezogen hast!"

Jürgen senkte schuldbewusst den Kopf. „Ich brauchte doch 'n Bodyguard", wisperte er.

„Einen was?", brauste Rebekka auf. „Du hast Mutti hoch und heilig versprochen, ihn nie mehr mitzunehmen! Du kennst sie doch! Sie hat panische Angst, dass deine Spielsucht auf ihn abfärbt!"

„Blödsinn!“, antwortete Jürgen und lachte glucksend. „Die Gefahr besteht nicht. Sieh ihn dir doch an! Ohne mich kriegt der nicht mal die Jetons umgetauscht.“

Rebekka warf einen prüfenden Blick auf ihren Bruder. Da Vincent sie immer noch festhielt und sich ihr eigenes Gesicht nur etwa zwanzig Zentimeter unterhalb seines eigenen befand, konnte sie jedes Härchen, jede Falte darauf bestens erkennen.

Sie seufzte tief. Ihr Vater hatte recht. Vincent hatte seine Oberlippe hochgezogen und blickte fragend, ja, staunend in Richtung seines Vaters. Man sah ihm deutlich an, dass er der Unterhaltung schon lange nicht mehr folgen konnte. Einen Augenblick fragte sich Rebekka sogar, ob er überhaupt wusste, wo er sich im Moment befand und wer die Leute um ihn herum waren. Nein, Vincent würde nicht spielsüchtig werden, mondsüchtig vielleicht, aber bestimmt nicht spielsüchtig.

„Vince!“, sprach Jürgen seinen Sohn an. „Kannst du mich hören?“

Vincent erwachte aus seiner Trance und nickte stumm.

„Lass sie jetzt runter, okay?“

Sein Sohn gehorchte und setzte Rebekka ab. „Immerhin tut er, was du ihm sagst“, murmelte diese. „Vielleicht sollten wir ihn mal auf die beiden Kerle loshetzen. Du weißt schon, die von letzter Nacht.“

Ihr Vater seufzte und schüttelte den Kopf. „Keine gute Idee. Wenn Vincent richtig wütend wird, kann ich für nichts mehr garantieren. Wir können uns nicht darauf verlassen, dass sie ihm im Totschlagsprozess verminderte Schuldfähigkeit zugestehen.“

Rebekka schluckte. Totschlagsprozess? „Du machst wohl Witze. Du glaubst doch nicht wirklich, dass er so weit gehen würde!“ Sie zögerte, sah noch einmal zu ihrem Bruder auf und schob dann ein leises „Oder?“ hinterher.

Jürgen zuckte die Achseln. „Wir hatten in letzter Zeit oft Ärger. Dabei habe ich Vincent von einer ganz neuen … sagen wir mal … *energischen* Seite kennengelernt. Ohne ihn sähe ich jetzt fast so lustig aus wie du.“ Er grinste.

Rebekka hingegen war überhaupt nicht zum Lachen zumute. „Heißt das etwa, dass sie dich schon häufiger bedroht haben?“ Sie sah Jürgen fassungslos an. „Aber dann … dann hättest du doch damit rechnen müssen, dass sie es früher oder später auch bei mir probieren!“

Jürgen wich verlegen ihren Blicken aus. „Na ja, ich … ich dachte …“

„Du dachtest *was*?“ Rebekkas braune Augen blitzten ihn zornig an.

„Ich dachte“, stammelte Jürgen, „na ja, ich dachte halt, dass sie sich noch ein bisschen gedulden würden.“

Rebekka schüttelte ungläubig den Kopf. Ihr eigener Vater hatte gleichgültig ihr Leben aufs Spiel gesetzt! „Und jetzt?“, zischte sie. „Was tun wir jetzt? Wie willst du sicherstellen, dass das nicht noch mal passiert?“ Sie raufte sich die Haare. „Oder dass nicht noch etwas viel Schlimmeres geschieht?“

Jürgen wagte noch immer nicht, seiner Tochter in die Augen zu sehen. „Ich regel das schon“, murmelte er. „Wirklich, ich versprech's. Ich werde sie kontaktieren … jetzt gleich … und einen Aufschub aushandeln.“

Auf Rebekkas Gesicht machte sich ein Ausdruck von Verzweiflung breit. Das hier war der totale Horror! Sie konnte ja nie mehr gefahrlos die Straße betreten! Und ihre Mutter auch nicht!

„Mutti!“, rief sie entsetzt. „Wann kommt Mutti heute nach Hause?“ Sie überlegte hektisch. Heute war Mittwoch, der einzige Tag, an dem ihre Mutter abends unterwegs war. Sie war seit mindestens zwanzig Jahren Mitglied einer Theatergruppe, schauspielerte allerdings nicht, sondern kümmerte sich um Requisiten, Kostüme und Make-up. „Um acht ist Probe. Dann macht sie spätestens um sieben Feierabend!“

Ihr Vater hob beschwichtigend die Hände. „Keine Panik“, beruhigte er sie. „Bis dahin hab ich die ganze Sache längst in Ordnung gebracht.“

Rebekka sah ihn zweifelnd an. Ihr Vater hatte noch nie etwas in Ordnung gebracht. Im Gegenteil, er war der Problemverursacher schlechthin. „Dann versuch es!“, seufzte sie. „Aber jetzt sofort. Nimm Vincent mit. Und ruf mich an, wenn es was Neues gibt.“

Jürgen nickte gemächlich, rührte sich aber nicht.

„Worauf wartest du noch?“

„Krieg ich das Auto?“

Rebekka seufzte ein weiteres Mal. Sie hatte es schon immer gehasst, dass Peppo der einzige fahrbare Untersatz in dieser Familie war. „Ausnahmsweise", sagte sie widerstrebend. „Aber auch nur, wenn du ihn pfleglich behandelst."

Jürgen nickte eifrig und wandte sich an seinen Sohn. „Komm, Vince, wir müssen noch mal weg."

Vincent sah ihn erschrocken an. „Häh?"

„Zieh dir was an, Junge. Wir verlassen das Haus."

„Aber ...", stotterte Vincent, „das ... das geht doch nicht! Die Pizzas ..."

„Das Mittagessen muss warten. Komm jetzt, Becky hat recht, es ist dringend." Mit diesen Worten eilte Jürgen an seinen Kindern vorbei, schlüpfte an der Garderobe in ein Paar Schuhe und zerrte seine Jacke vom Ständer. Dann bemerkte er, dass Vincent sich immer noch nicht vom Fleck gerührt hatte. „Vincent!", zischte er. „Hörst du nicht, was ich sage?"

„Doch! Aber ich hab Hunger!", maulte dieser.

Jürgen seufzte. „Becky, zeig ihm, was sie mit dir gemacht haben!"

Rebekka gehorchte und hielt Vincent ihre geöffnete Handfläche hin.

Vincents Augen weiteten sich. „Das ...das gibt's doch nicht", stammelte er. „Wer hat das gemacht?"

Rebekka verdrehte erneut die Augen. Begriff er denn überhaupt nichts?

„Das war der, dem du letzte Woche beinahe die Fresse poliert hättest", antwortete Jürgen schlicht.

„Dieses Schwein!", brüllte Vincent. Dann ballten sich seine Hände zu Fäusten und er polterte wie ein wild gewordener Stier zur Garderobe. „Den mach ich kalt! Kalt mach ich den! Das wird er bereuen! Niemand darf sich an meiner Schwester vergreifen! Niemand!" Während er sich ankleidete und dann etwas umständlich in Schuhe und Jacke schlüpfte, murmelte er ununterbrochen Beschimpfungen. Und selbst, als er hinter seinem Vater auf den Hausflur hinaustrat, zeterte er noch wie ein Rohrspatz. Dann fiel die Tür ins Schloss, und Vincents Worte drangen nur noch gedämpft an Rebekkas Ohr, vermischten sich mit dem Poltern, das Vater und Sohn auf der Treppe hinterließen, und verebbten schließlich. Irgendwann ertönte ein Geräusch, das Rebekka unschwer mit dem unsanften Zuschnappen der Haustür in Verbindung brachte. Dann wurde es mucksmäuschenstill um sie herum. Nur das leise Surren des Backofens war jetzt noch zu hören.

Der Backofen! Auf Rebekkas Gesicht bildete sich ein triumphierendes Grinsen. Drei Pizzas für sie allein! Sicher, sie fand es süß, dass Vincent vorhatte, die Misshandlung vom Vorabend zu rächen. Und sie wusste ja auch, dass man sich – zumindest wenn es ernst wurde – immer auf Vincent verlassen konnte. Trotzdem hatte er vorgehabt, sie um ihr Mittagessen zu bringen. Und das, obwohl sie, Rebekka, ständig Vincents Klamotten wusch und auf Muttis Geheiß andauernd das Waschbecken von seinen Barthaaren befreien musste. Nein, so etwas durfte keinesfalls ungestraft bleiben!

Und so eilte Rebekka in die Küche, wartete ungeduldig, bis die Pizzas fertig waren, entfernte die Salamischeiben und machte sich dann mit Heißhunger darüber her. Unglücklicherweise reichte ihr Kohldampf gerade mal für eine halbe Fertigpizza. Danach war sie so satt, dass selbst ihre Rachegelüste keinen weiteren Bissen mehr zuließen.

Sie beließ die restlichen Pizzas im Backofen und begab sich in ihr Zimmer. Der kleine Raum maß kaum zehn Quadratmeter, wirkte allerdings sehr hell und freundlich. Er besaß ein großes Fenster, das zwar direkt zur Straße zeigte, das Licht aber trotzdem ungehindert hereinströmen ließ. Auch jetzt wurde Rebekka direkt von der Sonne angestrahlt. Sie blinzelte und nahm das gute Wetter mit Erstaunen zur Kenntnis. Solches Wetter im November? Mit halb geschlossenen Lidern bewegte sie sich auf das Fenster zu und öffnete es. Fröhliches Vogelgezwitscher begrüßte sie. Es war fast lauter als die Fahrgeräusche der beiden Autos, die gerade jetzt in entgegengesetzter Richtung das Haus passierten. Rebekka schnupperte und nahm für einen kurzen Moment ihren Abgasgeruch wahr, dann aber gewann der Eindruck kühler, vom Regen gereinigter Luft die Oberhand. Angesichts dieser Erfrischung stieg Rebekkas Laune im Handumdrehen. Sie ließ das Fenster sperrangelweit offen stehen und warf sich auf ihr Sofa. Obwohl sie es vor ein paar Jahren vom Sperrmüll geholt hatte, federte es erstaunlich gut nach. Die Vorbesitzer hatten es wahrscheinlich nicht aufgrund mangelnder Funktionstüchtigkeit, sondern wegen seines schreiend bunten Stoffes ausgemustert. Diesen Mangel hatte Rebekka jedoch durch einen hübschen blau gemusterten Überwurf behoben, der überaus fachmännisch angebracht war und das Sofa um einiges aufwertete. Den gleichen Stoff hatte Rebekka auch für die Seitenschals verwendet, die das Fenster umrahmten.

Rebekkas Geschick in handwerklichen Dingen kam noch in anderen Bereichen zum Ausdruck. Sie hatte sämtliche Möbel in ihrem Zimmer selbst zusammengezimmert. Das Bett, der kleine Nachttisch, der schmale Kleiderschrank, der Schreibtisch – alles bestand aus hellem, massivem Birkenholz, das Rebekka in Eigenarbeit zugesägt, lackiert und im Bereich des Nachttisches sowie Kleiderschrankes auch noch mit kassettenförmigen Einlegearbeiten versehen hatte.

Die junge Frau beugte sich jetzt über die Sofalehne, tastete nach ihrem Uni-Rucksack und holte ein Buch daraus hervor. Übermorgen schrieb sie eine Klausur in Histologie, hatte aber bislang noch nichts dafür getan. Kein Wunder, wenn man seine Tage damit zubrachte, das Gelände eines Hühnerstalles zu observieren und Vorbereitungen für nächtliche Befreiungsaktionen zu treffen.

Rebekka seufzte tief. Diese Operation war gründlich in die Hose gegangen. Vielleicht war es sinnvoller, zuerst das Studium abzuschließen und sich dann einer Tierschutzorganisation anzuschließen? Wieder einmal schlich sich das Bild brennender Hühner in ihr Bewusstsein. Sie verscheuchte es, schlug stattdessen ihr Tierphysiologie-Lehrbuch auf und vertiefte sich in ihren Stoff. Dieser war so kompliziert, dass Rebekka schon nach kurzer Zeit alles um sich herum vergaß.

Als sie das nächste Mal aufblickte, hatte sich der Himmel vollständig zugezogen. Rebekka starrte verständnislos auf die Wolken. Hatte nicht gerade eben noch die Sonne in ihr Zimmer geschienen? Verwirrt sah sie auf ihre Uhr. Zwanzig nach sechs. Zwanzig nach sechs???

Sie sprang so plötzlich auf, dass das Buch in hohem Bogen von ihrem Schoß fiel und klatschend auf dem Boden landete. Aber das interessierte Rebekka im Moment nicht. Sie wollte nur eines wissen: warum Jürgen nicht angerufen hatte!

Eilig stürzte sie auf ihren Rucksack zu, kramte ihr Handy daraus hervor und schaltete es ein. Dann wählte sie Jürgens Nummer. Es dauerte lange, bis er sich endlich meldete.

„Was?", zischte er ungeduldig in den Hörer. Er war schlecht zu verstehen. Rebekka hörte laute Musik im Hintergrund.

„Ich bin's", sagte Rebekka. „Hast du was erreicht?"

„Wer ist ‚ich'?", antwortete ihr Vater voller Ungeduld.

„Na, *ich*, Rebekka!"

„Ach so, du." Jürgens Stimme klang fahrig, er wirkte abgelenkt.

„Hast du jetzt was erreicht oder nicht?"

„Wo erreicht?" Rebekka vernahm dumpfe, scharrende Geräusche.

„Na, bei den Leuten!", fauchte Rebekka. „Wegen deiner Schulden!"

„Ach so, das." Er hielt inne. Ein seltsames Klingeln drang an Rebekkas Ohr. „Das geht schon klar, mach dir keine Sorgen."

„Was haben sie denn gesagt?" Angesichts der Hintergrundgeräusche hatte Rebekka immer lauter gesprochen. Jetzt schrie sie schon beinahe in den Hörer. Gleichzeitig fragte sie sich, wo ihr Vater war. Hatte er die Männer in einer Kneipe aufgespürt?

„Noch einen", sagte ihr Vater.

„Häh?" Was war hier los?

„Gib schon her, Vince", befahl ihr Vater in schneidendem Tonfall.

Rebekka runzelte die Stirn. Warum musste er jetzt mit Vincent sprechen? „Jürgen?", hakte sie nach. Aus irgendeinem seltsamen Grund hatten sowohl Rebekka als auch Vincent ihren Vater immer Jürgen genannt.

Anstelle einer Antwort vernahm Rebekka eine Fanfare, dann begann es heftig und lang anhaltend zu klirren. Es klang ganz so, als würden Unmengen von Metallstücken in eine Metallschüssel fallen. Rebekka stockte der Atem.

„Nein", hauchte sie fassungslos. „Das glaub ich jetzt nicht."

„Ja!", stöhnte ihr Vater in den Hörer. „Ja! Ja! Ja!"

„Nein!", keifte Rebekka. „Sag mir jetzt nicht, dass du spielen gegangen bist!"

„Ich hab gewonnen, Becky. Gewon-nen!" Er klang irgendwie fremdartig. Seine Stimme vibrierte vor Erregung. „Vincent! Hab ich's dir nicht gesagt!? Eine Glückssträhne! Becky! Wenn die anhält, kann ich all meine Schulden auf einen Schlag bezahlen. Verstehst du?"

Rebekka ließ langsam das Handy sinken. Entgeistert starrte sie an die Wand ihres Zimmers. Er hatte versprochen, sich um die beiden Männer zu kümmern. Und was hatte er getan? Er war in die nächstbeste Spielhalle marschiert und verspielte seine letzten Kröten!

„Glückssträhne", flüsterte sie in die Einsamkeit ihres Zimmers hinein. Ihre Stimme klang bitter. „Dass ich nicht lache! Du spielst doch sowieso so lange weiter, bis das Geld alle ist. Nicht mal hundert Glückssträhnen könnten daran etwas ändern!" Sie ließ das Telefon auf den weichen Teppichboden fallen und lauschte den klirrenden Geräuschen, die immer noch bis zu ihr durchdrangen. Auf die Entfernung klangen sie längst nicht so bedrohlich, wie sie in Wirklichkeit waren. Sie ähnelten eher dem sanften Rauschen des Meeres.

Schließlich zog sie angewidert die Oberlippe hoch. „Ich verachte dich, Jürgen Petrell", flüsterte sie in Richtung Telefon. „Weil du ein saumäßiger Vater bist ... und ein noch schlechterer Ehemann."

Plötzlich zuckte Rebekka zusammen. Schlechter Ehemann? Erst in diesem Moment fiel ihr ihre Mutter wieder ein. Sie sah ein weiteres Mal auf ihre Uhr. Mittlerweile war es fast halb sieben. Wenn sie ihre Mutter beschützen und nach Hause begleiten wollte, musste sie sich beeilen. Ohne sich weiter um das Telefon zu kümmern, rannte sie aus ihrem Zimmer.

Kapitel 8

Eine knappe halbe Stunde später hielt ihr Taxi vor dem Anwesen der Familie Roselius. Rebekka bat den Fahrer, auf sie zu warten, stieg aus und näherte sich vorsichtig dem riesigen, über zwei Meter hohen Tor, das zusammen mit einer entsprechend hohen Mauer die Einfahrt auf das Gelände versperrte. Rebekka trat an die weiß lackierten Metallstäbe heran und blickte neugierig hindurch. Ein breiter, gepflasterter Weg führte zu einem riesigen, weiß verputzten Prunkbau, der ungefähr dreißig Meter von der Straße zurücklag. Da es bereits dunkel war, konnte sie das Ganze nur deshalb so gut erkennen, weil sowohl der Weg als auch das Haus üppig beleuchtet waren. Die junge Frau schüttelte fassungslos den Kopf. Sie war nie zuvor hier gewesen. Sicher, sie wusste, dass der Arbeitgeber ihrer Mutter nicht aufs Geld achten musste. Aber das hier? Ein so riesiges Gelände in Stadtnähe hatte sie nun wirklich nicht erwartet.

Suchend blickte sie sich um. Rechts neben dem Tor entdeckte sie schließlich einen verzierten weißen Kasten. Auf der Vorderseite des Kastens befanden sich eine Klingel und eine Gegensprechanlage. Ohne lange zu überlegen, betätigte Rebekka die Klingel.

Zuerst erfolgte keinerlei Reaktion. Sie wollte sich schon wieder abwenden, als sie eine stark verzerrte Stimme vernahm. „Ja, bitte?"

„Ähm, Petrell", antwortete Rebekka, „Rebekka Petrell. Ich möchte meine Mutter abholen."

Einen Moment herrschte Schweigen. Dann brach das Gewitter los. „Bist du verrückt?", herrschte die gleiche Stimme sie an. „Herr Roselius sieht es nicht gern, wenn Fremde sein Haus betreten. Und schon gar nicht, wenn es sich dabei um die Sippschaft der Angestellten handelt! Was willst du überhaupt hier?"

„Mutti?", fragte Rebekka erstaunt.

„Ja, was dachtest du denn?"

„Na ja ... ich weiß nicht ... ich will dich nur abholen, sonst nichts."

„Das wäre das erste Mal in fünf Jahren", antwortete Louise. „Und ich hab dich auch nicht darum gebeten. Fahr wieder nach Hause, Becky. Ich bin hier noch nicht fertig."

„Dann warte ich vor dem Tor auf dich."

„Nein! Auf keinen Fall! Herr Roselius kann jeden Moment nach Hause kommen. Nicht auszudenken, was passiert, wenn er dich vor dem Anwesen herumlungern sieht. Wahrscheinlich ruft er sofort die Polizei. Und dann ... Nein, du fährst sofort wieder nach Hause!"

„Das tue ich nicht!", widersprach Rebekka. „Ich wollte schon immer mal wissen, wo und wie du arbeitest. Außerdem hab ich ein Vermögen fürs Taxi bezahlt."

„Taxi?", kiekste Louise. „Bist du wahnsinnig? Das kostet ja mehr, als ich heute verdient habe!"

„Wann, sagtest du, kommt der Typ nach Hause? Ich sollte dringend mal mit ihm über dein Gehalt sprechen!"

Statt einer Antwort ertönte ein Surren und das Tor begann sich langsam zu öffnen. „Geh links am Haus vorbei", sagte ihre Mutter noch. „Ich lass dich durch den Hintereingang rein."

Auf Rebekkas Gesicht bildete sich ein zufriedenes Grinsen. Sie schlüpfte durch das nur wenig geöffnete Tor und spazierte gemächlich die mit Natursteinen gepflasterte Auffahrt entlang. Ihr Tempo war schon allein deshalb angemessen, weil sie darauf achten musste, nicht zu stolpern. Obwohl sie zwei Paar Socken übereinandergezogen hatte, saßen ihre Schuhe immer noch zu locker ...

Je näher sie dem Haus kam, desto riesiger wirkte es. Rebekka nahm an, dass es mindestens fünfhundert Quadratmeter Wohnfläche bot. Auffallend war auch, dass es mit ungewöhnlich großen Fensterflächen versehen war. Schon im Erdgeschoss reihte sich ein bodentiefes Fensterelement an das nächste. Da es keine Gardinen gab und auch drinnen alles hell erleuchtet war, konnte Rebekka ungehindert in die großzügigen Räumlichkeiten hineinblicken.

Rebekka hatte das Gebäude fast erreicht, als sie eine Stimme vernahm. „Jetzt schlaf nicht ein beim Gehen!" Erstaunt blickte sie nach links. Dort stand ihre Mutter. Sie lugte halb hinter der Hausecke hervor und winkte sie hektisch zu sich heran. „Beeil dich doch! Wenn dich einer sieht, verlier ich vielleicht noch meinen Job!"

Rebekka beschleunigte ihre Schritte und eilte auf ihre Mutter zu. Dabei spreizte sie ihre Zehen, damit sie die Schuhe nicht verlor. Sie verließ jetzt den Weg und betrat eine Fläche, die mit kleinen Steinen übersät war. Diese knirschten beim Gehen unter ihren Sohlen.

„Mach nicht so'n Krach", beschwor Louise ihre Tochter und bedeutete ihr einmal mehr, sich zu beeilen.

Rebekka lief mittlerweile fast. Aber kaum hatte sie ihre Mutter erreicht, wurde sie auch schon am Pullover gepackt und um die Ecke gezogen. „Lass meinen Pulli heil“, protestierte Rebekka. „Den brauch ich noch.“ In der Tat war der schwarz-weiß-grau gestreifte Pullover einer ihrer Lieblingsstücke.

Ihre Mutter reagierte nicht, sondern zog ihre Tochter eilig mit sich fort, einen schmalen Weg entlang, bis zu einer unauffälligen Tür aus klar lackiertem Holz. Erst als sie diese durchschritten hatten und in einem unmöblierten, kleinen Flur standen, atmete Louise sichtbar auf und wandte sich ihrer Tochter zu.

„Was denkst du dir nur dabei?“, schimpfte sie. Mit ihrer schwarzen Stoffhose, dem grauen Wollpullover und den fest nach hinten gebundenen Haaren unterstrich sie auch optisch ihr strenges Auftreten. „Durch diese Arbeit verdiene ich unseren Lebensunterhalt. Ich kann nicht verstehen –“ Abrupt verstummte sie und starrte ihre Tochter mit weit aufgerissenen Augen an.

Rebekka erschrak und wandte sich suchend um. Doch sie sah niemanden, insbesondere nicht Herrn Roselius. „Was ist denn los?“, fauchte sie. „Du hast mich zu Tode erschreckt!“

„Dein Auge“, flüsterte ihre Mutter fassungslos. „Was hast du mit deinem Auge gemacht?“

Rebekka schluckte. In ihrer Sorge um das Wohl ihrer Mutter hatte sie ihre eigenen Verletzungen völlig vergessen. Unauffällig schloss sie ihre rechte Hand zur Faust. Nicht auszudenken, was passierte, wenn ihre Mutter auch noch die Verletzung in ihrer Hand sah …

„Das … na ja“, stammelte sie. Es war nicht einfach, Lügengeschichten zu erzählen, wenn man auf dem völlig falschen Fuß erwischt wurde. Aber immerhin hatte sie sich ja schon eine Version zurechtgelegt. „Ich … also … war wohl gestern Nacht ein bisschen … wie soll ich sagen … beschwipst oder so.“

„Du warst *was*?“, entfuhr es ihrer Mutter. „Und ich hab davon nichts gemerkt?“

Rebekka zuckte verlegen die Achseln. „Es war ja auch nicht schlimm. Nur ein ganz kleines bisschen. Jedenfalls bin ich gestolpert und irgendwo gegen gefallen.“

Louise Petrell seufzte tief. „Ich fass es nicht. Mein Mann ein Spieler. Mein Sohn ein Nichtsnutz. Meine Tochter eine Säuferin.“

„Jetzt übertreib aber nicht, Mutti“, protestierte Rebekka. „Ich hab wirklich nur ein ganz kleines bisschen –“

Louise hob die Hand und brachte ihre Tochter damit zum Schweigen. „So fängt es immer an“, behauptete sie. „Das siehst du doch bei deinem Vater. Erst hat er so getan, als sei es nur ein Zeitvertreib, und dann war schon alles zu spät. Nein, meine Liebe, damit kommst du mir nicht davon. Wir werden am Samstag zur Beichte gehen, jawohl, das werden wir. Wir werden –“ Das Geräusch eines Automotors ließ sie mitten im Satz verstummen. „Das ist er!“, hauchte sie entsetzt. „Und ich bin noch nicht fertig!“ Von einer Sekunde auf die nächste verfiel Rebekkas Mutter in hektische Aktivität. Sie rannte erst zur nächstgelegenen Innentür, dann wieder zurück zu Rebekka und packte sie beschwörend an den Oberarmen. „Du bleibst hier, hörst du! Du rührst dich nicht vom Fleck. Ich mach alles schnell fertig und komm dann wieder.“ Mit diesen Worten ließ sie Rebekka wieder los und eilte ein weiteres Mal zur Tür. Dabei betastete sie noch einmal prüfend den strengen Dutt, zu dem sie ihre langen schwarzsilbrigen Haare zusammengebunden hatte. Im nächsten Moment schlüpfte sie durch die Tür und war verschwunden.

Rebekka sah ihr mit hochgezogenen Augenbrauen nach. Das Gefühl von Wut, das sie nun schon seit einigen Jahren immer dann verspürte, wenn von einem gewissen Adalbert Roselius die Rede war, hatte sich gerade noch mehr gesteigert. Ihre Mutter war fleißiger als irgendjemand sonst auf dieser Welt. Wie war es dann möglich, dass sie Angst vor ihrem Arbeitgeber hatte?

Das Geräusch eines Schlüssels, der im Schloss herumgedreht wurde, riss Rebekka jäh aus ihren Gedanken. Neugierig trat sie ein paar Schritte vor und näherte sich der Tür, durch die ihre Mutter gerade entschwunden war. Unvorsichtigerweise hatte Louise die Tür in ihrer Eile nur angelehnt. Das ermöglichte es Rebekka, einen Blick in den Hauptflur des Gebäudes zu werfen. Er war extrem groß und dabei doch ungewöhnlich leer. Möbel gab es dort keine, nicht einmal eine Garderobe. Dafür nahm eine geschwungene Glastreppe, die ins Obergeschoss zu führen schien, den größten Teil des Raumes ein. Aber warum hatte das Licht einen sanften Rotstich? Auf der Suche nach der Ursache wanderten Rebekkas Blicke nach oben und landeten bei einem

Kronleuchter, der selbst in den Buckingham Palast gepasst hätte. Er war riesig und bestand aus vielen farblosen Kristallen, dazu aber auch aus roten Armen und kleinen roten Lampenschirmchen, die ihm eine besondere Wirkung verliehen. Rebekka war beeindruckt. Aber dann öffnete sich die Haupteingangstür und Rebekka wich erschrocken ein paar Schritte zurück.

„Wow“, hörte sie eine tiefe Frauenstimme sagen, „das sieht ja aus wie ein Palast.“ Offensichtlich war Rebekka nicht die Einzige, die dieses Haus zum ersten Mal betrat.

„Warte ab, bis du das Schlafzimmer siehst“, antwortete eine Männerstimme. Sie klang rau und ausgesprochen anzüglich. Und sie entlockte der jungen Frau ein albernes Kichern.

Komisch, wunderte sich Rebekka. *Die Stimme klingt viel zu jung.* Sie hatte Adalbert Roselius noch nie getroffen, aber ihres Wissens war er mindestens fünfzig.

Wieder konnte sie es nicht lassen, ihre Neugier zu befriedigen. Sie schlich zur Tür zurück und riskierte einen vorsichtigen Blick in die Halle.

„Das ist wirklich der knackigste Hintern, den dieses Haus jemals zu Gesicht bekommen hat“, stöhnte der Mann, von dem Rebekka allerdings nicht sehr viel sah. Besagter Hintern versperrte ihr nämlich die Sicht. Trotz der beiden Hände, die darauf lagen, konnte Rebekka gut erkennen, dass er in einer unglaublich kurzen Jeanshose steckte, die nicht einmal die Pobacken vollständig bedeckte. Die Beine der jungen Frau steckten in schwarzen Netzstrumpfhosen. Gekrönt wurde das Ganze mit hochhackigen schwarzen Pumps. Rebekka musste neidlos eingestehen, dass sie es hier mit den längsten Beinen zu tun hatte, die die Welt je gesehen hatte. Ihr Blick wanderte höher, das Rückenteil einer roten Bluse entlang, bis hin zu lockigen, blonden Haaren. Ob das hier eine Prostituierte war? Dem Körper und der Stimme nach zu urteilen war die Frau jedenfalls kaum älter als sie selbst. Würde eine schöne, junge Frau mit einem Fünfzigjährigen ...?

„Komm, lass uns nach oben gehen“, murmelte der Mann. Seine Stimme kippte fast vor Erregung.

Andererseits, so dachte Rebekka, war Adalbert Roselius ein reicher und mächtiger Mann. Da gab es bestimmt viele Frauen, die sich ihm an den Hals warfen. *Im wahrsten Sinne des Wortes*, fügte sie in Gedanken hinzu und ließ ihren Blick noch einmal über die Arme der Frau wandern, mit denen sie den Mann umschlungen hielt. Nur schade, dass sie diesen verdeckte. Rebekka hätte doch zu gern einen Blick auf ihn geworfen.

„Scheiße", rief der Mann plötzlich und löste sich aus der Umarmung. Dann hechtete er aufgeregt zur Tür und sah nach draußen. Rebekka stellte mit Verwunderung fest, dass er keineswegs fünfzig, sondern höchstens dreißig war. Und außerdem den wohl unverschämtesten Körper besaß, den sie jemals gesehen hatte. Unter seinem engen Poloshirt wölbten sich Muskelmassen, die man nur mit täglichem Training im Fitnessstudio erreichen konnte. Wer zum Donnerwetter war dieses Prachtexemplar von einem Mann?

„Mein Vater", keuchte der Unbekannte jetzt.

Und dann hörte auch Rebekka, dass draußen eine Autotür zugeworfen wurde.

Inzwischen war der Mann zu der jungen Frau zurückgerannt, ergriff sie an der Hand und zog sie hinter sich her in Richtung Treppe. „Wir müssen weg! Komm jetzt!", beschwor er sie.

Die junge Frau aber sperrte sich. „Mann, Chris, wieso denn?", maulte sie und entzog dem Mann ihren Arm. „Ist doch nicht schlimm, wenn dein Vater nach Hause kommt. Ich möchte ihn sowieso gern kennenlernen." Schon vernahm man das Geräusch eines Schlüssels, der in das Schloss gesteckt wurde.

„Er ist nicht so, wie du denkst", flüsterte der Mann atemlos. „Und jetzt komm!"

Die Frau stieß einen weiteren protestierenden Laut aus, klackerte aber dennoch lautstark hinter dem Mann die Treppe hinauf. Beide hatten etwa die Hälfte der Stufen bewältigt, als die Tür aufschwang. Rebekka, deren Augen schon fast durch den Türspalt hüpften, musste sich notgedrungen wieder ein Stück zurückziehen.

„Christopher!", dröhnte eine Stimme, die an Lautstärke und Intensität kaum zu überbieten war. Sie ließ einen Schauer über Rebekkas Rücken laufen.

„Vater!", antwortete Christopher und klang ziemlich verunsichert. „Was machst du denn schon hier?"

Adalbert Roselius – er musste es sein, daran gab es für Rebekka keinen Zweifel – antwortete nicht gleich. War er noch da? Rebekka konnte nicht anders, sie schob den Kopf wieder vor und spähte durch den Türspalt. Und tatsächlich, da stand er. Erstaunlicherweise war er längst nicht so groß und massig, wie sie ihn sich anhand der Stimme vorgestellt hatte. Er war etwa 1,75 Meter und dabei eher schmächtig. Seine braunen Haare waren dicht und ganz leicht gewellt. Er trug sie im Nacken kurz, das längere Deckhaar aber war von der Stirn aus nach hinten gekämmt. Auf seiner Nase prangte eine dunkle Hornbrille, die hervorragend zu seinen verkniffenen Zügen passte. Auf diese Weise sah er aus wie ein Nashorn kurz vor dem Angriff.

„Wer ist das schon wieder?" Die Frage hallte wie Donnerschläge durch die leere Halle.

„Das?", stammelte Christopher und wand sich auf einmal wie ein Schuljunge. „Das ist ... das ... also ... ist ..."

„Katharina!", kam ihm die junge Frau zu Hilfe. „Mein Name ist Katharina Gral." Dann allerdings drehte sie sich zu Christopher um. „Du hast es doch nicht wirklich vergessen, oder?", raunte sie ihm zu.

Unglücklicherweise hatte sie sich dabei ein wenig in der Lautstärke vergriffen. Rebekka jedenfalls hatte jedes Wort verstehen können. Und der alte Roselius? Rebekka Blick wanderte wieder einmal zum Arbeitgeber ihrer Mutter hinüber. Und da sprach er auch schon!

„Darauf würde ich mich nicht verlassen, junge Frau!", dröhnte seine kalte Stimme durch die Halle. „In Bezug auf das weibliche Geschlecht handelt mein Sohn nämlich strikt nach dem Motto: In der Masse sind sie klasse! Stimmt doch, Christopher? Die Wievielte ist sie diese Woche? Die Vierte?"

Katharina öffnete ihren Mund ... schloss ihn wieder ... und wirbelte dann zu Christopher herum. „Ist das wahr, Chris?", keifte sie. „Die Vierte in einer Woche?"

„Nein, bist du nicht", widersprach Chris. „Er übertreibt. Das tut er immer!"

Aber Katharina schien sich nicht beruhigen zu wollen. Sie trat noch eine Stufe näher an Chris heran, stemmte die Hände in die Hüften und rief: „Inwiefern übertreibt er? Bin ich nur die Dritte in dieser Woche, oder was?"

„Höchstens", beschwichtigte Chris sie, erntete aber das Gegenteil von dem, was er beabsichtigt hatte. Seine Freundin jedenfalls verpasste ihm eine schallende Ohrfeige und rannte – so gut es mit den hohen Absätzen eben ging – die Treppe hinunter.

„Katharina ... warte", rief Christopher hinter ihr her.

Immerhin, dachte Rebekka grinsend, konnte er sich *jetzt* an ihren Namen erinnern.

Aber das schien seine Freundin auch nicht mehr zu beeindrucken. Jedenfalls sah sie sich nicht einmal mehr um, stürmte wortlos an Herrn Roselius senior vorbei und stürzte durch die immer noch geöffnete Tür ins Freie. Während ihre Schritte auf dem knirschenden Kies immer leiser wurden, sagte in der Halle niemand ein Wort.

Christopher fand als Erster seine Sprache wieder. „Warum tust du das?", fragte er kalt. „Warum kompromittierst du mich vor meinen Freundinnen?"

„Warum tust *du* das?", entgegnete sein Vater. „Warum bringst du diese Flittchen in mein Haus?"

„Um Spaß zu haben", fauchte Christopher. „Und das würde dir auch mal ganz guttun."

Adalbert Roselius lachte auf. „Sicher würde es das. Ich hab nur leider keine Zeit dafür. Ich muss mich um den Betrieb kümmern, während mein Filius, von Beruf Sohn, in der Gegend herumhurt!"

„Zu etwas anderem tauge ich ja nicht." In Christophers Stimme lag Bitterkeit.

„Da hast du recht!", rief sein Vater und fuchtelte wild mit den Armen. „Du *bist* ein Taugenichts! Aber nicht, weil du nichts kannst, sondern weil du es gar nicht erst versuchst!"

„Weil ich's aufgegeben hab!", brüllte Christopher. „Ist in deinen Augen doch sowieso alles Mist, was ich tue!"

Das Gesicht von Adalbert Roselius war vor Wut verzerrt, sein Gesicht hatte sich tiefrot verfärbt. Außerdem atmete er so heftig, als würde er kurz vor dem Herzinfarkt stehen. Trotzdem antwortete er nicht gleich, sondern rang erst ein paar Sekunden mit sich und sagte schließlich in sehr viel gemäßigterem Tonfall: „Was erwartest du, Christopher? Du hast nichts vorzuweisen. Wie lange studierst du schon? Sechs Jahre? Acht? Und immer noch kein Examen in Sicht! Wie würdest du an meiner Stelle reagieren?"

„Ich würde mich endlich rauswerfen, Vater", entgegnete Chris und sah seinem Vater herausfordernd in die Augen. „Nun?"

Rebekka starrte wie gebannt durch den Türspalt. Was sie hier erlebte, war besser als ein Abend im Kino! Erwartungsvoll hing ihr Blick an dem Älteren der beiden. Dieser schien nicht zu wissen, was er tun sollte. Jedenfalls grummelte er nur irgendetwas, das Rebekka nicht verstehen konnte, wandte sich dann ganz abrupt ab und bellte: „Frau Petrell!" Als nach anderthalb Sekunden immer noch keine Reaktion erfolgt war, bölkte er noch lauter durchs Haus. „Frau Petrell! Wo bleiben Sie denn?"

Rebekka schüttelte fassungslos den Kopf. Allmählich wurde ihr klar, warum dieser Typ seine Angestellten terrorisierte. Augenscheinlich lud er den Frust über seinen Sohn bei ihnen ab! Sie hatte den Gedanken kaum zu Ende gedacht, als auch schon eine Nebentür aufgerissen wurde und ihre Mutter in die Halle stürmte.

„Entschuldigen Sie bitte", flüsterte sie atemlos. „Ich war gerade im Keller." Mit diesen Worten lief sie auf ihren Arbeitgeber zu, tippelte um ihn herum, nahm ihm von hinten den Mantel ab und legte ihn sich über den Arm.

„Und was tun Sie dort?", zischte Herr Roselius.

Rebekka verengte ihre Augen zu Schlitzen. Beherrschte dieser Typ denn nicht einmal die einfachsten Regeln der Höflichkeit? In jedem Fall wurde er ihr mit jeder Minute unsympathischer. Wenn die Hühner nicht gestorben wären, hätte sie sich im Nachhinein über das Feuer beinahe gefreut.

„Ich habe die Weinflaschen entstaubt", hauchte Louise.

„Die Weinflaschen?", schnaubte Herr Roselius. „Was interessieren mich die Weinflaschen? Bringen Sie mir einen Whiskey! Mit Eis! Ich bin im Arbeitszimmer." Mit diesen Worten marschierte er durch die Halle, riss eine Tür auf, die sich rechts von der Treppe befand, und knallte diese dann lautstark wieder hinter sich zu.

Als das Geräusch verhallt war, seufzte Louise tief auf. Dann drehte sie sich um und entdeckte Rebekka, die durch den Türspalt lugte.

„Du sollst nicht immer so neugierig sein!", rügte sie ihre Tochter.

Rebekkas Augen weiteten sich. Sie schüttelte hektisch den Kopf, doch ihre Mutter schien diese Geste fehlzuinterpretieren.

„Natürlich bist du neugierig. Hatte ich dir nicht gesagt, dass du dich nicht vom Fleck rühren sollst?! Stattdessen hast du Stielaugen gekriegt. Ich weiß wirklich nicht, was ich mit dir machen soll!"

„Und ich weiß nicht, was ich mit Ihnen machen soll, Frau Petrell", erklang da eine Männerstimme.

Louise wirbelte erschrocken herum. „Was???"

„Seit wann ist es eigentlich erlaubt, Gäste mit hierherzubringen?", erkundigte sich Christopher, der bis eben bewegungslos auf der Treppe gestanden hatte.

„Gäste?", stammelte Louise. „Aber wieso ... ich ... hab doch gar nicht ..." Ihre Stimme verklang, als Christopher langsam die Treppe hinunterschlenderte und dabei den Blick fest auf den Türspalt richtete.

Frei nach dem Motto „Angriff ist die beste Verteidigung" stieß Rebekka die Tür auf und hob ihre Nase vorsichtshalber ein bisschen höher. „Du solltest wissen, Mutti, dass vor allem Damenbesuch in diesem Hause nicht gern gesehen wird. Hab ich recht, Chris?" Sie hatte mit Bedacht Christophers Spitznamen gewählt und sah ihm jetzt herausfordernd in die Augen.

„Stimmt", konterte dieser und musterte sein Gegenüber erst einmal von oben bis unten. „Aber wie wir gesehen haben, führt das bei mir nicht dazu, dass ich rausgeworfen werde. Bei den Angestellten sieht das schon ganz anders aus."

Rebekka hörte, wie ihre Mutter nach Luft schnappte, ließ sich dadurch aber nicht beirren. „Beachtlich, beachtlich", murmelte sie und tat so, als würde sie nachdenken. „Eine bemerkenswerte genetische Übereinstimmung. Ganz der Papi, unser Chris. Wenn er Frust hat, lässt er ihn am liebsten an den Angestellten aus. Die können sich so herrlich schlecht wehren."

„Oh", lachte Chris, „das weiß ich noch nicht so genau. Wenn es da eine ähnliche genetische Übereinstimmung gibt, können sie sich offenbar ganz gut wehren."

Im Verlauf dieses Schlagabtausches hatte sich Louise wieder ein kleines bisschen gefangen. Jetzt brachte sie ihre Tochter mit einem energischen Blick zum Schweigen und wandte sich ihrerseits an Christopher. „Bitte, Christopher", flehte sie, „sagen Sie's ihm nicht. Ich bin auf das Geld angewiesen."

Die kleine Atempause gab Rebekka die Möglichkeit, ihr Gegenüber genauer zu betrachten. Widerstrebend musste sie zugeben, dass ihr das, was sie sah, durchaus gefiel. Christopher Roselius war wesentlich größer als sein Vater, bestimmt fast 1,90 Meter. Er hatte volles, rötlich braunes Haar. Sie waren kurz geschnitten, dabei aber zu einer frechen Wuschelfrisur geföhnt. Sein Gesicht war nicht im klassischen Sinne schön, aber doch männlich und ausdrucksstark. Am meisten fielen ihr aber seine Augen auf. Sie hatten eine Farbe, die Rebekka noch niemals zuvor gesehen hatte. Faszinierend, aber doch undefinierbar. Sie erinnerten Rebekka an die Salzkristallleuchte, die sie zu Hause hatte, oder an den Bernsteinring ihrer Mutter. Auf alle Fälle schimmerten sie orange-braun, was Rebekka geradezu magisch anzog. Auch jetzt schaffte sie es nicht, sich davon loszureißen.

„Dass *einer* mich bittet, reicht mir aber nicht", antwortete Chris. Und dann wandte er sich an Rebekka und lächelte ihr frech ins Gesicht, wobei ein sympathisches Grübchen auf seine rechte Wange trat. „Doppelt hält ja bekanntlich besser. Besonders, wenn die Bitte von dem Gast kommt, um den es hier ja geht."

Rebekka holte Luft, um ihm eine passende Antwort entgegenzuschleudern, als ihre Mutter ihr zuvorkam. „Becky?", sagte sie beschwörend.

Die Angesprochene hielt inne und atmete einen herben männlichen Duft ein. Seltsamerweise fachte das betörende Aroma ihre Wut nur noch mehr an. Sie schoss vernichtende Blicke auf ihre neue Bekanntschaft ab. Gleichzeitig spürte sie den strengen Blick ihrer Mutter wie Peitschenhiebe auf ihrer Haut. „Bitte", grummelte sie durch zusammengepresste Zähne hindurch.

„Entschuldigung?", sagte Christopher.

„Bitte!", schnaubte Rebekka.

„Also gut", seufzte Chris gönnerhaft, „ich werd's mir überlegen. Aber nur, weil Sie so mitleiderregend aussehen."

„Ich sehe was?", brauste Rebekka auf.

„Entschuldigen Sie", grinste Christopher Roselius gespielt reumütig. „Ich muss es anders formulieren: Sie sehen so aus, als hätten Sie heute schon jemand anderen beleidigt. Jemand, der nicht so nachsichtig war wie ich. Kann das sein?"

Jetzt erst erinnerte sich Rebekka an ihr blaues Auge. Sie errötete bis zu den Haarwurzeln und verfluchte sich schon im nächsten Moment dafür. Was hatte dieser Kerl, das sie so aus der Fassung brachte?

„Das geht Sie überhaupt nichts an", fauchte sie aufgebracht.

„Ist nur ein bisschen ungleichmäßig verteilt", fuhr Chris unbeirrt fort. „Soll ich mich vielleicht für Ihre Nettigkeiten revanchieren und das andere Auge dazufärben?"

„Ich weiß was Besseres", zischte Rebekka. „Ich hau *Ihnen* eins aufs Auge, dann passen wir besser zueinander!"

Christopher lachte amüsiert auf. Dieses kleine Energiebündel gefiel ihm. Eigentlich stand er ja auf große, blonde Frauen, aber dieses besondere Exemplar war eine kleine Kursänderung wert. „Ach, lassen Sie mal. Ich finde, wir passen auch so schon gut zusammen. Und das bringt mich auf eine Idee: Ich hab nämlich heute meine Begleitung verloren. Unglückliche Umstände, Sie wissen schon. Möchten Sie vielleicht einspringen?"

„Grundsätzlich gern", säuselte Rebekka. „Aber ein *Taugenichts* – Sie wissen schon – ist leider unter meinem Niveau. Schönen Tag noch." Sie lächelte ihm noch einmal übertrieben zu, machte auf dem Absatz kehrt und wackelte – soweit ihr Schuhproblem dies zuließ – mit schwingenden Hüften auf den Ausgang zu.

❖

Als Louise Petrell eine Viertelstunde später zu Rebekka ins Taxi stieg, rechnete diese mit dem Schlimmsten. Der Ausdruck auf dem Gesicht ihrer Mutter sprach jedenfalls Bände.

„Bist du wahnsinnig?", fauchte Louise, noch bevor sie richtig saß. „Legst dich mit dem Sohn meines Chefs an! Und beleidigst ihn auch noch!" Sie warf die Tür des Taxis so kräftig hinter sich zu, dass sie noch im gleichen Moment vor Schmerzen aufstöhnte. Scheinbar hatte sie in ihrer Rage nicht an ihre Schulter gedacht. Umso heftiger fiel ihre Schimpftirade aus. „Glaub mir, er war sauer, stinksauer! Er wird es seinem Vater sagen. Und dann bin ich meinen Job los. Hast du eine Ahnung, was das bedeutet?

Weißt du, wie alt ich bin? Ich bin keine junge Frau mehr. Niemand wird mich je wieder einstellen! Niemand!"

Rebekka atmete insgeheim auf. Dass ihre Mutter meckerte, war ein gutes Zeichen. Sie würde sich alles von der Seele reden und dann zeitnah wieder beruhigen. Beleidigtes Schweigen wäre tausendmal schlimmer gewesen, schließlich hätte das tagelang, wenn nicht sogar wochenlang anhalten können.

Die Erleichterung ließ Rebekka unvorsichtig werden. „Hartz IV", murmelte sie einen Tick zu laut, „das wäre wie eine saftige Gehaltserhöhung ..."

„Hartz IV, *Hartz IV*?!?", keifte ihre Mutter. „Bist du wahnsinnig? Sehe ich so aus, als wäre ich einer dieser Schmarotzer, die nur vom Geld anderer Leute leben? Nein, meine Liebe, ich verdiene mein Geld selbst." Ihre Stimme klang mittlerweile weinerlich. „Und wenn es auch nicht mehr bei Familie Roselius ist."

„Jetzt mach aber mal halblang, Mutti", konterte Rebekka und bedeutete dem Taxifahrer loszufahren. „So schnell wird niemand rausgeschmissen. Und hier schon gar nicht. Der Alte ist auf seinen Sohn auch nicht grad gut zu sprechen. So wie ich ihn einschätze, wird er dessen Anschuldigungen schon aus Prinzip ignorieren." Der Blinker tickerte, dann setzte sich das Taxi in Bewegung.

„Ach, tatsächlich?", fauchte ihre Mutter. „Seit wann bist du denn hier der Experte für die intimsten Angelegenheiten der Familie Roselius?"

Rebekka schluckte. Ihre Mutter hatte schon recht, sie kannte die Familie eigentlich gar nicht. Aber vollständig klein beigeben wollte sie nun auch wieder nicht. „Seit du bei ihnen arbeitest. Und das ist eigentlich schon viel zu lange. Gib es zu, der alte Roselius ist ein Kotzbrocken. Er zahlt schlecht und kommandiert dich pausenlos herum. Das ist total ungerecht."

„Du und dein Gerechtigkeitssinn", seufzte Louise. „Das Leben ist nun mal ungerecht. Heutzutage muss man schon zufrieden sein, wenn man überhaupt einen Job hat. Und den will ich nicht aufs Spiel setzen!"

„Das Leben ist nur ungerecht, weil viel zu viele Menschen die Ungerechtigkeiten hinnehmen", behauptete Rebekka. „Aber man muss etwas dagegen unternehmen. Nur so kann sich etwas verändern!"

„Unternimm, was du willst, aber misch dich nicht in meine Arbeit ein. Ich bin dankbar für diesen Job und will ihn behalten!"

„Heißt das, dass du den alten Roselius magst?"

Louise sah Rebekka an. „Das hab ich nicht gesagt", seufzte sie. „Er ist schon ein bisschen unangenehm. *Beide* sind schrecklich. Sie streiten in einem fort."

Rebekka wurde hellhörig. „Alle beide?", wiederholte sie. Erst jetzt fiel ihr auf, dass ihre Mutter in den vergangenen Jahren immer nur von Adalbert Roselius gesprochen hatte. „Gibt's denn keine Frau Roselius? Hat dieser Christopher denn keine Mutter? Und auch keine Geschwister?"

Louise schüttelte den Kopf. „Soweit ich weiß, hat die Mutter die Familie verlassen. Aber das war lange vor meiner Zeit. Christopher war damals noch ein Kind."

„Und sie hat ihn nicht mitgenommen?", staunte Rebekka. „Eine Mutter, die ihr Kind zurücklässt?"

Louise zuckte die Achseln. „Unter den Bediensteten erzählt man sich, dass sie sich mit ihrem Liebhaber ins Ausland abgesetzt hat. Aber das kann natürlich ein Gerücht sein."

Jetzt war Rebekkas Neugierde vollends geweckt. „Und wann war das?", fragte sie aufgeregt. „Wie alt war Christopher damals? Und wie alt ist er jetzt?"

Louise hatte den Mund bereits geöffnet, um Rebekka zu antworten, als ihr Blick plötzlich argwöhnisch wurde. Prüfend sah sie Rebekka an.

„Interessierst du dich etwa für ihn?", fragte sie schließlich mit ungewöhnlicher Schärfe in der Stimme.

Rebekka errötete. „N-nein", stammelte sie. „Natürlich nicht."

„Das hört sich aber ganz anders an", bemerkte Louise streng. „Er ist ja auch ein gutaussehender junger Mann. Aber für dich ist er nichts. Hörst du das? Erstens ist er viel zu wohlhabend für dich und zweitens benutzt er die Frauen nur. Glaub mir, ich weiß, wovon ich spreche." Sie warf Rebekka einen bedeutungsvollen Blick zu. „Ich mache in seinem Zimmer sauber." Pause. „Auch das Bett", flüsterte sie.

Rebekka schluckte. Ein unangenehmes Gefühl kroch ihre Speiseröhre hinauf. Warum störte sie das, was ihre Mutter sagte? „Du schätzt mich völlig falsch ein!", sagte sie so locker, wie sie nur konnte. „Ich interessiere mich kein bisschen für ihn. Im Gegenteil, ich finde ihn arrogant und oberflächlich. Sein Gehabe macht mich ganz ..." Sie suchte nach dem passenden Wort, „... ganz zipfelsinnig. Was mir allerdings keine Ruhe lässt, ist die Tatsache, dass er mir irgendwie bekannt vorkommt. Als hätte ich ihn schon mal irgendwo gesehen. Mir fällt bloß nicht ein, wo."

„Er studiert Betriebswirtschaftslehre", sagte ihre Mutter. „An der Tierärztlichen Hochschule wirst du ihm nicht begegnet sein."

„Vanessa studiert BWL", überlegte Rebekka. „Ich hab sie mal in ein, zwei Vorlesungen begleitet." Aber dann konnte es kaum mehr als eine flüchtige Begegnung gewesen sein. Und irgendwie behagte es ihr nicht, dass ihr dieser Typ trotzdem in Erinnerung geblieben war ...

Kapitel 9

Jürgen und Vincent kamen erst tief in der Nacht nach Hause.

Rebekka wachte auf, als Gegenstände lautstark zu Boden schepperten und Türen knallten.

Im ersten Moment wollte sie aufspringen und ihren Vater zur Rede stellen. Aber dann bekam sie mit, dass ihre Mutter das bereits übernahm. Eine gute halbe Stunde hörte sie sie schimpfen, zetern, jammern und klagen, dann war mit einem Mal Ruhe. Wahrscheinlich lagen die Schnapsleichen schnarchend in ihren Betten.

Rebekka hingegen konnte lange Zeit nicht wieder einschlafen. Verzweifelt grübelte sie darüber nach, was sie jetzt tun sollte. Wie konnte sie ihre Mutter, wie sich selbst beschützen?

Erst nach langer Zeit fiel sie in einen unruhigen Schlaf.

❖

Als sie am nächsten Morgen erwachte, lugte hinter ihrem Rollo bereits die Sonne hervor. Ein kurzer Blick auf die Uhr verriet ihr, dass es bereits halb zehn war.

Rebekka zögerte nicht lange. Sie schwang die Beine aus dem Bett, sprang auf, zog das Rollo hoch und schlüpfte in die Kleidungsstücke, die sie als Erstes in die Finger bekam, in diesem Fall eine schwarze Stoffhose und einen dünnen, hellgrauen Pulli, den vorn eine große schwarze Rose zierte. Dann eilte sie in die Küche, öffnete den Schrank, der sich unter der Spüle befand, und zog einen Zehnliter-Eimer daraus hervor. Sie stellte ihn in die Spüle und ließ ihn zur Hälfte mit eiskaltem Wasser volllaufen. Anschließend wuchtete sie ihn wieder heraus und trug ihn schwankend auf den Flur hinaus. Sie steuerte ohne Umwege auf das Schlafzimmer ihrer Eltern zu und stürmte durch die Tür.

Der Raum war taghell, was wahrscheinlich daran lag, dass ihr Vater das Rollo noch immer nicht repariert hatte. Es lag auf der Fensterbank und wartete darauf, dass die rechte Befestigung wieder an der Decke angebracht wurde.

Ansonsten war alles genau so, wie sie es erwartet hatte.

Es stank so penetrant nach Alkohol, dass sie Angst gehabt hätte, ein Streichholz zu entzünden. Bei dieser Konzentration wäre vermutlich der Raum explodiert, da war sie sich ganz sicher.

Ihre Mutter war nicht da. Wahrscheinlich hatte sie sich längst auf den Weg zur Arbeit gemacht.

Ihr Vater lag quer über dem Doppelbett und schnarchte. Er lag halb auf der Seite, halb auf dem Bauch. Eine der Bettdecken benutzte er als überdimensionales Kopfkissen, die andere bedeckte notdürftig seinen Rücken und eines seiner Beine. Das andere lugte darunter hervor und lag angewinkelt über einem von zwei Kopfkissen. Rebekka schüttelte den Kopf. Wenn die Situation nicht so ernst gewesen wäre, hätte sie beinahe lachen müssen.

Aber Rebekka hatte nicht vor, sich in Betrachtungen zu verlieren. Entschlossen trat sie ans Bett, hob mühsam den Eimer in die Höhe – und kippte den Inhalt über dem Kopf ihres Vaters aus. Er ergoss sich laut platschend in sein unrasiertes Gesicht.

Sie hatte noch nie jemanden so in die Höhe schnellen sehen.

Jürgen Petrell hatte sich mit einem einzigen Satz in die Senkrechte katapultiert. Jetzt stand er nur mit einer Unterhose bekleidet mitten auf dem Bett, hielt beide Hände schützend vors Gesicht und jammerte: „Nein, bitte nicht, ich werde zahlen. Ich – werde – zahlen!“

Rebekka betrachtete ungeniert seinen Bauch. So völlig unbekleidet wirkte er noch dicker und vor allem unförmiger.

Jürgen schien sich allmählich bewusst zu werden, wo er sich befand. Jedenfalls wandte er den Kopf und blinzelte zum Fenster hinüber. Doch zu mehr als zu einem „Häh?" war er noch nicht in der Lage.

Blubb ... blubb ... Von seinem Körper tropfte es unablässig auf die Matratze hinunter.

„Ist das ...", stammelte Jürgen, „... bin ich ... *zu Hause*?" Er ließ langsam die Arme sinken und wandte Rebekka den Kopf zu. Dann starrte er sie aus großen Augen an. „Träum ich?", murmelte er dann.

Rebekka grinste und schüttelte den Kopf. „Keineswegs."

Jürgen starrte sie weiterhin an. „Aber was ... was tust du dann hier?"

„Ich wecke dich", antwortete Rebekka schlicht.

In diesem Moment fiel Jürgens Blick auf den Eimer in der Hand seiner Tochter. Seine Augen weiteten sich. Man sah ihm förmlich an, wie er begriff ... wie er sich bewusst wurde, was geschehen war. Entsetzt sah er an seinem nackten, patschnassen Körper hinunter. Dann verfinsterte sich sein Blick und er sah in Zeitlupentempo wieder zu Rebekka auf.

„Das hast du nicht gewagt!", knurrte er.

Rebekka gefror das Grinsen auf den Lippen. Sie ging unwillkürlich in Abwehrhaltung.

„Du unverschämtes Luder!" Jürgens Stimme klang wütend, doch schwang darin immer noch ein Hauch Fassungslosigkeit mit.

Rebekka wusste, dass es damit jeden Moment vorbei sein würde. Die Explosion stand kurz bevor. Sie beschloss, nicht darauf zu warten.

„Ich habe dich geweckt", begann sie ruhig, „um dir zu sagen, dass ich Mutti alles erzählen werde. Alles. Zuerst werde ich ihr die Sache mit dem Hühnerstall beichten, und dann erfährt sie, was ich über *deinen* Schlamassel weiß. Inklusive der Tatsache, dass du wieder gespielt hast und ich halb totgeschlagen wurde." Sie sah ihrem Vater mitten ins Gesicht.

Eben noch hatte sich Jürgens Körper angespannt, sein Gesicht und der kahle Kopf waren rot angelaufen, die Äderchen auf seiner Stirn hervorgetreten. Jetzt sackte er wieder in sich zusammen und erbleichte. Eine neue Welle von Verständnislosigkeit überrollte ihn.

„Was? Aber ... wieso? Ich meine ... bist du über Nacht verrückt geworden?"

Durch Jürgens Verwirrung bekam Rebekka Oberwasser. „Nein", entgegnete sie kalt, „aber du."

„Ich?"

„Du hast gespielt und gesoffen." Rebekka spie ihrem Vater die Worte regelrecht entgegen. „Anstatt das Problem aus der Welt zu schaffen!"

Jürgen schluckte. „Nein", protestierte er. „So war das nicht. Ich ... wir ... haben überall nach den Kerlen Ausschau gehalten. Wirklich!" Er näselte bei diesen Worten noch stärker als sonst und offenbarte dadurch seine Nervosität. „Wo hätten wir denn nach ihnen suchen sollen? Im Café? Überleg doch mal. Uns blieb gar nichts anderes übrig, als in die Spielhallen zu gehen."

„Auch nicht besser!", fuhr Rebekka ihn an. „Du betrittst die erstbeste Spielhalle, und – schwupp – schon bist du nicht mehr Herr deiner Sinne. Erzähl du mir noch mal, du wärst nicht süchtig."

„Du tust mir Unrecht", protestierte ihr Vater. „Wir haben vier Läden abgesucht, bevor wir ... bevor ich ..." Er stockte und senkte betreten den Blick. Dann seufzte er tief, bückte sich, griff nach der Bettdecke und zog sie zu sich nach oben. Umständlich wickelte er sich darin ein. Viel Zeit verging, in der er seiner Tochter noch immer nicht in die Augen schaute. „Ich *bin* süchtig, Becky", sagte er schließlich. Seine Stimme klang zerbrechlich. „Und das ... das ist ein echtes Problem."

Rebekkas Kinnlade klappte herunter. Hatte sie jemals zuvor erlebt, dass ihr Vater so ehrlich zu ihr war? „Und jetzt?", fragte sie tonlos.

„Du musst mir helfen!" Jürgens Stimme zitterte. „Sie bestehen auf einer Anzahlung. Ich hab ... versucht ... die zu erspielen. Aber das ... das hat nicht geklappt." Er strich sich nervös über die kahle Stirn. „Es klappt nie."

Rebekka konnte es nicht glauben. „Dann hast du sie doch ausfindig machen können?"

Ihr Vater nickte. „Wenn ich die Anzahlung liefere, geben sie mir mehr Zeit. Aber sonst ..." Er stockte. „Ich hab das Geld nicht."

Rebekka atmete einmal tief durch. „Wie viel?"

Ihr Vater räusperte sich. Es fiel ihm sichtlich schwer, die Frage zu beantworten. „Zweitausend."

Rebekka begann zu schwanken. „*Euro*?"

Jürgen schlug die Hände vors Gesicht. Dabei fiel die Bettdecke wieder herunter.

Rebekka trat ein paar Schritte zur Seite und musste sich an der Wand abstützen. Sie hatte mit ein paar Hundertern gerechnet. Zweitausend Euro waren ein Vermögen für sie. Peppo hatte gerade mal tausend Euro gekostet, und sie hatte Jahre gebraucht, um das Geld zusammenzukriegen. Wie, bitte schön, sollte sie jetzt zweitausend Euro in ... In welchem Zeitraum eigentlich?

„Bis wann?", hauchte sie.

Jürgen nahm die Hände vom Gesicht, verschränkte seine Arme vor der Brust und rieb sich zitternd über die Oberarme. Man sah ihm jetzt deutlich an, dass er fror.

„Dienstag", krächzte er.

Die Wände des Schlafzimmers schienen sich auf Rebekka zu zu bewegen. Zweitausend Euro in fünf Tagen. *Unmöglich!*

„Ich lass mir etwas einfallen", flüsterte sie.

Kapitel 10

Als es an der Tür klopfte, schreckte Rebekka hoch. Was? Wo? Wie?

„Ich bin's", flüsterte ihre Mutter durch die geschlossene Tür. „Darf ich reinkommen?"

Rebekka rieb sich die Augen und sah sich dann verwirrt um. In ihrem Zimmer war es taghell. Sie selbst saß auf dem Bürostuhl vor ihrem Schreibtisch. Die Frage war nur: Was tat sie hier? Und warum konnte sie keinen klaren Gedanken fassen? „Ja, klar", brachte sie schließlich hervor und versuchte weiterhin, einen Bezug zu ihrer Umwelt herzustellen. Sie wusste weder, wie spät es war, noch, was sie gerade gemacht hatte. Oder hatte sie etwa geschlafen?

Die Tür schwang auf und Rebekkas Mutter betrat den Raum. In der linken Hand hielt sie ein Tablett, auf dem sich ein Glas, ein Tetrapack Saft und ein Teller mit einem Brötchen befanden. „Das geht nicht mehr so weiter mit dir“, sagte Louise bestimmt. „Du nimmst jetzt schon seit zwei Tagen nicht mehr an unseren gemeinsamen Mahlzeiten teil. Du isst nichts, du trinkst kaum etwas, du arbeitest nur. Keine Prüfung der Welt kann so wichtig sein, dass man seine Gesundheit dafür aufs Spiel setzt!“

Rebekka schluckte. Sie hörte nur „Gesundheit“ und „Spiel“ und wurde jäh in die Realität katapultiert. Jürgens Spielschulden! Die Drohungen gegen die Familie! Die Frist!

„Welcher Tag ist heute?“, rief sie entsetzt.

Louises Blick verfinsterte sich. Wortlos ging sie auf ihre Tochter zu und legte eine Hand auf Rebekkas Stirn. Ihre Tochter fand, dass sie sich himmlisch kühl anfühlte.

„Heute ist Sonntag“, entgegnete Louise schließlich. „Weißt du denn nicht mehr, dass wir heute Morgen in der Messe waren?“ Ihr Blick ruhte immer noch seltsam prüfend auf Rebekka. „Du hättest dich umziehen sollen“, rügte sie ihre Tochter. „Deine Bluse ist inzwischen völlig verknittert.“ Sie deutete auf die weiße Bluse mit den schwarzen Punkten, die Rebekka zu einem kurzen schwarzen Rock trug. Dann sah sie auf ihre Uhr. „Jetzt ist es halb drei Uhr nachmittags.“

Rebekka atmete auf. Sonntag. Noch fast zwei Tage. Noch nichts verloren.

„Was ist los, Kind?“, fragte ihre Mutter sanft. „Was quält dich so?“

Rebekka senkte den Blick. „Ich –“, begann sie, brach dann aber ab. Ihr Blick fiel auf den Wust von Zetteln, mit denen ihr Schreibtisch übersät war. Alle waren mit Zahlen und Zahlenreihen nur so vollgekritzelt. Interessanterweise hatte Rebekka die eine Hälfte der Zahlen mit einem schwarzen Stift geschrieben, die andere mit einem roten. Die ganze Nacht hatte sie gegrübelt, gerechnet und sich das Hirn zermartert. Es war kein Wunder, dass sie heute Mittag am Schreibtisch eingenickt war. Das Schlimme war nur, dass immer noch keine Lösung in Sicht war. Ob es überhaupt eine gab? Wieder einmal vergaß Rebekka die Welt um sich herum und tauchte tief in die Berechnungen ein, mit denen sie sich zuletzt beschäftigt hatte. Rot-schwarz-rot-schwarz. Schon drohten die Zahlen vor ihren Augen zu verschwimmen. Schwarz-schwarz-schwarz-rot-rot-schwarz-rot.

„Ich hab Durst", flüsterte sie, griff gedankenverloren nach dem Saft, goss sich ein bisschen ein und führte das Glas zum Mund. Ohne überhaupt zu registrieren, dass es Apfelsaft war, den sie da zu sich nahm, trank sie ein paar Schlucke, dann ertönte plötzlich ein lautes Schlürfgeräusch. Das Glas war leer.

„Dieses Mal gieße ich dir das Doppelte ein", sagte ihre Mutter sanft und nahm Rebekka das Glas aus der Hand.

Rebekka schreckte hoch und starrte ihre Mutter aus weit aufgerissenen Augen an. Was hatte sie da gerade gehört?

„Hab ich was Falsches gesagt?", fragte Louise erschrocken.

„Das Doppelte", flüsterte Rebekka, griff zielgerichtet nach einem neuen, noch unbeschriebenen Blatt Papier und suchte hektisch nach den beiden Stiften. Sie fand erst den schwarzen Filzschreiber, dann – unter einigen der Papieren – auch den roten. „Verdoppeln!", wiederholte sie und schrieb wieder einmal Zahlen nieder. 2 – 4 – 8 – 16 – 32 – 64 – 128 – 256 – 512 – 1024 – 2048 – 4096. Und daneben: 2 – 6 – 14 – 30 – 62 – 126 – 254 – 510 – 1022 – 2046 – 4094. Und darunter 5 – 10 – 20 – 40 – 80 – 160 – 320 – 640 – 1280 – 2560. Und daneben: 5 – 15 – 35 – 75 – 155 – 315 – 635 – 1275 – 2555.

„Geht's dir wirklich gut?" Louise klang jetzt richtig besorgt.

„Das ist es", rief Rebekka aufgeregt. „Nicht viel! Nur fünf, aber sicher, todsicher!

„Becky!" Ihre Mutter klang, als wäre sie kurz davor, einen Arzt zu rufen.

Aber als Rebekka sich ihr jetzt zuwandte, war ihr Blick klar und fest. „Du musst mir Geld leihen", sagte sie.

„Was???"

„Ich brauche" – sie sah auf ihre Zahlenreihen –, „sagen wir mal ... 1.275 Euro."

„Bist du verrückt?", herrschte ihre Mutter sie an. „Ich verleihe kein Geld mehr, schon gar nicht an –" Sie stockte.

„Familienmitglieder?", vollendete Rebekka ihren Satz.

„Nein", antwortete Louise betreten, „ich meine ... an Vati und Vincent nicht mehr. Bei dir ist das natürlich was anderes."

„Wie viel kannst du mir leihen?"

„Rebekka!", sagte ihre Mutter und rang die Hände. „Wofür brauchst du so viel Geld?"

„Vertrau mir, Mutti, bitte", antwortete Rebekka. „Du bekommst das Geld wieder. Ich verspreche es dir. Leih es mir nur für ein paar Tage. *Bitte.*"

„Du machst mir Angst, Kind."

„*Wie viel – kannst du mir – leihen?*"

Louise Petrell seufzte tief. „Ich hab ein Portemonnaie, das ich vor deinem Vater verstecken konnte. Ich werd's dir holen." Sie verließ den Raum und kehrte wenige Minuten später mit einem kleinen schwarzen Lederbeutel zurück, den sie krampfhaft an sich presste. Als sie Rebekkas Zimmer erreicht hatte, atmete sie sichtlich auf. Sie schloss die Tür hinter sich und drehte den Schlüssel im Schloss herum. Dann erst näherte sie sich ihrer Tochter, öffnete umständlich den Lederbeutel und leerte seinen gesamten Inhalt auf dem Schreibtisch aus. Es kamen ein ganzer Haufen Scheine, aber auch Münzen zum Vorschein. Louise zählte sie durch und verkündete schließlich: „978 Euro und 62 Cent." Sie zögerte. „Aber am Freitag wird die Miete fällig, 450 Euro. Und einkaufen muss ich auch!"

Rebekka nickte und streckte die Hand aus. „Es ist nur für ein paar Tage. Bestimmt!"

„Hoffentlich", hauchte Louise und reichte ihr widerstrebend ihren einzigen Besitz. „Hoffentlich."

❖

Nachdem ihre Mutter gegangen war, starrte Rebekka noch lange Zeit auf das Geld. 978 Euro und 62 Cent. Um auf der sicheren Seite zu sein, brauchte sie genau 1.275 Euro. Sie stand auf und wühlte zuerst in ihrem eigenen Portemonnaie, dann in den geheimsten Winkeln ihres Zimmers herum. Dabei beförderte sie 87 Euro und 48 Cent zutage. Fehlten also noch … sie nahm den Taschenrechner zu Hilfe … 208 Euro und 90 Cent.

Ohne weiter zu zögern, kramte sie ihr Handy aus dem Rucksack und telefonierte ihre Freunde durch. Birgit war ihre beste Freundin und Studienkollegin. Sie war bereit, ihr 100 Euro zu leihen. Saskia war eine Schulfreundin und wollte 50 Euro lockermachen. Martin und Vanessa waren nicht zu erreichen.

Nachdem sie das Handy ausgeschaltet hatte, blieb Rebekka noch einen Moment bewegungslos auf ihrem Bürostuhl sitzen und überlegte. Dann aber ging ein Ruck durch ihren Körper. Sie erhob sich, steuerte auf ihren Kleiderschrank zu und öffnete die linke Tür. Sie fand schnell, was sie suchte: das einzige festliche Outfit, das sie besaß. Ein kurzes, schwarzes Kleid aus Stretchmaterial, das nicht besonders viel gekostet hatte, aber trotzdem sehr wirkungsvoll war. Rebekka schlüpfte aus Jeans und T-Shirt und streifte es über. Dann betrachtete sie sich in dem Spiegel, der neben dem Kleiderschrank an der Wand hing. Sie nickte sich zufrieden zu. Das Kleid betonte ihren schlanken Körper und bildete einen auffälligen Kontrast zu ihrer extrem hellen Haut. Neckisch war der tiefe Rückenausschnitt, der mit perlenbesetzten, über Kreuz verlaufenden Bändern verziert war.

Rebekka kramte ihre hochhackigen, schwarzen Firmungsschuhe und eine kleine, schwarze Handtasche aus dem Schrank hervor. Sie schlüpfte in die Schuhe, steckte das Geld in ihr Portemonnaie und versenkte dieses in der Tasche. Dann eilte sie ins Badezimmer, wo sie sich mit äußerster Sorgfalt ihrem Make-up widmete. Dieses Mal gelang es ihr ganz gut, das Veilchen zu überschminken. Es hatte seine bläuliche Farbe auch schon verloren und war in grün-bräunliche Farbschattierungen übergegangen. Mithilfe des Make-ups war es jetzt nur noch zu erahnen. Um auch optisch davon abzulenken, trug Rebekka noch einen leuchtend roten Lippenstift auf, den sie mit Lipgloss verfeinerte. Anschließend widmete sie sich ihren Haaren. Sie nahm winzig kleine, schneeweiße Haarspangen zur Hand, verdrehte die vorderen, kürzeren Haare zu einzelnen Strähnen und steckte sie mithilfe der Spangen gleichmäßig zurück. Die hinteren, längeren Haare ließ sie offen. Auf diese Weise wirkte ihr pechschwarzes Haar, als sei es von kleinen hellen Perlen durchsetzt. Das Ergebnis konnte sich sehen lassen, veranlasste Rebekka aber zu einem schiefen Grinsen.

„Spieglein, Spieglein an der Wand“, murmelte sie, „wer ist die Schönste im ganzen Land?“ Dann seufzte sie abgrundtief und beschloss, jeglicher Art von Spiegel erst einmal aus dem Weg zu gehen. Nicht auszudenken, was passieren würde, wenn er auch noch antwortete ...

Eilig verließ sie das Badezimmer, betete, dass niemand sie in diesem Aufzug sah, griff im Vorbeigehen noch nach ihrem Autoschlüssel und flüchtete wie eine Verbrecherin aus der Wohnung.

Draußen wurde sie nicht gerade freundlich empfangen. Es nieselte und der Himmel stellte ein einheitliches Grau zur Schau. Außerdem war es ziemlich kühl. Kein Wunder, es ging eben auf Mitte Oktober zu! Da Rebekka nicht daran gedacht hatte, eine Jacke mitzunehmen – im Grunde besaß sie auch keine, die zu ihrem Aufzug gepasst hätte –, richteten sich in Wellen alle kleinen Härchen an ihren Armen und Beinen auf. Schon Sekunden später überzog eine unangenehme Feuchtigkeit ihre nackte Haut. Sie schauderte. Aber jetzt noch einmal nach oben rennen und sich der Gefahr aussetzen, gesehen zu werden? Nein, das war undenkbar. Sie hatte keine Lust, die Fragen zu beantworten, die ihr Aufzug unweigerlich hervorrufen würde. Außerdem war es durchaus vorteilhaft, keine Jacke dabeizuhaben. Dort, wo sie hinwollte, kostete es vielleicht Geld, seine Garderobe abzugeben ...

Rebekka sah sich suchend um. Wo hatte Jürgen nur ihren Peppo geparkt? Sie lief erst in der einen Richtung die Straße entlang, fand ihn aber nicht. Dann versuchte sie es in der anderen. Da! Sie entdeckte Peppo in etwa fünfzig Metern Entfernung hinter einem größeren Van. Er parkte am Straßenrand, stand allerdings seltsam schief da. Sein rechtes Vorderrad befand sich halb auf dem Fußweg, drohte aber jeden Moment herunterzurutschen. Rebekkas Gesichtsausdruck verfinsterte sich. Eine solche Stellung war sicher nicht gut für die Reifen! Argwöhnisch ging sie einmal um den Wagen herum und untersuchte ihn auf Beschädigungen. Wehe, wenn Jürgen nicht auf ihn aufgepasst hatte! Glücklicherweise entdeckte sie nichts. Nicht mal einen Kratzer. Sie atmete auf, öffnete die Fahrertür und ließ sich erleichtert auf den Fahrersitz sinken. Das war wohl noch mal gut gegangen. Oder? Sie schnüffelte den Düften hinterher, die ihr in die Nase stiegen, und stellte mit Entsetzen fest, dass es in ihrem Peppo bestialisch nach Rauch stank. Sie konnte es nicht fassen. Hatte Jürgen es tatsächlich gewagt, in ihrem Auto zu rauchen?

Im Grunde sah ihm das durchaus ähnlich! Jürgen war kein

Kettenraucher, aber die eine oder andere Zigarette brauchte er schon am Tag. Und da Louise ihm strengstens verboten hatte, in der Wohnung zu rauchen …

Rebekka unterdrückte das Gefühl von Wut und Enttäuschung, das sie ganz tief in ihrem Magen spürte, und versuchte sich stattdessen ihrer Aufgabe zu widmen. Indem sie bewusst durch den Mund und nicht durch die Nase atmete, schlug sie die Fahrertür zu und fuhr los.

Sie holte erst die 100 Euro bei Birgit ab, dann fuhr sie zu Saskia. Es gelang ihr, Saskia zu einem Darlehn von insgesamt 65 Euro zu überreden. Anschließend fuhr sie zu einem Geldautomaten und versuchte, 50 Euro von ihrem Girokonto abzuheben. Leider war der Geldautomat weit weniger freigiebig als ihre Freundinnen. Obwohl sie mit Engelszungen auf ihn einredete, schlug er immer nur vor, dass sie ihre Bank kontaktieren sollte. Rebekka beantwortete diese Unverschämtheit mit ein paar Beschimpfungen aus ihrem wenig salonfähigen Repertoire. Das wiederum nahm ihr der Automat so übel, dass er glatt ihre EC-Karte einbehielt!

Eigentlich wusste Rebekka, dass sie selbst Schuld hatte, weil sie nun einmal ihr Konto überzogen hatte. Trotzdem kam sie nicht gegen ihre Gefühle an. Die Wut von vorhin vereinigte sich mit diesem jüngsten Ärgernis zu einer explosiven Mischung und entlud sich darin, dass sie mit der Faust auf den Automaten einhämmerte und dabei hemmungslos schimpfte. Sie kam erst wieder zu sich, als ein Passant – ein gut gekleideter Herr von Anfang fünfzig – ihr Verhalten kommentierte. „Muss ich die Polizei rufen oder weisen Sie sich selbst in die Anstalt ein?“

„Klappe“, fuhr sie ihn an, merkte aber selbst, dass sie sich unmöglich benahm. Mit einem tiefen Seufzer ließ sie von dem Automaten ab, eilte zu Peppo zurück und fuhr mit quietschenden Reifen davon.

Auf der Fahrt versuchte sie ihre Situation dann noch einmal nüchtern zu überdenken. Sie kam zu dem Ergebnis, dass sie vielleicht ein wenig übertrieben hatte, ihre Verzweiflung aber alles andere als grundlos war. Solange keine 1.275 Euro in ihrem Portemonnaie klimperten, besaß sie praktisch nur 635! Und 635 Euro, das waren sieben Versuche – und damit zu wenige. Acht mussten es schon sein, sonst war ihr das Risiko zu hoch. Sie brauchte noch knappe 50 Euro, sonst war all ihre Mühe umsonst gewesen!

In Gedanken ging sie noch einmal all ihre Freunde durch, aber ihr fiel niemand ein, der ihr so nahestand, dass sie ihn um Geld anpumpen konnte. In ihrer Verzweiflung hielt sie irgendwo am Straßenrand und versuchte erneut, Martin und Vanessa zu erreichen – ohne Erfolg.

Sie hatte den Kopf verzweifelt auf das Lenkrad gelegt, als ihr plötzlich ein Gedanke kam: Freunde gab es keine mehr, aber *Familie*! Gut, sie wusste natürlich, dass ihre Mutter es nicht gern sehen würde, wenn sie Kontakt zu Jürgens Seite der Familie aufnahm. Aber andere Verwandte gab es nicht, und in der Not ...

Rebekka nickte entschlossen und fuhr los. Sie nahm eine der Umgehungsstraßen und gelangte schon nach einer knappen halben Stunde in das gutbürgerliche Wohnviertel am Rand der Stadt, in dem Jürgens Bruder Volkhard mit seiner Frau Bärbel wohnte. Sie hatten dort ein kleines Reihenhaus gemietet, das zwar nur einen klitzekleinen Garten besaß, aber trotzdem allerhand Wohnfläche bot. Das Haus bestand aus fünf Stockwerken – einem Keller, dem Erdgeschoss, dem ersten und dem zweiten Obergeschoss sowie einem kleinen Dachboden. Rebekka war erst ein Mal dort gewesen, was weniger daran lag, dass ihre Mutter ihr den Umgang mit Völle und Babbel, wie sie die beiden nannte, verboten hatte, als vielmehr daran, dass die beiden das Haus erst vor ein paar Monaten bezogen hatten. Genauer gesagt, kurz nachdem Völle aus dem Gefängnis entlassen worden war, in dem er wegen Raubes gesessen hatte.

Rebekka hatte Glück und fand direkt vor dem Haus einen Parkplatz. Sie ließ ihren Blick über den tadellos gepflegten Vorgarten schweifen und schüttelte verwundert den Kopf. Was war denn hier los? Seit wann suchten die beiden ihre Erfüllung in Gartenarbeit?

Ein wenig zögerlich stieg sie aus. Es hatte aufgehört zu regnen, kalt war es aber immer noch. Sie ging langsam auf die mahagonifarbene Haustür zu, die gut zu dem beigefarbenen Putz passte, und warf erst einmal einen prüfenden Blick auf das Klingelschild. „Volkhard und Bärbel Petrell" stand dort schwarz auf weiß geschrieben. Sie war also richtig.

„Hm", brummte sie, zuckte dann aber mit den Schultern und betätigte die Klingel.

Schon nach wenigen Sekunden hörte Rebekka Schritte, gleich darauf öffnete sich die Tür, und Babbel stand vor ihr. Sie war eine große, kräftige Frau, die Rebekka um einiges überragte. Im Gegensatz zu sonst trug sie heute aber keine ausgewaschene Jeans mit einem drittklassigen Sweatshirt, sondern einen eleganten, schwarzen Rock und eine grau gemusterte Bluse. Und ihre braunen, kinnlangen Haare hingen auch nicht schlaff herunter, sondern waren keck nach außen geföhnt. Außerdem waren sie nicht mehr einfarbig braun, sondern mit schicken roten Strähnen versehen! Sogar Make-up hatte sie aufgetragen!

„Mensch, Becky, was machst du denn hier?", rief Bärbel spontan. „Und wieso bist du so schick?"

Rebekka schwieg und starrte ihre Tante mit großen Augen an. Sie hatte sich noch immer nicht von ihrem Schock erholt.

„Erkennst mich gar nicht wieder, was?", kicherte Babbel. Und dann packte sie Rebekka kurzerhand am Arm und zog sie ins Haus. „Jetzt komm doch erst mal rein. Ich will nicht, dass sich die Nachbarn Gedanken machen."

„Die ... Nachbarn?", krächzte Rebekka und ließ ihren Blick durch den exquisit eingerichteten, blitzeblank geputzten Flur gleiten. Seit wann interessierten Babbel die Nachbarn?

„Schickt Jürgen dich?"

Rebekka schüttelte stumm den Kopf.

„Keine Botschaft?"

„Botschaft?", wiederholte Rebekka verwundert.

„Also nicht", stellte Bärbel fest. „Dann komm doch mit in den Garten. Völle wird sich freuen, dich zu sehen." Sie zog Rebekka durch ein schönes, helles Wohnzimmer zu einer breiten Glasfront, öffnete die Schiebetür, trat auf die geflieste Terrasse hinaus und wandte sich sofort nach rechts. „Guck mal, wer hier ist!", rief sie mit unterdrückter Stimme ihrem Mann zu. Dieser saß auf dem Boden neben der Terrasse, hatte Werkzeug um sich herum ausgebreitet und machte sich am Kellerschacht zu schaffen. Den Gitterrost hatte er jedenfalls abgenommen.

„Becky!" rief Völle dröhnend aus, verstummte aber sofort, als seine Frau warnend den Zeigefinger an den Mund legte und sich ängstlich nach rechts und links umsah. „Schickt Jürgen dich?", fragte Völle in gemäßigter Lautstärke.

„Nein, tut er nicht!", antwortete Babbel und warf ihrem Mann weitere mahnende Blicke zu.

Rebekka runzelte die Stirn. Irgendetwas stimmte hier nicht. Ihr Blick wanderte von ihrem Onkel zu dem Kellerschacht. Hatte Vincent in dem Gespräch mit Jürgen nicht auch irgendetwas von einem Kellerschacht gefaselt? Und das, obwohl sie selbst überhaupt keinen besaßen?

„Was machst du denn da?", fragte sie neugierig.

„Och, nichts Besonderes", wich Völle ihr aus. Er war mittelgroß, genau wie sein Bruder, hatte ansonsten aber nicht viel Ähnlichkeit mit diesem. Ganz im Gegensatz zu Jürgen wirkte er durchtrainiert und trug wahre Muskelpakete mit sich herum. Außerdem besaß er noch immer eine füllige, braune Lockenpracht. Am auffälligsten aber war das starke Schielen, das seinen Gesprächspartnern stets das Gefühl vermittelte, er sehe in Wirklichkeit an ihnen vorbei.

„Jetzt erzähl doch mal!", beharrte Rebekka. Der Hilfe suchende Blick, den Völle seiner Frau zugeworfen hatte, hatte ihre Neugier noch verstärkt.

„Ich ... also ... sichere den Schacht. Du weißt schon ... gegen Einbruch."

„Du sicherst dein Haus gegen *Einbruch*?", fragte Rebekka und war sich nicht sicher, ob sie laut loslachen sollte. Der Gewohnheits-Einbrecher, der sein Haus gegen Einbruch sicherte – einfach toll!

„Na ja ... ich ...", begann Völle stammelnd, wurde dann aber von seiner Frau unterbrochen.

„Möchtest du was trinken?", fragte sie an Rebekka gerichtet.

Diese schüttelte den Kopf und starrte weiterhin auf den Kellerschacht. Sie konnte sich keinen Reim auf die Vorgänge machen.

„Sei uns nicht böse, Becky", setzte Bärbel an. „Wir freuen uns natürlich, wenn du uns mal besuchst. Aber im Moment ist es ein bisschen schlecht. Wir sind ziemlich ... beschäftigt."

Rebekka wandte sich ruckartig um. Wurde sie jetzt auch noch rausgeworfen?

„Wenn es dir also nichts ausmacht“, fuhr Babbel fort, „könntest du vielleicht ein anderes Mal ...?“

Rebekka schluckte. Erst jetzt, wo sie quasi rausgeworfen wurde, erinnerte sie sich an den Grund ihres Besuches. „Kein Problem“, antwortete sie. „Eigentlich wollte ich euch auch nur fragen, ob ihr mir vielleicht 50 Euro leihen könnt.“

„Gern doch!“, rief Völle ein bisschen zu schnell und eindeutig zu begeistert. „Das ist überhaupt kein Thema!“

Rebekka sah einmal mehr prüfend an ihm herab. Seit wann saß das Geld bei ihm so locker? Ob er schon wieder auf Raubzug gewesen war? In dem Blaumann, den er trug, sah er trotz seiner kräftigen Statur ziemlich harmlos aus. Niemand hätte jetzt vermutet, dass er in Polizeikreisen bekannt war wie ein bunter Hund.

„Warte mal, ich hole es“, durchbrach Babbel das betretene Schweigen und eilte ins Haus. Wenig später kehrte sie mit einem 50-Euro-Schein zurück und drückte ihn Rebekka in die Hand. „Hier.“

„Danke“, entgegnete Rebekka und konnte dem Impuls nicht widerstehen, den Schein gegen das Licht zu halten. „Ist der auch echt?“

Völle und Babbel sahen sie erschrocken an.

„War nur ’n Scherz“, sagte Rebekka und lachte verlegen.

„Ach so“, kicherte Völle.

„Schon klar“, grinste Bärbel.

Aber beides klang so gekünstelt, dass Rebekka nun ihrerseits so schnell wie möglich von hier verschwinden wollte.

❖

Als Rebekka das eigentliche Ziel ihrer Fahrt erreichte, war es bereits halb acht und schon vollständig dunkel. Sie parkte auf dem offiziellen Parkplatz und sah erst einmal in den Rückspiegel. Erleichtert stellte sie fest, dass ihre Frisur noch saß. Die kleinen Perlenspangen jedenfalls befanden sich noch in Reih und Glied. Rebekka atmete noch einmal tief durch, griff nach ihrer kleinen, schwarzen Handtasche und stieg dann aus. Das Wetter hatte sich nicht wesentlich gebessert. Es war zwar trocken, aber immer noch kühl und ungemütlich. Besonders ihre nur leicht bekleidete Rückenpartie bekam dies zu spüren.

Das Gebäude, auf das sie jetzt zuging, war groß und sehr verschachtelt. Soweit Rebekka das erkennen konnte, waren außer dem Spielkasino auch noch Büros und eine Bowling-Bahn darin untergebracht.

Je näher Rebekka der Glastür kam, die ins Kasino führte, desto langsamer wurde sie. Ihr war schlecht. Noch nie in ihrem Leben war sie in einem Spielkasino gewesen. Sie wusste überhaupt nicht, was sie dort erwartete. Ob sie überhaupt passend gekleidet war? Und was war, wenn man sie gar nicht erst hineinließ?

Aber ihr Name wäre nicht Rebekka Petrell gewesen, wenn sie ihr Glück nicht wenigstens versucht hätte. Und so reckte sie ihr Kinn tapfer in die Höhe und durchschritt würdevoll die Tür. Im Foyer fiel ihr Blick sofort auf den kleinen Tresen zu ihrer Linken, hinter dem ein gut gekleideter, älterer Herr saß. Rebekka stolzierte zielstrebig auf ihn zu.

„Ich möchte ins Kasino", hörte sie sich sagen.

Der Mann nickte. „Waren Sie schon einmal bei uns?"

„Nein."

„Dann benötige ich Ihren Personalausweis."

Rebekkas Augenbrauen schossen in die Höhe. Damit hatte sie gar nicht gerechnet. Glücklicherweise hatte sie das Geld ihrer Mutter in ihr Portemonnaie gesteckt. Und dort schlummerte auch ihr Personalausweis. Sie öffnete die Handtasche und kramte den Ausweis hervor. „Bitte."

Der ältere Herr nahm den Ausweis entgegen und wandte sich dem Computer zu, der neben ihm stand. Er tippte mit dem linken Zeigefinger ein paar Mal auf der Tastatur herum und warf dann einen Blick auf den Ausweis. Kurz darauf verfinsterte sich sein Gesichtsausdruck. „Petrell?", murmelte er und sah Rebekka argwöhnisch an.

Rebekka schluckte. Es war gut möglich, dass Jürgen hier Hausverbot hatte. Ob sich ein solches Verbot auch auf Verwandte erstreckte?

Aber dann schüttelte der Mann den Kopf und blickte wieder freundlicher drein. Er legte Rebekkas Ausweis neben sich auf den Tisch und gab die Daten mit Zwei-Finger-Suchsystem in den Computer ein. Kurz darauf begann neben ihm ein Drucker zu arbeiten.

„Dann bekomme ich fünf Euro von Ihnen."

Rebekka ließ sich ihre Verwunderung nicht anmerken. Musste man wirklich Eintritt zahlen, um sein Hab und Gut aufs Spiel zu setzen? Auf der anderen Seite kamen ihr fünf Euro ganz schön wenig vor. Ein furchtbarer Gedanke durchzuckte sie. Wenn sie fünf Euro zahlte, blieben ihr dann noch die erforderlichen 1.275? Sie rechnete verzweifelt hin und her, bekam in der Hektik aber gar nichts mehr auf die Reihe. 100 von Birgit, 65 von Saskia, 87 und ein paar Zerdrückte aus ihren eigenen Beständen. Aber wie viel hatte ihre Mutter herausgerückt?

Währenddessen wurde ihr Gegenüber zusehends ungeduldiger. „Hallo? Junge Frau?", drängelte er schließlich.

„Fünf Euro, ja, sicher", stammelte Rebekka und kramte das Geld mit zitternden Fingern aus ihrem Portemonnaie. *1.275 plus 5,* rechnete sie*, ist gleich 1.280. 1.280 minus 100 minus 65 minus 50 ist gleich 1.065.* Auf ihrer Oberlippe bildete sich ein Teppich winzig kleiner Schweißtropfen. Fast widerwillig reichte sie den Schein weiter.

Mittlerweile war das typische Knattern des Druckers verstummt. Der Mann verstaute den Geldschein in einer Kassette, zog ein Blatt Papier aus dem Drucker, trennte mithilfe einer Perforierung ein scheckkartengroßes Stück heraus und reichte es Rebekka.

„Beim nächsten Mal brauchen Sie nur diese Karte vorzuzeigen."

Rebekka nickte und hoffte inständig, dass es überhaupt ein *erstes* Mal geben würde. *1.065 minus 87 ist gleich 978 …* Diese Zahl kam ihr irgendwie bekannt vor! 978, das war es! Mutti hatte ihr 978 Euro gegeben! Und damit reichte ihr Geld!

Der Mann deutete an Rebekka vorbei auf eine Treppe. „Die Treppe hinauf, dann rechts. Der Umtausch erfolgt dort oben."

Zum ersten Mal lächelte Rebekka. Ihr war gerade ein Stein vom Herzen gefallen.

Fast zeitgleich erhellte sich auch die Miene ihres Gegenübers. Er nickte ihr freundlich zu. „Ich wünsche Ihnen einen angenehmen Abend."

Jetzt nicht gleich übertreiben, dachte Rebekka und wandte sich der Treppe zu. Die Stufen waren zuerst ganz gleichmäßig, beschrieben dann aber einen weiten Bogen und endeten im ersten Stock. Jetzt trennte Rebekka nur noch eine Glastür vom eigentlichen Kasino. Ein wenig zögerlich öffnete sie diese und trat hindurch. Sehr zu ihrer Erleichterung nahm niemand Notiz von ihr. Die Menschen, die sie erblickte, standen in Trauben um verschiedene Spieltische herum und konzentrierten sich auf das, was dort vor sich ging. Die Atmosphäre war ruhig. Im Hintergrund spielte leise Musik, ansonsten war nur unterschwelliges Gemurmel zu hören. Sicher hing die gedämpfte Lautstärke auch damit zusammen, dass der Fußboden mit dunklem Veloursteppichboden ausgelegt war. Auch sonst wirkte alles neu und ausgesprochen gepflegt. Die Bar zum Beispiel, die Rebekka erst jetzt so richtig registrierte, bestand aus dunklem Holz und hatte einen Tresen aus schwarz-weißem Marmor.

Insgesamt wirkte der Raum kleiner, als Rebekka erwartet hatte, er bot nur Platz für insgesamt fünf Spieltische. Dafür war er heller und freundlicher als in ihrer Vorstellung. Er war rundherum mit bodentiefen Fenstern versehen, die im Moment allerdings kein Licht hereinließen. Stattdessen wurde der Raum von Hunderten symmetrisch angeordneter Deckenlampen perfekt ausgeleuchtet.

Die Leute an den Spieltischen waren durchweg gut gekleidet, die Männer in dunklen Anzügen, die Frauen in Abendkleidern oder zumindest Stoffhosen mit Blusen oder Blazern.

Rebekkas Blick wanderte einmal mehr hinauf zur Decke, wo einige Kameras darauf hindeuteten, dass es hier nicht nur ums Vergnügen, sondern auch um Geld ging. Die junge Frau schluckte und fühlte sich gleich wieder unwohl. Unwillkürlich tastete sie nach ihrer Handtasche. Obwohl alles noch an seinem Platz war, setzte ihr Herz einen Schlag aus. Sie konnte sich nicht daran erinnern, jemals in ihrem Leben so viel Geld mit sich herumgetragen zu haben. Wollte sie dieses kleine Vermögen wirklich aufs Spiel setzen?

Mit einem lautlosen Seufzer riss sie ihren Blick von den Spieltischen los und wandte sich in die entgegengesetzte Richtung. Die rechte Wand war ganz mit schwarzem Holz verkleidet. Mitten darin befand sich ein kleiner Glaskasten, in dem eine junge

Frau saß. Einem Schild konnte Rebekka entnehmen, dass hier die Jetons ausgegeben wurden. Ein wenig zögerlich ging sie auf die Glasscheibe zu und näherte sich mit dem Mund der kleinen Aussparung.

„Ich möchte ... umtauschen“, sagte sie mit einem leichten Zittern in der Stimme.

„Wie viel?“ Die gutaussehende, blonde Frau klang geschäftsmäßig.

„1.275 Euro.“

Die junge Frau zog erstaunt die Augenbrauen hoch, fing sich dann aber wieder. „In welcher Stückelung?“

Rebekka schluckte. Auf diese Frage hatte sie sich nicht vorbereitet. Gedehnt fragte sie: „Was gibt's denn so?“

Einen Moment lang hatte Rebekka das Gefühl, den Hauch eines Grinsens im Gesicht ihres Gegenübers zu entdecken. Dann verlor sich dieser Eindruck und die Frau antwortete: „2, 5, 10, 20 und 50 Euro.“

„Aha.“ Hinter Rebekkas Stirn rotierte es. Sie musste ziemlich lange überlegen. „Dann hätte ich gern ... dreimal 5, viermal 10, sechsmal 20 und den Rest in Fünfzigern.“ Ein wenig hektisch öffnete sie ihre Handtasche und zog ihr Portemonnaie daraus hervor. Dann zählte sie umständlich 1.275 Euro auf den Tresen und erhielt dafür ein kleines Tablett mit ganzen Stapeln von Jetons. Das mussten weit über dreißig Stück sein!

Rebekka starrte eine Weile entgeistert auf die Massen von Jetons und wusste nicht, was sie damit anstellen sollte. Da konnte sie sich ja gleich ein Schild um den Hals hängen: „Habe heute Abend Großes vor.“ Eilig öffnete sie ihre Handtasche, griff nach einem Stapel Jetons und warf ihn hinein. Das wiederholte sie, bis nur noch die 5er und die 10er übrig waren. Dann versuchte sie, die Handtasche wieder zu verschließen. Mit einiger Mühe gelang ihr das auch. Das kleine Täschchen sah jetzt zwar so aus, als würde es jeden Moment aus allen Nähten platzen, hielt fürs Erste aber stand.

Rebekka nickte sich aufmunternd zu, nahm die 5er und 10er in die Hand und schlenderte damit unauffällig auf die Spieltische zu. Am ersten Tisch zu ihrer Rechten wurde gepokert. Rebekka sah einen Augenblick zu, musterte die in Smokings mit schwarzen Fliegen gehüllten, sehr geschickt und geschäftsmäßig agierenden Croupiers und ging dann weiter. Sie ließ einen Blackjack-Tisch links liegen und steuerte ohne weitere Umwege auf einen von zwei Roulette-Tischen zu.

Der Tisch war rechteckig und nicht gerade klein. An der Stirnseite befand sich der Roulette-Zylinder, auch Kessel genannt. Daran schlossen sich die Einsatzfelder an, die den weitaus größten Teil des Tisches einnahmen. Der Bereich mit den Feldern wiederum bestand aus einem inneren und einem äußeren Bereich. Der innere Bereich umfasste jede der auf dem Rad vertretenen Zahlen und erinnerte durch die sich abwechselnde Anordnung von schwarzen und roten Feldern an ein Schachbrett. Immer drei Zahlen befanden sich nebeneinander, beginnend mit „1 rot, 2 schwarz, 3 rot". Auf diese Weise entstanden 12 Zeilen, die mit der Zeile „34 rot, 35 schwarz und 36 rot" endeten. Einen äußeren, im Wesentlichen weiß gehaltenen Bereich gab es nur an den Seiten, die den Spielern gewidmet waren, nämlich an der unteren Stirn- und linken Längsseite. Die obere Stirn- und rechte Längsseite waren den beiden Croupiers vorbehalten. Auf den drei Feldern der unteren Stirnseite war es möglich, auf die längsseitig angeordneten Zahlenreihen zu setzen, also zum Beispiel bei Spalte 1 (Kolonne 1) auf die Felder 1, 4, 7, 10, 13, 16, 19, 22, 25, 28, 31, 34, bei Spalte 2 auf die Felder 2, 5, 8 usw. Auf der linken Längsseite befanden sich die Felder „Zahlen 1 bis 12", „13 bis 24", „25 bis 36" sowie die Felder „Manque" (Zahlen 1 bis 18) und „Passe" (Zahlen 19 bis 36), „Pair" (gerade) und „Impair" (ungerade) sowie jeweils ein Feld mit einer schwarzen bzw. roten Raute für das Setzen nach Farben.

Rebekka näherte sich der Längsseite des Tisches und begann, das Geschehen zu beobachten. Glücklicherweise war der Tisch nicht übervölkert. Sie konnte ganz an ihn herantreten und sich unter die Spieler mischen. Links neben ihr stand jetzt ein älterer Herr, rechts eine junge Dame. Mindestens fünf weitere Personen erweckten ebenfalls den Eindruck, als spielten sie mit.

„Bitte das Spiel zu machen", forderte gerade in diesem Moment einer der beiden Croupiers die Anwesenden auf. Er stand an der Längsseite und schien für das Spiel verantwortlich zu sein. Jedenfalls hatte er die Jetons vor sich. Sein Kollege hingegen saß direkt vor dem Kessel und sah eher unbeteiligt aus.

Der ältere Herr neben Rebekka setzte gleich einen ganzen Stapel von Jetons. Er verteilte sie großzügig über den inneren Bereich, einen 50er auf die 2, einen auf die 6, einen auf die 9, einen auf die 13, einen auf die 24 und einen auf die 36. Rebekka runzelte die Stirn. Verfolgte er irgendein System? Wenn die richtige Zahl fiel, gewann man das 35-Fache dessen, was auf der entsprechenden Zahl lag. Aber was bedeutete das in diesem Fall?

Im Gegensatz dazu setzte die Frau zu Rebekkas Rechten ein paar Jetons auf das Feld „Impair“, also „Ungerade“. Auf den Feldern Pair/Impair, Manque/Passe und Rot/Schwarz erhielt man im Falle des Gewinnes immer das Doppelte des eingesetzten Betrages.

Kurz darauf begann sich der Kessel zu drehen. Während Rebekka ihn beobachtete, wurde ihr beinahe schwindelig. Weder Zahlen noch Farben waren jetzt zu erkennen.

Vier weitere Personen setzten ihre Jetons.

„Nichts geht mehr“, verkündete der Croupier. Er war ein gutaussehender Mann von etwa Ende vierzig, dessen leicht ergraute Schläfen gut zu seinem eleganten Smoking passten.

Rebekka beobachtete jetzt mehr die Anwesenden als das Spiel. Alle starrten wie gebannt auf den Kessel, die Frau rechts neben ihr rang ihre Hände, auf der Stirn des Mannes zu ihrer Linken standen Schweißtropfen. Ob er ein Spieler war?

Der Kessel kam zum Stillstand.

„Ha!“, machte der Mann neben Rebekka und reckte seine Faust in die Höhe.

„Mist“, hörte sie die Frau zu ihrer Rechten flüstern.

„24 – schwarz“, sagte der Croupier. Seine Stimme klang geschäftsmäßig, fast ein wenig gelangweilt. Zuerst räumte er alle Jetons ab, die nicht gewonnen hatten. Dann fügte er den Jetons, die auf der schwarzen Raute bzw. den Feldern „passe“ und „pair“ gelegen hatten, die gleiche Anzahl an Jetons noch einmal hinzu. Anschließend fragte er: „Wer hat auf die 24 gesetzt?“ Als sich der ältere Herr zu erkennen gegeben hatte, bildete der Croupier Türmchen und schob das 35-Fache des entsprechenden Einsatzes in dessen Richtung.

Der Mann nahm den Gewinn lächelnd entgegen, gab aber

einen der gewonnenen Jetons an den Croupier zurück. Wie Rebekka wusste, war diese Sitte der Garant dafür, dass auch die Croupiers, die vom Kasino selbst keinerlei Lohn erhielten, bezahlt wurden.

Rebekka betrachtete den Stapel voller Ehrfurcht und begann zu rechnen. Der Mann hatte 300 Euro eingesetzt, davon 250 verloren und 1.750 Euro gewonnen. Das ergab einen Reinerlös von 1.500 Euro, und das bei einem einzigen Spiel! War es wirklich so einfach?

Jetzt nur nicht lebensmüde werden!, ermahnte sie sich. *Jürgen ist hier der Spieler, du nicht!*

Sie senkte den Blick und sah auf die Jetons in ihrer Hand. Es wurde Zeit für ihr System. Sie hatte schon entschieden, das nächste Spiel mitzumachen, als sie plötzlich zur Seite gedrängt wurde.

„Roulette – wie toll!“, sagte eine laute und ausgesprochen schrille Frauenstimme.

Rebekka blickte ärgerlich zur Seite. Rechts neben ihr stand eine Frau, die mindestens einen Kopf größer war als sie selbst. Obwohl sie etwa in Rebekkas Alter zu sein schien, war sie sonst das genaue Gegenteil von ihr. Sie hatte eine gute, aber recht üppige Figur und volle, blonde Haare, die in Korkenzieher-Locken auf ihre Schultern fielen.

„Komm, Schatz“, rief sie über die Schulter und schwankte dabei ein kleines bisschen. „Ich will *hier* spielen.“

Rebekka verdrehte die Augen. Angeheitert war sie also auch noch ... Und das nicht zu knapp. Man sah es noch deutlicher, als die Blondine versuchte, ein paar Jetons zu platzieren. Sie brauchte drei Anläufe, um das Feld mit der schwarzen Raute zu treffen.

„Bitte, das Spiel zu machen“, sagte der Croupier in seinem gelangweilten Tonfall.

„Schwarz, schwarz, schwarz, schwarz“, sang die Blondine kichernd.

Rebekka seufzte tief. Das konnte ja heiter werden. Sie versuchte, ein Stückchen von dieser unangenehmen Person abzurücken, scheiterte aber kläglich. Die Gegenwart der auffälligen Schönheit schien noch ein paar Männer angezogen zu haben. Auf einmal war es richtig voll hier. Wenn sie den hervorragenden

Platz an der Längsseite behalten wollte, musste sie die Gesellschaft wohl oder übel in Kauf nehmen.

„Muss da nicht 'ne Kugel rumrollen?", fragte die Blondine in diesem Moment und beugte sich weit über den Tisch, um einen besseren Blick auf den Kessel zu erhaschen. Dabei fiel ihr üppiger Busen allerdings fast aus ihrem tief ausgeschnittenen, blassrosa Kleid.

Rebekka starrte fast so fasziniert auf die wippenden Massen wie ein großer Teil der anwesenden Männer. Musste man für so was nicht einen Waffenschein beantragen?

„Kommt schon", antwortete der Croupier und lächelte der Blondine zu. Seine Stimme klang auf einmal gar nicht mehr gelangweilt.

Rebekka warf ihm einen vernichtenden Blick zu. Männer waren doch alle gleich.

Als dann jedoch die Kugel fiel, galt ihr Interesse dem Roulette-Rad. *Rot, rot, rot, rot,* sang sie in Gedanken und musste auf einmal grinsen. *Heilige Jungfrau Maria,* dachte sie, *dass ich der Zicke auch noch das Spiel gönne, kannst du nun wirklich nicht von mir erwarten.*

„Nichts geht mehr", sagte der Croupier.

Rebekka sah zu ihm auf und bekam gerade noch mit, wie er ihrer Nachbarin einmal mehr glühende Blicke zuwarf. Ihr Blick verfinsterte sich. Was ging denn hier ab?

„Schwarz", hörte sie ihre Nachbarin flüstern. Auch in dieser Lautstärke war ihre Stimme irgendwie unangenehm. Argwöhnisch ruckte Rebekkas Kopf herum. Und tatsächlich, das blonde Gift klimperte mit den Augen und warf dem Croupier flehende Blicke zu. War hier eine Schiebung im Gange?

Rebekkas Magen krampfte sich zusammen. Sie hatte nie darüber nachgedacht, ob Spielkasinos Tricks beherrschten, mit denen sie das Spiel beeinflussen konnten. Wenn das so war, dann waren doch all ihre mathematischen Überlegungen zum Scheitern verurteilt! Und dann würde sie das Geld nie zusammenbekommen! Unwillkürlich öffnete Rebekka ihre rechte Hand und blickte darauf. Die Verletzung war inzwischen verheilt, das Eurozeichen aber immer noch sichtbar. Es war wie ein Brandmal, das sie für den Rest ihres Lebens an diesen Vorfall erinnern würde. Die

Frage war allerdings, wie lang der Rest ihres Lebens noch sein würde.

„3 – Rot", sagte der Croupier.

Überrascht sah Rebekka auf. Hatte er gerade „Rot" gesagt? Es musste so sein, denn in diesem Moment zuckte der Croupier entschuldigend die Achseln.

Rebekka atmete sichtbar auf. Das ehrliche Bedauern in seinem Blick war wohl der Beweis, dass das Spiel fair vonstattenging. Ein Grund mehr, um endlich selbst mitzuspielen.

„Blödes Spiel", maulte in diesem Moment Rebekkas Nachbarin. „Außerdem sind meine Jetons alle." Sie sah sich nach hinten um und klimperte einmal mehr mit ihren künstlichen Wimpern. „Krieg ich noch welche?"

Mittlerweile waren die Gewinne verteilt. Rebekka starrte angestrengt auf die Felder im äußeren Bereich. Sollte sie auf Farben, auf Gerade/Ungerade oder auf 1–18/19–36 setzen?

„Nein", antwortete eine Männerstimme, die Rebekka irgendwie irritierte. „Für heute ist es genug."

Also gut, dachte Rebekka, *Gerade und Ungerade. Aber was zuerst?*

„Jetzt komm schon", gurrte die Blondine. „Einmal ist keinmal. Es macht gerade soooooo 'n Spaß."

„Du hast heute Abend nur verloren", sagte ihr Begleiter. „Lass uns lieber was trinken gehen."

Das unangenehme Gefühl in Rebekkas Unterbewusstsein verstärkte sich. Sie musste sich richtig anstrengen, um das Spiel nicht aus den Augen zu verlieren.

„Bitte, das Spiel zu machen", sagte der Croupier. Er klang jetzt wieder so unbeteiligt wie zuvor.

Kurz entschlossen legte Rebekka einen 5-Euro-Jeton auf das weiße Feld „Impair", also „Ungerade". Gleichzeitig begann ihr Herz wie wild zu klopfen. Jetzt kam es drauf an!

„Du hast mir einen netten Abend versprochen", maulte die Blondine. „Und jetzt sieh mal auf die Uhr. Es ist grad mal Viertel nach acht. Nennst du das *Abend*?"

„Ich konnte ja nicht ahnen, in welchem Tempo du Geld verlierst", erwiderte ihr Freund.

Rebekka runzelte die Stirn und starrte angestrengt auf den Zylinder, in dem sich mittlerweile die Kugel drehte. Irgendetwas behagte ihr nicht. War das ein Omen dafür, dass sie heute kein Glück haben würde?

„Nichts geht mehr."

„Ich hab nicht nur verloren!" protestierte Rebekkas Nachbarin. „Ich hab auch gewonnen. Mindestens dreimal."

„Ja, genau. Du hast zwanzig Euro gewonnen und ... lass mich mal sehen ... genau 930 Euro verloren. Toller Schnitt."

Rebekka fuhr erschrocken herum. 930 Euro? Verloren? Ihr entsetzter Blick blieb an einem Augenpaar hängen, das sie unter Millionen wiedererkannt hätte. Überrascht und beinahe wie hypnotisiert starrte sie in die bernsteinfarbenen Tiefen. Dass es eine solch ungewöhnliche Farbe überhaupt gab ...

„Ach, sieh mal einer an", entfuhr es Christopher. Er war mindestens ebenso verblüfft wie Rebekka und musterte sie erst einmal von oben bis unten. „Tolles Outfit", sagte er dann. „Hätte ich Ihnen gar nicht zugetraut."

Rebekka erwachte jäh aus ihrer Starre. Hatte er wirklich schon den ersten Satz mit einer Beleidigung verknüpft? Sie sah nun ihrerseits an Chris hinunter und entdeckte ein hellgraues Hemd und einen makellosen dunklen Anzug – allerdings ohne Krawatte. „Danke gleichfalls", konterte sie. „Hat Papi den Anzug bezahlt?"

Christopher lachte amüsiert auf. Er langweilte sich nun schon seit einer Stunde fast zu Tode. Ob sein Leiden nun ein Ende fand? „Ja, das hat er wohl", gab er schließlich zurück. „Womit wir schon wieder was gemeinsam hätten."

„Kennst du die Kleine?", fragte seine Begleiterin verwundert.

„17 – Schwarz", sagte der Croupier, aber Rebekka schenkte ihm nicht länger ihre Aufmerksamkeit. „Was wollen Sie damit sagen?", fauchte sie wie eine Raubkatze, die kurz vor dem Angriff stand.

„Damit will ich sagen", grinste Chris, „dass mein Papi Ihre Mami bezahlt und die wiederum Ihre Klamotten. Also stammt im Grunde genommen alles von meinem Papi. Logisch, nicht wahr?"

„Wer ist diese Tussi?", fragte seine blonde Freundin. Ihre Stimme klang jetzt nicht mehr fragend, sondern ausgesprochen wütend.

„Was bilden Sie sich eigentlich ein?", schnaubte Rebekka. „Sie kennen mich nicht mal. Woher wollen Sie wissen, wer meine Kleider bezahlt?"

„Ihr Name ist Rebekka Petrell. Sie sind 21 Jahre alt und studieren Tiermedizin im fünften Semester. Abgesehen von ein paar unbedeutenden Nebenjobs leben Sie von der Unterstützung Ihrer Eltern. Da Ihr Vater arbeitslos ist, lastet die Versorgung der gesamten Familie auf den Schultern Ihrer Mutter. Was auch der Grund dafür war, dass ich Ihre Bitte erfüllt habe. Hab ich noch was vergessen?"

Rebekka schnappte einen Moment nach Luft. Hatte er sich etwa nach ihr erkundigt?

„Jetzt reicht's", quiekte seine Begleiterin. „Ich will an einen anderen Tisch. So-fort!"

Christopher machte sich nicht einmal die Mühe, sie anzusehen. „Dann geh doch", meinte er gelangweilt.

„Wie bitte?" Die Stimme der Blondine entgleiste fast.

„Entschuldigung", hörte Rebekka von hinten jemanden sagen. Sie fühlte sich jedoch nicht angesprochen. In ihrem Kopf wirbelten die Gedanken nur so durcheinander. Warum hatte er Erkundigungen über sie eingezogen?

„Du bist mit *mir* hier!", fauchte Christophers Freundin. „Und deshalb begleitest du mich gefälligst!"

„Ich bin mit dir *her*gekommen", antwortete Chris bedrohlich leise. „Mit wem ich *gehe*, musst du schon mir überlassen."

Rebekka war fassungslos. Wie sprang dieser Kerl bloß mit seinen Mitmenschen um? Das Blondchen begann ihr ja fast leidzutun! „Ist Herablassung eigentlich Ihr zweiter Vorname?", entfuhr es ihr.

Sofort wandte Chris ihr erneut seine Aufmerksamkeit zu. Er grinste. „Sie sehen hübsch aus ohne Veilchen, wissen Sie das eigentlich?"

Rebekka hielt einen Moment die Luft an. Ihr Blick wanderte unentschlossen zwischen den bernsteinfarbenen Augen und diesem umwerfenden Lächeln hin und her. *Ein Traummann*, schoss es ihr durch den Kopf.

„Du Arschloch", kreischte in diesem Moment Chris' Freundin. Gleichzeitig holte sie aus, um Christopher eine Ohrfeige zu verpassen. Der hob jedoch blitzschnell den Arm und fing ihre

Hand ab, noch bevor sie ihr Ziel erreichen konnte. Erstaunlicherweise schaffte er das, ohne hinsehen zu müssen. Auch jetzt noch bohrte sich sein Blick tief in Rebekkas Augen.

Im nächsten Moment riss sich die Blondine los und flüchtete stolpernd in Richtung Ausgang. Das brachte auch Rebekka zur Besinnung. War sie noch ganz bei Trost? Niemals zuvor in ihrem Leben hatte sie einen solchen Arroganzling getroffen!

„Ich glaube, *ich* sollte den Tisch wechseln“, murmelte sie schließlich und riss sich von diesen hypnotischen Augen los. Hektisch drehte sie sich um. Sie wollte gerade flüchten, als jemand ihren Oberarm festhielt. Erschrocken wirbelte sie herum und sah sich erneut diesen leuchtenden Augen gegenüber. „Lassen Sie mich los“, fuhr sie ihn an. Sie wusste nicht, warum, war aber kurz davor, in Panik zu geraten.

„Sie haben Ihren Gewinn vergessen“, lächelte Chris. „10 Euro – das dürfte eine Menge Geld für Sie sein!“

Rebekka öffnete ihren Mund – und schloss ihn dann wieder. In ihrem ganzen Leben hatte sie sich noch nie so sprachlos gefühlt. Begriffsstutzig starrte sie auf die beiden 5er-Jetons, die Chris ihr hinhielt.

„Gewinn?“, stieß sie hervor.

„Die 17 ist gefallen“, half Chris. „*Ungerade.*“

„Ungerade ... ach so“, wiederholte Rebekka und nahm die Jetons mit spitzen Fingern aus Chris' Hand. Dann drehte sie sich um und zwang sich, ihre Aufmerksamkeit wieder auf den Roulette-Tisch zu lenken. Sie war hier, um eine Aufgabe zu erfüllen! Außerdem brauchte sie etwas, das sie von diesem Typen ablenkte!

„Bitte, das Spiel zu machen“, sagte der Croupier in genau diesem Moment.

Rebekka schluckte und legte den gewonnenen Jeton auf „Rot“. *Heilige Jungfrau Maria*, betete sie benommen, *lass ihn von hier verschwinden!*

Aber ihr Gebet wurde nicht erhört. Sie konnte Chris' Blicke auf ihrem Rücken spüren und merkte, wie eine Gänsehaut ihren gesamten Körper überzog. Und dann strich auch noch ein warmer Atem über ihre nackten Schultern. Sie wandte ruckartig ihren Kopf.

„Wenn Sie mich belästigen", drohte sie flüsternd, „dann beschwere ich mich bei der Kasino-Leitung!" Sie atmete tief durch. Wenn sie ihn nicht ansah, war sie wieder einigermaßen sie selbst.

„Belästigen? Seien Sie nicht albern. Ich bin Ihr Glücksbringer!"

„Nichts geht mehr", sagte der Croupier in diesem Moment.

„Bringen Sie den anderen Glück", fauchte Rebekka. „Ich hab so was nicht nötig."

Christophers Augenbrauen schossen in die Höhe. „Ach nein?" Einen Moment lang schien er nachzudenken. „Was haben Sie denn vor? Spielen Sie mit System?"

Rebekka schalt sich innerlich einen Dummkopf. Sie hatte nun wirklich nicht vorgehabt, Chris über ihre Pläne zu informieren. Hilflos krallten sich ihre Hände am Spieltisch fest. „Das geht Sie überhaupt nichts an."

Christopher seufzte theatralisch auf und jammerte: „Sie sind heute wirklich nicht nett zu mir."

„Stimmt", nickte Rebekka und starrte angestrengt auf das Roulette-Rad, das sich jetzt deutlich verlangsamte. „Ich bin ungefähr so garstig zu Ihnen wie Sie zu Ihrer Freundin." Sie zögerte, sprach dann aber doch aus, was sie so brennend interessierte. „War doch Ihre Freundin, oder?"

Chris zuckte gleichgültig die Achseln. „Bis eben schon."

„Und seit wann?", fuhr Rebekka ihn an. Aus irgendeinem unerklärlichen Grund war sie wütend auf ihn. „Seit drei Tagen?"

„Genau genommen seit gestern", erwiderte Christopher grinsend. Und dann trat er so nah an ihre Seite, dass er mit dem Jackett ihre nackte Schulter berührte. „Stört Sie das?"

Rebekka wich vor ihm zurück. „Sie können tun und lassen, was Sie wollen", entgegnete sie kühl.

„Auch mit Ihnen?", fragte er keck.

„26 – Schwarz", sagte der Croupier und lenkte Rebekkas Aufmerksamkeit für einen kurzen Moment auf das Spiel zurück.

„Verloren", kommentierte Christopher.

Rebekka atmete einmal tief durch und musste zusehen, wie ihr Jeton eingezogen wurde. Ab jetzt musste sie ihren Einsatz erhöhen. Und das ging nur, wenn sie sich mit all ihren Sinnen aufs Spiel konzentrierte! Sie beschloss, diesen unmöglichen Kerl dadurch zu vertreiben, dass sie ihn ignorierte. Früher oder später würde ihm schon langweilig werden. Die Augen fest auf den Spieltisch gerichtet, setzte sie die nunmehr zwei Fünfer auf „Rot".

„Ich hätte Schwarz genommen", wandte Chris ein. „Erstens hatten Sie mit Rot sowieso kein Glück und zweitens passt Schwarz viel besser zu Ihrem Kleid." Bei diesen Worten veränderte sich Chris' Stimme. Sie klang rauer, wenn nicht gar anzüglich. Rebekka konnte sich lebhaft vorstellen, wie sein Blick über alle Konturen ihres Kleides glitt. Sie schluckte schwer. *Ignorieren*, beschwor sich Rebekka. *Immer schön ignorieren.*

„Bitte, das Spiel zu machen", sagte der Croupier. Kurz darauf begann sich das Rad zu drehen.

Rebekka beobachtete es so verkrampft, als könnte sie dadurch das Kribbeln vertreiben, das ihren gesamten Körper überzog. Nervös spielte sie mit ihren Haaren.

„Sie sind so schwarz, dass sie bläulich schimmern", kommentierte Chris auch diese Geste.

Zipfelsinn und Zeckendreck, dachte Rebekka und schaffte es beim besten Willen nicht länger, ihre Klappe zu halten. „Sie stehen auf groß, blond und vollbusig", fauchte sie, ohne ihn anzusehen. „Könnten Sie das bitte berücksichtigen?"

„Früher hatten wir mal einen Hund", entgegnete Christopher. Rebekka konnte förmlich hören, dass er grinste. „Eigentlich fraß er nur Trockenfutter. Aber wenn ein richtiger Leckerbissen des Weges kam ..."

„Nichts geht mehr."

Rebekkas Augen verengten sich zu wütenden Schlitzen. „Sie verstehen es wirklich, Komplimente zu machen", knurrte sie. „Mit einem Hunde-Leckerli verglichen zu werden ist genau das, was Frauen wie mich anmacht."

Christopher lachte auf. „Wusste ich gleich. Sie sind so angriffslustig wie ein Terrier. Was erwarten Sie also?"

Rebekka hingegen sah überhaupt nicht so aus, als würde sie das Ganze lustig finden. Zum zweiten Mal an diesem Abend nahm sie sich vor, von nun an kein Wort mehr mit diesem Kerl zu wechseln.

„3 – Rot", sagte der Croupier und löste damit einen unterdrückten Jubelschrei bei Rebekka aus. Sie hatte schon wieder gewonnen! Das lief ja gar nicht so schlecht! Voller Begeisterung nahm sie zwei 5er und einen 10er entgegen. Insgesamt hatte sie jetzt 10 Euro gewonnen, das war nicht viel, aber immerhin ein Anfang! Sie überlegte. Rot war jetzt zweimal gefallen, Schwarz erst einmal. Sie setzte einen 5er auf Schwarz.

„Nein, nein, nein!“, machte Christopher missbilligend. „Jetzt hab ich mich gerade an Rot gewöhnt! Die Farbe passt zwar nicht zu Ihrem Kleid, aber dafür umso besser zu Ihren Lippen! Nehmen Sie Rot!“

Rebekka presste besagte Lippen fest zusammen und beließ ihren Jeton, wo er war.

„Bitte, das Spiel zu machen.“

Christopher seufzte tief und kramte in seiner Hosentasche herum, wo es hörbar klimperte. Er holte etwas daraus hervor und schien es zu sortieren. Obwohl Rebekka angestrengt auf ihren Jeton starrte, bekam sie viel zu viel von dem mit, was zu ihrer Rechten vor sich ging. Es gelang ihr einfach nicht, ihre Aufmerksamkeit auf das zu richten, was sie eigentlich im Blick hatte.

Und dann beugte sich Christopher auch noch nach links herüber, streifte mit der Schulter Rebekkas Wange und setzte einen stattlichen Stapel von Jetons auf das Feld „Rot“, und zwar ganz rechts auf das Feld, so weit am Rand, dass die Jetons den 5er von Rebekka beinahe berührten.

„Nichts geht mehr.“

Rebekka schluckte. Sie hatte den Duft eines herben, männlichen Aftershaves in der Nase und musste sich zwingen, ihre Hände am Tisch zu belassen und nicht an die Stelle zu legen, an der seine Schulter ihre Wange berührt hatte. Trotzdem fiel es ihr jetzt leichter, ihren Blick voll konzentriert auf den Roulette-Tisch zu richten. Chris' Stapel bestand aus mindestens zehn Jetons. Aber das waren keine 5er, es waren 50er! Angesichts eines solchen Risikos begann Rebekkas Herz wie wild zu klopfen. Ein Vermögen stand auf dem Spiel!

Als jetzt die Kugel in das Roulette-Rad klackerte, zuckte Rebekka förmlich zusammen. Einen Moment lang wusste sie nicht, ob sie Schwarz oder Rot herbeisehnen sollte, dann kehrte ihr gesunder Menschenverstand zurück, und sie entschied sich für

Schwarz. Sollte dieser Kerl doch Haus und Hof verspielen! Was kümmerte es sie?

Obwohl ihr Blick wie gebannt auf das Rad gerichtet war, sah sie nicht viel. Die einzelnen Felder verschwammen vor ihren Augen zu einer einheitlichen, dunkelroten Fläche. Die schnelle, monotone Bewegung wirkte fast hypnotisierend. Rebekkas Blick wurde leer, schon spürte sie, wie die Umgebung sich um sie herum zu drehen begann. Als sie sich am Roulette-Tisch festhalten musste, um das Gleichgewicht nicht zu verlieren, entschied sie sich, ihren Blick doch lieber auf die Kugel zu richten, die im äußeren Ring des Rades in die entgegengesetzte Richtung lief. Und tatsächlich, das war wesentlich angenehmer! Rebekkas Herzschlag beruhigte sich ein wenig, nur um sich wieder zu beschleunigen, als sie feststellte, dass sich das Rad allmählich verlangsamte. Die Entscheidung stand kurz bevor! Rebekka hielt den Atem an, beobachtete fasziniert, wie die Kugel in den inneren Ring gelangte, dort noch ein paarmal hochhüpfte und schließlich ... ihren Bestimmungsort fand.

„32 – Rot", sagte der Croupier.

Links hinter Rebekka keuchte jemand auf. „Unglaublich", flüsterte eine Männerstimme. „Wahnsinn! Der helle Wahnsinn!"

Rebekkas Blick glitt über den Roulette-Tisch. Tatsächlich! Jemand hatte einen Jeton-Stapel auf die 32 gesetzt. Jetzt winkte eine Auszahlung von 35 zu 1! Wenn man dann noch berücksichtigte, dass Christopher gerade 500 Euro gewonnen hatte, war das kein gutes Spiel für das Kasino!

Als Rebekkas Jeton eingezogen wurde, hörte sie Christopher neben sich aufseufzen. „Ich hab's Ihnen ja gleich gesagt. Warum hören Sie nicht auf mich?"

Rebekka verkniff sich jeden Kommentar. Tapfer sah sie zu, wie ihre beiden Tischnachbarn ihre satten Gewinne einstrichen. Auf einmal erschien es ihr verlockend, auch selbst höhere Beträge einzusetzen. Sie hatte ja genug – noch jedenfalls. Aber war das vernünftig? Rebekka schluckte. Plötzlich ahnte sie, warum ihr Vater der Faszination des Spielens erlegen war. Es war aufregend, hier zu stehen. Es war verführerisch, anderen beim Gewinnen zuzusehen. Da war es kein Wunder, dass Menschen an diesen Tischen süchtig wurden!

Rebekka nahm einen 10-Euro-Jeton und setzte ihn demonstrativ auf Schwarz. Sie würde ihren Empfindungen nicht nachgeben. Sie würde das Prinzip, das sie errechnet hatte, konsequent einhalten!

„10 Euro sind Peanuts", merkte Christopher an. „Sie könnten viel mehr setzen. Meine gewonnenen Jetons zum Beispiel. Ich schenk sie Ihnen, wenn Sie wollen."

Rebekka wirbelte herum. Damit war ihr Vorhaben, den jungen Mann zu ignorieren, endgültig gescheitert. „Was soll das?", fauchte sie ihn an. „Wollen Sie mich für irgendetwas bezahlen?"

„Ich? Sie bezahlen?", lachte Chris. „Sehe ich so aus, als hätte ich das nötig?"

„Nein, ganz und gar nicht!", gab Rebekka zwar aufgebracht, aber dennoch unterdrückt zurück. „Sie haben etwas anderes nötig! Nämlich, dass man Ihnen mal den Hintern versohlt, damit dieses aufgeblasene Grinsen aus Ihrem Gesicht verschwindet!"

Chris' Grinsen verbreiterte sich. „Und? Würden Sie das gern übernehmen?"

Rebekka seufzte entnervt auf und wandte sich wieder dem Roulette-Tisch zu. Warum hatte sie nicht wenigstens dieses eine Mal die Klappe halten können?

„Bitte, das Spiel zu machen."

Wieder einmal starrte Rebekka angestrengt auf ihren 10-Euro-Jeton. Und wieder einmal kam Chris ihr bedrohlich nah, um einen ganzen Stapel Jetons auf Rot zu platzieren. Rebekka schluckte und versuchte verzweifelt, nicht hinzuschauen. Der Stapel war hoch, noch höher als beim letzten Mal, höchstwahrscheinlich doppelt so hoch! Chris hatte 1.000 Euro auf Rot gesetzt! Sie spürte, wie ihre Beine zu zittern begannen.

Ganz ruhig!, rief sie sich erbost zur Ordnung. *Das hier ist schließlich nicht dein Geld!*

„Sie zittern ja", flüsterte eine Stimme direkt neben Rebekkas Ohr. „Das brauchen Sie aber nicht. Es ist ja nur Geld."

Rebekka wich erschrocken zur Seite und schwor sich, dieses Mal wirklich den Mund zu halten.

„Nichts geht mehr."

Ohne dass sie etwas dagegen tun konnte, verstärkte sich Rebekkas Zittern. Sie schloss die Augen, um das rotierende Rad nicht ansehen zu müssen. Aber jetzt schien es ihr, als nähme sie die Geräusche noch stärker wahr als sonst, das Schleifen des Roulette-Rades, das Klackern der Kugel. Auf ihrer Oberlippe bildete sich wieder einmal eine Reihe kleiner Schweißtröpfchen. Dann machte es *klick* und die Kugel hatte ihr Ziel erreicht. In Rebekkas Umgebung war ein Raunen zu vernehmen. Aber Rebekka wagte noch immer nicht, die Augen zu öffnen.

„12 – Rot", sagte der Croupier.

Rebekka riss ihre Augen auf. „Gewonnen!", flüsterte sie ungläubig.

„*Ich* habe gewonnen", stellte Chris klar. Seine Stimme klang schon wieder schrecklich nah. „Sie haben *verloren*!"

Rebekka biss sich wütend auf die Lippe, sagte aber nichts. Tapfer sah sie zu, wie Chris sich von ein paar Umstehenden gratulieren ließ und schließlich diesen unglaublichen Gewinn einstrich. Dann sah sie verstohlen in ihre linke Hand. Sie besaß noch zwei 5er und zwei 10er. Der Rest ihres Vermögens befand sich in Form von 20ern und 50ern in ihrer Handtasche. Sie atmete noch einmal tief durch, nahm die beiden 10 Euro-Jetons und setzte sie auf Schwarz.

„Wenn Sie so weitermachen, sitzen wir morgen noch hier", kommentierte Chris dies und täuschte ein Gähnen vor. „Wollen wir nicht lieber mal was trinken gehen?"

Doch Rebekka reagierte nicht.

„Bitte, das Spiel zu machen", sagte der Croupier.

„Ich habe 1.500 Euro in fünf Minuten gewonnen", flüsterte Chris ihr zu. „Wie lange brauchen Sie dazu?"

Rebekka wirbelte abrupt herum. „Sie hatten Glück, mehr nicht!", fauchte sie. „Genauso gut hätten Sie verlieren können!"

Chris schüttelte entschieden den Kopf. „Das sehen Sie völlig falsch. Wenn Schwarz gefallen wäre, dann hätte das bei Ihnen dieses neckische kleine Jubeln hervorgerufen. Und das ist entzückend. Ja, wirklich! Das ist mindestens 1.000 Euro wert!"

Die junge Frau öffnete den Mund, um etwas zu erwidern ... und schloss ihn dann wieder. Sie war sprachlos, ein Zustand, den sie eigentlich gar nicht kannte. Machte er sich wieder über sie lustig oder hatte er ihr gerade ein Kompliment gemacht? Und warum zum Donnerwetter unterhielt sie sich schon wieder mit ihm?

„Nichts geht mehr."

Irritiert schüttelte sie den Kopf und wandte sich wieder dem Spiel zu. Sie hatte sich doch konzentrieren wollen!

„Möchten Sie einen Cocktail oder lieber was anderes?"

Rebekka presste entschlossen die Lippen aufeinander.

„Das verpflichtet Sie auch zu nichts", raunte Chris ihr ins Ohr.

Erneut wich Rebekka ein Stück vor ihm zurück. Erst jetzt fiel ihr auf, dass sie auf diese Weise schon fast einen halben Meter zurückgelegt hatte. Jedenfalls stand sie jetzt direkt vor den Feldern Rot und Schwarz, während sie sich eben noch rechts davon befunden hatte.

„35 – Schwarz."

„Ja!", entfuhr es Rebekka. Zeitgleich war sie ein ganz kleines bisschen in die Höhe gehüpft. Es funktionierte! Ihr System funktionierte! Sie hatte ihren Verlust wieder wettgemacht! Und jetzt schon insgesamt 15 Euro gewonnen!

„Sehen Sie, das meinte ich", bemerkte Christopher. Seine Stimme klang rau.

Die Freude über den Gewinn fiel in sich zusammen. Entgegen ihrer sonstigen Gewohnheiten errötete Rebekka tief. Wieso brachte sie dieser Kerl nur so aus der Fassung? Hastig nahm sie ihren Gewinn entgegen und setzte einen der zwei verbliebenen 5-Euro-Jetons auf Pair, Gerade.

„Och nö!", jammerte Chris. „Jetzt fangen Sie wieder mit 5 Euro an! Das ist doch langweilig. Sie müssen erhöhen! So wie ich!"

„Sie sind halt ein Spieler", erwiderte Rebekka scharf, „und ich nicht."

Da sie es weiterhin vermied, ihren Nachbarn anzusehen, bekam sie nicht mit, dass dieser höchst interessiert die Augenbrauen hob. „Definieren Sie ‚Spieler'", bat er schließlich. Ein Hauch von Berechnung begleitete seine Worte.

„Was gibt's da zu definieren?" Rebekkas Tonfall war unwirsch. „Ein Spieler ist jemand, der nicht aufhören kann."

Es vergingen ein paar Sekunden, bis Chris antwortete. „So wie Ihr Vater?"

Ruckartig wandte Rebekka den Kopf. Einen Moment lang begegnete sie fassungslos Christophers wissendem Blick. Woher ...?

Dann forderte der Croupier die Anwesenden auf, das Spiel zu machen, und lieferte Rebekka damit die Möglichkeit, sich wieder dem Spiel zuzuwenden. Mit vorgetäuschtem Interesse richtete sie ihre Aufmerksamkeit auf den Roulette-Tisch und kämpfte doch mit einer Flut von Empfindungen. Scham, Wut und Hilflosigkeit waren nur ein paar davon. Wie konnte er es wagen, sie so zu behandeln? Und warum wusste er so viel über sie?

„Oder wie Sie", presste sie schließlich hervor.

„Ich hab 2.000 Euro in der Tasche", entgegnete Chris. „Selbst wenn ich die 910 abziehe, die meine Begleitung verloren hat, habe ich noch mehr als 1.000 gewonnen. Ich hab zum richtigen Zeitpunkt aufgehört. Können Sie das auch?"

„Nichts geht mehr."

Rebekka atmete so schwer, dass ihr Brustkorb regelrechte Entfernungen zurücklegte. Trotzdem erlangte sie ihre Fassung nur allmählich wieder. Manchmal war sie nicht sicher, wie die Antwort auf diese Frage lautete. Wie viel von Jürgen steckte in Rebekka?

„Würde ich sonst immer wieder bei 5 Euro anfangen?", stieß sie leise hervor.

„Das ist ein Argument", überlegte Christopher gönnerhaft. „Andererseits kann es doch kein Zufall sein, dass ich Sie gerade hier wiedersehe, oder?"

„Zufall würde ich das auch nicht nennen", konterte Rebekka, „eher Pech."

Chris lachte amüsiert auf. „Aber für wen? Ich meine ... ich hab mich grad gefragt ... nun ja ... was Ihre Mutter wohl sagen würde, wenn sie wüsste, was Sie hier treiben. Ich glaub, ich sollte sie morgen mal fragen."

Rebekka zuckte bei dieser Bemerkung sichtlich zusammen. „Nein ... bitte", entfuhr es ihr. Aber dann bemerkte sie ihren Fehler auch schon und biss sich erschrocken auf die Lippe.

Gleich darauf spürte sie, wie Chris sich von rechts näherte. Und als er jetzt sprach, spürte sie seinen warmen Atem an ihrem Ohr. „Also Cocktail oder lieber was anderes?"

Rebekka schluckte. „Das ist Erpressung", flüsterte sie kaum hörbar.

Chris schüttelte den Kopf. „Das ist Anziehung", raunte er ihr zu.

Rebekka versteifte sich. Sie hatte das Gefühl, eine einzige Bewegung von ihr könnte ein Feuer entfachen, das eine Nummer zu groß für sie war. „Campari-O", sagte sie schnell.

Sie hörte, wie Chris erfreut aufseufzte. „So gefallen Sie mir schon besser. Bis gleich." Und mit diesen Worten verließ er endlich – endlich! – den Platz an ihrer Seite.

Darüber war Rebekka so erleichtert, dass sie sich an der Tischplatte festhalten musste, um nicht in sich zusammenzusinken. Und als der Croupier wenig später die „17 – Schwarz" ausrief, erschien ihr das einfach nur logisch. Alles war heute irgendwie ungerade ...

❖

Drei Stunden und an die hundert Spiele später stand Rebekka immer noch am gleichen Tisch, schlürfte die Drinks, die Chris ihr brachte, und versuchte tapfer, sich auf ihre Mission zu konzentrieren und ihren Schatten möglichst zu ignorieren.

Das Spiel selbst lief sahnemäßig. Oft hatte sie schon nach ein bis drei Runden gewonnen, selten erst nach vier, fünf oder sechs. Nur ein einziges Mal hatte es sieben Runden gedauert, bis die Farbe gefallen war, für die sie sich entschieden hatte.

Derart ermutigt war sie mit höheren Summen ins Spiel eingestiegen, zunächst mit 10 Euro, schließlich sogar mit 20. Auf diese Weise hatte sie in den letzten neun Spielen 100 Euro gewonnen. 100 Euro! Von den fast 300 Euro, die vorher reingekommen waren, mal ganz zu schweigen!

Rebekka hatte auf einmal das Gefühl, als würde sie schweben. Ihr Plan funktionierte! Das Glück war ihr hold! Sie konnte gar nicht verlieren! Beschwingt setzte sie einen 50er-Jeton auf Gerade.

„Was machen Sie denn jetzt?", flüsterte Christopher erstaunt.

„Ich befolge Ihren Rat", säuselte Rebekka. „Ich erhöhe!"

„Das war ein schlechter Rat", warnte Chris mit ungewohntem Ernst in der Stimme. „Ich hab Ihre Verdoppelungsstrategie jetzt verstanden. Sie ist nicht schlecht. Aber sie funktioniert nur, solange genügend Kapital da ist."

„Es ist doch genügend Kapital da", kicherte Rebekka und

deutete auf ihre prall gefüllten Hosentaschen. „Ich hab in einer Tour gewonnen."

„Das kann sich ändern."

„Blödsinn", widersprach Rebekka und machte eine wegwerfende Handbewegung. Die fiel allerdings so ausladend aus, dass Rebekka urplötzlich ins Wanken geriet. Halt suchend griff sie nach dem Roulette-Tisch.

„Ich glaub, ich hab Ihnen zu viele Drinks spendiert", seufzte Chris.

Rebekka merkte es auf einmal auch. Ihre Umgebung drehte sich und die Geräusche um sie herum klangen ungewohnt dumpf. Und als sie dann auch noch den Fehler beging, ihren Blick auf das sich bereits drehende Roulette-Rad zu richten, wurde ihr vollends schwindelig. Schnell suchte sie sich einen Fixpunkt und atmete ein paarmal tief durch.

„Soll ich Ihnen vielleicht mal ein Wasser holen?", fragte Chris amüsiert.

Rebekka nickte nur. Ihr war übel.

„Elf – Schwarz", sagte der Croupier.

Rebekka schluckte. Auf einmal war sie sich nicht mehr so sicher, dass das Glück mit ihr war. Aber sie konnte ja schlecht 50 Euro verloren geben. Und so setzte sie tapfer zwei weitere 50er auf Gerade.

Als Chris ein paar Minuten später mit dem Wasser zu ihr zurückkam, hatte der Croupier gerade „Fünf – Rot" ausgerufen. Rebekka riss Chris das Glas förmlich aus der Hand und trank es in einem Zug leer. Sie musste unbedingt wieder nüchtern werden! Mit einem äußerst unguten Gefühl im Bauch legte sie vier 50er-Jetons auf Gerade.

„Scheint nicht gut zu laufen", kommentierte Christopher.

Rebekka antwortete nicht. Doch ihr Blick zeigte tiefste Besorgnis. Ihr Mund formte tonlose Wörter. *50 – 150 – 350 – 750 – 1.550.* Sie war dabei, sich ihre Chancen auszurechnen. Das Ergebnis fiel allerdings nicht sehr positiv aus. Warum hatte sie nicht früher bedacht, dass sie, wenn sie mit 50 Euro einstieg, nur fünf Chancen hatte, um zu gewinnen?

Chris schien ihre Stimmung richtig zu deuten. „Wird schon gut gehen", versuchte er, sie zu beruhigen.

Aber Rebekkas Besorgnis blieb. Nervös spielte sie mit dem Riemen ihrer Handtasche. Sie durfte heute nicht verlieren! Das Wohl ihrer Familie hing von ihr ab!

„27 – Rot", erklärte der Croupier.

Rebekka schloss gequält die Augen. Als ob sie es geahnt hätte! Fünf Chancen, das war entschieden zu wenig! Wie hatte sie sich nur so vergessen können? Vorhin hatte es einmal sogar sieben Runden gedauert, bis sie gewonnen hatte!

Mit dem Mut der Verzweiflung kramte Rebekka in ihrer Handtasche und bildete vor sich auf dem Roulette-Tisch kleine Jeton-Türmchen. Immer fünf 20er-Jetons bildeten einen Einsatz von 100 Euro. Rebekka schob nacheinander vier dieser Türmchen auf Gerade. Sie spürte die interessierten Blicke der Umstehenden auf ihrer Haut und versuchte, nicht so verzweifelt auszusehen, wie sie sich fühlte. Trotzig hob sie ihren Kopf ein wenig höher. *Ich bin ein Profi*, schien ihr Blick zu sagen. Aber das stimmte nicht. Sie war am Ende!

Die Kugel fiel auf die Eins – Rot.

Rebekka wurde kalkweiß. Sie hatte bereits 750 Euro gesetzt. Damit war ihre letzte Chance gekommen! So schnell – *zu* schnell!

Als sie jetzt ihr Verhalten von eben wiederholte und mit starrem, maskenhaftem Blick kleine Jeton-Türmchen vor sich aufbaute, stellte sie sich dabei so ungeschickt an, dass die Türmchen mehrfach umkippten. Aber wie sollte man auch Chips aufschichten, wenn einem die Hände dabei zitterten? Irgendwann hatte sie es mit Mühe und Not geschafft, acht solcher Türmchen zusammenzubekommen. Als sie sie anschließend auf das Feld mit der Bezeichnung „Gerade" schob, tat ihr das beinahe körperlich weh. Sie schielte auf ihre Handtasche. Zum ersten Mal an diesem Abend war sie leer und leicht geworden. Es waren nur noch ein paar Reste, die darin klimperten.

„Sagen Sie mir, dass ich das Richtige tue", flüsterte Rebekka nach rechts. Sie brauchte jetzt einfach ein bisschen Ermutigung.

Es kam keine Antwort.

Verwundert blickte sich Rebekka um. Erst jetzt fiel ihr auf, dass sie Chris zum allerersten Mal an diesem Abend von sich aus angesprochen hatte. Und jetzt war er weg? Verzweifelt suchten ihre Blicke die gesamte Umgebung ab, aber das Ergebnis war das Gleiche. Chris blieb verschwunden.

Ein Gefühl von Enttäuschung kroch in Rebekka hoch und löste noch etwas anderes aus: Wut auf sich selbst. Sie sollte doch froh sein, dass der Kerl endlich das Weite gesucht hatte! Ärgerlich schluckte Rebekka ihre Empfindungen hinunter und versuchte, sich wieder ganz auf das Spiel zu konzentrieren.

Der Kessel drehte sich bereits.

In ihrer Verzweiflung begann Rebekka, ein Ave Maria zu beten. Tonlos leierte sie die Worte herunter, die sie in ihrem Leben schon Millionen Mal gesprochen hatte. *Gegrüßet seist du, Maria, voll der Gnade ...* Unglücklicherweise fühlte sich Rebekka heute nicht wirklich wohl bei ihren Worten. War die katholische Kirche nicht gegen das Spielen?

Die Kugel hüpfte unkontrolliert herum ... *Eine gerade Zahl*, betete Rebekka verzweifelt. *Bitte! Ich weiß ja, dass Spielen nicht gut ist, aber ... diese Aktion hier dient einem guten Zweck. Und der Zweck heiligt die Mittel, das sagt sogar meine Mutter!*

Und dann fiel die Kugel.

„19 – Rot."

Es dauerte lange, bis Rebekka das Ergebnis gehört und verarbeitet hatte. Die 19 war eine Zahl, die sich nicht durch zwei teilen ließ. Die 19 war eine *ungerade* Zahl! Sie hatte verloren! Wieder! Alles! 1.550 Euro Einsatz! Das Geld, das sie ihrer Mutter schuldete. Das Geld, das sie ihren Freundinnen schuldete. Das Geld, das sie im Verlauf des Abends gewonnen hatte! Und was am Schlimmsten war: das Geld, das ihr Kapital gewesen war. Jetzt gab es keine Möglichkeit mehr, die Katastrophe rückgängig zu machen. Jetzt war alles aus!

Als der Croupier ihre Chips einkassierte, starrte Rebekka ihnen nach, als wäre es ihr Herz, das man ihr entriss. Und so fühlte sie sich anschließend auch: leer, beraubt, zu keinem Gefühl mehr fähig.

Aber dann geschah etwas Merkwürdiges. Genau an der Stelle, an der sich gerade eben noch ihre Chips befunden hatten, wurden neue Türmchen aufgebaut. Und es waren wiederum acht Stück!

Rebekka begriff nicht, was geschah, sondern starrte nur verständnislos auf die Chips. Im Gegensatz zu eben waren es 50er-Jetons, jeweils vier übereinander.

4 mal 50, rechnete Rebekka stumm, *ist gleich 200, 8 mal 200 ist gleich 1.600.* Beinahe erschrocken zuckte Rebekka zusammen. Was sich da auf dem Gerade-Feld tummelte, war der Einsatz, den sie jetzt eigentlich hätte tätigen müssen. Aber wie war das möglich?

„Mache ich alles richtig?", raunte ihr eine vertraute Stimme zu.

Abrupt wandte sich Rebekka um. Völlig entgeistert starrte sie auf die große, kräftig gebaute Gestalt ihres Schattens. Er stand rechts neben ihr, wie immer, so selbstverständlich, als wäre er nie weg gewesen. Und er grinste genauso penetrant wie schon den ganzen Abend.

„Was ... wieso ...?", stammelte Rebekka. Und dann mündete ihre Verwirrung in ein Gefühl unbändiger Wut und sie fauchte: „Wo sind Sie die ganze Zeit gewesen?"

„Haben Sie mich etwa vermisst?", fragte er unschuldig.

„Was?", entfuhr es Rebekka, und sie holte Luft, um so richtig loszulegen.

Aber Chris kam ihr zuvor. „Ich hab Geld aufgetrieben", warf er dazwischen.

Rebekka hielt inne und starrte ihn an. Und dann fing sie schon wieder an zu stottern. „Aber ... ich meine ... wieso?"

„Na, weil ich das Unheil hab kommen sehen", lautete die Antwort.

„Ja, und ... und jetzt?"

„Bitte, das Spiel zu machen", sagte der Croupier.

„Wollen Sie den Kredit nun oder nicht?", fragte Chris.

„Kredit? *Kredit?"*, wiederholte Rebekka fassungslos. „Sie meinen ... ich bin noch im Spiel?"

Chris lächelte. Der Ausdruck auf seinem Gesicht war beinahe zärtlich. „Wenn Sie wollen ..."

Rebekka nickte so heftig, als hinge ihr Leben davon ab. Eine zweite Chance! Sie bekam eine zweite Chance! Einmal mehr krallten sich ihre Finger in den Roulette-Tisch, hefteten sich ihre Blicke auf die Roulette-Kugel, die gerade eben ins Spiel gebracht worden war.

Bitte, flehte sie stumm in Richtung Himmel. *Bitte, bitte, bitte!*

Schon konnte man erkennen, dass sich die Drehbewegung der Kugel allmählich verlangsamte. Im Gegensatz dazu erhöhte sich die Spannung in Rebekkas Körper mit jeder Sekunde mehr. Die Muskeln in ihren Armen und Beinen bebten, ihr Oberkörper wippte leicht hin und her. Sie hatte das Gefühl, als würde sie jeden Moment explodieren. Und dann fiel die Kugel ...

... auf 31 – Schwarz.

Rebekka sank mutlos in sich zusammen.

Aber dann legten sich zwei warme Hände tröstend auf ihre Oberarme. „Nicht aufgeben", flüsterte Chris ihr zu. „Ich hab noch mehr."

Rebekka sah verständnislos zu ihm auf. Der Alkohol von vorhin und das angestaute Adrenalin hatten ihren sonst so scharfen Verstand gehörig in Mitleidenschaft gezogen.

„Hier." Chris drückte ihr einen Stapel Chips in die Hand. „Setzen Sie."

Aber Rebekka war weitgehend handlungsunfähig. Sie starrte nur mit großen Augen auf die Jetons in ihrer Hand und rührte sich nicht.

Chris seufzte tief und nahm ihr die Chips wieder weg. Dann baute er sie selbst auf dem Gerade-Feld auf. Auch dieses Mal wurden es acht Türmchen, allerdings acht zu jeweils acht 50er-Jetons, im Wert von insgesamt 3.200 Euro!

Rebekka starrte auf die Jeton-Mengen und spürte, wie ihr schwindelig wurde. Im Moment wusste sie nur eines: nämlich, dass alles außer Kontrolle geraten war ... dass sie ein Vermögen gesetzt hatte ... ein Vermögen, das sie niemals besessen hatte ... wie ... wie ihr Vater!

„Bitte, das Spiel zu machen." Die Worte des Croupiers klangen dumpf und verzerrt in Rebekkas Ohren. Und die Wände des Raumes einschließlich der Decke schienen auf einmal näher zu rücken.

Und dann fiel sie einfach um.

„Ich bin nicht wie er", murmelte Rebekka, als sie wieder zu sich kam.

„Rebekka?", sagte Chris.

Der Klang seiner Stimme erschreckte Rebekka so sehr, dass sie wie von der Tarantel gestochen hochfuhr. „Was? Wie?" Sie sah sich um und stellte fest, dass sie sich in einem ihr völlig fremden Raum befand. Er war klein und karg ausgestattet. Eigentlich bestand er nur aus der Liege, auf der Rebekka bis eben gelegen hatte, aus dem Stuhl, auf dem Christopher neben ihr saß, und aus einem kleinen weißen Holzschränkchen.

„Nicht so hastig", riet Chris. „Ihr Kreislauf hat versagt. Sie sollten sich *langsam* aufrichten."

„Kreislauf?", echote Rebekka verständnislos. „Wo sind wir hier?"

„Ist 'ne Art Krankenzimmer", entgegnete Chris. Dann verzog sich sein Mund zu einem Grinsen. „Wenn ich die Mitarbeiter richtig verstanden habe, passiert es gar nicht so selten, dass die Kasino-Besucher beim Spielen ohnmächtig werden."

„Beim Spielen", wiederholte Rebekka mit kläglicher Stimme. Auf einmal war alles wieder da. Sie schlug die Hände vors Gesicht. Und dann brach es förmlich aus ihr heraus: „Ich hab alles verspielt!"

„I wo", lächelte Chris und bückte sich. Dann beförderte er Rebekkas Handtasche nach oben, die neben seinem Stuhl gestanden hatte. „Sehen Sie doch mal!"

Rebekka nahm vorsichtig die Hände vom Gesicht und starrte auf das, was er in Händen hielt. Sie erkannte ihre Handtasche und berührte sie vorsichtig mit den Fingerspitzen. Seltsam ... sie sah nicht nur so aus, als wäre sie prall mit irgendetwas gefüllt ... sie war es auch tatsächlich!

Christophers Lächeln verbreiterte sich. „Da sind Jetons im Wert von exakt 1.725 Euro drin. Ich hab nämlich nachgezählt. Sie haben über vierhundert Euro gewonnen!"

„Aber wie ... nein! Das ist unmöglich!", stammelte Rebekka verwirrt.

„Zählen Sie selbst nach, wenn Sie wollen."

„Es ist Ihr Geld", stieß Rebekka hervor. „Und ich will Ihr Geld nicht! Ich will keine Almosen! Ich lasse mich nicht be-"

„Nun beruhigen Sie sich mal", fiel Chris ihr ins Wort. „Ich hab Ihnen lediglich einen Kredit gewährt. Schon vergessen?"

„Aber ich hab erneut verloren!", begann Rebekka sich zu erinnern. Ihre Stimme klang weinerlich. „Die 31 ist gefallen – Schwarz – *Ungerade*!"

„Beim *ersten* Mal, ja", bestätigte Chris. „Aber beim zweiten Mal ist die *8* gefallen. 8 – Schwarz – *Gerade!*"

Rebekka antwortete nicht. Aber ihr Gesichtsausdruck spiegelte Misstrauen wider.

„Kurz bevor Sie ohnmächtig wurden, hatte ich ein weiteres Mal für Sie gesetzt. Erinnern Sie sich denn nicht?"

Rebekkas Augen verdunkelten sich. Sie erinnerte sich schon, konnte aber beim besten Willen nicht glauben, dass diese letzte kleine Chance zum Erfolg geführt haben sollte.

„Ich kann es Ihnen beweisen", fügte Chris eilig hinzu. „Sehen Sie hier." Er griff in die Innentasche seines Sakkos, kramte seine Brieftasche daraus hervor, öffnete sie, und zum Vorschein kam ein Wust von Zetteln. Er sortierte sie einen Moment und hielt ihr dann einen davon triumphierend entgegen.

Rebekka nahm ihn widerwillig entgegen und betrachtete ihn. „11.200 Euro", murmelte sie verständnislos.

„Das ist ein Beleg darüber, dass die Bank mir die 11.200 Euro wieder ausgezahlt hat", half Chris.

„Was für 11.200 Euro?" Rebekka begriff überhaupt nichts.

„1.600 Euro plus 3.200 Euro plus 6.400 macht 11.200 Euro", rechnete Chris ihr vor. „So viel hab ich umgetauscht, als ich kurz nicht da war."

„Sie hatten 11.200 Euro dabei?", entfuhr es Rebekka.

Chris schüttelte lächelnd den Kopf. „Nein, aber ich bin kreditwürdig. Ich hab einen Schuldschein unterschrieben." Er hielt einen Moment lang inne. Dann fügte er nachdenklich hinzu: „Es wäre natürlich besser gewesen, wenn wir noch ein paar weitere Chancen gehabt hätten. Leider konnte ich nicht mehr umtauschen. Sie wissen schon, das Maximum ..."

Als er Rebekkas verständnislosen Blick sah, fragte er: „Wussten Sie denn nicht, dass es an den Tischen einen Höchsteinsatz gibt? An einem Tisch mit 5 Euro Mindesteinsatz beträgt er für einfache Chancen 7.000 Euro. Wahrscheinlich ist Ihre Verdoppelungsstrategie in den Kasinos hinreichend bekannt. Also war bei 6.400 Euro Schluss. Die 12.800 hätte ich nicht mehr setzen dürfen!"

Rebekka starrte ihn an, doch schien ihr Blick durch ihn hindurchzugehen. Höchsteinsatz? Das hörte sie ja zum allerersten Mal! Und dann dämmerte ihr plötzlich, was das bedeutete! Fassungslos suchte sie seinen Blick. „Aber dann ... war Ihr Risiko unglaublich hoch! Ich meine ... Sie wussten genau, dass ich Ihnen das Geld niemals hätte zurückzahlen können!"

Fast ein bisschen verlegen zuckte Chris die Achseln. „Ist doch egal ... Sie haben nun mal gewonnen. Und mir mein Geld vollständig zurückgezahlt. Alles ist in bester Ordnung."

Rebekka schluckte und musste auf einmal mit aufsteigenden Tränen kämpfen. „Ist das wirklich wahr?"

Christophers Blick wurde weich. Er nickte.

„Sie –" Rebekkas Stimme versagte, und sie musste sich erst einmal räuspern, bevor sie weitersprechen konnte. Verlegen sah sie auf ihre Hände. „Sie haben mir das Leben gerettet, wissen Sie. Das ... das vergesse ich Ihnen nie. Nie ... wirklich."

Chris erhob sich. „Schon gut", sagte er schnell. „Nicht der Rede wert. Wollen wir wieder reingehen oder so was?"

Rebekka schüttelte den Kopf. „Wie spät ist es überhaupt?"

Gleich darauf konnte sie beobachten, wie Chris eine Taschenuhr aus seiner rechten Hosentasche zog und den verschnörkelten Deckel öffnete. „Viertel nach elf", antwortete er.

„Wow", machte Rebekka und meinte mehr die Uhr als die Zeit. „Ist die alt?"

Chris' Augen begannen zu leuchten. „Ein Erbstück", entgegnete er. „Von meinem Großvater. Eine Patek Philippe."

„Nie gehört", musste Rebekka zugeben. „Aber wo ist die Uhrenkette? So sieht es nicht wirklich stilecht aus!"

Chris lächelte, wodurch wieder einmal das Grübchen sichtbar war. „Eigentlich trägt man so was in der Westentasche. Aber ich kann ja schlecht meine gesamte Garderobe auf die Uhr ausrichten. Eine Zeitlang habe ich überlegt, die Kette an einer der Gürtelschlaufen zu befestigen. Aber dann könnte die Kette die Uhr verkratzen. Und das geht gar nicht."

„Sie muss sehr wertvoll sein", schlussfolgerte Rebekka.

„Oh ja", begeisterte sich Chris. „Diese Uhren wurden noch mit der Hand gebaut. Ich wünschte, ich würde diese Qualität auch hinkriegen. Aber das ist schwer für einen Laien."

„Haben Sie es denn schon mal versucht?"

„Ich versuche es, solange ich denken kann. Mein Großvater hat mir die Grundlagen beigebracht. Aber auch er konnte diese Qualität nicht produzieren. Allerdings fehlte ihm auch das nötige Kleingeld ..."

„Wenn es das ist, haben Sie eine echte Chance", lächelte Rebekka und dachte an die 4.800 Euro, die er für sie gesetzt hatte.

Chris zuckte die Achseln. „Leider ist es nicht mein Geld, sondern das meines Vaters. Und der ist der Meinung, dass ich meine Zeit lieber in mein Studium stecken sollte." Er seufzte tief. „Aber ich habe diesen Traum ..."

Als Rebekka sah, dass er zögerte, war ihre Neugier erst recht geweckt. „Ja?"

„Also ... na ja ... es ist vielleicht albern ... aber wenn ... wenn ich eine Uhr auf den Markt bringen könnte, die nicht nur präzise läuft, sondern die Zeit auf eine neue, faszinierend andere Weise anzeigt, dann könnte ich vielleicht ... ich weiß auch nicht ... eine eigene Firma gründen ..."

Rebekka runzelte die Stirn. „Haben Sie denn eine Idee?"

„Schon ..." Der Gedanke allein genügte, um Chris' Augen zum Leuchten zu bringen. „Kennen Sie diese Brettchen, die mit Hunderten von Metallstäben bestückt sind? Sie wissen schon ... Die Stäbe sind im rechten Winkel in dem Brett eingelassen und zu beiden Seiten beweglich. Allerdings bewegen sie sich nicht allein durch Schwerkraft, sondern nur auf einen gewissen Druck hin. Das Prinzip ist genauso einfach wie genial. Wenn man auf der einen Seite etwas hineindrückt und auf diese Weise ein Negativ erzeugt, dann erhält man auf der anderen ein Positiv davon, und zwar ein dreidimensionales!"

Rebekka überlegte einen Moment lang. „Ich glaub, ich weiß, was Sie meinen ... Meine Freundin Birgit hat so etwas im Regal stehen. Das Brett selbst ist schwarz und etwa 30 mal 30 Zentimeter groß. Die Stäbe bestehen aus silberfarbenem Metall und sind ungefähr 10 Zentimeter lang. Man kann zum Beispiel einen Abdruck der Hand oder des Gesichtes damit erzeugen ..."

„Genau!“, rief Chris erfreut aus. „So etwas müsste auch im Miniaturformat herzustellen sein, mit Stäben, die noch dünner sind als Nadeln. Wenn nun die Nadeln das Zifferblatt bilden würden …“

Rebekka schüttelte verständnislos den Kopf. „Aber wie wird dann die Zeit angezeigt?

„Mit unsichtbaren Zeigern!“, antwortete Chris. „Die Zeiger sind vorhanden, aber unterhalb des Brettchens. Und ihre Funktion ist eine rein mechanische. Man erkennt die Zeit nur dadurch, dass der entsprechende Teil der Nadeln in die Höhe geschoben wird. Das könnte doch das gewisse Etwas haben, oder nicht?“

„Klingt faszinierend.“ Rebekka nickte.

„Schon, aber es würde viel Zeit, Mühe und Geld kosten, so etwas in die Realität umzusetzen. Und deshalb lautet die entscheidende Frage …“ Er sah sie erwartungsvoll an. „… Traum oder Studium?“

Rebekka überlegte einen Moment. Dann sagte sie ernst: „Ich denke, man ist nur gut in dem, was man wirklich mag. Und deshalb sollten Sie Ihrer Leidenschaft nachgehen.“ Noch während sie diese Worte aussprach, tauchte sie so tief in Chris' Blick ein, dass sie das Gefühl hatte, mit etwas zu verschmelzen. Mit einer tiefen Traurigkeit vielleicht … oder Ohnmacht.

„Ich muss nach Hause“, sagte sie plötzlich und riss sich von diesem Blick los. Wenn sie es jetzt nicht tat, würde sie es vielleicht nie mehr schaffen.

„Ich fahre Sie.“

„Ist nicht nötig“, wiegelte Rebekka ab.

„Sind Sie verrückt?“, herrschte Chris sie an. „Ihr Kreislauf hat versagt! Außerdem haben Sie viel zu viel getrunken!“

„Sie nicht?“

Christopher schüttelte den Kopf. „Ich trinke nicht.“

„Wie? Gar nicht?“

Er schüttelte ein weiteres Mal den Kopf.

Rebekka zog fragend die Augenbrauen hoch. „Gar nicht im Sinne von überhaupt nicht?“

„Gar nicht im Sinne von keinen einzigen Tropfen“, nickte Chris.

„Und warum nicht? Ich meine, das ist ungewöhnlich.“

„Hat gesundheitliche Gründe", antwortete er ausweichend. Und dann bückte er sich, zauberte eine kleine Flasche Coca-Cola und ein Glas unter seinem Stuhl hervor und sagte: „Bevor wir gehen, müssen Sie das hier trinken. Es stabilisiert den Kreislauf."

Rebekka nickte brav, wartete, bis er ihr eingeschenkt hatte, und trank das Glas dann in einem Zug leer. Sie hatte ohnehin fürchterlichen Durst.

„Mehr?", fragte Chris.

Rebekka schüttelte den Kopf und musste auf einmal gähnen. „Ich möchte nur noch nach Hause."

„Meinen Sie, Sie können allein aufstehen?"

„Na, das will ich doch hoffen", entgegnete Rebekka und ließ schon mal die Beine von der Liege gleiten. Anschließend stellte sie sich vorsichtig auf ihre Füße. Es ging hervorragend, ganz ohne Schwindelgefühl. „Alles bestens", lächelte sie erleichtert. Und dann folgte sie Chris gut gelaunt zur Tür. Zusammen gingen sie erst Rebekkas Jetons umtauschen und verließen dann das Kasino.

Draußen war es mittlerweile richtig kalt geworden. Außerdem wehte ein kräftiger Wind um die Häuserecken. Immerhin regnete es nicht. Rebekka verschränkte fröstelnd die Arme vor der Brust und flüchtete sich unauffällig in Christophers Windschatten.

Ist schon von Vorteil, gestand sie sich widerstrebend ein, *eine derart breitschultrige Begleitung zu haben!*

Als sie dicht an Peppo vorbeikamen, lächelte Rebekka ihm wehmütig zu. *Ich hol dich morgen ab*, versprach ihr Blick.

Wenig später blieb Christopher plötzlich stehen. Dann zog er klimpernd ein Schlüsselbund aus der Hosentasche.

Klack! Das typische Geräusch einer Zentralverriegelung ließ den Schluss zu, dass sie seinen Wagen erreicht hatten.

Rebekka sah sich suchend um. Hier wimmelte es ja nur so von schicken Sportwagen! Welcher Wagen passte zu einem Mann wie Chris? War es der schwarze Audi TT, der links neben ihr stand? Oder vielleicht der kleine metallicgrüne Mazda MX 5 dahinter? Bei dem Gedanken an eine Fahrt in einem solch tollen Auto lief ihr eine Gänsehaut über den Rücken.

Chris ging zwei Schritte vorwärts und öffnete Rebekka galant eine Beifahrertür. Sie war knallgelb, genauso wie der Rest des Wagens.

Rebekka rührte sich nicht. „Ist ... das Ihr Ernst?", stammelte sie mühsam.

„Was denn?", wunderte sich Chris. „Der Wagen?"

Rebekka nickte stumm.

„Gehört meinem Vater", sagte Chris. Ein Hauch von Bitterkeit schwang in seiner Stimme mit. „Aber das dachten Sie sich bestimmt."

Rebekka schluckte und ließ ihre Fingerkuppen ehrfürchtig über den gelben Lack gleiten.

„Das ist ein Ferrari", sagte sie atemlos. „Ich bin noch nie in einem solchen Wagen gefahren."

Chris musterte sie erstaunt. „Sie kennen sich mit Autos aus?"

Aber Rebekka reagierte gar nicht auf seine Frage. Ihr Blick war noch immer wie gebannt auf das Auto gerichtet und sog wie ein Staubsauger jede Einzelheit in sich hinein. „Wie heißt er?"

„Wie er *heißt*?"

„Aber ja, er ist ein Schmuckstück! Sie müssen ihm doch einen Namen geben!"

Christopher schüttelte lachend den Kopf. Aber als er sah, dass Rebekka offensichtlich meinte, was sie sagte, hielt er inne. „Geben Sie ihm doch einen", schlug er stattdessen vor.

„Stuart", sagte Rebekka spontan. „So heißt er."

„Stuart also", wiederholte Chris und musterte Rebekka mit nachdenklichem Interesse. Sie war anders als andere Frauen, das hatte er schon bei ihrer ersten kurzen Begegnung gespürt. Aber dass sie *so* anders war, so ... *erfrischend* anders, das hätte er nicht gedacht. Fasziniert registrierte er die beinahe kindliche Begeisterung, mit der sie jetzt in den Wagen stieg, nein, mit der sie den Wagen *eroberte*. Aber obwohl sie ihn voll für sich zu vereinnahmen schien, ging sie doch so vorsichtig, so zärtlich mit ihm um, dass Christopher sich auf einmal wünschte, dieser Ferrari zu sein.

„Nun kommen Sie schon", drängelte Rebekka und wippte dabei ungeduldig hin und her, „ich möchte losfahren."

Christopher seufzte, schob seine Fantasien zur Seite und nahm auf der Fahrerseite Platz.

Währenddessen hatte Rebekka sich bereits angeschnallt. „Sind die zwölf Zylinder in Reihe oder in V-Form angeordnet?", wollte sie wissen. „Oder nein, sagen Sie nichts, lassen Sie mich raten: V-Form, stimmt's?"

Chris, der gerade selbst damit beschäftigt war, sich anzuschnallen, wandte verblüfft den Kopf.

„Bei hohen Kurvengeschwindigkeiten", plapperte Rebekka weiter, „neigt er da zum Über- oder zum Untersteuern?"

Christopher starrte sie sprachlos an.

„Ich frage mich wirklich", murmelte Rebekka, „bei wie vielen Touren er das höchste Drehmoment auf die Straße bringt." Und dann sah sie Chris fragend an. „Nun sagen Sie schon!"

„Ich hab mir noch keine Gedanken ... ich weiß nicht", stammelte Christopher.

Rebekkas Augen weiteten sich. „Sie wissen es nicht?"

Chris schüttelte stumm den Kopf.

„Es ist Ihr Auto oder nicht?"

„Das meines Vaters ... und außerdem mache ich mir nichts aus Autos", lautete die Antwort.

„Sie machen sich nichts aus ..." Rebekkas Satz verlor sich in ihrem Erstaunen. Dann aber brach es mit unerwarteter Heftigkeit aus ihr hervor. „Zipfelsinn und Zeckendreck. Sie besitzen ein Juwel, für das jemand wie ich seinen linken Arm geben würde, und machen sich nichts daraus?"

Auf einmal huschte ein freches Grinsen über Chris' Gesicht. Er streckte seinen rechten Arm aus, griff nach Rebekkas linker Hand, die ohnehin gerade in der Gegend herumfuchtelte, schüttelte sie und hielt sie dann fest. „Abgemacht!"

Rebekka zog verwirrt die Augenbrauen hoch. „Was?" Sie starrte auf ihre linke Hand, spürte den harten Druck seiner Finger, registrierte die Wärme, die von ihnen ausging, und konnte nichts dagegen tun, dass ein angenehmer Schauer über ihren Rücken rieselte.

„Ihren linken Arm gegen dieses Auto."

Rebekka entriss Chris ruckartig ihre Hand. „Sind Sie wahnsinnig?", herrschte sie ihn an.

Chris zuckte enttäuscht die Achseln, grinste aber weiter. „Schade."

„Sie wollten mich nach Hause fahren", fauchte Rebekka. Die

Worte kamen heftiger heraus, als sie geplant hatte. Irgendwie hatte sie Angst, Christopher könne hören, dass ihr Herz unkontrolliert klopfte. „Schon vergessen?"

Chris schüttelte gut gelaunt den Kopf. „Keineswegs." Er startete den Wagen und fuhr los.

Die Fahrt gefiel Rebekka besser, als ihr lieb war. Der Wagen schnurrte wie ein Kätzchen und vermittelte ihr das Gefühl, als säße sie direkt auf der Straße. Die dunklen Schatten von Bäumen und Büschen zogen rechts an ihr vorbei, als flöge sie in Wirklichkeit mit einem Flugzeug.

Je länger sie jedoch unterwegs waren, desto mulmiger wurde Rebekka. Warum fragte Chris nicht, wohin er fahren musste? Wusste er am Ende, wo sie wohnte? Hatte er auch das im Vorfeld in Erfahrung gebracht?

Nach einer halben Stunde schweigsamer Fahrt schien sich diese Vermutung zu bestätigen. Sie gelangten in das Stadtviertel, in dem Rebekka wohnte. Und auch hier schlug Chris wie selbstverständlich den Weg ein, den auch Rebekka gefahren wäre.

Allerdings machte sich Rebekka immer weniger Gedanken darüber, wie dies möglich war. Sie hatte auf einmal ein anderes Problem, eines, das sie nicht sofort in Worte kleiden konnte. Sie hatte nur dieses ungute Gefühl, das sich mit jedem Meter verstärkte. Irgendetwas gefiel ihr nicht ...

An der Gegend konnte es nicht liegen. Alles kam ihr mittlerweile bekannt und vertraut vor ... die alten, baufälligen Häuser ... die dunklen Gestalten auf der Straße ... die Graffiti an den Hauswänden ...

Oder doch! Es lag an der Gegend! Besser gesagt an dem Wagen, in dem sie saß. Er passte nicht hierher. *Sie* passte nicht in diesen Wagen!

Die Erkenntnis schlug wie der Blitz in Rebekkas Glieder und weckte ihren Fluchttrieb.

„Ich möchte hier aussteigen", brach sie plötzlich das Schweigen.

Chris sah erstaunt zu ihr herüber. „Kommt nicht infrage, ich bringe Sie bis vor die Haustür."

„Ich möchte hier aussteigen", wiederholte Rebekka in einem Tonfall, der keinen Widerspruch zuließ.

Chris trat widerwillig auf die Bremse. „Aber Ihr Zuhause liegt noch drei Straßen von hier entfernt und ich möchte –"

„Danke fürs Fahren", schnitt Rebekka ihm das Wort ab. Und dann hatte sie auch schon die Autotür geöffnet und war aus dem Wagen gesprungen. „Danke für alles. Ich wünsche Ihnen noch ein schönes Leben."

„Nun warten Sie doch ...", rief Chris. „Wir könnten uns ..."

Rumms! Dieses Mal war es die Autotür, die Chris ins Wort fiel.

Kapitel 11

Rebekka war kaum vor Chris davongelaufen, als ihr auch schon bewusst wurde, wie dumm ihr Verhalten eigentlich war. Jetzt war sie allein auf der Straße, und das mitten in der Nacht, im Dunkeln! Die Erinnerung an die Begegnung mit den beiden Männern brach wie ein Gewitter über sie herein. Rebekka rannte los, hastete wie eine Wahnsinnige den Fußweg entlang und betete verzweifelt, dass die beiden Unbekannten nicht gerade jetzt hinter irgendeiner Hausecke auf sie lauerten.

Atemlos, aber unbeschadet erreichte sie die Wohnung ihrer Eltern.

Mit einem tiefen Seufzer ließ sie die Haustür hinter sich ins Schloss fallen und schlurfte nach oben. Jetzt, wo die Gefahr gebannt war, kehrte die Erinnerung an den Abend mit voller Wucht zurück. Und mit ihr ein Gefühl tiefen Bedauerns, das Rebekka überhaupt nicht gefiel.

„Es war richtig", flüsterte sie in den kalten, leeren Hausflur hinein. *Er ist zu wohlhabend für dich,* hörte sie ihre Mutter noch einmal sagen. Sie nickte entschieden. „Arm und Reich passen einfach nicht zusammen."

Das Gefühl, dass irgendetwas falsch gelaufen war, blieb.

„Außerdem wechselt er die Frauen wie die Unterwäsche. Und wie er mit ihnen umspringt ..."

Mit dir auch?

„Das ist nur eine Frage der Zeit!", fauchte sie wütend. „Irgendwann langweile ich ihn und dann stößt er mich genauso vor den Kopf wie dieses Blondchen."

Und wenn nicht?

„Schluss jetzt!“, entfuhr es Rebekka. „Ich werde keinen Gedanken mehr an ihn verschwenden!“

Aber das war leichter gesagt als getan! Als Rebekka nach langer Zeit endlich einschlief, verfolgten bernsteinfarbene Augen sie bis in ihre Träume ...

Wenn sie darauf gehofft hatte, dass die Welt am nächsten Morgen schon ganz anders aussehen würde, dann hatte sie sich gründlich getäuscht. Sie erwachte spät, aber dafür mit dem gleichen Gefühl, mit dem sie abends eingeschlafen war: dass sie irgendetwas falsch gemacht hatte.

Und als kurz darauf das Telefon klingelte, sprang sie doch tatsächlich aus dem Bett und hastete wie eine Verrückte zum Hörer.

„Petrell?“

„Äh ... Becky?“, fragte eine Männerstimme am anderen Ende der Leitung.

„Völle“, erkannte Rebekka ihren Onkel. Es fiel ihr ganz schön schwer, sich die Enttäuschung nicht anmerken zu lassen.

„Ist dein Vater zu Hause?“

Rebekka sah den Flur hinunter. Alle Türen waren verschlossen. „Um ehrlich zu sein, hab ich keine Ahnung. Vielleicht schläft er auch noch. Soll ich ihm was ausrichten?“

„Nein!“, rief Völle ein bisschen zu eilig. „Ich muss ihn unbedingt selbst sprechen. Kannst du ihn nicht suchen?“

Rebekka seufzte. „Von mir aus.“ Sie legte den Hörer zur Seite, tapste mit nackten Füßen zum Arbeitszimmer ihres Vaters und klopfte an die Tür. Sekunden später wurde diese so ruckartig aufgerissen, dass Rebekka erschrocken zurückwich.

„Was willst du?“, herrschte ihr Vater sie an. Genauso wie Rebekka trug er noch seinen Schlafanzug. Auch war er unrasiert. Die wenigen Haare standen wirr von seinem Kopf ab.

Rebekka sah, dass sich hinter ihm etwas bewegte, und versuchte, einen Blick in das Innere des Arbeitszimmers zu werfen. Jürgen aber vereitelte das, indem er den Türspalt verkleinerte und sich schützend in die Öffnung stellte.

„Was treibt ihr denn da schon wieder?“, wollte Rebekka wissen. Sie hatte nicht viel sehen können, aber die massige Gestalt ihres Bruders hatte sie doch erkannt.

„Was willst du?“, wiederholte Jürgen.

Rebekka seufzte. „Völle ist am Telefon.“ Sie schlug einen etwas pikierten Tonfall an. „Er will nur mit dir *persönlich* sprechen.“

Sofort schlüpfte Jürgen durch den Türspalt und schloss diese gewissenhaft hinter sich. „Sag das doch gleich.“ Mit diesen Worten eilte er an Rebekka vorbei auf das Telefon zu. „Hey!“, begrüßte er seinen Bruder.

Rebekka rümpfte die Nase. Erneut war ihr der Gestank kalten Rauches in die Nase gestiegen. Trotzdem folgte sie ihrem Vater und blieb demonstrativ hinter ihm stehen. Sie wollte wissen, was hier vor sich ging, und witterte eine gute Gelegenheit. Jürgen konnte sie vielleicht aus seinem Arbeitszimmer ausschließen, aber bestimmt nicht aus dem Flur!

„In Arbeit“, waren seine nächsten Worte. Dann folgten einige knappe „Ahas“ und „Hmhms“.

Rebekka spitzte wie verrückt die Ohren, konnte aber nur undeutliches Gemurmel am anderen Ende der Leitung vernehmen. Irgendwann hatte sie allerdings das Gefühl, dass Völles Worte Jürgen zunehmend beunruhigten. Er holte schließlich Luft, um aufgebracht darauf zu antworten. Im letzten Moment aber besann er sich eines Besseren und sah sich erst einmal nach hinten um. Als er Rebekka dort stehen sah, verfinsterte sich seine Miene. „Ich kann jetzt nicht ...“, flüsterte er in den Hörer. „Mann!“, entfuhr es ihm wenig später. „Bin ich dein Babysitter oder was? ... Keine Ahnung ... Bist du zu blöd, um ’ne Einkaufsliste zu erstellen? ... Ja ... Nimm doch noch Ravioli oder so was ...“

Rebekka zog erstaunt die Augenbrauen hoch. So viel Heimlichtuerei wegen ein paar Lebensmitteln?

„Zwei Wochen sind gut“, sagte Jürgen, „drei Wochen sind besser!“

Rebekka schüttelte irritiert den Kopf. Das klang ja fast so, als wollten die beiden zusammen in Urlaub fahren.

„Ich weiß, was das kostet“, herrschte Jürgen seinen Bruder an. „Und trotzdem bin ich lieber auf der sicheren Seite!“ Wieder entstand eine Pause. „Okay“, seufzte er schließlich, „Nudelsuppe ist auch nicht schlecht.“ Pause. „Du machst das schon ... Gut ... Bis dann.“ Anschließend legte er auf, spazierte wortlos an seiner Tochter vorbei und verschwand wieder im Arbeitszimmer.

Rebekka brauchte ein paar Minuten, bis sie sich von ihrer Verwunderung erholt hatte. Dann aber warf sie einen sehnsüchtigen Blick auf das Telefon. Konnte es nicht ein zweites Mal klingeln?

Du kannst ihn doch selbst anrufen, schoss es ihr plötzlich durch den Kopf.

Als ihr die Bedeutung dieser Idee bewusst wurde, zuckte Rebekka entsetzt zusammen. Sie zwang sich, ihren Blick vom Telefon loszureißen, und marschierte entschlossen in Richtung Badezimmer. „Was für eine Schnapsidee", murmelte sie wütend. „Bekloppter Gedanke! Ich ruf doch diesen Arroganzling nicht an! Damit er noch eingebildeter wird oder was?" Sie riss die Badezimmertür auf und stapfte hinein. „Nie und nimmer!"

Obwohl Rebekka keinen Zweifel daran hatte, dass dies die einzig richtige Entscheidung war, durchlebte sie einen wenig angenehmen Tag. Irgendwie merkte sie selbst, dass sie ununterbrochen mit einem Auge zum Telefon schielte. Sie tat alles, um sich abzulenken, und war dennoch mit all ihren Gedanken beim gestrigen Abend. Und es gab ja auch den Hauch einer Chance, dass sie ihn wiedersehen würde.

„Blödsinn", rief sie sich wieder einmal selbst zur Raison. „Er hat bestimmt Besseres zu tun, als heute Abend schon wieder spielen zu gehen."

Und trotzdem besuchte Rebekka an diesem Nachmittag ihre Freundin Saskia, um sich bei ihr ein anderes Outfit zu leihen. Aufgrund der Tatsache, dass beide ziemlich klein und ähnlich zierlich waren, hatten sie schon oft ihre Klamotten miteinander getauscht. Und da sich Saskia erst vor Kurzem ein schlichtes, aber todschickes neues Kleid gekauft hatte, konnte Rebekka einfach nicht anders ...

Und so trug sie einen kurzen, figurbetonten Traum aus anthrazitfarbenem Samt, als sie sich an diesem Abend dem Kasino näherte. Auch ihre Frisur wirkte extravagant. Den hinteren, längeren Teil hatte sie zu einem kunstvollen Knoten zusammengesteckt, die vorderen, kürzer gehaltenen Haare fielen abgestuft bis auf Kinnlänge.

Als Rebekka die Glastür im Obergeschoss durchschritt, waren ihr die interessierten Blicke einiger Männer durchaus sicher.

Trotzdem – und obwohl sie es gar nicht wollte – sah sie sich zuallererst verstohlen nach Chris um.

Und da war er! Rebekkas Herz setzte einen Schlag aus, als sie ihn lässig an der Sekttheke lehnen sah. Er war ein wahres Bild von einem Mann, so groß und so breitschultrig ... Im Gegensatz zum Vortag trug er keinen Anzug, sondern eine weiße Stoffhose, ein Hemd mit roten, weißen und blauen Längsstreifen und ein dunkles Sakko. Er sah wirklich toll aus ...

Rebekka konnte der Versuchung, begeistert zu ihm herüberzuwinken, gerade noch widerstehen. Zu ihrem Glück, wie sich kurz darauf herausstellte! Gerade in diesem Moment kam nämlich eine Blondine auf ihn zu – eine üppig gebaute natürlich, wie sollte es auch anders sein – und fiel ihm freudig um den Hals.

Rebekka blickte schnell in eine andere Richtung, versuchte, die bodenlose Enttäuschung hinunterzuschlucken, und stürzte sich stattdessen mit vollem Einsatz auf ihre Aufgabe. Sie tauschte den gleichen Geldbetrag um wie am Vortag und begann sofort mit dem Spielen. Dieses Mal allerdings, das hatte sie sich geschworen, würden ihre Einsätze nicht mehr als 5 Euro betragen.

Sie hatte bereits 10 Euro gewonnen, als ihr jemand von hinten auf die Schulter tippte. Sekundenbruchteile später stieg ihr ein unverkennbares Aftershave in die Nase.

„Da sind Sie ja endlich!“, raunte Chris ihr zu. „Ich dachte schon, ich hätte mich vollkommen in Ihnen getäuscht.“

„Ich bin vielleicht hier“, entgegnete Rebekka kühl, „aber ganz bestimmt nicht Ihretwegen.“

„Ich aber“, lächelte Chris unbeeindruckt. „Ich bin *nur* Ihretwegen hier.“

„Blödsinn“, fauchte Rebekka und wirbelte zu ihm herum. „Sie haben schon wieder ein Blondchen dabei. Eines, das ich noch nicht kenne. Kriegt man die bei Neckermann? Im 24-Stunden-Service?“

Chris Lächeln verbreiterte sich. „Sie sind ja eifersüchtig“, stellte er fest. „Das ist ein gutes Zeichen. Kommen Sie, das ist nur meine Ex, ich mache Sie miteinander bekannt.“

„Sind Sie nicht ganz bei Trost?“ Rebekka funkelte ihn wütend an. „Erstens bin ich nicht eifersüchtig, und zweitens hab ich keinerlei Interesse daran, Ihre Ex-Freundinnen kennenzulernen. So was könnte schließlich Jahre in Anspruch nehmen." Sie musste plötzlich selbst grinsen. „Hab ich recht?"

Chris strahlte sie an. „Könnte sein", antwortete er unbekümmert und hielt Rebekka mit seinem Lächeln und seinem Blick so sehr gefangen, dass diese schon wieder weiche Knie bekam. Und dann dieses Grübchen auf seiner rechten Wange ...

„Ich ... ähm ... muss das nächste Spiel machen", stotterte Rebekka schließlich und wandte sich wieder dem Roulette-Tisch zu. Mit zitternden Fingern nahm sie einen 5-Euro-Jeton und setzte ihn auf Gerade.

Aber die Verschnaufpause – wenn es überhaupt eine gab – hielt nicht lange an. „Wofür brauchen Sie das Geld?", flüsterte Chris von hinten. Wieder einmal spürte sie seinen Atem in ihrem Nacken.

Rebekka schluckte. Hatte er etwa einen siebten Sinn? „Ich ... also ... bin nur zu meinem Vergnügen hier", log sie.

Chris lachte auf. „Wie viel brauchen Sie genau?", fragte er, ohne auf ihre Äußerung einzugehen.

Rebekka wand sich. Alles an diesem Mann machte sie nervös. Wieso durchschaute er sie nur so gut?

„Wir könnten ja zusammen auf Ihr Ziel hinarbeiten", schlug Chris vor. „Ich hab mir das so gedacht: Sie vergessen die Peanuts und wir wechseln an den Tisch dahinten. Dort beträgt der Mindesteinsatz 20 Euro und das Maximum 21.000. 20, 40, 80, 160, 320, 640, 1.280, 2.560, 5.120, 10.240, 20.480, das sind elf Chancen. Sie spielen munter drauflos, und wenn's brenzlig wird, helf ich Ihnen aus ... genauso wie gestern. Was halten Sie davon?"

Rebekka sah entgeistert zu ihm hinüber. „Sie sind ja total verrückt."

„Aber wieso denn? Lief doch super gestern!"

„Super?", brauste Rebekka auf. „Ich stand kurz vorm Herzinfarkt! Aber ich hab meine Lektion gelernt. Ich werde die 5-Euro-Grenze nie mehr überschreiten!"

„Ach, Unsinn!", wiegelte Chris ab. „Ihr System macht Spaß! Das Problem ist nur, dass Ihnen das Kapital fehlt. Und gerade deshalb müssen wir gemeinsame Sache machen. Sie sind der Kopf, ich bin das Geld. Nun kommen Sie schon, geben Sie Ihrem Herzen einen Stoß!"

Aber Rebekka schüttelte den Kopf. „Ich hab Ihre Großzügigkeit schon gestern viel zu sehr in Anspruch genommen. Heute komme ich allein klar."

Chris sah ihr in die Augen und sagte schlicht: „Sie werden ewig brauchen, um das Geld zusammenzubekommen."

Rebekka antwortete nicht gleich, spürte aber, wie sie ins Wanken geriet. Er hatte recht. Sie würde Abende brauchen, um die zweitausend Euro zu erspielen.

„Warum sollten Sie das tun?", fragte sie schließlich. „Oder anders ausgedrückt: Was erwarten Sie dafür?"

„Ich erwarte nichts dafür", entgegnete Chris. „Nichts, außer einen interessanten Abend. Na ja, und vielleicht ein bisschen Genugtuung. Wissen Sie, ich hab viel Zeit in diesem Kasino verbracht. Und viel Geld verloren. Es wäre mir ein Vergnügen, dieses Geld zurückzuerobern. Außerdem macht mir Ihr System Spaß! Sie haben es verdient, zum Ziel zu kommen!"

Rebekka atmete einmal tief durch. Dann streckte sie Christopher ihre rechte Hand entgegen. „Also abgemacht", seufzte sie, „den Spaß für Sie, das Geld für mich. Und keine Verpflichtungen."

Chris nickte und ergriff die ihm dargebotene Hand. „Abgemacht."

Von diesem Moment an waren sie ein unschlagbares Team. Rebekka spielte auf 20-Euro-Basis und gewann, gewann, gewann ... Christopher stand die meiste Zeit untätig neben ihr, versorgte sie gelegentlich mit Getränken (antialkoholischen, etwas anderes wollte sie heute nicht anrühren) und wartete ansonsten darauf, in brenzligen Situationen mit Geld auszuhelfen. Tatsächlich kam er an diesem Abend aber nur dreimal zum Zuge. In allen anderen Fällen gewann Rebekka schon frühzeitiger und mit ihren eigenen Mitteln.

Irgendwann, nach ungefähr drei Stunden, sagte Rebekka schlicht: „Fertig."

„Hm?", machte Chris verwundert.

„Ich höre auf", erklärte Rebekka und verstaute die Chips, die sie gerade erst gewonnen hatte, in ihrer Handtasche. „Ich hab das Geld."

„Jetzt schon?", wunderte sich Chris. „Wie viel haben Sie denn?"

Rebekka zögerte, antwortete dann aber doch. „Mit gestern 2.000 Euro."

„Und verraten Sie mir auch, wofür Sie es brauchen?"

Rebekka schüttelte heftig den Kopf. „Das ist nicht Bestandteil unserer Abmachung."

„Ich weiß ... ich dachte nur, Sie würden es freiwillig verraten." Christopher setzte einen filmreifen Hundeblick auf und sah sie flehend an.

Trotzdem erntete er wieder Kopfschütteln. „Das ist ganz allein meine Sache."

Chris hob kapitulierend die Hände. „Auch gut. Aber was machen wir jetzt? Ich kenne eine nette Kneipe ganz in der Nähe. Hätten Sie vielleicht Lust ...?"

Erneutes Kopfschütteln. „Ich muss nach Hause. Sonst macht sich meine Mutter Sorgen um mich."

Chris seufzte. „Also gut, aber dann vielleicht morgen. Ich könnte Sie abholen, so gegen –"

„Morgen hab ich schon was vor", fiel Rebekka ihm ins Wort.

Chris sah sie prüfend an. „Und übermorgen?"

„Schon verplant."

„Aha." Chris klang gekränkt. „Als Geldesel bin ich also gut genug, aber mehr ..."

Rebekka schluckte. „Keine Verpflichtungen, schon vergessen?"

„Aber Sie sollen doch keine *Verpflichtung* einlösen", sagte Chris, „nur eine *Einladung* annehmen. Ein harmloser Abend zu zweit. Was ist schon dabei?"

Rebekka blickte auf ihre Schuhe hinab. „Zu viel, Chris. Ich will es einfach nicht. Bitte respektieren Sie das." Sie streckte ihm ihre Hand entgegen. „Ich danke Ihnen für alles."

Chris zögerte. „Darf ich Sie wenigstens nach Hause fahren?"

Schon wieder ein Kopfschütteln. „Ich bin mit dem Bus gekommen, um Peppo wieder mit nach Hause nehmen zu können."

„Peppo?"

„Ja, meinen Wagen."

Chris grinste. „Verstehe. Stuart und Peppo. Vielleicht sollten wir die beiden mal miteinander bekannt machen."

„Chris!", mahnte Rebekka. „Bitte!"

Der junge Mann seufzte tief. „Gibt es eine Chance, dass Sie morgen wieder hier aufkreuzen?"

Rebekka schüttelte erneut den Kopf. „Ich hab das Geld zusammen. Und im Gegensatz zu Ihnen ...", sie zögerte, fuhr dann aber doch fort, „... passe ich nicht gut hierher. Ich glaube nicht, dass ich noch einmal wiederkomme." Sie streckte Chris ein weiteres Mal die Hand hin. „Leben Sie wohl."

Chris wollte ihre Hand gerade ergreifen, als er plötzlich stutzte. „Was ist denn das?", fragte er schockiert und nahm ihre Hand so in seine, dass er die Innenfläche betrachten konnte. „Was ... wer macht denn so was?"

Rebekka entzog ihm erschrocken die Hand. „Das ist nichts", fuhr sie ihn an. „Ich muss jetzt die Chips umtauschen." Und mit diesen Worten flüchtete sie in Richtung Kasse. Warum war sie nur so unaufmerksam gewesen und hatte nicht an ihre Narbe gedacht?

„Haben Sie das der Polizei gezeigt?" Rebekka hatte die Kasse gerade erst erreicht, als Chris schon wieder hinter ihr stand.

„Lassen Sie mich jetzt in Ruhe", fauchte Rebekka und begann, ihre Chips auf dem Tresen aufzutürmen.

„Ein Eurozeichen", murmelte Chris. „Sie haben Schulden, nicht wahr?"

„Bitte beeilen Sie sich", bat Rebekka die Kassiererin und schob die Türmchen so hektisch zu ihr hinüber, dass zwei davon umfielen. Trotzdem erhielt sie im Nu ihr Geld. Sie stopfte es eilig in ihre Handtasche und flüchtete aus dem Kasino – immer mit Chris im Schlepptau.

Als sie sich ihrem Wagen näherte, gesellte sich zu dem unangenehmen Gefühl, das sie ohnehin schon hatte, noch ein weiteres hinzu. Sie schielte zu Stuart hinüber, der gar nicht weit entfernt parkte, und schloss widerwillig Peppos Fahrertür auf.

„Ist das Peppo?", fragte Chris.

Rebekka stieg ein. „Sehen Sie nun ein, dass er und Stuart sich nicht sonderlich vertragen würden?", sagte sie ein wenig schärfer als eigentlich geplant.

„Aber wieso denn?", entgegnete Chris unschuldig. „Die beiden sind die Einzigen auf diesem Parkplatz, die einen Namen tragen. Wie könnten sie sich da *nicht* mögen?"

„Sie sind ja verrückt", stieß Rebekka hervor. „Gehen Sie zurück in Ihre heile Welt. Ich hab da nichts zu suchen!" Und mit diesen Worten zog sie einfach die Tür zu und startete den Motor.

„Rebekka ... jetzt warten Sie doch mal!" Obwohl er sie gerufen hatte, klangen Chris' Worte durch die geschlossene Tür dumpf und leise.

Rebekka drängte wütend die Tränen zurück, die in ihr aufstiegen, und fuhr los.

„Meine Welt ist kein bisschen heile!", rief Chris noch hinter ihr her, dann war Rebekka außer Hörweite.

Kapitel 12

Rebekka verließ mit hängenden Schultern den Hörsaal. Eigentlich hätte sie glücklich und zufrieden sein müssen. Sie hatte eine Klausur in der Tasche, die mit einer glatten Eins bewertet worden war!

Und das war noch nicht alles! Am Vortag war es Jürgen gelungen, seinen Gläubigern die Anzahlung zu übergeben. Wenn man seinen Worten trauen konnte, hatten sie sich milde stimmen lassen und für den Restbetrag (von dem Rebekka immer noch nicht wusste, wie hoch er eigentlich war) einen Aufschub gewährt. Auf diese Weise hatte sie heute zum ersten Mal ganz ohne Angst die Wohnung verlassen und wieder zur Uni gehen können.

Und dennoch ließ sich das Gefühl der Leere einfach nicht unterdrücken.

Körperlich war sie in dieser Vorlesung gewesen, aber in Gedanken hatte sie die Zeit im Kasino verbracht. In Wirklichkeit hatte sie neben einem ihr unbekannten Kommilitonen gesessen, im Geiste neben einem gewissen Christopher Roselius. Was hatte dieser Typ, das sie so gefangen nahm?

Sie seufzte tief und ließ die Abende zum hundertsten Mal Revue passieren. Er war so freundlich und aufmerksam gewesen. Warum hatte sie ihn nur zurückgewiesen? Nein, das war die falsche

Frage! Warum zum Donnerwetter hatte er sich zurückweisen *lassen*? Drei Tage waren seitdem vergangen – Zeit genug, um ihre Telefonnummer herauszubekommen und endlich anzurufen!

Unsinn!, rief sie sich zur Ordnung. *Ich will überhaupt nicht, dass er anruft. Männer machen nur Ärger. Und man kann sich nicht auf sie verlassen. Er soll aus meinem Kopf verschwinden!*

Aber er blieb und damit auch das Durcheinander von Gefühlen, das sie beherrschte. Sie sank noch ein bisschen tiefer in sich zusammen und schlurfte weiter durch den Flur. Konnte ihr mal jemand verraten, aus welchem Grund sie an diesem Morgen anderthalb Stunden auf ihr Outfit verwendet hatte? Sie sah an sich herab. Sie trug eines der schönsten Oberteile, das ihr Schrank zu bieten hatte: ein eng anliegendes schwarzes Stretchshirt mit langen, grau bedruckten Fledermausärmeln. Dieses hatte sie mit einem kurzen, grauen Rock kombiniert. Dazu trug sie eine blickdichte schwarze Strumpfhose und ihre hochhackigen, schwarzen Firmungsschuhe. Dass sie ihre flachen Halbschuhe neuerdings mied, war kein Wunder ... Aber wozu hatte sie sich so in Schale geschmissen? Und warum hatte sie auf einmal auch noch den Eindruck, als könnte sie Chris' unverkennbares Aftershave riechen? Drehte sie jetzt völlig durch?

„Sie sehen aus, als hätten Sie schlecht abgeschnitten", sagte jemand in diesem Augenblick. „Ihr Schnitt liegt bei 1,8. Was haben Sie geschrieben? Eine Drei?"

Rebekka wirbelte herum. Vor ihr stand Chris und grinste sie an.

Einen Moment lang war Rebekka sprachlos. *Dieses Grübchen ...* Dann versteckte sie ihre Freude hinter einem Mantel aus Wut. „Sind Sie nicht ganz bei Trost?", fuhr sie ihn an. „Wie können Sie mich so erschrecken?"

„Ich hab Sie erschreckt?", fragte Chris treuherzig. „Das wollte ich nicht!"

„Ach nein?", zweifelte Rebekka. „Warum schleichen Sie sich dann von hinten an?"

„Ich schleich mich nicht an!", protestierte Chris. „Ich hab Sie in diesen Menschenmassen nur nicht gleich finden können!"

„Aber Sie haben mich von hinten angesprochen!"

„Hätte ich lieber bellen sollen?", grinste Chris. „Oder wiehern? Sagen Sie schon: Was bevorzugt eine Tiermedizinerin wie Sie?"

„Gackern hätte wohl am besten zu Ihnen gepasst“, konterte Rebekka in Anspielung auf die Geflügelfarmen seines Vaters.

Chris lachte auf. „Sie sind wirklich schlagfertig – und lustig!“

Rebekka überging diese Bemerkung. „Was bilden Sie sich eigentlich ein, meinen Durchschnitt auszuspionieren? 1,8 – wie sind Sie da rangekommen?“

Chris zuckte lächelnd die Achseln. „Berufsgeheimnis. Haben Sie heute Abend schon was vor?“

„Ja!“, knurrte Rebekka.

„Mit mir?“

„Nein!“, brauste sie auf. „Ich muss lernen! Die schlechte Note von eben verbessern.“

„Wie wollen Sie eine glatte Eins noch verbessern?“, fragte Chris und musste sich kurz darauf in Sicherheit bringen ...

❖

„Er ist so süß“, schwärmte Birgit zum dritten Mal in sechs Minuten. „Ich an deiner Stelle würd ihn nicht so lange zappeln lassen.“

„Ich lasse ihn nicht zappeln“, protestierte Rebekka, krempelte die Ärmel ihrer weißen, mit feinen schwarzen Blumen bestickten Bluse hoch und wusch sich die Hände. Sie hatte sich zusammen mit Birgit auf eine der Damentoiletten geflüchtet – den einzigen Ort an der TiHo Hannover, an dem sie vor Chris noch sicher zu sein schien. Seit drei Wochen tauchte er in regelmäßigen Abständen hier auf und versuchte, sie zu einem Date zu überreden. So auch gerade eben. Wahrscheinlich stand er immer noch auf dem Flur und wartete auf ihre Rückkehr. „Ich lasse ihn abblitzen. Weil ich ihn nicht leiden kann. Und weil ich ohne Mann viel besser dran bin.“

„Blödsinn“, widersprach Birgit. Sie war groß, schlank und hatte kurze, blond gefärbte Haare. „Du hast nur Schiss, dass er sich in Luft auflöst, sobald du ihn erhörst. Sonst hättest du dich längst in seine Arme geworfen.“ Sie grinste. „Seine *starken* Arme.“

Rebekka trocknete sich die Hände ab und seufzte. „Und wenn es wirklich so ist? Wenn ich ihn nur interessiere, weil ich nicht so ... so willig bin wie seine Blondchen?“

Birgit zuckte die Achseln, griff in ihre Hosentasche und holte einen Lippenstift daraus hervor. Sie verteilte die tiefrote Farbe großzügig auf ihren schmalen Lippen. „Das musst du eben rausfinden."

„Du hast leicht reden", jammerte Rebekka. „Du hast ja einen Freund, der dich auf Händen trägt. Ich hingegen ..."

„...opfere alles meinen Beziehungsängsten", vollendete Birgit ihren Satz. „Glaub mir, Rebekka, wenn du so weitermachst, wirst du nie einen abkriegen!"

„Na und?", fauchte Rebekka trotzig. „Lieber allein bleiben, als im Stich gelassen werden."

„Findest du wirklich?" Birgit schüttelte verständnislos den Kopf. „Aber in dem Fall wirst du nie herausfinden, ob es dieser nicht ausnahmeweise doch mal wert gewesen wäre."

Rebekka seufzte tief. Irgendwie hatte Birgit recht. Chris' Interesse hielt nun schon so lange an. Vielleicht war es ja wirklich mehr als nur ein Strohfeuer! Andererseits konnte sie sich nur zu gut an die vielen Blondchen erinnern, die er im Verlauf weniger Tage „verbraucht" hatte.

„Also gut", sagte sie. „Ich werde dir beweisen, dass ich recht habe." Mit diesen Worten marschierte sie zurück auf den Flur.

Und tatsächlich: Chris hatte sich nicht vom Fleck gerührt und hastete sofort auf sie zu, als er sie sah. „Na endlich", frotzelte er. „Ich dachte, du wärst durch eine Hintertür vor mir geflüchtet."

„Es gab keine", antwortete Rebekka trocken.

„Dann soll es wohl so sein", probierte Chris. „Und wenn es ohnehin kein Entkommen gibt, kannst du ja auch heute Abend mit mir essen gehen."

„Wann holst du mich ab?"

Chris hatte schon Luft geholt, um angemessen auf den erwarteten Korb zu reagieren, als er plötzlich stutzte ... und die Bedeutung ihrer Worte zu erfassen schien. „Häh?", machte er verwirrt.

Inzwischen hatte auch Birgit die Toilette verlassen und schlenderte auf die beiden zu. Als sie Chris' offensichtliche Verwirrung bemerkte, beschleunigte sie ihren Schritt.

„Um – wie viel – Uhr – willst – du – mich – abholen?", wiederholte Rebekka so langsam und deutlich, dass ihr auch ein Kleinkind hätte folgen können.

„Um, äh, acht?“, stammelte Chris und sah hilflos zu Birgit hinüber.

„Gut, aber sei pünktlich. Und wag es nicht, mich zu McDonald’s einzuladen. Ich weiß, dass du Geld hast. Also will ich, dass dich der Abend auch was kostet. Bis dann!“ Sie lächelte noch einmal süß, hob demonstrativ ihr Kinn und stöckelte von dannen. Den Anblick dieser zwei verblüfften Gesichter merkte sie sich gut. Er würde ihr die Wartezeit bis zum Abend versüßen …

Der Abend kam – Christopher nicht.

Rebekka hatte eigentlich schon vom Zeitpunkt der Verabredung an auf den Abend hingefiebert. Sie hatte stundenlang ihren Schrank durchforstet und schließlich auf ihren kurzen schwarzen Rock und ihre Lieblingsbluse zurückgegriffen. Letztere bestand aus grauem Stretch-Material und besaß ein paar neckische schwarze Applikationen an den Ärmeln, am Saum und im Ausschnitt. Anschließend hatte sie noch geraume Zeit für Haare und Make-up verwandt. Um den „Schneewittchen-Effekt“ im Zaum zu halten, hatte sie ein wenig Rouge aufgelegt und auf Lippenstift komplett verzichtet. Dafür hatte sie umso mehr Mühe auf ihre pechschwarzen, seidig-glatten Haare verwendet und seitlich zwei kunstvolle französische Zöpfe geflochten, die sich im Nacken zu einem verbanden. Ab 19 Uhr saß sie fertig aufgebrezelt auf ihrem Zimmer und wartete. Ab 20 Uhr wanderte sie herum. Es wurde 20:15 Uhr … 20:30 Uhr … 20:40 Uhr … 20:45 Uhr …

Um zehn vor neun brach sie in Tränen aus.

Um zwanzig nach neun hatte sie sich so weit beruhigt, dass sie Birgit auf dem Handy anrufen konnte.

„Ja?“, meldete sich ihre Freundin.

„Ich bin’s“, schaffte Rebekka noch zu sagen, dann fing sie schon wieder an zu heulen.

„Becky!“, rief Birgit erschrocken. „Was ist los? Wo bist du? Hat er dir was angetan?“

„N-nein!“, schluchzte Rebekka mühsam. Und dann trompetete sie so lautstark in ihr Taschentuch, dass Birgit das Telefon vom Ohr weghalten musste.

„Was ist denn passiert?“, fragte Birgit, als sie das Gefühl hatte, dass sie nicht taub werden würde, wenn sie das Handy wieder benutzte.

„Er ist ... nicht ... gekommen“, schniefte Rebekka.

„Ist er nicht?“, rief Birgit aus. „Aber das gibt's doch nicht!“ Dann schien sie sich an jemanden zu wenden, der bei ihr war. Jedenfalls verloren ihre Worte an Lautstärke. „Dieser Chris ist nicht gekommen. Kannst du dir so was vorstellen?“

„Ist Steffen da?“, stieß Rebekka hervor. Da Steffen Birgits langjähriger Freund war, erschien ihr diese Annahme am wahrscheinlichsten.

„Ja, er ist hier.“

„Dann sag ihm“, brach es aus Rebekka hervor, „dass ich ihn hasse. Ich hasse alle Männer! Ich verabscheue sie! Ich werd nie wieder mit einem ausgehen. Nie, nie wieder!“

„Jetzt beruhige dich doch erst mal“, seufzte Birgit. „Vielleicht gibt es eine völlig logische Erklärung für alles. Vielleicht ist er krank geworden!“

„Heute ... Mittag“, schniefte Rebekka, „sah er ... aber ... noch aus ... wie das ... blühende Leben.“

„So was kann manchmal schnell gehen“, erwiderte Birgit. Aber man hörte ihr an, dass sie ihren Worten selbst nicht glaubte.

„Er ist also so krank geworden, dass er sein Handy nicht mehr bedienen kann, ja?“ Rebekka hatte plötzlich aufgehört zu weinen. Die Traurigkeit verblasste. Blanke Wut übernahm die Führung.

„Na ja, ich weiß nicht. Vielleicht hatte er einen Autounfall. Wäre doch immerhin möglich!“

„Möglich wäre auch etwas anderes“, sagte Rebekka kalt.

„Und zwar?“

„Möglich wäre, dass er sein Ziel erreicht hat: Er hat sein Date bekommen. Wieder eine Frau, die ohnmächtig vor ihm zu Boden sinkt!“

Birgit musste lachen. „Ohnmächtig vor ihm zu Boden sinkt, ja?“ Sie wandte sich an Steffen. „Hast du das gehört?“ Dann räusperte sie sich, ahmte, so gut es ging, Rebekkas Stimme nach und sagte von oben herab: „Aber seien Sie pünktlich. Und wagen Sie nicht, mich zu McDonald's einzuladen.“

Rebekka erschrak. „Glaubst du ... ich meine ... glaubst du, ich hab ihn dadurch vertrieben?"

Birgit seufzte. „Ehrlich gesagt glaub ich das nicht. Ich weiß überhaupt nicht, was ich glauben soll. Auf mich hat er den Eindruck gemacht, als wäre er voll in dich verschossen. Überleg doch mal, wie ausdauernd er hinter dir hergerannt ist. Es macht überhaupt keinen Sinn, dass er jetzt einfach nicht auftaucht."

„Außer, ich hab die Situation von Anfang an richtig eingeschätzt", sagte Rebekka bitter. „Überleg *du* doch mal: Dieser Kerl schnippt nur mit den Fingern, und schon kommen die Damen in Scharen herbeigerannt. Nur mich konnte er nicht kriegen. Das hat seinen Ehrgeiz geweckt. Und jetzt, wo ich klein beigebe, langweilt ihn das. Wahrscheinlich baggert er in diesem Moment schon die Nächste an."

„Ausschließen kann ich das nicht", gab Birgit zu. „Aber du solltest nicht allzu voreilig über ihn urteilen. Warte doch ein paar Tage ab. Wenn er sich dann nicht meldet, kannst du ihn immer noch zum Mond schießen."

„Zum Mond?", fauchte Rebekka. „Wenn er sich bis morgen nicht meldet, schieße ich ihn bis zur Milchstraße!"

❖

Entgegen ihrer Absicht verbrachte Rebekka den ganzen nächsten Tag wie auf glühenden Kohlen.

Da Vincent und Jürgen irgendwie verschollen und ihre Mutter arbeiten war, hatte sie die Wohnung ganz für sich allein und konnte nach Herzenslust darin auf und ab tigern, das Telefon anstarren, warten, schmollen, hin und her gehen, warten, schmollen ...

Gegen Mittag war sie so entnervt, dass sie zur Uni fuhr. Es gab da eine Nachmittagsvorlesung, bei der Chris sie eigentlich immer abgefangen hatte. Aber weder als Rebekka den Saal betrat noch als sie herauskam, tauchte Chris auf. Stattdessen traf sie Martin, der ihr das Versprechen abnahm, Unterschriften für die jüngste Petition gegen Klonimporte zu sammeln. Aber heute war nicht der richtige Tag, um mit dieser Aufgabe zu beginnen. Rebekka war einfach zu abgelenkt. Außerdem: Wenn Chris nicht in der Uni war, dann war er vielleicht zu Hause und versuchte womöglich in diesem Augenblick, sie telefonisch zu erreichen! Der Gedanke ließ Rebekka herumwirbeln und eiligst zu Peppo zurückkehren.

Als sie eine halbe Stunde später die Haustür aufstieß, hörte sie in Gedanken schon das Telefon klingeln. Im nächsten Moment erwartete sie dann jedoch eine völlig anders geartete Überraschung. An der Garderobe hing nämlich ein Mantel, der dort eigentlich noch nicht hingehörte.

„Mutti?", fragte Rebekka erstaunt. Dann sah sie erst einmal auf ihre Armbanduhr. Es war Viertel nach fünf! Seit wann machte ihre Mutter unter der Woche so früh Feierabend?

Plötzlich rieselte ein Schauer Rebekkas Rücken hinunter. Vielleicht wusste ihre Mutter, was mit Chris los war! Vielleicht konnte sie bei ihr etwas erfahren!?!

Sie streifte die Schuhe von den Füßen, warf ihre Jacke achtlos in die Ecke und hastete in die Küche. Dort bot sich ihr ein erschreckendes Bild. Ihre Mutter saß zwar am Küchentisch und starrte ihr jetzt direkt in die Augen, aber sie schien nicht sie selbst zu sein. Sie war kreidebleich und sah völlig verstört aus. Ihr Gesicht ähnelte ein wenig einer Maske, so unwirklich kam es Rebekka vor. Die Falten, die auch sonst deutlich sichtbar waren, schienen sich noch tiefer eingegraben zu haben. Und die grauschwarzen Haare waren nicht mehr ordentlich zu einem Knoten frisiert, sondern hingen in wilden Strähnen herab. So hatte Rebekka ihre Mutter noch nie gesehen! Nicht einmal kurz nach dem Aufstehen!

Rebekka schluckte. Im Bruchteil einer Sekunde schossen ihr die schrecklichsten Gedanken durch den Kopf. Vergessen war Chris, vergessen das geplatzte Date. „Ist was mit …?" Sie konnte es kaum aussprechen. Warum hatte sie sich nicht früher Gedanken darum gemacht, wo Jürgen und Vincent waren? Und was war, wenn es sich die Gläubiger anders überlegt hatten? Wenn sie den Aufschub nun doch nicht gewährt hatten? „… mit Jürgen und Vincent?", vollendete sie mühsam ihren Satz.

Zu ihrer großen Erleichterung schüttelte Louise Petrell den Kopf. „Nein", sagte sie und strich sich fahrig eine der Haarsträhnen aus dem Gesicht, „nein, nein, mach dir keine Sorgen." Aber die Stimme ihrer Mutter klang so heiser und kratzig, dass sich Rebekka erst recht Sorgen machte.

„Hast du Schmerzen in der Schulter?“, wollte sie wissen.

Louise verneinte. „Heute geht es eigentlich.“

„Was dann?“, stieß Rebekka hervor.

Ihre Mutter schüttelte erneut den Kopf, so heftig, als wollte sie irgendetwas abschütteln. „Es ist nichts, Kind, gar nichts.“

„Blödsinn“, entfuhr es Rebekka. „Ich sehe doch, dass irgendwas nicht stimmt!“

Louise stand so plötzlich auf, dass ihr Stuhl bedrohlich ins Wanken geriet. „Soll, ähm, ich uns einen Kaffee kochen oder so was?“ Sie ging zu der dunkelbraunen Arbeitsplatte hinüber. Obwohl die Küche schon recht alt war, war alles farblich gut aufeinander abgestimmt. Das Braun der Arbeitsplatte fand sich in den Beschlägen wieder. Beides passte gut zu dem Eichenholzfurnier auf der Oberfläche der Küchenmöbel.

Rebekka antwortete nicht, sondern starrte ängstlich hinter ihrer Mutter her. Gerade eben war ihr ein weiterer, fast genauso beunruhigender Gedanke gekommen. „Oder ist bei der Arbeit was passiert? Ist jemand krank geworden? Der alte Roselius? Oder sein Sohn?“

Während Rebekka auf die Antwort wartete, sog sie jede Bewegung, jede Regung ihrer Mutter in sich auf. Aber da diese begonnen hatte, Kaffee aufzusetzen, sah sie nur ihre Rückseite. Und die verriet so gut wie gar nichts.

„Es ist alles in Ordnung!“, entgegnete Louise jetzt. „Alles in bester Ordnung!“

Rebekkas Anspannung blieb. Die Beteuerung ihrer Mutter hatte viel zu gepresst, viel zu mühsam geklungen. Irgendetwas stimmte nicht, das wusste sie ganz genau! „Aber die Uhrzeit“, beharrte sie. „Du kommst sonst nie vor sieben nach Hause! Nie! Und ich kenne den alten Geizhals! Er liebt es, dich herumzukommandieren. Er würde dich doch nie vorzeitig nach Hause schicken!“

„Heute hat er es aber getan!“, brach es aus Louise hervor. „Heute hat er es getan.“ Der mühsame Versuch, die Fassung zu wahren, scheiterte. Der gehäufte Kaffeelöffel, den Louise gerade in den Filter hatte schütten wollen, fiel klirrend zu Boden.

Während der feine Kaffeestaub zu Boden rieselte, sackte Louises Oberkörper auf die Arbeitsplatte und sie begann hemmungslos zu schluchzen.

Rebekka war sofort bei ihr, nahm sie in die Arme und hielt sie einfach nur fest. Es dauerte lange, sehr lange, bis sie sich einigermaßen wieder beruhigt hatte. Erst dann wagte Rebekka, das Thema erneut anzuschneiden. „Sag mir doch, was passiert ist", bat sie sanft. „Dann könnte ich dir helfen. Ich ... ich könnte einen Rosenkranz für dich beten."

Louise versteifte sich. „Bitte lass mich, Becky", flüsterte sie eindringlich. „Ich habe es versprochen."

„Was hast du versprochen?"

„Dring nicht weiter in mich", flehte ihre Mutter. „Was geschehen ist, betrifft dich nicht. Lass es einfach gut sein."

Aber Rebekka kannte heute kein Pardon. Sie musste wissen, was geschehen war. Unbedingt! „Ist etwas mit Christopher?", fragte sie ganz direkt.

„Schluss jetzt!", rief ihre Mutter aus. Dann befreite sie sich aus Rebekkas Armen, hastete auf den Besenschrank zu und kramte ein Kehrblech nebst Handfeger daraus hervor. Anschließend verschloss sie den Besenschrank mit einem heftigen Ruck, blieb aber noch geraume Zeit bewegungslos davor stehen, bevor sie sich wieder umwandte. Als sie jetzt zu Rebekka zurückkehrte, bemerkte diese die Veränderung sofort. Ihre Mutter weinte nicht mehr. Stattdessen beherrschte eine verschlossene Härte ihr Gesicht. „Ich muss das hier sauber machen", sagte sie kühl. „Geh mir bitte aus dem Weg."

Ihre Worte duldeten keinen Widerspruch und so trat Rebekka gehorsam ein paar Schritte zurück.

„Willst du den Kaffee oder nicht?", fragte Louise, nachdem sie das Kaffeepulver zusammengefegt und in den Mülleimer geschüttet hatte.

Rebekka nickte stumm.

Wenig später saßen Mutter und Tochter am Küchentisch vor ihrem Kaffee. Rebekka hatte ihren mit allerhand Milch und Zucker versehen und rührte lange mit dem Löffel in der Tasse herum. Das Klirren, das dabei entstand, war allerdings das einzige Geräusch, das zu hören war. Rebekka wagte es kein zweites Mal, ihre Mutter auszufragen. Und auch Louise schien nicht gerade versessen auf ein Gespräch zu sein. So wechselten sie kein Wort miteinander und stierten nur gedankenverloren aneinander vorbei.

Beide aber zuckten merklich zusammen, als nach etwa zehn Minuten ein Geräusch ertönte. Rebekka begriff allerdings schnell, dass es nicht vom Telefon, sondern von der Wohnungstür stammte, und so sank sie gleich darauf enttäuscht wieder in sich zusammen. Seltsamerweise reagierte ihre Mutter ähnlich. Und auch als deutlich wurde, dass es Jürgen war, der die Wohnung betreten hatte, schien das Louise nicht aufzuheitern. Im Gegenteil. Durch das fröhliche Pfeifen, das für Jürgen typisch war und heute besonders heiter und beschwingt klang, verfinsterte sich ihr Gesichtsausdruck noch mehr.

Wenig später kam, nein, *schwebte* Jürgen in die Küche.

„Oh“, entfuhr es ihm, als er Rebekka und Louise erblickte. „Ist das hier ein privates Kaffeekränzchen?“

Louise antwortete nicht, sondern starrte nur durchdringend zu ihm hinüber. Sie schien jedes Detail an ihm wahrzunehmen, die frische Rasur, das ordentlich gebügelte Hemd, die saubere Jeans.

Rebekka beobachtete das Ganze mit wachsender Verwunderung. Irrte sie sich oder war Jürgen dem Blick ihrer Mutter ausgewichen? Und warum sah er wie aus dem Ei gepellt aus?

„Wo warst du?“, fragte Louise streng.

„Ich?“, wiederholte Jürgen ausweichend. Dann schlenderte er an den beiden Frauen vorbei und öffnete einen Küchenschrank. „Krieg ich auch ’ne Tasse Kaffee?“

Rebekka schnüffelte dem Duft des Rasierwassers hinterher, der gerade mit Jürgen an ihr vorbeigezogen war. Seltsam, sonst roch er eher nach Zigarettenrauch.

„Wo – warst – du?“, wiederholte Louise ihre Frage. Ihre Stimme klang gefährlich leise.

Einen Moment lang zögerte Jürgen. Dann aber drehte er sich um, strahlte Louise an und sagte: „Ich hatte ein Vorstellungsgespräch.“

Rebekka schnappte erstaunt nach Luft. Ein Vorstellungsgespräch? Das würde natürlich seinen Aufzug erklären. Und seine gute Laune. Trotzdem konnte sie es nicht so recht glauben. Jürgen auf der Suche nach Arbeit? Das war unmöglich! Eine Glückssträhne beim Spielen war wesentlich wahrscheinlicher.

Und auch Louise schien seinen Worten zu misstrauen. „Wo?", wollte sie wissen.

„Die Chipsfabrik", behauptete Jürgen und goss sich Kaffee ein. „Ich kann morgen früh anfangen. Und Vincent auch!"

„Wie bitte?", entfuhr es Rebekka. Wenn Jürgen Arbeit gefunden hatte, war das wie ein Sechser im Lotto. Wenn Jürgen *und* Vincent Arbeit gefunden hatten, war der Sechser gefallen, ohne dass man überhaupt gespielt hatte! „Als was?"

„Am Band eben", antwortete Jürgen knapp. „Frühschicht. Wir fangen morgen pünktlich um sechs Uhr an."

Rebekka sah zu ihrer Mutter hinüber. Sie musste sich doch freuen! All die Jahre hatte sie sich nichts mehr gewünscht, als dass Jürgen und Vincent endlich arbeiteten!

Aber Louise verzog noch immer keine Miene. „Warum wundert es dich nicht, dass ich so früh zu Hause bin?", fragte sie und blickte ihn erneut eindringlich an.

Jürgen schluckte sichtbar. „Das … ähm …" Er sah demonstrativ auf seine Uhr. „Stimmt … es ist erst Viertel vor sechs … das, also … das war mir gar nicht aufgefallen!"

Als sich Louise jetzt erhob, blieb ihr Blick argwöhnisch. „Ich werde mich ein bisschen hinlegen", sagte sie und steuerte auf die Tür zu. „Ich fühle mich nicht besonders."

„Aber schlaf nicht ein", mahnte Rebekka.

Louise drehte sich noch einmal um. „Wieso?", fragte sie verständnislos.

„Heute ist Mittwoch. Du musst heut' Abend noch ins Theater."

„Theater, ach so …" Louise überlegte einen Moment, schüttelte dann aber entschieden den Kopf. „Nein. Heute nicht."

„Aber du liebst dein Theater", protestierte Rebekka. „So lange ich denken kann, hast du noch keinen einzigen Abend verpasst!" Sie wandte sich an ihren Vater. „Stimmt doch, Jürgen?"

„Ja, stimmt", sagte Jürgen und nippte hektisch an seinem Kaffee.

Louise bedachte ihren Ehemann ebenfalls mit einem weiteren prüfenden Blick. Dann aber schüttelte sie den Kopf, murmelte so etwas wie: „Ist doch meine Sache“, und setzte ihren Weg fort. Im Türrahmen blieb sie dann ein weiteres Mal stehen, dieses Mal jedoch, ohne sich umzudrehen. „Jürgen ... übrigens ...“, sagte sie.

„Ja?“

„Du hasst schwarzen Kaffee.“

Jürgen verschluckte sich so heftig, dass er husten musste und dabei einen Teil des heißen Gebräus über sein sauberes Hemd goss.

Kapitel 13

Drei Tage vergingen.

Louise Petrell ging wieder ihrer Arbeit nach und kam abends zur gewohnten Zeit nach Hause. Allein ihr sorgenvoller Blick und der Argwohn, mit dem sie Jürgen begegnete, erinnerten Rebekka daran, dass irgendetwas nicht stimmte.

Auch Jürgen und Vincent schienen zu arbeiten. Jedenfalls verließen sie frühmorgens immer um die gleiche Zeit das Haus und kehrten erst gegen Nachmittag zurück. Seltsam war jedoch, dass sie niemals auch nur ein einziges Wort über ihre Arbeit verloren. Und auch diesbezügliche Fragen beantworteten sie stets ausweichend. Stutzig machte Rebekka außerdem, dass sie ständig bester Laune waren. Morgens früh aufstehen, dann lange arbeiten und anschließend auch noch gut gelaunt sein – das passte nun wirklich nicht zu den beiden!

Und es ging Rebekka auch auf die Nerven. Wie sollte man diese penetrante Heiterkeit verkraften, wenn man selbst am Boden zerstört war?

Natürlich hatte sich Rebekka längst geschworen, keinen einzigen weiteren Gedanken an den „Milchstraßenbewohner“ zu verschwenden. Und auch Birgit hielt sie Vorträge darüber, wie gleichgültig er ihr neuerdings war. Darauf erntete sie dann meist ein müdes „Schon klar“. Und im Grunde wusste Rebekka ja auch selbst, wie es um ihr Gefühlsleben bestellt war. Sie konnte einfach nichts dagegen tun, dass sie jedes Mal Herzrasen bekam, wenn das Telefon klingelte. Und sie konnte auch nicht verhindern, dass sie an der Uni bei jedem zweiten Schritt nach ihm

Ausschau hielt. Es war eben schwierig, sich jemanden aus dem Kopf zu schlagen, von dem man nur zu 99 % wusste, dass er die Mühe nicht wert war. Dieses eine kleine Prozent, diese verschwindend geringe Möglichkeit, dass er vielleicht doch erkrankt war (an Amnesie wahrscheinlich) oder eine andere, richtig gute Ausrede parat hatte, machte sie einfach fertig.

Eines Abends – Louise war bereits zu Hause – verselbstständigte sich der Wunsch, endlich Gewissheit zu erlangen, so sehr, dass sich Rebekka Peppo schnappte und zum Anwesen der Familie Roselius fuhr. Dort schlich sie dann eine knappe halbe Stunde ums Grundstück herum, konnte wegen der hohen Mauern aber weder Chris noch irgendwelche Blondinen entdecken. Aber klingeln und ihn zur Rede stellen? So tief war sie nun wirklich noch nicht gesunken! Und so siegte Rebekkas Stolz und sie fuhr unverrichteter Dinge wieder nach Hause.

Als sie dort ankam, war es bereits nach zehn. Da sie nicht sicher war, ob ihre Mutter bereits zu Bett gegangen war, öffnete sie die Wohnungstür besonders leise. Sie merkte allerdings schnell, dass ihre Mutter noch wach war. Aus dem Wohnzimmer drangen zwar gedämpfte, aber dennoch ungewöhnlich laute Stimmen an ihr Ohr. Offensichtlich stritten Jürgen und Louise miteinander. Rebekka rang einen Moment mit sich; ihre Neugier gewann dann aber schnell die Oberhand. Sie schlich auf leisen Sohlen zur Wohnzimmertür und legte ihr Ohr ans Türblatt.

„Du lügst doch!“, hörte sie ihre Mutter sagen. „Ich hab mit Frau Kirschner gesprochen. Ihr Mann arbeitet auch in der Fabrik. Und er ist zusammen mit vielen anderen von Kündigung bedroht! Du willst mir doch nicht erzählen, dass die unter solchen Umständen noch neue Leute einstellen!“

„Ach, du und dein Misstrauen!“, rief Jürgen. „Wir haben Arbeit, und damit basta. Nächste Woche kommt die erste Überweisung. Dann wirst du stolz auf mich sein!“

„Bist du sicher?“, fragte Louise kalt. „Bist du sicher, dass die Überweisung vor der Polizei hier sein wird?“

Einen Moment lang herrschte Stille.

„Was willst du damit sagen?“ Auch durch die geschlossene Tür hindurch konnte Rebekka die Nervosität hören, die Jürgens Worte begleitete.

Im Gegensatz dazu klang Louises Stimme ruhig. Sie sprach auch nicht so laut wie Jürgen, sondern ziemlich leise, so leise, dass Rebekka ihr Ohr unwillkürlich noch näher an das Türblatt presste und trotzdem nur einen Teil ihrer Worte verstehen konnte. „Hör genau zu, Jürgen. Wenn ich herausfinde, dass du etwas mit ... zu tun hast, dann werde ich dich verlassen. Und das meine ich ernst ... todernst sogar ... Nacht."

Nacht? Rebekka fragte sich noch verwirrt, was dieses Wort zu bedeuten hatte, als auch schon die Zimmertür geöffnet wurde. Mit dem entsetzten Gedanken, dass ihre Mutter wohl „Gute Nacht" gesagt hatte, wich sie zurück und presste sich hastig in die Nische zwischen Türblatt und Wand. Der unbändige Wunsch, jetzt nicht entdeckt zu werden, weckte die Instinkte des kleinen Mädchens in ihr und ließ sie die Hände vor das Gesicht schlagen.

Auf irgendeine seltsame Weise funktionierte die Technik, denn als Rebekka ihre Hände wieder herunternahm, war die Tür immer noch nicht wieder geschlossen worden. Stattdessen sah sie durch einen Spalt, wie ihre Mutter – die bereits ein langes Nachthemd trug – an ihr vorbeirauschte und im Badezimmer verschwand. Den Geräuschen nach zu urteilen, schloss sie sich dort ein. Gleich darauf hörte Rebekka Schritte, die aus der entgegengesetzten Richtung kamen.

„Ahnt sie was?", flüsterte eine Stimme, die eindeutig zu Vincent gehörte.

„Kein Wort auf dem Flur!", wies Jürgen ihn scharf zurecht. „Komm rein und mach die Tür hinter dir zu!"

Im nächsten Augenblick stand Rebekka ohne ihr Versteck da. Aber da sie allein auf dem Flur war, störte es sie nicht weiter. Langsam und sehr nachdenklich schlich sie in ihr Zimmer. *Womit?* Womit konnte Jürgen etwas zu tun haben?

❖

Am frühen Abend des darauffolgenden Tages – Louise befand sich noch auf der Arbeit – war Jürgen längst nicht so gut gelaunt wie sonst. Er wirkte nervös und unkonzentriert. Anfangs schob Rebekka das auf den Streit mit ihrer Mutter. Aber je mehr Zeit verging, umso seltsamer erschien ihr sein Verhalten. Irrte sie sich oder suchte er auf einmal ihre Nähe?

Rebekka war verwirrt. Nicht nur Jürgen, sondern auch Vincent war auf einmal furchtbar nett zu ihr. Vater und Sohn scharwenzelten so auffällig um sie herum, dass Rebekka mehrmals in den Spiegel sah, um sicherzustellen, dass bei ihr noch alles beim Alten war.

Irgendwann klopfte Vincent gar an ihre Zimmertür und fragte: „Haste Lust, mit uns Abendbrot zu essen?"

Rebekka riss die Tür auf und starrte ihn entgeistert an. „Was?"

„Essen", lächelte Vince. Während Rebekka nur einen grau melierten Jogginganzug trug, hatte sich Vincent in eine tadellose schwarze Jeans und ein helles Oberhemd gezwängt. „Würdest du uns Gesellschaft leisten?"

„‚Würdest du uns Gesellschaft leisten?'", wiederholte Rebekka in einem Tonfall, der nahelegte, dass sie geistig nicht so ganz auf der Höhe war. Es war gar nicht einmal das, *was* Vincent sagte, sondern auch, *wie* er es sagte. Seit wann drückte er sich so gewählt aus?

Sie beschloss, es herauszufinden. „Essen – sicher", stammelte sie. „Soll ich den Tisch decken?"

„Alles schon erledigt", säuselte Vincent. „Du musst dich nur noch setzen."

„Aha", machte Rebekka und begann sich zu fragen, ob ihrem Bruder gleich auch noch langes blondes Engelshaar wachsen würde. Dennoch ließ sie sich von Vincent in Richtung Küche schieben.

Dort erwartete sie dann die nächste Überraschung. Der Abendbrottisch war tatsächlich fertig gedeckt, aber nicht nur irgendwie, sondern geradezu fürstlich. Außerdem stand das gute Geschirr auf dem Tisch. Und Jürgen, der wie Vincent ein frisch gebügeltes Oberhemd trug, war gerade dabei, die bunten Servietten zu falten!

„Wo ... wo hast du das denn gelernt?", stotterte Rebekka.

„Bei Babbel", strahlte ihr Vater. „Sie hat's mir nur ein einziges Mal gezeigt!"

„Erst wollte sie's *mir* beibringen", murmelte Vincent und verdrehte die Augen. „Kannste dir so was vorstellen?"

Rebekka schüttelte zuerst nur stumm den Kopf, verzog dann aber verwirrt das Gesicht und fragte: „Heißt das, dass ihr *heute* bei Babbel wart?“

Vincent erstarrte. „Ich, äh, *heute* … n-na ja … nö …“

„Willst du dich nicht setzen?“, unterbrach Jürgen das Gestammel seines Sohnes. Gleichzeitig warf er ihm einen rasiermesserscharfen Blick zu. Den bemerkte allerdings auch seine Tochter, was sie noch mehr durcheinanderbrachte. Was war hier los? Und was hatten Völle und Babbel mit der ganzen Geschichte zu tun?

„Was macht dein Studium?“, fragte Jürgen, kaum dass Rebekka Platz genommen hatte. „Kommst du voran?“

„Geht so“, antwortete Rebekka und musste daran denken, dass sie in den letzten Wochen irgendwie nicht so ganz bei der Sache gewesen war.

„Brot?“, fragte Vincent und reichte ihr höflich den Korb.

Rebekka atmete seinen Schweißgeruch ein und verzog das Gesicht. Um sich abzulenken, entschied sie sich für eine Scheibe Schwarzbrot und begann, sie großzügig mit Butter zu bestreichen.

„Wie weit bist du jetzt eigentlich?“, erkundigte sich Jürgen.

Rebekka belegte ihr Brot mit Käse. „Womit?“

„Na, mit dem Studium“, entgegnete ihr Vater.

Rebekka zog ihre linke Augenbraue hoch. „Seit wann interessiert dich mein Studium?“

„Seit ich beschlossen habe, ein besserer Vater zu werden“, antwortete Jürgen.

Rebekka, die gerade von ihrem Brot abgebissen hatte, fing jäh an zu husten. Kurz darauf mündete ihr Husten in ein unterdrücktes Kichern. „Sonst noch was?“, gelang es ihr schließlich zu fragen.

Der Blick ihres Vaters verfinsterte sich.

Rebekka seufzte tief. „Nun, komm schon, Jürgen. So blöd bin ich auch wieder nicht. Sag lieber gleich, was ich für dich tun soll.“

Jürgen schüttelte verärgert den Kopf, griff nach einer Scheibe Schinken und stopfte sie in seinen Mund. „Du siehst das völlig falsch“, entgegnete er mit vollem Mund. „Du kennst mich eben nicht.“

„Aber du mich, ja?“, lachte Rebekka. „Schätz doch mal: Wie lange studiere ich schon?“

Jürgen schluckte und sah Hilfe suchend zu Vincent herüber. Aber der sah genauso unwissend aus wie immer. „Na ja ...“, stammelte Jürgen schließlich, „ich denke ...vielleicht ... so ein, zwei Jahre?“

Rebekka grinste. „War das eine Frage?“

„Nun sag schon“, drängte Jürgen.

„Gute zwei“, antwortete Rebekka. „Und ich hab das Physikum in der Tasche.“

„Und was bedeutet das?“, hakte ihr Vater nach. „Was kannst du schon alles?“

„Ich kann Kühe von Schweinen unterscheiden“, erwiderte Rebekka.

Vincent begann, glucksend zu lachen, hörte aber abrupt damit auf, als ihm bewusst wurde, dass Jürgen die Antwort augenscheinlich kein bisschen witzig fand.

„Ich wollte nicht wissen, ob du sie unterscheiden kannst“, schnaubte Jürgen, „sondern ob du sie gesund machen kannst.“

Rebekka seufzte. „In Ausnahmefällen“, sagte sie schließlich.

„Und Menschen“, fuhr Jürgen eifrig fort. „Kannst du die auch gesund machen?“

Verständnislos schüttelte die junge Frau den Kopf. „Was ist das denn für eine Frage? Ich studiere *Veterinär*medizin, nicht *Human*medizin!“

„Das weiß ich“, knurrte Jürgen. „Aber Tiere und Menschen haben doch gewisse Ähnlichkeiten oder etwa nicht?“

Rebekka unterdrückte ein Grinsen und versuchte, sich durch Jürgens Figur nicht an ein Hängebauchschwein erinnern zu lassen. Dann nickte sie sanft. „Gewisse.“

„Na, also“, freute sich Jürgen. „Und wenn gewisse Ähnlichkeiten da sind, dann könntest du doch auch – natürlich nur im Notfall – einen Menschen behandeln, oder?“

Rebekkas linke Augenbraue schoss erneut in die Höhe. „Bist du krank?“

„Ich doch nicht!“, entfuhr es Jürgen.

„Wer dann?“

Jürgen holte Luft. Einen Moment lang sah es so aus, als würde alles aus ihm heraussprudeln. Aber dann schüttelte er doch nur unwillig den Kopf. „Vergiss es einfach."

„Wer – ist – krank?", wiederholte Rebekka eindringlich. Sie hatte auf einmal begonnen, sich ernsthafte Sorgen zu machen.

„Niemand", entgegnete Jürgen unwirsch. „Und außerdem –"

Er wurde jäh durch das Klingeln des Telefons unterbrochen. Jürgen und Rebekka sprangen zeitgleich auf.

„Das ist für mich!", rief Jürgen und rannte auch schon auf den Flur hinaus.

Rebekka sah ihm nach, seufzte und nahm dann langsam wieder Platz. Sie ärgerte sich maßlos über ihr Verhalten. Wie lange sollte es noch so weitergehen, dass sie bei jedem Läuten darauf hoffte, dass Chris anrief?

Aus dem Flur hörte sie Jürgens Stimme. Leider war es nicht mehr als ein Murmeln. Aber dann stand er plötzlich wieder in der Tür.

„Für dich", sagte er zu seiner Tochter.

Rebekka sprang auf. „Wer ist es?", brach es aus ihr heraus.

„Brigitte", antwortete Jürgen.

Rebekkas Hoffnung erstarb wie eine Kerze im Wind. „Birgit", korrigierte sie ihren Vater ärgerlich.

„Von mir aus."

Rebekka seufzte erneut und trottete zum Telefon. „Hi", begrüßte sie ihre Freundin ein wenig traurig.

„Mach den Fernseher an!", sagte Birgit.

„Wieso?" Rebekka verstand nur Bahnhof.

„Ich sagte, du sollst den Fernseher anmachen! Oder weißt du es schon?"

„Was weiß ich?"

„Mach den Fernseher an!", drängte Birgit. „ARD!"

Rebekka zog die Stirn kraus. Dann aber legte sie den Hörer zur Seite, eilte ins Wohnzimmer und tat, wie ihr befohlen.

Schon das erste Bild, das sie zu sehen bekam, versetzte ihr einen Schock. Sie sah das Haus von Adalbert Roselius oder besser gesagt, das verschlossene Tor mit dem Haus im Hintergrund. Und vor dem Tor war der Bär los. Unzählige Kameraleute und Reporter mit Mikrofonen waren dort zu sehen. Einer von ihnen stand etwas abseits. Er trug einen dunklen Anzug und fuhr in diesem Moment mit seiner Reportage fort. „Wie es dazu kam, dass die Nachricht von der Entführung publik werden konnte … nun, darüber kann man zum gegenwärtigen Zeitpunkt nur spekulieren. Denkbar wäre, dass einer der Angestellten die Presse informiert hat. Diskutiert wird aber auch, ob Adalbert Roselius, der als geschickter Taktierer bekannt ist, selbst an die Öffentlichkeit gegangen ist. Fest steht jedenfalls, dass sein Sohn schwer krank ist und ohne Medikamente nicht überleben kann. Vielleicht wollte der Unternehmer auf diese Weise dafür sorgen, dass auch die Entführer dies erfahren …"

Rebekka sank vor dem Fernseher auf die Knie. Sie fühlte sich auf einmal wie erschlagen. Entführung! Gerade jetzt wurde ein bildschirmgroßes Foto von Chris gezeigt. Dann folgten Daten und Fakten aus seinem Leben, Geburtsort und -datum, Schulbildung … Sekunden später wurde die Uni eingeblendet.

Chris wurde entführt! Wahrscheinlich am Tag unserer Verabredung … keine Milchstraße!

Aber das waren nicht die einzigen Gedanken, die wie ein Tornado durch ihren Kopf brausten. Da war noch etwas anderes, etwas, das sie über alle Maßen beunruhigte. Einzelne Bilder purzelten durch ihren Kopf. Der Streit ihrer Mutter mit ihrem Vater … Jürgens Telefonate mit Völle … die Papierschnipsel auf dem Fußboden … das Gefasel über den Kellerschacht … Jürgens Zuversicht, das Geld beizeiten aufzutreiben. All das verdichtete sich auf einmal zu einem Gesamtbild.

Rebekka wippte auf ihren Knien langsam vor und zurück. In ihren Ohren begann es zu rauschen. Das konnte doch nicht sein! Er war ein Spieler, vielleicht ein Dieb … aber ein Entführer?

Aber dann fiel ihr das Gespräch von gerade eben wieder ein. *Dann könntest du auch Menschen behandeln, oder?*

Sie erinnerte sich wieder an das, was Chris zu ihr gesagt hatte: *Ich trinke nicht … keinen einzigen Tropfen … hat gesundheitliche Gründe …*

Krank … krank … krank … hallten die Worte des Reporters durch Rebekkas Kopf.

Einen Moment später senkte sich eine tiefe Ruhe über die junge Frau. Und das war die sprichwörtliche Ruhe vor dem Sturm! Sie hörte auf, hin und her zu wippen. Stattdessen erhob sie sich und ging langsam in die Küche zurück. Im Türrahmen blieb sie stehen.

Jürgen flüsterte gerade irgendetwas in Vincents Richtung. Aber als er Rebekka bemerkte, verstummte er sofort. Dadurch wurde auch Vincent auf sie aufmerksam. Er starrte interessiert zu ihr herüber. „Du siehst irgendwie scheiße aus", merkte er schließlich an.

„Ein bisschen blass im Gesicht", nickte Jürgen.

„Ist er in Babbels und Völles Keller?", fragte Rebekka heiser.

Vincent zuckte sichtlich zusammen. Jürgen erbleichte und erreichte damit das gleiche Farbniveau wie Rebekka. „Was?", sagte er vorsichtig.

„Wie schlecht geht es ihm?", krächzte Rebekka.

Jürgen fing sich als Erster. Er senkte betreten den Blick. „Ziemlich schlecht", antwortete er leise. „Woher weißt du es?"

„Es kam gerade in den Nachrichten", entgegnete Rebekka und musste gleich darauf zusehen, wie Jürgen aufgebracht an ihr vorbeistürmte. Sekunden später war auch Vincent verschwunden.

Rebekka schwankte mit letzter Kraft zu ihrem Stuhl und ließ sich darauf fallen. Dann legte sie ihren Kopf auf der Tischplatte ab. Dass sie dabei auf einem vollgekrümelten Frühstücksbrett landete, bemerkte sie nicht einmal. Was sollte sie denn jetzt nur tun? Ein Zittern durchfuhr sie. Dieses Mal würde Jürgen nicht mit ein, zwei Jahren davonkommen, schon gar nicht auf Bewährung. Dieses Mal würde er eine halbe Ewigkeit im Gefängnis zubringen! Vincent auch! Und ihre Mutter würde vor Scham zugrunde gehen! Nicht allein, weil man ihren Mann und ihren Sohn ins Gefängnis steckte, sondern wegen der Tat ... weil es ihr Arbeitgeber war, der Schaden erlitten hatte, ein Mann, dem gegenüber sie zur Loyalität verpflichtet war!

Das Zittern verstärkte sich. Vor ihrem geistigen Auge sah sie die Polizeibeamten, die schon einmal diese Wohnung gestürmt hatten. Und als sie im nächsten Moment Schritte hörte, fand sie sich gedanklich schon auf dem Fußboden wieder – mit Handschellen! Sie verschränkte Schutz suchend die Arme über dem Kopf.

„Diese Drecksau", hörte sie ihren Vater fluchen, „diese verdammte Drecksau. Wenn der glaubt, dass er auf diese Weise das Lösegeld sparen kann, hat er sich gründlich geschnitten!"

Rebekka sah auf. Jürgen hatte einen hochroten Kopf, der in scharfem Kontrast zu seinem Aussehen von eben stand. Auf seiner kahlen Stirn glänzten Schweißtropfen.

„Lösegeld?", rief Rebekka fassungslos. „Glaubst du wirklich, dass es darauf jetzt ankommt? Christopher ist krank! Er muss zum Arzt! Der Reporter hat gesagt, dass er ohne Medikamente nicht überleben kann. Und wenn er stirbt, dann wirst du wegen Mordes angeklagt!"

„Und gerade deswegen musst du uns helfen!", stieß Jürgen hervor. Seine Stimme klang extrem nasal. „Wenn du ihn gesund machst, kann noch alles gut werden. Wir kassieren das Lösegeld, lassen ihn frei und gehen unserer Wege!"

„Du bist verrückt!", stöhnte Rebekka. „Ich studiere Tiermedizin! Und ich bin nicht mal fertig!"

„Mensch oder Tier, das ist doch einerlei!", behauptete Jürgen. Aber er schien sich nicht wirklich sicher zu sein. Jedenfalls kramte er ein kariertes Stofftaschentuch aus seiner Hosentasche hervor und wischte sich damit erst einmal ausgiebig den Schweiß von der Stirn. „Außerdem bist du gut! Du hattest immer gute Noten! Wenn das einer schaffen kann, dann du!"

Rebekkas Blick verfinsterte sich. Das hier war das erste Mal, dass sich ihr Vater für ihre Schulnoten interessierte. Und es war auch das erste Mal, dass er sein Vertrauen in ihre Fähigkeiten äußerte. „Ich kann das nicht", stieß sie hervor.

„Natürlich kannst du das!", widersprach ihr Vater. „Du liest dir ein paar medizinische Bücher zu dem Thema durch, holst dir an der Uni die erforderlichen Medikamente und behandelst ihn damit. Das ist eine deiner leichtesten Übungen!"

Rebekka seufzte tief und schüttelte dann resigniert den Kopf. „Ich kann das wirklich nicht."

„Doch, du kannst es!" Jürgens Ton war wesentlich schärfer geworden. „Du kannst es, weil du es können *musst*! So einfach ist das."

„Es ist weit weniger einfach, Jürgen", fauchte Rebekka. „Und das liegt daran, dass ich Christopher kenne. Und er mich. Verstehst du das? Wenn ich ihn behandle, weiß er, wer ihn entführt hat! Und das gehört sicher nicht zu deinem perfekten Plan!"

„So ein Blödsinn!", entfuhr es Jürgen. „Du kannst ihm nicht

mehr als ein- oder zweimal begegnet sein. Außerdem haben wir ihm die Augen verbunden. Glaubst du etwa, dass er dich an der Stimme erkennt?" Er begann zu kichern. „Vielleicht, weil du so einen unbeschreiblich tollen Eindruck auf ihn gemacht hast?"

Rebekka sog scharf die Luft ein und atmete dann erst einmal tief durch. Es fehlte nicht viel und sie wäre ihrem Vater an die Gurgel gesprungen. Im einen Moment schmeichelte er ihr und im nächsten machte er sich über sie lustig. Und das alles nur, um sie für seine Zwecke einzuspannen. Ihr Blick wurde kalt.

„Du hast recht", sagte sie und spielte die Nachdenkliche, „ich kann keinen bleibenden Eindruck bei ihm hinterlassen haben. Sicher, er hat mir ... lass mich mal rechnen ... 1.600 plus 3.200 macht ... 4.800 Euro geliehen. Aber was bedeutet schon Geld?"

„Er hat dir 4.800 Euro geliehen?", wiederholte Jürgen fassungslos. „Bumst du den Kerl oder was?"

Rebekka schluckte. Sie musste zugeben, dass diese Schlussfolgerung nahelag. „Nein", sagte sie leise. „Aber das lag, glaub ich, nur an mir ..."

„Heißt das", begann Vincent und kratzte sich am Kopf, „dass wir uns die ganze Entführung hätten sparen können? Wir hätten einfach nur warten müssen, bis er dir das Geld freiwillig gibt?"

„Unsinn", herrschte Jürgen ihn an. „Verwöhnte Industriellen-Söhne wie dieser Christopher bezahlen ihre Bräute nur so lange, bis sie haben, was sie wollen. Danach wenden sie sich dem nächsten Objekt der Begierde zu. Das, was wir gemacht haben, war richtig!"

„Zipfelsinn und Zeckendreck!", schimpfte Rebekka. „Das, was ihr gemacht habt, war das Allerletzte!" Irgendwie hatten die Worte ihres Vaters sie bis ins Mark getroffen. „Erstens ist es an die 27 Nummern zu groß für euch und zweitens habt ihr es katastrophal vorbereitet! Wie kann man nur die Kleinigkeit übersehen, dass das Entführungsopfer krank ist?"

„Er sah nicht krank aus", sagte Vincent und zuckte unschuldig mit den Schultern.

Rebekka sah ihn entgeistert an. „Er sah nicht krank aus?", echote sie fassungslos.

„Ich hab deine Mutter monatelang nach ihm ausgefragt",

rechtfertigte sich Jürgen. „Wie sollte ich ahnen, dass sie mir etwas derart Wichtiges verschweigt?“

„Du hast sie ausgefragt“, wiederholte Rebekka mit einem bitteren Unterton in der Stimme. „Ist das der Grund, warum sie dich verdächtigt?“

Dieses Mal war es Jürgen, der sichtlich schluckte. „Sie weiß nichts“, entgegnete er betreten.

„Aber sie ahnt es“, stellte Rebekka klar.

„Wer?“, meldete sich Vincent erschrocken zu Wort. „Mutti? Sie ahnt was?“

„Halt die Klappe“, fuhr Jürgen ihn an. „Mutti weiß nichts. Und sie wird es auch nie erfahren. Jedenfalls nicht, wenn deine Schwester uns hilft.“ Er sah mit einem flehenden Blick zu Rebekka hinüber.

Diese schlug verzweifelt die Augen nieder. Was sollte sie tun? Chris' Leben stand über allem. Es gab also nur zwei Möglichkeiten: die Polizei informieren oder den Sanitäter spielen!

„Bitte“, flüsterte Jürgen.

Heilige Jungfrau Maria, dachte Rebekka, *was soll ich denn jetzt nur tun?* In ihrem Kopf schwirrten Pro- und Kontraargumente durcheinander. Es dauerte lange, bis sie sie einigermaßen geordnet hatte. Wenn sie die Polizei informierte, landeten Jürgen und Vincent für Ewigkeiten hinter Gitter. Chris würde erfahren, wer für seine Entführung verantwortlich war. Ihre Mutter würde ihren Job verlieren und nebenbei an ihrer Scham zugrunde gehen. Chris würde nie wieder einen Gedanken an Rebekka verschwenden ... Aber wenn sie die Polizei *nicht* informierte, lag Chris' Leben in ihren Händen, den Händen einer Studentin, einer Tiermedizinerin im fünften Semester! Das war lebensgefährlich! Außerdem bestand dann immer noch die Gefahr (wenn nicht gar die *Wahrscheinlichkeit*), dass Jürgens Pläne schiefgingen und alle Katastrophen eintrafen, die auch der Gang zur Polizei mit sich bringen würde ... allerdings mit dem Unterschied, dass dann nicht nur Jürgen und Vincent, sondern auch noch Rebekka auf ewig im Gefängnis landeten.

„Ich kann ihn nicht behandeln“, krächzte Rebekka schwach. „Er kennt mich zu gut.“

„Er trägt eine Augenbinde“, erinnerte Jürgen sie. „Und du

musst ja auch gar nicht mit ihm sprechen. Das übernehmen wir! Versprochen!"

Pest oder Cholera?, hämmerte es in Rebekkas Kopf. *Pest oder Cholera?*

Kapitel 14

Rebekka stand schwer atmend vor der grauen Metalltür und klammerte sich an dem Rosenkranz fest, der sich in ihrer rechten Hosentasche befand. Sie war ganz in Schwarz gekleidet, so als befände sie sich auf dem Weg zu einer Beerdigung. Passend dazu zitterten ihre Knie und auf ihrer Oberlippe hatten sich kleine Schweißtröpfchen gebildet. Sie wollte das hier nicht. Sie wollte es wirklich nicht! Aber sie hatte die ganze Nacht mit der Frage gerungen, ob es eine andere Möglichkeit gab, um Chris zu helfen und gleichzeitig ihre Familie zu schützen. Das war jedoch nicht der Fall. Es war beim besten Willen nicht der Fall.

Hand ruhte bereits auf der schwarzen Türklinke. Jetzt warf er Rebekka einen fragenden Blick zu. Rebekka verstand, dass er etwas von ihr wollte, auch wenn sie wie immer Mühe hatte, sich dadurch angesprochen zu fühlen. Aufgrund der Tatsache, dass er so stark schielte, sah es eigentlich immer so aus, als blicke er durch einen hindurch.

„Einen Moment noch", flüsterte sie, ließ den Rosenkranz los und kramte stattdessen ein Haarband hervor. Damit band sie ihre glatten schwarzen Haare zu einem Pferdeschwanz zusammen. Dann atmete sie noch einmal tief durch und nickte tapfer. Ihr Onkel öffnete die Tür.

Im Inneren des Raumes war es nicht besonders hell. Im ersten Moment konnte Rebekka so gut wie gar nichts erkennen. Dafür schlug ihr auf Anhieb ein höchst unangenehmer Geruch entgegen! Und dieser Geruch war so intensiv, dass Rebekka gar nicht anders konnte, als ihre rechte Hand schützend über Mund und Nase zu legen. Dabei kamen ihre Lippen mit dem Eurozeichen in Berührung, dessen Narbe immer noch die Innenfläche ihrer Hand verunstaltete.

Allmählich gewöhnten sich ihre Augen an das spärliche Licht, das allein durch den Lichtschacht in das Innere des Kellerraumes fiel. Der Raum war nicht unbedingt klein, vielleicht 15 Quadratmeter groß. Rebekkas Blick fiel zunächst auf den großen weißen Kasten, der sich direkt unterhalb des Lichtschachts befand. Eine Gefriertruhe, wie Rebekka rasch vermutete. Ihr Blick wanderte weiter, vorbei an Kisten und Regalen bis hin zu einer menschlichen Gestalt, die vor einem besonders massiven, deckenhohen Regal hockte. Christopher? Aber so sehr sich Rebekka auch bemühte, sie konnte nicht viel Ähnlichkeit feststellen. Die Gestalt war ganz in sich zusammengesunken und wirkte nicht annähernd so groß und stattlich, wie sie Christopher in Erinnerung hatte. Hilflos sogen ihre Augen jedes noch so kleine Detail in sich auf. Aber sie fand noch immer nichts, das ihr bekannt vorkam! Der Kopf war in Stirnhöhe mit einem dicken weißen Verband umwickelt, der die Augen und mindestens die Hälfte der Haare bedeckte. Was vom Hinterkopf zu sehen war, verlor sich im Halbdunkel. Und auch das Gesicht war im Wesentlichen von ihr abgewandt.

Volkhard Petrell, der Rebekka noch immer die Tür aufhielt, tippelte derweil ungeduldig von einem Fuß auf den anderen. Schließlich klopfte er Rebekka auf die Schulter. Seine Nichte zuckte zusammen und wirbelte zu ihm herum. Völle warf ihr einen missbilligenden Blick zu und bedeutete ihr mit einer unzweideutigen Handbewegung, dass sie nun endlich den Raum betreten solle.

Rebekka schluckte. Sie hatte das Gefühl, als müsste sie sich auf der Stelle übergeben. War es der Gestank, diese unglaublich ekelhafte Mischung aus muffigem, schlecht gelüftetem Keller und Urin, die ihr so zu schaffen machte? Oder war es die Tatsache, dass sie sich in diesem Moment an einer Entführung mit Erpressung beteiligte?

Ohne es selbst zu bemerken, schüttelte Rebekka den Kopf. Sie wollte das hier nicht!

Aber da legte sich auch schon eine Hand auf ihre Schulter und schob sie energisch vorwärts. Rebekka stolperte zwei Schritte in den Raum hinein und hörte im nächsten Moment, wie hinter ihr die Kellertür ins Schloss fiel. Dann wurde ein Schlüssel herumgedreht.

Als Rebekka ihr äußeres Gleichgewicht wiedererlangt hatte, war es um ihr inneres umso schlechter bestellt. Jetzt gab es kein Zurück mehr! Jetzt saß sie in der Falle! Sekundenlang spürte sie außer dem heftigen, unkontrollierten Klopfen ihres Herzens kaum etwas. Dann gewann ihr Geruchssinn die Oberhand über ihre Sinneswahrnehmung. Und das war schlecht, richtig schlecht! Hier drinnen nämlich, im geschlossenen, unbelüfteten Raum, war der Gestank noch um einiges schlimmer. Es roch strenger als auf einem schlecht geputzten öffentlichen Klo. Und das ließ doch nur einen Schluss zu: Der Gefangene – vielleicht war es tatsächlich Christopher – musste entweder in die Ecke gepinkelt oder sich selbst eingenässt haben!

Bei diesem Gedanken kam Rebekka endgültig alles hoch. Sie begann zu würgen, riss erneut ihre Hand vor den Mund und bekam den Brechreiz nur im letzten Moment unter Kontrolle. Zurück blieben ein brennendes Gefühl in ihrer Kehle und ein bitterer Geschmack in ihrem Mund, den Rebekka nicht mal durch heftiges Schlucken wieder loswerden konnte. Wut begann ihre Hilflosigkeit zu überlagern. Das hier war einfach unzumutbar! Der blanke Horror! Zu viel!

Rebekka hatte sich bereits umgedreht und die Hand gehoben, um damit fordernd gegen die Kellertür zu hämmern, als sie hinter sich eine Stimme vernahm.

„Ich möchte etwas trinken", sagte jemand mühsam.

Rebekka erstarrte. Die Stimme hatte leise und kratzig geklungen, aber auch erstaunlich vertraut. Christopher!

„Bitte", fügte er hinzu.

Rebekka schauderte. Sie wurde von Mitleid und Panik gleichzeitig überflutet. Er klang so anders, so schwach! Was, wenn ihre Entscheidung falsch gewesen war? Wenn sie ihm gar nicht helfen konnte, wenn er am Ende in Lebensgefahr schwebte? In den vergangenen Stunden hatte sie alles getan, um etwas über die Art seiner Erkrankung in Erfahrung zu bringen. Sie war sogar zur Uni gefahren und hatte sich unter seinen Kommilitonen umgehört. Aber niemand schien etwas Genaueres darüber zu wissen. Es war, als hätte er es vor allen geheim gehalten!

„Nur ein Schluck", flehte Chris.

Rebekka drehte sich um und blickte suchend durch den

Raum. Und tatsächlich, direkt neben der Gefriertruhe stand eine Kiste mit Wasserflaschen. Rebekka eilte darauf zu, nahm eine zur Hand und ging damit zögerlich auf Christopher zu. Von dort, wo sie sich jetzt befand, konnte sie ihn viel besser sehen. Sie konnte die langen Bartstoppeln ausmachen, die seine untere Gesichtshälfte überzogen, und so wunderte sie sich auch nicht mehr darüber, dass sie ihn nicht erkannt hatte. Überhaupt kam ihr außer seiner Stimme kaum etwas bekannt vor! Seine Wangen waren eingefallen, seine Lippen weiß. Und was sie von seinen Haaren erkennen konnte, erinnerte eher an eine feuchte, klebrige Masse als an eine Frisur. Sie war erschüttert! Gleichzeitig kroch ein Gefühl von Scham ihre Kehle hinauf. Das hier hatte ihr Vater getan! Und jetzt beteiligte sie sich auch noch daran! Und das nach allem, was Christopher für sie getan hatte ... was er indirekt sogar für ihren Vater getan hatte!

Der Gefangene begann sich zu regen. Er zog mit etwas unkoordinierten Bewegungen seine Beine an, stemmte die Füße gegen den Boden und machte Anstalten aufzustehen.

Rebekka erschrak und wich unwillkürlich vor ihm zurück. Das Schrecklichste, was sie sich in diesem Moment vorstellen konnte, war, dass er sich die Binde von den Augen riss und erkannte, wer da vor ihm stand! Schon allein der Gedanke trieb ihr die Schamröte ins Gesicht. Was sie hier tat, war falsch! Anstatt seine Gefangenschaft zu verlängern, hätte sie die Polizei rufen und ihn befreien müssen!

Chris' Bemühungen um eine aufrechte Position scheiterten kläglich. Schon nach ein paar Zentimetern fing irgendetwas seine Bewegung ab, ließ ihn aufstöhnen und riss ihn auf den Boden zurück. Jetzt konnte Rebekka sehen, dass seine Hände hinter seinem Rücken ruhten, ganz in der Nähe des metallenen Regalfußes. Was Jürgen und Völle angekündigt hatten, stimmte! Chris war gefesselt!

Unbewusst atmete Rebekka auf. Ihre Identität schien gesichert!

Zaghaft wagte sie sich wieder ein paar Schritte vorwärts, trat direkt neben ihn und ging in die Hocke.

„Wer", brachte Chris mühsam hervor, „ist da?"

Rebekka schluckte. Seine Stimme klang so furchtbar kläglich!

Um sich abzulenken, griff Rebekka nach dem Deckel der Flasche und drehte ihn gegen den Uhrzeigersinn. Als ein Teil der Kohlensäure zischend entwich, konnte Rebekka nicht umhin, darüber nachzudenken, dass sie ihre Rollen getauscht hatten: Damals, als sie ohnmächtig geworden war, hatte er *sie* mit Cola versorgt.

Sie verscheuchte den Gedanken so schnell, als wäre er ihr erbittertster Feind. Dann hob sie die Wasserflasche an und setzte sie Chris an den Mund. Als der begriff, was er da spürte, lehnte er sich ihr gierig entgegen und schluckte schon, noch bevor Rebekka die Flasche überhaupt in die Waagerechte gebracht hatte. Ein paar Schlucke lang trank er gierig, dann verschluckte er sich und brach in ein unkontrolliertes Husten aus. Gleichzeitig ergoss sich ein Teil des Wassers auf seinen ehemals beigefarbenen, inzwischen allerdings schmuddelig wirkenden Pullover.

„Mehr", keuchte er, kaum, dass er wieder ein Wort hervorstoßen konnte.

Rebekka holte Luft, um „Nicht so schnell!" zu sagen, konnte sich aber im letzten Moment noch zurückhalten. Um keinen Preis der Welt durfte sie mit ihm sprechen! Stattdessen ignorierte sie seine Bitte einfach, wartete, bis er sich wieder einigermaßen gefangen hatte, und gab ihm erst dann noch mehr Wasser. Dieses Mal trank er vorsichtiger, aber mindestens ebenso gierig. Und er gab sich auch erst zufrieden, als er merkte, dass die Flasche gänzlich leer war. Erst dann lehnte er sich schwer atmend zurück.

Rebekka beobachtete das voller Sorge. Chris sah ein bisschen so aus, als hätte er einen Marathonlauf hinter sich. Jedenfalls wirkte er ungewöhnlich schwach. Außerdem zitterte er so seltsam, manchmal am ganzen Körper, manchmal nur am Arm oder an den Beinen. Auf jeden Fall kam das Zittern in Schüben und wirkte krampfartig.

Rebekka hob die Hand und legte sie vorsichtig an Chris' Hals. Es dauerte nicht lange, dann hatte sie seinen Puls ertastet. Er ging schnell, aber regelmäßig. Was ihr größere Sorgen bereitete, war seine Körpertemperatur. Sie schien ungewöhnlich niedrig, was allerdings auch an der Umgebung liegen konnte. Kranke gehörten einfach nicht in einen Keller und schon gar nicht auf einen nackten, kalten Fußboden!

Wieder einmal keimte Wut in Rebekka auf. Wie konnten Jürgen und Völle ihren Gefangenen nur so unmenschlich behandeln!

„Ich habe Kopfschmerzen", stieß Christopher hervor. „Sie sind unerträglich."

Rebekka sah angestrengt in eine andere Richtung. Ihre Gefühle drohten sie allmählich zu überwältigen. Um nicht auch noch in Tränen auszubrechen, versuchte sie, all ihre Gedanken auf ihre Aufgabe zu konzentrieren. Sie war hier, um Chris zu helfen. Aber wie um alles in der Welt konnte sie das tun? Was genau fehlte ihm? Kopfschmerzen und leichte Krämpfe ... das waren Symptome, die zu allem Möglichen passten! Außerdem studierte sie Tiermedizin! Da klagten die Patienten selten über Kopfschmerzen.

Rebekka erhob sich.

„Nein!", rief Chris ein wenig lallend. „Bitte bleiben Sie! Ich will nicht allein sein."

Rebekka flüchtete zur Tür und hämmerte verzweifelt dagegen.

„Nicht weggehen", flehte Chris.

Die Tür wurde geöffnet und Rebekka warf sich fast in Völles Arme. Aber erst als die Tür hinter ihr ins Schloss gefallen war, entrang sich ihrer Kehle das Geräusch, das sie nur mit Mühe so lange hatte zurückhalten können: ein mitleiderregendes, zutiefst klägliches Stöhnen.

„Schon gut", sagte Völle und strich ihr beruhigend über das Haar. „Ist ja schon gut."

Aber nichts war gut! Überhaupt nichts! Rebekka riss sich von ihrem Onkel los und stürmte durch die Kellertreppe immer zwei Stufen auf einmal nehmend hinauf ins Erdgeschoss. Sekunden später stürzte sie in die enge Küche, wo Jürgen und Barbara mit einer Tasse Kaffee am Tisch saßen.

„Wie könnt ihr so etwas tun?", schrie sie so laut, dass beide erschrocken aufsprangen. „Wie könnt ihr ihn so behandeln? Das ist unmenschlich!"

„Die Nachbarn!", rief Barbara entsetzt, aber doch mit deutlich unterdrückter Stimme. Um bei einem eventuellen Besuch der Nachbarn gut auszusehen, trug sie eine schicke rote Bluse zu ihrer Jeans. Allerdings biss sich die Farbe mit den roten Strähnen, die ihre braunen Haare durchzogen.

„Sei doch still!“, warnte Jürgen nicht minder erschrocken.

„Ich will aber nicht still sein!“, fuhr Rebekka ungebremst fort. „Ich will, dass ihr ihm genug zu trinken gebt! Und dass ihr ihn warm haltet! Ich will –“

Der Rest ihres Satzes wurde von Völles Hand erstickt, die sich von hinten über Rebekkas Mund legte. Die junge Frau versuchte instinktiv, sie abzuschütteln, hatte aber keinen Erfolg, weil sich Jürgen und Völle nun gemeinsam auf sie stürzten. Rebekka stolperte zu Boden und fand sich gleich darauf in einem eisenharten Klammergriff wieder. Geraume Zeit wehrte sie sich fast hysterisch, dann erschlaffte ihr Widerstand mehr und mehr.

Als sie sich kaum noch rührte, fragte Völle: „Wirst du jetzt still sein?“

Rebekka nickte schwach. Vor ihren Augen tanzten bereits Sterne.

Als sich der harte Griff um Bauch und Brustkorb endlich löste, japste Rebekka eine ganze Zeitlang einfach nur nach Luft. Danach drehte sie sich auf die Knie und kroch auf allen vieren davon. Sie visierte eine weit entfernte Ecke an, drückte sich hinein, zog die Beine an und barg ihren Kopf zwischen ihren Knien. Die Arme legte sie sich schützend über den Kopf. Niemand sollte merken, dass sie weinte.

Eine Weile herrschte tiefe Stille in der Küche. Jürgen, Babbel und Völle sprachen weder miteinander noch mit Rebekka. Irgendwann aber erhob sich Barbara, ging vorsichtig auf Rebekka zu und ließ sich neben ihr auf dem Fußboden nieder.

„Hey“, sagte sie sanft und strich ihrer Nichte über die Schulter.

Rebekka entzog sich ihr so ruckartig wie ein schmollendes Kind.

„Jetzt komm schon“, setzte Babbel erneut an. „Wir wissen, dass es dir nicht leichtgefallen ist. Aber du musst uns auch verstehen. Unser aller Existenz hängt von dieser Sache ab!“

„Chris’ Existenz auch!“, gab Rebekka zurück. Ihr Kopf ruhte immer noch zwischen ihren Knien und so klang ihre Stimme erstickt.

„Und genau deshalb musst du uns helfen", betonte Babbel. „Hast du denn etwas herausgefunden? Weißt du, was ihm fehlt?"

„Ich habe keine Ahnung", seufzte Rebekka. Und dann wischte sie sich verstohlen die Tränen aus dem Gesicht. Erst danach hob sie vorsichtig den Kopf. „Und deshalb gibt es nur eine Möglichkeit: Ihr müsst ihn fragen! Er selbst wird doch wissen, was für eine ominöse Krankheit er hat!"

„Kommt überhaupt nicht infrage", brauste Jürgen auf. „Das Risiko, dass er uns später an der Stimme erkennt, gehen wir nicht ein!"

„Und das Risiko, dass er draufgeht, ist tragbar, ja?", fuhr Rebekka ihn an. Sie sah mittlerweile ganz schön zerzaust aus. Jedenfalls hing das Zopfband schief an ihrem Hinterkopf und es hatten sich einige Haarsträhnen daraus gelöst.

„Hey, hey, hey!", sagte Völle und hob beschwichtigend die Hände. „Jetzt zerfleischt euch man nicht gleich! Wir betrachten die Sache ganz nüchtern. Dann werden wir schon eine Lösung finden."

„Hat er denn nie was gesagt?", wollte Rebekka wissen. „Auch am Anfang nicht? Wenn er ohne Medikamente nicht auskommt, muss er das doch mal erwähnt haben!"

Barbara räusperte sich und sah verlegen zur Seite. „Na ja ..."

„Am Anfang", gab Völle zu, „hat er ohne Pause geredet oder besser gesagt geflucht ... geschrien ... geschimpft ... Da war es doch ganz natürlich, dass wir das Gefasel über irgendeine Krankheit für eine Finte gehalten haben."

„Aber was hat er denn nun gesagt?", erkundigte sich Rebekka hoffnungsvoll.

Jürgen strich sich über seine wenigen Haare und zuckte dann ratlos die Achseln. „Also, ich kann mich an überhaupt nichts erinnern."

Babbel seufzte tief. „Ich glaube schon, dass er irgendwelche Medikamente erwähnt hat. Da war irgendwas mit ‚Zi' wie Ziege oder so ..."

Rebekka blickte hoffnungsvoll zu Völle herüber. Aber auch der sah ausgesprochen planlos aus. „Einmal", versuchte er sich zu erinnern, „hat er gesagt, dass er das Medikament zu jeder Mahlzeit nehmen muss. Aber sonst ..."

Rebekka seufzte tief. „Ich finde, er macht keinen guten Eindruck. Und angesichts dieser Flut von Informationen kann *ich* nun wirklich gar nichts tun. Es gibt keine andere Möglichkeit: Wir müssen ihn fragen, was ihm fehlt." Rebekka hatte die Worte kaum ausgesprochen, als zwischen Jürgen und Völle auch schon ein Streitgespräch ausbrach, das im Verlauf immer hitziger wurde.

„Wenn ihr ihn *nicht* fragt", warf Rebekka todesmutig dazwischen, „werdet ihr mich dazusperren müssen!"

Jürgen und Völle verstummten.

„Oder zusehen, wie ich mit meinem Wissen zur Polizei gehe", fügte Rebekka hinzu.

Völle sah fragend zu Jürgen hinüber. Aber dieser schüttelte nur entschieden den Kopf. Ihr Onkel seufzte tief. Aber kurz darauf hellte sich seine Miene plötzlich auf. Er holte ein Taschentuch aus seiner Hosentasche, hielt es sich vor den Mund und sagte mit tiefer und zugleich stark gedämpfter Stimme: „Meint ihr wirklich, dass er meine Stimme wiedererkennen würde?"

Babbel lachte erleichtert auf.

Nur Jürgen blickte immer noch griesgrämig drein. Seine Stimmung passte zu dem grauen T-Shirt, das er zu einer schwarzen Stoffhose trug.

„Wenn ihr ihn sterben lasst", sagte Rebekka und warf damit all ihre Möglichkeiten in die Waagschale, „werde ich euch verpfeifen."

Jürgen warf seiner Tochter einen vernichtenden Blick zu, sagte dann aber zähneknirschend: „Also gut, du schreibst die Fragen auf und Völle stellt sie."

Rebekka nickte erleichtert und sprang auf. „Zettel?", fragte sie atemlos und kritzelte gleich darauf die entscheidenden Fragen auf das Blatt Papier, das Barbara ihr ausgehändigt hatte.

Als sie fertig war, riss Jürgen ihr das Blatt einfach aus den Fingern. „Welche Krankheit haben Sie?", las er mit einem spöttischen Unterton in der Stimme. „Welche Medikamente nehmen Sie? Und dafür haben wir einen Experten eingeflogen? Ich glaub, diese Fragen hätten wir auch allein stellen können!"

„Kommt darauf an", entgegnete Rebekka spitz. „Wenn er dir erzählt, dass er einen Pneumothorax hat, wirst du dich vielleicht freuen, dass ich da bin. Außerdem können wir nicht wissen, was er antwortet. Vielleicht macht seine Antwort tausend neue Fragen erforderlich. Fragen, von denen du noch nie gehört hast!"

„Was willst du damit sagen?", fauchte Jürgen, „meinst du etwa, ich hätte keine Ahnung von –"

„Damit will sie sagen", unterbrach Völle seinen Bruder so bissig, dass dieser verstummte, „dass wir sie brauchen. Und damit hat sie recht! Wir hatten das besprochen oder nicht?"

Rebekka blickte von einem zum anderen und spürte, wie die Wut in ihr aufstieg und sie erröten ließ. „Soll das heißen", brach es aus ihr hervor, „dass Völle die Idee hatte, mich um Hilfe zu bitten?" Sie stemmte die Hände in die Hüften und funkelte ihren Vater zornig an. „Und dass alles, aber auch wirklich alles an deiner Schleimerei erstunken und erlogen war?"

Jürgen reckte das Kinn vor. „Wenn ihr ihn sterben lasst", wiederholte er die Worte seiner Tochter, „werde ich euch verpfeifen." Er grinste überheblich. „Ich hab Völle gleich gesagt, dass es eine Schnapsidee ist, dich um Hilfe zu bitten. Du machst doch nur Schwierigkeiten. Hältst dich für was Besseres. Denkst, du bist 'ne Heilige wie deine Mutter. Aber das stimmt nicht. Du bist genauso nichtsnutzig wie Vince und ich. Sieh's endlich ein!"

„Das sagst du mir jetzt?", explodierte Rebekka. „Nachdem ich mir für dich den Arsch aufgerissen und dir das Geld besorgt habe?"

„Was denn für 'n Geld?", wunderte sich Völle.

Rebekka sah ihn an, begriff, dass er vollkommen ahnungslos war, und witterte auf einmal ihre Chance. „Das hast du deinem Bruder wohl verschwiegen, hm?", wandte sie sich an Jürgen. „Er weiß also nichts. Nicht, dass du das Spielen nicht lassen kannst. Nicht, dass du bis über beide Ohren verschuldet bist. Und schon gar nicht, dass jederzeit die Unterwelt hier aufkreuzen und das Haus auseinandernehmen könnte."

Völle sprang auf. „Wie bitte?"

„Sie übertreibt!", beeilte sich Jürgen zu versichern. „Ehrlich, Völle. Sie will uns nur gegeneinander ausspielen. Sie ist schlau. Sie weiß, wie so was geht."

„Ich übertreibe also, ja?", fauchte Rebekka. „Ist das hier auch eine Übertreibung?" Sie öffnete ihre rechte Hand und zeigte Völle triumphierend das Eurozeichen.

Völle betrachtete es einen Moment, wandte langsam seinen Kopf und richtete seinen Blick auf Jürgen. „Wie viel?", knurrte er.

Jürgen wand sich und grummelte irgendetwas in seinen nicht vorhandenen Bart.

„Wie viel?", wiederholte Völle streng.

„Ein paar Tausender", murmelte Jürgen und hob gleich darauf wieder die Stimme. „Aber das hat nichts zu bedeuten. Wirklich nicht! Niemand weiß, dass es eine Verbindung zwischen uns gibt. Das musst du mir glauben!"

Völle begann, sich die braunen Locken zu raufen. „Ich fass es nicht! Ich fass es einfach nicht! Wir planen dieses Ding eine halbe Ewigkeit. Ich kaufe sogar ein Haus und mime über Monate den netten Nachbarn. Und du hast nichts Besseres zu tun, als unser Vorhaben zu gefährden?"

„Jetzt reg dich doch nicht auf", entgegnete Jürgen beschwichtigend. „Wen interessiert schon die Geld-Mafia. Überleg doch mal: Es wäre viel schlimmer, wenn ich uns die Polizei auf den Hals gehetzt hätte."

Völle sah ihn mitleidig an. „Wir befinden uns hier in einer gutbürgerlichen Gegend, Jürgen! Wenn jemand die Bude hier auseinandernimmt, rückt uns die Bullerei auf den Pelz. Glaubst du wirklich, dass es dann von Vorteil ist, ein Entführungsopfer im Keller zu verstecken?"

„Nein, natürlich nicht", gab Jürgen zu. Er senkte betreten den Kopf. „Aber Becky hat mir 2.000 Euro besorgt. Das ist die Anzahlung. Jetzt geben sie noch eine Weile Ruhe."

Völle sah interessiert zu Rebekka herüber. „Du beeindruckst mich immer wieder, Becky! Vielleicht hätte ich Jürgen in der Spielhölle lassen und stattdessen lieber *dich* zu meiner Komplizin machen sollen."

„Was soll das denn jetzt heißen?", explodierte Jürgen. Seine Stimme klang jetzt wieder ganz extrem nasal. „Du brauchst mich, das weißt du ganz genau! Ohne mich wärst du nie an alle Informationen rangekommen."

„Außerdem drehe ich keine krummen Dinger!", regte sich nun auch Rebekka auf. „Ich bin nicht wie ihr. Ich studiere. Ich hab vernünftige Pläne für mein Leben."

„Wie man an deiner Anwesenheit unschwer erkennen kann." Völle grinste.

Rebekka wurde vor lauter Ärger hochrot im Gesicht. „An meiner Anwesenheit", protestierte sie, „kann man höchstens erkennen, dass ich ein gutes Herz habe. Ich will nämlich nicht, dass ihr für den Rest eures Lebens wegen Mordes im Gefängnis schmort. Aber wenn euch das lieber ist, kann ich meine Ehrlichkeit auch sofort wiederentdecken! 110 – so war doch die Nummer, oder?" Mit diesen Worten stapfte sie auf die Tür zu. Aber gerade in dem Moment, in dem sie ihre Hand nach der Türklinke ausstreckte, kam ihr diese wie von selbst entgegen und prallte schmerzhaft gegen ihren Handrücken.

Rebekka schrie so laut auf, dass sich Völle ein zweites Mal auf sie stürzte und ihr den Mund zuhielt. Dieses Mal befand sich seine Hand aber so unglücklich auf Rebekkas Mund, dass Rebekkas Zähne sein Fleisch zu fassen bekamen und sich vor lauter Wut mit aller Kraft hineingruben. Daraufhin schrie Völle noch lauter auf, als Rebekka es getan hatte.

„Bist du nicht ganz bei Trost?", keifte Barbara und verpasste Völle eine schallende Ohrfeige.

„Kannst du nicht aufpassen?", fauchte Rebekka, kaum dass sie entdeckt hatte, wem sie den Schlag gegen ihre Hand zu verdanken hatte.

Vincent stand in der Tür. Auch er war überraschend gut gekleidet und trug eine makellose Jeans und ein schwarzes T-Shirt mit hellem Aufdruck. Wesentlich vertrauter als seine Kleidung war aber sein Gesichtsausdruck. Jedenfalls blickte er verständnislos von einem zum anderen. „Ich dachte, wir müssten leise sein", merkte er schließlich an.

Völle, der sich mit dem linken Daumen immer noch die Innenfläche seiner rechten Hand rieb, verdrehte gequält die Augen. „Hast du das Kabel?", fragte er.

Vincent begann zu strahlen. „Alles da!", nickte er.

„Wenigstens etwas", seufzte Völle, ließ von seiner Hand ab und rieb sich nunmehr die Wange. „Dann telefonieren wir jetzt erst mal."

„Wieso telefonieren?", wollte Rebekka wissen. „Ich dachte, wir gehen in den Keller und sprechen mit Chris."

„Das kann warten“, entschied Völle und streckte seine Hand erwartungsvoll in Vincents Richtung. „Gib her!“ Vincent reichte ihm eine Tüte, die Völle schnell aufriss. Zum Vorschein kam ein gewöhnliches, neues und noch eingeschweißtes USB-Kabel.

„Was soll das denn jetzt?“, wunderte sich Rebekka.

„Wir hatten einen kleinen Defekt“, antwortete Völle. „Deshalb konnten wir die Familie nicht anrufen.“

„Die Familie anrufen?“, wiederholte Rebekka verständnislos.

„Mann, bist du blöd?“, fuhr Jürgen sie an. „Wir konnten unsere Lösegeldforderung nicht stellen! Checkst du das nun?“

Rebekkas Blick wurde eisig. „Willst du damit sagen, dass ihr nicht mal das vernünftig geplant habt? Ihr entführt so munter drauflos, habt keine Ahnung, dass eurer Entführungsopfer todkrank ist, und habt nebenbei noch nicht mal das Equipment, um eure Lösegeldforderung zu stellen? Was kommt als Nächstes?“ Sie begann auf einmal zu kichern. „Fällt ... fällt euch dann ein, dass Vincent das ... das Gehirn eurer Gang ist?“

„Was is mit mir?“, brauste Vincent auf, wodurch sich Rebekkas Kichern noch einmal verstärkte.

„Lass deinen Bruder da raus“, entrüstete sich Jürgen . „Auf ihn lass ich nichts kommen. Im Gegensatz zu dir weiß er nämlich ganz genau, wo sein Platz ist. Er –“

„Schluss jetzt!“, fiel Völle ihm ins Wort. Seine Stimme klang dabei so schneidend, dass jedes Geräusch im Raum verstummte. Ein paar Sekunden lang hätte man hören können, wie eine Stecknadel zu Boden fällt. Dann wandte er sich an seine Nichte. „Du hast recht, Becky, wir sind Stümper. Aber das ändert nichts daran, dass wir diese Sache begonnen haben. Jetzt bleibt uns nichts anderes mehr übrig, als sie auch zu Ende zu führen. Und wer weiß? Manchmal hat man eben mehr Glück als Verstand.“

Rebekka starrte Völle an. Tiefe Besorgnis stand ihr ins Gesicht geschrieben. Völle sah die Sache äußerst realistisch. Aber das war alles andere als beruhigend. Sie hatte auf einmal das Gefühl, sie säße in einem Auto, das mit halsbrecherischer Geschwindigkeit einen Berg hinunterfuhr. Und das Problem war: Es gab keine funktionierenden Bremsen!

„Also gut“, seufzte Völle und riss die Verpackung des USB-Kabels auf. „Auf zum nächsten Schritt.“

Rebekka schüttelte heftig den Kopf. „Der nächste Schritt besteht darin, Chris zu befragen."

„Der nächste Schritt", widersprach Jürgen, „besteht darin, die Kohle zu ordern."

„Falsch!", entfuhr es Rebekka. „Du hast Völle gehört. Die Wahrscheinlichkeit, dass ihr mit diesem Wahnsinn hier Erfolg habt, ist mehr als gering. Und darum ist es umso wichtiger, den Schaden zu begrenzen. Wenn Christopher stirbt, kriegt man euch wegen Mordes dran. Deshalb geht seine Gesundheit vor!"

„Unsinn!", lachte Jürgen auf. „Wenn diese Sache hier schiefgeht, gibt es sowieso keinen Christopher mehr."

Rebekka erstarrte. „Was?" Im nächsten Augenblick bekam sie mit, wie Völle seinem Bruder einen extrem kurzen, aber warnenden Blick zuwarf. Die Geschwindigkeit in ihrem imaginären Auto verdoppelte sich. „Völle!", wandte sie sich an ihren Onkel. „Ihr habt doch nicht vor ..." Sie verstummte. Der Gedanke war zu schrecklich, um ihn auszusprechen.

Völle schüttelte lachend den Kopf. „Aber natürlich nicht. Denk doch mal nach, Becky. Wenn wir vorhätten, ihn zu töten, dann hätten wir uns nicht die Mühe machen müssen, ihm die Augen zu verbinden. Keine Sorge. Wenn wir das Geld haben, lassen wir ihn frei."

Rebekka hielt seinem Blick stand. „Wenn ich herausfinde, dass du mich in diesem Punkt verschaukelst, werde ich nicht mehr auf deiner Seite sein. Hast du das verstanden?"

Völle hob kapitulierend die Hände, doch sein Lachen wirkte ein wenig zu verkrampft. „Schon klar, Becky. Ehrlich, ihm wird nichts passieren."

Rebekkas Blick blieb forschend auf ihren Onkel gerichtet. „Dann lass uns runtergehen und meine Fragen stellen."

Völle schüttelte den Kopf. „Erst telefonieren wir mit dem Alten. Ich will wissen, ob er bereit ist zu zahlen."

„Aber Chris geht es nicht gut", behauptete Rebekka. „Als ich bei ihm war, machte er den Eindruck, als würde er eintrüben. Je länger wir warten, desto geringer wird die Wahrscheinlichkeit, eine vernünftige Antwort zu bekommen."

„Und wenn sich der Alte weigert zu zahlen, ändert sich die ganze Situation", warf Jürgen ein.

Rebekka schluckte schwer.

„Das Telefonat dauert nicht lange", entschied Völle. „90 Sekunden, sonst können sie uns zurückverfolgen. Danach gehen wir sofort nach unten."

Rebekka seufzte tief. Ihr war nicht wohl bei der ganzen Sache. Gleichzeitig spürte sie die vernichtenden Blicke ihres Vaters wie Stecknadelstiche auf ihrer Haut. Es war vielleicht nicht gut, ihn schon jetzt bis zum Äußersten zu reizen. Vorsichtshalber machte sie gute Miene zum bösen Spiel und folgte dem Tross von der Küche durch einen schmalen Flur in ein kleines Arbeitszimmer. Der Raum war schlauchähnlich geschnitten. Da das einzige Fenster vom Rollladen verrammelt war, spendete allein die Deckenbeleuchtung ein etwas spärliches, gelbes Licht. Als sich Rebekka als Letzte in das Zimmer zwängte, musste sie sich an die veränderte Atmosphäre erst einmal gewöhnen. Sie hatte den Eindruck, als wäre innerhalb von Sekunden der Abend über sie hereingebrochen. Außerdem störte sie sich an der Enge und an dem deutlich wahrnehmbaren Geruch, der für elektronische Geräte typisch war. Wahrscheinlich ging er von den Computern aus, die auf mehrere Schreibtische verteilt waren. Letztere bildeten die einzigen Einrichtungsgegenstände des Raumes.

Völle widmete sich längst den Geräten. Er hatte drei Bildschirme angeschaltet und machte sich jetzt an den Kabeln zu schaffen. Dabei murmelte er unverständlich vor sich hin.

„Was, wenn er nicht zahlen will?", fragte Jürgen in Völles Richtung.

„Fang nicht schon wieder damit an", antwortete dieser. Da er unter einem Schreibtisch hockte, klang seine Stimme gedämpft und auch ein wenig angestrengt. „Er will schon zahlen."

„In ‚Kopfgeld' nicht", erinnerte Jürgen.

Rebekka zog irritiert die Augenbrauen hoch. Es gab einen Spielfilm namens „Kopfgeld". Den hatte sie vor Urzeiten im Kino gesehen.

„Aber Adalbert Roselius ist nicht Mel Gibson", sagte Völle. „Und Deutschland nicht Amerika."

„Aber wenn doch", beharrte Jürgen, „was machen wir dann?"

„Fünf Minuten", sagte Völle und tauchte freudestrahlend aus der Versenkung wieder auf, „dann wissen wir, woran wir sind."

Er warf sich voller Eifer auf den mittleren von drei Bürostühlen. Dann tippte er wie ein Besessener abwechselnd auf den verschiedenen Tastaturen herum. Während sich auf den Bildschirmen immer andere Fenster und Programme öffneten, wuchs Rebekkas Bewunderung. Ihr Onkel schien tatsächlich zu wissen, was er da tat. Seit wann kannte er sich derart gut mit Computern aus?

Aber dann sagte Völle: „Scheiße", und sank wieder in Rebekkas Achtung.

„Stimmt was nicht?", fragte Jürgen alarmiert.

Völle murmelte irgendetwas Unverständliches und tippte noch angestrengter auf den Tastaturen herum.

„Jetzt sag schon", meldete sich Babbel zu Wort. „Funktioniert irgendwas nicht?"

„Das System", entgegnete ihr Mann. „Ich komm nicht rein."

„Soll das heißen, dass wir immer noch nicht telefonieren können?", entfuhr es Jürgen.

„Das soll heißen, dass es einen Moment länger dauert."

„Und was ist, bitte schön, ein *Moment*?", fauchte Jürgen. „Gestern Abend hast du auch was von einem Moment gefaselt, und dann ist ein ganzer Tag draus geworden! Gut, dass ich wenigstens den zusammengeschnipselten Brief in petto hatte. Sonst hätte er bis jetzt nicht mal gewusst, dass sein Sohn entführt wurde!"

„Was kann ich dafür", gab Völle zurück, „wenn ein Kabel defekt ist?"

„Nichts", räumte Jürgen ein, „aber du hättest ja mal ein Ersatzkabel auf Lager haben können!"

„Ach! Du erwartest also von mir, dass ich die gesamte Ausrüstung doppelt kaufe, wo doch sowieso schon das ganze Kapital von mir stammt? Und das, während mein Herr Bruder nichts Besseres zu tun hat, als neue Schulden zu machen?"

„Jetzt fang nicht schon wieder damit an!", maulte Jürgen. „Ich spreche auch gar nicht von der gesamten Ausrüstung, sondern lediglich von einem USB-Kabel! 2 Euro 95." Er sah zu Vincent hinüber. „Mehr hat's doch nicht gekostet, oder?"

„Ich weiß nicht mehr", antwortete Vincent und kramte auch schon sein Portemonnaie aus der Hosentasche hervor. „Soll ich nachgucken?"

Völle, Babbel und Jürgen verdrehten die Augen. Rebekka

hingegen nutzte die Stille und fragte vorsichtig: „Wenn es im Moment sowieso nicht klappt, dann könnten wir das Telefonat doch auf später verschieben und erst einmal zu Chris nach unten gehen. Was haltet ihr davon?"

„Nichts!", antworteten Völle und Jürgen wie aus einem Mund. Damit schien die Sache geklärt zu sein, jedenfalls konnte Völle von diesem Moment an weiterarbeiten, ohne behelligt zu werden. Und tatsächlich waren seine Bemühungen von Erfolg gekrönt. Eine knappe halbe Stunde später hieß es plötzlich: „Ich bin drin. Es kann losgehen."

Rebekka sah auf die drei Bildschirme. Einer von ihnen zeigte jetzt eine große Uhr mit Sekundenzeiger, einer einen rechteckigen Kasten mit einer durchgezogenen Linie und einer so etwas wie eine Deutschlandkarte mit verschiedenen Markierungen und Daten. Sie trat neugierig ein paar Schritte vor. Dabei entdeckte sie ein Mikrofon, das in Völles Nähe stand, sowie ein Telefon, dessen Hörer Völle nun abnahm und auf eine dafür vorgesehene Station legte. Dann gab er in einen der Computer die Telefonnummer ein, die Rebekka unschwer mit der Familie Roselius in Verbindung brachte.

Als es zu tuten begann, wurde dieser Ton über einen Lautsprecher weitergegeben. Rebekka hielt vor Spannung den Atem an. Es tutete acht Mal, bis das Gespräch zustande kam.

„Roselius", meldete sich schließlich eine Männerstimme, die so müde und entkräftet klang, dass Rebekka sie nicht wiedererkannte.

„Warum haben Sie die Polizei benachrichtigt?", fragte Volkhard Petrell in das Mikrofon. Erstaunlicherweise lösten seine Worte eine Reaktion auf einem der drei Bildschirme aus. Wo vorher nur eine durchgezogene Linie sichtbar gewesen war, hatte diese nun begonnen, wellenförmig zu schwingen.

Am anderen Ende der Leitung herrschte sekundenlang Schweigen.

„Wenn Sie die Entführer wären, hätten Sie sich schon viel früher gemeldet!" Dieses Mal hatte Adalbert Roselius' Stimme ganz anders geklungen, einerseits misstrauischer, aber auch viel wacher, angespannter. Rebekka meinte sogar, einen Anflug von Erleichterung darin erkannt zu haben.

„Zehn Millionen in 50-Euro-Scheinen", sagte Völle. „Sind Sie bereit, diese Summe für Ihren Sohn zu zahlen?"

„Ich zahle, was Sie wollen", antwortete Chris' Vater atemlos. „Aber nur, wenn Sie mir beweisen, dass er am Leben ist!"

„Gehen Sie auf den Spielplatz in der Isernhagener Straße", las Völle von einem Blatt Papier ab, das vor ihm lag. „Dort finden Sie eine Rutsche. Unter der Plattform klebt ein Umschlag. Darin befindet sich ein Foto Ihres Sohnes, auf dem er die Zeitung von gestern in Händen hält." Er warf einen Blick auf den Bildschirm mit der Uhr. 40 Sekunden waren inzwischen vergangen. „Sie haben zwei Tage, um das Geld zusammenzubekommen. Wir melden uns wieder!"

„Halt, warten Sie", schrie Adalbert Roselius voller Panik ins Telefon. „Mein Sohn ist krank! Ohne Medikamente muss er sterben! Sie ... Sie müssen ihn behandeln!"

„Das tun wir bereits", entgegnete Völle ruhig. „Wir haben einen Arzt hier und kümmern uns hervorragend um Ihren Sohn. Machen Sie sich keine Sorgen."

„Kann ich ihn sprechen?", flehte Herr Roselius. „Bitte, kann ich ihn sprechen?"

„Zwei Tage", wiederholte Völle mit Blick auf die Uhr. Dann drückte er einen Knopf am Telefon, beendete das Gespräch und drehte sich mit einem strahlenden Lächeln zu Jürgen um. „Was hab ich gesagt?"

Jürgen trat unruhig von einem Bein aufs andere. „Zehn Millionen", murmelte er mit einem verzückten Glitzern in den Augen. „Das sind fünf für jeden! Ein Vermögen, ein richtiges Vermögen!"

Rebekkas Reaktion hätte gegenteiliger nicht ausfallen können. „Wie konntest du das nur tun?", fragte sie an Völle gerichtet. „Wie konntest du diese Gelegenheit verstreichen lassen?"

„Was denn für eine Gelegenheit?", wunderte sich Völle und strich sich die braunen Locken aus der Stirn.

„Dreißig Sekunden! Du hattest noch dreißig Sekunden Gesprächszeit!", fuhr Rebekka fort. „Eine klitzekleine Frage und all unsere Schwierigkeiten hätten sich in Luft aufgelöst! Nur eine klitzekleine Frage!"

„Was meinst du?", fragte Babbel. Sie stand neben Rebekka und überragte sie um mehr als einen Kopf.

„Welche Krankheit hat Ihr Sohn? Welche Medikamente benötigt er?“, entgegnete Rebekka. „Er hatte das Thema doch schon angeschnitten!“

„Ach, das meinst du“, nickte Völle. „Das ging leider nicht. Es ist extrem wichtig, dass der Typ uns für Profis hält, verstehst du? Wenn er merkt, dass wir Stümper sind, können wir gleich einpacken.“

„Na, super“, regte Rebekka sich auf. „Soll Chris etwa sterben, weil er das Pech hat, von absoluten Vollidioten entführt zu werden? Ist es das, was ihr wollt?“

„Der Typ interessiert mich nicht“, antwortete Jürgen an Völles statt. Seine Stimme klirrte fast vor Kälte. „Was wir wollen, ist das Geld, das uns zusteht. Nicht mehr und nicht weniger.“

Rebekka sah erstaunt zu ihm herüber. „Das euch zusteht?“, echote sie verständnislos. „Wie meinst du das denn jetzt?“

„Das müsstest du doch am besten wissen, Becky! Oder hast du alles vergessen? Hast du vergessen, was Mutti in all den Jahren geleistet hat? Wie abgearbeitet sie ist? Wie oft sie herumkommandiert wurde? Wie schlecht sie bezahlt wurde? Aber damit ist nun Schluss. Wenn wir diesen Coup hinter uns haben, muss Mutti nie wieder arbeiten. Und dieser Arsch von Roselius hat endlich die volle Rechnung bezahlt.“

Rebekka sah ihren Vater erst fassungslos, dann mit wachsender Verachtung an. Schließlich hob sie die Hände und applaudierte ihm betont langsam. „Herzlichen Glückwünsch, Jürgen Petrell. Du gewinnst den ersten Preis im Wettbewerb ‚Wie belüge ich mich selbst am wirkungsvollsten?‘. Ich frage mich ernsthaft, ob wir in der gleichen Familie leben. Dieser Roselius mag ein geiziges Ekelpaket sein, aber du bist hundertmal schlimmer.“ Rebekkas Augen funkelten inzwischen wie zwei braune Glasscherben in der Sonne. Obwohl sie den alten Roselius nun wirklich nicht leiden konnte, musste sie ihn in Schutz nehmen. Das verlangte schon ihr ausgeprägter Gerechtigkeitssinn. „Mutti hat freiwillig bei Chris’ Vater gearbeitet. Und sie ist ehrlich bezahlt worden. Und dass sie so hart schuften musste, hat sie ja wohl in erster Linie dir zu verdanken. All die Jahre hat sie für dich gesorgt. Das wäre nicht nötig gewesen, wenn du deiner Verantwortung gerecht geworden wärst und auch mal was zum Familienunterhalt beigetragen hättest. Aber das hast du nicht getan. Erst warst du arbeitsscheu und dann hast du Muttis Geld auch noch in die Spielbank getragen." Rebekka schüttelte wütend den Kopf. „‚Das Geld, das mir zusteht'", wiederholte sie. „Es ist wirklich viel einfacher, andere für das eigene Elend verantwortlich zu machen, nicht wahr?" Aufgebracht, wie sie war, ging sie auf Jürgen zu, hob die rechte Hand und klopfte mit dem Zeigefinger auf seine Brust. „Ich schäme mich für dich, Jürgen. Aber glaub mir, ich werde niemals zulassen, dass Chris deswegen zu Schaden kommt. Und daher gehe ich jetzt nach unten." Sie wandte sich ab und stapfte auf die Tür zu. „Kommt mit oder lasst es bleiben. Mir ist das egal!" Und mit diesen Worten trat sie den Weg Richtung Keller an.

Erstaunlicherweise hechteten die anderen tatsächlich hinter ihr her.

Als sie die Kellertür schon fast erreicht hatte, hörte sie Völle rufen: „Du hast den Zettel mit den Fragen vergessen!"

Rebekka blieb stehen und drehte sich um. „Ich dachte, *du* würdest die Fragen stellen", sagte sie ein wenig verunsichert.

Völle sah ihr direkt in die Augen. „Da bin ich mir noch nicht sicher. Im Moment ist es am wahrscheinlichsten, dass ich dich zu diesem Typen in den Keller sperre."

Seine Nichte schluckte und zögerte einen Moment lang. Wenn Völle seine Drohung wahrmachte, half das Chris überhaupt nichts. „Ich bin nicht bereit, mich noch länger hinhalten zu lassen", sagte sie schließlich.

„Das erwartet auch niemand."

„Was erwartest du dann?"

„Nur, dass du dich an die Regeln hältst."

Rebekka verschränkte demonstrativ die Arme vor der Brust. „Und die wären?"

Völle überlegte einen Moment lang. „Ich allein stelle die Fragen. Du sagst kein einziges Wort. Und du berührst ihn auch nicht. Wenn du Fragen hast, die über unsere Aufzeichnungen hinausgehen, schreibst du sie auf." Er wandte sich an seine Frau. „Hast du einen Stift?"

„Ich hol einen", antwortete Babbel und setzte sich auch schon in Bewegung.

„Ich bin mit all deinen Bedingungen einverstanden“, sagte Rebekka und trat ungeduldig von einem Bein auf das andere. „Aber können wir jetzt endlich anfangen? Ich meine, bevor es zu spät ist?“

Völle nickte. „Jürgen und Vincent, ihr bleibt hier draußen“, befahl er.

„Wieso denn das?“, brauste Jürgen auf. „Ich will auch wissen –“

„*Weil*“, fiel sein Bruder ihm scharf ins Wort, „ich nicht weiß, wie klar er noch ist. Er soll nämlich nicht wissen, wie viele wir sind. Außerdem brauche ich jemanden, der im Notfall vor der Tür Wache hält. Leuchtet dir das eventuell ein?“

Jürgen murmelte etwas Unverständliches und ließ sich auf den Stuhl fallen, der in der Nähe der Kellertür stand.

„Wenn wir drin sind, schließt du ab“, befahl ihm Völle. „Und mach erst wieder auf, wenn du unser Zeichen hörst. Verstanden?“

Jürgen sprang auf. „Ja, Boss“, sagte er in militärischem Tonfall und salutierte auch noch dazu.

Völle seufzte tief. Dann drehte er sich um und nahm den Kugelschreiber in Empfang, mit dem Babbel just in diesem Moment auf ihn zukam. „Mach auf“, sagte er anschließend in Jürgens Richtung. Als dieser seinem Befehl Folge leistete, versteifte sich Rebekka. Sie wusste genau, dass es ihr nicht leichtfallen würde, Chris ein zweites Mal gegenüberzutreten.

Aber die Wirklichkeit sollte ihre Befürchtungen noch übertreffen.

Als Rebekka hinter Völle den Kellerraum betrat, wurde sie von dem Gestank, der ihr vorhin schon so unangenehm vorgekommen war, beinahe erschlagen. Und auch Völle riss entsetzt die Hände vors Gesicht.

Rebekka zwang sich, ausschließlich durch den Mund zu atmen, und blinzelte heftig gegen die Dunkelheit an, die sie im ersten Moment fast blind gemacht hatte.

Rumms … Als die Feuerschutztür hinter ihr ins Schloss fiel, fühlte sie sich genauso, wie es Chris gehen musste. Chris … Sie starrte verbissen in die Dunkelheit und suchte nach seinem Umriss. Da! Ohne es zu wollen, stürzte sie beinahe auf ihn zu und warf sich neben ihm auf die Knie. Sie hatte bereits eine Hand gehoben, um ihn sanft an der Schulter zu rütteln, als Völle diese mitten in der Bewegung abfing und ihr durch heftiges Kopfschütteln zu verstehen gab, dass sie dabei war, die Regeln zu brechen. Rebekka hob abwehrend die andere Hand, woraufhin Völle sie wieder losließ.

Ein paar Sekunden lang beobachteten die beiden einfach nur wortlos ihren Gefangenen. Chris rührte sich nicht. Sein Kopf ruhte auf seiner Brust, seine Augen waren – so schien es Rebekka jedenfalls – geschlossen. Er atmete flach, aber gleichmäßig. Trotzdem konnte die junge Frau ihren Blick nicht von ihm losreißen.

Das Rascheln von Papier schreckte Rebekka auf. Völle hatte den Zettel, auf dem sie ihre Fragen aufgeschrieben hatte, aus der Tasche gezogen. Er musste ihn in Richtung Kellerschacht halten, um ihn wenigstens einigermaßen entziffern zu können. Als Nächstes kramte er ein Stofftaschentuch aus seiner Hosentasche hervor und hielt es sich vor den Mund.

„Welche Krankheit haben Sie?“, fragte er mit tiefer, verstellter Stimme.

Chris bewegte sich nicht.

„Welche Krankheit haben Sie?“, wiederholte Völle.

Immer noch nichts. Keine Reaktion.

Daraufhin tat Völle das, was er Rebekka gerade verboten hatte: Er rüttelte an Chris' Schulter.

Und tatsächlich, jetzt schnellte dessen Kopf in die Höhe. „Lassen Sie mich in Ruhe!“, lallte Christopher undeutlich. „Ich kann heute nicht ... ich bin ... verabredet!“

Rebekka schluckte schwer. Sie meinte zu wissen, wovon er sprach.

„Verdammt“, entfuhr es Völle. Und dann verpasste er Chris eine schallende Ohrfeige.

„Aua!“, beschwerte sich Chris. „Ist es denn schon acht? Bin ich zu spät?“, nuschelte er verwirrt.

Rebekka schlug die Hände vors Gesicht. Sie konnte nicht ertragen, dass er ausgerechnet jetzt von ihrer Verabredung sprach!

„Welche Krankheit haben Sie?“, versuchte es Völle zum dritten Mal. Jetzt machte er sich nicht mal mehr die Mühe, seine Stimme zu verstellen.

Chris versuchte, die gefesselten Hände nach vorn zu nehmen,

scheiterte jedoch. „Ich hab mich verheddert“, lallte er. Trotzdem machte er Anstalten aufzustehen. Es gelang ihm, sich gegen das Gestänge des Kellerregals zu stemmen und sich ein paar Zentimeter daran nach oben zu drücken. Dann aber rutschte sein Rücken ab und er fiel unsanft auf den Boden zurück. Er stöhnte herzzerreißend auf und stammelte: „Aber ich muss mich umziehen!“

Rebekka sprang auf, rannte auf die Tür zu und begann, wie eine Wahnsinnige am Türgriff herumzuzerren. Dass die Tür abgeschlossen war, nahm sie dabei gar nicht wahr.

❖

Rebekka saß am Küchentisch und starrte mit leerem Blick auf den Rosenkranz in ihren Händen.

„Trink erst mal 'nen Kaffee“, schlug Barbara mit sanfter, freundlicher Stimme vor und stellte eine Tasse mit dampfender Flüssigkeit vor ihre Nichte auf den Tisch. „Ich hab Milch und Zucker reingetan. So, wie du ihn magst.“

Rebekka rührte den Kaffee nicht an. „Ich hab's ja gleich gesagt“, jammerte sie zum wiederholten Male. „Wir hätten sofort nach unten gehen sollen.“

„Das Gejammere nützt nichts“, erwiderte Völle streng. „Lasst uns lieber überlegen, was wir jetzt tun.“

„Gar nichts tun wir“, sagte Jürgen und schlürfte lautstark an seinem Kaffee. „Er ist ein kräftiger junger Mann. Er wird schon noch 'ne Weile durchhalten.“

Rebekka bedachte ihren Vater, der direkt neben ihr saß, mit einem vernichtenden Blick. Gleichzeitig atmete sie den Gestank von kaltem Zigarettenrauch ein und verzog angewidert das Gesicht.

„Du hast ihn nicht gesehen“, widersprach Völle nachdenklich. „Ich denke, das Fernsehen hat recht. Wenn wir nichts tun, verreckt er uns.“

Sein Bruder holte Luft, um etwas dazu zu sagen. Seinem leichtfertigen Grinsen merkte man an, dass er zum Ausdruck bringen wollte, wie egal ihm das im Grunde war.

Glücklicherweise verbot Völle ihm mit strengem Blick den

Mund. „Also lasst uns mal überlegen. Wie finden wir heraus, was er hat?“

„Wir fragen seinen Vater“, sagte Rebekka und erwachte vollends aus ihrer Apathie. Es tat ihr gut, dass das Problem nun endlich angepackt wurde. „Das ist die einzige Möglichkeit.“

V感lle schüttelte vehement den Kopf. „Keine Chance“, erwiderte er bestimmt. „Jedes Telefonat birgt das Risiko, dass wir zurückverfolgt werden. Nein, es muss noch eine andere Möglichkeit geben.“

„Wir könnten ihn in ein, zwei Stunden noch mal befragen“, schlug Barbara vor.

„Sein Zustand verschlechtert sich immer mehr“, entgegnete ihr Mann und fuhr sich mit den Fingern durch die vollen braunen Locken. „Als ich eben mit Vincent bei ihm war, hat er schon überhaupt nicht mehr geantwortet.“

„Und das ist eure Schuld“, brach es aus Rebekka heraus. „Weil ihr so lange gewartet habt! Und weil ihr ihn so schlecht behandelt!“

„Wir behandeln ihn gar nicht schlecht“, rechtfertigte sich Völle. „Mittlerweile sitzt er auf einer Matratze. Und zugedeckt haben wir ihn auch!“

„Aber nur, weil ich es verlangt habe!“, schimpfte Rebekka und spielte mit dem Rosenkranz herum. „Aber wie war es vorher? Als ich das erste Mal bei ihm war, hat er verzweifelt um etwas zu trinken gebettelt.“

„Das kann nicht sein!“, behauptete Völle. „Er hat immer genug zu trinken bekommen! Und zu essen auch!“

„Ich glaub dir kein Wort!“, fauchte Rebekka ärgerlich. „Ich konnte ja sogar riechen, wie unmenschlich ihr ihn behandelt habt. Ihr habt ihn nicht mal aufs Klo gelassen!“

„Das kam mir auch so vor“, überlegte Völle. „Jedenfalls dem Gestank nach zu urteilen. Aber als wir ihn vorhin auf die Matratze gewuchtet haben, war nichts davon zu merken. Glaub mir, er war weder nass noch klamm. Außerdem haben wir ihn noch heute Morgen aufs Klo begleitet. Ehrlich! Und da hat er sich nicht beklagt!“

Rebekka furchte die Stirn. Völles Worte hatten ehrlich geklungen. Aber wie war das möglich? Was bedeutete das?

Im nächsten Moment sprang sie so plötzlich auf, dass dabei ihre Kaffeetasse umfiel. Die braune Flüssigkeit ergoss sich über den Tisch, wo sie den Rosenkranz überspülte, der dort liegen geblieben war. Anschließend tropfte sie unaufhaltsam zu Boden.

„Ein Telefon!", rief Rebekka aufgeregt. „Ich brauche sofort ein Telefon!"

„Jetzt ist sie völlig durchgedreht", seufzte Jürgen und starrte angewidert auf den Fußboden, wo sich der Kaffee allmählich auf ihn zubewegte.

„Meine Tasche!", murmelte Rebekka und blickte sich suchend um. Auf der Arbeitsplatte lag ihre Handtasche. Rebekka riss sie an sich, öffnete sie, zerrte ihr Handy daraus hervor und schaltete es ein. Dann scrollte sie sich durch die eingespeicherten Nummern. Sie fand schnell, was sie gesucht hatte.

„Farrenkopf", meldete sich bald darauf eine Stimme.

„Ich bin's, Rebekka", stieß Rebekka keuchend hervor. „Du musst mir unbedingt eine Frage beantworten. Hör genau zu: Was sind die Anzeichen für eine Urämie, du weißt schon, innere Blutvergiftung?"

„Fühlst du dich nicht wohl?", fragte Saskia mit einem ziemlich sarkastischen Unterton.

„Doch ... nein ... doch", stammelte Rebekka. „Beantworte einfach meine Frage, okay?"

„Wenn das eine mündliche Prüfung sein soll, kommt sie ein bisschen plötzlich, findest du nicht?"

Rebekka seufzte tief. „Sassi, bitte, es ist wichtig!"

„Das mag schon sein", lachte Saskia, „aber ich bin kein wandelndes Lexikon! Außerdem ist die nächste Prüfung noch Monate hin. Und ohne Prüfungsdruck weiß ich überhaupt nichts."

„Kannst du's nicht rauskriegen?"

Saskia Farrenkopf knurrte missbilligend ins Telefon. „Ich schreib gerade an meiner Hausarbeit."

„Bitte", säuselte Rebekka.

„Ich google es mal", seufzte Saskia. „Soll ich dich zurückrufen?"

„Ich bleib dran."

Einige Zeitlang rumpelte es nur am anderen Ende der Leitung, dann hörte Rebekka das leise Klicken angeschlagener Tasten.

„Urämie", las Saskia schließlich vor. „Alias Nierenversagen mit Harnvergiftung." Sie hielt inne. „Ich fass es nicht. Ein Klick unter Google und der Arzt ist überflüssig. Hier steht alles, was man wissen muss." Sie schnalzte mit der Zunge. „Ob ich mal versuche, ein Notebook mit in die Prüfung zu schummeln?"

„Die Symptome!", erinnerte Rebekka mit einem fast schon verzweifelten Unterton in der Stimme.

„Ach ja ... also ... hier steht: Die Symptome einer beginnenden Nierenschwäche sind uncharakteristisch. Oft ist eine Veränderung des Harns (trübe, schaumig) oder der Harnfarbe (rot, braun) der einzige Hinweis, der einen Arztbesuch veranlassen sollte. Im fortgeschrittenen Stadium wird das Allgemeinbefinden schlechter, man fühlt sich müde und wird immer kurzatmiger. Unbehandelt kommt es im Endstadium des Nierenversagens zu folgenden Symptomen: Allgemein: urinartiger Geruch des Atems und der Haut (Urämischer Fötor) ..."

Rebekka sog zischend die Luft ein.

„... Zentralnervensystem: Konzentrationsschwäche, Müdigkeit, Krampfanfälle, Bewusstlosigkeit bis zum urämischen Koma."

„Scheiße", flüsterte Rebekka geschockt.

„Stimmt", sagte Saskia trocken. „Durchfall ist hier auch aufgelistet ..."

Rebekka besaß durchaus Humor. Aber heute drang Saskias Witz nicht mal zu ihr vor. „Die Ursachen", hauchte sie zitternd ins Telefon. „Steht da was über die Ursachen?"

„Eine akute Urämie", las Saskia weiter vor, „entsteht innerhalb weniger Tage nach akutem Nierenversagen. Demgegenüber ist die chronische Urämie das dauerhafte Endstadium vieler unterschiedlicher Nierenerkrankungen." Sie machte eine kleine Pause. „Also, hier sind Nierenschädigungen durch Diabetes aufgelistet ... über viele Jahre schwelende Nierenentzündungen ... so was in der Art halt."

„Es muss eine akute sein", überlegte Rebekka im Flüsterton. Und dann fragte sie lauter: „Aber wie kann die Niere ganz plötzlich versagen?"

„Da gibt es mehrere Ursachen", entgegnete Saskia. „Schockniere, fällt mir dazu ein." Sie kicherte. „Das hab ich so gewusst!

Ganz ohne Internet! Ich fass es nicht. Bin ich ein Genie oder was?"

Rebekkas Gesicht behielt den Ausdruck tiefster Besorgnis unverändert bei. „Aber eine Schockniere entsteht durch starken Blutverlust", hielt sie ihrer Freundin entgegen. „Ich spreche hier von akuter Urämie ganz ohne Außeneinwirkung."

„Ich les ja schon", maulte Saskia. „Also, hier steht: ... oft verursacht durch zu wenig Flüssigkeitszufuhr bei fieberhaften Infekten. Auch Vergiftungen, Entzündungen oder eine Harnsperre können zum teilweisen oder völligen Verlust der Ausscheidungsfunktion der Niere führen."

„Kein Fieber", murmelte Rebekka. „Keine Vergiftung. Mit welchem Medikament würde ich denn eine Nierenentzündung behandeln?"

Saskia antwortete nicht gleich. „Mensch oder Tier?", fragte sie schließlich.

„Mensch!"

„Ein Mensch mit Urämie sollte sofort ins Krankenhaus", sagte Saskia Farrenkopf mit außerordentlichem Ernst in der Stimme. „Das ist dir doch wohl klar."

Rebekka schluckte. „Sicher."

Wieder herrschte einen Moment lang Stille am anderen Ende der Leitung. „Du machst doch keinen Blödsinn, Rebekka, oder? Ich meine ... es geht doch nicht wirklich um einen realen Fall?"

„Natürlich nicht", lachte Rebekka. Aber sie merkte selbst, wie hölzern ihr Lachen klang.

„Rebekka!?"

Rebekka stand mittlerweile stocksteif am Telefon. Sie wusste, dass sie jetzt eine glaubhafte Ausrede finden musste. Und das sofort! Auch die anderen Anwesenden spürten, dass sie unter Stress stand. Kaum einer – außer vielleicht Vincent, der wahrscheinlich gar nicht begriff, was vor sich ging – wagte zu atmen. „Ich ... ähm ...", stammelte Rebekka und hatte auf einmal den rettenden Gedanken. „Also gut", seufzte sie, „ich verrat's dir. Ich hab 'ne Freundin auf der anderen Leitung. Sie studiert Humanmedizin genau wie du und sie befindet sich mitten in einer wichtigen Klausur. Jetzt hat sie sich aufs Klo geflüchtet und telefoniert mit ihrem Handy."

„Kenn ich sie?" Saskias Stimme klang immer noch ein bisschen misstrauisch.

„Was? Nein! Ich meine ... sie studiert in Berlin."

„Dann gib mir ihre Nummer. Ich recherchiere noch mal und ruf sie dann zurück."

„Das ... ist nicht nötig!", rief Rebekka. „Ich meine, sie darf nicht angerufen werden. Man könnte das Klingeln hören. Und außerdem ... ich kann ihr ja deine Nummer geben. Wenn sie noch Fragen hat, ruft sie wieder an, okay? Ich frag sie mal. Bis dann!" Bevor Saskia widersprechen konnte, hatte Rebekka schon aufgelegt.

„Was ist denn jetzt?"

„Hast du was rausgekriegt?"

„Weißt du, was er hat?"

Die Fragen stürmten von allen Seiten gleichzeitig auf Rebekka ein. Doch diese hörte gar nicht zu. Stattdessen begann sie unruhig in der Küche auf und ab zu gehen. „Akute Urämie", murmelte sie geistesabwesend. „Nur aufgrund fehlender Medikamente." Sie schüttelte verzweifelt den Kopf. „Wie ist das möglich?"

„Was ist eine akute Urämie?", fragte Babbel. Sie hatte einen Lappen geholt und war jetzt dabei, den Kaffee auf Tisch und Fußboden wegzuwischen.

Endlich sah Rebekka auf. „Die Niere versagt und der Körper wird durch den Harn vergiftet."

„Niere?", entfuhr es Jürgen. Er klang, als würde ihn dieses Wort an irgendetwas erinnern.

Rebekka sah ihn an. „Ja, Niere. Fällt dir dazu irgendwas ein?"

„Na ja ... nee ... nicht wirklich ... Hat nicht der alte Roselius mal was mit der Niere gehabt?"

„Wen interessiert denn jetzt der Alte?", fuhr Völle ihn an.

„Vielleicht ist es erblich", überlegte Rebekka. „Nun sag schon, was hatte er mit der Niere?"

„Mutti hat mal was davon erzählt", grübelte Jürgen. „Ist schon 'ne Weile her. Da ist sie richtig gern arbeiten gegangen, weil der Alte im Krankenhaus war ... irgend so 'ne Nierengeschichte."

„Und was war mit der Niere?", bedrängte ihn Barbara. Sie stand mittlerweile an der Spüle und wrang den Lappen aus.

Jürgen zuckte die Achseln. „Keine Ahnung. Aber ich glaub, er hat öfter Maleschen damit."

„Was für Maleschen?" Rebekkas Tonfall glich einem Betteln.

„Irgendwelche Maleschen halt", wiegelte Jürgen ab. „Wenn man nur eine Niere hat, können auch Kleinigkeiten zum Problem werden."

„Er hat nur eine Niere?", riefen Barbara und Rebekka zeitgleich.

„Ach so ... ja ... hab ich das nicht erwähnt?"

„Nein, hast du nicht!", fuhr Rebekka ihn an. „*Warum* hat er nur eine Niere?"

„Weiß nicht ... oder doch?" Er überlegte. „Da war mal was ... vor Jahren ... eine Spende, glaub ich."

Rebekka riss erschrocken die Hand vor den Mund und spürte dabei einmal mehr ihre Narbe. „Zi-", flüsterte sie nachdenklich. „Zi-" Und dann wandte sie sich abrupt an Babbel und krächzte:„Ciclosporin?"

„Ja!", rief Barbara. „Ja! So hieß das Medikament! Ganz sicher!"

Rebekka nickte und rannte auch schon aus der Küche. „Ich besorg's!"

„Aber was hat er denn nun?", rief Völle hinter ihr her.

„Er ist transplantiert ... nierentransplantiert!", antwortete Rebekka, während sie sich bereits die Tasche überwarf. „Wahrscheinlich hat ihm sein Vater eine Niere gespendet. Ciclosporin verhindert die Abstoßreaktion des Körpers. Versteht ihr? Sein Körper stößt die Niere ab!"

Kapitel 15

Rebekka hockte neben der Matratze, auf die man Chris gelegt hatte, und kontrollierte seinen Puls. Da seine Hände weiterhin hinter seinen Rücken gefesselt waren, hatte sie ihre Finger nicht an eines seiner Handgelenke, sondern an seinen Hals gelegt. Jetzt nahm sie ein langsames, aber kräftiges Klopfen wahr, das sich von ihren Fingerspitzen aus in die entlegensten Winkel ihres Körpers fortzupflanzen schien. Sie schloss die Augen. Es tat so unglaublich gut, das zu spüren. Es tröstete und beruhigte sie.

Obwohl sie schon vor mehr als 24 Stunden begonnen hatte, Chris Ciclosporin zu geben, war er noch immer nicht wieder bei Bewusstsein. Trotzdem schien das Medikament anzuschlagen. Chris schwitzte nicht mehr so stark. Auch die krampfartigen Zuckungen, die sie noch am Vortag bei ihm wahrgenommen hatte, waren verschwunden. Sie war sicher, dass er auf dem Weg der Besserung war. Und das alles dank dieses einen kleinen Medikamentes, das sie ohne größere Probleme in der Uni geklaut hatte.

„Ihre Hand ist warm." Obwohl die Worte flüsternd gesprochen worden waren, erschrak Rebekka so sehr, dass sie einen Satz rückwärts machte und anschließend mit weit aufgerissenen Augen auf dem Kellerfußboden sitzen blieb. Hatte sie geträumt? Lange Zeit rührte sie sich nicht, sondern lauschte nur angestrengt in das Halbdunkel des Kellerraumes hinein. Über einen Zeitraum, der Rebekka wie eine Ewigkeit erschien, war sie sich nicht sicher, ob sie die Worte wirklich gehört hatte. Chris bewegte sich nicht. Und er atmete genauso ruhig und gleichmäßig wie zuvor!

Aber dann sprach er erneut. „Sie waren schon einmal hier."

Rebekka schluckte. Woher wusste er das? Hatte er sie erkannt?

„Sie haben mir zu trinken gegeben."

Die junge Frau wagte kaum zu atmen. Wenn er sie erkannt hatte, würde das furchtbare Folgen haben!

„Wer sind Sie?"

Vor Erleichterung schloss Rebekka die Augen. Er hatte sie *nicht* erkannt!

„Warum reden Sie nicht mit mir?" Er sprach jetzt lauter. Gleichzeitig klang seine Stimme aber schrecklich erschöpft.

Rebekka rappelte sich hoch. Es war höchste Zeit zu flüchten!

❖

Als Rebekka ein paar Tage später mithilfe ihres Zweitschlüssels das Haus betrat, um wie jeden Tag nach ihrem „Patienten" zu sehen, wurde sie von einem lautstarken Streit begrüßt. Alarmiert folgte sie den Stimmen in Richtung Küche.

„Ich will, dass du dem Penner das Maul stopfst!“ Vincents Stimme war schon auf dem Flur deutlich herauszuhören.

Als sie die Tür fast erreicht hatte, bekam sie mit, dass gleich mehrere Leute beruhigend auf Vincent einredeten.

„Lass dich doch nicht so provozieren!“, beschwichtigte Jürgen.

„Stopf dir doch Ohropax in die Ohren“, riet Babbel.

Rebekka öffnete die Tür und steckte ihren Kopf hindurch. Vincent lief aufgebracht vor der Arbeitsplatte auf und ab. In seiner schwarzen Jeans und dem pechschwarzen T-Shirt mit dem weißen Totenkopf wirkte er ein wenig Furcht einflößend. Außerdem war die Küche von seinem starken Schweißgeruch erfüllt. Die anderen saßen am Küchentisch.

„Er sieht nichts und er hört nichts“, überlegte Völle. „Das kann auf Dauer ganz schön zermürbend sein. Er tut das nur, damit du mit ihm sprichst. Aber das darfst du nicht, hörst du? Du darfst auf keinen Fall mit ihm sprechen!“

„Ich bin ja nich blöd!“, fuhr Vincent seinen Onkel an. Dass seine Antwort ein amüsiertes Zucken verschiedener Mundwinkel zur Folge hatte, bekam er zum Glück nicht mit. „Du hast das schon eine Million Mal gesagt. Und deshalb werde ich auf meine Weise mit ihm sprechen. So nämlich!“ Er ballte seine rechte Hand zur Faust und ließ sie schwungvoll durch die Luft zischen.

„Das wirst du *nicht* tun!“, hörte Rebekka sich sagen und betrat entgegen ihrer ursprünglichen Absicht nun doch die Küche. „Er ist immer noch krank und geschwächt. Und deshalb wirst du ihm kein einziges Haar krümmen!“

„Werd ich nich?“, rief Vincent. „Na, das wolln wa doch ma sehen!“ Und mit diesen Worten stürmte er auch schon auf die Küchentür zu.

Rebekka drehte sich blitzschnell um, schubste die Tür ins Schloss, drehte den Schlüssel, der zufällig innen steckte, herum und zog ihn ab. Dann flüchtete sie mit ihrer Beute hinter Völle, der der Tür am nächsten saß.

„Hey, Schneewittchen!“, fauchte Vincent, der genau wusste, womit er Rebekka auf die Palme bringen konnte. „Wenn du den Schlüssel nicht sofort wieder rausrückst, prügel ich dich windelweich!“

„Jetzt ist es aber gut!“, brüllte Jürgen und sprang auf.

Offensichtlich war die Lautstärke neuerdings kein Problem mehr. „Vincent, du setzt dich erst mal. Rebekka, du gibst den Schlüssel her.“ Er streckte fordernd die Hand aus.

Rebekka seufzte tief. Wie kam es nur, dass die Beziehung zwischen Vincent und ihr in den Kinderschuhen stecken geblieben war? Jeder Streit schien noch genauso abzulaufen wie vor fünfzehn Jahren! Widerwillig gab sie Jürgen den Schlüssel.

„Wieso kann sich nicht jemand anderes um Christopher kümmern?“ Sie wandte sich zu Barbara um. „Du zum Beispiel.“

Aber Babbel schüttelte energisch den Kopf. „Ich mach ja schon viel, aber das ...“

„Wieso? Was ist denn dabei?“, wunderte sich Rebekka. „Du musst ihm doch nur zu essen und zu trinken geben!“

„Ich müsste auch sein ... also ... sein Ding halten“, stammelte Barbara und hielt ihre Hand so, als würde sie eine Taschenlampe auf Rebekka richten.

Rebekka sah ihre Tante erst verständnislos an und errötete dann plötzlich. „Ach so ... das Klo“, reimte sie ungewollt. Dann wandte sie sich an Völle. „Und du?“

„Ich weiß nicht, was du dem Typen gegeben hast“, antwortete Völle. „Seit heute Morgen geht es ihm fast zu gut. Er versucht ständig, sich zu befreien. Am Schlimmsten ist es nach dem Klogang. Dann unternimmt er alles, um nicht wieder ans Regal gefesselt zu werden. Nee, nee, Vincent ist der Einzige, der ihm gewachsen ist. Er ist mit Abstand der Stärkste von uns.“

Rebekka seufzte erneut. „Dann schlage ich vor, dass er zumindest nicht mehr allein zu ihm geht. Das ist doch möglich, oder?“

„Gesagt, getan“, nickte Völle. „Vincent, es ist wieder so weit. Du gehst mit Rebekka nach unten. Aber halt die Klappe, das sag ich dir!“

„Ich? Wieso ich?“, protestierte Rebekka. „So hab ich das doch gar nicht gemeint!“

„Du bist doch seinetwegen hier, oder etwa nicht?“

„Schon“, räumte Rebekka ein. „Aber ich bin Vincent nicht gewachsen!“

„Vincent“, befahl Völle. „Du hältst dich an Rebekkas Anweisungen. Ist das klar?“

„Wieso denn das?“, maulte Vince. „Becky gehört nicht mal zum Team. Sie ist –“

„Wer“, fiel Völle ihm aufs Schärfste ins Wort, „ist hier noch mal der Boss?“

„Du“, sagte Vincent zähneknirschend.

„Und was bedeutet das?“

„Das bedeutet, dass ich mich an Beckys Anweisungen halte“, knurrte Vincent.

„Du erstattest mir Bericht“, wandte sich Völle an Rebekka.

Wenig später betraten Rebekka und Vincent den dunklen Kellerraum. Obwohl Völle gesagt hatte, dass es Chris wesentlich besser ging, stank es hier immer noch recht deutlich nach Urin.

„Da bist du ja wieder, Arschloch“, empfing Chris seinen Besuch. „Kannst es wohl keine fünf Minuten ohne mich aushalten, was?“

Rebekka packte ihren Bruder von vorn an den Schultern und konnte auf diese Weise gerade noch verhindern, dass er auf Christopher losging. Vorsichtshalber schob sie ihn rückwärts, bis er direkt neben der Kellertür stand. Und sie löste ihre Hände erst, als sie sicher war, dass er dort auch stehen bleiben würde. Dass sie ihn überhaupt hatte zurückhalten können, das wusste sie genau, hing allein mit Völles Anweisung zusammen. Vincent schien allerhand Respekt vor seinem Onkel zu haben.

„Was ist? Hast du deine Sprache verloren?“, provozierte Chris munter weiter.

Rebekka unterdrückte ein Seufzen. Das konnte ja heiter werden. Sie machte eine Handbewegung, aus der eindeutig hervorging, dass sich Vince keinen Zentimeter von der Stelle zu rühren hatte. Dann ging sie langsam auf Chris zu.

Ihre Augen gewöhnten sich nur langsam an das Halbdunkel. Und so fiel ihr auch erst jetzt auf, dass Chris' Matratze ein Stück zur Seite gewandert war. Sie lag jetzt längs neben dem massiven Kellerregal, an das Chris' Hände von Anfang an gefesselt gewesen waren. Jetzt aber waren auch seine Füße daran festgebunden. Dementsprechend konnte er sich kaum noch rühren. Er lag auf der Seite, mit dem Rücken zum Regal, und war zu völliger Bewegungslosigkeit verdammt.

„Macht mich endlich los hier!“, brüllte Chris und begann, sich mit aller Kraft gegen seine Fesseln zu stemmen. Dabei bewegte sich das Regal jedoch keinen Zentimeter. Es klirrte lediglich hinter Chris ein wenig, weil ein paar Einmachgläser gegeneinanderschlugen. Und dann polterte es auch noch, weil eine gestapelte Konservendose auf den metallenen Regalboden fiel. Es entstand ein Geräusch, dem Rebekka eindeutig entnehmen konnte, dass diese Dose irgendwo entlangrollte. Als die junge Frau sah, dass die Dose aus dem obersten Regalboden fiel, war es schon zu spät, um etwas zu unternehmen. Sie musste tatenlos mit ansehen, wie die Dose schwungvoll auf Chris' Schulter landete.

Das jämmerliche Stöhnen, das er daraufhin von sich gab, versetzte Rebekka einen heftigen Stich in der Magengrube. Trotzdem war sie erleichtert, dass die Dose nicht auf seinem Kopf gelandet war. Sonst hätte die Sache schnell lebensbedrohlich werden können. Rebekka nahm sich vor, nachher darauf zu bestehen, dass die obersten Regale leer geräumt würden. Jetzt aber eilte sie auf Chris zu, ließ sich auf der Matratze nieder, griff in seinen V-Ausschnitt und zog ihm den beigefarbenen Pullover von der Schulter, um den Schaden zu begutachten.

Christopher sog scharf die Luft ein. „Sie!“, entfuhr es ihm erstaunt. „Es ... tut mir leid. Ich wusste nicht, dass Sie es sind.“

Trotz des Halbdunkels konnte Rebekka erkennen, dass sich auf seiner Schulter ein dunkler Streifen gebildet hatte.

„Können *Sie* nicht wenigstens mit mir reden?“, bettelte Chris. „Nur ein paar Worte. Ich möchte wissen, wie Ihre Stimme klingt. Ich ...“ Er schien nicht zu wissen, wie er es ausdrücken sollte. „... werde Sie hinterher auch bestimmt nicht wiedererkennen!“

Rebekka konnte ein Lächeln nicht unterdrücken. Und wie er sie hinterher wiedererkennen würde!

„Sie riechen so gut“, sagte Chris und sog tief und genießerisch Luft durch die Nase ein. „Irgendwie nach Karamellbonbons. Ich hab noch nie eine Frau gekannt, die so gut riecht.“

Rebekkas Lächeln verbreiterte sich. Das war nun glatt gelogen! Vorsichtig tastete sie mit den Fingerspitzen über die Schwellung, die sich im Bereich des Streifens gebildet hatte.

„Aua!“, beschwerte sich Chris.

Rebekka zuckte zurück. Ihre Finger glitten augenblicklich aus seinem Ausschnitt.

„Halt, warten Sie!", erschrak Chris und wand sich in seinen Fesseln. „Gehen Sie nicht weg! Bitte! Untersuchen Sie mich ruhig. Es stört mich nicht. Bitte, gehen Sie nicht weg!"

Rebekka schluckte. Das Mitleid drohte sie wieder einmal zu überwältigen. Um sich abzulenken, griff sie in ihre Hosentasche und holte die Packung Ciclosporin daraus hervor. Dann erhob sie sich, um eine der Wasserflaschen zu holen.

„Nein, bitte!", flehte Chris. „Sie dürfen nicht weggehen. Ich ..." Seine Stimme drohte zu kippen. Er hielt einen Moment lang inne, räusperte sich und fuhr dann nur mühsam beherrscht fort. „Ich werde verrückt hier im Dunkeln. Ich weiß nicht mal, ob es Tag oder Nacht ist!"

Rebekka schauderte. Sie hatte keine Vorstellung davon, was er durchmachte. In Anbetracht der Tatsache, dass er entführt worden war und beinahe gestorben wäre, hielt er sich ganz gut. Sie machte noch einen Schritt auf die Wasserkiste zu, nahm eine Flasche heraus und ging dann langsam zu Chris zurück.

Als sie ihn erreichte, hatte eine Idee in ihr Gestalt angenommen. Sie ließ sich erneut neben ihm nieder, streckte ihren Zeigefinger aus und legte ihn auf Chris' Stirn. Dann begann sie, sanft einen Kreis auf seine Haut zu zeichnen.

„Was bedeutet das?", flüsterte Chris. Er war so aufmerksam, wie man es nur sein konnte.

Rebekka wiederholte den Kreis.

„Die Sonne?"

Rebekka zeichnete den Kreis erneut.

„Ein Ball."

Sie wiederholte den Kreis zum dritten Mal und versah ihn anschließend mit zwölf kleinen Punkten, die in möglichst regelmäßigen Abstand rundherum angeordnet waren.

„Eine Uhr!", rief Chris aus. Er klang wie ein kleiner Junge, der am Strand seine erste Muschel gefunden hatte.

Rebekka tippte mit dem Finger einmal gegen seine Wange. Der Bart, der sich dort gebildet hatte, war inzwischen schon so lang, dass er nicht mehr piekste.

„Ist das ein Ja?" Chris' Stimme zitterte vor Aufregung.

Sie tippte erneut gegen seine Wange. Einmal.

„Also ja", krächzte Chris. „Was heißt Nein?"

Rebekka tippte zweimal gegen seine Wange.
„Okay!“, flüsterte Chris und begann zum ersten Mal zu lächeln. „Eine Berührung heißt Ja, zwei Berührungen bedeuten Nein, stimmt's?“
Rebekka grinste über beide Wangen und stieß ihren Finger einmal gegen Chris' Wange. Dann zeichnete sie erneut den Kreis auf Chris' Stirn, sah kurz auf ihre Uhr und tippte einmal kurz in den Kreis, ungefähr dort, wo sie fünf Uhr vermutete.
„Vier Uhr?“
Rebekka setzte den Punkt etwas tiefer.
„Fünf?“
Rebekka tippte einmal an Chris' Wange.
„Es ist fünf Uhr!“ Chris lachte, während er dies sagte. „Am Tag?“, fragte er dann.
Rebekka tippte einmal gegen Chris' Wange.
„17 Uhr“, nickte Chris und wirkte regelrecht erleichtert. „Danke ... Danke!“
Rebekka lächelte schief. Sie war froh, ihm wenigstens ein kleines bisschen geholfen zu haben. Gleichzeitig war ihr seine Dankbarkeit fast ein wenig peinlich. Es war ihre Familie, die ihn in dieses Dilemma gebracht hatte! Um nicht weiter darüber nachdenken zu müssen, drückte sie mit dem dafür typischen knisternden Geräusch zwei Tabletten aus der Packung mit dem Ciclosporin. Dann drehte sie am Verschluss der Wasserflasche. Es zischte.
„Ist es Ciclosporin?“, wollte Chris wissen.
Rebekka tippte einmal an seine Wange.
„Sind Sie Ärztin?“
Rebekka rührte sich nicht.
„Ich hab das nicht gefragt, um Sie später ... Sie wissen schon.“
Rebekka berührte seine Wange.
„Ich würde nie versuchen, Sie reinzulegen“, behauptete Chris. „Wirklich nicht. Sie meinen es gut mit mir. Ich weiß das. Ich merke es an Ihrer Art. Stimmt doch?“
Rebekka runzelte die Stirn. Das „Gespräch“ entwickelte sich in eine Richtung, die sie irgendwie nervös machte. Schnell nahm sie die Tabletten und führte sie an Chris' Lippen. Ihm blieb gar nichts anderes übrig, als den Mund zu öffnen und die Tabletten anzuneh-

men. Daraufhin setzte Rebekka die Wasserflasche an seinen Mund und ließ ihn schlucken. Mittlerweile hatten beide so viel Übung damit, dass er sich weder verschluckte noch etwas danebenging.

Als er fertig war, stand Rebekka auf.

„Bitte", rief Chris. „Nur noch einen Moment!"

Die junge Frau zögerte. Dann hörte sie plötzlich Schritte. Im nächsten Augenblick spürte sie, wie sich eine stahlharte Hand um ihren Oberarm legte und sie schmerzhaft in Richtung Kellertür zog. Rebekka stöhnte kurz auf, begriff, dass es Vincents Hand war, und wollte eine Schimpftirade loslassen, die sich gewaschen hatte. Erst im allerletzten Moment fiel ihr ein, dass das eine Katastrophe zur Folge haben würde. Sie biss sich im wahrsten Sinne des Wortes auf die Zunge und stöhnte ein zweites Mal auf.

„Hey", brüllte Chris wie auf Kommando. „Was machst du da, Arschloch? Ich wusste doch, dass du hier rumlungerst! Lass die Frau in Ruhe!"

Rebekka begriff im ersten Moment gar nicht, was sich abspielte. Sie merkte nur, dass sich die Richtung änderte und sie auf einmal rückwärts geschoben wurde. Sie torkelte, wurde aber festgehalten und anschließend einmal kurz durchgeschüttelt. Gleichzeitig hörte sie, wie Chris qualvoll aufstöhnte. Gleich darauf änderte sich die Richtung ein weiteres Mal. Sekunden später fand sie sich auch schon auf dem Kellerflur wieder, stolperte hinter ihrem Arm die Treppe hinauf und landete kurz darauf unsanft auf den Fliesen des Küchenbodens.

Völle war längst aufgesprungen. „Was ist denn jetzt los?", fauchte er.

„Er hat ihn verletzt!", schrie Rebekka aufgebracht. Sie wusste nicht, ob sie zuerst ihre brennenden Knie oder ihren pochenden Oberarm reiben sollte.

Völle drehte sich zu Vincent um und stemmte beide Hände in die Hüften. „Ist das wahr?", fragte er streng.

„Wie die mit'nander rumgemacht haben!", verteidigte sich Vincent aufgebracht. „Das war widerlich! Wie zwei Turteltauben! Und ich dachte, das hier wär 'ne Entführung und kein Kaffeekränzchen!"

Völle fuhr zu Rebekka herum. „Hast du etwa mit ihm gesprochen?"

„Kein Wort!", beteuerte Rebekka, ließ ihren Oberarm los und strich nunmehr über ihre schmerzenden Knie. „Ehrlich nicht! Ich hab mich genau an deine Anweisungen gehalten!"

„Gehört rumtätscheln auch zu Völles Anweisungen?", fauchte Vincent.

„Hat sie mit ihm gesprochen oder nicht?", fragte Völle streng.

„Nicht", knurrte Vince.

„Dann lass sie in Zukunft in Ruhe! Vielleicht ist es gar nicht so verkehrt, den Kleinen bei Laune zu halten. Im Moment sieht's nämlich so aus, als müsste er noch ganz schön lange hierbleiben."

„Warum?", rief Rebekka erschrocken.

„Weil der Alte nicht zahlen will, darum!", brach es nunmehr aus Jürgen hervor. „Kopfgeld, *Kopfgeld*, ich wusste gleich, dass er den Film gesehen hat!" Wieder einmal hatte seine Stimme diesen extremen nasalen Klang.

„Jetzt hör aber auf!", wies Völle ihn scharf zurecht. „Du und dieser blöde Film. Er hat doch gesagt, dass er zahlen will. Alles, was er will, ist ein Beweis dafür, dass sein Sohn noch lebt. Kann man ihm das verdenken?"

„Wieso Beweis?", wunderte sich Rebekka. „Ich dachte, ihr hättet ihm ein Foto von Chris mit einer Tageszeitung geschickt."

Jürgens Blick verfinsterte sich. Völle kniff die Lippen zusammen.

Rebekka zog die Augenbrauen hoch und blickte Hilfe suchend zu Barbara hinüber. „Irgendwas falsch an der Frage?"

Jürgen meldete sich als Erster zu Wort. „Ich hab dir gleich gesagt, dass das Bild zu dunkel ist."

„Und ich hab dir gleich gesagt, dass du dir 'ne andere Kamera kaufen sollst", konterte Völle. „Drei Millionen Pixel … das ist absolut überholt!"

„An den Pixeln lag es nicht", fauchte Jürgen, „es lag einzig und allein daran, dass wir ihn unten im Keller fotografiert haben! Ein Kellerschacht und 'ne Billigfunzel, das konnte ja nicht gut gehen!"

„Und was jetzt?", fragte Rebekka, bevor der Streit noch weiter eskalieren konnte.

Völle seufzte tief. „Keine Ahnung. Wir machen ein neues Bild. Und das schicken wir ganz einfach mit der Post."

„Mit der Post? Bist du verrückt?", herrschte Jürgen ihn an. „Dann wissen sie ja gleich, wo sie nach ihm suchen müssen."

„Blöd bin ich auch nicht", schnauzte Völle zurück. „Wir schicken Barbara. Sie nimmt den Zug, fährt schön weit weg und steckt den Brief dort ein. Dann sind unsere Spuren ausreichend verwischt."

„Super", maulte Barbara. „Erst versprichst du mir einen Lamborghini und dann schickst du mich mit dem Zug los. Warum kann Vincent nicht fahren?"

„Weil wir ihn im Keller brauchen, darum!"

„Das kann *ich* doch übernehmen", beeilte sich Rebekka vorzuschlagen. Sie hatte eine Chance gewittert, ihre größte Sorge loszuwerden, die Sorge nämlich, dass Vincent Chris etwas wirklich Schlimmes antat. „Im Moment ist an der Uni sowieso nichts los! Ich könnte den ganzen Tag hier verbringen! Dann kann ich auch viel besser überwachen, wie es Chris geht. Und ihr könnt sicher sein, dass er keinen Rückfall erleidet. Diese Stippvisiten sind einfach nicht das Richtige!"

„Unsinn!", fegte Völle Rebekkas Vorschlag vom Tisch. „Du bist nicht kräftig genug, um den Kerl zu bändigen! Frag Vince! Wenn der Typ eine Chance zur Flucht wittert, wird er da unten zum Stier!"

„Aber das macht er nur bei Vincent! Zu mir ist er viel freundlicher!"

„Oh ja, das kann ich bestätigen!", säuselte Vincent und verteilte höhnisch Luftküsse.

„Idiot!", fauchte Rebekka.

„Ganz unrecht hat Vincent nicht", überlegte Völle. „Dass dieser Kerl dich einlullt, ist offensichtlich. Du scheinst ja ganz verrückt nach ihm zu sein. Wahrscheinlich wartet er nur auf die richtige Gelegenheit, um dein Vertrauen auszunutzen. Nein! Eine Flucht können wir auf keinen Fall riskieren!"

„Aber –", protestierte Rebekka.

„Nichts aber!", unterbrach Völle sie. „Barbara fährt das Foto spazieren. Vincent kümmert sich um unseren Gefangenen und du gehst brav zur Uni. Ist das klar?"

Rebekka schluckte schwer. „Nur unter einer Bedingung", wagte sie schließlich zu sagen.

„Und die wäre?“

„Du versprichst mir, dass Vincent niemals allein nach unten geht!“

Völle antwortete nicht gleich. Lange sah er seine Nichte an. Dann fragte er: „Bist du sicher, dass du auf der richtigen Seite stehst?“

Rebekka straffte die Schultern und hielt Völles Blick stand. „Ja“, antwortete sie mit fester Stimme. Und das war nicht ihre erste Lüge.

❖

Als sich Rebekka an einem der darauffolgenden Tage zu Chris auf die Matratze setzte, trug sie ihre hellgraue Jeans und den schlichten anthrazitfarbenen Pullover. Ihre Haare hatte sie mit unsichtbaren Klemmen hochgesteckt. Überhaupt tendierte sie dazu, ihre Haare zusammenzubinden, wenn sie bei Chris war. Schließlich wollte sie nicht, dass er durch einen dummen Zufall ihre Haare ins Gesicht bekam und dadurch Rückschlüsse auf ihr Aussehen würde ziehen können.

„Wie man derart nach Karamell duften kann, ist mir ein Rätsel“, begrüßte Chris seinen Gast. Seine Stimme klang kratzig.

Rebekka runzelte die Stirn. Wenn es so war, wie Chris sagte, war es *ihr* ein Rätsel, weswegen er diesen Duft nicht schon viel früher an ihr wahrgenommen hatte. Andererseits konnte er nichts sehen und war auf seinen Geruchssinn angewiesen.

„Wie spät ist es?“ Die Frage war inzwischen zu einem Ritual geworden.

Rebekka malte wie immer eine Uhr auf Chris’ Stirn und setzte den Punkt auf 11:00 Uhr.

„Mittag?“ Chris brachte das Wort nur mühsam hervor und musste husten.

Rebekka tippte zwei Mal gegen Chris’ bärtige Wange, malte die Uhr ein weiteres Mal auf und setzte den Punkt etwas weiter links.

„11 Uhr?“

Rebekka tippte einmal gegen Chris’ Wange.

„Und das Wetter? Scheint die Sonne?“

Rebekka hob den Blick und sah in Richtung Kellerschacht. Von dort fiel ungewöhnlich viel Licht in den Raum. Dadurch konnte sie die Umgebung viel besser erkennen als sonst. Auch Chris war besser sichtbar. Rebekkas Blick fiel auf seine eingefallenen Wangen und die fettigen Haarsträhnen, die anstelle seiner perfekt frisierten rötlich braunen Wuschelfrisur oben aus der etwas schmuddeligen Augenbinde herausschauten. Sie unterdrückte einen Seufzer und tippte einmal gegen Chris' Wange.

„Wissen Sie –" Chris musste sich räuspern, um den Satz vollenden zu können. „... wie lange ich die Sonne schon nicht mehr gesehen habe?"

Rebekka rührte sich nicht.

„Warum antworten Sie mir nicht?"

Rebekka holte das Ciclosporin aus der Tasche und drückte eine Tablette aus der Packung.

„Ich will das Zeug nicht haben", fuhr Chris sie an. „Ich bin sowieso so gut wie tot. Es ist reine Verschwendung, mich damit zu füttern."

Rebekka schluckte. Es war das erste Mal, dass Chris so verärgert mit ihr sprach.

„Warum antworten Sie mir nicht einfach?", fuhr Chris fort. „Glauben Sie wirklich, es macht einen Unterschied, ob Sie mit mir reden oder nicht? Die Stimme von dem Idioten an der Tür kenn ich auch schon. Der kann ja seine Klappe nicht halten."

Rebekka sah sich voller Besorgnis zu Vincent um, der wie immer an der Tür Wache hielt. Glücklicherweise spielte er gerade auf seinem Gameboy, den er wie immer auf „lautlos" gestellt hatte. Anscheinend bekam er vom Inhalt des Gespräches nichts mit.

Derweil versuchte Chris, seine Position zu verändern. Aber er war immer noch mit Händen und Füßen an das Regal gefesselt und konnte sich deshalb nur minimal rühren. Zwar wurde er morgens und abends umgedreht, doch er musste stets 12 Stunden auf derselben Seite liegend zubringen. „Ich halt's hier einfach nicht mehr aus", stöhnte er. „Ich hab Kopfschmerzen, Rückenschmerzen, Gliederschmerzen ..."

Rebekka schluckte schwer. Sie hätte ihm die Schmerzen liebend gern abgenommen.

„Ich weiß, warum ich immer noch hier bin", behauptete Chris. „Mein Vater hat nicht gezahlt, stimmt's?"

Rebekka sah sich einmal mehr besorgt zu Vincent um. Wenn er mitbekam, worüber sie mit Chris sprach, war der Ärger vorprogrammiert. Aber es sah nicht danach aus. Vincent schien ganz in seinem Element und drückte hoch konzentriert auf den Knöpfen des Gameboys herum. Sie tippte einmal gegen Chris' Wange.

„Dachte ich mir." Chris' Lippen waren ein einziger dünner Strich. „Wie viel habt ihr für mich verlangt, hm?"

Rebekka zögerte.

„Nun sagen Sie schon."

Ein bisschen widerwillig malte Rebekka eine Eins und sieben Nullen auf Chris' Wange.

Chris lachte unterdrückt auf. „10 Millionen? Das wird er niemals zahlen, wissen Sie. Nicht für mich!"

Rebekkas Gesicht nahm einen gequälten Ausdruck an. Wie konnte ein Sohn so von seinem Vater denken? Oder noch schlimmer: Was war, wenn er recht hatte? Vorhin hatten sie wieder mit dem Alten telefoniert. Wieder hatte es geheißen, der Brief sei noch nicht angekommen. Aber wie war das möglich? Barbara hatte ihn schon vor drei Tagen abgeschickt! Wenn sie ehrlich war, stimmte Chris' Einschätzung doch mit ihren eigenen Befürchtungen überein!

„Und wie viel davon gehört Ihnen?"

Rebekka schluckte schwer. Obwohl es verständlich war, tat es weh, dass er ihr Geldgier unterstellte.

„Fünf Personen", fuhr Chris ungeniert fort. „Das macht zwei Millionen für jeden. Ich wette, Sie werden sich eine Finca auf Mallorca davon kaufen."

Rebekkas Augen weiteten sich. Woher wusste Chris, wie viele Personen sie waren? Sie sah sich ein weiteres Mal besorgt zu Vincent um, stellte aber keine Veränderung an ihm fest.

„Zwei Frauen und drei Männer", setzte Chris hinzu. „Sind Sie mit einem von ihnen verheiratet?"

Rebekkas Hand schnellte vor und legte sich auf Chris Mund. Gleichzeitig tippte sie wie wild immer zweimal auf seine Wange. *Aufhören!*, sollte das heißen. *Hör auf!*

Aber Chris drehte mit einer ruckartigen Bewegung den Kopf

und entzog sich damit ihrer Hand. „Unter den Männern ist einer, der meinen Tod schon beschlossen hat. Nicht der an der Tür. Aber einer von den anderen beiden. Ich weiß das. Und Sie wissen es auch. Ich komme niemals lebend hier raus!"

Doch! Sie tippte einmal gegen Chris' Wange, dann noch einmal und noch einmal. Es war, als müsste sie sich selbst versichern, dass es so war.

„Unsinn!" Obwohl er leise sprach, kam seine Verzweiflung deutlich zum Ausdruck. „Wenn Sie mir nicht helfen, bin ich so gut wie tot!"

Rebekkas Augen füllten sich mit Tränen. Eine explosive Mischung aus Verzweiflung und Ohnmacht kroch ihre Kehle hinauf. Sie wusste ja selbst nicht, wie es weitergehen sollte! Völle vertröstete sie jeden Tag aufs Neue! Noch ein oder zwei Tage! Das hörte sie nun schon seit mehr als einer Woche! Und noch immer gab es nichts Neues! Noch immer kein Lösegeld!

„Bitte helfen Sie mir!", flüsterte Chris auf einmal. „Bitte! Sie sind die Einzige, die auf meiner Seite steht. Ich spüre das doch!"

Rebekka sprang auf und wich vor ihm zurück. So etwas durfte er nicht sagen! Sie konnte ihn nicht befreien. Wenn sie es tat, riskierte sie das Leben ihrer Familie! Man hatte schon oft davon gehört, dass Verbrecher bei der Festnahme erschossen wurden. Dabei war Vincent fast noch ein Kind! Und es ging nicht nur um das Leben ihres Vaters und Bruders. Auch das ihrer Mutter stand auf dem Spiel. Sie würde es nicht verkraften, wenn ihre Familie ein weiteres Mal ins Gefängnis wanderte. Und dann auch noch wegen Entführung von Christopher Roselius, dem Sohn ihres Arbeitgebers! Sie würde an gebrochenem Herzen sterben. Nein, sie konnte ihn nicht befreien. Es war schlicht unmöglich!

Kapitel 16

Zwei Tage später war die Stimmung im Hause Petrell auf einem Tiefpunkt angelangt. Gerade hatte Adalbert Roselius am Telefon erneut behauptet, den Brief nicht bekommen zu haben. Gleichzeitig hatte er noch einmal deutlich gemacht, dass er nur zahlen würde, wenn er zuvor ein Lebenszeichen seines Sohnes erhielte.

„Der tut doch nur so, der Sack", schimpfte Jürgen Petrell. Er war heute längst nicht so aus dem Ei gepellt wie an den vergangenen Tagen, sondern trug nur eine seiner höchst verwaschenen Jeans und ein ausgeleiertes hellblaues T-Shirt, das ihm nicht mal ganz über seinen ausladenden Bauch reichte. „Wahrscheinlich will er Zeit schinden."

„So ein Unsinn", widersprach Rebekka, die schon seit geraumer Zeit wie aufgezogen in Völles Arbeitszimmer auf und ab wanderte. Passend zur Stimmung war sie ganz in Schwarz gekleidet. „Er würde doch niemals Chris' Leben aufs Spiel setzen. Der Brief muss verloren gegangen sein. So was kommt eben vor."

„Einmal unter tausend Sendungen", warf Barbara ein. „Und dieses *eine* Mal soll ausgerechnet uns getroffen haben? In dieser Situation?"

„Vielleicht hast du den Brief gar nicht eingesteckt", mutmaßte Jürgen frech. „Oder du hast den falschen Briefkasten genommen."

„Jetzt ist aber Schluss", fauchte Völle. Er hatte bis eben vor dem Computer gesessen und irgendwelche Programme geschlossen. Erst jetzt stieß er sich vom Schreibtisch ab und wirbelte auf seinem rollenden Bürostuhl zu den anderen herum. „Barbara ist durch halb Deutschland gereist, um unsere Spuren zu verwischen. Ist das jetzt der Dank dafür?"

„Man wird ja wohl noch mal fragen dürfen", grummelte Jürgen und zog an der Zigarette, mit der er bereits den halben Raum vernebelt hatte.

„Schuldzuweisungen helfen sowieso keinem weiter", seufzte Rebekka und versuchte, den Rauch zur Seite zu wedeln. „Wir müssen überlegen, was jetzt zu tun ist. Können wir nicht einfach ein neues Foto schießen?"

„Und dann?", schimpfte Jürgen. „Dann spielt er das Spiel vielleicht ein weiteres Mal mit uns!"

„Wir haben keine Wahl", entschied Völle. „Wir müssen mitspielen. Aber dieses Mal nach unseren Regeln. Der Alte soll sein Lebenszeichen kriegen. Aber unsere Botschaft wird deutlich machen, wie ernst die Sache ist."

Rebekka fragte sich gerade, was Völle damit meinte, als ein fürchterliches Gepolter, Geklirr und Getöse ertönte. Im ersten

Moment meinte sie, die Polizei stürme das Haus, im nächsten hörte sie, wie Völle rief: „Schnell, das kam aus dem Keller!"

Vincent, der sowieso neben der Tür gestanden hatte, war als Erster im Flur. Völle folgte ihm fast auf dem Fuße. Danach kam Rebekka, der die nackte Angst ins Gesicht geschrieben stand. Gedankenfetzen wirbelten durch ihren Kopf. Keller ... Regal ... *Chris ... erschlagen?* Jürgen war der Letzte im Bunde. Barbara blieb im Raum, rief ihnen aber ein entsetztes „Seid vorsichtig" hinterher.

Wie eine Windhose flatterten die vier die Kellertreppe hinunter. Mittlerweile hatten Vincent und Völle einen ziemlichen Vorsprung. Vincent riss die Metalltür auf, Völle stürmte hindurch, Vincent huschte hinterher. Als Rebekka die Tür erreichte, hatte sie sich schon wieder geschlossen. *Pong – rumms – pong – rumms.* Die Geräusche, die Rebekka hörte, passten in keiner Weise zu dem Szenario, das sie vor Augen hatte. Chris musste unter dem Regal begraben sein. War der Lärm auf Völles und Vincents Versuche zurückzuführen, das Regal zur Seite zu hieven?

Sie riss die Tür auf und sah all ihre Befürchtungen bestätigt. Das wenige Licht, das vom Kellerschacht aus den Raum erhellte, fiel auf das umgestürzte Regal und ein Gewusel aus Scherben, Dosen und anderem Kleinkram.

„Chris!", jammerte sie und stürzte vorwärts.

Im nächsten Moment stolperte sie und fiel auf zwei große weiche Hügel, die sie bis eben noch gar nicht wahrgenommen hatte. Sie rappelte sich ein wenig auf, hob den Kopf und blickte mitten in ein Gesicht, das entsetzter nicht hätte sein können.

„Du?", entfuhr es Chris. Er war erstarrt und rührte sich nicht. Seine Hände, in denen er ein breites, massives Brett hielt, blieben zum Schlag erhoben, schienen aber gar nicht auf die Idee zu kommen, sich gegen Rebekka zu wenden.

Im nächsten Moment bewegte sich der weiche Hügel, auf dem Rebekka gelandet war. Sie erschrak, sah hinunter und stellte fest, dass sie mitten auf ihrem Bruder gelandet war. Aber seit wann hatte er mehr als zwei Arme?

Gerade als Rebekka begriff, dass Chris nicht nur Vincent, sondern auch Völle niedergeschlagen hatte, ertönte das nächste *Pong*. Es war extrem laut und beängstigend. Rebekka hob den Blick und fing im nächsten Augenblick Chris auf, der bewusstlos in ihre Arme sank.

❖

Fünf Stunden und viele Kopfschmerztabletten später hatten Rebekka, Vincent, Völle, Jürgen und Barbara den Kellerraum so leer geräumt, dass nur noch die Matratze und ein immer noch bewusstloser, auf das Sorgfältigste verschnürter Chris darin zu finden waren.

Müde, erschöpft und frustriert versammelten sie sich danach in der Küche, um ihre leeren Mägen mit Ravioli aus der Dose zu füllen.

„Das wird er noch bereuen", murmelte Völle, während er seinen Teller füllte. Sein Kopf war rundherum mit einem weißen Verband umwickelt, sein ehemals weißes T-Shirt erzählte davon, dass seine Wunde stark geblutet hatte.

Rebekka schluckte schwer. „Er kann doch nichts dafür", protestierte sie leise. „Ich an seiner Stelle hätte auch versucht zu fliehen."

„Ein Wunder, dass mein Kopf überhaupt noch funktioniert", fauchte Völle und reichte die Kelle an seinen Bruder weiter.

„Wenn wir Jürgen nicht gehabt hätten", seufzte Barbara, „dann säßen wir jetzt alle im Gefängnis." Auch sie hatte ihr perfektes Äußeres abgelegt und trug jetzt eine bequeme graue Jogginghose und ein dazu passendes Sweatshirt.

Der Kloß in Rebekkas Hals schien immer größer zu werden. Jürgen hatte Chris zwar niedergestreckt. Aber es war nicht sein Verdienst, dass dieser Fluchtversuch gescheitert war. Es war ihrer, Rebekkas! Sie sah immer noch Chris' schockierten Gesichtsausdruck vor sich. Er hatte nicht fassen können, dass sie an dieser Entführung beteiligt war. Hätte er sie kaltblütig niedergeschlagen, dann wäre er wahrscheinlich auch noch mit Jürgen fertiggeworden. Aber so? So war er vom Regen in die Traufe gekommen! Und das war ganz allein ihre Schuld!

Rebekka ließ ihr Gesicht in ihre geöffneten Hände sinken. Das hier war einfach zu viel für sie.

Barbara bemerkte es, kam zu ihr herüber und legte tröstend

ihre Hände auf Rebekkas Schultern. „Mensch, Becky, jetzt nimm dir die Sache doch nicht so zu Herzen", sagte sie sanft. „Im Grunde ist ja gar nichts Schlimmes passiert!"

„Ach nein?", brach es aus Rebekka hervor. „Das glaubst aber auch nur du! Chris weiß jetzt, wer seine Entführer sind! Und das ist eine Katastrophe!"

Rebekka spürte, wie Barbara regelrecht zusammenzuckte. „Darüber hab ich ja noch gar nicht nachgedacht", entfuhr es ihr. Sie wandte sich an ihren Mann. „Und du, Völle?"

Der Angesprochene steckte seelenruhig seinen Löffel in die Ravioli, holte eine der gezackten Nudeln aus der Soße, führte sie an seinen Mund, pustete kurz und ließ dann den ersten Bissen in aller Seelenruhe in seinem Mund verschwinden.

Rebekka wusste, was das zu bedeuten hatte. Völle war ein heller Kopf. Wahrscheinlich dachte er seit Stunden über nichts anderes nach. „Bitte versprich mir, dass ihr ihn am Leben lasst", wimmerte sie verzweifelt. „Bitte, versprich es mir!"

„Ich verspreche es dir", antwortete Völle. Sein Gesichtsausdruck war versteinert.

❖

Nach dem Essen erhielt Rebekka die Erlaubnis, nach Chris zu sehen.

Lange Zeit saß sie neben ihm auf der Matratze und lauschte seinen gleichmäßigen Atemzügen. Erst nach einer guten Stunde begann er, sich zu rühren. Er seufzte leise auf und bewegte sich unruhig hin und her. Nach ein paar Minuten klappten auf einmal seine Augenlider auf.

Rebekka hielt seinem Blick mühsam stand, sagte aber nichts.

„Kannst du", krächzte Chris, „einen Eimer besorgen?"

Rebekka nickte und sprang auf. Sie hatte immer noch das „Pong" im Ohr, mit dem Jürgen Chris niedergestreckt hatte. Im Gegensatz zu Chris hatte er kein Brett, sondern eine volle Glasflasche, die beim Sturz aus dem Regal heil geblieben war, für seine Attacke verwendet. Es war kein Wunder, dass Chris – und nur Chris – eine Gehirnerschütterung hatte.

Wenige Minuten später kehrte Rebekka mit einem

Zehn-Liter-Eimer und ein paar feuchten Tüchern zu Chris zurück. Den Eimer im Anschlag richtete sie Chris auf. Der fackelte nicht lange und übergab sich, was das Zeug hielt. Zwischen den einzelnen Anfällen wischte Rebekka ihm immer wieder über das bärtige Gesicht und den Mund. Außerdem redete sie beruhigend auf ihn ein. Sie war so dankbar, etwas für ihn tun zu können, dass sie nicht einmal der durchdringende säuerliche Gestank störte.

Als Chris schließlich ermattet zurück auf seine Matratze sank, sagte sie liebevoll: „Jetzt hast du's wahrscheinlich geschafft. Wenn du das nächste Mal aufwachst, geht's dir schon besser."

Chris schluckte mühsam gegen den bitteren Geschmack an, der in seinem Mund geblieben war.

„Willst du was trinken?"

Er schloss die Augen. „Kommt eh wieder raus", flüsterte er.

„Dann schlaf jetzt", sagte Rebekka warm. „Ich seh nachher noch mal nach dir."

Zu ihrer Verwunderung schüttelte Chris vorsichtig den Kopf. „Noch nicht."

Rebekka schluckte. Insgeheim hatte sie gehofft, das unvermeidliche Gespräch noch hinausschieben zu können.

Aber das schien Chris nicht zu wollen. „Ich versteh es nicht", begann er so leise, dass Rebekka ihren Kopf zu ihm herabneigen musste. „Ich dachte ... ich wäre *dir* hinterhergelaufen." Seine Stimme versagte, aber er schluckte tapfer dagegen an. „Bin ich so blöd gewesen, bei meiner eigenen Entführung mitzuhelfen?"

Rebekka rieb mit den Händen über ihre Oberarme. Ihr war auf einmal furchtbar kalt. „Ich weiß nicht, wie ich es dir erklären soll", sagte sie verzweifelt. „Du würdest mir ohnehin kein Wort glauben."

„Versuch es doch", krächzte Chris. Seine Augen blieben geschlossen.

„Alles war ein einziger großer Zufall", jammerte Rebekka. „Ich hab nichts von alledem gewusst. An dem Abend, an dem wir verabredet waren, hab ich stundenlang auf dich gewartet. Ich hab erst Tage später aus dem Fernsehen von der Entführung erfahren. Aber dann traf es mich auf einmal wie ein Schlag. Kleinigkeiten, denen ich vorher keine Bedeutung beigemessen hatte, setzten sich wie ein Puzzle zusammen. Jürgens Geldschulden, die seltsamen Telefonate mit meinem Onkel. Auf einmal wusste ich, wer hinter allem steckte."

„Wenn du nicht beteiligt warst", presste Chris hervor, „warum machst du dann mit?"

„Ich mach doch gar nicht mit!", brach es aus Rebekka hervor. „Sie hatten Angst, du würdest sterben. Ich bin nur gekommen, um dir zu helfen. Und das konnte ich doch auch. Ich hab dir das Ciclosporin besorgt!"

„... und meine Flucht vereitelt", setzte Chris hinzu.

Rebekka ballte ihre Hände zu Fäusten. „Es tut mir so leid, Chris! Das musst du mir glauben! Ich wollte das alles nicht!"

Chris öffnete die Augen und sah sie eindringlich an. „Dann hilf mir, Rebekka. Hol mich hier raus! Ich kann nicht mehr!"

„Du hast nur eine Gehirnerschütterung", redete Rebekka auf ihn ein. „Morgen wird es dir schon viel besser gehen! Dann sieht die Welt ganz anders aus."

„Wenn es ein Morgen gibt", flüsterte Chris mühsam. Man sah ihm an, dass er am Ende war.

„Sag doch so was nicht", flehte Rebekka. „Bitte, sag so etwas nicht."

„Ich hab meine Entführer *gesehen*", bäumte sich Chris noch einmal auf. „Ich hab mir mein eigenes Grab geschaufelt!"

„Unsinn", widersprach Rebekka. „Diese Leute sind meine Familie. Und sie haben mir versprochen, dass sie dich am Leben lassen."

„Sie haben gelogen", krächzte Chris mit letzter Kraft. „Wenn du mir nicht hilfst, bin ich so gut wie tot."

„Nein!", rief Rebekka. „Das stimmt nicht! Ich weiß, dass es nicht stimmt!"

Vollkommen erschöpft schloss Chris wieder die Augen. Eine Zeitlang rührte er sich nicht, sodass Rebekka dachte, er wäre bereits eingeschlafen. Aber dann stellte er eine letzte Frage, die in dem kahlen Raum verdächtig lange nachhallte. „Bist du dir so sicher, dass du mein Leben darauf verwetten willst?"

Als Jürgen, Vincent und Rebekka an diesem Abend gemeinsam nach Hause fuhren, waren alle drei ungewöhnlich schweigsam.

„Kannst du nicht schneller fahren?", war die einzige Frage, die ab und an gestellt wurde. Sie stammte von Jürgen und war an Rebekka gerichtet, die das Gespann in ihrem kleinen Peppo nur langsam voranbrachte. An der Frage konnte man ablesen, wie nervös Jürgen war. Wahrscheinlich suchte er schon jetzt nach einer passenden Ausrede für Louise. Es war bereits nach neun. Sonst hatten immer alle darauf geachtet, pünktlich, also zumindest als Erste zu Hause zu sein. Aber heute war eben alles anders als gewöhnlich.

Rebekka reagierte auf das Drängen ihres Vaters so, als hätte sie es überhaupt nicht gehört. Sie fuhr einfach schweigend weiter, die Augen starr nach vorn gerichtet, die Hände fest am Lenkrad. Wenn man bedachte, dass es draußen bereits dunkel war und außerdem ziemlich stark regnete, tat sie ohnehin ihr Bestes. Aber das geschah nicht bewusst, sondern eher mechanisch. Ihre Gedanken weilten bei Chris. Sie hatte ihn selten so ungern allein gelassen wie heute. Wie ging es ihm jetzt? Was war, wenn er recht hatte? Wenn Völle log? War das überhaupt möglich? Wie gut kannte sie ihren Onkel eigentlich? Wozu war er fähig?

Sie seufzte tief und schaltete den Scheibenwischer eine Stufe höher. Alles schien heute ungemütlich zu sein. Ein Kellerraum, kalt und feucht, dunkel wie die Straße, voller Einsamkeit. Angst.

Rebekka schauderte. Im Grunde genommen kannte sie Völle überhaupt nicht. Oder doch? Hatte sie ihm denn jemals eine Entführung zugetraut?

Eine Ampel schaltete von „Grün" über „Gelb" auf „Rot". Rebekka bremste und kam hinter einem anderen Wagen zum Stehen. Einen Moment lang spielte sie ernsthaft mit dem Gedanken, einfach auszusteigen und zurückzulaufen. Chris brauchte sie doch! Sie konnte ihn nicht beschützen, wenn sie nach Hause fuhr!

Als die Ampel wieder grün wurde, hatte sie sich einigermaßen gefangen. Sie musste Ruhe bewahren! Lebhaft erinnerte sie sich an Völles Gesichtsausdruck. Sie durfte nicht noch mehr Zweifel an ihrer Loyalität aufkommen lassen. Völle vertraute ihr noch. Das hoffte sie zumindest. Und das war wichtig, um auf Chris aufpassen zu können! Er hatte Angst, das war verständlich. Aber

Völle war nur ein kleiner Dieb und Betrüger, kein Mörder. Nein, es würde alles wieder gut werden.

Während sie weiterfuhr, klammerte sie sich verzweifelt an genau diesen Gedanken. *Alles wird wieder gut. Alles. Wird. Wieder. Gut.*

Aber als sie endlich zu Hause ankamen, sprachen ihre Gefühle immer noch eine andere Sprache. Sie wollte jetzt nicht aussteigen. Sie wollte zurückfahren. Chris aus diesem Keller holen! Alles jetzt sofort wieder in Ordnung bringen!

„Willst du im Wagen übernachten?", maulte Vincent sie an. „Falls du's vergessen hast: Ich hab saumäßige Kopfschmerzen!" Er saß hinter Rebekka und konnte den klitzekleinen Wagen nur verlassen, wenn Rebekka ausstieg und den Fahrersitz nach vorn umklappte.

Rebekka seufzte abgrundtief und stieg aus. Dass sie wegen des Regens pitschnass wurde, war heute ihr kleinstes Problem.

Als sich Vincent mühevoll aus dem kleinen Wagen herausgekämpft hatte, starrte Rebekka schon wieder wie hypnotisiert auf den Fahrersitz. Sie konnte einfach wieder einsteigen und zurückfahren. Was hinderte sie daran?

„Jetzt mach schon", drängelte Jürgen. „Schließ den Wagen ab. Erstens werd ich nass und zweitens sitzt deine Mutter unter Garantie schon auf heißen Kohlen."

Rebekka zuckte zusammen. *Mutti.* Die hatte sie ja vollends vergessen! War Mutti nicht auch der Grund dafür, dass sie Jürgen und Vincent beschützen musste? Eilig warf sie die Tür ins Schloss und verriegelte den Wagen. Dann lief sie hinter Jürgen und Vincent her. Es war aufschlussreich, sie zur Abwechslung mal von hinten zu betrachten. Von vorn ähnelten sie einander ja, aber von hinten ... Jürgen war einfach nur unförmig, Vincent hingegen wirkte kräftig und halbwegs durchtrainiert. Zu schade, dass er nicht mehr Verstand geerbt hatte. Dann wäre er vielleicht imstande gewesen, das, was hier geschah, zu hinterfragen. War das nicht ein Grund mehr, weshalb sie ihn beschützen musste? Vincent war noch ein halbes Kind. Er hatte es nicht verdient, ins Gefängnis zu kommen. Andererseits ... Dummheit schützt vor Strafe nicht, so hieß es doch.

Heilige Jungfrau Maria, betete sie in Gedanken, *sag mir doch, was ich jetzt tun soll! Ich kann doch meine Familie nicht im Stich lassen!*

Im Grunde genommen erwartete sie keine Antwort, und so blieb ihre Verwirrung, bis sie oben ankamen.

Jürgen hatte den Schlüssel kaum ins Schloss gesteckt, als die Tür auch schon aufgerissen wurde und Louise ihnen entgegenstürzte. „Oh, Gott sei Dank, ihr seid es alle", rief sie erleichtert. „Ich hab mir ja schon solche Sorgen gemacht! Ich komme nach Hause und keiner ist da. Kein Zettel, kein Anruf, gar nichts. Wo seid ihr denn bloß gewesen?"

„Essen", antwortete Jürgen wie aus der Pistole geschossen. „Rebekka hat eine richtig gute Klausur geschrieben und wollte uns gern einladen. Ist doch so, nicht wahr?" Damit drehte er sich zu Rebekka um.

Seine Tochter riss die Augen auf, brauchte ein paar Sekunden, um sich zu fangen, und begann dann, heftig zu nicken.

Ihre Mutter hingegen schluckte. „Was? Ohne mich?", stammelte sie.

„Wir hatten so großen Hunger", rechtfertigte sich Rebekka mühsam. „Und im Kühlschrank war nichts."

„Im Kühlschrank war nichts?", wunderte sich Louise. „Aber wir haben doch noch Reste von gestern ... fast ein ganzes Blech, das wusstet ihr doch."

„Ach, das hatte ich ja ganz vergessen", lachte Jürgen ein wenig übertrieben. „Na, so was!"

Du bist ein noch schlechterer Lügner als ich, dachte Rebekka grimmig.

Und auch Louise sah ihn lange und durchdringend an. „Jetzt kommt erst mal rein", sagte sie schließlich. „Und dann setzen wir uns ins Wohnzimmer. Ich glaub, es gibt ein paar Dinge zu bereden."

Während Rebekka ihren Mantel und ihre Schuhe auszog, klopfte ihr Herz wie wild. Die Worte ihrer Mutter hatten irgendwie seltsam geklungen. Ob sie irgendetwas ahnte? *Es gibt ein paar Dinge zu bereden.* Was für Dinge?

Louise öffnete die Wohnzimmertür und schaltete das Licht ein. „Möchtet ihr etwas trinken?"

„Bier", antwortete Jürgen.

„Wasser", krächzte Rebekka. Ihre Zunge klebte an ihrem Gaumen.

„Bier", sagte Vincent und setzte sich vorsichtig auf die Couch. Er war ziemlich weiß im Gesicht. Auch wenn er keine Gehirnerschütterung hatte, war der Schlag gegen seinen Kopf nicht spurlos an ihm vorübergegangen.

Rebekka atmete schwer und nahm gegenüber von Vincent Platz. Das Wohnzimmer schien sie auf einmal zu erdrücken ... die massiven, grünlich braunen Eichenschränke mit den verschnörkelten Beschlägen, die olivgrüne Couchgarnitur mit dem altmodischen Blumenmuster, der Eichentisch mit den grünen Fliesen.

Als Louise den Raum verlassen hatte, sprang Jürgen so plötzlich auf Rebekka zu, dass sie zusammenfuhr. „Hast du dein Handy dabei?"

Rebekka tastete suchend nach der Beule in ihrer Hosentasche. „J-ja."

„Gib her ... schnell", befahl Jürgen.

Rebekka begriff überhaupt nichts, kramte das Telefon aber gehorsam aus der Tasche und nahm die Tastensperre heraus.

Jürgen schien das alles nicht schnell genug zu gehen, denn er entriss ihr das Telefon, noch bevor sie es ihm reichen konnte. Dann wählte er hektisch eine Nummer. „Ich bin's", flüsterte er gleich darauf. „Weißt du noch, was wir besprochen haben?" Es folgte eine kurze Pause. „Heute wär ein guter Zeitpunkt. Sagen wir in zehn Minuten? ... Alles klar." Nur Sekundenbruchteile, bevor Louise mit den Getränken zurückkehrte, hatte er das Gespräch beendet und das Telefon in seiner eigenen Hosentasche verschwinden lassen.

„Warum setzt du dich nicht?", fragte Louise verwundert.

Jürgen fuhr sich mit der Hand durch sein schütteres Haar und nahm neben Vincent auf der Couch Platz. Louise verteilte die Getränke und ließ sich dann neben Rebekka nieder.

Es folgte ausgiebiges Schweigen, während die Männer an ihrem Bier und die Frauen an ihrem Wasser nippten.

Irgendwann hielt es Rebekka nicht mehr aus. „Was wolltest du denn nun mit uns besprechen?", fragte sie ungeduldig.

Ihre Mutter sah sie lange und durchdringend an. „Ich möchte wissen, was ihr in den vergangenen Tagen und Wochen gemacht habt. Ihr alle. Du, Rebekka ..." Sie ließ ihren Blick von einem zum anderen wandern. „Du, Jürgen ... und du, Vincent."

Rebekka schluckte schwer. „Was meinst du damit?", fragte sie leise.

„Vorhin hat eine Kommilitonin von dir angerufen", entgegnete ihre Mutter. Sie hatte diesen harten, vorwurfsvollen Zug um den Mund, den Rebekka so sehr fürchtete. „Sie hat sich nach deinem Gesundheitszustand erkundigt. Offensichtlich geht man in der Uni davon aus, dass du krank bist. Und das schon seit Längerem." Sie sah ihre Tochter prüfend an. „Wo warst du die ganze Zeit?"

„Ich ... ich war ... mit ... einer Hausarbeit beschäftigt", stammelte Rebekka. „Ich meine ... ich musste dauernd in die Bibliothek und ... hatte keine Zeit, die Vorlesungen zu besuchen."

„Das stimmt", beeilte sich Jürgen zu versichern. „Sie hat andauernd was von Bibliothek gesagt."

Louises Kopf ruckte zu ihrem Mann herum. „Ach, tatsächlich? Seit wann weißt du irgendetwas über deine Tochter?"

Jürgen räusperte sich und sah verlegen auf sein Bier hinab.

„Und überhaupt", fuhr Louise fort, „sollten wir uns mal darüber unterhalten, was *du* in den letzten Wochen so getrieben hast. Ich hab mich nämlich eingehender erkundigt. Der Mann von Frau Kirschner schwört Stein und Bein, dass in den vergangenen Wochen und Monaten niemand eingestellt worden ist. Und euch zwei will er noch nie in der Chipsfabrik gesehen haben. Wie ist das möglich?"

Jürgen zuckte die Achseln. „Es arbeiten über hundert Leute dort", murmelte er unwirsch.

Aber Louise war noch lange nicht zufrieden. „Was stimmt hier nicht?", fragte sie verzweifelt. „Was verheimlicht ihr mir? Ich spüre es doch schon seit einer Weile. Anfangs war ich beruhigt, weil ich den Eindruck hatte, dass Becky eingeweiht war. Aber jetzt weiß ich überhaupt nichts mehr. Was ist los mit euch?"

Jürgen, Vincent und Rebekka rutschten unruhig auf ihren Plätzen hin und her, sagten aber nichts.

„Fragen wir mal anders", fuhr Louise fort und drehte unruhig das Wasserglas in den Händen. „Habt ihr in letzter Zeit Kontakt mit Volkhard gehabt?" Sie sah von einem zum anderen, traf aber nur auf Augenpaare, die gerade mit etwas anderem beschäftigt waren. „Rebekka", sprach sie schließlich ihre Tochter an, „hast du in letzter Zeit deinen Onkel getroffen?"

Rebekka hob tapfer den Blick. „Völle? Nö." Sie schüttelte den Kopf. „Wieso?"

„Rebekka ...", stammelte Louise, „aus ... aus Rücksicht auf deinen Vater ... hab ich's dir nie so deutlich gesagt, aber ich will eigentlich nicht, dass ihr euch mit Volkhard abgebt. Er hat ... er hat ... eine kriminelle Vergangenheit ..."

Rebekka verzog den Mund zu einem amüsierten Grinsen. „Als ob das bei uns was Neues wäre ..."

Ihre Mutter stimmte nicht in ihr Lachen ein. Im Gegenteil. „Du verstehst nicht, Rebekka. Völles Vergangenheit ist nicht mit der deines Vaters zu vergleichen ..."

Jetzt erstarb auch Rebekkas Lächeln. Gleichzeitig bildete sich auf ihrer Stirn eine steile Falte. „Was ... was willst du damit sagen?"

„Nichts weiter", meldete sich nunmehr Jürgen zu Wort. „Louise. Hör bitte auf, meinen Bruder zu verunglimpfen. Jeder macht mal Fehler. Warum musst du in der Vergangenheit wühlen?"

„Ich will einfach, dass sie es weiß", erklärte Louise.

„Was weiß?", fragte Rebekka und suchte nunmehr Vincents Blick. Aber der sah nicht so aus, als würde er die Bedeutung der Situation erfassen. Er schien sich ganz auf sein Bier zu konzentrieren.

„Schluss jetzt!", befahl Jürgen und knallte seine Bierflasche auf den gefliesten Tisch zurück. „Das ist alles Schnee von gestern. Ich will nicht, dass das wieder aufgewärmt wird."

„Bewaffneter Raubüberfall und gefährliche Körperverletzung", hielt Louise ihm entgegen. „Das muss man nicht wieder aufwärmen! Das steht auf ewig in seinem polizeilichen Führungszeugnis!"

Rebekka hatte das Gefühl, als würde ihr jemand eine Plastiktüte über den Kopf stülpen. Jedenfalls schien der Sauerstoff knapp zu werden.

„Außerdem hab ich Angst, dass er euch in irgendetwas reinzieht", jammerte Louise. „Und deshalb frage ich jetzt ganz direkt: Hat Völle oder habt ihr irgendetwas mit der Entführung zu tun?"

Jürgen sprang auf. „Ich bitte dich, Louise! Wie kannst du nur so etwas fragen! Ich weiß, dass ich in der Vergangenheit nicht immer den richtigen Weg gegangen bin, aber so etwas? Traust du mir so etwas wirklich zu? Etwas, wo ein Mensch zu Schaden kommt? Und dann auch noch einer, der dir etwas bedeutet?"

Ich nehme alles zurück, dachte Rebekka bitter, *du bist doch ein guter Lügner.*

Louise sah ihm mitten ins Gesicht. „Ich muss gestehen, dass ich mir nicht sicher bin. Nicht mehr." Sie seufzte tief. „Schwör es mir, Jürgen. Schwör mir, dass du nichts damit zu tun hast."

„Natürlich schwöre ich es, Louise. Bei allem, was mir lieb und teuer ist. Ich habe nichts damit zu tun. Gar nichts!"

Rebekka klammerte sich mit einer Hand an der Sofalehne fest. Sie hatte das Gefühl, als würde sich die Wohnzimmerdecke auf sie herabsenken und sie erdrücken. Das hier widerstrebte allem, was ihr wertvoll war. Eine Lüge in Form eines heiligen Schwures gegen den einzigen Menschen in dieser Familie, der ein anständiges Leben führte ... einen Menschen, dem Jürgen mehr zu verdanken hatte als irgendjemandem sonst! Was kam als Nächstes? Was ... *wen* ... würde Jürgen als Nächstes opfern? Und wer war Völle eigentlich? Kannte sie ihn überhaupt?

Rrring.

Als das Telefon klingelte, reagierte zunächst niemand.

„Das ist sicher für dich", sagte Louise zu Jürgen.

„Dann lass es klingeln", entgegnete Jürgen mit einem vorwurfsvollen Unterton. „Ich muss erst mal verdauen, was du da gesagt hast."

Louise beobachtete ihn noch ein paar Sekunden voller Argwohn, dann erhob sie sich und ging auf den Flur hinaus. Kurz darauf hörte man, wie sie mit jemandem sprach, doch konnte man ihre Worte nicht verstehen. Schon nach kurzer Zeit kehrte sie zurück.

Als sie im Türrahmen erschien, merkte Rebekka sofort, dass sich irgendetwas verändert hatte. Louise wirkte auf einmal betreten, fast schuldbewusst.

„Jürgen, ich ..." Sie stockte und wagte kaum, ihrem Mann ins Gesicht zu sehen. „Es tut mir leid", brachte sie schließlich heraus. „Ich glaub, ich habe dir unrecht getan!"

Jürgen sah sie aus großen Augen an. „Wieso?"

Louise räusperte sich. „Das war ein Herr Nielsson. Er hat gesagt, er wäre dein Vorarbeiter."

„Helmut“, nickte Jürgen.

„Ja, Helmut“, bestätigte Louise. „So hat er sich vorgestellt.“

„Und was hat er gesagt?“

„Eine der Maschinen ist defekt. Ihr sollt morgen erst um halb zehn zur Arbeit erscheinen.“

„Oh, wie schön“, freute sich Jürgen. „Dann können wir morgen ausschlafen.“ Er wandte sich an Vincent. „Trifft sich doch gut, oder?“

„Trifft sich hervorragend“, murmelte Rebekka durch zusammengepresste Zähne. „Einfach toll.“

Kapitel 17

Rebekka wanderte unruhig in ihrem Zimmer auf und ab. Irgendetwas in ihrem Inneren stand kurz vor der Explosion. Sie fühlte den Druck nun schon seit drei Tagen, eigentlich seit dem Tag, an dem Chris seinen Fluchtversuch unternommen hatte. Und dieser Druck ließ sich durch nichts abbauen. Nicht einmal durch die Telefonate, mit denen sie Völle und Barbara mindestens dreimal am Tag auf den Wecker fiel. Sicher, sie hatten ihr immerzu bestätigt, dass es Chris gut ging, dass er hervorragend versorgt wurde. Aber solange sie sich nicht selbst davon überzeugen konnte, je länger sie untätig hier zu Hause herumsaß, desto schlimmer wurde es. Allmählich fühlte sie sich wie eine Sektflasche, die man anhaltend geschüttelt hatte!

Natürlich konnte sie Völles und Jürgens Bedenken nachvollziehen. Sie sah ihn ja auch, den argwöhnischen Blick, mit dem ihre Mutter jeden ihrer Schritte kontrollierte. Aber hieß das wirklich, dass sie ununterbrochen zu Hause sein musste? Ihre Mutter arbeitete doch! Jedenfalls tat sie es heute. Gestern, am Sonntag, da hatte sie ja noch eingesehen, dass es am klügsten war, hierzubleiben. Sie war brav mit ihrer Mutter zur Messe gegangen und hatte den Rest des Tages die „liebe Tochter“ gespielt. Aber wieso konnte sie nicht wenigstens heute mal bei Völle vorbeischauen? Und wieso hatte Völle ihr den Schlüssel für das Haus abgenommen?

„Wir müssen jetzt vorsichtiger sein“, hatte Jürgen argumentiert.

Aber begriff er denn nicht, was das mit ihr anstellte? Dass sie vor Sorge fast umkam?

In ihrer Not griff Rebekka zum fünften Mal an diesem Tag zum Telefonhörer und wählte die Nummer ihres Onkels.

„Petrell?“ Es war Barbaras Stimme.

„Hör zu“, begann Rebekka und klang dabei ungewöhnlich bestimmt. „Ich will nicht lange um den heißen Brei herumreden. Ich will Chris sprechen. Jetzt. Und ich werde mich nicht abwimmeln lassen. Dieses Mal nicht. Ich will mit ihm reden. Dann gebe ich Ruhe. Nur dann.“

„Aber, Kind“, seufzte Babbel. „Wir haben dir doch schon hundertmal gesagt, dass es ihm gut geht. Kümmere dich doch um dein Studium. Wir haben hier alles im Griff.“

„Ich will ihn sprechen“, wiederholte Rebekka. Sie stand kerzengerade mitten in ihrem Zimmer und wirkte ein bisschen wie ein Zinnsoldat. Allerdings trug sie keine Uniform, sondern ihre schwarze Jeans und den schwarz-weiß-grau gestreiften Pullover. „Sonst komme ich rüber.“

„Becky!“, antwortete ihre Tante nun schon etwas ärgerlich. „Bei dieser Sache geht es um was! Wir können nicht alles aufs Spiel setzen, nur weil du dich in den Kerl verguckt hast!“

Rebekka schluckte. Verguckt? Wer behauptete denn so was? „Lenk jetzt nicht ab!“, überging sie Barbaras Bemerkung. „Ich will ihn sprechen. Sonst komme ich auf der Stelle rüber!“

„Völle hat dir befohlen, mit dem Arsch zu Hause zu bleiben“, schimpfte Babbel verärgert. „Wenn du hier aufkreuzt, wird er dich übers Knie legen!“

„Zipfelsinn und Zeckendreck!“, schimpfte Rebekka. „Wenn du mir Chris nicht sofort ans Telefon holst, schick ich euch an meiner Stelle die Polizei vorbei!“

Der Satz schien Wirkung zu zeigen. Jedenfalls war erst einmal ein paar Sekunden Ruhe am anderen Ende der Leitung. Dann fauchte Babbel: „Warte!“ Rebekka hörte ein Scharren, dem sie entnehmen konnte, dass Barbara ihre Hand auf die Sprechmuschel gelegt hatte.

Einige Zeit später war Völle am Apparat. „Du drohst uns also, ja?“, sagte er in einem Tonfall, der so hart war wie Stahl.

Rebekka war geschockt. „Was ... nein!“, stammelte sie. „Ich

will … ich will ihn doch nur sprechen. Mehr nicht. Ich bin auf eurer Seite! Wirklich!“

„Dann tu, was ich dir gesagt habe!“, zischte Völle. „Bleib zu Hause und kümmere dich um dein Studium!“

„Ich bleib ja auch zu Hause“, entgegnete Rebekka fast ein bisschen weinerlich. „Ich will ihn nur sprechen, einmal kurz, mehr verlange –“

„*Wenn*“, bölkte Völle dazwischen, senkte im Verlauf der nächsten Worte aber seine Stimme, „du diese Aktion in Gefahr bringst, Becky, dann sehe ich mich vielleicht gezwungen, einen unbequemen Zeugen zu beseitigen.“ Seine Stimme klang jetzt gefährlich leise. „Hast du mich verstanden?“

Rebekka wagte kaum mehr zu atmen. Irgendetwas schnürte ihr die Luft ab. „Ja, Völle, alles klar“, brachte sie noch zustande, dann hatte ihr Onkel das Gespräch beendet.

❖

Zwei Stunden später lag Rebekka in ihrem Bett und fror, dass sie nur so zitterte. Obwohl sie sich in ihre Bettdecke eingehüllt und noch zwei Wolldecken dazugenommen hatte, konnte nichts die eiskalte Hand vertreiben, die nach ihrem Herzen griff. Sie fühlte sich ausgeliefert, hilflos und verwirrt. Sie wusste nichts mehr. So hatte sie Völle noch nie erlebt. Alles war außer Kontrolle geraten.

Bist du dir so sicher, dass du mein Leben darauf verwetten willst?, hörte sie Chris sagen. Immer wieder … wie eine Endlosschleife.

Nein, sie war es nicht. Nicht mehr. Bewaffneter Raubüberfall und gefährliche Körperverletzung … Wieso hatte man ihr das verheimlicht?

Es hatte schon zu dämmern begonnen, als Rebekka hörte, dass jemand nach Hause kam. Sie hatte keine Kraft, um aufzustehen.

Ein paar Minuten später wurde ihre Zimmertür geöffnet. „Rebekka?“, fragte Louise. Ihre Stimme klang blechern.

„Mir geht's nicht gut“, piepste Rebekka.

Ihre Mutter betrat fast geräuschlos das Zimmer und setzte sich zu Rebekka aufs Bett. Dann tastete sie nach Rebekkas Stirn. Ihre Hand war so kalt wie der Tod. „Fieber hast du keins“, flüsterte sie. „Soll ich uns einen Tee kochen?“

„Warum bist du so früh zu Hause?", krächzte Rebekka. „Ich hab die Uhr gehört. Es ist erst sechs."

Ihre Mutter antwortete nicht. Lange Zeit wartete Rebekka. Aber dann bemerkte sie plötzlich die Erschütterungen, die durch den Körper ihrer Mutter gingen. Weinte sie etwa?

Erschrocken richtete sich Rebekka auf. „Mutti!", flüsterte sie schockiert. „Was ist denn passiert?"

Louise riss die Hände vors Gesicht und schluchzte auf. „Es ist alles so schrecklich", brach es aus ihr hervor. Und dann ließ sie ihren Tränen freien Lauf.

Rebekka saß hilflos daneben. Sie hatte ihre Mutter noch nicht oft weinen sehen. Verlegen streichelte sie ihren Arm.

„Ich konnte ihn eigentlich nie leiden", schluchzte ihre Mutter. „Aber das hier ... das hat doch niemand verdient!"

Eine böse Vorahnung beschlich Rebekka. „Was verdient?", presste sie hervor. „Gibt ... gibt es etwas Neues?" Sie beugte sich vor und packte ihre Mutter mit beiden Händen an den Oberarmen. „Ist irgendetwas passiert? *Ist er tot?*"

„Einen Finger!", wimmerte Louise. „Sie haben einen Finger geschickt!"

„Was?", stammelte Rebekka. Sie begriff überhaupt nichts.

„Als Lebenszeichen", schluchzte ihre Mutter. „Einen Finger als Lebenszeichen. Wer tut denn so was?"

Rebekka sprang mit einem Satz aus dem Bett, hechtete zur Tür und schaltete das Licht an. Dann torkelte sie zu ihrer Mutter zurück. „Ein Finger ist doch kein Lebenszeichen!", schrie sie ihre Mutter an. „Was redest du nur für einen Unsinn!"

„Doch", antwortete ihre Mutter, während sie mühsam gegen die plötzliche Helligkeit anblinzelte. „Natürlich ist er das. Sie haben ihn untersucht. Wenn er von einem Toten stammen würde, könnten sie das feststellen."

Rebekka fiel vor ihrer Mutter auf die Knie. „Aber es kann unmöglich Chris' Finger sein!", schrie sie. „Unmöglich!" Sie packte ihre Mutter an den Oberarmen und schüttelte sie.

„Aber, Kind, jetzt beruhige dich doch. Du bist ja ganz außer dir. Und dabei geht es dir doch nicht gut! Ich ... ich wusste nicht, dass du solchen Anteil daran nehmen würdest. Sonst hätte ich es dir gar nicht erzählt!"

Rebekka rappelte sich hoch. „Ich“ – sie sah sich hektisch im Zimmer um, lief dann zum Schreibtisch und griff nach ihrem Autoschlüssel –, „muss noch mal weg!“

„Aber, Rebekka“, rief Louise noch hinter ihr her, „wohin denn?“

❖

Rebekka war noch nie so schlecht Auto gefahren wie an diesem Abend. Sie nahm Bordsteinkanten mit, missachtete Vorfahrtsregeln und überfuhr schließlich sogar eine rote Ampel. Es war ihr unmöglich, sich auch nur im Geringsten zu konzentrieren. Ihre Gefühle schlugen so weit aus wie das Pendel einer Uhr. Sie schwankte zwischen hemmungsloser Wut, der verzweifelten Hoffnung, dass Völle sich einen fremden Finger besorgt hatte, und abgrundtiefer Angst um Chris' Leben. Dass Chris noch gelebt hatte, als ihm der Finger amputiert worden war, nützte ihr nichts. Alles war auf einmal möglich.

Als Rebekka in die Straße einbog, in der Völle und Babbel wohnten, wich das Chaos ihrer Empfindungen einem Gefühl vollkommener Hilflosigkeit. Sie hatte keine Ahnung, was sie jetzt tun sollte. Sie wollte, *musste* wissen, was mit Chris los war. Aber wie sollte sie das anstellen? Völle hatte sie gewarnt. Sie konnte ihn nicht einfach zur Rede stellen. Aber was sollte sie stattdessen tun?

„Heilige Jungfrau Maria“, betete sie, „hilf mir doch!“

Sie parkte ihren Wagen in möglichst großer Entfernung zum Haus und stieg aus. Langsam, wenn nicht gar widerstrebend, ging sie auf Völles und Babbels Haus zu. Es war dunkel, doch wiesen ihr die Straßenlaternen den Weg. Obwohl es trocken und nicht wirklich kalt war, fror Rebekka schon nach wenigen Schritten. Da sie in der Aufregung vergessen hatte, eine Jacke mitzunehmen, stand sie nur in Jeans und dem schwarz-weiß-grau gestreiften Pullover da. Ein kräftiger Wind wehte ihr entgegen, drang durch ihre Kleidung und schien alles zu tun, um sie wieder von hier zu vertreiben. Rebekka kämpfte sich trotzdem vorwärts. Zu ihrer Rechten registrierte sie gepflegte Gärten mit Spielgeräten und geschmackvoll dekorierte Eingangstüren. Es war so absurd, dass man diese idyllische Wohngegend zum Schauplatz eines Verbrechens erkoren hatte.

Als Rebekka das Haus ihres Onkels erreichte, blieb sie erst einmal unentschlossen davor stehen. Eine kleine Lampe über der Eingangstür erhellte zumindest den Zugangsweg. Ansonsten war alles dunkel, einige Rollläden waren heruntergezogen.

Mittlerweile war es Rebekka so kalt, dass sie am ganzen Körper zitterte. Um wenigstens *etwas* zu tun, näherte sie sich dem Haus, tigerte eine Zeitlang davor auf und ab und entschied sich schließlich, die Fenster im Erdgeschoss auf die Möglichkeit eines Einbruchs zu untersuchen. Vorn half ihr der beigefarbene Putz des Hauses, der das Licht über der Eingangstür zumindest ein bisschen reflektierte. Hinten allerdings musste sich Rebekka vollständig auf ihren Tastsinn verlassen. Leider erreichte sie nichts. Wäre ein Fenster gekippt gewesen, dann hätte sie es vielleicht öffnen können. Aber sie entdeckte nichts, das ihr weiterhalf. Kein Fenster war offen. Und die Kellerschächte? Alle bombenfest verrammelt und mit Vorhängeschlössern gesichert. Aber wahrscheinlich hätte sie sie mit ihren steifen, fast schon gefrorenen Fingern ohnehin nicht mehr öffnen können. Ihr war so kalt, so entsetzlich kalt!

In ihrer Not kehrte Rebekka an die Vorderfront zurück, blieb ganz nah am Haus und drückte sich in eine Nische direkt neben der Eingangstür. Wenigstens war sie hier ein kleines bisschen vor dem furchtbaren Wind geschützt!

Eine Weile schloss sie die Augen und versuchte, sich vorzustellen, wie sie in eine große, warme Badewanne eintauchte. Stattdessen erschien dann allerdings eine verschneite Winterlandschaft vor ihrem geistigen Auge. Rebekka war noch damit beschäftigt, diese zu vertreiben, als sie von einem plötzlichen Geräusch aufgeschreckt wurde. Sie öffnete die Augen und sah ... einen Rücken, der ihr durchaus bekannt vorkam. Jürgen hüstelte ein paar Mal und trat von einem Bein aufs andere, dann ertönte das Klicken seines Feuerzeugs, und er zündete sich eine Zigarette an. Schon wenige Sekunden später wehte der penetrante Geruch zu Rebekka herüber. Diese brauchte erstaunlich lange, bis sie begriffen hatte, was hier vor sich ging. Dann aber warf sie einen forschenden Blick in Richtung Eingangstür. Und tatsächlich, sie war nur angelehnt! Jürgen war hier draußen, um seine Sucht zu befriedigen! Niemals, niemals zuvor, hatte Rebekka dieses Laster so sehr begrüßt! Jetzt zögerte sie keine Sekunde mehr. So schnell, wie sie konnte, schlich sie in Richtung Tür, drückte sie vorsichtig auf, schlüpfte hindurch und brachte sie anschließend in ihre Ursprungsposition zurück. Dann blieb sie bewegungslos im dunklen Flur stehen.

Zu ihrer Verwunderung blieb es mucksmäuschenstill um sie herum. Niemand schien ihr Eindringen bemerkt zu haben. Klopfenden Herzens setzte sie ihren Weg fort, steuerte auf die Kellertreppe zu und schlich in vollkommener Dunkelheit die Stufen hinunter. Jetzt war es nicht mehr weit. Sie durchquerte den Kellerflur und ertastete sich den Weg bis zur feuerfesten Metalltür. Dass im Keller kein Licht brannte, war ein gutes Zeichen. Es deutete darauf hin, dass Chris allein war … oder längst verscharrt? Sie schüttelte heftig mit dem Kopf, um den furchtbaren Gedanken zu verscheuchen. Vorsichtshalber legte sie ihr Ohr ans Türblatt. Da sie nichts hörte, tastete sie nach der Türklinke. Sie fand sie so schnell, dass sie sich die Hand daran stieß. Vor Schmerz sog sie zischend Luft durch den Mund ein. Dann schüttelte sie heftig die pochende Hand. Als der Schmerz nachließ, startete sie einen zweiten Versuch. Direkt unter der Türklinke ertastete sie den Schlüssel. Sie drehte ihn im Schloss herum, atmete noch einmal tief durch und öffnete dann die Tür.

Bange Sekunden lang konnte sie weder etwas hören noch etwas sehen. Es war stockfinster hier unten!

„Chris?“, flüsterte sie ängstlich in den Raum hinein.

Im nächsten Augenblick hörte sie ein Rascheln. „Rebekka?“, flüsterte es ungläubig von dort.

Rebekka war so erleichtert, dass sie all ihre Vorsicht vergaß. Sie sprang förmlich durch die Tür und eilte in die Richtung, in der sie Chris vermutete. Dabei verschätzte sie sich jedoch ein wenig. Viel schneller, als sie das vermutet hätte, stolperte sie über ein Hindernis, verlor das Gleichgewicht und fiel. Seltsamerweise landete sie ausgesprochen weich. Den Grund dafür verriet ein jämmerliches Stöhnen.

„Chris, oh, nein!“, rief sie entsetzt und kletterte so ungeschickt von ihm herunter, dass er ein weiteres Mal aufstöhnte. „Es tut mir so leid! Ehrlich! Das wollte ich doch nicht!“

In der darauffolgenden Stille atmete Chris so laut, dass Rebekka seinen Schmerz geradezu hören konnte.

„Hab ich dich verletzt?", jammerte sie. Gleichzeitig versuchte sie zu ertasten, wo bei ihm oben und unten war.

„Du nicht", presste Chris hervor. Trotz seiner Verfassung war der vorwurfsvolle Unterton in seiner Stimme nicht zu überhören.

„Was ... was haben sie gemacht?", fragte Rebekka weinerlich. Sie kannte die Antwort längst. Wahrscheinlich war sie direkt auf seine verstümmelte Hand gefallen.

„Sie hätten mich wenigstens betäuben können", brach es aus ihm hervor. „Wenigstens das. Aber dein sauberer Onkel" – er keuchte vor Wut einmal auf –, „hatte auch noch Spaß dabei."

Rebekka schluckte schwer. Mittlerweile kniete sie neben seinen Schultern. „Welcher Finger ist es?", krächzte sie schließlich.

„Der Kleine. Den braucht man nicht so dringend, hat er gesagt. Und dass ich mich nicht so anstellen soll."

Rebekka rieb sich unwillkürlich die Finger. „Es tut mir so leid, Chris", flüsterte sie. „Wenn du mir das nur glauben könntest ..."

„Oh, ich glaube dir ja", lachte Chris gekünstelt. „Wie alles, was du sagst. Inklusive der Aussage, dass deine Familie im Grunde genommen harmlos ist."

Rebekka senkte den Blick. „Chris ... ich wusste es nicht!"

„Ein netter Spruch!", fuhr Chris sie an. „Du darfst ihn gern auf mein Grabgesteck schreiben."

„Hör bitte auf", jammerte Rebekka. „Du hast Schmerzen, das verstehe ich. Du bist erschöpft. Es geht dir schlecht. Aber verlier jetzt bitte nicht den Mut. Du kommst heil aus dieser Sache raus, das verspreche ich dir."

„Heil?" Chris Stimme entgleiste fast. „Das ist doch ein Witz! Ich besitze noch genau neun Zehntel meiner Finger. Von meiner Seele sind vielleicht noch 50 Prozent übrig. Und du wagst es, das ‚heil' zu nennen?"

Rebekka schluckte. Daraufhin schwieg auch Chris. Geraume Zeit sagten beide kein Wort.

Irgendwann meinte Chris ganz plötzlich: „Warum hast du kein Licht angemacht?"

„Sie wissen nicht, dass ich hier bin", flüsterte Rebekka.

„Nein?“ Chris' Stimme klang auf einmal ganz anders. „Aber dann ... dann kannst du mir zur Flucht verhelfen!“ Er hob den Kopf. „Ich bin zwar gefesselt, aber nirgends angebunden. Und meine Füße sind auch frei. Mit *der* Hand trauen sie mir eine Flucht wohl nicht mehr zu. Wir müssen nur hier rausmarschieren, oder?“

„Nein, Chris“, erschrak Rebekka. „Das ist viel zu gefährlich! Wenn sie uns erwischen, bringt er uns um!“

„*Mich* bringt er auch so um!“, rief Chris. Dann aber senkte er seine Stimme und zwang sich zur Ruhe. „Überleg doch mal, Rebekka! Ich kenne seine Identität. Und du weißt jetzt, wozu er fähig ist. Bitte, Rebekka, wenn du mir nicht hilfst, gehe ich hier drauf. Bitte!“

Rebekka nickte langsam. Es gab ohnehin keine wirkliche Alternative.

„Also gut ... komm!“ Sie packte ihn an den Schultern und zog ihn in eine sitzende Position. „Ich bring dich raus. Um deine Hände kümmern wir uns später.“ Die plötzliche Entschlossenheit verlieh ihr Kraft. Sie sprang auf, trat hinter Chris, griff mit beiden Händen unter seine Achseln und zog ihn auf die Beine.

Unglücklicherweise entwich Chris ein klägliches Stöhnen und er sackte wieder auf die Matratze zurück.

„Was hast du denn?“, erschrak Rebekka. „Hab ich dir wehgetan?“

„Nein“, keuchte Chris. „Es ist nur ...“ Er verstummte.

„Jetzt sag schon“, flehte Rebekka.

„Ich weiß gar nicht ... wo oben und unten ist.“ Seine Stimme klang gequält.

„Wir versuchen es noch einmal langsamer, ja?“ Rebekka packte ihn erneut unter den Achseln und zog ihn ganz vorsichtig Zentimeter für Zentimeter in die Höhe. Es dauerte eine Weile, aber dann spürte sie, wie sein Gewicht nachließ und er immer mehr auf seinen eigenen Füßen stand. Schließlich schwankte er auch nicht länger. „Meinst du, du kannst laufen?“

„Ich *will* laufen“, lautete die Antwort.

„Dann komm!“ Rebekka hatte es auf einmal furchtbar eilig. Vorsichtig, aber nicht unbedingt langsam schob sie Chris vorwärts in Richtung Tür. Mittlerweile hatten sich ihre Augen so sehr an die Dunkelheit gewöhnt, dass sie Umrisse erkennen konnte.

All ihre Sinne waren jetzt aufs Äußerste geschärft. Mit weit geöffneten Augen starrte sie in die Dunkelheit hinein. Ihre Ohren waren auf jedes Geräusch vorbereitet, das das Herannahen von Jürgen, Vincent oder Völle ankündigen könnte. Und ihr Tastsinn achtete auf jede Regung, jede Bewegung von Chris, damit sie sofort reagieren konnte, wenn irgendetwas nicht stimmte.

So gelangten sie bis zur Tür.

„Lehn dich gegen die Wand", befahl Rebekka. „Ich brauche eine Hand, um die Tür zu öffnen."

Chris gehorchte.

Als Rebekka sichergestellt hatte, dass das Licht im Flur noch ausgeschaltet und die Luft rein war, schlüpften sie gemeinsam durch die Tür. Sie hatten den Flur kaum betreten, als bei Rebekka wie auf Knopfdruck das Nachdenken wieder einsetzte. Sie wusste auf einmal eines: Wenn sie jetzt erwischt wurden, gab es keine plausiblen Ausreden mehr. Dann würde Völle sie gleich beide umbringen.

Komisch, dachte sie, *auf einmal zweifle ich kein bisschen mehr daran, dass er zu einem Mord fähig ist.* Sie schauderte.

„Wir schaffen das", flüsterte Chris, der ihre Reaktion bemerkt hatte. „Bitte, gib jetzt nicht auf."

Rebekka schluckte ihre Angst hinunter und setzte ihren Weg fort. Unbehelligt gelangten sie bis zur Treppe und schleppten sich die Stufen hinauf.

Auf halbem Weg blieb Rebekka urplötzlich stehen.

„Was ist los?", flüsterte Chris.

Doch es war nicht nötig, dass Rebekka antwortete. Wenige Meter vor beziehungsweise über ihnen öffnete sich plötzlich die Haustür und eine dunkle Gestalt betrat das Innere des Hauses. Mit ihr wehte eine Brise Zigarettenrauch zu Chris und Rebekka herüber.

„Scheiß Kälte", murmelte eine Stimme, die unschwer als die von Jürgen zu erkennen war.

Dann ging das Licht im Flur an. Nicht irgendeines, sondern eine wahre Festbeleuchtung.

Rebekka und Chris erstarrten. Sie standen mitten im Lichtkegel, der vom Flur aus auch ihren Standort mitten auf der Treppe erreichte.

Derweil war Jürgen damit beschäftigt, seine Jacke auszuziehen und an die Garderobe zu hängen. Als er es nach drei Versuchen endlich geschafft hatte, rieb er sich erst einmal ausgiebig die Hände. Seiner Tochter und seinem Entführungsopfer drehte er derweil den Rücken zu.

Als ein Geräusch ertönte, das ganz nach einer Tür klang, die geöffnet wurde, zuckte er merklich zusammen.

„Mach gefälligst das Licht im Flur aus", erschallte Völles Befehl aus Richtung Küche. „Es müssen doch nicht alle wissen, dass wir zu Hause sind."

„Aber ich brech mir die Haxen im Dunkeln!", protestierte Jürgen.

„Und wenn du dir das Genick brichst!", fauchte Völle.

Jürgen grummelte irgendetwas und drehte sich in Richtung der beiden Flüchtlinge.

Rebekka schloss die Augen und erwartete die Katastrophe. Neben ihr schwankte auch Chris bedrohlich hin und her.

Aber dann ging plötzlich das Licht aus.

Rebekka riss ihre Augen wieder auf. Im nächsten Moment hörte sie, wie eine Tür geschlossen wurde, dann war Ruhe.

„Wie ist das möglich?", flüsterte sie benommen.

„Er hat uns einfach übersehen", antwortete Chris, nicht minder verstört. Wieder einmal schwankte er in Rebekkas Armen.

„Dann komm jetzt", flüsterte Rebekka. „Soviel Glück hat man nur ein Mal."

So schnell es ging, setzten beide ihren Weg fort. Sie erreichten die Haustür, konnten sie problemlos öffnen und traten gleich darauf an die kühle Nachtluft.

Während Rebekka die Tür fast geräuschlos wieder ins Schloss zog, atmete Chris die Luft wie ein beinahe Erstickter in sich hinein. „Das ist unglaublich", flüsterte er schließlich. „Nie hätte ich gedacht, dass Luft so köstlich schmecken kann."

„Beeil dich", drängte Rebekka und schob ihn auch schon weiter.

„Abends raucht mein Vater die meisten Zigaretten."

Das Argument zog und so schwankten sie gemeinsam vorwärts,

den Weg entlang bis zur Straße. Rebekka führte Chris nach links, den Fußweg entlang, in die Richtung, in der sie Peppo geparkt hatte. Dass sie es dabei ein wenig zu eilig hatte, merkte sie erst, als Chris plötzlich einknickte und zu Boden sank.

„Hey“, machte sie erschrocken und konnte gerade noch verhindern, dass er vollends hinfiel. „Was ist?“

„Tut mir leid“, murmelte Chris benommen und atmete noch verzweifelter.

Sie waren jetzt nicht mehr weit von einer Straßenlaterne entfernt, und so konnte Rebekka ihn zum ersten Mal ein wenig betrachten. Ihr fiel sofort der dicke Verband auf, mit dem seine linke Hand umwickelt war. Obwohl er von der Form her eher einem weißen Boxhandschuh ähnelte, hatte er rote Flecken. Entsetzt starrte sie auf das, was wohl Blut sein musste. Wie hatte man seine verletzten Hände nur fesseln können?

„Du musst dich jetzt zusammenreißen“, krächzte sie schließlich. „Nur noch fünfzig Meter. Wenn wir den Wagen erreichen, sind wir gerettet!“

„Ja“, keuchte Chris und rappelte sich mit Rebekkas Hilfe wieder hoch. Dann setzten sie ihren Weg fort, wobei Rebekka das Tempo jedoch ein wenig drosselte. Sie hatte jetzt begriffen, wie fertig er war. Wenn er zusätzlich zu den Strapazen der Entführung, seiner Nierenerkrankung, der Gehirnerschütterung und den Schmerzen an der Hand auch noch viel Blut verloren hatte, war es kein Wunder, dass er kurz vor dem Zusammenbruch stand. Er musste dringend in ein Krankenhaus!

Tapfer kämpften sie sich vorwärts, bis Peppo in Sicht kam. Rebekka schob Chris bis zur Beifahrertür, kramte ihren Schlüssel hervor und schloss mit zitternden Fingern auf.

„Dieses eine Mal“, presste Chris mühsam hervor, „wäre Stuart mir lieber gewesen als Peppo.“

Einen Moment lang starrte Rebekka ihn an. Hatte er sich wirklich den Namen ihres Autos gemerkt? Und den Namen, den sie seinem Wagen gegeben hatte? Diese Erkenntnis freute sie so sehr, dass sie für einen Augenblick ihre Angst vor Völle vergaß. Chris' Gesichtsausdruck holte sie dann aber schnell auf den Boden der Tatsachen zurück. Irrte sie sich oder verdrehte er schon die Augen?

Fast panisch riss sie Peppos Tür auf und verfrachtete Chris auf den Beifahrersitz. Es kam ihr nun zugute, dass er während der Entführung stark abgemagert war. Sonst hätte sie ihn bestimmt nicht bis hierher bekommen.

Sie warf die Tür hinter ihm ins Schloss, eilte um den Wagen herum, schloss auch die Fahrertür auf und schlüpfte ebenfalls ins Auto. Dann ließ sie den Motor an, verzichtete aber darauf, das Licht anzuschalten. Um zu vermeiden, noch einmal an Völles und Babbels Haus vorbeifahren zu müssen, beschloss sie, den Wagen zu wenden und in der anderen Richtung zurückzufahren. Das allerdings war leichter gesagt als getan. Die Parklücke, in der sich Peppo befand, war äußerst klein. Während sie wie ein Weltmeister zu kurbeln begann, konnte sie Chris' Gedankengang nachvollziehen. Zum ersten Mal in ihrem Leben wünschte auch sie sich einen Stuart herbei. Er besaß wenigstens Servolenkung.

Rebekka war bereits aus der Parklücke gefahren und nun damit beschäftigt, in drei Zügen auf der Straße zu wenden, als sie Chris plötzlich aufstöhnen hörte.

Ruckartig wandte sie den Kopf. Sekundenbruchteile fragte sie sich, warum Chris voller Panik versuchte, mit dem Ellenbogen die Beifahrertür zu verriegeln. Dann tauchte das wutverzerrte Gesicht von Völle an der Beifahrertür auf, begleitet von dem Geräusch, das entstand, wenn jemand versuchte, eine verschlossene Autotür zu öffnen. Einen Moment lang war Rebekka vor Entsetzen wie gelähmt, dann sah sie, wie Völle von der Tür abließ und mit der Geschwindigkeit eines Geparden das Auto umrundete.

Rebekka kreischte auf und schlug nun ihrerseits panisch auf den Knopf ein, der die Verriegelung gewährleistete. Gleichzeitig trat sie ohne Sinn und Verstand auf Peppos Gaspedal. Der Wagen schoss vorwärts, knapp an Völles Gestalt vorbei und direkt in ein Auto hinein, das auf der entgegengesetzten Straßenseite parkte. Es schepperte und rummste, Rebekka wurde gegen das Lenkrad geworfen, Chris' Kopf schlug hart gegen das Armaturenbrett.

Rebekka war im ersten Moment etwas benommen, wurde aber von einem erneuten Adrenalinstoß durchflutet, als Völle direkt neben ihr gegen die Scheibe klopfte.

„Mensch, Mädchen, mach die Tür auf“, beschwor er sie. Seine Stimme klang gedämpft, war aber dennoch deutlich zu hören. „Ich tu dir auch nichts. Mach einfach die Tür auf.“

Rebekka schluckte und starrte ihn aus großen Augen an.

„Mach die Tür auf“, wiederholte Völle, dieses Mal schon strenger. „Noch können wir alles wieder geradebiegen.“

Rebekka rührte sich nicht. Äußerlich war sie wie erstarrt, innerlich stand sie kurz vor der Explosion. Ihr Herz drohte jeden Moment aus ihrem Brustkorb zu springen. Auf ihrer Oberlippe hatten sich kleine Schweißperlen gebildet. In diesem Augenblick war Völle der Inbegriff der Bedrohung für sie. Der schwarze Mann ihrer Kindheit.

„Mach die Tür auf, Becky“, wiederholte Völle ein weiteres Mal. Seine Stimme klang ruhig, aber unerbittlich. Seine Augen waren bloße Schlitze, aus denen schwarze Funken zu sprühen schienen.

Rebekka wandte den Kopf nach rechts. Dort waren ein paar Lichter angegangen, die daraufhindeuteten, dass gleich ein paar Anwohner auf der Straße stehen würden. Aber auf deren Hilfe konnte sie sich nicht verlassen. Rebekkas Blick blieb an Chris hängen. Er war bewusstlos auf seinem Sitz zusammengesunken. An seiner Stirn klaffte eine blutende Wunde. Wenn sie Völle nachgab, da war sie sich sicher, war sein Leben keinen Pfifferling mehr wert.

Ganz langsam wanderte ihr Blick zu Völle zurück. In ihren Augen stand die blanke Angst. Und dann schüttelte sie fast bedauernd den Kopf, trat auf die Kupplung und legte den Rückwärtsgang ein.

Völle brüllte auf wie ein verwunderter Löwe und begann mit dem Ellenbogen gegen Rebekkas Fensterscheibe zu hämmern. Dabei stieß er Schmerzensschreie aus, die Rebekka durch Mark und Bein gingen, aber trotzdem nichts an der Entschlossenheit änderten, die auf einmal von ihr Besitz ergriffen hatte. Ohne noch einmal nach links zu schauen, trat sie erneut aufs Gaspedal und drehte gleichzeitig das Lenkrad. Der Wagen löste sich ohne Probleme aus der Verkeilung mit dem anderen Wagen, fuhr ein Stück rückwärts und erreichte dabei die ideale Position, um in der gewünschten Richtung weiterzufahren.

Rebekka wechselte in den Vorwärtsgang.

Aber als sie wieder aufblickte, stand auf einmal ein Hindernis vor dem Wagen: Völle! Er hatte sich breitbeinig vor Peppo aufgebaut und legte jetzt die Hände auf die Kühlerhaube, so als wollte er den Wagen mit den Händen stoppen. Sein Gesicht war wutverzerrt. Auf seiner Stirn traten die Adern hervor.

Rebekka stockte der Atem. Sie war auf einmal vollkommen hilflos und wusste überhaupt nicht mehr, was sie tun sollte. „Chris“, flüsterte sie verzweifelt. „Chris!“

Aber Chris rührte sich nicht und so tat Rebekka das Einzige, was ihr jetzt noch einfiel. Sie versuchte, den Rückwärtsgang einzulegen, hatte jedoch so zittrige Hände, dass es ihr erst beim vierten Versuch gelang. Dann trat sie erneut aufs Gaspedal. Der Wagen sauste rückwärts. Aber natürlich hatte Rebekka auch dieses Mal viel mehr Geschwindigkeit drauf, als sie kontrollieren konnte. Der Wagen kam erneut vom Weg ab und rammte ein weiteres parkendes Fahrzeug. Glücklicherweise wurden Rebekka und Chris dieses Mal nach hinten geworfen, gegen die weiche Rückenlehne.

Umso schneller erholte sich Rebekka von diesem weiteren Schock. Sie trat die Kupplung und legte den Vorwärtsgang ein. Als sie ihren Blick wieder nach vorn richtete, schlenderte Völle gerade ganz gemächlich mit verschränkten Armen und siegessicherer Miene auf sie zu. Ob er ihr einfach nicht zutraute, ihn über den Haufen zu fahren?

Rebekka starrte in Völles selbstzufriedenes Gesicht und spürte, wie die blanke Wut in ihr hochstieg. Völle hatte natürlich recht. Sie würde nie bewusst einen Menschen überfahren. Aber das hieß noch lange nicht, dass sie so ohne Weiteres aufgab!

„Brauchen Sie vielleicht Hilfe?“, rief eine beunruhigte Männerstimme von rechts.

„Nein, nein. Die Polizei ist schon benachrichtigt!“, gab Völle zurück und winkte dem Anwohner freundlich zu. Dann schlenderte er weiter auf Rebekka zu.

Diese riss die Hände vors Gesicht und begann zu schluchzen.

„Onkel Volkhard“, schluchzte sie lautstark, „es tut mir so leid. Ich wollte Chris doch nur helfen. Und ich wusste keine andere Lösung!“

„Schon gut, mein Kind", antwortete Völle gönnerhaft. Seine Stimme klang jetzt schon fast so laut wie vorhin und schien von links zu kommen.

„Aber was sollen wir denn jetzt nur tun?"

„Mach einfach die Tür auf, Becky", empfahl Völle. „Dann bring ich alles wieder in Ordnung." Jetzt klang seine Stimme wirklich ganz nah. Und sie kam *direkt* von links!

Rebekka blickte auf und sah Völle direkt neben sich stehen. Sie fing seinen erstaunten Blick auf, als er registrierte, dass ihr Gesicht weder verweint noch verzweifelt aussah. Dann trat sie kräftig, aber längst nicht so unkontrolliert wie zuvor aufs Gaspedal. Der Wagen fuhr ohne Schwierigkeiten an, Rebekka lenkte hoch konzentriert und schaffte es tatsächlich in die Richtung, in die sie von vornherein hatte fahren wollen. Neben sich hörte sie die wilden Flüche, die Völle ausstieß, als er merkte, dass sie ihn übers Ohr gehauen hatte. Seine Fingernägel schrammten über Peppos Lack. Aber sie reagierte nicht darauf, fuhr einfach weiter, mit heftig pochendem Herzen zwar, aber auch mit einer Entschlossenheit, die ihresgleichen suchte.

Es dauerte viele Kilometer und es kostete zig Blicke in den Rückspiegel, bis sie sich nicht mehr verfolgt fühlte. Glücklicherweise war sie die Strecke schon öfter gefahren, und so wusste sie trotz ihres Gemütszustandes, wie sie fahren musste, um ein Krankenhaus zu erreichen.

„Chris", wandte sie sich an den Verletzten, als sie vor einer roten Ampel warten musste.

Doch sie erhielt keine Antwort.

„Chris!", sprach sie ihn ein weiteres Mal an und rüttelte sanft an seinem linken Arm.

Der Angesprochene begann, leise zu stöhnen, reagierte aber nicht. Die Ampel schaltete auf Grün. Rebekka fuhr weiter. Sie hätte natürlich anhalten können, um nach Chris zu sehen. Aber dadurch wäre wertvolle Zeit verstrichen, und es erschien ihr sinnvoller, so schnell wie möglich ins Krankenhaus zu kommen.

„Chris!", sprach sie ihn ein paar Minuten später erneut an.

Chris gab ein unterdrücktes Stöhnen von sich.

„Wach auf!", befahl Rebekka und streckte erneut den Arm aus, um ihn zu rütteln. „Du musst aufwachen."

„Was?“, krächzte Chris.

„Rede mit mir, Chris. Wie geht es dir?“

„Gut“, stieß dieser hervor. Aber es klang ein wenig lallend. „Aber dein Onkel ...“

Rebekka versuchte derweil, so viel Geschwindigkeit wie nur möglich aus Peppo herauszuholen. „Er konnte uns nicht aufhalten.“

„Du bist tough“, flüsterte Chris anerkennend. „Du hast mir das Leben gerettet.“

„Ich weiß“, nickte Rebekka und schluchzte voller Verzweiflung auf. Ihr war auf einmal klar geworden, was sie sich und ihrer Familie damit eingebrockt hatte.

Chris wandte vorsichtig den Kopf. „Nicht gut?“

„Doch gut“, sagte Rebekka tapfer. „Es war richtig so. Dein Leben war in Gefahr.“ Sie dachte an Völle. „Ich hätte es mir viel früher eingestehen müssen.“

Chris atmete schwer neben ihr. „Und jetzt?“

„Zuerst bringe ich dich in ein Krankenhaus und dann ...“ Rebekka schluckte schwer. „Denkst du, ich sollte mich stellen?“

„Nein! Nein!“ Er schüttelte ein wenig den Kopf, stöhnte dann aber auf und unterließ jede weitere Bewegung. Stattdessen schloss er die Augen und legte seinen Kopf vorsichtig an der Nackenstütze ab. „Das ist keine gute Idee.“ Er musste innehalten und einen Moment Kräfte sammeln, bevor er weitersprechen konnte. „Selbst wenn ich ihnen sage, dass du mich gerettet hast, werden sie dich verknacken. Nein, ich muss versuchen, dich da rauszuhalten.“

„Das kannst du gar nicht!“, brach es voller Verzweiflung aus Rebekka heraus. „Selbst wenn nur Jürgen und Vincent ins Gefängnis wandern, geht mein Leben den Bach runter. Und Mutti ...“

„Dann werd ich euch alle da raushalten“, krächzte Chris. Dafür, dass es ihm so schlecht ging, war er erstaunlich klar. „Ich sag, dass ich mich an überhaupt nichts erinnern kann.“

„Das würdest du für mich tun?“ Rebekka schöpfte Hoffnung, doch hielt dieses Gefühl nicht lange an, weil sie jetzt auf das Gelände des Krankenhauses abbog. Ein beleuchtetes Schild wies den Weg zur Notaufnahme. Rebekka folgte ihm und entdeckte schon kurze Zeit später den entsprechenden Eingang. Dass es hier keine Parkplätze gab, kümmerte sie wenig. Sie hielt einfach an, schaltete den Motor aus und wandte sich Chris zu.

„Ach, du grüne Neune", entfuhr es ihr. Mit Entsetzen betrachtete sie das Blut, das sich von der Stirn aus über sein halbes Gesicht ergossen hatte. Der Kontrast zu seiner kalkweißen Gesichtsfarbe rief ein Gefühl der Panik in ihr hervor. „Ich hole jemanden!" Dann sprang sie aus dem Wagen und eilte auf das riesige Gebäude zu. Durch eine Glastür gelangte sie in einen schmalen Flur, der nur spärlich beleuchtet war. Menschen waren nicht zu entdecken.

„Hilfe!", schrie sie lautstark. Sie hatte immer noch Chris' Gesicht vor Augen. „Hilfe!"

Sofort öffnete sich eine der umliegenden Türen und eine Krankenschwester eilte auf sie zu. Sie war klein und dicklich. „Was ist los?"

„Im Wagen!", rief Rebekka. „Ein Unfallopfer! Wir brauchen eine Trage!"

Die Krankenschwester machte auf dem Absatz kehrt und rannte in ihr Zimmer zurück. Schon Sekunden später öffnete sich eine Glastür am anderen Ende des Flures und zwei in Weiß gekleidete Männer rannten mit einer Trage auf Rebekka zu.

„Im Auto!", wiederholte Rebekka und rannte schon einmal vor. Obwohl sie den beiden Männern noch die Eingangstür aufhielt, gelangte sie als Erste zum Wagen. Als sie die Beifahrertür aufriss, lächelte Chris ihr zwar beruhigend zu, doch änderte das nichts an seinem erbärmlichen Anblick.

„Zur Seite", befahl einer der beiden Männer. Im nächsten Moment keuchte er erschrocken auf. „Der ist ja gefesselt!" Trotz dieser Erkenntnis packte er Chris unter den Achseln, zog ihn vorsichtig aus dem Wagen und legte ihn mithilfe des zweiten Mannes vorsichtig auf der Trage ab. Dann eilten sie mit ihrer Last ins Gebäude zurück. Rebekka rannte mit ihnen.

„Was können Sie mir über seine Verletzungen sagen?", erkundigte sich der eine der beiden Männer schon beim Laufen.

„Gehirnerschütterung", antwortete Rebekka keuchend. „Hoher Blutverlust. Er nimmt regelmäßig Medikamente, weil seine Niere nicht richtig funktioniert. Ciclosporin. Bitte, Sie müssen ihm helfen!"

„Was ist das denn für ein Durcheinander?“, antwortete der Mann atemlos. „Sie hatten doch was von Unfall gesagt!“

„Ja, einen Unfall hatten wir auch“, entgegnete Rebekka und hielt den Männern erneut die Tür auf. „Aber das ist nicht das Einzige! Denken Sie an seine Nieren, bitte! Das dürfen Sie nicht vergessen!“

Rebekka blieb an der Tür stehen und blickte den Männern nach, die mit Chris den Flur entlangliefen. Als sie hinter einer weiteren Tür verschwunden waren, ließ Rebekka die Glastür zufallen, drehte sich um und ging zu ihrem Wagen zurück. Sie hatte ihn gerade erreicht, als jemand ihr etwas nachrief. „Jetzt warten Sie doch mal! Wir brauchen doch noch den Namen und die Daten des Verletzten!“

Rebekka drehte sich um und sah die Krankenschwester von vorhin in der Glastür stehen.

Sie schluckte. Es war unmöglich, Chris' Namen zu nennen und sich nicht der Gefahr auszusetzen, von der Polizei verhört zu werden. Chris hatte versprochen zu schweigen. Das durfte sie jetzt nicht aufs Spiel setzen! Sie ging auf die Fahrertür zu.

„Bleiben Sie hier!“, befahl die Schwester.

Rebekka stieg in den Wagen und fuhr mit quietschenden Reifen davon.

Kapitel 18

Rebekka war noch nicht lange gefahren, als ihr plötzlich klar wurde, dass sie gar nicht wusste, wohin sie eigentlich unterwegs war.

Völles Flüche hallten ihr noch in den Ohren und erinnerten sie daran, dass ihr Onkel eine Mordswut im Bauch hatte. Sicher war er längst auf der Suche nach ihr. Und dann? Was war, wenn er sie fand? Konnte sie dann noch mit Milde rechnen?

Sicher nicht! Aus Völles Sicht hatte sie ihn um ein Vermögen gebracht und ihm außerdem die Polizei auf den Hals gehetzt. Chris hatte ihr zwar versprochen, sie nicht zu verraten. Aber wie sollte sie Völle begreiflich machen, dass Chris ein Mensch war, dem man vertrauen konnte, der seine Versprechen hielt? Es würde Wochen, wenn nicht gar Monate dauern, bis Völle sicher sein konnte, dass Chris tatsächlich den Mund gehalten hatte.

Und was bedeutete das?

Der letzte Ort, an dem sie aufkreuzen durfte, war zu Hause! Völle wartete dort bestimmt schon auf sie! Aber was dann? Wohin konnte sie sich flüchten? In ein Hotel?

Sie schluckte. Sie hatte kein Geld. Alles, was sie besaß, hatte sie ihrem Vater gegeben, damit dieser seine Schulden abzahlen konnte. Den Dispo hatte man ihr schon lange gestrichen.

War es vielleicht möglich, stattdessen bei Freunden unterzuschlüpfen?

Bei Saskia zum Beispiel? Nein! Saskia war ihre älteste Schulfreundin. Sogar Babbel und Völle kannten Saskia! Außerdem hatte sie seit dem Telefonat wegen Chris' Gesundheitszustand ohnehin das Gefühl, dass sie Verdacht geschöpft hatte. Sicher war es nicht gut, die Situation auf die Spitze zu treiben.

Mit Birgit verhielt es sich ähnlich. Sie kannte Birgit seit ihrem ersten Tag an der Uni. Und sie kam seitdem mindestens einmal die Woche bei ihr vorbei. Sogar Jürgen kannte Birgit!

Dann Martin? Sie schüttelte den Kopf. Martin war ein passionierter Reisender und weilte zurzeit in Australien. Das war auch der Grund dafür, dass sie ihn damals, als sie Geld fürs Spielen brauchte, nicht hatte erreichen können.

Also gut, Rebekka, denk nach. Entfernte Bekannte sind sowieso besser als enge Freunde!

Sie grübelte weiter, zückte ihr Handy und telefonierte ein paar Leute durch.

Schließlich hatte sie Lars an der Strippe, einen Bekannten von Birgit, dessen Mutter in der Stadt eine kleine Pension betrieb. Nach Rücksprache mit seiner Mutter sagte er ihr zu, dass sie für ein paar Tage in einem kostenlosen „Notzimmer" der Pension unterkommen könne. Rebekka bedankte sich überschwänglich, landete aber wieder auf dem Boden der Tatsachen, als Lars ankündigte, ihre Dankbarkeit in naher Zukunft bei einem gemeinsamen Essen genauer unter die Lupe nehmen zu wollen. Angesichts ihrer prekären Situation schluckte Rebekka jedoch jeglichen Kommentar dazu herunter und verabschiedete sich so unverbindlich wie möglich. Dann trat sie die Fahrt zu der Pension an.

Mithilfe ihres Stadtplanes gestaltete sich die Suche nicht allzu schwierig. Schon eine knappe halbe Stunde später betrat Rebekka das etwas heruntergekommene Gebäude am Rand der Stadt.

Am Empfang saß eine Frau von Anfang bis Mitte fünfzig. Sie hatte stark toupierte, rötlich gefärbte Haare und einen Ausschnitt, der ihre üppige Oberweite mehr betonte als kaschierte. Außerdem war sie viel zu stark geschminkt, was ihre verbrauchten Gesichtszüge auch nicht gerade zu überdecken vermochte. Im Moment war sie damit beschäftigt, ihre langen Fingernägel zu maniküren.

Rebekka ging auf den zerkratzten Empfangstresen aus schwarz lackiertem Holz zu und fragte sich ununterbrochen, wie viele Jahre man seine Fingernägel züchten musste, um eine derartige Länge zu erreichen. Und dann erst diese Farbe! Das Rot hatte einen lila Stich und war so intensiv, dass einem schon vom Hinschauen ganz schummrig wurde.

Die Frau schien Rebekka nicht bemerkt zu haben. Zumindest feilte sie weiter an ihren Nägeln herum.

Nach ungefähr dreißig Sekunden räusperte sich Rebekka vernehmlich.

Die Frau sah einmal kurz auf und legte dann mit einem Stoßseufzer die Feile zur Seite. Anschließend stemmte sie ihre hochhackigen schwarzen Pumps in den weichen Teppichboden, stieß sich schwungvoll ab und rollte mit ihrem Bürostuhl nach rechts hinüber, in Richtung eines Flachbildschirmes mit dazugehöriger Tastatur. Als sie begann, die Tasten zu betätigen, riefen ihre Fingernägel ein lautes Klackern hervor.

„Name?“, fragte sie schließlich.

Rebekkas Blick verfinsterte sich. Irgendwie hatte sie gehofft, anonym bleiben zu können.

„Das Notzimmer“, antwortete Rebekka ein wenig schüchtern. „Kann ich es bekommen?“

Das Desinteresse der Frau war auf einmal wie weggeblasen. Sie ließ von der Tastatur ab, rollte wieder in die Mitte des Tresens und musterte Rebekka so intensiv von oben bis unten, dass diese unwillkürlich errötete. „Einen schlechten Geschmack hat er nicht“, lächelte sie schließlich.

Als Rebekka begriff, was sie damit meinte, schluckte sie zum zweiten Mal an diesem Abend eine Antwort herunter, die ihr auf der Zunge lag. Die aufgestauten Worte riefen ein Gefühl hervor, das Ähnlichkeit mit Sodbrennen hatte.

„Haste kein Gepäck?", fragte die Frau schließlich.

Rebekkas Nackenhaare stellten sich auf. Hatte sie hier irgendjemandem das „Du" angeboten?

„Kein Gepäck", sagte sie heiser. „Sind Sie Lars' Mutter?"

Die Frau grinste breit. „Süßer Junge, nicht wahr?"

„Extrem süß", würgte Rebekka hervor. „Kann ich jetzt das Zimmer kriegen?"

„Kommt Larsi auch?", fragte seine Mutter.

Rebekka erschrak so sehr, dass sie zwei Schritte rückwärtsging.

„Also nicht", grinste seine Mutter. „Ist auch gut. Ihr müsst euch ja erst kennenlernen. Willste morgen mit mir frühstücken?"

Rebekka schüttelte den Kopf. Das Sodbrennen entwickelte sich zu einem Würgereiz.

„Na schön", sagte die Frau, stand auf, nahm einen Schlüssel vom Schlüsselbrett und warf ihn Rebekka zu. Die fing ihn so ungeschickt auf, dass er sich schmerzhaft in ihren Ringfinger bohrte.

„Die Treppe ganz bis nach oben", sagte Lars' Mutter. „Wenn es nicht mehr weitergeht, biste da."

Rebekka rieb sich den schmerzenden Finger. „Kann ich nicht den Fahrstuhl nehmen?", fragte sie und deutete auf die Metalltür, die sie gerade neben der Treppe entdeckt hatte.

„Kaputt", lautete die knappe Antwort.

Rebekka nickte und fragte sich, warum ihr das nicht gleich klar gewesen war. Dann machte sie sich auf den Weg nach oben. Obwohl die Treppe schmal und ziemlich steil war, bewegte sich Rebekka erstaunlich flink und behände. Sie war einfach froh, Abstand zwischen sich und diese Frau zu bringen.

Sie hatte drei Stockwerke geschafft, als sie hörte, dass ihr jemand entgegenkam. Den Schritten und dem etwas übertriebenen Gekicher nach zu urteilen handelte es sich um eine Frau, die sich in männlicher Begleitung befand. Rebekka verharrte auf dem nächsten Treppenabsatz, drückte sich an die Wand und wartete dort auf den Gegenverkehr. Als er dann allerdings kam, erschrak sie ein wenig. Es handelte sich tatsächlich um ein Pärchen, aber um ein sehr ungewöhnliches. Der Mann war schon älter, auf jeden Fall über fünfzig. Er war groß und hager, dabei aber übermäßig gut gekleidet. Er stank förmlich nach Geld. Die Frau hingegen war noch jung. Es war gut möglich, dass sie noch unter zwanzig war. Sie steckte in einem sehr schrillen und vor allem freizügigen Outfit. Außerdem fummelte sie so hemmungslos an dem Mann herum, dass sich Rebekka ernsthaft fragte, ob sie wirklich in einem Hotel oder doch vielleicht in einem Bordell gelandet war. Oder war das hier eine Mischung?

Die junge Frau war von Rebekka ebenso irritiert wie diese von ihr. Als ihr Blick auf Rebekka fiel, ließ sie urplötzlich davon ab, ihren Begleiter zu betatschen. Stattdessen musterte sie die junge Frau im Vorbeigehen so abschätzend von oben bis unten, dass sich Rebekka wie ausgezogen vorkam. Umso eiliger setzte sie ihren Weg nun fort.

Sie hatte bereits fünf Stockwerke hinter sich gebracht, als die Treppe schließlich endete. Prüfend sah sie nach oben. An den Schrägen konnte sie erkennen, dass sie tatsächlich direkt unter dem Dach angelangt war. Dass das Dach sehr gut zum Gesamtzustand des Hauses passte, verrieten ihr die bräunlichen Flecken auf den ehemals weißen Raufasertapeten. Ob ihr Zimmer ebenfalls feucht war? Sie seufzte tief und ließ ihren Blick weiterwandern. Von der Treppe aus führte ein kurzer, schmaler Flur direkt auf eine Tür zu. Immerhin entsprach das der Beschreibung.

Rebekka durchquerte den Flur, zückte den Schlüssel und öffnete neugierig die Tür des „Notzimmers". In dem dahinterliegenden Raum war es stockfinster. Trotzdem fühlte sich Rebekka auf Anhieb unwohl. Eine eisige Kälte schlug ihr entgegen, gepaart mit einem muffig-süßen Geruch, der darauf hindeutete, dass hier schon seit Ewigkeiten kein „Notfall" mehr eingetreten war. Sie fröstelte und hoffte, dass der Raum nicht allzu groß war. Selbst ein Zimmer von zehn Quadratmetern würde mindestens zwei Stunden brauchen, um einigermaßen warm zu werden.

Rebekka tastete hinter der Tür nach dem Lichtschalter und betätigte ihn.

Als das Licht anging, starrte sie eine Weile mit offenem Mund in das „Notzimmer" hinein. Die Hoffnung, dass der Raum nicht allzu groß war, hatte sich bewahrheitet. Trotzdem wusste Rebekka nicht, ob sie sich darüber freuen sollte. Das Bett aus dunklem Eichenholz stand unter der Dachschräge und nahm ungefähr zwei Quadratmeter Grundfläche in Anspruch, der dazu passende Nachttisch einen halben, blieben noch ungefähr anderthalb Quadratmeter für Waschbecken und Heizkörper ...

Sie seufzte tief und betrat die Abstellkammer. Mehr war es wirklich nicht. Aber sie wollte sich nicht beklagen. Immerhin hatte sie ein Dach über dem Kopf. Und sie konnte eine Tür hinter sich schließen. Außerdem konnte man den Heizkörper betätigen, ohne auch nur einen einzigen Schritt tun zu müssen! Sie stellte ihn auf die höchste Stufe und vernahm mit Begeisterung, dass sich sofort etwas tat. Das Zischen und Knacken hörte sich schon richtig nach Wärme an! Um auch noch etwas gegen den unangenehmen Geruch zu unternehmen, wandte sie sich nach links und öffnete das Dachfenster, das sich direkt über dem Bett befand. Es war ausgesprochen schwergängig, und als sie es öffnete, rieselten so viel Staub und Kleinteile herunter, dass Rebekka als Nächstes erst einmal das Bett aufschüttelte. Immerhin schien es einigermaßen frisch bezogen zu sein.

Im nächsten Moment wehte eine Brise kalte Abendluft zu Rebekka herein und ließ sie mit einem einzigen Satz ins Bett hüpfen und sich die Decke über den Kopf ziehen. Die schien aus Gänsefedern zu bestehen und ließ es tatsächlich schon nach kurzer Zeit richtig warm und kuschelig werden.

Eine knappe Viertelstunde lang wärmte sich Rebekka richtig auf, dann quälte sie sich noch einmal aus dem Bett. Sie schloss zitternd das Fenster, trank ein bisschen Wasser aus dem Wasserhahn und versuchte verzweifelt, ihre Zähne ohne Zahnbürste zu putzen. Dann zog sie ihre Jeans aus und flüchtete zurück ins Bett. Wenig später war sie bereits eingeschlafen.

❖

Am nächsten Morgen wurde Rebekka davon geweckt, dass irgendwo im Gebäude eine Tür lautstark ins Schloss fiel. Die junge Frau öffnete die Augen und blickte direkt auf das Dachfenster. Sie blinzelte. Eine weiße Schicht lag auf der Scheibe und versperrte ihr die Sicht in den Himmel. War das etwa Schnee? Der erste Schnee?

Ach ja, es war bereits Anfang Dezember. Nicht ungewöhnlich.

Sie sprang aus dem Bett und öffnete das Fenster. Und tatsächlich rieselte ihr kalter, feuchter Schnee entgegen. Im ersten Moment schwappte eine Welle kindlicher Begeisterung über sie hinweg. Aber im zweiten wehte eine eisige Kälte ins Zimmer hinein und mit ihr ein ganzer Haufen von Bedenken.

Rebekka zog das Fenster wieder zu und sah ein wenig entgeistert an sich herunter. An den Beinen spürte sie die Kälte besonders. Und das war kein Wunder, denn dort war sie nackt. Oben herum trug sie den schwarz-weiß-grau gestreiften Pullover, in dem sie gestern Chris befreit hatte. Unglücklicherweise war er ziemlich schmuddelig, das sah man vor allem im Bereich der weißen Streifen. Davon, dass er verschwitzt und vollkommen zerknittert war, ganz zu schweigen. Das Hauptproblem aber war: Sie besaß auch gar nichts anderes! Sie war vollkommen ohne Gepäck hier angereist! Sie hatte nichts bei sich, gar nichts! Keine anderen Kleidungsstücke, keinen Schlafanzug, keine Zahnbürste und vor allem: kein Geld.

Um die Sache noch schlimmer zu machen, knurrte in diesem Moment ihr Magen und erinnerte sie daran, dass sie das Angebot, hier im Hotel zu frühstücken, dummerweise abgelehnt hatte. Und jetzt?

Rebekka fuhr sich mit der Zunge über die Zähne und verspürte zu allem Überfluss auch noch den unbezähmbaren Wunsch nach einer Zahnbürste. Essen hin oder her, ohne Zahnbürste konnte sie nun ganz bestimmt nicht leben!

Eilig zog sie ihre Hose an, strich den Pullover so glatt, wie es ging, und verließ dann ihre Kammer. Ein paar Meter neben der Tür des Notzimmers entdeckte sie eine Tür, die ihr am Vortag gar nicht aufgefallen war. Sie war nicht verschlossen und gab den Weg in ein kleines, uraltes Badezimmer mit hässlichen grünen Fliesen und cremefarbenen Sanitärobjekten frei. Rebekka rümpfte schon beim Eintreten die Nase und öffnete erst einmal das kleine Dachfenster. Auch hier rieselte ihr jede Menge Dreck entgegen. Trotzdem war Rebekka zufrieden. Neben der Toilette gab es eine kleine Dusche. Auch entdeckte Rebekka ein paar saubere Handtücher. Sie benutzte die Toilette, duschte kurz und fühlte sich danach fast wie neu geboren.

Auf dem Weg nach unten stieß sie fast mit einem Mann zusammen, der aus einem der unteren Geschosse in Richtung Treppe stürmte. Er war um die dreißig, dabei aber ziemlich klein und schmal. Seine Haare waren auffallend ungekämmt.

Trotz seiner Eile blieb er bei Rebekkas Anblick urplötzlich stehen. „Dich hab ich hier ja noch nie gesehen!", entfuhr es ihm.

Rebekka zog die Augenbrauen hoch.

Der Mann musterte sein Gegenüber von oben bis unten und bekam ein wenig glasige Augen. „Aber so was kann man ja ändern", sagte er schließlich. Und dann lächelte er verführerisch. „Wie wär's mit morgen Abend?"

Rebekka starrte ihn an, als wären ihm Blumen aus den wirren Haaren gewachsen.

„Ich zahl gut!", beteuerte der Mann.

„Ich besser", sagte Rebekka und verpasste dem unverschämten Kerl eine schallende Ohrfeige. Absteige oder nicht – sie musste es nicht auf sich sitzen lassen, wenn man sie für eine Hure hielt, oder? Sie schüttelte ein paarmal ihre brennende Hand, warf dem Mann noch einen vernichtenden Blick zu und setzte dann hoch erhobenen Hauptes ihren Weg nach unten fort. Ihre aufrechte Haltung verschwand jedoch in dem Moment, in dem Rebekka die Lobby betrat.

„Da bist du ja endlich", rief Lars und sprang von dem Bürostuhl auf, auf dem gestern noch seine Mutter gesessen hatte. Eigentlich war er ein gutaussehender Bursche, groß und schlank, mit hellblauen Augen und blonden, ein wenig gelockten Haaren. Und auch der schwarze Rollkragenpulli mit dem weiß-grauen Streifen auf der Brust stand ihm sehr gut. Aber Rebekka hatte ihn noch nie gemocht. Sie fand ihn irgendwie peinlich.

„Hi", stieß Rebekka gequält hervor und lächelte schief. „Was machst du denn hier?"

„Arbeiten", lautete die Antwort. „Na ja, und ich dachte, ich könnte mal nach dir sehen. Hast du alles, was du brauchst?"

Rebekka schluckte. Sie war nicht gern von Typen abhängig, die sie eigentlich nicht leiden konnte. „Wär schön", presste sie hervor, „wenn ich mal telefonieren könnte."

„Klar!" Lars' Stimme überschlug sich fast vor Begeisterung. Er deutete auf das schwarze Telefon, das auf dem Tresen stand. „Du kannst nach Südafrika telefonieren, wenn du willst."

Rebekka ging langsam auf das Telefon zu. Dabei versuchte sie verzweifelt, sich an Birgits letzte Geburtstagsfeier zu erinnern. Beim Essen hatte sie aus irgendeinem Grund neben Lars gesessen und sich länger mit ihm unterhalten. War ihr damals irgendwie entgangen, dass er scharf auf sie war? Sie nahm den Hörer von der Gabel und sah schüchtern zu Lars hinüber. „Würde es dir was ausmachen ...?"

Lars hob sofort die Hände. „Natürlich *nicht*! Ich wollte sowieso grad aufs Klo!" Dann grinste er gönnerhaft und verließ die Lobby durch eine kleine Tür.

Rebekka atmete auf und wählte im Eiltempo die Nummer ihrer Eltern. Ihre Mutter musste schon halb tot sein vor Sorge. Sie durfte ihr zwar nicht erzählen, wo sie sich befand, hatte aber einige Ausreden auf Lager, mit denen sie sie zumindest beruhigen konnte. *Tuuut ... tuuut ...tuuut ...* Während das Freizeichen ertönte, tippelte Rebekka unruhig von einem Bein aufs andere. Von früheren Gelegenheiten wusste sie, dass ihre Mutter immer neben dem Telefon saß, wenn sie sich Sorgen um jemanden machte. Wo also war sie?

Nachdem es eine halbe Ewigkeit geklingelt hatte, verwandelte sich das Tuten in ein Besetztzeichen. Rebekka legte den Hörer irritiert auf die Station zurück. Was hatte das zu bedeuten?

Mit tiefen Sorgenfalten auf der Stirn nahm Rebekka den Hörer erneut zur Hand. Dieses Mal wählte sie Birgits Nummer.

„Wohlfahrt", meldete sich Birgit.

„Ich bin's, Rebekka", plapperte diese drauflos. „Hör zu, Birgit, du musst mir unbedingt helfen. Zuerst musst du bei uns zu Hause vorbeigehen und nachsehen, ob alles in Ordnung ist. Sag meiner Mutter, dass ich für ein paar Tage verreist bin und dass es mir gut geht. Und dann musst du mir unbedingt ein bisschen Geld besorgen. Ich weiß, ich hab sowieso noch Schulden bei dir, aber das hier ist ein Notfall, ehrlich. Du *musst* mir was leihen, ja? Tust du das?"

„Steffen, hi!", säuselte Birgit ins Telefon. „Du kannst wohl nicht mal fünf Minuten ohne mich auskommen, wie?"

Rebekka hatte schon eingeatmet, um mit ihren Erklärungen fortzufahren, stand jetzt aber nur mit offenem Mund am Telefon. „Häh?", war das Einzige, was sie zustande brachte.

„Ja, ich vermisse dich auch", kicherte Birgit am anderen Ende der Leitung.

„Birgit?", machte Rebekka und strich ihre nassen Haare zurück.

„Mein Freund", sagte Birgit, aber es klang, als würde sie nicht ins Telefon, sondern in eine andere Richtung sprechen. „Es stört Sie doch nicht, wenn ich mich einen Moment zurückziehe, oder?"

„Nein, nein, kein Problem", hörte Rebekka eine Männerstimme von ganz weither sagen. Dann entstand ein reibendes, knisterndes Geräusch, mit dem Rebekka so überhaupt nichts anzufangen wusste.

Sekunden später ertönte wieder Birgits Stimme. „Was ist hier los?", flüsterte sie ins Telefon.

„Das frag ich mich gerade auch", gelang es Rebekka zu antworten.

„Die Polizei ist bei mir", antwortete Birgit. „Sie will wissen, wo du steckst!"

Rebekka erbleichte. „Die Polizei? Bei dir? Aber warum ... *wieso*?"

„Ich hab keine Ahnung", rief Birgit mit unterdrückter Stimme. „Sie sagen mir nichts! Nur, dass du vermisst wirst. Hast du was angestellt?"

Rebekka spürte, wie sich alles um sie herum zu drehen begann, und musste sich am Tresen festhalten. „Gar nichts ... ich meine ... oh scheiße." Sie schlug die rechte Hand vor den Mund und kämpfte mit aufsteigenden Tränen. War sie etwa aufgeflogen? Hatte Chris sie verraten?

„Chris", hauchte sie ins Telefon. „Geht es ihm gut?"

„Chris?", fragte Birgit verständnislos. „Was hat das Ganze mit Chris zu tun?"

„Die Entführung", presste Rebekka hervor. „Er wurde freigelassen. Ist er in Ordnung?"

„Ich weiß nichts von einer Freilassung", entgegnete Birgit. „Hast du denn etwas damit zu tun?"

„Frag nicht, Birgit. Es ist alles so verworren. Kannst du mir Geld leihen?"

„Natürlich kann ich das", flüsterte Birgit. „Aber ich weiß nicht, wie ich es dir geben soll. Was, wenn die Polizei mich beschattet?"

Rebekka erschrak. „Und was", rief sie, „wenn auch das Telefon abgehört wird?"

Birgit antwortete nicht.

„Ich ruf wieder an", hauchte Rebekka. Dann legte sie auf und ließ ihre Stirn auf den Tresen sinken. Die wildesten Gedanken rauschten wie ein ICE durch ihren Kopf. Hatte Chris sein Versprechen gebrochen?

„Nein!", flüsterte sie und schüttelte heftig den Kopf. Dabei streiften ein paar nasse Haarsträhnen ihr Gesicht. Das war unmöglich! Chris war nicht so! Er stand auf ihrer Seite. Außerdem wusste er, was sie für ihn getan hatte. Er verdankte ihr sein Leben! Und er hatte es ihr versprochen. Nein, Chris hatte nichts gesagt, da war sie sich ganz sicher. Aber was dann? Wie kam es, dass nach ihr gesucht wurde?

Mutti!, dachte sie und ließ den gestrigen Tag noch einmal Revue passieren. Wie musste das Ganze auf ihre Mutter gewirkt haben? Erst die Tatsache, dass sie am Nachmittag im Bett gelegen und über Unwohlsein geklagt hatte. Dann ihre plötzliche Aufregung, ihr kopfloses Verhalten, das fast panische Verlassen des Hauses. Ja, und dann ihre lange Abwesenheit ... auch noch über Nacht, was sonst gar nicht ihre Art war!

Sie seufzte tief. Mutti hatte die Polizei gerufen. Das war es. Eindeutig. Sie wurde *vermisst*, nicht *gesucht*, das hatte auch Birgit gesagt. Dazu passte es, dass ihre Mutter nicht zu Hause war. Wahrscheinlich saß sie in diesem Moment noch auf der Polizeistation oder klapperte alle Krankenhäuser der Umgebung ab. Ja, so war es.

Der Gedanke, dass die Polizei beim Verschwinden einer über 20-Jährigen nicht schon nach einer Nacht Beamte losschickte, huschte kurz durch Rebekkas Kopf, fand aber keinen Widerhall. Chris hatte sie *nicht* verpfiffen, darauf kam es an. Jetzt wollte sie nur noch hören, dass es ihm gut ging und er den Unfall und alles andere glimpflich überstanden hatte. Ob das am nächsten Morgen schon in den Nachrichten kam?

„Äh ... Lars?", rief sie in Richtung Hintertür.

Die Tür öffnete sich fast ein bisschen zu schnell. Dahinter kam Lars' Blondschopf zum Vorschein. „Ja?"

„Hast du ein Radio oder so was?"

Er grinste. „Klar!" Dann ging er auf den Tresen zu, bückte sich, kramte in irgendwelchen Regalen herum und zauberte schon nach kurzer Zeit so etwas wie einen Radiowecker hervor. „Geht das?"

„Danke!", freute sich Rebekka und drückte das Radio wie eine Kostbarkeit an sich. „Du bist ein Schatz!" Dass es bei diesen Worten in Lars' Augen begehrlich aufblitzte, entging ihr, weil sie sich schon umgedreht hatte und in Richtung Treppe flitzte.

„Jetzt warte doch mal", rief Lars hinter ihr her. „Brauchst du sonst noch was?"

Rebekka drehte sich noch einmal um und erinnerte sich plötzlich an den Grund ihres Kommens. „Eine Zahnbürste?", fragte sie schüchtern.

❖

Als es an ihrer Tür klopfte, hatte Rebekka schon seit anderthalb Stunden verzweifelt nach Informationen über Chris gesucht. Mittlerweile hatte sie alle Sender durch und gerade zum zweiten Mal Nachrichten gehört – nichts, gar nichts. Kein Wort über die Entführung. Kein Wort über Chris.

„Ja?" Das Wort klang mehr wie ein Seufzer als wie eine Einladung.

Die Tür öffnete sich und Lars kam herein. Als Rebekka das Tablett sah, das in seiner Hand hereinschwebte, bekam sie große Augen.

„Ist das etwa für mich?", rief sie, während ihr schon das Wasser im Munde zusammenlief. Da waren frisch duftende Hörnchen, Butter, Marmelade, Wurst, Käse, Orangensaft, Kaffee ... und eine Zahnbürste samt Zahnpasta.

Sie sprang auf. „Das vergess ich dir nie!", brach es aus ihr hervor. Dann riss sie Lars das Tablett förmlich aus den Händen, setzte sich damit aufs Bett und fiel ungehemmt über das Frühstück her. „Toll", seufzte sie kauend. Dass Lars sie derweil mit seinen

Blicken verschlang, bekam sie glücklicherweise nicht mit. Erst als sie einigermaßen gesättigt war, fiel ihr auf, dass Lars immer noch im Raum war.

„Ich werd alles bezahlen", sagte sie mit vollem Mund. „Aber erst später. Im Moment hab ich kein Geld."

„Willst du heute Abend mit mir essen gehen?", fragte Lars.

Rebekka hörte auf zu kauen und starrte ihn an. „Wie bitte?"

„Willst du heute Abend mit mir essen gehen?", wiederholte Lars.

Rebekka würgte den Bissen halb zerkaut herunter. Dann räusperte sie sich verlegen. „Ich ... ähm ... bin ziemlich erschlagen, weißt du? Ich hab so einiges hinter mir."

„Und du hast kein Geld", stellte Lars fest. „Da wäre es doch vernünftig, mit mir essen zu gehen, oder?"

Rebekka schluckte. „Schon, es ist nur ... na ja ... dass ich ... also ..." Sie brach ihr Gestammel ab, atmete einmal tief durch und sagte dann: „Das Angebot ist toll. Aber heute möchte ich früh ins Bett gehen. Wie wär's mit einem anderen Tag?"

Lars nickte. „Morgen?"

„Vielleicht", krächzte Rebekka. Dann sah sie zu, wie Lars ihr das Tablett abnahm, Zahnpasta und Zahnbürste fürsorglich auf dem Waschbecken ablegte und den Raum verließ.

❖

Bis zum nächsten Morgen traute sich Rebekka – von dem einen oder anderen Klogang und einer Dusche einmal abgesehen – nicht mehr aus ihrem Zimmer. Zu groß war die Angst, Lars oder seiner Mutter zu begegnen. Stattdessen verbrachte sie den Tag vor dem Radio und wartete verzweifelt auf Nachrichten über Chris. Unglücklicherweise blieben sie aus. Nach den 22-Uhr-Nachrichten ging Rebekka frustriert zu Bett.

Und auch die Nachrichten um acht Uhr morgens brachten keine Informationen.

Gegen halb neun klopfte es dann an ihre Tür.

Rebekka hielt den Atem an.

„Rebekka?", flüsterte es auf der anderen Seite der Tür.

Doch die junge Frau antwortete nicht.

„Frühstück!“, lockte Lars' Stimme.

Rebekka lief das Wasser im Munde zusammen. Sie hatte seit gestern Morgen nichts mehr gegessen. Und sie wusste, dass Lars' Frühstück verführerisch war. Unglücklicherweise war es das Einzige an Lars, das sie attraktiv fand …

„Rebekka, komm schon“, säuselte Lars. „Es gibt frische Brötchen.“

Rebekka widerstand der Versuchung und schwieg so beharrlich, dass sich Lars' Schritte schließlich wieder entfernten. Dann aber stürzte sie zur Tür, drehte den Schlüssel im Schloss herum und riss die Tür auf. Anschließend stieß sie einen tiefen Seufzer der Enttäuschung aus. Irgendwie hatte sie gehofft, dass Lars das Frühstück stehen lassen würde. Aber das war nicht der Fall. Kein Tablett, keine Brötchen, kein Kaffee, gar nichts!

Enttäuscht schlich sie in ihr Zimmer zurück, verschloss die Tür und verbrachte einen weiteren Tag vor dem Radio. Aber auch heute gab es keine Nachricht von Chris. Ihr Magen aber, der übermittelte immer deutlichere Botschaften. Er trieb sie kreuz und quer durchs Zimmer und ließ ein Essen mit Lars in immer schillernderen Farben erscheinen.

Trotzdem gelang es Rebekka auch am nächsten Morgen, Lars' Frühstücksangebot zu ignorieren.

Am späten Vormittag verwünschte sie diese Tapferkeit bereits.

Gegen Mittag versuchte sie das unbeschreibliche Hungergefühl dadurch zu bekämpfen, dass sie literweise Wasser aus dem Wasserhahn trank.

Als sie am nächsten Morgen erwachte, schloss sie vorsichtshalber schon mal die Zimmertür auf. Gegen halb neun klopfte es in alter Gewohnheit an ihre Tür.

„Ja?“, sagte sie halb ängstlich, halb hoffnungsvoll. Sie hatte seit Tagen nichts mehr gegessen. Sie *brauchte* ein vernünftiges Frühstück. Aber wie sollte sie Lars klarmachen, dass sie nicht vorhatte, mit ihm zu Abend zu essen?

Die Tür ging auf und Lars kam herein. Wie es aussah, hatte er sich extra für sie herausgeputzt. Er trug einen weinroten Pullover mit V-Ausschnitt, unter dem ein rot-weiß kariertes Hemd hervorschaute. Der Pullover war mit einem grauen Streifen über der Brust versehen, der exakt zu seiner grauen Jeans passte.

Rebekka hatte jedoch nur Augen für das Tablett, das Lars hereintrug. Es war genauso appetitlich beladen wie vor drei Tagen. Sie stand auf und nahm es Lars aus der Hand. „Danke. Das ist wirklich sehr nett von dir."

„Und es ist noch nicht alles. Hier, guck mal." Mit diesen Worten hielt ihr Lars eine Tüte hin.

Irritiert stellte Rebekka das Tablett auf dem Nachttisch ab, nahm die Tüte entgegen und öffnete sie. Was sie erblickte, war leuchtend rot und sah nach Stoff aus. „Was ist das?", fragte sie misstrauisch.

„Sieh doch nach", forderte Lars sie auf.

Rebekka räusperte sich, holte widerwillig den Stoff aus der Tüte, nahm die beiden dünnen Spaghettiträger in die Hand und ließ den Rest fallen. Es war, wie sie befürchtet hatte. Sie hatte ein rotes Abendkleid in der Hand, dem man auf Anhieb ein tiefes Dekolleté und einen noch tieferen Rückenausschnitt ansehen konnte.

„Das kann ich unmöglich annehmen", sagte sie heiser. Abgesehen davon, dass sie in Lars' Gegenwart nicht halb nackt herumlaufen wollte, hatte sie auch ein Problem mit der Farbe. Aus irgendeinem Grund verabscheute sie leuchtende Farben. Ihr eigener Kleiderschrank bestand fast ausschließlich aus Schwarz-, Weiß- und Grautönen.

„Da ist noch mehr!", lächelte Lars und zappelte voller Vorfreude von einem Fuß auf den anderen.

Rebekka warf einen weiteren Blick in die Tüte und verzog angewidert das Gesicht. Unterwäsche, ebenfalls rot, dazu ein paar schwarze Pumps. Sie atmete einmal tief durch und sagte bewusst zweideutig: „Ich glaub nicht, dass mir das passt."

„Aber natürlich passt das!", lachte Lars. „Du kannst es ausprobieren!"

Rebekka schluckte, untersuchte das Kleid und fand das innen liegende Schild. Größe 34!

„Woher kennst du meine Kleidergröße?", fragte sie mühsam.

„Meine Mutter!", antwortete Lars mit einem Anflug von Stolz. „Sie kennt sich aus mit so was!"

Rebekka nickte. „Ich hätte von selbst drauf kommen müssen", sagte sie trocken.

„Willst du es nicht anprobieren?“

Rebekka knüllte das Kleid zusammen und stopfte es zurück in die Tüte. „Später. Jetzt hab ich erst mal Hunger!“ Sie legte die Tüte auf den Boden, setzte sich aufs Bett und nahm das Tablett auf ihren Schoß. Dann machte sie sich eifrig darüber her.

Leider war Lars an diesem Morgen weniger zurückhaltend als vor drei Tagen. Rebekka war noch mit ihrem ersten Brötchen beschäftigt, als er plötzlich neben ihr saß – dicht neben ihr. Der Bissen, den sie gerade kaute, blieb Rebekka im Halse stecken. Sie hustete und rückte ein Stück von ihm ab.

„Ich beiße nicht“, sagte Lars mit tiefer, beinahe gurrender Stimme.

Rebekka hustete immer noch. „Ich weiß, aber ich ... also ... frühstücke lieber ... na ja ... allein, weißt du?“

„Ich hoffe, das gilt nur fürs Frühstück“, antwortete Lars. Er hatte seine Worte fast geflüstert und sehr seltsam betont, fast wie bei einem Singsang. Was jedoch verführerisch wirken sollte, jagte Rebekka einen kalten Schauer über den Rücken. „Sonst ist nämlich unser Abendessen in Gefahr.“

Rebekka räusperte sich. „Das Abendessen ... genau.“ Sie seufzte tief. Anscheinend gab es keine Möglichkeit, dieser Verabredung zu entgehen. „Wann holst du mich ab?“

„Acht Uhr?“

Rebekka nickte. „Geht klar.“

Kapitel 19

Je näher der Abend rückte, desto unruhiger wurde Rebekka. Ein Abendessen war ja normalerweise nichts Schlimmes, aber Lars wollte mehr, das war nicht zu übersehen. Somit war die entscheidende Frage, ob er sich mit einem gemeinsamen Abend zufriedengeben würde. Oder würde er mehr verlangen?

Als es pünktlich um acht an der Tür klopfte, hatte Rebekka beschlossen, alles auf eine Karte zu setzen.

„Ja?“

Lars schneite mit einem Strauß roter Rosen und im dunklen Anzug zur Tür herein.

Rebekka trug das rote Abendkleid. Es passte wie angegossen und hob sich wohltuend von ihren schwarzen Haaren ab.

Als Lars sie sah, blieb ihm der Mund offen stehen.

Rebekka rang verzweifelt die Hände. „Hör zu, Lars", sagte sie ernst. „Ich bin bereit, mit dir essen zu gehen. Aber ich bin *nicht* bereit, mit dir zu schlafen. Wenn du das verlangst, räume ich umgehend dieses Zimmer."

Lars konnte seinen Blick nicht von Rebekka losreißen. „Essen ... in Ordnung ... mehr nicht", stammelte er.

Rebekka sah ihn an. „Versprich es mir", verlangte sie.

Lars nickte heftig mit dem Kopf. „Versprochen ... versprochen!"

❖

Lars' Versprechen hatte sehr viel mehr Vertrauen erweckt, als sein Verhalten verdiente.

Rebekka konnte den Abend nur überstehen, indem sie anfangs seine Hand immer wieder ganz entschieden von ihrem Knie schubste, sich anschließend mehrfach auf die Toilette verabschiedete und zum Ende hin die wildesten Drohungen ausstieß. „Wenn du nicht sofort aufhörst, kreische ich das ganze Restaurant zusammen", war – in Anbetracht ihres im Allgemeinen doch recht losen Mundwerkes – noch eine der harmloseren.

Wenn das Essen nicht gewesen wäre, das Rebekka nach zwei Tagen bloßen Frühstücks wie eine nie da gewesene Köstlichkeit erschien, hätte sie sicher längst die Flucht ergriffen. So aber hielt sie durch, ertrug Lars' plumpe Annäherungsversuche und nahm sich vor, nie mehr von einem Mann abhängig zu sein.

Als sie gegen elf Uhr gemeinsam ins Hotel zurückkehrten, wusste Rebekka, dass ihr das Schwierigste noch bevorstand. Dass die Lobby unbesetzt war, machte sie umso nervöser.

„Hör zu, Lars", begann sie, noch bevor dieser das Wort – oder sie – ergreifen konnte. „Wir hatten eine klare Abmachung und die ist jetzt erfüllt. Ich war mit dir aus – mehr bin ich dir nicht schuldig. Ich erwarte, dass du das respektierst."

„Sicher."

Rebekka blieb stehen und starrte ihn an. Es war reine

Geistesgegenwart, dass sie das „Häh?“, das ihr auf der Zunge lag, gerade noch herunterschlucken konnte. „Dann ... äh ... gehe ich jetzt nach oben.“ Der Satz klang fast wie eine Frage.

Lars schlenderte lässig auf den Tresen zu, beugte sich darüber und holte eine Wasserflasche hervor. Er schraubte sie ganz gemächlich auf und setzte sie an den Mund. Nachdem er einige Schlucke getrunken hatte, nahm er die Flasche wieder herunter, seufzte wohlig auf und wischte sich dann mit dem Handrücken die Feuchtigkeit vom Mund. Anschließend sagte er unerwartet locker: „Klar. Schlaf schön.“

Rebekka nickte und ging rückwärts in Richtung Treppe. Irgendwie traute sie dem Frieden nicht. Erst war er so aufdringlich und dann so extrem zurückhaltend? Aber sie gelangte unbehelligt bis zur Treppe, drehte sich um und machte sich auf den Weg nach oben. Dabei sah sie mehrfach über ihre Schulter, war aber schon bald sicher, dass niemand sie verfolgte. Als sie das dritte Stockwerk erreichte, hörte sie von unten erst ein schepperndes, dann ein klirrendes Geräusch. Im ersten Moment war sie versucht, wieder hinunterzugehen und nachzusehen, ob Lars vielleicht die Wasserflasche fallen gelassen hatte. Sie überlegte. Im Gegensatz zu ihr hatte Lars nicht wenig Alkohol getrunken, Wein vor allem. Ganz nüchtern war er bestimmt nicht mehr. Aber gerade dann war es umso gefährlicher, sich wieder unten blicken zu lassen. Und so entschied sie, dass es am besten war, sich schleunigst in ihr Zimmer zu verziehen.

Bis sie das Dachgeschoss erreicht hatte, vergingen zwei oder drei weitere Minuten. In dieser Zeit hörte Rebekka noch andere, nicht minder verwirrende Geräusche. Von ganz weit her schien es, als würde jemand etwas rufen, dann ertönte ein dumpfes Hämmern, gefolgt von wildem Getrampel.

Umso erleichterter war sie, als sie endlich ihre Zimmertür aufschließen konnte. Noch in der Tür streifte sie sich die Schuhe von den Füßen. Obwohl oder gerade weil die Schuhe eine Nummer zu groß waren – Lars' Mutter hatte wohl auf Größe 36 getippt –, hatte sie schon Blasen an den Füßen. Sie schaltete das Licht ein, warf die Schuhe achtlos unter das Waschbecken und ließ die Tür hinter sich ins Schloss fallen. Dann zückte sie den Schlüssel, um die Tür abzuschließen, drehte sich um und – erschrak.

„Erster!“, sagte Lars und grinste ihr frech ins Gesicht.

Rebekka blinzelte verstört mit den Lidern.

„Hatte ich erwähnt, dass der Fahrstuhl wieder funktioniert?“, beantwortete Lars die Frage, die ihr im Gesicht geschrieben stand.

Rebekka schluckte und suchte bereits nach einem Fluchtweg. Das Problem war nur, dass Lars direkt neben der Tür stand. Er musste sich dahinter versteckt haben. Nur deshalb hatte sie ihn beim Eintreten nicht bemerkt!

„Sprachlos?“, fragte er sichtlich belustigt.

„Wir hatten eine Abmachung!“, krächzte Rebekka mühsam. Gleichzeitig versuchte sie zu ergründen, was das für seltsame Geräusche waren, die sie im Hintergrund vernahm.

„Och, jetzt sei doch kein Spielverderber“, seufzte Lars und ließ einen Moment den Kopf hängen. Dann aber blickte er auf und betrachtete Rebekka genau dort, wo sie am wenigsten bekleidet war. Rebekka wand sich. Sie fühlte sich in seinem Blick so gefangen wie eine Fliege im Spinnennetz. Außerdem hatte sie den Eindruck, als würden sich seine Augen in beginnender Erregung verdunkeln. „Wir hatten einen tollen Abend“, sagte er schließlich. Seine Stimme klang heiser. „Und ich versprech dir eine noch tollere Nacht!“

Rebekka trat unwillkürlich einen Schritt zurück, stieß aber gegen das Bett und war gezwungen, stehen zu bleiben. Ihr Blick wanderte in Richtung Tür.

„Du willst doch jetzt nicht flüchten, oder?“, kommentierte Lars ihren Blick.

Rebekka seufzte tief. „Soll ich lieber schreien?“

Lars schob schmollend die Unterlippe vor. „Du bist überhaupt nicht nett zu mir. Und dabei hab ich mir extrem viel Mühe gegeben. Sieh mal.“ Er kramte in seiner Hosentasche und zog eine ganze Batterie verschiedenfarbiger Kondome daraus hervor.

Rebekka stieß einen weiteren abgrundtiefen Seufzer aus. Diese Nacht würde sie definitiv unter einer Brücke verbringen. „Jetzt reicht's!“, sagte sie mit plötzlicher Entschlossenheit. Sie wandte sich dem Waschbecken zu, bückte sich, griff mit ärgerlichen Bewegungen nach den schwarzen Pumps und schlüpfte hinein. „Ich verlasse dieses ... dieses *Etablissement*!“ Mit diesen Worten bewegte sie sich auf die Tür zu.

Unglücklicherweise trat jetzt auch Lars einen Schritt vor. Rebekka musste stehen bleiben, sonst wäre sie mit ihm zusammengestoßen. Beide standen sich jetzt im Abstand weniger Zentimeter direkt gegenüber. Eine seltsame Mischung aus süßlichem Aftershave und herbem Schweiß, gewürzt mit einer Prise Alkohol stieg in Rebekkas Nase.

„Geh mir aus dem Weg", knurrte sie gefährlich leise.

„Sonst?", flüsterte Lars und atmete schneller.

„Sonst schreie ich das gesamte Hotel zusammen", drohte Rebekka und stemmte die Hände in die Hüften. Unglücklicherweise war sie sich nicht sicher, ob jemand sie hören würde. Im Hintergrund waren immer noch diese undefinierbaren Geräusche zu hören. Es klang nach Schritten, klappenden Türen und menschlichen Stimmen.

„Ts, ts, ts", machte Lars und schüttelte missbilligend den Kopf. „Ich glaube, du weißt nicht, in was für einem Hotel du dich befindest. Hier ist es normal, dass die Frauen ein bisschen schreien. Und ob du's glaubst oder nicht: Das turnt uns Männer an." Er grinste wie ein Schuljunge, der sich gleich über eine Tafel Schokolade hermachen würde.

Rebekka schluckte. Sie hatte Schwierigkeiten, die Situation einzuschätzen. Hatte Lars das Potenzial zur Gewalttätigkeit? Wie weit würde er gehen?

„Geh mir aus dem Weg!", knurrte sie wie ein Pitbull kurz vor dem Angriff.

Aber Lars rührte sich nicht. Er hielt Rebekkas Blick mit beängstigender Härte stand. „Ich hatte gehofft, dass du's ein bisschen härter magst", flüsterte er.

Rebekka verstand ihn nur mit Mühe. Der Lärm, der zu ihnen drang, hatte sich in den letzten Sekunden verändert. Auch Lars schien jetzt ein wenig irritiert. Er wandte den Kopf und lauschte den Schritten, die sich aus der Geräuschkulisse gelöst hatten und jetzt direkt vom Flur zu kommen schienen. Dann verstummten sie plötzlich und die Tür schwang auf. Sie prallte schmerzhaft gegen Lars' Rücken, ließ ihn erst aufstöhnen und dann vollends herumwirbeln.

„Hey", brüllte er und erhob die Hände, um sich gegen den dunkel gekleideten Mann, der vor ihm stand, zur Wehr zu setzen. Das allerdings gelang ihm nicht. Als er wie von Geisterhand herumgedreht wurde und jetzt plötzlich mit dem Gesicht voran auf Rebekka zukam, quiekte diese erst erschrocken los, dann trat sie einen Schritt zurück, stieß erneut gegen das Bett und kippte rücklings hinein.

„Polizei", hörte Rebekka eine Männerstimme rufen. Sie erschrak, war sich plötzlich sicher, dass sie verhaftet werden sollte, und versuchte hektisch, sich aufzurichten. Im nächsten Moment beugte sich eine dunkel gekleidete Gestalt über sie. Rebekka versuchte, sie abzuwehren, trat und schlug um sich, hatte aber keinen Erfolg. Sie wurde angehoben und landete im nächsten Moment bäuchlings auf ihrer weichen Federbettdecke. Diese raubte ihr neben der Sicht auch einen Teil ihres Gehörs und vor allem die Möglichkeit zu atmen. Sie schrie los und zappelte nach Kräften gegen das bleischwere Gewicht an, das sie nach unten drückte und sich gleichzeitig an ihren Armen zu schaffen machte.

„Die brauchst du jetzt nicht mehr", sagte eine Stimme und nahm Lars die Kondome aus der Hand. Genau wie bei Rebekka hatte man ihm seine Hände auf den Rücken gedreht, was ihm jede Bewegungsmöglichkeit raubte. Allerdings lag Lars auf dem Fußboden und nicht auf dem Bett. Über ihm kniete eine Gestalt. „Und wenn du dich beruhigst, würde ich dich sogar loslassen." Die Worte klangen bestimmt, aber nicht unfreundlich.

Lars gab seinen Widerstand auf, wartete einen Moment ab und wurde zur Belohnung tatsächlich wieder Herr seiner Arme. Vorsichtig hob er den Kopf.

„Ich weiß, dass du 'ne Menge bezahlt hast, Kumpel", sagte der Polizeibeamte, der eben noch auf ihm gekniet, jetzt aber von ihm abgelassen hatte. „Aber jetzt ist Schluss. Nimm deine Sachen und hau ab."

„Ich schnall überhaupt nichts", sagte Lars verwirrt. „Wieso Polizei?"

„Sitte", antwortete die Stimme. „Willst du, dass wir deine Personalien aufnehmen oder verziehst du dich freiwillig?" Von weit her ertönte eine Mischung aus aufgebrachtem Gemurmel und dem Getrappel vieler Füße.

All das kam bei Rebekka allerdings nicht an. Sie glaubte immer noch, wegen der Entführung verhaftet worden zu sein. Und als sich jetzt kaltes Metall um ihre Handgelenke schloss und ein Klicken die Endgültigkeit ihrer Verhaftung untermauerte, erfasste sie ein Gefühl der Wehrlosigkeit, und ihr Verstand setzte aus. Sie begann erneut loszukreischen und kämpfte, so gut es eben ging, sowohl gegen ihre Handschellen als auch gegen den Polizisten an, der sie jetzt aufrichtete und an Lars vorbei zur Tür hinausschob. Alles Weitere ging im Taumel der Hysterie unter.

Rebekka kam erst wieder zu sich, als man sie durch eine Tür schubste. Sie landete auf den Knien, zappelte herum – und stellte plötzlich fest, dass niemand sie mehr festhielt. Auch ihre Hände waren frei! Dafür vernahm sie mit dem dafür charakteristischen Geräusch, dass hinter ihr eine Schiebetür verschlossen wurde. Erstaunt sah sie sich um. Sie befand sich in einem kleinen Raum, der rundherum mit Sitzbänken ausgestattet war. Seitlich gab es die Schiebetür, vorn entdeckte sie ein klitzekleines vergittertes Fenster. Das Erstaunlichste aber war ihre Gesellschaft. Da war noch eine Horde anderer Frauen – seltsamer Frauen. Sie alle waren extrem freizügig gekleidet, mit tiefem Ausschnitt, superkurzen Röcken und aufreizenden Netzstrümpfen. Viele waren zu stark geschminkt, einige trugen mehr Schmuck als ein durchschnittlicher Weihnachtsbaum. Allen aber war gemeinsam, dass eine Duftwolke von ihnen ausging, eine süßlich-fruchtige Mischung, die wie Nebel im Raum hing und so mächtig war, dass sie Rebekka zu ersticken drohte. Sie legte eine Hand auf ihren Mund und kämpfte gegen das Gefühl an, sich übergeben zu müssen. Was war hier los?

Ein paar der Frauen hämmerten mit den Fäusten gegen die Wand und schimpften laut herum. Die anderen zeterten nur so durcheinander.

Und dann setzte sich der Raum mit einem kurzen Ruck in Bewegung! Rebekka wurde gegen die rückwärtige Sitzbank geworfen, die anderen Frauen purzelten munter durcheinander, schrien herum und meckerten dann noch lauter.

„Dämliche Bullerei!“, brüllte eine der Frauen und sorgte unbeabsichtigt dafür, dass bei Rebekka der Groschen fiel. Sie kannte diese Frau! Sie war heute anders aufgemacht als noch vor ein paar Tagen, aber sie erkannte das junge Mädchen in ihr, dem sie auf der Treppe begegnet war. Die Frauen waren Prostituierte aus dem Hotel. Das hier war ein Bus. Alle befanden sich in Polizeigewahrsam! Verhaftet! Man hatte sie alle verhaftet!

Rebekkas Gedanken wirbelten durcheinander. Sie versuchte, sich die Worte in Erinnerung zu rufen, die die fremde Männerstimme im Hotel gesagt hatte. War da nicht der Begriff „Sitte" gefallen?

Sie atmete tief durch und ordnete ihre Gedanken: Erstens, Lars war keine Gefahr mehr. Zweitens, man hatte sie verhaftet. Drittens, das war nur geschehen, weil man sie für eine Prostituierte hielt!

Sie rappelte sich hoch, ließ sich auf die nächstgelegene Sitzbank fallen und sah an sich herunter. Das Kleid, das sie trug, sah edler aus als die Kleidung der übrigen Frauen. Es war aber ähnlich freizügig. Kein Wunder, dass man sie mit all den anderen in einen Topf geworfen hatte!

Plötzlich lächelte Rebekka. Das war ja total abgefahren! Und nebenbei auch noch das Beste, was ihr hatte passieren können! Sie war Lars entwischt! Und hatte ganz nebenbei auch noch ein Dach über dem Kopf, Frühstück inklusive. Was wollte man mehr?

Sie setzte sich zurecht, verschränkte die Arme vor der Brust und beobachtete die anderen Frauen. Sicher konnte es nicht schaden, wenn sie deren Verhalten ein wenig studierte. Es war besser, wenn man sie auch weiterhin für eine Prostituierte hielt. Dann musste sie wenigstens nicht erklären, was sie in dem Hotel getrieben hatte.

Die Fahrt dauerte etwa zwanzig Minuten. Anschließend wurden Rebekka und die übrigen Frauen von uniformierten Polizeibeamten durch ein modernes Behördengebäude geführt und in ein Großraumbüro gebracht. Rebekka landete an einem Schreibtisch, hinter dem eine junge Polizeibeamtin saß. Sie war recht hübsch, hatte lange blonde Haare und kugelrunde blaue Augen.

Zunächst musterte sie Rebekka von oben bis unten. Dann fragte sie knapp: „Name?"

Rebekka sah sich um. In dem Büro herrschte ein unheimlicher Lärmpegel. Scheinbar wurden alle Frauen gleichzeitig befragt. An ihrer abwehrenden Haltung konnte Rebekka erkennen, dass keine davon sehr gesprächig war. Also schüttelte auch Rebekka entschieden den Kopf. „Kein Wort ohne meinen Anwalt, Süße“, sagte sie so ungerührt wie möglich.

Die junge Beamtin seufzte. „Es geht doch nur um Ihre Personalien“, sagte sie. „Zur Sache müssen Sie überhaupt nichts sagen.“

„Biste schwerhörig?“, fauchte Rebekka.

Die junge Polizeibeamtin seufzte erneut und winkte einen älteren Kollegen zu sich heran. „Abführen“, sagte sie verärgert. Dann wandte sie sich erneut an Rebekka. „Wen ich nicht kenne, kann ich auch nicht wieder freilassen! Und glauben Sie mir, nach einer Nacht auf unserer Pritsche sieht die Welt schon ganz anders aus!“

❖

Die Beamtin täuschte sich. Obwohl Rebekka in der Tat eine ziemlich ungemütliche Nacht verbrachte, war sie am nächsten Morgen noch genauso zickig und kein bisschen auskunftsfreudiger. Wieder verschwieg sie tapfer ihre Personalien.

„Vor heute Nachmittag krieg ich keinen Pflichtverteidiger“, drohte der Polizeibeamte, der sie dieses Mal befragte. Er war groß und extrem kräftig. Rebekka zuckte gelangweilt mit den Schultern, woraufhin der Beamte sie am Arm packte und in die Höhe zog. „Muss toll sein in unseren Zellen“, murmelte er verärgert und verließ mit Rebekka im Schlepptau das Großraumbüro. Sie durchquerten einen Flur, fuhren mit dem Fahrstuhl nach unten und stiegen in einem anderen Stockwerk wieder aus.

„Wir machen einen kleinen Abstecher, bevor ich dich wieder einsperre“, informierte der Beamte Rebekka. Er ging mit der jungen Frau zielstrebig auf ein bestimmtes Büro zu, öffnete die Tür und trat ein. Es war ein kleines Büro mit einem einzigen Schreibtisch, hinter dem ein Mann mit Vollbart saß.

„Paul, hallo“, sagte der Bärtige. Dann stieß er einen anerkennenden Pfiff aus. „Wen bringst du mir denn da?“

Paul lachte. „Schätze, die kannst du dir von deinem Gehalt nicht leisten!“

Sein Kollege musterte Rebekka immer noch von oben bis unten. „Horizontales Gewerbe?“, wollte er wissen.

Paul nickte.

„Sieht gar nicht so aus", bemerkte der Bärtige scharfsinnig.

„Ist aber so", beendete Paul das Thema. „Was macht die Entführungssache?"

Rebekka zuckte zusammen.

„Du bist ganz schön neugierig", lachte der andere. „Kannst es wohl gar nicht erwarten, endlich die Abteilung zu wechseln!"

Paul seufzte tief, nahm einen Stuhl und setzte sich. „Der Dienstposten ist seit sechs Wochen vakant. Ich verstehe überhaupt nicht, warum sich die Sache so lange hinzieht."

„Schlechte Personallage", antwortete sein Kollege. Du solltest dir keine Hoffnung machen, dass du in die Entführung noch mit einbezogen wirst. Der Fall ist sowieso schon fast aufgeklärt. Die Haushälterin war's oder besser gesagt deren Sippschaft. Ist 'ne klare Sache."

Rebekka fühlte sich auf einmal wie gelähmt. Das hier war doch ein schlechter Witz, oder?

„Ist die Fahndung schon raus?", fragte Paul.

„Zwei sind sogar schon gefasst. Und drei sind noch auf freiem Fuß. Aber das ist eine Frage der Zeit. Die Fahndungsfotos sind allererste Sahne. Sagt Klaus. Ich hab sie noch gar nicht gesehen."

Mittlerweile war Rebekka so weiß wie die Raufaserwand neben ihr. *Haushälterin … Entführung*, hämmerte es in ihrem Kopf. War es möglich, dass diese beiden Worte zu verschiedenen Fällen gehörten?

„Schade", seufzte Paul. „Das war 'ne große Sache." Er grinste. „Um ehrlich zu sein, hatte ich gehofft, an meinem ersten Arbeitstag in der Abteilung die entscheidende Idee zu liefern."

Sein Gegenüber lachte auf. „Na, du bist 'ne Marke. Traust uns wohl keine vernünftige Polizeiarbeit zu, wie?"

Paul zuckte die Achseln. „Dir schon, Richard. Bist schließlich mein Bruder. Aber den anderen …"

Richard lachte. Sein Glucksen erinnerte ein bisschen an Schluckauf. Als er sich wieder beruhigt hatte, fragte er: „Fährst du heute noch raus?"

Paul nickte, woraufhin sich Richard erhob. „Ich glaub, ich hol mal die Fahndungsfotos. Dann kannst du ein bisschen nach den Verdächtigen Ausschau halten. Vielleicht landest du ja auf diese Weise den großen Coup."

Während er zur Tür hinausging, tippelte Rebekka unruhig von einem Bein aufs andere. War es möglich, dass sie auf diesen Fotos abgebildet war?

Denk nach!, beschwor sie sich. *Bewahr die Ruhe!*

Sie überlegte hektisch. Chris konnte sie unmöglich verpfiffen haben. Aber war es möglich, dass die Polizei auf andere Weise herausgefunden hatte, wer für die Entführung verantwortlich war? Zum Beispiel wegen der Telefonate, die Völle mit Adalbert Roselius geführt hatte?

Aber ja! Das war durchaus möglich! In Filmen war es meistens die Fangschaltung, die den Entführern das Genick brach!

Sie musste raus hier! Und das, bevor dieser Richard mit den Fotos zurückkehrte! Noch war Zeit, um zu fliehen!

„Ich muss pinkeln", hörte sie sich sagen.

Paul schreckte aus seinen Gedanken auf. Höchstwahrscheinlich hatte er sich mit der Frage beschäftigt, ob der Orden, den man ihm für die Verhaftung der Roselius-Entführer verleihen würde, silber- oder goldfarben wäre.

„Wir gehen ja gleich", vertröstete er seine Gefangene. „Nur noch fünf Minuten!"

„Soll ich in den Papierkorb machen oder lieber in die Blumen?", fragte Rebekka und bewegte sich drohend auf einen Ficus Benjamini zu.

„Schon gut!", erschrak Paul. „Ich zeig dir, wo das Klo ist!" Dann packte er Rebekka erneut am Arm und zog sie aus dem Büro. Er führte sie einen langen Flur entlang, durch eine Glastür bis in ein Treppenhaus, von dem zwei Türen abgingen. Auf einer der beiden war eine Frauengestalt abgebildet. „Ich warte hier draußen."

Rebekka nickte und betrat die Toilette. Als sich die Tür hinter ihr geschlossen hatte, stürzte sie umgehend auf die drei Kabinen zu und öffnete hektisch die Türen. Mist! Es gab weder Fenster noch Nebentüren! Blieb also nur eines ... Sie legte sich mitten in den Raum, nahm eine möglichst verzerrt wirkende Haltung ein, machte es sich so bequem wie möglich ... und stieß einen markerschütternden Schrei aus. Dann begann sie hemmungslos herumzuzucken.

Der Plan ging auf. Paul stürmte erschrocken ins Innere der Damentoilette, kniete neben Rebekka nieder, rüttelte an ihrer

Schulter und rief immer wieder hilflos: „Was haben Sie denn nur? Haben Sie Drogen genommen?"

Als sich Rebekkas Zustand nicht veränderte, sprang er wieder auf und rannte panisch zur Tür hinaus. „Ich brauche einen Arzt", rief er in den Flur hinein. „Überdosis! Hallo! Hilfe!"

Seine Rufe wurden mit jedem Herzschlag leiser. Als sie kaum noch zu hören waren, sprang auch Rebekka auf. Sie hastete zur Tür und sah auf den Flur hinaus. Die gläserne Tür hatte sich schon wieder geschlossen. Paul war weit weg und nur noch von hinten zu sehen.

Sie zögerte nicht lange, verließ die Toilette und rannte die Treppe hinunter. Sie musste raus hier, und das, bevor alle wussten, wer sie war!

Sie schaffte eine Treppe, noch eine, dann waren von unten Stimmen zu hören.

Rebekka drosselte das Tempo, zwang ein Lächeln auf ihre Lippen und versuchte, möglichst graziös die Treppe herunterzuschweben. Schon kamen zwei Personen in Sicht, die auf dem Weg nach oben waren. Ein Mann und eine Frau, beide um die fünfzig und beide in Zivil. Rebekka lächelte ihnen freundlich zu. Der Mann lächelte freundlich – wenn nicht gar *zu* freundlich – zurück. Die Frau aber blieb stehen. Sie war klein und zierlich und dabei sehr elegant gekleidet. Was Rebekka sofort verunsicherte, war der strenge Zug um ihren Mund. Passend dazu klang ihre Stimme scharf und kalt. „Haben Sie sich verlaufen?"

Rebekka schluckte. „Ja, äh, ich ... also ... suche den Ausgang."

„Zwei Stockwerke noch, dann haben Sie's geschafft", gab der Mann bereitwillig Auskunft.

Ganz anders die Frau. „Was tun Sie überhaupt hier?", fragte sie misstrauisch.

„Ich ... ähm ... hab als Zeugin ausgesagt, wissen Sie ..." Rebekka fuhr sich nervös durch ihr Haar.

„In dem Aufzug?", wunderte sich die Frau und musterte Rebekka von oben bis unten.

„Naja", stammelte Rebekka und strich sich das rote Abendkleid glatt, „ich ... also ... muss gleich noch zu einem 80. Geburtstag." Der Blick ihres Gegenübers blieb forschend. „Und in welchem Fall haben Sie ausgesagt?"

Rebekka suchte verzweifelt nach einer Antwort. „Im Fall … na ja … Roselius“, stammelte sie schließlich.

„Roselius?“, fragte der Mann verständnislos.

„Na, die Entführungssache“, half ihm seine Kollegin. „Sag bloß, du weißt nichts darüber. Es ist das Gesprächsthema Nummer eins hier auf dem Revier!“

„Du meinst den Sohn dieses … dieses Hühnerbarons, nicht wahr?“

Seine Kollegin nickte. „Genau der. Ist 'ne wirklich schlimme Sache.“ Sie wandte sich wieder an Rebekka. „Vielleicht hat Ihre Aussage ja geholfen. Ich kann nur hoffen, dass alle Entführer so schnell wie möglich dingfest gemacht werden.“

„Ja, das hoffe ich auch“, stammelte Rebekka.

Die Polizisten setzten sich wieder in Bewegung. „Schönen Abend noch.“

Rebekka nickte ihnen noch einmal zu, zwang sich zur Ruhe und setzte ihren Weg in gemäßigtem Tempo fort. Sie hatte das Erdgeschoss schon beinahe erreicht, konnte schon die Glastür sehen, die in den Eingangsbereich des Gebäudes führte, als plötzlich ein Alarmsignal in Form eines lauten, durchdringenden Gerassels, ähnlich dem eines Weckers, ertönte. Rebekka hielt so abrupt inne, dass sie sich mit beiden Händen am Geländer festkrallen musste, um nicht die Treppe hinunterzufallen. In diesem Moment war ihr eines sonnenklar: In diesem Aufzug durfte sie sich auf keinen Fall im Eingangsbereich sehen lassen. Paul und sein Bruder wussten, wer ihnen da entkommen war. Langes rotes Kleid … das war das Auffälligste an ihr und mit Sicherheit die Beschreibung, die in diesem Moment an alle weitergegeben wurde. Nein, ihre einzige Chance war es, dieses Kleid loszuwerden. Sie brauchte etwas anderes zum Anziehen!

Ohne Zeit zu verlieren machte sie kehrt und hastete die Stufen wieder nach oben bis in den ersten Stock. Auch hier führte eine Glastür in den Flur hinein. Rebekka drückte sich eng an die Wand, näherte sich vorsichtig der Tür und blickte hindurch. In diesem Moment verstummte der Alarmton. Eine beängstigende Stille senkte sich über Rebekka. Sie hatte jetzt das Gefühl, als könnte schon das Klopfen ihres Herzens zu ihrer Entdeckung führen. Bange Sekunden lang sah sie erst eine Frau durch den

Flur hasten, dann noch eine Frau ... dann einen Mann. Glücklicherweise bewegten sie sich von Büro zu Büro. Keiner schien das Treppenhaus anzusteuern. Aber da hörte Rebekka auch schon, wie eine Tür aufgestoßen wurde. Sie zuckte zusammen. Das Getrappel mehrerer Füße ertönte ... aber es stammte nicht aus dem ersten Stock, sondern kam von weiter oben. Dritter Stock? Vierter Stock? Wie lange mochte es dauern, bis sie entdeckt wurde? Verzweifelt sah sie ein weiteres Mal in den Flur hinein. Und tatsächlich, jetzt war die Luft rein! Rebekka zögerte keine Sekunde. Sie öffnete leise die Tür, schlüpfte hindurch und hastete durch den Flur. Aber wohin?

Sie probierte die nächstbeste Tür zu ihrer Linken – abgeschlossen. Die übernächste – abgeschlossen. Ein ... zwei ... drei ... vier weitere – abgeschlossen. Aber was war das? Auf der gegenüberliegenden Seite, ungefähr zehn Meter weiter, steckte ein Schlüssel in einer Tür! Rebekka hastete hinüber, drückte auf die Klinke ... auch diese Tür war abgeschlossen. Sie drehte den Schlüssel ... einmal ... schon drang das eilige Fußgetrappel bis zu ihr in den Flur ... zweimal ... und tatsächlich, jetzt ließ sich die Tür öffnen! Rebekka zog noch den Schlüssel ab und fiel dann förmlich in den Raum. Sie warf die Tür wieder hinter sich zu und versuchte dann verzweifelt, den Schlüssel von innen ins Schloss zu stecken. In ihrer Aufregung dauerte es eine halbe Ewigkeit, bis er endlich griff. Dann aber konnte sie ihn herumdrehen. Sie drehte hektisch, bis es nicht mehr weiterging und trat dann ängstlich ein paar Schritte zurück. Im Grunde genommen war sie sicher, dass ihre Verfolger gleich ins Zimmer stürmen oder zumindest fordernd gegen die Tür hämmern würden. Doch es geschah nichts dergleichen. Im Gegenteil. In ihrer Umgebung blieb es mucksmäuschenstill.

Und jetzt?

Sie sah sich im Zimmer um. Es war ein typischer Büroraum wie der, in den sie mit Richard gegangen war. Ein paar Schränke, ein Schreibtisch und ein Bürostuhl – das war's.

Aber da fiel ihr Blick auf das Fenster. Sie überlegte. Befand sie sich nicht im ersten Stock? Da musste es doch möglich sein, durch das Fenster zu flüchten, oder? Sie bückte sich, lief um den Schreibtisch herum und näherte sich vorsichtig dem Fenster.

Zipfelsinn und Zeckendreck! Draußen wimmelte es bereits von Polizisten. Sie hatten die Straße abgesperrt und das Gebäude weiträumig umstellt. Da kam sie auf keinen Fall hinaus. *Aber was dann?*

In ihrer Not öffnete Rebekka den Schreibtisch und durchsuchte ihn. Vielleicht gab es hier ja irgendetwas, das ihr weiterhelfen konnte. Eine Waffe vielleicht? Obwohl sie nicht wusste, was sie damit hätte anfangen sollen, suchte sie weiter, fand aber nichts. Außer typischen Büromaterialien wie Zetteln, Stiften, einem Locher, einem Tacker, Büroklammern, Kleber, Gummibändern sowie Taschentüchern, Kaugummis, einer Kaffeetasse und ein paar Schlüsseln war nichts in dem Schreibtisch. Sie zog sich weiter vom Fenster zurück und widmete sich dem erstbesten Schrank, an dem sie vorbeikam. Aber auch hier – nichts als Akten. Jetzt war nur noch ein größerer Schrank mit zwei Türen übrig. Sie versuchte auch diesen zu öffnen, doch war er abgeschlossen. Sie runzelte die Stirn. Hatte sie im Schreibtisch nicht ein paar Schlüssel gesehen? Sie schlich gebückt zurück zum Schreibtisch, nahm die Schlüssel an sich und probierte einen nach dem anderen an dem Schrank aus. Und tatsächlich, bereits der dritte passte. Rebekka öffnete die rechte der beiden Türen – und fand schon wieder eine Unmenge übereinandergestapelter Akten. Sie seufzte tief, öffnete auch die linke Tür – und riss erstaunt die Augen auf. Sie wusste sofort: Das war es, wonach sie gesucht hatte! Das war ihre Rettung!

Es war alles da: eine blaue Uniform samt dunkelblauem Hemd, eine Krawatte, eine Mütze und dunkle Schuhe. Jetzt musste es nur noch einigermaßen passen!

Rebekka riss die Schätze aus dem Schrank, zog ihr Kleid aus und schlüpfte als Erstes in das Hemd. Es war frisch gestärkt und fühlte sich auf ihrer nackten Haut ganz hart und steif an. Außerdem merkte sie sofort, dass es ihr deutlich zu groß sein würde. Nun, beim Hemd war das nicht weiter schlimm, aber wie würde dann der Rest der Uniform an ihr aussehen?

Sie verschloss die Knöpfe und widmete sich dann der Hose. Als sie sie anhatte, seufzte sie tief. Dass die Hose zu weit war, konnte sie mithilfe des Gürtels regulieren, aber was sollte sie dagegen tun, dass sie mindestens zwanzig Zentimeter zu lang war?

Die Idee ließ nicht lange auf sich warten. Rebekka eilte zum Schreibtisch zurück und holte einen Kugelschreiber sowie einen Flüssigkleber daraus hervor. Dann zeichnete sie an den Hosenbeinen die optimale Länge ein, zog die Hose wieder aus und schlug beide Beine an den Markierungen nach innen um. Jetzt kam der dritte Arbeitsgang. Rebekka öffnete die Tube mit dem Flüssigkleber, wanderte damit von oben in die Hosenbeine und verteilte den Kleber mit außerordentlicher Großzügigkeit in der entstandenen, etwa zwanzig Zentimeter hohen Falte. Nach und nach erfüllte der strenge Geruch von Lösungsmittel das gesamte Büro. Als Rebekka mit beiden Hosenbeinen fertig war, nahm sie aus der rechten Schranktür einen Stapel Akten heraus und platzierte sie auf den festgeklebten Hosenbeinabschnitten. Dann nickte sie zufrieden, holte sich das Jackett und verfuhr mit den Ärmeln genauso wie eben mit den Hosenbeinen. Als auch diese zum Trocknen mit Aktenbergen beladen worden waren, widmete sie sich der Mütze. Unglücklicherweise passte diese nicht viel besser als der Anzug. Aber Rebekka wusste sich auch hier zu helfen. Sie holte eine große Schere aus dem Schreibtisch und versuchte, im hinteren unteren Bereich der Mütze, dort, wo sie am Hinterkopf auf die Haare treffen sollte, ein ordentliches Dreieck herauszuschneiden. Wegen der Verstärkungen an der Krempe gestaltete sich das allerdings schwierig. Rebekka quälte sich und die Schere bis zum Äußersten, rutschte mehrfach ab und brach zum Schluss auch noch den Griff der Schere durch. Zu diesem Zeitpunkt aber hatte sie ihr Ziel fast erreicht und konnte den Rest Stoff mit der Hand abreißen. Von der Anstrengung in Kombination mit dem strengen Gestank des Klebers war ihr allmählich schummrig zumute.

Auf der anderen Seite verlieh ihr das Wissen, dass sie ihrem Ziel, dieses Gebäude zu verlassen, ein Stück näher gekommen war, neue Kraft. Daher begutachtete sie noch einmal die Mütze, kam aber zu dem Ergebnis, dass ihr hier die Fläche fehlte, um mit Kleber erfolgreich sein zu können. Um sich inspirieren zu lassen, krabbelte sie ein weiteres Mal zum Schreibtisch, fand dort den Tacker und beschloss, es damit zu versuchen. Unglücklicherweise waren jetzt Kräfte erforderlich, die sie mit ihren Händen kaum noch aufbringen konnte. Und so musste sie Knie und Füße zu

Hilfe nehmen, um den Tacker zu betätigen. Dafür funktionierte ihre Technik so gut, dass sie sich am Ende ernsthaft fragte, warum sie nicht von Anfang an den Tacker genommen hatte. Den Gestank des Klebers hätte sie sich so jedenfalls ersparen können.

In der Hoffnung, dass der Kleber mittlerweile getrocknet war, nahm sie die Aktenberge von Hose und Jackett herunter und hob die beiden Kleidungsstücke vorsichtig hoch. Das Ergebnis sah nicht besonders professionell aus, schien aber erst einmal zu halten. Rebekka schlüpfte zuerst in die Hose und versuchte, sie mithilfe des Gürtels irgendwie an ihrer Taille zu befestigen. Der Gürtel hatte jedoch zu wenige Löcher, was Rebekka einen tiefen Seufzer entlockte und anschließend die Hilfe des Lochers erforderte. Als sie auch dieses Problem gemeistert hatte, kam die Krawatte an die Reihe. Dieses Mal gab es keine Schwierigkeiten. Rebekka hatte ihrem Vater und ihrem Bruder schon oft den Schlips gebunden, sodass ihr auf Anhieb ein sauberer Knoten gelang. Einigermaßen versöhnt schlüpfte sie in das Jackett und eilte neugierig zurück zu dem Schrank, in dem sie die Uniform gefunden hatte. Sie öffnete die entsprechende Schranktür und betrachtete sich in dem Spiegel, den sie schon vorhin dort entdeckt hatte.

Im ersten Moment rümpfte Rebekka die Nase. Bei näherem Hinsehen bemerkte man ohne Schwierigkeiten, dass Ärmel und Beinabschlüsse nicht optimal fielen und zudem weder hundertprozentig gerade noch gleich lang waren. Dafür entpuppte sich eine andere Problemzone als weniger dramatisch. Zierlich wie sie war, hatte Rebekka nämlich befürchtet, dass die Schulterpartie extrem auffällig aussehen würde. Was ihr jedoch zugutekam, war die Tatsache, dass der ursprüngliche Träger der Uniform wohl lang, aber nicht gerade breit gebaut war. Und so wirkte sie in dem Jackett zwar ein wenig verloren, aber doch nicht lächerlich.

Sie trat ein paar Schritte zurück, dann noch ein paar.

Hm, dachte sie nicht unzufrieden, *auf die Entfernung sehe ich aus wie eine normale Polizeibeamtin.*

Sie näherte sich wieder dem Spiegel. *Nur aus der Nähe bemerkt man die kleinen Unstimmigkeiten.*

Blieb zu hoffen, dass dies reichen würde! *Heilige Jungfrau Maria,* betete sie inbrünstig, *du weißt, dass ich nichts Unrechtes getan habe. Hilf mir doch bitte hier raus!*

Einigermaßen beruhigt warf sie einen Blick auf die Schuhe, stellte aber fest, dass 45 nicht unbedingt die richtige Größe für sie war. Glücklicherweise hatte sie einen Alternativplan zur Hand. Sie griff nach den Pumps, die Lars ihr zum Kleid geschenkt hatte, entfernte mit roher Gewalt und unter Zuhilfenahme der kaputten Schere die Absätze und zog die Schuhe wieder an.

Nachdem sie einen letzten Blick in den Spiegel geworfen hatte, näherte sie sich der Tür und legte das Ohr daran. Sie hörte nichts, weder Schritte noch Stimmen. War das jetzt ein gutes oder ein schlechtes Zeichen?

Auf alles gefasst, streckte sie ihre Hand aus und schloss die Tür auf. Als nichts geschah, insbesondere keine Meute von Polizisten in den Raum stürzte, wagte sie den nächsten Schritt, drückte die Türklinke herunter und zog die Tür einen winzig kleinen Spalt auf. Dann blickte sie ängstlich auf den Flur hinaus. Erstaunlicherweise sah sie niemanden, keine Menschenseele.

Also gut, dachte sie, *jetzt oder nie.*

Sie straffte die Schultern, riss die Tür auf und trat mutig auf den Flur hinaus. Dann ging sie mit zackigen Schritten in Richtung Treppenhaus. Zumindest ihr Gang sollte nicht dafür verantwortlich sein, dass sie entlarvt wurde. Sie erreichte das Treppenhaus, ohne jemandem zu begegnen. Als sie jedoch die ersten Stufen in Richtung Erdgeschoss bewältigt hatte, kamen ihr gleich mehrere uniformierte „Kollegen" entgegen. Rebekka rutschte das Herz in die Hose, doch sie ließ sich nichts anmerken. Und auch den Beamten schien nichts aufzufallen. Ihrem Tempo nach zu urteilen hatten sie es ohnehin recht eilig. Einer hob kurz die Hand zum Gruß, die anderen rannten wortlos an Rebekka vorbei.

Trotzdem blieb Rebekka keine Zeit, um einen halbwegs normalen Herzschlag zurückzuerlangen. Sie gelangte jetzt ins Erdgeschoss, durchquerte auch hier eine Glastür und fand sich im riesigen Eingangsbereich wieder. Dort herrschte ein fürchterliches Durcheinander. Ganze Schwärme uniformierter Polizeibeamter wuselten durcheinander, einige standen in Trauben um jemanden herum, der wohl der Einsatzleiter war, andere eilten gestresst von hier nach dort, wieder andere schienen als Wachposten zu fungieren. Rebekka fiel da gar nicht weiter auf. Sie war nur eine unter vielen, ein kleines Rädchen in einer riesigen Maschinerie.

Die Haupttür war jetzt nur noch etwa zwanzig Meter von ihr entfernt. Sie stand sperrangelweit offen.

Rebekka überlegte nicht lange. Sie behielt ihren zackigen, eiligen Schritt bei und hielt direkt darauf zu. Und so näherte sie sich Schritt für Schritt der Freiheit, ohne dass jemand sie aufhielt oder auch nur Notiz von ihr nahm.

Jetzt aber fiel ihr der Polizist auf, der direkt am Eingang stand. Er war groß und kräftig und trug einen Vollbart. Ob er die Tür überwachte? Auf jeden Fall rührte er sich nicht vom Fleck und beobachtete jeden, der von drinnen nach draußen wollte. Allerdings registrierte Rebekka trotz der Kürze der Zeit, dass er weder mit den Herauskommenden sprach noch sich einen Ausweis oder Ähnliches zeigen ließ. Und das war ihre Hoffnung! Kein Mensch konnte so viele Leute kennen, wie hier herumliefen, oder?

Jetzt waren es nur noch wenige Schritte bis zu dem Beamten. Rebekka hielt ihren Kopf gesenkt und versuchte so locker und unauffällig wie möglich zu wirken. Ihr Herz allerdings schien diese Tätigkeit mit einem Sprint zu verwechseln. Es hämmerte so hart und schnell gegen ihren Brustkorb, als müsste es das nächste Lebensjahr in einer einzigen Minute abarbeiten.

Rebekka musste jetzt ein Stück zur Seite treten, weil gleich zwei Polizeibeamte von draußen nach drinnen kamen. Aber dann war es auch für sie so weit: Sie durchschritt die Tür zur Freiheit. Draußen war alles weiß. Der Schnee lag immer noch, auch wenn es nur ein dünner Film war. Rebekkas Lungen füllten sich bereits mit kalter, frischer Luft, als plötzlich die Worte ertönten, die sie mehr als alles andere auf der Welt hatte vermeiden wollen: „Hey, Sie da!"

Rebekka blieb stehen und wirbelte herum.

„Sie haben das hier fallen gelassen!"

Rebekka sah den Zettel zwar, der vor ihr auf dem Boden lag, begriff aber in keiner Weise, was er zu bedeuten hatte. Erst als sich der Polizeibeamte, der ihr gerade entgegengekommen war, danach bückte, begann sie zu ahnen, dass sie gar nicht gemeint gewesen war. Halb Hoffnung schöpfend, halb testend wandte sie sich wieder in ihre ursprüngliche Richtung und fuhr fort, einen Fuß vor den anderen zu setzen. Und tatsächlich, niemand hielt sie auf, niemand rief nach ihr. Sie ging einfach auf die Straße, an weiteren Horden von Polizeibeamten vorbei, und schlug die Richtung ein, die von dem ganzen Chaos wegführte. Weg, nur weg, das war ihre Devise.

Aber dann, wenige Schritte später, hielt direkt neben ihr ein Polizeiwagen.

Im ersten Moment überfiel sie der starke Impuls davonzulaufen. Im zweiten gelang es ihr, dem zu widerstehen. Dann öffnete sich neben ihr die Fahrertür und ein uniformierter Beamter stieg aus dem Wagen. Er grüßte Rebekka kurz, hatte aber kein wirkliches Interesse an ihr. Rebekka atmete auf, doch sollte diese Erleichterung nur wenige Sekunden andauern. Der Beamte nämlich wandte sich um, öffnete nun die hintere Wagentür und gab damit den Blick auf eine Person frei, mit der Rebekka an dieser Stelle nun wirklich nicht gerechnet hatte ... Jürgen!

Einen kurzen Augenblick lang starrten sie einander nur an ... erstaunt ... fassungslos. Dann kroch ein Ausdruck auf Rebekkas Gesicht, der so flehend war und so viele Bitten in sich vereinte, dass er selbst einen Felsblock hätte erweichen müssen.

Jetzt veränderte sich auch Jürgens Gesichtsausdruck. Aber es spiegelte sich kein Mitleid darin wider, sondern nackte Wut. „Wie konntest du nur eine Sekunde lang annehmen, ich würde dich davonkommen lassen", zischte er. „Und das nach allem, was du uns eingebrockt hast?" Er stieg aus dem Wagen, drehte sich halb um und präsentierte ihr seine mit Handschellen gefesselten Hände. „Das ist deine Schuld", fauchte er. „Ganz allein deine."

Bitte! Rebekka sprach das Wort nicht aus, sondern übersandte es mit ihren Augen. *Bitte, Papa!*

Aber Jürgens Blick blieb so düster und kalt wie der Weltraum. „Das hier ist keine Polizeibeamtin", sagte er, „sondern meine Tochter. Sie war an der Entführung beteiligt. Und nicht nur das. Sie hat alles ausgeheckt und geplant. Sie ist der Kopf unserer Bande!"

Rebekka sah zu dem Polizeibeamten hinüber, der den Wagen gefahren hatte. Er hatte einen dunklen Vollbart, aber ausgesprochen freundliche Augen. Im Moment blickten diese allerdings ziemlich irritiert drein, sah er doch von dem Verhafteten zu der jungen Kollegin hinüber und wieder zurück. Allerdings hatte er seine rechte Hand schon mal an sein Pistolenhalfter gelegt. Jetzt stieg ein zweiter Beamter aus dem Wagen.

„Da habt ihr aber einen komischen Kauz verhaftet", sagte Rebekka und versuchte zu lachen. Unglücklicherweise klang das ziemlich gekünstelt. *Jetzt nichts wie weg hier!,* dachte sie und drehte sich um.

„Warten Sie doch mal!", rief der Vollbärtige.

„Keine Zeit", rief Rebekka und hob zum Abschied nur noch mal schnell die Hand. „Die Pflicht ruft!"

„Das ist meine Tochter", schrie Jürgen. „Sie müssen sie verhaften!"

Rebekka beschleunigte ihren Schritt.

„Ich will Ihren Ausweis sehen!", rief jemand.

Rebekka lief los.

„Stehen bleiben, Polizei!"

Die junge Frau rannte um ihr Leben, kalkulierte unter diesen Umständen aber weder den Schnee noch die verstümmelten Pumps mit ein. Es dauerte nur wenige Meter, dann rutschte sie aus und fiel ausgesprochen ungraziös zu Boden. Als sie versuchte, sich wieder hochzurappeln, war die Stimme direkt hinter ihr.

„Keine Bewegung oder ich schieße."

Rebekka erkannte eine Niederlage, wenn sie eine sah. Sie ließ sich ohne weiteren Widerstand festnehmen.

Kapitel 20

Die junge, elegant gekleidete Strafverteidigerin saß am Tisch im Besucherraum der JVA Hannover, Abteilung Langenhagen. Sie hatte jede Menge Unterlagen vor sich ausgebreitet, interessierte sich im Moment aber nicht dafür. Stattdessen sagte sie zum achten Mal das Gleiche.

„Frau Petrell", seufzte sie, „wenn Sie nicht mit mir sprechen, kann ich Ihnen nicht helfen!"

Rebekka stand am Fenster und starrte hinaus. Sie war in Schwarz und Grau gekleidet und rührte sich nicht. Sie blinzelte nicht einmal. Da sich ihre Augen mit Tränen gefüllt hatten, konnte sie schon länger keine Umrisse mehr erkennen. Stattdessen erblickte sie nicht mehr als eine einheitliche, graue Masse. In ihrem Inneren sah es ganz ähnlich aus. Alles schien ergraut zu sein. Verschwommen. Trostlos. Dieser Zustand hatte beim letzten Verhör eingesetzt. Als sie begriffen hatte, dass dieser Albtraum nicht mehr enden würde ... dass sie würde hierbleiben müssen ... wegen Chris ... der sie verpfiffen hatte ...

Die Strafverteidigerin seufzte ein weiteres Mal. Sie war älter als Rebekka, wahrscheinlich Mitte dreißig. Trotzdem hatte sie ein wenig Ähnlichkeit mit ihr. Auf jeden Fall war sie nicht viel größer als Rebekka und genauso zierlich. Auf der anderen Seite hätten die Augenfarben der beiden Frauen unterschiedlicher nicht sein können. Während Rebekkas Augen in einem so tiefen, dunklen Braun schimmerten, dass man sie schon als Schwarz bezeichnen konnte, hatte die Strafverteidigerin leuchtend blaue Augen, die einen krassen Gegensatz zu ihrem dunklen Teint und ihren glänzend braunen Haaren bildeten. Obwohl sie ihre Haare im Nacken und an den Seiten kurz trug, konnte man am Deckhaar noch sehr gut die lockige Fülle erkennen.

„Frau Petrell", wiederholte sie noch eindringlicher als zuvor, „Sie sind des erpresserischen Menschenraubes angeklagt. Wenn Sie Pech haben, verbringen Sie die nächsten zehn Jahre im Gefängnis. Wollen Sie das?"

„*Er* will es", murmelte Rebekka.

Die junge Frau witterte eine Chance für ein Gespräch. „Wer ist *er*?"

Rebekkas Augen liefen über. Zwei Tränen rannen lautlos ihre Wangen hinunter. „Chris!", flüsterte sie.

„Christopher Roselius?"

Bei der Nennung seines Namens zuckte Rebekka zusammen. Dann drehte sie sich um. Obwohl sie es nicht wollte, schluchzte sie: „Kennen Sie ihn?"

„Er hat mich engagiert", antwortete die Strafverteidigerin und wartete gespannt auf Rebekkas Reaktion.

Die fiel allerdings nicht so aus, wie sie sich das erhofft hatte. „Dann sind Sie mein Feind", fauchte Rebekka, „und ich werde erst recht kein einziges Wort mehr mit Ihnen wechseln."

Die Anwältin seufzte tief. „Hören Sie, Frau Petrell. Ich kenne Ihre Geschichte. Herr Roselius hat mir alles genau erzählt. Ich glaube, er hat ein ziemlich schlechtes Gewissen, weil er sein Versprechen gebrochen hat. Aber er tut im Moment alles, um das wiedergutzumachen. Er wird im Zeugenstand aussagen, dass Sie ihm das Leben gerettet haben. Dann kommen Sie vielleicht mit ein oder zwei Jahren auf Bewährung davon!"

„Daran bin ich nicht interessiert", antwortete Rebekka kalt. „Er hat das Leben meiner Familie zerstört, sagen Sie ihm das. Und besorgen Sie mir einen Pflichtverteidiger."

❖

Die Tage in der Untersuchungshaft vergingen wie Harz, das einen Baumstamm hinunterrinnt. Jeden Tag dasselbe fade Essen ohne frisches Obst oder Gemüse, derselbe karge Raum, dieselbe trostlose Freistunde, Aufstehen zu immer derselben Zeit, Schlafengehen zu immer derselben Zeit, Routine, Langeweile, Warten auf den Prozess. *Zehn Jahre Gefängnis*, klang es noch immer in Rebekkas Ohren. *Wollen Sie das?*

Ja, sie wollte es. Jedenfalls wollte sie es mehr, als Chris zu verzeihen. Sie wollte es mehr als seine Hilfe. Sie wollte es mehr als seine Almosen.

Das Einzige, was Rebekka manchmal ins Wanken brachte, waren die Besuche ihrer Mutter. Louise kam so oft, wie sie durfte, um mit ihr zu reden. Sie hatte ihr längst verziehen. Und sie bat, nein, *flehte* Rebekka an, alles zu tun, um bald wieder freizukommen. *Nimm seine Hilfe an*, beschwor sie ihre Tochter jedes Mal aufs Neue.

Aber sie wollte nicht!

Die von Chris engagierte Strafverteidigerin kam jeden Tag wieder. Aus irgendeinem unerfindlichen Grund war sie vom Gericht als Pflichtverteidigerin bestellt worden. Aber Rebekka sprach nicht mit ihr. Sie kannte nicht einmal ihren Namen. Sie hasste diese Frau. Sie hasste alles, was mit Chris zusammenhing. Sie hasste ihn.

❖

Anderthalb Monate waren vergangen, als Rebekka wieder einmal in den Besucherraum zitiert wurde. Auf dem Weg dorthin fragte sie sich, warum die Strafverteidigerin schon wieder an ihrer Tür kratzte. Hatte sie ihr nicht ausreichend deutlich gemacht, dass sie nicht mit ihr sprechen wollte? Aber als sie den Raum dann betrat, war es nicht die Anwältin, die an dem Tisch auf sie wartete, sondern Chris.

Als Rebekka ihn entdeckte, erstarrte sie. Gleichzeitig wurde sie von den unterschiedlichsten Impulsen hin und her gerissen. Ein Teil von ihr wollte vor ihm fliehen, einfach davonstürmen, ein anderer Teil auf ihn zueilen, ihn ohrfeigen, würgen, beschimpfen. Ein anderer – und das war wohl der stärkste – wollte die Gelegenheit nutzen, ihn endlich wissen zu lassen, was sie von ihm hielt.

Dieser Teil von ihr sog alle Freundlichkeit, alle Farbe aus ihrem Gesicht und ließ es zu einer eiskalten, gräulich gefärbten Maske werden. Dadurch korrespondierte es erschreckend gut mit Rebekkas anthrazitfarbenem Pullover und der schwarzen Jeans. Langsam, bedächtig ging Rebekka jetzt auf Chris zu, bis sie fast vor ihm stand und von oben auf ihn herunterblicken konnte.

Chris wand sich sichtlich unter diesem Blick. „Willst ..." Er musste sich räuspern. „Willst du dich nicht setzen?"

„Nein", entgegnete sie kalt und beschloss, auf keinen Fall weiter durch die Nase zu atmen. Sie hasste dieses Aftershave ...

Chris senkte den Blick und sah auf seine Hände. Da, wo einmal der kleine Finger seiner linken Hand gewesen war, befand sich nur noch ein kleiner Stummel mit deutlich sichtbaren Narben. Ansonsten sah er gut aus. Zu gut. Er trug einen hellgrauen Pullover mit V-Ausschnitt, darunter ein passendes kariertes Hemd. Seine Wangen waren vor Nervosität ein wenig gerötet.

„Es macht mich nervös, wenn du so vor mir stehst", stieß er hervor.

„Und mich macht es nervös, dass du mich ohne Ankündigung im Gefängnis besuchst", gab Rebekka zurück.

„Wenn ich meinen Besuch angekündigt hätte, wärst du nicht gekommen", wandte Chris ein, ohne sie anzusehen.

Rebekka verschränkte die Arme vor der Brust und hob ihren Kopf noch ein wenig höher. „Ich hab Anspruch auf exakt zwei

Stunden Besuch im Monat", antwortete sie bitter. „Glaubst du wirklich, dass ich auch nur eine Minute davon mit dir verschwenden möchte?"

„Du verschwendest diese Zeit nicht", sagte Chris leise. „Ich bin sozusagen als Vertretung deiner Rechtsanwältin hier."

„Und wie hast du das angestellt?", krächzte Rebekka. „Mit Papis Geld? Ich nehme an, es fließt wieder. Schließlich hast du ihm alles gesagt, was er wissen wollte."

Chris sank noch ein wenig tiefer in sich zusammen. „Ich möchte einfach", begann er, „ich möchte, dass du es verstehst." Er fuhr sich mit einer hilflosen Geste durch die Haare. „Du weißt, in welcher Verfassung ich war, als du mich ins Krankenhaus gebracht hast. Ich war nur halb bei mir. Ich hatte Schmerzen, war erschöpft. Und glaub mir, die Polizei hat mich regelrecht verhört. Fragen über Fragen. Immer wieder. Es war umso vieles zermürbender, als ich erwartet hatte. Und dann mein Vater ... Er war so aufgebracht ... Er hat einfach keine Ruhe gegeben. Und ich hatte mich längst in Widersprüche verwickelt. Irgendwann, da konnte ich einfach nicht mehr."

„Aber ich, ja?", fauchte Rebekka. „Hast du dir jemals Gedanken darüber gemacht, wie es mir ergangen ist? Völle wusste, wer ihn verraten hat. Ich konnte nicht nach Hause. Ich konnte nirgendwohin! Außerdem hatte ich keinen Cent. Ich bin in einer Absteige untergekommen. Ich hab gehungert und gefroren. Aber in der ganzen Zeit ..." Entgegen ihrer Absicht wurde Rebekkas Stimme auf einmal brüchig und sie rang nach Fassung. „In der ganzen Zeit hab ich nicht ein Mal, keine einzige Sekunde an dir gezweifelt. Selbst als ich erfuhr, dass Birgit Besuch von der Polizei bekommen hatte, hab ich noch die wildesten Erklärungen dafür gesucht. Aber die Möglichkeit, dass du mich verraten haben könntest, hab ich nicht in Betracht gezogen." Sie hielt inne und wartete, bis sie sich wieder einigermaßen im Griff hatte. Dann sagte sie in einem Tonfall, der dem Wort „Enttäuschung" eine neue Note verlieh: „Ich habe dir das Leben gerettet, Chris. Und du hast mich ausgeliefert" – sie spie ihm diese Worte regelrecht entgegen –, „betrogen und *verraten*!"

Chris sprang so plötzlich auf, dass der Stuhl, auf dem er gesessen hatte, polternd umfiel. „Ich hab dich verraten, ich geb es ja zu", rief er aufgebracht und sah ihr zum ersten Mal in die Augen. „Aber tu jetzt nicht so, als hättest du dich immer richtig verhalten. Du hättest mir viel früher helfen müssen. Es war deine Familie, die mich entführt hat. Und du hast dabei zugesehen. Du hast meinen Fluchtversuch vereitelt. Du hast zugelassen, dass sie mich erniedrigen und verletzen." Er hielt ihr seine linke Hand hin. „Hier, sieh her, ich bin ein Krüppel. Und das werde ich deinetwegen auch immer bleiben!"

„Ein Krüppel?" Rebekka lachte ihm herausfordernd ins Gesicht. „Und was ist mit mir? Dir fehlt nur der kleine Finger, aber ich hab meine ganze Familie verloren, mein Leben, meine Freiheit!" Sie ballte die Hände zu Fäusten und sprach mit verzerrter Stimme weiter. „Wer noch nie in einem Gefängnis war, kann sich nicht im Entferntesten vorstellen, wie es hier zugeht! Man hat nur Feinde ... die anderen Insassen ... Sie beleidigen dich, schlagen dich, pinkeln dir ins Essen ... Und dann die Beamten ... Manche von ihnen sind regelrechte Sadisten ..." Ihre Stimme versagte vollends und sie drehte Chris abrupt den Rücken zu.

Chris' Gesichtsausdruck wurde sanft. „Rebekka", sagte er hilflos und streckte die Hand nach ihr aus. Wenige Zentimeter vor ihrer Schulter hielt er inne. Irgendetwas hielt ihn davon ab, sie zu berühren. Stattdessen schloss er kurz die Augen, atmete den Duft von Karamell ein und fügte dann leise hinzu: „Es tut mir leid, was ich getan habe."

Rebekka straffte die Schultern und drehte sich wieder zu ihm um. Ihr Gesicht war tränenüberströmt. „Nein, Chris", sagte sie ruhig, aber seltsam bestimmt, „es tut *mir* leid, was *ich* getan habe."

❖

„Sie schon wieder", fauchte Rebekka, als sie am nächsten Morgen Besuch von ihrer Anwältin bekam. Sie saß am Tisch und hatte ihr Kinn gelangweilt auf den Innenflächen ihrer Hände abgestützt.

Die junge Strafverteidigerin trug ein dunkles, sehr edles Kostüm und darunter eine weiße Bluse. Sie kam jetzt langsam näher, legte ihre dünne, schwarze Aktentasche auf dem Tisch ab und zog scharrend den gegenüberliegenden Stuhl zurück. „Ja, ich schon wieder. Herr Roselius hat mich gebeten, Ihnen das hier zu geben." Sie kramte einen zusammengefalteten Zettel aus der Tasche, setzte sich und hielt ihn Rebekka hin. Diese zögerte und betrachtete das Blatt Papier, als könnte es jeden Moment explodieren. Dann aber ging ein Ruck durch ihren Körper. Betont lässig streckte sie die Hand aus und zupfte der Anwältin den Zettel aus der Hand. Anschließend erhob sie sich, drehte der Frau den Rücken zu und faltete den Zettel – ein bisschen zu gierig – auseinander.

„Rebekka", stand da in schwungvoll geschriebenen Buchstaben, „ich verstehe und respektiere, dass du mir mein Verhalten nicht verzeihen kannst. Aber das sollte kein Grund dafür sein, dir selbst zu schaden. Glaub mir, schon allein die Tatsache, dass ich nichts tun kann, um dich aus dem Gefängnis zu holen, ist für mich Strafe genug. Es ist nicht nötig, dass du den Rest deines Lebens hinter Gittern verbringst, um einen Schuft aus mir zu machen. Und deshalb bitte ich dich, auch im Namen deiner Mutter: Mach es nicht noch schlimmer. Nimm meine Hilfe an, und reduziere deine Strafe auf das, was unvermeidlich ist. Chris." Rebekka schluckte schwer und hatte einige Mühe, die Fassung zu wahren. Obwohl sie Chris hasste, berührte der Brief sie in einer Tiefe, die ihr Angst machte. Und was noch dazu kam: Er hatte ja recht. Sie war dabei, sich und ihrer Mutter zu schaden. War ihr Stolz das wert?

Sie räusperte sich und schlug einen unfreundlichen Tonfall an. „Er soll aufhören, meine Mutter ins Spiel zu bringen. Ich glaube ihm sowieso nicht, dass er sich um sie sorgt."

„Und Sie sollten aufhören, Ihre Mutter *nicht* ins Spiel zu bringen", sagte ihre Anwältin ernst. „Gerade im Moment leidet sie viel mehr, als Sie es sich vorstellen können."

Rebekka drehte sich um. „Was soll das heißen?"

„Ihr Bruder", erläuterte die junge Frau. Sie hatte lässig ihre Beine übereinandergeschlagen. „Er kommt in der U-Haft nicht besonders gut klar. Erst vor ein paar Tagen ist er mit einigen Mithäftlingen aneinandergeraten. Er wurde ganz schön zugerichtet. Haben Sie eine Ahnung, was das für Ihre Mutter bedeutet?"

Rebekka schluckte schwer. Sie konnte es sich vorstellen. Einen Moment lang rang sie mit sich. Dann wechselte sie unvermittelt das Thema. „Sind Sie wenigstens teuer?“, fragte sie barsch.

Die junge Frau konnte sich ein Schmunzeln nicht verkneifen. „Ziemlich“, antwortete sie.

Rebekka stemmte die Hände in die Hüften. Genau wie am Vortag trug sie einen schlichten anthrazitfarbenen Baumwollpullover und eine schwarze Jeans. „Dann sehen Sie zu, dass Sie Ihren Job anständig machen. Ich habe keinen Tag Gefängnis verdient. Merken Sie sich das!“

Die Strafverteidigerin kämpfte immer noch mit der Muskulatur um ihre Mundwinkel, nickte aber brav. „Ich werd's versuchen. Um auch die Richter davon zu überzeugen, wird allerdings ein bisschen Arbeit nötig sein. Werden Sie mich dabei unterstützen?“ Sie sah ihre junge Mandantin gespannt an.

Rebekka seufzte tief. „Das muss ich wohl.“ Sie machte eine gönnerhafte Handbewegung. „Wie heißen Sie überhaupt?“

„Berghoff“, lautete die Antwort. „Und Sie?“

Im ersten Moment schossen Rebekkas Augenbrauen überrascht in die Höhe. Dann musste sie grinsen. Wenn diese Frau vor Gericht genauso schlagfertig war, tat sie gut daran, mit ihr zusammenzuarbeiten ...

❖

Rebekka hatte noch niemals zuvor eine Gerichtsverhandlung besucht. Und sie hätte sich auch niemals träumen lassen, dass Gerichtsverhandlungen *so* sein könnten, so überwältigend. Sie hatte sich alles kleiner und unbedeutender vorgestellt. Aber diese Gerichtsverhandlung war auch eine einzige Superlative. Allein schon dieser Saal! Es war der größte im Landgericht. Und trotzdem war jeder einzelne Platz auf den Zuschauerbänken besetzt. Jeder. Und dann das Medieninteresse ... gigantisch. Als Rebekka in den Saal gebracht wurde, brach ein wahres Blitzlichtgewitter über sie herein. Es sorgte dafür, dass ihr noch minutenlang Lichter vor den Augen tanzten.

So war es auch heute, eine Woche nach Beginn des Prozesses. Rebekka hatte Mühe, den ihr zugewiesenen Platz auf der Anklagebank einzunehmen. Sie saß auf der vorderen von zwei Bänken, direkt neben ihrem Vater. Interessanterweise war Jürgen von seinen Kindern eingerahmt. Rechts von ihm saß Rebekka, links Vincent. Links neben Vincent hatte Barbara Platz genommen. Sie war als Letzte festgenommen worden. Wie es hieß, war ihre Verhaftung einem bloßen Zufall zu verdanken. Völle hingegen befand sich noch auf freiem Fuß.

Rebekka beugte sich vor, ließ ihren Blick über ihre Verwandtschaft schweifen und fand, dass alle ungewohnt seriös aussahen. Gut, Barbara hatte sich schon im Verlauf der Entführung sehr adrett gekleidet, heute übertraf sie allerdings auch das. Sie trug ein schwarzes Kostüm mit dezenten schwarzen Blumen, die nur bei bestimmtem Lichteinfall zu sehen waren. Nicht minder seriös wirkten Jürgen und Vincent. Die beiden hatten sich anscheinend abgesprochen und trugen denselben dunkelblauen Anzug mit dazu passender Krawatte. Dadurch sahen sie sich noch ähnlicher als sonst. Allerdings unterschieden sie sich durch die Schrammen, die Vincent immer noch im Gesicht hatte und die wohl von der Schlägerei im Gefängnis stammten.

Die Bank hinter den Angeklagten war für die Verteidiger bestimmt. Direkt hinter Rebekka saß Frau Berghoff. Zierlich, wie sie war, verlor sie sich ein wenig in ihrer dunklen Robe. Ganz anders der Anwalt neben ihr. Er hieß Fink und war – was den Namen geradezu ins Lächerliche zog – eine Schrankwand von einem Mann. Wenn er sich zu seiner vollen Größe aufrichtete, hörte Rebekka unwillkürlich auf zu atmen. Das lag aber nicht nur an seiner Statur, sondern auch noch an etwas anderem. Ob es sein Alter von mindestens fünfzig war? Die dunklen Haare, die an den Schläfen bereits ergraut waren und ihm dadurch einen würdevollen Ausdruck verliehen? Oder ob es sein strenger, unnachgiebiger Gesichtsausdruck war? Die Aura von Autorität, die ihn umgab? Rebekka wusste es nicht. Sie wusste nur, dass mit diesem Mann irgendetwas nicht stimmte. Er war ein guter Anwalt, das hatte sie von Anfang an gespürt. Mindestens ein ebenso guter wie Frau Berghoff. Wie konnte er dann ein Pflichtverteidiger sein? Rebekka hatte schon oft darüber nachgegrübelt. Sie war sich sicher, dass Jürgen und Vincent keinen Cent hatten, um sich einen vernünftigen Anwalt leisten zu können. Wie also kamen sie zu diesem Anwalt?

„Hatschi", nieste Frau Berghoff.

„Gesundheit", flüsterte Rebekka und drehte sich um. „Geht Ihre Erkältung eigentlich nie weg?"

„Allergie", antwortete Cora Berghoff und schnäuzte sich. „Hausstaub." Noch während sie dies sagte, wurde ihr Blick von irgendetwas gefangen genommen. Sie begann, über das ganze Gesicht zu strahlen, hob die Hand und winkte jemandem im Saal freundlich zu.

Rebekka folgte ihrem Blick und entdeckte einen jungen Mann von höchstens zwanzig, der in der dritten Reihe saß und genauso begeistert zurückwinkte. Rebekka hatte den Ehering an Frau Berghoffs Hand längst bemerkt. Trotzdem fragte sie frech: „Ihr Freund?"

Frau Berghoff errötete. „Mein Sohn", antwortete sie verlegen.

Rebekka hob erstaunt die Augenbrauen. „Wirklich? Wie alt sind Sie denn?"

„Fünfunddreißig", antwortete Cora und ließ ihren Blick auf ihrem Sohn ruhen. Ein liebevoller Glanz trat in ihre Augen. „Timo ist neunzehn", fügte sie nicht ohne einen Anflug von Stolz hinzu. „Er hat gerade sein Abitur gemacht. Jetzt spielt er mit dem Gedanken, Jura zu studieren." Sie lächelte versonnen.

„Dann waren Sie sechzehn, als er geboren wurde", errechnete Rebekka neugierig. „Ein Ausrutscher?"

Cora Berghoff errötete aufs Neue. „Werden Sie immer so persönlich?", fragte sie ein wenig schroff.

Rebekka zuckte trotzig die Achseln. „Sie wissen ja auch viel mehr über mich, als mir lieb ist."

Ihre Anwältin seufzte. „Sie haben recht. Also gut: Ja, er war ein Ausrutscher. Aber ich habe es nie bereut." Sie hielt inne. „Na ja", stammelte sie etwas verlegen, „*ihn* jedenfalls nicht. Ich meine, dass es ihn gibt." Sie räusperte sich. „Reicht Ihnen das jetzt?"

„Haben Sie noch mehr Kinder?", fragte Rebekka.

Cora ließ sich resigniert gegen ihre Rückenlehne sinken, entschied sich dann aber doch, weitere Auskünfte zu geben. Sie hatte lange auf das Vertrauen hinarbeiten müssen, das ihre Mandantin ihr jetzt entgegenbrachte. „Unsere Tochter ist vier. Sie heißt Linnea."

„Und wer passt auf sie auf?"

Sie sah auf ihre Uhr. „Im Moment der Kindergarten. Aber in

anderthalb Stunden holt mein Mann sie ab." Sie lächelte schon wieder. „Das hoffe ich jedenfalls. Er ist Komponist, müssen Sie wissen. Könnte auch sein, dass er am Klavier sitzt und alles um sich herum vergessen hat."

„Sie machen wohl Witze."

Frau Berghoff grinste. „Nicht im Geringsten. Aber ich hab ihm einen Wecker gestellt. Und anrufen werde ich ihn außerdem. Dann kann nichts schiefgehen."

„Außer bei mir", seufzte Rebekka und erhob sich. Alle anderen im Saal Anwesenden taten dasselbe. Wenige Augenblicke später marschierte die Richtergarde in den Saal, drei Männer und zwei Frauen. Rebekka zupfte nervös am Blazer ihres grau melierten Kostüms. Sie fühlte sich extrem unwohl in ihrem Aufzug, hatte aber eingesehen, dass es wichtig war, einen seriösen Eindruck zu machen.

Die fünf Richter hatten jetzt die Stühle erreicht, die sich hinter dem breiten Pult befanden. In der Mitte nahm Frau Schell Platz, die Vorsitzende. Sie war bestimmt schon Mitte fünfzig und nicht gerade der Typ von Frau, der Rebekka sympathisch war. Eine Aura von Askese umgab sie. Sie war mittelgroß, schlank und dabei ausgesprochen drahtig. Ihre braunen Haare waren zu einer männlich wirkenden Kurzhaarfrisur geschnitten. Ihr Gesicht wirkte ausgemergelt. Auf jeden Fall waren ihre Wangen eingefallen und die Haut faltig.

„Bitten setzen Sie sich", sagte Frau Schell. Ihre Stimme klang rau. Als alle ihrer Aufforderung nachgekommen waren, fuhr sie in einem ausgesprochen gelangweilten Singsang fort: „Ich eröffne die heutige Verhandlung der Ersten Großen Strafkammer in der Strafsache gegen Jürgen, Vincent, Rebekka und Barbara Petrell." Sie blickte auf und ließ ihren Blick über die vier Angeklagten schweifen. „Für heute hatten wir uns vorgenommen, den Hauptbelastungszeugen zu hören."

Rebekka schluckte schwer. Sie hatte gewusst, dass sie Chris sehen würde. Aber bis eben hatte sie es erfolgreich verdrängt.

Die Vorsitzende Richterin nickte dem jungen Mann zu, der mit etwas Abstand neben den Richtern saß und als Protokollführer fungierte. Er drückte einen Knopf an dem Mikrofon, das vor ihm stand. „Christopher Roselius, bitte eintreten."

Rebekkas Herz setzte einen Schlag aus, um dann unkontrolliert loszurasen. Sie verschränkte gelangweilt die Arme vor der Brust.

Die Tür des Gerichtssaales befand sich rechts von ihr. Als sie sich öffnete, sah Rebekka angestrengt auf ihre Füße. Nur aus dem Augenwinkel bekam sie mit, wie Chris langsam durch den Saal ging.

„Nehmen Sie bitte hier vorn Platz", sagte Frau Schell und deutete auf das Tischchen direkt vor Rebekkas Nase. Als Chris der Aufforderung Folge leistete, wehte Rebekka eine Prise seines frischen, herben Duftes entgegen. „Dass man vor Gericht die Wahrheit sagen muss, wissen Sie sicher", fuhr Richterin Schell fort. „Wenn Sie dies nicht tun, machen Sie sich strafbar. Nach Paragraf 55 StPO kann man immer dann schweigen, wenn man sich bei wahrheitsgemäßer Aussage selbst einer Straftat bezichtigen müsste. Herr Roselius, Ihr Vorname ist Christopher. Sie sind 26 Jahre alt und wohnen hier in Hannover." Während sie die Adresse nannte, kämpfte Rebekka mit Empfindungen, die an eine Fahrt in der Achterbahn erinnerten.

„Was sind Sie von Beruf?"

„Ich studiere noch", antwortete Chris. „Betriebswirtschaftslehre."

Frau Schell lehnte sich entspannt zurück. „Dann legen Sie mal los, Herr Roselius. Erzählen Sie uns von der Entführung. Scheuen Sie nicht, uns *alles* mitzuteilen, auch Ihre Empfindungen. Jedes Detail ist wichtig." Sie wandte sich an die beiden Schöffen, die ganz außen saßen. „Wenn Sie irgendwelche Zwischenfragen haben" – sie nickte erst Frau Kallenbach zu, einer Friseurin, die links außen saß, dann Herrn Beurich, einem Lehrer, rechts außen –, „scheuen Sie sich nicht, diese zu stellen." Die Schöffen nickten brav zurück, dann wurde es still.

Chris atmete einmal tief durch und fing dann an zu erzählen. „Die Entführung geschah an einem Freitagnachmittag. Ich hatte den ganzen Tag an der Uni verbracht." Er hielt inne und warf einen unsicheren Blick nach links, zu Rebekka hinüber. „Nach, ähm, der letzten Vorlesung wollte ich mit dem Auto nach Hause fahren, doch der Wagen sprang nicht an. Deshalb nahm ich den Bus. Ich, äh, stieg aber nicht in der Straße aus, in der sich unser

Haus befindet, sondern eine Haltestelle früher." Er hielt inne und streifte Rebekka erneut mit seinem Blick. „Ich, also, ging noch in einen Blumenladen und kaufte, also, na ja, Blumen eben." Rebekka beobachtete, wie Chris unruhig auf seinem Stuhl hin und her rutschte und gleichzeitig mit der rechten Hand über die Stelle rieb, an der sich einmal sein linker kleiner Finger befunden hatte. „Auf dem Weg vom Blumenladen nach Hause geschah es dann. Ein Auto hielt neben mir. Das Fenster der Beifahrertür wurde heruntergefahren. Ich glaubte, man wolle mich nach dem Weg fragen, und näherte mich dem Wagen. Dann ..." Er rieb noch kräftiger an seinem Knöchel. Die Bewegung wirkte fast verzweifelt. „... dann ging alles sehr schnell. Ich kann mich nicht mehr richtig daran erinnern. Die rechte hintere Tür ging auf, eine vermummte Gestalt sprang aus dem Wagen oder besser gesagt eine Schrankwand von Gestalt sprang aus dem Wagen." Rebekka schluckte und sah verstohlen zu Vincent hinüber. „Im ersten Moment begriff ich überhaupt nichts, dachte nicht mal daran wegzulaufen. Die Person holte aus und schlug mir ins Gesicht. Sie ... sie muss mich hervorragend getroffen haben, jedenfalls war die Faust das Letzte, an das ich mich erinnern kann." Rebekka merkte nicht, dass sie unbewusst ihre rechte Hand geballt hatte. Vor ihrem inneren Auge schlug Chris' bewusstloser Körper hart auf dem Asphalt auf. Seltsamerweise kam es ihr so vor, als spürte sie selbst die Schmerzen des Aufpralls.

„Das Nächste, woran ich mich erinnere, ist Dunkelheit." Chris' Blick wanderte in die Ferne. „Und Kälte", setzte er hinzu.

Rebekka fröstelte und wickelte sich ein wenig enger in die Jacke ihres grau melierten Kostüms.

„Durst." Chris berührte mit den Fingern seine Lippen. Als er fortfuhr, klang seine Stimme heiser. „Angst."

Rebekka umklammerte mit den Fingern die Bank, auf der sie saß. Auch sie befand sich jetzt wieder in diesem Kellerraum, atmete die feuchte, kalte Luft ein und sah Chris gefesselt an diesem Regal sitzen.

„Ich verlor jegliches Zeitgefühl. Ich dämmerte vor mich hin ... Eine Ewigkeit verging. Ab und zu schluckte ich eine Flüssigkeit, die jemand in meinen Mund schüttete. Aber ich sah niemanden. Niemand sprach mit mir. Ich versuchte" – er stockte, räusperte sich –, „ich versuchte zu sterben, aber es funktionierte nicht.“

Rebekka schloss für einen Moment die Augen. Das war wirklich zu viel! Sie beschwor ihre Ohren wegzuhören, versuchte krampfhaft, an etwas anderes zu denken. Strand ... Meer ... Palmen ... Sternenhimmel ... aber dann war es ein bestimmtes Stückchen Sternenhimmel, das ihre Gedanken mit Beschlag belegte. Ein verschwindend kleiner Ausschnitt, der durch einen Schacht in einen dunklen Keller leuchtete ... und Chris, als es ihm allmählich besser ging. Chris, der sie anflehte, bei ihm zu bleiben. Chris, mit dem sie sich durch nichts als durch Berührungen verständigte, kleine, harmlose Berührungen, die ihr auf irgendeine seltsame Weise noch heute durch und durch gingen.

Rebekka hatte sich bereits für eine kleine Ewigkeit aus Chris' Erzählungen ausgeklinkt, als sich plötzlich Herr Wehmeier, einer der drei Richter, in seiner Funktion Berichterstatter, zu Wort meldete. Er war ein kleiner, schmächtiger Mann von Mitte dreißig, dessen wache Augen durch eine dezente, randlose Brille auf Chris blickten. Aus Rebekkas Sicht saß er links neben Frau Schell. „Herr Roselius, ich möchte Sie an dieser Stelle noch einmal daran erinnern, dass Ihre Zeugenaussage keine Aneinanderreihung von Fakten sein sollte. Obwohl ich mir vorstellen kann, dass die Erinnerung sehr quälend für Sie ist, muss ich Sie bitten, noch mehr ins Detail zu gehen. Um ehrlich zu sein, kann ich mir nicht vorstellen, wie man jemandem einen Finger abschneidet. Waren Sie denn bei Bewusstsein, als das geschah?“

Rebekka blinzelte hektisch mit den Lidern. Das war kein gutes Thema. Gar kein gutes.

Chris räusperte sich und knetete noch kräftiger an seiner verstümmelten Hand herum. „Ja ... ja, das war ich.“

Rebekka schluckte schwer. Urlaub ... Sonne ... Cocktails ...

„Das Schlimmste war, dass ich nicht wusste, was sie vorhatten. Sie ... sie kamen zu dritt in den Keller. Das hatten sie noch nie getan. Dann durchtrennten sie die Fesseln, mit denen meine Hände zusammengebunden waren. Ich spürte, dass sie ein Messer dafür benutzten ...“ Er verstummte und rang sichtlich nach Fassung.

„Sie werden das nicht verstehen“, fuhr er schließlich fort. „Vorhin hab ich Ihnen gesagt, dass ich sterben wollte. Und das wollte ich auch. Bis zu diesem Moment. Aber dann ... dann wurde mir so klar wie nie zuvor, dass ich leben wollte. Und ich dachte –" Erneut brach er ab. „Ich dachte, sie würden mich töten." Er atmete schwer. „Ich ..." Er seufzte tief. „Es ist mir wirklich unangenehm, darüber zu reden."

„Lassen Sie sich Zeit", ermutigte ihn Herr Wehmeier.

Chris wand sich. Schließlich fand er den Mut weiterzusprechen. „Ich glaube, ich hab mich nicht gerade wie ein Mann benommen. Ich schrie herum. Deshalb schlugen sie mich, dann stopften sie mir so viel Stoff in den Mund, dass ich kaum Luft bekam." Wieder bearbeitete er seinen Knöchel. „Der Bullige und sein Vater hielten mich fest. Der andere kniete sich auf meinen Arm." Chris' Kiefer mahlte. „Dann ein unbeschreiblicher, nicht enden wollender Schmerz ..."

Rebekka spürte, wie ein Schaudern sie erfasste. *Glaub nicht, dass du alles richtig gemacht hast*, hörte sie Chris noch einmal sagen. *Du hättest mir viel früher helfen müssen.* Aber schon im nächsten Moment hatte sie sich wieder einigermaßen im Griff. *Ich hab auch gelitten*, rief sie sich trotzig in Erinnerung. *Unter Angst, Kälte, Hunger, Lars ... Und ich bin auch gefangen, genau wie du. Und wegen dir.* Sie zwang sich, die Zeit im Gefängnis noch einmal Revue passieren zu lassen, versuchte krampfhaft, sich an jede unangenehme Empfindung, jede Erniedrigung, jeden Schmerz zu erinnern. Und es funktionierte. Der Druck ließ nach. Chris' Worte verhallten.

Es gelang Rebekka, sich auszuklinken, bis Chris seinen Bericht beendet hatte und auch die Nachfragen der Richter und der erfahren wirkenden Staatsanwältin namens Bohling zur Zufriedenheit beantwortet waren. Aber dann erhob Rechtsanwalt Fink seine Stimme, und Rebekka war von einer Sekunde auf die nächste wieder voll da. Er, nicht die Staatsanwältin, war ihr Feind, das war ihr längst bewusst geworden. Seine Strategie war klar: Er versuchte, Rebekka als Kopf der Bande, als Drahtzieherin darzustellen. Jürgen und Vincent sollten als bloße Helfer milde bestraft werden.

„Herr Roselius", donnerte die tiefe Stimme des riesigen Mannes durch den Saal, „Sie haben ausgesagt, dass Rebekka Petrell nicht im Haus war, als man Ihnen den Finger abgeschnitten hat. Wie können Sie sich da so sicher sein?"

Chris schluckte und rutschte einmal mehr unruhig auf seinem Stuhl hin und her. „Sie ... sie hätte es nicht zugelassen“, sagte er leise.

Der Rechtsanwalt lachte auf. „Ihre Aussage ist also nichts als eine bloße Vermutung. Liege ich da richtig?“

Chris Mund verengte sich zu einem dünnen Strich. „Ja“, knurrte er.

Rebekka rang die Hände und bemerkte dabei das Eurozeichen, das immer noch als Wulst in der Innenfläche ihrer rechten Hand zu spüren war.

Herr Fink lehnte sich zurück und verschränkte die Arme vor der Brust. Dann sagte er beiläufig: „Sie können also nicht ausschließen, dass Rebekka Petrell nur oben war, mit ihrer Tante zum Beispiel, und sich darüber freute, dass jemand anderes die Drecksarbeit für sie erledigte?“

„Nein“, entgegnete Chris widerwillig, „ausschließen kann ich das natürlich nicht. Aber wenn es mit Rebekkas Einwilligung geschehen wäre, warum sollte sie mich anschließend befreien?“

„Nun“, sagte Herr Fink. „Das ist eine gute Frage. Ich persönlich habe genug Fantasie, um verschiedene Versionen für möglich zu halten.“ Er schlug lässig die Beine übereinander. „Wie wäre es mit dieser: Rebekka Petrell, eine hübsche und vor allem sehr intelligente junge Frau, traf an der Uni ständig mit Kindern wohlhabender Eltern zusammen. Sie war es bald leid, jeden Cent dreimal umdrehen zu müssen. Also dachte sie sich eine kleine Entführung aus. Das spätere Opfer kannte sie sowohl von der Uni als auch durch ihre Mutter. Es gelang ihr, ihren Vater, ihren Bruder, ihren Onkel und ihre Tante für das Verbrechen zu gewinnen. Es war wichtig, alles über das Opfer zu erfahren. Was war da einfacher, als mit ihm anzubändeln?“

„Anzubändeln, genau“, unterbrach Chris den Rechtsanwalt aufgebracht. „Es war ihr wirklich gelungen, mit mir anzubändeln. Und deshalb hätte sie mich nicht mehr entführen müssen. Ich hätte ihr das Geld freiwillig gegeben!“

„Was uns zeigt, wie objektiv Ihre Aussage ist, Herr Roselius“, säuselte Fink.

„Jetzt ist aber Schluss“, entfuhr es Rechtsanwältin Berghoff. „Frau Schell, Sie werden doch etwas unternehmen? Herr

Roselius ist *Opfer* dieser Entführung. Aber der Kollege behandelt ihn, als säße er auf der Anklagebank. Finden Sie nicht, dass das etwas unpassend ist?"

„Sie haben recht", nickte Frau Schell und wandte sich an Rechtsanwalt Fink. „Mäßigen Sie sich ein bisschen, Herr Kollege."

„Schon gut, schon gut", sagte Herr Fink leichthin. „Nichts liegt mir ferner, als die Gefühle von Herrn Roselius zu verletzen. Ich wollte auch nur deutlich machen, dass er, nun ja, in seiner Wahrnehmung ein bisschen voreingenommen ist. Erst die offensichtliche Zuneigung zu der Angeklagten. Und dann die traumatischen Erlebnisse, von denen wir gehört haben. Da kommt es schon darauf an, seine Aussagen mit dem, sagen wir, nötigen Abstand zu bewerten."

„Im Moment scheint Ihnen eher daran zu liegen, eine Märchenstunde abzuhalten", fauchte Cora Berghoff. „Alles, was Sie uns hier erzählen, ist Ihrer Fantasie entsprungen!"

„Dennoch möchte ich die Version von Herrn Fink gern hören", ließ sich nun Frau Schell vernehmen. „Wir müssen schließlich alle Möglichkeiten in Betracht ziehen."

„Es gelang ihr also, mit Ihnen anzubändeln", nahm Klaus Fink den Faden wieder auf. „Von da an war die Sache ein Kinderspiel. Frau Petrell wusste alles über Sie. Sie wusste, welchen Wagen Sie fahren. Als sie Sie in der Uni traf, ließ sie sich von Ihnen zum Essen einladen. Dann befahl sie einem ihrer Helfershelfer, Ihr Auto zu manipulieren. Sie rechnete damit, dass Sie den Bus nehmen und auf dem Weg nach Hause noch in einem Blumenladen vorbeigehen würden. Das war die beste Gelegenheit für die Entführung."

„Unsinn", entfuhr es Chris. „Kein Mensch kann so etwas ahnen. Ich hätte ihr Parfüm statt Blumen schenken können oder ... oder die Blumen vielleicht viel später besorgen!"

„Nicht unbedingt", widersprach der Rechtsanwalt. „Sie waren erst um acht Uhr verabredet. Da haben die meisten Läden schon zu."

„Und wenn schon", entgegnete Christopher aufgebracht. „Was Sie sich da zusammenreimen, ist ein Hirngespinst. Nicht Rebekka war der Kopf der Entführer, sondern ihr Onkel. Volker

Petrell hat die Entführung geplant und geleitet, niemand sonst.“

Rebekka registrierte, dass Chris den Vornamen ihres Onkels falsch wiedergegeben hatte, und musste unwillkürlich an ihre erste Begegnung mit Chris zurückdenken. Damals hatte er sich nicht einmal an den Namen seiner Freundin erinnern können ...

„Der Onkel“, wiederholte Fink und grinste überheblich. „Na, das hat sie Ihnen ja prima eingeredet. Er wurde ja auch nicht gefasst. Damit ist er ein hervorragender Sündenbock. Nur darf man nicht vergessen, dass Volkhard Petrell so ziemlich die einzige Person in der Familie Petrell ist, die keinerlei Bezug zu Ihnen hatte.“

„Jürgen Petrell hatte die Idee“, knurrte Chris. „Volker Petrell stieg darauf ein.“

„Können Sie das beweisen?“, fragte Fink spitz. „Oder ist das jetzt *Ihr* Hirngespinst?“

Chris' Gesichtsfarbe nahm ein immer tieferes Rot an. „Ich kann das ebenso wenig beweisen wie Sie“, schäumte er.

„Oh, das würde ich so nicht sagen“, lächelte Klaus Fink von oben herab. „Auch Indizien haben so etwas wie Beweischarakter. Oder wollen Sie bestreiten, dass die Entführung ausgerechnet an dem Tag geschah, an dem Frau Petrell zum allerersten Mal Ihre Einladung zum Essen annahm? Wollen Sie das?“

Rebekka drehte sich Hilfe suchend zu ihrer Anwältin um. „Er ist so schrecklich gut“, flüsterte sie ihr zu. „Wie kann ein Pflichtverteidiger so gut sein?“

Cora Berghoff lächelte ihr aufmunternd zu. „Erstens ist noch nicht aller Tage Abend“, flüsterte sie zurück, „und zweitens ist Fink kein Pflichtverteidiger. Er ist einer dieser Anwälte, die vom Medieninteresse angelockt werden wie die Fliegen vom Aas. Ich wette mit Ihnen, dass er für seine Verteidigung keinen Cent nimmt. Es genügt ihm, dass sich sein Ruhm verbreitet.“

„Anfangs kam mir das auch seltsam vor“, räumte Chris zähneknirschend ein. „Aber Sie kennen Rebekka nicht so gut wie ich. Es war Zufall, da bin ich mir ganz sicher!“

„Also“, fuhr der Rechtsanwalt unbeirrt fort, „die Entführung hat geklappt. Alles scheint in bester Ordnung. Aber dann kommt es zu den ersten Schwierigkeiten. Den Entführern gelingt es nicht, eine sichere Telefonverbindung herzustellen. Wertvolle Zeit verstreicht. Und dann erkrankt das Entführungsopfer plötzlich. Niemand weiß, was er hat. Es ist nicht sicher, ob er überlebt. Auf einmal hängt das Wort ‚Mord' in der Luft. Lebenslänglich. Die Stimmung unter den Entführern verschlechtert sich rapide. Es kommt zu Streitereien. Als dann auch noch die Geldübergabe scheitert, wird die Situation bedrohlich. Alle geben der Anführerin die Schuld. Ihre Stellung als Boss gerät in Gefahr. Sie kann sich nicht mehr auf ihre Leute verlassen. Schließlich verliert sie die Nerven. Sie will raus aus der Sache. Da kommt ihr die anhaltende Zuneigung ihres Entführungsopfers gerade recht. Sie verlässt sich auf seine Gefühle, befreit ihn und vertraut darauf, dass er den Mund hält." Klaus Fink lehnte sich zufrieden auf seinem Sitzplatz zurück. Ihm gefiel die Geschichte ganz hervorragend. „Eine Fehleinschätzung", fügte er nach einer kurzen Pause hinzu. „Und das Einzige, worauf Sie, Herr Roselius, richtig stolz sein können."

Um Rebekkas Mundwinkel begann es bedrohlich zu zucken.

Als hätte Chris das bemerkt, wandte er den Kopf und suchte ihren Blick. Aber er fand ihn nicht. Rebekka sah einfach durch ihn hindurch.

Klapp-klapp-klapp. Rechtsanwältin Berghoff klatschte geräuschvoll in die Stille des Saales hinein. „Toll", sagte sie. „Einfach genial. Sie haben eine blühende Fantasie, Herr Kollege. Ist sonst noch jemand da, der unseren Kriminalfall in ein filmreifes Drehbuch verwandeln möchte?" Sie sah erst zur Staatsanwältin hinüber und blickte dann provozierend in Richtung der Besucherreihen.

Rebekka folgte ihrem Blick. Sie sah Adalbert Roselius in der ersten Reihe sitzen. Dann wanderte ihr Blick weiter zu dem jungen Mann, den Frau Berghoff als ihren Sohn vorgestellt hatte. Gleich dahinter saß eine ältere Dame. Aus irgendeinem Grund nahm sie Rebekkas Aufmerksamkeit gefangen. Was stimmte nicht mit ihr? Die Frau war ausgesprochen kräftig gebaut und trug einen ausladenden, grauen Hut sowie ein dazu passendes Kleid.

„Vorsicht, Frau Berghoff", knurrte Rechtsanwalt Fink. „Auch Sie können nicht beweisen, was wirklich geschah."

„Das stimmt", säuselte Cora. „Aber ich habe Indizien und die haben" – sie legte eine Kunstpause ein –, „wie sagten Sie doch gleich? Auch so etwas wie Beweischarakter. Ich kenne zum Beispiel den Hintergrund der Entführer. Und der spricht doch wohl Bände. Nehmen wir meine Mandantin: Sie ist ein absolut unbeschriebenes Blatt, keinerlei Vorstrafen, sie hat nicht einmal Punkte in Flensburg! Dazu passt, dass es keine Lücken in ihrem Lebenslauf gibt. Sie war immer zielstrebig, hat ein hervorragendes Abitur gemacht und gleich anschließend mit ihrem Studium begonnen. Davon, dass sie dort die besten Noten erreicht, einmal ganz zu schweigen. Diese Frau hat Perspektiven! Sie hat etwas zu verlieren! Jürgen Petrell dagegen ist einschlägig vorbestraft, die Liste seiner kriminellen Aktivitäten passt nicht mal auf ein DIN-A3-Blatt!" Sie machte eine Handbewegung, mit der sie die Größe eines solchen Blattes beschrieb. „Außerdem –" In diesem Augenblick verstummte Rechtsanwältin Berghoff mitten im Satz. Jetzt starrte auch sie zu der älteren Frau, die Rebekka während der gesamten Zeit nicht aus den Augen gelassen hatte. Sie war aufgestanden, einfach so. Jetzt hob sie den rechten Arm ...

„Timo", kreischte Cora entsetzt, als sie die Waffe in der Hand der Frau bemerkte.

Im Saal schrien jetzt mehrere Besucher gleichzeitig auf, einige wandten sich zur Flucht, aber Rebekka starrte nur wie versteinert auf die Frau. Ihr Gesicht kam ihr irgendwie bekannt vor ... *Völle?* Das war doch nicht möglich!

In Sekundenbruchteilen verwandelte sich der Gerichtssaal in einen Kriegsschauplatz. Justizbeamte stürzten vorwärts, Schüsse fielen, die Richter duckten sich hinter ihr Pult, Menschen kreischten und rannten wie Ameisen durcheinander. Andere warfen sich zu Boden. Jürgen hingegen sprang wie auf Kommando auf und schubste Rebekka so heftig zur Seite, dass sie rückwärts gegen Cora Berghoff fiel und mit ihr zusammen das Gleichgewicht verlor.

„Timo", schrie Rechtsanwältin Berghoff, noch während sie fiel.

„Aaah", brüllte Rebekka vor Schmerz, als sie unglücklich auf ihrem rechten Ellenbogen landete.

Während sich Cora Berghoff in wahnsinniger Angst um ihren Sohn auf die Beine kämpfte, blieb Rebekka zwischen den beiden

Bänken liegen. Und das war auch gut so. Denn es fielen weiterhin Schüsse. Aus dem Augenwinkel bekam Rebekka mit, dass Vincent und Barbara an ihr vorbeistürmten.

Im Gegensatz zu den beiden verspürte Rebekka allerdings nicht den geringsten Fluchtinstinkt. Stattdessen hielt sie sich Schutz suchend die Arme über den Kopf.

„Einen Arzt!", hörte sie jemanden rufen. „Schnell!"

Menschen schrien und jammerten durcheinander.

„Sie fliehen", brüllte jemand anderes.

Und Rebekka meinte, auch genau das spüren zu können. Das Getrappel erstaunlich vieler Füße versetzte den Boden in sanfte Schwingungen und wirkte fast ein wenig beruhigend auf sie. Sie hob vorsichtig den Kopf.

Es hatte aufgehört zu knallen.

„Ich bin ja so froh, dass dir nichts passiert ist", hörte sie ihre Rechtsanwältin sagen. Diese hockte gar nicht weit von ihr entfernt auf dem Fußboden und befand sich in inniger Umarmung mit ihrem Sohn.

Rebekka atmete auf. Sie hätte es sich nie verziehen, wenn der Anwältin oder ihrem Sohn durch die Schuld ihrer Familie irgendetwas zugestoßen wäre.

Aber andere hatten weniger Glück gehabt. Mit Entsetzen stellte Rebekka fest, dass nicht wenige verletzt waren. Menschen liefen aufgeregt durcheinander. Andere zerrissen ihre Kleidung, um Blutungen zu stillen. Einige Meter von ihr entfernt saß eine Frau mit weit geöffneten Augen auf dem Fußboden. Aus ihrer Schulter quoll Blut, doch schien sie es gar nicht zu bemerken. Sie starrte einfach geradeaus, mitten in Rebekkas Gesicht. Unwillkürlich wollte sie auf die Frau zugehen und Erste Hilfe leisten, aber dann hielt sie mitten in der Bewegung inne. Es war eine Reaktion auf das, was sie aus dem Augenwinkel heraus gesehen hatte. Ihr Kopf fuhr ruckartig herum und sie blickte in die Richtung, in der sich das Zeugentischchen befand.

Rebekkas Lippen formten einen Namen, doch kam kein Ton heraus. Dann stürzte sie auf die bewegungslose Gestalt zu, die neben dem Tisch am Boden lag.

„Nein, bitte", jammerte sie, noch während sie sich zu Chris hinunterbeugte. Er lag auf dem Bauch und bewegte sich nicht.

Auf seinem Rücken hatte sich in Hüfthöhe ein handtellergroßer, roter Fleck gebildet.

„Chris“, jammerte Rebekka und rüttelte sanft an seiner Schulter.

Doch er reagierte nicht. Seine Augen blieben geschlossen. Er schien nicht einmal zu atmen.

„Hilfe!“, rief Rebekka nun ihrerseits. „Bitte! Ich brauche Hilfe! Einen Arzt!“

Im nächsten Moment wurde sie unsanft zur Seite geschubst. Aber es war kein Arzt, der das getan hatte, sondern Chris' Vater. Das Entsetzen stand ihm deutlich ins Gesicht geschrieben.

„Christopher“, rief er und streckte seine Hand nach ihm aus. Doch wagte er nicht, seinen Sohn zu berühren. „Junge!“

Sekunden später ließ sich eine Frau neben ihm zu Boden gleiten. Rebekka hatte sie noch nie zuvor gesehen. Sie war blond und extrem hübsch. „Chris, Darling“, stöhnte sie und umklammerte besitzergreifend seine rechte Hand.

Rebekka schluckte und wich ein Stück zurück. Sie kam sich auf einmal so fehl am Platz vor.

„Einen Arzt“, rief Adalbert Roselius mit donnernder Stimme durch den Raum. „Sofort!“

„Du darfst nicht sterben, Darling“, wimmerte die ihr unbekannte Frau. „Nicht jetzt, wo wir uns gerade erst gefunden haben.“

Rebekka starrte sie an … ungläubig … fassungslos …

Die Sorge um Chris, die eben noch so übermächtig war, verblasste und überließ den alten Gefühlen den Raum. Verrat … Wut … Ohnmacht … Gleichzeitig tauchten in ihrem Kopf Bilder auf … Bilder der Frauen, die sie an Chris' Seite erlebt hatte und die erstaunlich viel Ähnlichkeit mit dieser hier hatten. Große, üppig gebaute Blondinen.

Ganz langsam stand sie auf. Alles an ihr wirkte jetzt hart. *Du hast keine Zeit verloren,* dachte sie bitter. In diesem einen kurzen Moment warf sie Chris endgültig aus ihrem Herzen. Jedes Gefühl, das sie für ihn gehegt hatte, starb einen kurzen, qualvollen Tod. Von nun war es ihr egal, was aus ihm wurde. Sollte er doch sterben!

Kapitel 21

Die Monate verstrichen und Rebekka arrangierte sich mit dem Gefängnis.

Das Urteil hatte auf drei Jahre und neun Monate gelautet. Dank Frau Berghoff war es noch einigermaßen milde ausgefallen. Sie konnte zufrieden sein.

Noch zufriedener wäre sie sicherlich gewesen, wenn auch Völle, Barbara, Jürgen und Vincent angemessen bestraft worden wären, aber die Flucht war ihnen geglückt, und sie waren wie vom Erdboden verschluckt. Nicht einmal Louise hatte ein Lebenszeichen von ihnen erhalten.

Überhaupt war Louise von allen am schlimmsten bestraft. Sie hatte nicht nur ihren Mann und ihre Kinder, sondern nebenbei auch noch ihren Job verloren. Jetzt hielt sie sich mit kleineren Putzjobs über Wasser und lebte ansonsten nur für ihre Tochter. Sie besuchte sie, sooft es erlaubt war, konnte sie allerdings finanziell nicht unterstützen. Von je einem Paket an Ostern und Weihnachten einmal abgesehen, durfte sie nichts ins Gefängnis bringen.

Ihr zuliebe entschied sich Rebekka, nicht aufzugeben. Sie träumte von dem Tag, an dem sie das Gefängnis verlassen, viel Geld verdienen und ihrer Mutter all die Liebe zurückerstatten würde. Dafür kämpfte sie mit der ihr eigenen Verbissenheit. Sie war realistisch genug, um zu wissen, dass sie niemals Tierärztin werden würde. Erstens würde sie im Hinblick auf ihre Vorstrafe niemals die Approbation zur Tierärztin erhalten und zweitens war das Studium der Tiermedizin viel zu verschult und viel zu praxisorientiert, als dass sie es im Fernstudium hätte fortführen können. Nach langem Überlegen sattelte sie deshalb auf Biologie um. Erstens gab es sowieso ein paar Ähnlichkeiten zwischen Tiermedizin und Biologie, und zweitens konnte sie sich durchaus vorstellen, Forschung zum Nutzen von Tieren zu betreiben, zum Beispiel in der Entwicklung neuer Medikamente. Das Gefängnis unterstützte diesen Wunsch und gewährte Rebekka eine Ausbildungsbeihilfe nach Paragraf 44 Strafvollzugsgesetz. Dadurch hatte Rebekka die Möglichkeit, in Vollzeit zu studieren, und die Arbeit im Gefängnis – in Langenhagen verrichtete man zum Beispiel Pack- und Klebearbeiten für Post und Sparkasse – blieb ihr erspart.

Auch ansonsten blieb ihr einiges erspart. Rebekka wusste nicht, warum, hatte aber bald den Eindruck, dass sie unter dem besonderen Schutz bestimmter Beamten stand. Diese Männer hatten sie stets im Blick, steckten ihr gelegentlich „Bomben" zu (so nannte man im Gefängnis Packungen mit löslichem Kaffee, die auch gern zu Tauschzwecken genutzt wurden) und hielten ihr darüber hinaus den Rücken frei. Wurde Rebekka von anderen Insassen angegriffen, zog dies immer ganz erhebliche Strafen nach sich. Die anderen Insassen bemerkten das natürlich auch und beschimpften Rebekka als „Schleimer", „Stecker", „Schnacker" oder „Anscheißer", wagten aber bald nicht mehr, Hand an sie zu legen.

Auf diese Weise entwickelte sich Rebekka mehr und mehr zur Einzelgängerin. Aber das störte sie nicht. Erstens gab es keine Häftlinge, die ihr sympathisch waren, und zweitens legte sie keinen gesteigerten Wert auf neue Freundschaften. Menschen waren potenzielle Verräter, wozu sollte sie neue Beziehungen aufbauen?

Was nach Jürgens und Vincents Flucht aus Chris geworden war, wusste Rebekka nicht. Ihre Mutter versuchte ein paarmal, es ihr zu erzählen, doch Rebekka erstickte diese Versuche mit äußerster Vehemenz schon im Keim. Sie wollte es nicht wissen. Für sie war Chris gestorben. Was spielte es da für eine Rolle, ob er überlebt hatte?

Louise beobachtete Rebekkas Entwicklung mit großer Sorge. In ihrer Hilflosigkeit drängte sie Rebekka, zumindest den Kontakt zu ihren Freundinnen zu pflegen. Aber obwohl Rebekka in dieser Hinsicht vernünftig war, wurde auch dieser Kontakt von Monat zu Monat weniger. Während ihre Freundinnen in der Anfangsphase noch neugierig gewesen waren und ihr regelrecht „die Bude" eingerannt hatten, verebbte das Interesse danach sehr schnell. In den folgenden Monaten kam nur Birgit noch recht häufig zu Besuch.

❖

Monate vergingen.

Der Wechsel der Jahreszeiten ging beinahe unbemerkt an Rebekka vorüber. Sie bekam zwar mit, dass sich die Temperaturen veränderten und mehr oder weniger dicke Jacken erforderlich machten. Auch gab es ein paar Bäume, die im Verlauf des Jahres mehr oder weniger belaubt waren. Aber das war auch schon alles. Der Hof, auf dem sie einmal am Tag 60 Minuten lang spazieren ging, war von hohen Mauern umgeben und durch einen Zaun in zwei Teile geteilt. Büsche, die hätten blühen können oder gar Blumen gab es dort nicht. Und so blieb alles, wie es war – eintönig und grau.

Niemals hatte sie geglaubt, dass man den Frühling so sehr vermissen konnte.

Oder den Sommer. Am 16. August, ihrem 22. Geburtstag, fiel ihr zum ersten Mal auf, dass er längst gekommen war! Oder war er schon wieder vorbei? Früher war sie an ihrem Geburtstag oft ins Schwimmbad gegangen. Und jetzt?

Immerhin konnte sie ihr Biologie-Studium weiterverfolgen. Sie lernte wie eine Wahnsinnige und sog jede neue Information wie ein Schwamm in sich auf.

Trotzdem fühlte sie sich innerlich leer. Außer ihrer Mutter und Birgit hatte sie keinen Menschen, mit dem sie reden konnte. Da war es nicht verwunderlich, dass sie die ökumenischen Gottesdienste besuchte, die sonntags abgehalten wurden. Der katholische Priester, der sich mit evangelischen Kollegen abwechselte und von Zeit zu Zeit ins Gefängnis kam, hieß Schloen, war bereits pensioniert und sah auch so aus. Seine Haut war faltig, insbesondere die Gesichtshaut hing schlaff herunter. Aber was das Schlimmste war: Seine Augen wirkten so alt. Das Leuchten der Jugend war vollkommen daraus verschwunden. Rebekka bekam immer eine Gänsehaut, wenn sie ihm begegnete. Trotzdem ging sie eines Sonntags nach dem Gottesdienst zu ihm nach vorn.

„Ach, Herr Schloen ...“, sagte sie ein wenig verunsichert.

Der Priester klappte seine Bibel zu und sah Rebekka an. „Ja, mein Kind?“

Rebekka schob die Fledermausärmel ihres schwarzen Pullovers in die Höhe. Aus Anlass des Gottesdienstes hatte sie ihre besten Sachen angezogen. „Kann ich Sie was fragen?“

„Sicher", nickte Herr Schloen. „Aber ich würde mich gern setzen." Er deutete auf die vorderste Stuhlreihe und ließ sich ächzend auf die nächstbeste Sitzgelegenheit fallen. „Was kann ich für dich tun? Soll ich dir die Beichte abnehmen?"

Rebekka schüttelte den Kopf und nahm neben dem Priester Platz. „Nicht direkt", murmelte sie ein wenig hilflos.

„Nur keine falsche Scheu", lächelte Herr Schloen. „Wer im Gefängnis sitzt, hat immer eine Menge zu bekennen."

„Ich nicht!", brach es ungewohnt heftig aus Rebekka hervor. „Ich meine ..."

„Ja?"

„Ich sitze unschuldig im Gefängnis, während diejenigen, die wirklich schuldig sind, entkommen konnten. Deshalb frage ich mich, na ja, wenn es wirklich einen Gott gibt, warum lässt er so etwas zu?"

Der Priester wandte den Kopf und musterte Rebekka durchdringend von oben bis unten. „Unschuldig also", wiederholte er.

Rebekka nickte eifrig.

„Willst du damit sagen, dass du einem Justizirrtum zum Opfer gefallen bist?"

Die junge Frau nickte erneut.

„Hmm", machte der Priester und fuhr mit den Fingern über den rauen, schwarzen Einband seiner Bibel. „Warst du nicht diejenige, die in diese Entführungsgeschichte verstrickt war?"

„Ich war nicht darin verstrickt", protestierte Rebekka. „Ich bin da hineingezogen worden. Gegen meinen Willen."

„Aber du warst beteiligt. Ich meine, du wusstest von der Entführung und hast nicht die Polizei informiert."

„Wie hätte ich das denn machen sollen?", brauste Rebekka auf. „Hätte ich meine Familie verpfeifen sollen?"

„Aber selbstverständlich!", urteilte Herr Schloen. „Eine Entführung ist etwas Unrechtes. Wenn man davon erfährt, muss man zur Polizei gehen."

Rebekka sprang auf, baute sich vor dem Priester auf und wedelte wild mit den Händen herum. „Sie haben ja keine Ahnung. Wenn ich die Polizei informiert hätte, wären unschuldige Menschen in Mitleidenschaft gezogen worden. Menschen, die nichts Unrechtes getan hatten."

„Und der Entführte?", fragte Herr Schloen. Im Gegensatz zu Rebekka blieb er die Ruhe selbst. „Hatte der etwas Unrechtes getan?"

„Natürlich nicht. Und darum hab ich ihm ja auch geholfen. Erst hab ich ihn medizinisch versorgt. Und dann hab ich ihn auch noch befreit. Zählt das denn überhaupt nicht?"

„Hat das Gericht diese Tatsache berücksichtigt?", wollte der Priester wissen.

Rebekka ließ ihre Arme wieder sinken. „Ich denke schon."

„Wo liegt dann der Justizirrtum?"

Fassungslos sah die junge Frau den Priester an. „Sie" – Rebekka musste sich erst räuspern, bevor sie ihren Satz vollenden konnte –, „Sie urteilen ganz schön hart."

„Nun", begann Herr Schloen, „damit liege ich auf einer Linie mit der Bibel." Er klopfte auf das große schwarze Buch, das in seinem Schoß ruhte. „Das Wort ‚Unschuld' wird darin ziemlich sparsam verwendet. Jesus war unschuldig. Aber damit war's das auch schon. Alle anderen haben mit Adam und Eva ihre Unschuld verloren. Also ist es egal, ob dein Verhalten aus menschlicher Sicht verständlich war. In Gottes Augen bist du schuldig."

Rebekka öffnete entrüstet den Mund. „Das ist typisch Mann!", fauchte sie und stemmte die Hände in die Hüften. „Sie glauben immer, sie seien etwas Besseres und könnten die anderen einfach so aburteilen."

Herr Schloen hob verwundert seine buschigen Augenbrauen. „Aburteilen? So siehst du Gott?"

„Wie sollte ich ihn denn sonst sehen?"

„Als liebenden Vater vielleicht?"

„Also, mit Vätern bin ich durch", schnaubte Rebekka. „Und mit Männern auch. Erzählen Sie mir lieber etwas über die Jungfrau Maria. Sie hatte bestimmt mehr für uns Menschen übrig."

Der Priester kratzte sich am Kinn. Dabei sah er ein wenig hilflos aus. „Ich bin mir nicht sicher, ob ich das möchte. Der Bibel kann man nicht entnehmen, dass die Jungfrau Maria mehr war als ein gewöhnlicher Mensch. Ich fürchte, dass du – wenn du nach Gott fragst – mit dem Vater vorliebnehmen musst."

„Dann kommen wir nicht ins Geschäft", sagte Rebekka und schüttelte ablehnend den Kopf.

„Das ist jammerschade“, seufzte Herr Schloen. „Vor allem, weil Gott kein bisschen so ist, wie du glaubst. Er hat *zwei* Hände, weißt du? In der einen trägt er die vollkommene Gerechtigkeit, aber mit der anderen bietet er Unmengen von Gnade an.“

„Gnade brauche ich nicht“, erwiderte Rebekka und dachte ärgerlich an Völle. „Mir würde es reichen, wenn die Gerechtigkeit ein bisschen vollkommener wäre.“

Der Priester schürzte die Lippen. „In dem Fall“, er zuckte die Achseln, „bist du hier im Gefängnis wohl richtig.“

Obwohl Rebekka die Worte des Priesters so vehement von sich gewiesen hatte, ließen sie ihr in den darauffolgenden Wochen keine Ruhe mehr. Wie war das mit Gnade und Gerechtigkeit? Was bedeuteten diese Worte? Und was war mit Gott? War er männlich oder weiblich? Und war die Jungfrau Maria göttlich oder nicht?

Als Birgit eines Tages zu Besuch kam, traf sie auf eine Rebekka, die mit aufgeschlagener Bibel im Besucherraum saß und ihre Augen nicht davon losreißen konnte.

„Was ist denn mit dir los?“, wunderte sich Birgit. Sie trug eine schwarze Stoffhose, die ihre langen Beine noch endloser wirken ließ, dazu ein weißes Top und einen leuchtend roten Blazer. Jetzt näherte sie sich mit großen Schritten dem kleinen Tischchen, an dem Rebekka saß. Um sich zu vergewissern, dass es tatsächlich eine Bibel war, in der Rebekka las, hob sie die linke Hälfte des Buches an, um den Einband betrachten zu können.

„Hm?“ Rebekka tauchte nur langsam aus ihrer Lektüre auf, erhob sich dann aber und wollte ihre Freundin umarmen. Bevor ihr dies jedoch gelang, schoss ein Justizbeamter in dunkelblauer Uniform auf sie zu und fauchte: „Bitte systemkonform sitzen, sonst werde ich den Besuch beenden.“

Rebekka schluckte schwer und nahm wieder Platz. Sie kannte die Regeln, war aber gerade mit den Gedanken woanders gewesen. Jetzt fühlte sie sich erniedrigt und gedemütigt und sah dem Beamten mit zusammengepressten Lippen dabei zu, wie er auf seinen Sitzplatz neben der Tür zurückkehrte. Der große, schlanke

Mann war einer von zwei Bewachern, die zu beiden Seiten der Tür saßen.

Als Rebekka sich anschließend wieder Birgit zuwandte, stutzte sie. „Wie siehst du denn aus?“

Birgit grinste und fuhr sich durch die kurzen Haare. „Schick, oder?“

Rebekka runzelte die Stirn und betrachtete die roten Strähnen, die Birgits blonde Haare durchzogen. „Geht das überhaupt? Rote Strähnen auf blond gefärbten Haaren?“

Birgit zuckte die Achseln und nahm links neben Rebekka an dem Tisch Platz, der wie ein Plus geformt war und dementsprechend vier Sitzplätze aufwies. „Anscheinend schon.“

„Sieht klasse aus“, seufzte Rebekka und stieß mit dem Fuß gegen die Verkleidung, die im unteren Teil des Tisches verhinderte, dass Gefangene und Besucher heimlich Gegenstände austauschten. „Muss toll sein, wenn man frei entscheiden kann, wann, wo und wie man seine Haare verändert.“

„Gibt's hier keinen Friseur?“, erkundigte sich Birgit und sah sich vorsichtig im Raum um. Es gab noch ein paar weitere Tische, besetzt waren im Moment aber nur drei davon. Eine Gefangene hatte einen einzigen männlichen Besucher mittleren Alters, eine andere hatte Besuch von einem älteren Ehepaar.

Rebekka schluckte. „Doch, klar gibt's den.“

„Aber?“

„Na ja, erstens ist es nicht der Friseur deiner Wahl.“ Sie spielte nachdenklich an dem Zopfband herum, mit dem sie ihre pechschwarzen Haare zu einem schlichten Pferdeschwanz zusammengebunden hatte. „Und zweitens gibt's hier nur selten einen Grund, sich schön zu machen.“ Sie sah an sich herunter. An normalen Tagen trug sie oft nicht mehr als ihren schlichten grauen Jogginganzug. Heute allerdings, wo Birgit zu Besuch war, hatte sie ihre schwarze Jeans angezogen und mit der weißen Bluse kombiniert, die dezent mit schwarzen Blumen bestickt war. Insgesamt hatte sie Zugriff auf exakt zwei Hosen und vier Oberteile. Mehr hatte sie nicht mit ins Gefängnis bringen dürfen.

„Ich hätte dir gern einen geliefert“, seufzte Birgit und rückte mit ihrem Stuhl ein wenig nach rechts zu Rebekka hinüber.

Dabei scharrten die Stuhlbeine lautstark über den grauen Linoleumfußboden. „Aber deine Mutter hat gesagt, es gibt keine Möglichkeit ..."

Rebekka runzelte erneut die Stirn. „Was meinst du?"

„Ich heirate."

Ihr Gegenüber schluckte schwer. „Hat Steffen dir einen Antrag gemacht?", fragte sie mit belegter Stimme.

Birgit begann zu grinsen. „Ehrlich gesagt hab ich ihm einen gemacht."

Angestrengt starrte Rebekka auf ihre Bibel. Seltsamerweise begann die Schrift vor ihren Augen zu verschwimmen. „Und Steffen hat ihn angenommen."

„Ja, hat er", erwiderte Birgit und betrachtete ihre Freundin mit einer Mischung aus Interesse und Mitleid. Eine Weile schwiegen beide. Dann sagte Birgit: „Hast du gewusst, dass die Firma Roselius einen neuen Chef hat?"

Rebekka sah auf und lief umgehend rot an. „Lass mich endlich mit diesem Thema in Ruhe", fauchte sie. „Immer fängst du damit an. Ich will kein einziges Wort mehr über die Familie Roselius hören. Hast du das denn immer noch nicht verstanden?"

Birgit lehnte sich auf ihrem Stuhl zurück und verschränkte beleidigt die Arme vor der Brust. „Schon gut."

Rebekka senkte ihren Blick auf den Tisch zurück. Es vergingen ein paar Minuten, in denen die beiden Freundinnen kein einziges Wort miteinander wechselten. Dementsprechend war allein das gedämpfte Gemurmel der anderen beiden Gruppen zu hören.

„Seit wann liest du in der Bibel?", nahm Birgit das Gespräch schließlich wieder auf.

„Schon länger", krächzte Rebekka. „Ich hab ... ich weiß auch nicht ... so viele Fragen ..." Sie sah auf. „Hast du in deinem Leben jemals diese Passage gelesen ...?" Sie legte ihren Finger rechts unten auf die aufgeschlagene Seite ihrer Bibel und las: „Da sprach einer zu ihm: Siehe, deine Mutter und deine Brüder stehen draußen und wollen mit dir reden. Jesus antwortete aber und sprach zu dem, der es ihm ansagte: Wer ist meine Mutter und wer sind meine Brüder? Und er streckte die Hand aus über seine Jünger und sprach: Siehe da, das ist meine Mutter und das sind meine Brüder. Denn wer den Willen tut meines Vaters im Himmel, der ist mir Bruder und Schwester und Mutter."

„Ja, und? Was ist Besonderes an dieser Passage?", wollte Birgit wissen. Sie rückte mit ihrem Stuhl wieder ein wenig zurück und schlug lässig ihre Beine übereinander.

„Besonderes? Na ja, ich hab immer gedacht ... Also, weißt du, wenn ich gebetet hab, hab ich immer zur Jungfrau Maria gebetet. Aber hier klingt es nicht so, als wäre sie was Besonderes. Im Gegenteil."

„Dann lass es doch. Man kann genauso gut zu Gott oder zu Jesus beten."

„Das will ich aber nicht!", brach es plötzlich und erstaunlich heftig aus Rebekka hervor.

Birgit hob verwundert die Augenbrauen. „Und warum nicht?"

„Weil Männer doof sind, darum!"

Ein Ausdruck des Verstehens erhellte Birgits Gesicht. „Ach, daher weht der Wind."

„Weht er überhaupt nicht", fauchte Rebekka. „Ich will lediglich verstehen, was es mit dieser Maria auf sich hat. Ist sie eine Göttin oder nicht?"

Birgit hob hilflos die Hände. „Woher soll ich das wissen? Ich bin vielleicht katholisch, aber du weißt selbst, dass ich nie viel für Religion übrig hatte. Frag doch einen Priester. Soll ich dir die Nummer des Priesters geben, der uns traut?"

„Nein, danke", knurrte Rebekka. „Einen Priester mit schlauen Antworten gibt's auch hier im Gefängnis."

❖

Obwohl Rebekka bei jeder Gelegenheit und bei jedem Thema anderer Ansicht war als Herr Schloen, führte sie in den darauffolgenden Monaten nicht wenige Gespräche mit ihm. Auch verpasste sie keinen einzigen Gottesdienst. Für gewöhnlich saß sie schon lange vor dessen Beginn vorn in der ersten Reihe und wartete darauf, dass es losging.

So verhielt es sich auch an einem Sonntag im Mai. Rebekka saß ganz vorn, las in ihrer Bibel und bekam gar nicht mit, wie sich der kleine Raum, der als Kapelle fungierte, allmählich füllte.

Da die anderen Insassen nicht das Bedürfnis verspürten, mit Rebekka in Kontakt zu treten, hielten sie Abstand und besetzten eher die hinteren Reihen.

Als der Priester schließlich den Raum betrat, begrüßte er jeden Besucher mit Handschlag. Dann begann er den Gottesdienst. Zu diesem Zweck trat er hinter ein kleines Pult, das nicht viel mehr war als ein Notenständer. Überhaupt erinnerte der kleine Raum nicht wirklich an eine Kapelle. Er war sehr karg eingerichtet und bestand im Grunde genommen nur aus Stühlen und einem Bilderrahmen mit einem christlichen Spruch. Ansonsten gab es weder einen Altar noch Kruzifixe.

Nach dem Rahmenprogramm mit wechselseitigem Gesang und Gebet begann die Predigt. Darin ging es um Jesu Kreuzigung und Tod. Der Pfarrer las aus dem 27. Kapitel des Matthäusevangeliums und betonte vor allem die Verse, in denen es um die beiden Räuber ging, die mit Jesus gekreuzigt worden waren, einer zu seiner Rechten und einer zu seiner Linken. Herr Schloen verwandte sehr viel Zeit auf die Feststellung, dass beide schuldig waren, aber nur einer seine Schuld erkannte und Jesus um Hilfe bat.

„Und?", fragte der Priester, als er sich im Anschluss an den Gottesdienst neben Rebekka auf einem Stuhl niederließ.

Diese sah auf. Für den Gottesdienst hatte sie die strahlend weiße Bluse mit den aufgestickten schwarzen Blumen und eine schwarze Jeans angezogen. In Kombination mit ihrer ungewöhnlich hellen Haut und den extrem schwarzen Haaren wirkte sie ein bisschen wie die Personifikation extremer Gegensätze. „Was – und?"

„Wie hat dir meine Predigt gefallen?" Der Priester sah Rebekka bei dieser Frage so erwartungsvoll an, dass diese irritiert die Stirn runzelte.

„Ganz gut", antwortete sie ein wenig verunsichert.

Herr Schloen sank ein wenig enttäuscht in sich zusammen. „Mehr nicht?"

Rebekka starrte ihn an. „Was meinen Sie?"

Ihr Gegenüber seufzte tief und sagte dann: „Ich hab die Predigt nur für dich ausgearbeitet, Rebekka. Sie sollte dir zeigen, dass du einer der beiden Räuber bist und deine Schuld erkennen musst, damit Jesus dich rettet."

„Ich einer der beiden Räuber?“, brauste Rebekka auf. „Das ist doch Unsinn! Ich hab Ihnen doch gesagt, dass ich unschuldig hier einsitze! Und nicht nur das! Ich war an diesem Verbrechen nicht nur *nicht* beteiligt, sondern hab das Opfer auch noch befreit. Eigentlich müsste ich einen Orden kriegen!“

„Einen Orden also“, seufzte der Priester. „Also gut. Lassen wir das Verbrechen, dessentwegen du einsitzt, mal außen vor. Vielleicht hast du dich bei dieser Gelegenheit tatsächlich richtig verhalten. Aber es gab doch auch andere Situationen. Situationen, in denen du dich falsch verhalten hast. Oder willst du behaupten, dass du eine vollkommen weiße Weste hast?“

Rebekka dachte kurz an die Sache mit dem Hühnerstall, fand aber, dass ihre Motive edel genug waren, um die kleine Gesetzesübertretung zu rechtfertigen. Und sonst? Sonst hatte sie sich doch immer an ihrer Mutter orientiert, oder nicht? „Im Großen und Ganzen schon“, behauptete sie.

„Im Großen und Ganzen reicht aber nicht“, hielt Herr Schloen dagegen. „Die Bibel verlangt von uns, dass wir vollkommen sein sollen, genauso wie unser Vater im Himmel vollkommen ist. Wer durch das Gesetz gerecht werden will, der muss das ganze Gesetz halten.“

„Das ist ganz schön kleinlich, finden Sie nicht?“

„Eigentlich nicht“, widersprach der Priester und zupfte an seinem schwarzen Talar herum, der ein wenig schief hing. „Stell dir folgende Situation vor: Mutter Teresa ... du kennst sie, die Frau hatte zum Schluss nichts anderes mehr im Sinn, als anderen Menschen zu helfen. Stell dir vor, sie wäre nach Deutschland gekommen, um ein Medikament einzukaufen, das einem ihrer Schützlinge das Leben retten soll. Als sie das Medikament endlich in Händen hält, fährt sie mit dem Auto eines Bekannten zum Flughafen. Sie denkt darüber nach, wie sehr sich ihr Schützling über das Medikament freuen wird, ist unachtsam und fährt zu schnell. Sie wird geblitzt. Ist es ungerecht, wenn das Rechtssystem auf der Bezahlung des Bußgelds besteht?“

Rebekka antwortete nicht gleich, sondern dachte eine ganze Zeitlang darüber nach. „Ungerecht ist, dass die anderen nicht geschnappt werden. Die, die mutwillig zu schnell fahren.“

Herr Schloen nickte langsam und bedächtig mit dem Kopf.

„Aber du gibst mir recht, dass auch unser menschliches Rechtssystem in gewisser Weise Perfektion verlangt."

Rebekka musste schlucken. „Aber Menschen können das nicht", protestierte sie schwach.

„Du hast recht, mein Kind. Wir Menschen haben keine Chance. Sieh dir die Frauen an, die hier einsitzen. Sie haben Verbrechen begangen, zum Teil furchtbare Verbrechen. Einige sind wirklich schuldig, andere aber auch mehr Opfer als Täter. Ihre Eltern haben vor ihnen gesündigt und ihnen nicht das mitgegeben, was Eltern ihren Kindern eigentlich mitgeben sollten. Auf diese Weise sind sie in einen Kreislauf aus Sünde geraten, einen Teufelskreis, aus dem es kein Entrinnen mehr gibt. Es sei denn ..."

Rebekka drehte ihre Bibel in ihren Händen hin und her. „Es sei denn?"

„Es sei denn, man lässt sich von Jesus aus diesem Teufelskreis herausführen. Aber dazu ist es erforderlich, dass man ihm sein Scheitern bekennt."

Rebekka strich mit dem Zeigefinger ihrer rechten Hand über das Wort „Bibel", das als Relief auf den Einband gedruckt war.

„Ich weiß nicht", seufzte sie schließlich. „Mein Vater wollte auch immer von mir hören, dass ich gescheitert bin. Dabei ist er der größte Scheiterer von allen ..."

❖

„Hast du eigentlich was von Jürgen und Vincent gehört?" Rebekka saß wieder einmal am Tisch des Besucherraumes. Sie trug ihren grau melierten Jogginganzug. In letzter Zeit ertappte sie sich immer häufiger dabei, dass sie keinen Wert mehr auf Äußerlichkeiten legte. Wozu auch? Hier im Gefängnis gab es niemanden, für den sie sich hätte schön machen können. Auch die Friseurbesuche hatte sie inzwischen eingestellt. Erstens war sie mit dem Ergebnis sowieso nie zufrieden gewesen. Und zweitens trug sie aus Trägheit fast ständig einen Pferdeschwanz. So auch heute.

Louise gab einen ausweichenden Grunzlaut von sich, der Rebekka hellhörig werden ließ. Sie bedachte ihre Mutter mit einem prüfenden Blick, beugte sich ein Stück zu ihr hinüber und flüsterte: „Jetzt sag schon!“

Louise schüttelte verlegen den Kopf, woraufhin sich Rebekka noch weiter zu ihr hinüberstreckte. „Soweit ich weiß, gibt es hier keine Mikrofone oder so was.“ Sie warf den beiden Beamten, die an der Tür saßen, einen vorsichtigen Blick zu, hatte aber nicht den Eindruck, dass sie argwöhnisch waren. Und mithören konnten die beiden schon gar nicht. Rebekka und ihre Mutter saßen heute im hinteren Teil des Raumes. Da Samstag war, war dieser bis auf den letzten Platz besetzt. Und so herrschte ein ziemlicher Lärmpegel.

Louise sah angestrengt auf ihre Hände. „Wer weiß ...“

„Sag schon, Mutti“, zischelte Rebekka. „Weißt du, wo sie sind?“

Louise schüttelte den Kopf. Dabei bewegte sich kein einziges ihrer Haare, denn sie hatte diese wie immer zu einem strengen Dutt zusammengebunden. In Kombination mit ihrer schlichten weißen Bluse und dem grauen Wollrock verlieh ihr das ein sehr steifes Äußeres.

„Wirklich nicht.“

„Was dann?“

Jetzt endlich sah Louise auf. Sie ließ ihren Blick besorgt durch den Raum schweifen, dann tastete sie auf der Unterseite des kleinen Tischchens nach versteckten Mikrofonen. Erst als sie nichts fand, beugte auch sie sich ein Stück nach links und flüsterte: „Ich hab eine Postkarte bekommen. Aus dem Ausland.“

„Und?“, flüsterte Rebekka. „Wie geht es ihnen?“

Louise schluckte schwer. „Ganz gut.“

„Was heißt das?“

„Na ja, gut eben. Es geht ihnen gut.“

Rebekka sah ihre Mutter eine Weile nachdenklich an. Dann sagte sie plötzlich: „Sie haben dich um Geld gebeten.“

Louise Petrell lief umgehend rot an und senkte ihren Blick auf ihre Hände.

„Du wirst es ihnen auf keinen Fall geben!“, befahl Rebekka. „Hörst du das, Mutti! Jürgen und Vincent werden niemals erwachsen, wenn du ständig den Geldesel spielst!“

Louises Gesichtsfarbe intensivierte sich.

Daraufhin verdrehte Rebekka die Augen und verlagerte ihr Gewicht auf ihren Stuhl zurück. „Es ist schon zu spät“, schlussfolgerte sie mit einem Seufzer.

Doch Louise antwortete nicht, sondern drehte gedankenverloren den schlichten, goldenen Ehering an ihrer rechten Hand.

Rebekka schüttelte den Kopf. Sollte das denn ewig so weitergehen? Es war doch nicht die Aufgabe ihrer Mutter, die Last der gesamten Familie zu tragen! Vielleicht hatte Herr Schloen recht. Vielleicht brauchte diese Familie Hilfe von außen.

„Betest du eigentlich manchmal zu Jesus?“, hörte sie sich fragen.

Louise sah auf. „Nein. Wieso?“

„Na ja, weil ...“ Rebekka zuckte die Achseln. „In der Bibel steht viel mehr über Jesus als über Maria.“

„Aber er kann uns Frauen doch gar nicht verstehen, Rebekka. Er war ein Mann. Wie soll ein Mann jemals verstehen, was in einer Frau vor sich geht?“

Rebekka runzelte die Stirn. „Wieso ein Mann? In der Bibel steht, dass Jesus Gott ist. Wenn das stimmt, dann ... dann hat er die Frauen doch geschaffen, oder nicht?“

„‚Geschaffen‘ ist gut“, antwortete Louise und verschränkte die Arme vor der Brust. „Die Frau wurde ja gar nicht geschaffen. Sie wurde aus dem Mann herausgenommen, so“ – ihr Gesicht nahm einen angewiderten Ausdruck an –, „so als würde man einen Mitesser ausdrücken.“

Rebekka sah ihre Mutter mit großen Augen an. Ganz so negativ hatte selbst sie das nicht gesehen.

„Wie war *dein* Vater eigentlich?“, fragte sie spontan. „Ich meine, ich hab ihn ja nie kennengelernt.“

Louise versteifte sich. „Meine Mutter hat ihn verlassen, nachdem er sie halb tot geprügelt hatte. Sei froh, dass du ihn nicht kennengelernt hast.“

„Hast *du* ihn denn richtig kennengelernt? Ich meine, wie war er so? Hatte er keine guten Seiten?“

Louise begann lang anhaltend den Kopf zu schütteln. „Das weiß ich nicht, Becky, und ich will es auch gar nicht wissen. Erzähl mir lieber was Neues von Birgit. Wie war ihre Hochzeit?“

Rebekka konnte nichts dagegen tun, dass das Gespräch von diesem Moment an in Belanglosigkeiten abglitt.

Die Diskussionen mit Herrn Schloen wurden im Verlauf der Monate ein immer festerer Bestandteil von Rebekkas Leben. Irgendwann fanden sie nicht mehr nur in der kleinen Kapelle, sondern auch in Rebekkas Zelle statt. Als Gefängnisseelsorger durfte Herr Schloen seine „Schäfchen" auch dort besuchen.

An einem Donnerstag im Januar wartete Rebekka besonders ungeduldig auf den Priester. Als er dann endlich kam, bombardierte sie ihn sofort mit ihren neuesten Erkenntnissen.

„Ich will euch trösten, wie einen seine Mutter tröstet", verkündete sie und verschränkte herausfordernd die Arme vor der Brust. „Jesaja 66, Vers 13."

Der Priester, der gerade erst die schwere Zellentür hinter sich abgeschlossen hatte, hob erstaunt die Augenbrauen. „Würde es dir was ausmachen, wenn ich erst einmal Platz nehme?" Seine Worte vermischten sich mit dem Klirren des Schlüsselbundes, welches er jetzt in seiner grauen Anzughose verschwinden ließ.

Rebekka streckte den linken Arm aus und deutete einladend auf den Stuhl, der am Fuße ihres Bettes stand und neben ihrem Schreibtischstuhl das einzige Sitzmöbel des Raumes bildete.

Herr Schloen schlurfte ächzend darauf zu und nahm ein wenig mühsam Platz. Seine Bewegungen erinnerten ein bisschen an einen halb versteinerten Dinosaurier. Wie Rebekka inzwischen erfahren hatte, übte er den Dienst des Gefängnisseelsorgers als Ehrenamt aus.

Rebekka griff nach ihrem Bürostuhl, schob ihn in die Nähe des Priesters und nahm ebenfalls Platz. „Also ist Gott doch ein bisschen weiblich. Dann ist es egal, ob ich ihn Gott oder Maria nenne."

Herr Schloen kratzte sich am Kopf. Dabei ruinierte er seine frisch gekämmte Frisur. Als er jetzt die Hand wieder herunternahm, standen ein paar seiner weißen Haare wild nach oben ab. „Hmm, ich weiß nicht. Lass mich mal nachdenken ..."

Rebekka wippte ungeduldig mit den Beinen. Sie trug wie üblich ihren grauen Jogginganzug und hatte ihre Haare zu einem Pferdeschwanz zusammengebunden.

„Ich denke“, fuhr der Priester fort, „dass es wichtig ist, Gott Gott sein zu lassen. Ich meine, wir dürfen nicht etwas Irdisches nehmen – wie einen Menschen, wie Maria – und ihn zu Gott machen. Es ist doch in Wirklichkeit umgekehrt. Irdische Dinge sind ein Abbild des Göttlichen. Und meist kein perfektes. Bleiben wir doch mal bei Maria. Hast du die Stelle gelesen, wo sich die ganze Familie – ich gehe mal davon aus, dass Maria auch dabei war – aufmacht, um Jesus einsperren zu lassen? Ich glaube, das steht im 3. Kapitel des Markusevangeliums.“

Rebekkas nickte langsam und sah zu ihrem Schreibtisch hinüber. Dort lag ihre aufgeschlagene Bibel. Sie hatte inzwischen viel Ähnlichkeit mit einem ihrer Biologiebücher. Jedenfalls war die Schrift an vielen Stellen mit bunten Farben unterstrichen und zudem mit jeder Menge Anmerkungen versehen.

„Jedenfalls glaubte die Familie, er habe den Verstand verloren“, fuhr Herr Schloen fort. „Wahrscheinlich hielten sie ihn für einen geisteskranken religiösen Fanatiker. Das musst du dir mal auf der Zunge zergehen lassen, Rebekka! Maria war ja kein unbeschriebenes Blatt. Sie war noch Jungfrau, als sie Jesus gebar! Sie wurde von einem Engel besucht, von Gabriel höchstpersönlich, sie hat die Weisen aus dem Morgenland getroffen. Die Hirten haben ihr erzählt, welche Erscheinung sie hatten. Gleich im Anschluss heißt es bei Lukas: ‚Maria aber behielt alle diese Worte und bewegte sie in ihrem Herzen.‘ Zeig mir jemanden, der so viel erlebt hat wie Maria! Und dennoch ... 30 Jahre später war plötzlich alles weg. Und das ist menschlich, Rebekka! Wir Menschen sind vergesslich und unbeständig. Wie Maria.“

Rebekkas Blick wanderte in Richtung des Posters, das sich über ihrem Bett befand. Es stellte eine sanft lächelnde, in fließende Kleider gehüllte Maria dar, die ein halb nacktes, blond gelocktes Baby auf dem Arm trug. Beide Figuren – sowohl Maria als auch das Kind – hatten einen Heiligenschein um den Kopf herum. Rebekka hatte das Poster von ihrer Mutter bekommen.

Herr Schloen folgte Rebekkas Blick und betrachtete es nun seinerseits eine Weile. „Rebekka“, mahnte er schließlich mit sanfter Stimme, „hör auf, an diesem Marienbild festzuhalten. Die

Männer, die du kennengelernt hast, sind ein verzerrtes Abbild von dem, wie Gott ist. Gott ist anders als dein Vater. Du musst ihm eine Chance geben, sich dir so zu zeigen, wie er wirklich ist."

„Als Richter also", flüsterte Rebekka.

„Geht das schon wieder los", seufzte der Priester und öffnete den zweiten Knopf seines Oberhemdes. Im Gegensatz zu sonntags trug er keinen Talar, sondern ein schlichtes weißes Hemd und eine graue Anzughose. „Immer reitest du darauf herum. Dabei hab ich dir doch gesagt, dass Gott zwei Hände hat. Gerechtigkeit *und* Barmherzigkeit. Warum willst du das nicht verstehen?"

Rebekka riss ihren Blick von dem Marienbild los und sah den Priester an. Dabei fiel ihr Blick auf seine abstehenden Haare und sie unterdrückte ein Schmunzeln. „Ich versteh es ja", murmelte sie. „Theoretisch ..."

Herr Schloen nickte. „Genau da liegt das Problem. Du verstehst es nur theoretisch und nicht praktisch. Und das ist furchtbar. Du verpasst Gottes Schönheit!"

Rebekka zog fragend die Augenbrauen hoch. „Schönheit?"

Der Priester nickte versonnen. „Hast du dir jemals Gedanken über Schönheit gemacht?"

„Eigentlich nicht."

„Schönheit liegt in den Gegensätzen, mein Kind", erklärte der alte Mann. „Das ist in allen Bereichen so. In der Musik, in der Malerei, in der Literatur, in der Architektur ... Einfach überall. Stell dir, sagen wir mal, eine riesige, alte Eiche vor. Sie ist so schön, weil sie so imposant ist, so groß und mächtig und knochig, aber eben auch so detailreich, so verästelt, mit Blättern, die ein Wunderwerk für sich sind. So charakteristisch und so leicht wiederzuerkennen. Mit Früchten, die die Tiere des Waldes ernähren und Kinder zum Spielen anregen. Das ist wahre Schönheit." Die Augen des Priesters begannen zu leuchten und er wirkte auf einmal viel jünger. Erstaunt starrte Rebekka ihn an. Es war, als wäre das Alter ein wenig von ihm abgefallen. „Aber das ist noch nicht alles. Gott wollte auch diese Schönheit noch übertreffen! Vergleiche eine Eiche im Sommer mit einer Eiche im Herbst. Was ist schöner?"

„Na ja“, stammelte Rebekka, „der Herbst hat auch seinen Reiz.“

„Nicht wahr?“ Herr Schloen geriet immer mehr ins Schwärmen und untermalte seine Worte mit den Händen. „Jetzt kommen weitere Farben hinzu. Hast du dir ein Eichenblatt im Herbst einmal von Nahem angesehen? Hast du das Rot vor Augen? Die Kombination von Grün und Rot? Und begreifst du?“ Der alte Mann stand auf. Erstaunlicherweise schien er dabei überhaupt keine Mühe mehr zu haben. „Die Gegensätze erhöhen sich! Die Schönheit steigt an! Rebekka, rate, was die Komplementärfarbe von Grün ist!“

„Rot?“

„Genau!“ Der Priester durchwanderte inzwischen die klitzekleine Zelle. „Rot liegt im Farbkreis auf der gegenüberliegenden Seite von Grün. Rot und Grün ergänzen sich zur Perfektion. Es gibt keinen stärkeren Gegensatz! Das nenne ich perfekte Schönheit!“

„Ja, aber was hat das alles mit Gott zu tun?“

„Gott ist genau diese Schönheit in Vollendung, Rebekka! Er ist eben nicht der alte Mann mit dem weißen Bart, der immer freundlich lächelt. Würdest du ihn schön finden? Ich meine, was hältst du von einem Mann, der zu allem Ja und Amen sagt?“

„Nicht viel“, musste Rebekka zugeben.

„Siehst du! Darum bilden Gottes Gerechtigkeit, seine Stärke, Macht, Souveränität, sein Durchsetzungsvermögen den perfekten Gegensatz zu seiner unbeschreiblichen Liebe und unübertroffenen Zärtlichkeit. Und in diesem Gegensatz – in der Fähigkeit, zu jedem Zeitpunkt die genau richtige Seite zum Vorschein zu bringen – liegt Gottes unglaubliche Schönheit.“

Kapitel 22

So verging die Zeit. Der 16. August wiederholte sich und ließ Rebekka 23 werden.

Im darauffolgenden Jahr bestand Rebekka ihr Vordiplom. Diese Tatsache war es dann auch, die ihr eine vorzeitige Entlassung wegen guter Führung einbrachte. Man bescheinigte ihr

„hervorragende Resozialisierungsaussichten“ und setzte sie kurz vor ihrem 24. Geburtstag, nach exakt zwei Jahren, 7 Monaten und 18 Tagen Haft wieder auf freien Fuß.

❖

Unglücklicherweise entwickelte sich Rebekkas Freiheit vom ersten Moment an anders, als sie sich das vorgestellt hatte.

Da sie nur wenig Geld bekam, war es selbstverständlich, dass sie auf direktem Wege in die klitzekleine Wohnung zog, die ihre Mutter angemietet hatte. Obwohl Rebekka dort ein eigenes Zimmer bekam, fühlte sie sich schon allein wegen dessen Größe von gerade mal acht Quadratmetern enorm an ihre Gefängniszelle erinnert. Trotzdem war sie ihrer Mutter dankbar. Sie wusste es zu schätzen, dass diese bereitwillig ins Wohnzimmer zog und dort auf einem Schlafsofa schlief, das sie abends in ein Bett und morgens wieder in eine Couch verwandelte.

Und natürlich war es von unschätzbarem Vorteil, dass Louises Verdienst – sie hatte mehrere Putzstellen angenommen – auf diese Weise für beide reichte. So konnte sich Rebekka auch weiterhin voll auf ihr Studium konzentrieren. Im Hauptstudium hatte sie sich für Molekularbiologie als Hauptfach und Zellbiologie sowie Genetik als Nebenfächer entschieden. Zudem schloss sie sich schon nach wenigen Wochen einer Gruppe von Studenten an, die sich dem Tierschutz widmete. Mit diesen traf sie für gewöhnlich ein Mal in der Woche zusammen. Auch nahm sie an den Kundgebungen teil, die diese Gruppe in Zusammenarbeit mit einer größeren Tierschutzorganisation veranstaltete.

Während die Wochen vergingen, erlebte Rebekka, dass es nicht immer einfach war, mit der eigenen Mutter auf so engem Raum zusammenzuleben. Das galt umso mehr, als Louise auch das Theater aufgegeben hatte und nur noch für Rebekka und ihre Arbeit lebte.

In dieser Zeit hielt sich Rebekka mit dem Gedanken aufrecht, dass sie als hoch bezahlte Biologin eines Tages für sich und ihre Mutter eine Penthousewohnung mit zehn Zimmern anmieten würde.

Ihre Träume zerplatzten, als sie eines späten Nachmittags von der Uni nach Hause kam und ihre Mutter weinend auf der Couch vorfand. Sie ließ die schwarze Jeansjacke, die sie sich über den Arm gelegt hatte, achtlos auf den Fußboden fallen und stürmte zu ihr.

„Mutti, was ist denn los?", fragte sie bestürzt.

„Es tut mir so leid", schluchzte ihre Mutter. Sie war im wahrsten Sinne des Wortes völlig aufgelöst. Ihre dunkle Strickjacke hing schräg an ihr herunter. Ihr Gesicht war tränenüberströmt, und aus ihrem sonst so strengen Dutt hatten sich Haare herausgeschummelt. „Wirklich!"

Rebekka ging vor ihrer Mutter in die Knie. Dabei knackte es herzhaft in ihren Gelenken. „Was tut dir leid?"

„Vielleicht wäre es nicht so weit gekommen, wenn ... wenn ich nur ein bisschen kürzer getreten wäre."

„Deine Schulter?", fragte Rebekka und hatte eine böse Vorahnung. „Es ist schlimmer geworden." Der Satz klang wie eine Feststellung.

Ihre Mutter schnäuzte in ihr Taschentuch und hörte auf zu weinen. Dann sagte sie relativ gefasst: „Der Arzt sagt, dass ich jetzt ein künstliches Schultergelenk brauche."

Rebekka atmete einmal tief durch. Sie wusste ja, dass sich ihre Mutter schon seit Ewigkeiten wegen ihrer Arthrose in Behandlung befand, aber ein künstliches Schultergelenk?

„Das kommt etwas plötzlich. Gibt es denn keine anderen Therapiemöglichkeiten?"

Ihre Mutter schluckte. Dann sagte sie leise:„Du weißt, wie lange ich diese Probleme schon habe. Glaub mir, wir haben *alles* ausprobiert."

„Aber ein künstliches Gelenk, Mutti, das ist nicht so ohne." Rebekka war es auf einmal furchtbar warm und sie schob die Ärmel ihres schlichten anthrazitfarbenen Pullovers nach oben. „Soviel ich weiß, halten die auch nicht ewig. Und du bist noch jung! Wenn du Pech hast, steht dir alle zehn Jahre eine solche Operation bevor."

„Mir ist egal, wie oft ich operiert werde", entgegnete ihre Mutter ungewöhnlich schneidend. „Hauptsache, die Schmerzen hören auf."

Rebekka starrte ihre Mutter verwundert an. Sie hatte sich in letzter Zeit kaum über Schmerzen beklagt. Und die entsprechenden

Nachfragen hatte sie stets vom Tisch gewischt! „Wie ... wie stark sind die Schmerzen denn?"

Louise wich dem Blick ihrer Tochter aus.

„Mutti!", drängte Rebekka und legte ihre Hände auf die Knie ihrer Mutter.

„Der rechte Arm", flüsterte Louise, „ich kann ihn schon seit Wochen nicht mehr heben."

Rebekka erstarrte und versuchte, sich in Erinnerung zu rufen, wie und mit welchem Arm ihre Mutter in letzter Zeit die Hausarbeiten erledigt hatte. Wie war es nur möglich, dass sie eine solche Einschränkung vor ihr verborgen hatte? „Und das hast du mir verschwiegen?"

„Ich ... ich dachte, es würde sich wieder geben. Und ich wollte nicht ... du hast doch schon genug Sorgen ..."

Rebekka seufzte tief, rappelte sich hoch und ließ sich neben ihrer Mutter auf die Couch fallen. „Und jetzt?"

„Vielleicht kommen wir ja mit BAföG und Sozialhilfe über die Runden", sagte Louise hoffnungsvoll.

Rebekka nickte und nahm ihre Mutter in den Arm. „Das schaffen wir bestimmt!"

Anfangs sah es auch ganz danach aus. Rebekka drehte jeden Euro noch einmal mehr um und schaffte es ganz gut, mit dem Geld aus der staatlichen Unterstützung auszukommen. Auf diese Weise hatte sie genügend Zeit für Studium, Haushalt und Pflege ihrer Mutter.

Obwohl Louise sehr darunter litt, ein – so nannte sie es – Klotz am Bein ihrer Tochter zu sein, hielt sie sich tapfer. Sobald sie sich von der Operation erholt hatte, wollte sie alles nachholen. Aber als es dann so weit war, traten neue Probleme auf. Obwohl die Operation nach Aussage der Ärzte ideal verlaufen war, entzündete sich die Schulter nur wenige Wochen später. Die Ärzte stellten gefährliche Streptokokken fest, die sich am künstlichen Gelenk festgesetzt hatten und dementsprechend nicht auf Antibiotika reagierten. In der Folge wurde Louise ins Friederikenstift eingeliefert, wo man das künstliche Gelenk entfernte und durch ein neues ersetzte. Als die Bakterien jedoch zurückkehrten, waren die Ärzte ratlos.

Rebekka machte sich in dieser Zeit größte Sorgen um ihre Mutter und telefonierte oft mit Pastor Schloen. Den Rat jedoch, Jesus um Hilfe zu bitten, befolgte sie nicht. Ihre Vorbehalte waren einfach zu groß. Stattdessen bat sie den Pfarrer, an ihrer Stelle ein paar Gebete für ihre Mutter zu sprechen.

Schließlich schlugen die Ärzte Rebekka eine Therapie vor, die recht vielversprechend war, aber noch in den Kinderschuhen steckte und von den Krankenkassen nicht bezahlt wurde. Rebekka willigte ein, hielt die finanziellen Belastungen jedoch vor ihrer Mutter geheim. Sie wollte nicht, dass diese dadurch zusätzlich belastet wurde.

Als Louise nach fünf Monaten Krankenhausaufenthalt und Reha endlich als geheilt entlassen wurde, saß Rebekka auf einem Berg von Schulden. Und was das Schlimmste war: Im Hinblick auf die Komplikationen hatten die Ärzte ihrer Mutter dringend davon abgeraten, wieder putzen zu gehen. So blieb Rebekka nichts anderes übrig, als sich selbst etwas zu suchen. Das allerdings gestaltete sich schwieriger als erwartet. Obwohl Rebekka nicht wählerisch war und alle Jobs abtelefonierte, die in den Zeitungen angeboten wurden, wollte es nicht so recht klappen. Jedes Mal, wenn sie gerade den Eindruck gewonnen hatte, man würde sie einstellen, kam plötzlich eine Absage. In ihrem Lebenslauf hatte sie den Gefängnisaufenthalt wohlweislich verschwiegen. „Studium der Tiermedizin“ stand da, mehr nicht. Allmählich aber hatte sie das Gefühl, als stünde ihr die Vergangenheit auf der Stirn geschrieben. Ob die potenziellen Arbeitgeber auf anderem Wege von ihren Verfehlungen erfuhren?

Rebekka holte sich Gebetsunterstützung bei Pastor Schloen, gab ein paar Anzeigen auf und hatte Erfolg. Sie ergatterte eine Putzstelle in einem Privathaushalt, die acht Euro pro Stunde einbrachte. Leider war diese Stelle auf zehn Stunden die Woche begrenzt – was für ihren Geldbedarf entschieden zu wenig war.

In der Zwischenzeit wuchs das Minus auf ihrem Konto wie von allein. Zweimal nahm Rebekka einen Kredit auf, um den Kollaps zu verhindern, dann war Schluss. Die Bank kündigte ihr den Dispo und verweigerte jede weitere Auszahlung. Um überhaupt die Miete bezahlen zu können, lieh sich Rebekka Geld von Pastor Schloen. Aber wie sollte das alles weitergehen?

Die Idee, Lebensmittel zu stehlen, wuchs aus der Verzweiflung. Rebekka war klar, wie sehr ihre Mutter darunter litt, nicht arbeiten gehen zu können. Um nichts in der Welt hätte sie sie in dieser Situation auch noch mit der Wahrheit über ihre Finanzen konfrontieren wollen. Aber aus einem leeren Kühlschrank hätte Louise sicher schnell ihre eigenen Schlüsse gezogen.

Und so betrat Rebekka eines schönen Abends gegen 18:00 Uhr mit nur wenigen Münzen in der Tasche einen Aldi-Markt am Stadtrand. Anstelle ihrer schwarzen Jeansjacke trug sie einen langen hellgrauen Sommermantel, den sie schon ewig nicht mehr angehabt hatte. Aber er besaß nun einmal die größten Taschen.

Obwohl Rebekka noch nichts Unrechtes getan hatte, klopfte ihr das Herz schon jetzt bis zum Hals. *Mundraub*, versuchte sie sich einzureden, *ist bestimmt noch nicht mal strafbar.*

Aber das Herzklopfen blieb – und es sandte Bilder und Gefühle in ihre Sinne, die Rebekka lieber vergessen hätte. Bilder einer Zelle, Bilder von Schlüsseln und Schlössern, Gefühle des Fremdbestimmtseins und der Ohnmacht ... und schließlich Gedanken an Pfarrer Schloen, der ihr Verhalten bestimmt nicht gebilligt hätte. *Du sollst nicht stehlen ...*

Ich tue es ja nicht für mich, sondern für meine Mutter, rechtfertigte sich Rebekka. *Und der Zweck heiligt die Mittel!* Während sie durch die Gänge schlenderte und an den üppig gefüllten Regalen vorbeikam, dachte sie darüber nach, in welch einem Schlaraffenland man in Deutschland lebte – wenn man Geld hatte. Aber das hatte sie nicht. Anscheinend war das Geld in Deutschland extrem ungerecht verteilt. Was konnte ihre Mutter dafür, dass sie krank geworden war und nicht mehr arbeiten gehen konnte?

Ihr seid meine Freunde, wenn ihr tut, was ich euch gebiete. Der Bibelvers war so deutlich und so glasklar in Rebekkas Kopf geschossen, dass sie erschrak. Woher war er gekommen? Hatte sie sich selbst einen Streich gespielt?

Ich sehe nicht ein, warum meine Mutter hungern soll, nur weil es die Krankenkassen nicht schaffen, notwendige Therapien zu bezahlen.

Du könntest dir noch mehr Geld von Pfarrer Schloen leihen, kam es Rebekka in den Sinn.

Ich hab aber keine Lust, immerzu um Geld zu betteln, dachte Rebekka grimmig. *Ich hab nichts falsch gemacht. Ich kann nichts dafür, dass meine Mutter krank geworden ist.* Sie steuerte direkt auf das Kühlregal zu. Heute ging es um Grundnahrungsmittel, um nicht mehr und nicht weniger! Ein paar Schritte noch und sie hatte die Frischmilch erreicht. Ihr Herz pochte jetzt, als müsste es Milch und nicht Blut durch ihren Körper pumpen. Und dabei hatte sie doch vor, die Milch zu bezahlen! Rebekka nahm eine Tüte deutlich sichtbar in die Hand und schlenderte damit weiter. Den Wurstbereich ließ sie achtlos links liegen. Um nichts in der Welt hätte sie Wurst gestohlen, die von gequälten Tieren stammte. Es war ja schon schlimm genug, dass sie neuerdings keine Zeit mehr für den Tierschutz hatte. Sie erreichte den Käsebereich. Beim Billig-Camembert blieb sie stehen. Ihre Mutter liebte diesen Käse ...

Nervös trat die junge Frau von einem Bein aufs andere und sah sich möglichst unauffällig nach allen Seiten um. Aber da war niemand, der bedrohlich wirkte, kein Mitarbeiter mit weißem Kittel, geschweige denn jemand, den man für einen Detektiv hätte halten können. Ob Aldi überhaupt so etwas beschäftigte? Sie musterte die junge Frau, die einen Einkaufswagen mit einem Kleinkind vor sich herschob. Die arbeitete bestimmt nicht als Detektivin. Und die alte Dame mit dem Rollator ganz sicher auch nicht! Also gut!

Rebekka streckte ihre rechte Hand aus, griff wie beiläufig nach einer Packung Käse und tat so, als würde sie das Haltbarkeitsdatum studieren. Aber dann, im nächsten Moment, ließ sie den Käse blitzschnell in der tiefen Tasche ihres Mantels verschwinden.

Mit der linken Hand umklammerte sie jetzt ihre Milch so fest, dass sich die Packung an einigen Stellen unschön ausbeulte. Aber das bemerkte Rebekka gar nicht. Sie war viel zu sehr damit beschäftigt, möglichst ruhig und unbeteiligt auszusehen.

So verließ sie die Käse-Ecke und schlug den Weg in Richtung Backwaren ein. Ihre Mutter hatte ihr aufgetragen, für das morgige Mittagessen Backpulver zu besorgen. Und genau das hatte sie jetzt vor! Sie näherte sich vorsichtig dem entsprechenden Bereich, nahm einen der wunderbar kleinen Viererpacks in die Hand und tat so, als müsste sie erst einmal dessen Inhaltsstoffe unter die Lupe nehmen. In einem unbeobachteten Moment aber verstaute sie dann auch diese Packung in ihrem Mantel, dieses Mal in der linken Tasche.

So, das sollte fürs Erste genügen!

Rebekka griff in ihre Hosentasche, zählte schon einmal das Geld ab und machte sich dann auf den Weg in Richtung Kasse. Aber obwohl ihr Gang eher gemächlich wirkte, konnte man die innere Unruhe deutlich an ihren Augen ablesen. Wie gehetzt wanderten sie von rechts nach links und beobachteten ... erforschten ... belauerten voller Argwohn alles, was um sie herum geschah. Zwei Jugendliche mit einem Sechserträger Bier – ungefährlich. Ein Ehepaar mit einem Einkaufswagen, der so prall gefüllt war, dass er kaum noch etwas aufnehmen konnte – ungefährlich. Ein älterer Mann, sehr gut gekleidet, zu gut für einen Aldi-Markt?

Als Rebekka im nächsten Augenblick seinen Blick auffing, gefror ihr beinahe das Blut in den Adern. Dieser Blick war streng oder gar wissend?

Sekundenbruchteile später war alles vorbei. Der Mann hatte seine Aufmerksamkeit wieder auf das Regal mit den Non-Food-Artikeln gerichtet. Vielleicht war er gar nicht hier, um Lebensmittel einzukaufen. Vielleicht hatte nur ein besonderes Angebot sein Interesse geweckt? Vielleicht war sein Blick Zufall gewesen?

Rebekka beschleunigte ihren Schritt. Sie musste hier raus!

Aber je schneller sie sich fortbewegte, desto stärker schlug das Gewicht in ihren Taschen gegen ihre Oberschenkel und erinnerte sie an das, was sie zu tun im Begriff war. *Kling – klong.*

Du sollst nicht stehlen, flüsterte es in ihrem Kopf. *Du sollst nicht stehlen.*

Es sind nur Kleinigkeiten, hielt Rebekka dagegen. *Einkaufspreis höchstens zwei Euro. Das zählt nicht!*

Kling – du sollst nicht stehlen. Klong – du sollst nicht stehlen.

Wie gehetzt drehte sich Rebekka um und sah sich nach dem älteren Mann um. Aber sie fand ihn nicht. Er stand nicht mehr an dem Platz, an dem er eben gestanden hatte. Er war weg!

Seltsamerweise beruhigte sie das kein bisschen. Im Gegenteil. Vielleicht war er wirklich ein Detektiv. Und vielleicht informierte er gerade seine Mitarbeiter! Einen Moment lang wusste Rebekka nicht, was sie tun solle. Ob es Sinn machte, die Lebensmittel zurückzubringen? Andererseits bestand beim Herausholen aus der Tasche die Gefahr, von anderen beobachtet zu werden!

Und dann hatte Rebekka auch schon die Kasse erreicht. Verstohlen wischte sie sich den verräterischen Teppich kleiner Schweißperlen von ihrer Oberlippe. Warum musste sie auch dort schwitzen, wo es für jedermann sichtbar war?

Vor ihr war nur eine einzige Kundin. *Piep … piep … piep.* In unregelmäßigen Abständen registrierte die Kasse die über den Scanner gezogenen Waren.

Zögernd legte Rebekka ihre Milch auf das Band und beobachtete jetzt die Kassiererin. Sie war schon älter und wirkte ein wenig ungepflegt. Jedenfalls schien es, als hätte sie ihre schulterlangen, braunen Haare schon ein paar Tage nicht mehr gewaschen. Außerdem hing die Brille, die sie trug, schief auf ihrer Nase. Hoffentlich hatte sie es versäumt, die Gläser auf ihre aktuelle Sehstärke anzupassen.

Der Bezahlvorgang neigte sich nun dem Ende zu. Die Kassiererin händigte das Wechselgeld aus und verabschiedete sich von der Kundin. Dann fiel ihr Blick auf Rebekkas Milch. Sie zog fragend die Augenbrauen hoch.

„Was man nicht im Kopf hat …“, sagte Rebekka und lächelte dabei.

„… muss man in den Beinen haben“, vollendete die Kassiererin ihren Satz. Dabei erwiderte sie Rebekkas Lächeln. *Piep …* Der Scanner erfasste die Milch. „55 Cent, bitte.“

Das Geld löste sich so widerwillig aus Rebekkas schweißnasser rechter Hand, dass sie den Eindruck hatte, als klebe es an dem Eurozeichen fest, das dort immer noch prangte. Schließlich gelang der Bezahlvorgang aber doch noch.

„Danke und noch einen schönen Abend.“

„Ich habe zu danken“, entgegnete Rebekka und hatte selten etwas so ernst gemeint wie in diesem Augenblick. Als sie gleich darauf den Aldi-Markt verließ, hatte die Erleichterung kaum Platz in ihrem Herzen. Und die kühle, klare Februarluft unterstrich das Gefühl der Befreiung noch zusätzlich! Sie hatte es geschafft!

„Entschuldigen Sie", ertönte da eine Stimme direkt hinter ihr. Rebekka wirbelte entsetzt herum.

„Könnte es sein, dass Sie irgendetwas vergessen haben?"

Rebekka antwortete nicht, sondern starrte nur sprachlos in das Gesicht des älteren Mannes. Eine Flut beängstigender Gedanken wirbelte durch ihren Kopf. *Gefängnis … Detektiv … Hatte es mir gleich gedacht … alles aus!*

„*Hal-lo*!" Der Mann wedelte respektlos vor Rebekkas Gesicht herum.

„Ja … was?", brachte Rebekka heraus.

„Ihre Einkäufe", sagte der Mann streng. Er war ungewöhnlich elegant gekleidet. Sein dunkelgrauer Wollmantel hatte das gewisse Etwas und passte gut zu seinen glänzenden schwarzen Lackschuhen. „Ihre" – er grinste fies –, „Extra-Einkäufe." Und mit diesen Worten deutete er dezent auf Rebekkas Taschen.

Die junge Frau sank in sich zusammen. „Ich versteh nicht", setzte sie müde an.

„Geldsorgen, hm?", fragte der Mann. Obwohl er im Moment sehr bedrohlich auf Rebekka wirkte, sah er eigentlich sympathisch aus. Er hatte viele tiefe Lachfalten um seine Augen.

Rebekka sah beschämt zu Boden. Der Mann folgte ihrem Blick und starrte auf Rebekkas Füße. „Sie leben nicht gerade auf großem Fuß, wie?", erkundigte er sich nun schon ein wenig sanfter.

Unsicher sah die junge Frau ihn an. Sie wusste nicht, ob er ihre ungewöhnlich kleinen Füße oder ihre etwas schäbigen Schuhe meinte. Sie trug immer noch die schwarzen Kunstlederschuhe, die sie im Hühnerstall ruiniert und später nachgekauft hatte. Mittlerweile steckte Watte in den Spitzen, was verhinderte, dass sie beim Gehen stolperte.

„Sind Sie Supermarktdetektiv?", stieß Rebekka hervor.

Der Mann schüttelte den Kopf. Bei näherer Betrachtung schätzte sie ihn schon an die sechzig. Trotzdem gab es auf seinem Kopf kein einziges weißes Haar. Seine dichten Haare schimmerten in einem kräftigen Braunton.

„Polizist?", fragte Rebekka.

Wieder schüttelte der Mann den Kopf. Auf einmal wirkten seine dunklen Augen warm und freundlich.

„Werden Sie mich verpfeifen?" Ein ganz kleines Quäntchen Hoffnung schwang in Rebekkas Worten mit.

„Wollen Sie einen Job?", gab der Mann zurück.

Rebekka starrte ihn an. „Häh?" war das Einzige, das sie in diesem Augenblick herausbrachte.

„16 Euro die Stunde, 20 Stunden die Woche."

Rebekka schluckte und kramte das Backpulver und den Käse aus ihren Jackentaschen. Dann drehte sie sich um und machte Anstalten, in den Laden zurückzukehren.

„Ich stelle mich", sagte sie mit erstickter Stimme. „Ich bin nicht so eine. Ich mach so was nicht!"

Aber schon nach drei Schritten hielt jemand sie am Arm fest.

„Jetzt warten Sie doch mal", keuchte der ältere Herr. „So ist das doch nicht gemeint!"

„Ach nein?", fauchte Rebekka. „Wie denn?" Sie entriss dem Mann ruckartig ihren Arm. „Ich bin seit Monaten auf der Suche nach Arbeit. Ich telefoniere mir die Finger wund. Aber niemand will mich einstellen. Und jetzt soll ich glauben, dass mir irgendso ein dahergelaufener Fremder den Sahne-Job schlechthin anbietet? Einfach so? Das glaub ich nicht. Und ich werde mich weder verkaufen noch mache ich krumme Dinger. Verstanden?"

„Keine krummen Dinger ... aha", lächelte der Mann und blickte demonstrativ auf die Lebensmittel in Rebekkas Händen.

Diese errötete. „Jedenfalls keine großen", stammelte sie.

Der Mann wurde wieder ernst. „Ein Job", sagte er. „Ein ehrlicher Job. Ohne dass ein Gesetz gebrochen wird. Und ohne" – jetzt war es der ältere Herr, der ein wenig errötete –, „Sie wissen schon."

Rebekka betrachtete den Mann einige Sekunden voller Argwohn. Eigentlich sah er ganz seriös aus.

„Wie heißen Sie?", fragte sie schließlich.

Der Mann zögerte. „Ich bin nicht ermächtigt, meinen Namen zu nennen."

Auf Rebekkas Stirn bildete sich eine tiefe Falte. „Werden Sie mich jetzt verpfeifen, oder nicht?"

„Nein."

Rebekka atmete einmal tief durch. „*Wer* hat Ihnen verboten, Ihren Namen zu sagen?"

Der Mann lächelte und verschränkte demonstrativ die Arme vor der Brust.

Die junge Frau seufzte. „Hören Sie ... Willi oder wie Sie sonst heißen mögen ... Wenn Sie nicht vorhaben, mich ans Messer zu liefern, werd ich einfach gehen, okay?“ Seltsamerweise blieb Rebekka stehen.

„16 Euro die Stunde“, wiederholte der Namenlose. „20 Stunden die Woche.“ Er grinste. „Das ist viel Backpulver und noch mehr Käse.“

Rebekka spürte, wie ihre Entschlossenheit ins Wanken geriet. „Es gibt einen Haken“, sagte sie. Der Satz klang mehr wie eine Frage.

Der Mann nickte. „Es gibt immer einen Haken.“ Er griff in seine Tasche, holte einen kleinen Zettel daraus hervor und steckte ihn in Rebekkas Manteltasche „Meine Telefonnummer. Rufen Sie mich einfach an, wenn Sie Interesse haben.“ Und dann nickte er Rebekka zum Abschied zu, drehte sich um und spazierte davon.

Als Rebekka an diesem Abend ihr Käsebrot aß, schmeckte es ungewöhnlich trocken und bitter. Sie schielte verstohlen zu ihrer Mutter und musste feststellen, dass diese mit gesundem Appetit aß. Überhaupt hatte sie heute Abend erstaunlich gute Laune. Obwohl das Abendessen wie immer in der klitzekleinen Küche mit den etwas heruntergekommenen schneeweißen Einbaumöbeln stattfand, war der Tisch liebevoll gedeckt. Louise hatte sogar eine Kerze angezündet!

Rebekka nahm einen Schluck Tee. Es war ein Rotbuschtee mit Vanillearoma, doch nahm Rebekka den Geschmack überhaupt nicht wahr. Ihr ging es einzig und allein um die Flüssigkeit, die es ihr ermöglichte, den Bissen Käsebrot erfolgreich hinunterzuwürgen.

Louise schaute auf. Den strengen Dutt, den sie auch heute trug, konnte sie inzwischen schon wieder selbst frisieren.

„Hast du keinen Hunger?“, fragte sie erstaunt.

„Doch, doch“, beeilte sich Rebekka zu sagen und zwang sich,

ein weiteres Mal abzubeißen. Es widerte sie beinahe an. Irgendwie kam es ihr so vor, als wäre das schlechte Gewissen in ihren Mund gehüpft und quälte sie nun von dort aus.

Du sollst nicht stehlen.

„Du bist so schweigsam heute", stellte Louise fest. „Hast du Sorgen?"

Rebekka schüttelte heftig den Kopf. Sie trug einen hellgrauen Pullover mit Knopfleiste, der ein wenig ihrer Gesichtsfarbe entsprach. „Keine Sorgen, alles bestens", beteuerte sie.

Aber Louises Blick blieb prüfend auf ihre Tochter gerichtet. „Ich hab herumtelefoniert", sagte sie schließlich. Und dann begann sie zu strahlen. „Ab morgen hab ich Arbeit! Heimarbeit! Was sagst du dazu?"

Rebekka verschluckte sich an ihrem Bissen und begann unkontrolliert zu husten. „Arbeit? Wirklich?", keuchte sie, als sie sich einigermaßen erholt hatte.

Louise nickte. „Es ist nichts Besonderes. Und es wird auch nicht besonders gut bezahlt. Aber Arbeit ist Arbeit."

„Was für Arbeit?"

„Briefe eintüten", antwortete Louise mit einem zufriedenen Lächeln. „Ich bekomme Tausende von Briefen und muss sie knicken, in die entsprechenden Umschläge stecken und diese zukleben."

„Aber das kannst du doch mit deiner Schulter gar nicht", protestierte Rebekka. „Und vor allem darfst du es nicht!"

Louise machte eine wegwerfende Handbewegung. „Dafür brauch ich meine Schulter nicht. Ich bewege nur die Hände. Siehst du, so!" Sie hielt die Oberarme fest an den Körper gepresst und wackelte nur mit den Unterarmen und den Händen. „Bei Heimarbeit kontrolliert niemand meine Geschwindigkeit. Das ist ja gerade das Schöne! Ich arbeite einfach ein bisschen länger als die anderen."

„Und wonach wirst du dann bezahlt?", fragte Rebekka. „Ich meine ... wenn nicht nach Stunden?"

„Nach Stückzahlen", lächelte Louise. „Ich bekomme einen Cent pro Stück!"

Rebekka zog die Stirn kraus. „Einen Cent pro Stück?", überlegte sie. „Das klingt nach extrem wenig!"

Louises Lächeln erstarb. „Ist es aber nicht!", erwiderte sie beleidigt. „Es ist Arbeit. Arbeit, die ich bewältigen kann. Und wir können doch jeden Cent gebrauchen, oder nicht?"

„Schon", seufzte Rebekka aus tiefster Seele. „Aber einen Cent pro Stück ... Wie lange braucht man denn für einen Brief? Ich meine, als Gesunder?"

Ihre Mutter zuckte die Achseln. „Keine Ahnung."

Rebekka stand auf. „Ich hol mal einen Zettel, ja? Und einen Umschlag. Bin gleich wieder da!" Sie stürmte hinaus und kehrte wenig später mit ein paar DIN-A4-Blättern und einigen Umschlägen zurück. Louise hatte in der Zwischenzeit bereits einen Teil des Tisches frei geräumt. „Wie sollst du sie denn falten?", fragte Rebekka. „So?" Sie nahm eines der Blätter zur Hand und faltete es zweimal in der jeweiligen Mitte. Auf diese Weise erhielt sie eine Größe von DIN-A6.

Louise schüttelte heftig den Kopf. „Es ist doch ein Geschäftsbrief. Den faltet man doch nicht in der Hälfte."

Rebekka warf das Blatt achtlos auf den Fußboden und griff nach einem weiteren. „Meinst du so?" Dieses Mal drittelte sie das Blatt.

„Genau!", freute sich Louise. „Und die DIN-A6-Umschläge kannst du gleich zur Seite legen. Wir brauchen einen breiten Umschlag, am besten einen mit Fenster." Sie beugte sich vor und zog einen solchen aus dem Stapel. „Hier, der ist perfekt!"

Rebekka nickte und griff nach einem dritten Blatt Papier. Dann sah sie auf die Uhr und murmelte: „Auf die Plätze ... fertig ... los." Anschließend faltete sie das Blatt sorgfältig so wie zuvor, verfrachtete es in den Umschlag, klebte ihn zu und sah ein weiteres Mal auf die Uhr. „Genau zehn Sekunden", stellte sie fest. „Lass mal rechnen. Das macht 6 Cent pro Minute und 360 Cent pro Stunde. 3 Euro 60." Sie seufzte tief. „Kein besonders guter Stundenlohn."

Louises Blick verfinsterte sich. „Genug für mich", sagte sie mit einem verletzten Unterton.

„Aber du wirst doppelt so lange brauchen", gab Rebekka zu bedenken. „Das sind dann nur noch 1 Euro 80 pro Stunde. Dafür arbeitet man noch nicht mal in der Dritten Welt!"

Das letzte Quäntchen Freude verschwand aus Louises Gesicht.

„Sag doch gleich, dass wir das Geld nicht brauchen", murrte sie.

Rebekka erschrak. „Nicht brauchen? Bist du verrückt?" Aber als sie sah, dass ihre Mutter erstaunt zu ihr hochblickte, biss sie sich eilig auf die Zunge.

Aber da war es schon passiert. „Haben wir Geldsorgen?", fragte Louise streng.

Rebekka senkte den Blick.

„Haben wir welche?", hakte Louise entschiedener nach.

„Ein paar", gab Rebekka kleinlaut zu. „Es ist nichts Dramatisches ... nur ein kleiner Engpass ... ein *vorübergehender* kleiner Engpass."

„Und dann willst du mich ernsthaft vom Arbeiten abhalten?", erkundigte sich Louise streng.

Rebekka schluckte. Ja, wollte sie das? Sie dachte an das Angebot des Fremden. Im Grunde hatte sie nie vorgehabt, es anzunehmen. Er hatte selbst zugegeben, dass es einen Haken gab. Und wer wusste schon, was das für einer war? Sie schüttelte innerlich den Kopf. Nein, sie würde sich nicht dazu herablassen, hinter zweideutigen Angeboten herzulaufen. Und angesichts ihrer Probleme kamen die Bemühungen ihrer Mutter doch wie gerufen, oder?

„Na ja", sagte sie zögernd, „vielleicht könnten wir es mal probieren ..."

Louise strahlte über das ganze Gesicht. „So gefällst du mir schon besser!"

❖

Die Wochen vergingen und die finanzielle Situation entspannte sich ein wenig. Aufgrund der etwas höheren Geldeingänge stimmte die Bank einer Umschuldung zu, die Rebekka ein wenig Luft zum Atmen ließ. Außerdem belief sich das Zubrot, das Louise verdiente, auf mehr, als Rebekka zu hoffen gewagt hatte. Anscheinend schaffte Louise mit ihrer Schulter doch recht viel. Oder arbeitete sie nur so furchtbar lange? Auf jeden Fall pendelte sich das Girokonto bei einem kleineren Fehlbetrag ein, was immerhin dazu führte, dass sie Geld für Grundnahrungsmittel zur Verfügung hatten.

Rebekka widmete sich wieder ihrem Studium. Vielleicht war es gerade das – die Doppelbelastung durch Arbeit und Studium –, die sie unaufmerksam werden ließ. Oder lag es daran, dass sie die Vorzeichen nur nicht sehen *wollte*?

Natürlich spürte sie, dass ihre Mutter nicht wirklich zufrieden war. Sie merkte, dass sie kaum noch lachte und einen immer verbisseneren Eindruck machte. Aber sie schob es auf die Umstände, dass Louise zu viel arbeitete, immer nur zu Hause saß und kaum noch unter Menschen kam. Deshalb schleppte sie sie am Wochenende auch ständig in Parks und ermunterte sie, doch einmal an geselligen Veranstaltungen teilzunehmen.

Was wirklich dahintersteckte, erfuhr sie erst, als sie eines Tages nach Hause kam und Louise nicht da war. Nachdem sie einige Zeit unruhig durch die Wohnung getigert war, klingelte das Telefon.

„Mutti?", meldete sich Rebekka aufgeregt. Sie konnte nicht verstehen, warum ihre Mutter ihr noch nicht einmal einen Zettel hingelegt hatte.

„Praxis Dr. Van Habben", meldete sich eine jugendlich wirkende Frauenstimme. „Spreche ich mit Rebekka Petrell?"

„Ist irgendetwas passiert?", rief Rebekka entsetzt. Die schrecklichsten Gedanken jagten durch ihren Kopf. „Ein Unfall?"

„Nein, nein", beschwichtigte die Sprechstundenhilfe. „Wir möchten Sie nur bitten, Ihre Mutter bei uns abzuholen. Sie kann auf keinen Fall allein nach Hause gehen."

„Aber warum nicht?", entfuhr es Rebekka.

„Sie hat starke Schmerzen in ihrer Schulter", erwiderte die junge Frau erstaunt. „Wussten Sie das denn nicht?"

Rebekka schluckte. „Nein, eigentlich nicht." In ihrem Kopf rotierte es. Hatte sich ihre Mutter überanstrengt? Oder waren womöglich die Bakterien zurückgekehrt? „Ich mach mich sofort auf den Weg."

Schon wenig später betrat Rebekka die großzügige Praxis. Louise saß gleich vorn im Anmeldungsbereich. Sie wirkte bleich und krank. Ihr Arm ruhte in einer Schlinge.

„Mensch, Mutti", rief Rebekka und eilte auf sie zu. „Seit wann hast du denn wieder Schmerzen? Und warum sagst du mir nichts davon?"

Louise antwortete nicht. Rebekka sah sofort, dass sie mit den Tränen kämpfte. „Mutti", sagte sie deshalb in sehr viel gemäßigterem Tonfall, „das wird schon wieder!"

Aber Louise schien das anders zu sehen. Jedenfalls wahrte sie nur mühsam ihre Fassung und bat Rebekka mit flehendem Blick, sofort von hier verschwinden zu dürfen. Rebekka nickte verständnisvoll, half ihrer Mutter in den dunkelgrauen Wollmantel und verließ mit ihr fast fluchtartig die Praxis.

An der frischen Luft atmete Louise sichtbar auf. „Ich hätte es keine Minute mehr da drinnen ausgehalten", sagte sie mit kläglicher Stimme.

Gemeinsam wandten sie sich nach links und gingen langsam den Fußweg entlang. Er war menschenleer. „Seit wann hast du denn die Schmerzen?", probierte Rebekka noch einmal.

Louise stieß einen abgrundtiefen Seufzer aus. „Seit ein paar Wochen", antwortete sie schließlich.

Obwohl die Straße, auf der sie sich befanden, nicht sehr stark befahren war, fuhr in diesem Moment ein quietschgelber Mazda an den beiden vorbei. Rebekka konnte nicht verhindern, dass sie kurz an Chris und seinen gelben Ferrari erinnert wurde. Am liebsten hätte sie sich geohrfeigt! Hatte sie diesen Kerl denn immer noch nicht vergessen? Sie hatte sich jedoch im Griff, knöpfte nur ihre schwarze Jeansjacke zu und fragte: „Und warum bist du nicht früher zum Arzt gegangen?"

Schweigen.

„Mutti?", drängelte Rebekka.

Die Tränen, die bereits in Louises Augen standen, begannen zu laufen. „Jetzt geht alles von vorn los", brach es aus ihr hervor.

Rebekka runzelte die Stirn. Sie verstand nicht, was ihre Mutter damit sagen wollte. Aber dann – von einem Moment auf den nächsten – schlug das Offensichtliche wie ein Blitz in ihr Bewusstsein ein. Die linke Schulter! Die Schlinge befand sich diesmal an der linken Schulter! „Ach, du heilige Scheiße", entfuhr es ihr.

Die nächsten Wochen verliefen noch chaotischer als die ersten nach Louises Entlassung. Rebekka studierte, ging arbeiten, faltete Louises Briefe, erledigte ganz allein die Hausarbeit und pflegte ansonsten ihre kranke Mutter. Letzteres gestaltete sich schwieriger als jemals zuvor. Die rechte Schulter musste Louise schonen und in der linken hatte sie so starke Schmerzen, dass sie sich weder anziehen noch kämmen, geschweige denn selbst waschen konnte. Das alles war – wie Rebekka mittlerweile wusste – auf Louises extreme Schufterei zurückzuführen. Getrieben von dem unbändigen Wunsch, ihre Tochter zu entlasten, hatte sie die ungewohnte Bewegung viel zu sehr übertrieben und dann auch noch den beginnenden Schmerz ignoriert. Das Ergebnis war niederschmetternd. Dr. Van Habben hatte Louise strengstens verboten, auch nur einen einzigen Brief zu falten und einzutüten. Und natürlich war Rebekka entschlossen, diese Anweisung notfalls mit Gewalt durchzusetzen. Die Gesundheit ihrer Mutter ging vor, das war doch wohl klar.

Auf der anderen Seite war sich Rebekka bewusst, dass die Mehrfachbelastung auf Dauer auch ihre eigene Gesundheit ruinierte. Von ihrem Studium ganz zu schweigen. Sie merkte schon jetzt, dass sie dünnhäutiger geworden war. Außerdem konnte sie sich in den Vorlesungen nur noch die Hälfte merken. Und neuerdings gähnte sie andauernd!

Es gab nur eine einzige Lösung: Sie musste einen besser bezahlten Job finden, einen, bei dem sie mit weniger Stunden zumindest das Gleiche verdiente! Aber obwohl sie auch dieses Mal eine Anzeige aufgab, scheiterten ihre Bemühungen kläglich. Sie hatte drei Absagen in Folge kassiert, als sie eines Abends nach einem Taschentuch suchte und in der Tasche des hellgrauen Sommermantels den Zettel wiederfand, den sie in der Zwischenzeit beinahe vergessen hatte. Die Telefonnummer des älteren Herrn! Rebekka strich mit den Fingern über das Papier und ertastete dessen Struktur, während sie den Vorfall bei Aldi noch einmal Revue passieren ließ. Der Mann hätte sie verpfeifen können, so viel stand fest. Warum hatte er darauf verzichtet? Und warum hatte er gerade ihr einen Job angeboten?

Sie seufzte tief. 16 Euro die Stunde, 20 Stunden die Woche. Das war exakt der Job, der ihr in der gegenwärtigen Situation fehlte!

Außerdem war da diese Neugier, die sie gerade aufs Neue gepackt hatte. Wer bot einer Unbekannten einen solchen Job an? Und konnte sie nicht einfach einmal schauen, was es mit dieser Arbeitsstelle auf sich hatte? Ganz unverbindlich?

Sie wand sich. Irgendetwas tief in ihr war sich sicher, dass es ein Fehler wäre, die Nummer anzurufen. Es gab einen Haken an diesem Geschäft, das war klar. Und für 16 Euro die Stunde musste es ein ausgesprochen ernst zu nehmender Haken sein. Andererseits wollte sie so gern wissen, was es damit auf sich hatte! Und vielleicht – nur vielleicht – war die ganze Angelegenheit ja auch ein Wink des Schicksals! Sozusagen eine Entschädigung für all die miesen Dinge, die ihr und ihrer Mutter zugestoßen waren!

Rebekka stöhnte auf. *Jetzt oder nie*, dachte sie wild entschlossen. Sie holte ihr Handy, schlich damit ins Badezimmer und schloss sich ein. Ihre Mutter musste schließlich nichts von der ganzen Sache mitbekommen. Da das Badezimmer sehr klein und eng war und keine anderen Sitzmöglichkeiten bot, nahm Rebekka kurzerhand auf der geschlossenen Toilette Platz. Dann wählte sie die besagte Nummer. Am anderen Ende der Leitung ertönte das Freizeichen.

Rebekka rutschte unruhig auf dem Klodeckel hin und her. Irgendwie hatte sie nicht damit gerechnet, dass sie jemanden erreichen würde.

Es klickte. „Ja?“, sagte eine Männerstimme. Die Verbindung war nicht sehr gut. Trotzdem meinte Rebekka, in der Stimme den älteren Herrn wiederzuerkennen.

„Petrell“, sagte sie, mehr nicht. Das Wort hallte in dem bis zur Decke gefliesten Badezimmer gespenstisch nach.

„Oh“, antwortete die Stimme. Deutlicher hätte das Erstaunen nicht in Worte gefasst werden können.

Rebekka schwieg, klemmte sich das Handy zwischen Schulter und Ohr und versuchte, mit den Händen ihre Oberarme zu wärmen. Obwohl sie einen dicken und gemütlichen grauen Jogginganzug trug, war ihr auf einmal furchtbar kalt.

„Rufen Sie wegen der Stelle an?“, sagte er nach einer Weile. Er hatte die Worte kaum ausgesprochen, als Rebekka noch eine andere Stimme vernahm. Sie kam aus dem Hintergrund und erschien ihr sehr aufgeregt. Die junge Frau konnte allerdings nicht verstehen, was sie sagte. Und der ältere Herr brachte sie gleich darauf mit einem kurzen „Schsch!“ zum Schweigen.

„Weiß nicht“, entgegnete Rebekka wortkarg. Dann lauschte sie neugierig nach der zweiten Stimme, die dieses Mal jedoch ausblieb.

„Sie ist noch zu haben“, warf ihr der Mann den Ball ein weiteres Mal zu.

„Wenn niemand den Job annehmen wollte“, sagte Rebekka mit einem Hauch von Sarkasmus in der Stimme, „spricht das nicht gerade für Ihr Angebot!“

Die Antwort ließ auf sich warten. Und als sie kam, sprach der Mann sehr bedächtig und langsam. „Dass niemand das Angebot annehmen wollte“, erwiderte er und legte eine Kunstpause ein, „könnte auch daran liegen, dass es niemandem außer Ihnen unterbreitet wurde.“

Rebekka schluckte. Allein die Möglichkeit, dass nur sie dieses Angebot erhalten hatte, verstärkte ihre schlimmsten Befürchtungen. Gedanklich sah sie sich schon in einem Bordell arbeiten!

„Wenn es niemandem außer mir unterbreitet wurde“, mutmaßte Rebekka mit unsicherer Stimme, „dann muss es unseriös sein.“

„Ihre Angst ist immer noch größer als Ihre Verzweiflung“, stellte der Mann in sehr ruhigem Ton fest. „Rufen Sie mich an, wenn sich das geändert hat.“

Als das Knacken ertönte, das anzeigte, dass die Verbindung beendet worden war, zuckte Rebekka verblüfft zusammen. Aber es blieb dabei. Die vollkommene Stille bewies, dass niemand mehr am anderen Ende war. Rebekka nahm das Telefon langsam vom Ohr. Dann starrte sie es verwirrt an. Hatte der ältere Herr wirklich aufgelegt? Einfach so? Obwohl er damals den Eindruck vermittelt hatte, dass er sie *unbedingt* beschäftigen wollte?

Rebekka schüttelte lange den Kopf. Das hier war einfach zu verrückt. Zu abgefahren. Zu *spannend*?

Ob sie es nun wollte oder nicht – gerade die Tatsache, dass der Mann das Gespräch so abrupt beendet hatte, hatte den Faden ihrer Neugier fast zum Zerreißen gespannt. Sie konnte nicht anders. Sie wählte erneut.

Es klingelte nur ein einziges Mal. „Ich habe mich geirrt“, begrüßte der Mann sie. „Das Verhältnis zwischen Angst und Verzweiflung ist in Ordnung."

„Bilden Sie sich nicht zu viel darauf ein", fauchte Rebekka. „Wenn mir die Bedingungen Ihres ‚Jobs' nicht gefallen, bin ich so schnell weg, dass Sie nur noch eine Staubwolke sehen."

„Arbeit soll einem nicht ‚gefallen'", entgegnete ihr Gesprächspartner mit einer ähnlichen Betonung, „sie soll Geld einbringen."

„Nicht um jeden Preis", zischte Rebekka verächtlich.

„Passt Ihnen morgen Nachmittag um 15 Uhr?", fragte der Mann, ohne auf Rebekkas Bemerkung einzugehen. „Dann können wir bei einer Tasse Kaffee die Einzelheiten besprechen."

Rebekka knirschte mit den Zähnen. Sollte sie sich wirklich in die Höhle des Löwen begeben?

„Wo?", rang sie sich durch.

Der Mann nannte ihr eine Adresse, von der Rebekka bekannt war, dass sie im besten Stadtteil lag. War das ein gutes oder ein schlechtes Zeichen?

„Soll ich irgendetwas mitbringen?", fragte sie fast ein bisschen hilflos.

„Gute Nerven", antwortete der Mann und legte ein weiteres Mal auf.

Kapitel 23

Rebekka stand vor einer imposanten Villa, die gut und gern 200 Jahre alt war. Sie war quadratisch gebaut, bestach aber durch ihre Größe und eine geschmackvolle Front, bei der die Fenster zunächst von weißem Putz und dann durch große graue Steine kassettenförmig umrahmt waren. Bemerkenswert waren zudem der penibel gepflegte Vorgarten und ein hoher, massiv wirkender Metallzaun mit dazu passendem Tor.

Ein wenig unruhig trat Rebekka von einem Bein aufs andere. Sie hatte nicht das Gefühl, dass sie in diese Gegend, geschweige denn zu diesem Haus passen könnte. Obwohl sie ihre besten Kleidungsstücke trug – ihren schwarzen Rock und die weiße, dezent mit schwarzen Blumen bestickte Bluse –, fühlte sie sich unwohl. Passte ihre schwarze Jeansjacke überhaupt zu diesem Outfit? Oder hätte sie ganz ohne Jacke kommen sollen? Es war inzwischen Mai, heute aber ziemlich windig und nicht gerade sonnig. Sie fror ja schon *mit* Jacke! Oder zitterte sie nur vor Aufregung? Um die ganze Angelegenheit endlich hinter sich zu bringen, suchte Rebekka nach einer Türklingel, aber da surrte es auch schon, und das Tor öffnete sich wie von allein.

Rebekkas Blick wanderte irritiert nach oben und fand auch schon, wonach sie intuitiv gesucht hatte: Seitlich hinter dem Tor gab es ein etwa zwei Meter hohes, in unauffälligem Beige lackiertes Stahlrohr, auf dem eine kleine Kamera installiert war. Die zeigte direkt auf den Bereich vor dem Tor und hatte ihr Kommen zweifellos schon vor Längerem angezeigt.

Sie zögerte. Auf einmal kam sie sich fast so vor wie Gretel, die am Hexenhaus geknabbert hatte. Nur mit dem Unterschied, dass sie keinen Hänsel bei sich hatte, der sie im Zweifel retten würde! Oder war es umgekehrt? Hatte Gretel Hänsel gerettet? Auf alle Fälle war der Vergleich nur allzu passend. Wie bei Hänsel und Gretel hatte die Geldnot sie hierher geführt. Und es gab keinen Zweifel: Auf irgendeine unerfindliche Weise hatte sie es hier mit einem Hexenhaus zu tun. Die Frage war nur, ob es ihr gelingen würde, der Hexe den Garaus zu machen.

Sie seufzte und ging langsam vorwärts, auf eine breite, dunkelbraune Eingangstür zu.

Dieses Mal verzichtete sie von vornherein darauf, nach einer Klingel zu suchen. Und richtig: Nach nur wenigen Sekunden öffnete sich die Tür wie von allein und der ältere Herr stand vor ihr. Er war auch heute sehr gut gekleidet. Sein schwarzer Anzug saß wie angegossen, das dunkelgraue Hemd war leicht geöffnet. Anstelle einer Krawatte oder einer Fliege trug er ein hellgraues Halstuch.

„Sie sind pünktlich“, bemerkte der Mann und streckte seine Hand aus, um Rebekka zu begrüßen.

Diese rührte sich jedoch nicht. „Ein vornehmes Haus“, sagte sie und musterte noch einmal das Gebäude. „Und ein vornehmer Herr.“ Sie deutete auf ihr Gegenüber. „Die Frage ist jedoch, ob auch Ihre Umgangsformen vornehm sind.“ Sie lächelte provokativ. „Ich muss Sie um Entschuldigung bitten. Als Sie sich vorgestellt haben, war ich wohl nicht ganz bei der Sache.“

Der ältere Herr begann zu grinsen. „Rosenberg", stellte er sich vor. „Armin Rosenberg."

„Rebekka Petrell", entgegnete die junge Frau und streckte nun ihrerseits die Hand aus.

Herr Rosenberg ergriff sie. Seine Hand war warm. „Treten Sie doch ein."

Rebekka betrat eine großzügige Halle, die sich über drei Ebenen erstreckte und durch Frontfenster beleuchtet wurde. Vom Erdgeschoss führte eine geschwungene Treppe aus tief dunklem Holz ins Obergeschoss und von dort in den dritten Stock. Überhaupt waren in diesem Haus dunkle Farben vorherrschend. Der Holzfußboden, die Türen, die Garderobe, der massive, altertümlich wirkende Wandschrank mit den aufwändigen Schnitzereien ... Alles bestand aus sehr dunklem Holz und wirkte edel und teuer.

„Nettes Häuschen", sagte Rebekka, während sie krampfhaft versuchte, nicht beeindruckt zu klingen. „Gehört es Ihnen?"

Armin Rosenberg schüttelte den Kopf. „Leider nicht. Ich bin hier nur angestellt." Er wandte sich nach rechts, ging auf die Wandgarderobe aus Holz und Messing zu, nahm einen Bügel zur Hand und bedeutete Rebekka, ihre Jacke abzulegen. „Was uns den Status von Kollegen verleihen würde."

„Was uns *unter Umständen* den Status von Kollegen verleihen würde", antwortete Rebekka, während sie aus ihrer Jeansjacke schlüpfte.

„Natürlich." Rosenberg lächelte und entblößte eine Reihe makelloser Zähne. Dann hängte er Rebekkas Jacke an die Garderobe. „Darf ich Sie nun bitten, mir zu folgen?" Er ging in Richtung Treppe, blieb aber verwundert stehen, als er feststellte, dass Rebekka sich nicht vom Fleck rührte.

Armin Rosenberg seufzte tief. „Soll ich Sie hinauftragen?", fragte er fast ein bisschen schnippisch.

„Wohin gehen wir denn?" Rebekka war und blieb misstrauisch.

„Wir trinken Kaffee mit dem Mann, der *unter Umständen* Ihr zukünftiger Arbeitgeber werden wird."

Rebekka schmunzelte. Irgendwie gefiel ihr dieser Rosenberg. Er hatte Sinn für Humor. Und wenn er nicht derjenige war, der dieses ganze Theater veranstaltete, war kein wirklicher Fehler an ihm zu finden. Sie gab ihrem Herzen einen Stoß und setzte sich in Bewegung.

Die Treppe führte auf eine Galerie, von der diverse Türen abgingen. Armin Rosenberg steuerte schnurstracks auf eine davon zu und öffnete sie. Aber als Rebekka ihm folgen wollte, blieb er auf einmal so abrupt stehen, dass Rebekka beinahe mit ihm zusammengestoßen wäre.

„Einen Moment noch, ja?"

Rebekka stand wie angewurzelt da und nickte verwirrt. Das wurde ja immer sonderbarer!

Rosenberg stellte sicher, dass Rebekka sich nicht vom Fleck rührte, und betrat erst dann den Raum. Rebekka starrte ihm nach. Er hatte einen großen, hellen Raum betreten, der mit bodentiefen Fenstern ausgestattet war. Leider konnte sie von ihrer Position aus nur einen kleinen Teil des Raumes überblicken.

Mitten im Raum blieb Armin Rosenberg stehen und wandte sich nach links.

Rebekka sah ihn jetzt im Profil. Er sagte kein Wort. Aber aus dem Spiel seiner Gesichtsmuskulatur, insbesondere dem fragenden Heben seiner Augenbrauen, konnte sie schließen, dass er wortlos mit jemandem kommunizierte.

Wer war dieser Jemand? Und vor allem: Was sollte das alles?

Rosenberg wandte sich jetzt wieder Rebekka zu. „Bitte schön", sagte er und bedeutete der jungen Frau einzutreten.

„Sind Sie sicher?", fragte Rebekka mit absichtlich gelangweiltem Tonfall. „Ich meine … vielleicht wollen Sie ja noch 'ne kleine Konferenz einberufen, bevor Sie die schwere Entscheidung treffen, mich in diesen Raum zu bitten?"

Rosenberg grinste und warf seinem unsichtbaren Kommunikationspartner einen vielsagenden Blick zu. „Nein, Frau Petrell, ich denke, wir können diese Entscheidung nach langem Hin und Her jetzt so treffen."

„Toll", nickte Rebekka und schummelte eine Spur von Sarkasmus in ihre nächsten Worte. „Wirklich toll, diese Entschlusskraft." Dann ging sie ein paar Schritte vorwärts und wandte sich nun ihrerseits nach links.

Und dann geschah es auch schon. Im Bruchteil einer Sekunde gefror Rebekka sowohl äußerlich als auch innerlich zu einer Eisskulptur. Der Schock war zu groß, als dass sie ihre Reaktion hätte verbergen können. Es passierte *mit* ihr, nicht *durch* sie.

Chris. Aber er sah anders aus. Schmaler. Die Haare ein wenig kürzer.

Er saß an einem für zwei Personen gedeckten Kaffeetisch und blickte aus großen, vielleicht sogar etwas ängstlichen Augen zu ihr hinüber.

Rebekka starrte zurück.

Chris musste sich räuspern, bevor er sprechen konnte. „Hi!", sagte er mit deutlicher Verlegenheit in der Stimme.

Rebekka konnte nicht sofort antworten. Der Schock saß einfach zu tief. Mit allem hatte sie gerechnet. Aber nicht mit Chris. Er hätte tot sein sollen! Und sie hatte wirklich vermutet, dass er es auch war! Ohne es zu wollen, erinnerte sie sich an diese eine alles verändernde Situation im Gerichtssaal. Die Frau, Chris, das viele Blut.

„Du hast überlebt", hörte sie sich schließlich flüstern. Es war eine Feststellung.

Chris antwortete nicht. Irgendetwas an seiner Mimik erweckte den Eindruck, als sei er sich nicht sicher, ob Rebekkas Feststellung der Wahrheit entsprach. Aber das entging Rebekka. Sie hatte weiterhin das Gefühl, als wäre sie mit hundert Sachen gegen eine Mauer gebrettert, und konnte keinen klaren Gedanken fassen.

Lange Zeit herrschte einfach nur Schweigen, dann meinte Chris schließlich: „Willst du dich nicht setzen?"

Rebekka schüttelte ein wenig apathisch den Kopf. Sie war sich ohnehin nicht sicher, ob sie Kontrolle über ihre Beine hatte.

„Bitte." Chris Wort klang flehend.

„Ich werde *nicht* für dich arbeiten", stieß Rebekka hervor.

Chris senkte den Blick. „Für den Anfang würde es mir reichen, wenn du einen Kaffee mit mir trinkst."

„Für den Anfang würde es mir reichen, dein Haus zu verlassen", entgegnete die junge Frau und wandte sich zum Gehen.

„Warte!", rief Chris und erreichte tatsächlich, dass Rebekka innehielt.

„Es gibt so viel, worüber wir reden müssen! So viel, wofür ich mich entschuldigen möchte! Gib mir nur eine halbe Stunde. *Bitte*, Rebekka!"

Doch Rebekka sah ihn nicht noch einmal an. „Ich kann nicht“, hauchte sie. „Lass mich einfach in Ruhe, ja?“ Und mit diesen Worten eilte sie in Richtung Tür.

Aber sie hatte nicht mit Armin Rosenberg gerechnet. Er tauchte wie aus dem Nichts vor ihr auf und versperrte ihr den Weg.

Rebekka sah ungläubig zu ihm auf, sah aber keine Aggressivität, sondern nur Hilflosigkeit in seinem Blick. Trotzdem keimte Wut in ihr auf. Sie wirbelte herum und schleuderte Chris einen Blick entgegen, der ihn wie ein Feuerwerfer traf.

„Lass sie gehen“, krächzte er, woraufhin Armin Rosenberg sogleich zur Seite trat.

Rebekka überlegte nicht lange, sondern setzte umgehend ihren Weg fort. Gleich darauf hallte das eilige Klackern, das ihre Schuhe auf der hölzernen Treppe verursachten, durch das ganze Gebäude. Das Schlimmste aber war, dass dieses Klackern an Intensität abnahm – und mit dem Knall der Haustür schließlich ganz verstummte.

Chris ließ seine Stirn auf seine rechte Hand sinken.

„Hätte wohl besser laufen können“, kommentierte Armin ein wenig hilflos.

Christopher Roselius stieß einen müden Seufzer aus.

Armin Rosenberg ging langsam auf ihn zu. „Komm schon“, versuchte er ihn aufzumuntern. „Du hast damit gerechnet, dass sie so reagiert.“

Chris schüttelte mutlos den Kopf. „Ich hatte so gehofft, dass sie mich beschimpfen würde.“

„Das wird sie schon noch tun“, lächelte Armin zuversichtlich. „Sie hat Feuer. Genau, wie du sie beschrieben hast. Ich mag sie.“

„Und sie hasst mich.“

Armin Rosenberg verschränkte die Arme vor der Brust und hob vielsagend die Augenbrauen. „Das wird sich schon noch ändern, alter Junge. Plan B wird sein Ziel nicht verfehlen. Vertrau mir einfach.“

„Ich vertrau dir ja“, seufzte Chris. Und dann strich er gedankenverloren über seine Oberschenkel. „Aber nur, weil mir nichts anderes übrig bleibt.“

❖

Rebekka war schon eine gute halbe Stunde einfach nur geradeaus gestürmt, als sie endlich aus ihrer inneren Starre erwachte. Sie blieb schlagartig stehen, stampfte mehrmals in Folge mit dem rechten Fuß auf und stieß einen markerschütternden Schrei aus.

Ein paar Passanten in ihrer Nähe zuckten erschrocken zusammen und musterten sie, als sei sie eine entlaufene Irre. Aber das war Rebekka gleichgültig. All ihre widerstreitenden Gefühle mündeten in unbändige Wut. Wie konnte er nur! Dieses Versteckspiel! Diese Hinterlist! Warum war er nicht einfach gestorben? Und warum ließ er sie nicht endlich in Ruhe?

Sie ging langsam weiter und gab dabei regelrechte Schimpftiraden von sich. „Glaub nicht, dass du damit durchkommst! Glaub das ja nicht! Was bildest du dir eigentlich ein? Dass mich Geldnot zu deiner Sklavin macht? Dass ich mich herumkommandieren lasse wie dieser Rosenberg? Und überhaupt ... Wie konnte er es wagen! Wie konnte er sich mir in den Weg stellen! Das ... das ist Freiheitsberaubung! Das könnte ich der Polizei erzählen!" Je mehr sie sich aufregte, desto mehr beschleunigte sich ihr Schritt. „Aber die Polizei wird höchstens einen Lachkrampf kriegen", stellte sie nun selbst fest. Und das machte sie noch zorniger. Ihre Stimme entglitt jetzt immer häufiger. „Die erbleichen doch unter Garantie schon in dem Moment, in dem sie den Namen Roselius hören. Wahrscheinlich sehen sie dann grün ... grüne 100-Euro-Noten! Und sie werden sich ehrfürchtig verneigen, diese Schleimbolzen!"

❖

Die Begegnung mit Chris lag Rebekka noch lange schwer im Magen.

Zum einen fühlte sie sich regelrecht verfolgt. Was auch immer sie tat, wohin sie auch ging, stets fühlte sie sich beobachtet. Sie ertappte sich dabei, ständig aus dem Fenster zu sehen. Und dann erst diese Halluzinationen! Mehrfach täglich meinte sie, Armin Rosenberg irgendwo stehen zu sehen, nur um dann festzustellen, dass es doch jemand anderes war. In der Tat ließ er sich nicht blicken. Niemals! Und das ärgerte sie seltsamerweise auch ein bisschen.

Rebekkas Stimmung sank weiter, als nur wenige Tage nach ihrer Begegnung mit Chris auch noch ihre Bank anrief und um ein Gespräch bat. Rebekka hatte keine Ahnung, wozu das gut sein sollte. Hatte sie nicht erst vor Kurzem eine zufriedenstellende Übereinkunft mit der Bank erzielt? Und hatte sie die Zinsen für den Kredit nicht auch pünktlich bezahlt? Gut, das Defizit auf dem Konto war ein bisschen gewachsen, aber sonst ...

Als das Gespräch schließlich hinter ihr lag, kam es Rebekka so vor, als hätten sich alle gegen sie verschworen. Obwohl sie wie eine Löwin gekämpft hatte, war es erneut passiert: Die Bank hatte ihr den Dispo gestrichen. Wieder einmal hatte Rebekka keinen müden Cent mehr zur Verfügung. Aber so schnell gab sie nicht auf. Sie ließ ihr Studium Studium sein und durchforstete auf der Suche nach Arbeit die gesamte Stadt. Es dauerte eine ganze Woche, aber dann hatte sie immerhin zwei Nebenjobs als Zeitungsausträgerin ergattert. Beide waren kaum besser bezahlt als die Heimarbeit, aber immerhin besser als nichts. Und das Geld gab es täglich und bar auf die Kralle, was ihr in ihrer jetzigen Situation wirklich weiterhalf.

Von nun an stand Rebekka sieben Tage die Woche um halb vier Uhr morgens auf und trug bis halb sieben Zeitungen aus. Danach kümmerte sie sich um ihre Mutter, verbrachte den Vormittag entweder an der Uni oder bei ihrer Putzstelle, kümmerte sich wieder um ihre Mutter, schmiss den Haushalt und fiel abends um acht todmüde ins Bett. Es war kein angenehmes Leben, aber ein selbstbestimmtes, und Rebekka war damit zufrieden. Jedenfalls bis zur nächsten Katastrophe ...

Seit ihrer Begegnung mit Chris waren vier Wochen vergangen. Rebekka hatte sich an das frühe Aufstehen gewöhnt. Es machte ihr auch nichts mehr aus, im Anschluss an das Austragen der Zeitungen noch putzen zu gehen. Und so war sie guter Dinge, als sie an diesem Mittwoch nach dem gemeinsamen Frühstück mit ihrer Mutter zu dem Haus fuhr, das sie zweimal die Woche von oben bis unten sauber hielt.

Sie stieg an der gewohnten Haltestelle aus dem Bus und ging zu Fuß weiter. Es war kurz vor halb neun und schon lange hell. Rebekka befand sich jetzt in einer der besten Wohngegenden der Stadt. Und das machte sich bemerkbar! Die Straßen waren großzügig angelegt, sehr gepflegt und ungewohnt grün. Die Luft war herrlich! Vögel zwitscherten munter von den Bäumen! Die Sonne schien. Alles war so, wie man sich den Juni vorstellte (vor allem, wenn man lange keinen wirklichen Juni mehr erlebt hatte). Rebekkas Laune hob sich noch mehr. Es war einer dieser Tage, an denen die Welt hell und freundlich aussah. Außerdem erblickte Rebekka allmählich Licht am Ende ihres finanziellen Tunnels. Sie hatte am Vortag Kontoauszüge geholt und festgestellt, dass das Defizit ein kleines bisschen geschrumpft war. Wenn nichts dazwischenkam, konnte sie in ein paar Wochen schon wieder Geld vom Konto holen!

Rebekka verließ jetzt den Fußweg und hielt auf ein großes, frei stehendes Einfamilienhaus zu. Sie musste schmunzeln. Der Größe nach zu urteilen, lebte hier eine achtköpfige Familie. Aber das Gegenteil war der Fall. Das Haus wurde von einem Ehepaar bewohnt. Der Mann leitete irgendeine Firma, die Frau war Hausfrau – aber nur in dem Sinne, dass sie im Haus *wohnte*. Von Arbeit schien sie nicht sehr viel zu halten. Stattdessen spielte sie mehrfach die Woche Tennis, besuchte Yoga-Kurse und ging den Rest der Zeit nach Herzenslust einkaufen. Rebekka war direkt ein bisschen neidisch auf sie.

Sie hatte jetzt die Eingangstür erreicht und zückte ihren Schlüssel. Frau Warendorf-Birkner, ihre Chefin, war mittwochmorgens meistens nicht zu Hause.

Meistens. Heute aber öffnete sich die Tür wie von allein und die zierliche, blonde Frau erschien im Türrahmen. Wie immer umgab sie eine aufdringliche Parfümwolke.

„Oh“, rief Rebekka ein wenig erschrocken, „sind Sie heute gar nicht beim Tennis?“ Ein wenig verlegen sah sie an sich herunter. Aufgrund der Tatsache, dass sie zum Arbeiten hier war, hatte sie ihre älteste schwarze Jeans und ein abgetragenes hellgraues Sweatshirt angezogen. Beides stand in krassem Gegensatz zu dem eleganten lachsfarbenen Kostüm, das ihr Gegenüber trug.

Frau Warendorf-Birkner schüttelte den Kopf. Sie war eine Schönheit mit ausdruckstarken blauen Augen und glatten, schulterlangen Haaren.

„Ich soll doch trotzdem putzen, oder?“, fragte Rebekka. Irgendetwas an dem Gesichtsausdruck ihrer Chefin irritierte sie.

Frau Warendorf-Birkner trat unschlüssig von einem Bein aufs andere. „Nein ... ja ... ich meine ..." Sie seufzte tief. „Nun kommen Sie doch erst einmal rein."

Rebekka runzelte die Stirn. Was war denn hier los? Verunsichert betrat sie den Flur, zog sich ihre dünne Jacke aus und streifte die Schuhe von den Füßen. Dann erst folgte sie ihrer Chefin in das riesige, mit hellen Ahornmöbeln ausgestattete Wohnzimmer.

„Setzen Sie sich doch."

Rebekka sah betreten auf das edle, schwarze Ledersofa. Sie hatte nur ein einziges Mal hier gesessen. *Beim Einstellungsgespräch*. Das war doch wohl kein schlechtes Zeichen, oder? Widerwillig näherte sie sich dem Sofa und nahm Platz.

„Möchten Sie einen Kaffee oder so was?"

Rebekka schluckte. Auch Kaffee hatte sie nur ein einziges Mal in diesem Haus getrunken. *Beim Einstellungsgespräch*. Sie schüttelte hektisch den Kopf. *Sag mir, was los ist,* war alles, was sie denken konnte.

„Die Sache ist die", begann Frau Warendorf-Birkner zögerlich, „dass ich, nun ja, feststellen musste, dass, also, Tennis spielen allein auf Dauer auch nichts für mich ist."

Rebekka hob die Augenbrauen. Was für eine hervorragende Erkenntnis! Und nun?

„Ich komme mir, wie soll ich sagen, manchmal etwas nutzlos vor."

Rebekkas Gesichtsausdruck erinnerte immer mehr an ein Fragezeichen.

„Putzen", sagte Frau Warendorf-Birkner. „Ich möchte putzen. *Selbst* putzen, meine ich."

Rebekka erbleichte. „Wie bitte?", flüsterte sie.

„Es ... es hat nichts mit Ihnen zu tun", beeilte sich ihr Gegenüber zu versichern. „Ich war mit Ihrer Arbeit immer sehr zufrieden. Es ist wirklich nur so, dass ich gern wieder selbst putzen möchte."

Rebekka schluckte schwer. „Aber ich ... ich bin auf diese Stelle angewiesen", brach es aus ihr hervor. „Das bin ich wirklich, ich meine ... ich ... ich ... würde auch für weniger arbeiten." Sie überlegte hektisch. „Die Hälfte!", bot sie an. „Ich arbeite auch für die Hälfte, wenn es sein muss."

Aber Frau Warendorf-Birkner schüttelte heftig den Kopf. „Aber nein, es ist doch keine Geldfrage, Frau Petrell! Wenn es ums Geld ginge, würde ich Sie behalten. Das müssen Sie mir glauben!"

„Aber das nützt mir nichts!", rief Rebekka fast ein bisschen hysterisch. „Es gibt im Moment in ganz Hannover keine Arbeit! Und wenn, dann bekomme ich sie nicht!"

Als hätte Rebekka etwas Falsches gesagt, verhärtete sich der Gesichtsausdruck ihres Gegenübers. „Das mag schon sein", antwortete Frau Warendorf-Birkner kalt. „Aber meine Entscheidung steht fest, Frau Petrell. Ich muss Ihnen leider kündigen. Und das sofort."

Rebekkas Kinnlade klappte herunter. „*Sofort?*", fragte sie ungläubig.

Frau Warendorf-Birkner nickte.

Die junge Frau hingegen schüttelte den Kopf. Geraume Zeit war sie einfach nur fassungslos. Aber dann hielt sie misstrauisch inne. „Irgendetwas stimmt hier nicht", hörte sie sich auf einmal sagen. Und dann sah sie ihrer Chefin herausfordernd ins Gesicht. „Ich will den wahren Grund wissen", forderte sie. Dass Frau Warendorf-Birkner selbst putzen wollte, war nur ein Vorwand, das war ihr gerade klar geworden. Rebekka kannte die Dame besser. Sie hätte sich eher aus dem Fenster gestürzt, als ihre manikürten Finger mit aggressiven Putzmitteln in Berührung zu bringen! „Den wahren Grund", wiederholte Rebekka entschlossen. „Dann gehe ich – vorher nicht!"

Frau Warendorf-Birkner schluckte. „Ich habe Ihnen den wahren Grund genannt", setzte sie ein wenig halbherzig an. Sie wich Rebekkas Blick aus.

Diese rührte sich nicht und starrte ihre Chefin weiter unnachgiebig an.

Daraufhin rutschte Frau Warendorf-Birkner immer unruhiger auf der Couch hin und her. Sie schien mit sich zu kämpfen. Schließlich blickte sie zu Rebekka auf. „Sie sind vorbestraft", schleuderte sie ihr tapfer entgegen. „Und so etwas dulde ich nicht in meinem Haus."

Rebekka schluckte. „Ich verstehe", krächzte sie und erhob sich. „Unter diesen Umständen ist es natürlich nicht von Bedeutung, dass ich über Monate gute Arbeit geleistet habe und niemals auch nur eine Kleinigkeit abhandengekommen ist."

„Sie mögen vielleicht nichts entwendet haben", antwortete Frau Warendorf-Birkner und stand ebenfalls auf. Die Gesichter der beiden Frauen befanden sich jetzt auf gleicher Höhe und waren nur noch wenige Zentimeter voneinander entfernt. Wie zwei Kämpfer standen sie sich gegenüber. „Aber Sie haben mir nicht die Wahrheit gesagt. Sie haben mir verschwiegen, dass Sie Jahre im Gefängnis verbracht haben. Das ist nun wirklich keine Kleinigkeit!"

Rebekka stemmte die Hände in die Hüften und funkelte ihr Gegenüber wütend an. „Hätte ich es Ihnen gesagt, dann hätten Sie mich nicht eingestellt. Niemand hätte mir einen Job gegeben. Aber ich brauche Arbeit! Ich habe Schulden! Und das nicht wegen meiner Vorstrafe, sondern wegen meiner Mutter. Eigentlich liegt es nur daran, dass die Krankenversicherung eine Therapie nicht bezahlen wollte, ohne die meine Mutter vielleicht schon nicht mehr leben würde. Finden Sie das gerecht?"

„Dass Sie sich in einer schwierigen Lebenslage befinden, tut mir leid, Frau Petrell! Aber dass Sie anderen dafür die Schuld geben, ist für Menschen wie Sie typisch. Meiner Meinung nach haben Sie es sich zum größten Teil selbst zuzuschreiben! Sie hätten eben besser nachdenken müssen, bevor Sie sich an einer Entführung beteiligen!"

„Ich hab mich nicht an einer Entführung beteiligt", schrie Rebekka außer sich. „Ich bin gegen meinen Willen in diese Entführung hineingezogen worden!"

„Das sieht der Entführte aber anders", hielt Frau Warendorf-Birkner dagegen.

Rebekka starrte ihre Chefin ungläubig an. „Wie bitte?"

Jetzt begriff auch Frau Warendorf-Birkner, was sie gerade gesagt hatte. „Nehme ich jedenfalls an", versuchte sie zurückzurudern.

Aber es war schon zu spät. Ein schmerzhafter Ausdruck trat auf Rebekkas Gesicht. Erst die Entscheidung der Bank und jetzt das hier. „Hat er ...", stotterte sie, „das ... das kann doch nicht sein."

„Ich möchte Sie jetzt wirklich bitten zu gehen", sagte Frau Warendorf-Birkner in fast flehendem Tonfall.

Aber Rebekka rührte sich noch immer nicht. „Kennen Sie Chris schon länger?“, fragte sie mit unsicherer Stimme.

Frau Warendorf-Birkner schluckte schwer. Eine ganze Zeitlang zögerte sie. Dann sagte sie leise: „Nein. Ich kenne ihn überhaupt nicht. Jedenfalls nicht persönlich.“ Sie seufzte tief. „Ein Herr Rosenberg war bei meinem Mann. Er hat uns über alles informiert.“

Rebekka nickte bitter. Wie es schien, hatte sie mächtige Feinde.

„Darf ich Sie jetzt nochmals bitten zu gehen?“

Dieses Mal erntete sie mit ihrer Bitte keinerlei Widerspruch. Rebekka musste all ihre Kraft aufwenden, um nicht auf der Stelle loszuheulen. Wie ein geprügelter Hund schlich sie aus dem Haus.

❖

Der lange Nachhauseweg gab Rebekka ausreichend Zeit, ihre Gefühle zu ordnen. Zu Beginn war sie einfach nur zutiefst enttäuscht. Sie hatte ihren Job verloren, obwohl sie über Monate hinweg fleißig, ordentlich und zuverlässig gearbeitet hatte! Und das Schlimmste daran war, dass die Eheleute Birkner einem völlig Fremden Glauben geschenkt hatten, ohne sie – ihre treue Mitarbeiterin – auch nur ein einziges Mal selbst zu diesem Thema zu befragen. Das war so unfair, so gemein!

Aber wäre die ganze Sache anders gelaufen, wenn man sie darauf angesprochen hätte? Nein! In diesem Fall hätte sie nämlich zugeben müssen, dass sie wegen der Beteiligung an einer Entführung im Gefängnis gesessen hatte. Niemanden hätte dann noch interessiert, was sie zu ihrer Verteidigung vorzubringen hatte. Verurteilt und damit schuldig, so war das doch.

Im Grunde beschämte es sie zutiefst, dass jetzt noch mehr Menschen von der ganzen Sache wussten. Dabei hatte sie doch mit ihrer Vergangenheit abschließen wollen. Sie wollte nicht mehr daran denken! Sie wollte nicht, dass ein einziger, klitzekleiner Fehler ihr ganzes Leben überschattete!

Sie seufzte tief und sank auf dem Fensterplatz im Bus noch ein bisschen tiefer in sich zusammen. Direkt neben ihr zogen Straßen, Häuser und Menschen vorüber. Das allgemeine Rauschen des Verkehrs vermischte sich mit dem wütenden Hupen irgendeines Autofahrers. Eine Welle der Niedergeschlagenheit und Hoffnungslosigkeit schwappte über Rebekka hinweg. Eine pflegebedürftige Mutter ... ein immer noch nicht abgeschlossenes Studium ... ein dunkler Fleck auf ihrem Lebenslauf ... kein Geld ... kein Job ... keine Zukunft.

Und warum das Ganze?

Die abgeschlafften Muskeln in Rebekkas Körper spannten sich wieder an. Es war *seine* Schuld! Chris! Er hatte ihr das alles eingebrockt!

Rebekkas Blutdruck stieg. Als ob es nicht genug gewesen wäre, dass er sie verraten hatte, dass sie seinetwegen im Gefängnis gelandet war, dass er ihr Jahre ihres Lebens genommen hatte! Als ob es nicht gereicht hätte, dass er ihre Vergangenheit vergiftet hatte. Nein, er musste auch noch ihre Zukunft verpesten!

Rebekkas helle Gesichtshaut färbte sich rötlich. Ihre Augen verdunkelten sich.

Chris war an allem schuld! Er und niemand sonst! Wie konnte er es wagen, diesen Rosenberg zu schicken? Wie konnte er es wagen, ihr nach allem, was alles geschehen war, auch noch den Job zu nehmen! Wie konnte er nur, wie konnte er nur!

Sie sah auf ihre Uhr. Es war zwanzig nach neun und ihre Mutter rechnete erst wieder gegen Mittag mit ihr! Sie sah nach draußen und ermittelte in Sekundenschnelle, wo sie sich befand und wie sie am besten zu Chris' Haus gelangen konnte. Zipfelsinn und Zeckendreck! Sie hätte sich das früher überlegen sollen! Von der letzten Haltestelle aus wäre es nicht mehr weit gewesen!

Sie überlegte nicht lange und stürmte nach vorn zum Busfahrer.

„Ich will aussteigen!", rief sie schon auf dem Weg dorthin.

Der Busfahrer sah nicht einmal zur Seite. „Fünf Minuten noch bis zur nächsten Haltestelle", informierte er sie.

„Ich will aber nicht gleich aussteigen, sondern jetzt", beharrte Rebekka. „Das hier ist ein Notfall! Ich bin Ärztin. Es geht um Leben und Tod." *Du sollst nicht lügen.* Da war sie wieder, diese nervtötende Stimme, die sie immerzu bevormunden wollte! Dabei hatte sie doch gar nicht gelogen! Sie wäre beinahe mal Ärztin geworden. Gut, Tierärztin, aber wen kümmerte dieser marginale Unterschied?

Der Busfahrer seufzte und blinkte. „Können Sie das nachweisen?", fragte er, während er mitten auf der Straße abbremste und neben einem Seitenstreifen mit parkenden Autos zum Stehen kam.

„Die Zeit ist knapp!", antwortete Rebekka. *Ein dehnbarer Begriff.* „Wollen Sie mir helfen oder Formalitäten erledigen?"

Die Bustür öffnete sich mit einem schnaufenden Geräusch.

„Danke", rief Rebekka und sprang auch schon aus dem Bus. Ihr schlechtes Gewissen besänftigte sie, indem sie sich auf das konzentrierte, was Chris ihr angetan hatte.

❖

Die noch kühle Morgenluft vermochte Rebekkas Zorn nicht abzumildern. Und auch der Dauerlauf hatte ihre Wut nicht verpuffen lassen. Als Rebekka vor Chris' Haus ankam, war sie noch genauso erregt und verärgert wie vorhin im Bus. Am Tor klingelte sie Sturm. Als es sich öffnete, tobte Rebekka wie ein wild gewordener Stier auf die Eingangstür zu. Allerdings musste sie dort kein weiteres Mal läuten. Die Tür öffnete sich wie von allein und gab den Blick auf eine junge, bemerkenswert dünne Frau frei. Diese hatte glatte, braune Haare, die mit einem Pony kombiniert waren und ansonsten auf ihre knochigen Schultern fielen. Bekleidet war sie mit einem engen roten Feinstrickpullover und einer nicht minder engen Jeans. Beides trug noch zusätzlich dazu bei, dass man den Eindruck gewann, sie bestünde nur aus Haut und Knochen.

Rebekka schob die junge Frau zur Seite und stürmte an ihr vorbei. Sie ignorierte ihr protestierendes Schimpfen, hielt auf die Treppe zu und joggte nach oben. Sie würde Chris schon aufspüren!

„Herr Rosenberg", kreischte die junge Frau, nachdem sie begriffen hatte, dass nichts und niemand diese Person aufhalten würde.

Armin Rosenberg erschien genau in dem Moment an der Treppe, als auch Rebekka die Galerie erreicht hatte. Die beiden stießen prompt zusammen.

„Wo ist er?", fragte Rebekka atemlos, als sie sich von ihrem ersten Schock erholt hatte.

Armin Rosenberg packte sie sanft an den Oberarmen. „Jetzt beruhigen Sie sich erst einmal“, beschwichtigte er sie. „Haben Sie sich wehgetan?“

„Wo ist er?“, fauchte Rebekka und versuchte, an Herrn Rosenberg vorbeizuhuschen. Aber der hielt sie weiterhin fest.

„Sie können jetzt nicht zu ihm“, sagte er, „er ist –“ Er hielt inne, als hätte er beinahe ein Geheimnis verraten.

„Er ist was?“, schnaubte Rebekka und versuchte, sich aus dem Griff des Mannes zu lösen. „Zu beschäftigt damit, meine Arbeitgeber anzurufen und sie über meine Vergangenheit zu informieren?“

„Unsinn!“, antwortete Armin Rosenberg, während er versuchte, Rebekka weiter festzuhalten.

„Ach ja, ich vergaß“, zischte Rebekka, entzog ihm mit einem heftigen Ruck ihre Arme und stürmte an ihm vorbei, „die Drecksarbeit erledigen Sie ja für ihn, nicht wahr?“ Sie hatte jetzt den Raum erreicht, in dem sie Christopher das letzte Mal getroffen hatte. Die Tür stand offen und so stürmte sie ohne Vorwarnung hinein. Der Raum war aufgeräumt, aber leider leer. Chris, das Objekt ihrer Wut, war nicht hier.

„Wo ist er?“, fragte sie zum dritten Mal.

„Wenn Sie sich beruhigen, sage ich ihm Bescheid“, bot Armin Rosenberg an. Er war ihr gefolgt, lehnte jetzt lässig im Türrahmen und schien darauf zu warten, dass Rebekkas Wutanfall vorüberging. Wie auch bei den letzten Begegnungen war er sehr gut gekleidet. Allerdings trug er heute kein Halstuch, sondern eine grau-silbrige Krawatte und einen dunklen Anzug mit Weste. Das entsprechende Jackett hatte er abgelegt.

Rebekka war so wütend, dass ihr das Gefälle zwischen ihrer eigenen, heute besonders armseligen Kleidung und Rosenbergs Eleganz überhaupt nicht auffiel. Sie war ja auch damit beschäftigt, darüber nachzudenken, ob es Sinn machte, ein ihr völlig unbekanntes Haus vom Keller bis zum Dachboden zu durchsuchen. *Wohl eher nicht,* musste sie sich eingestehen.

„Von mir aus“, antwortete sie schließlich.

Die Worte klangen alles andere als freundlich und entlockten Armin Rosenberg ein erschöpftes Seufzen. „Fühlen Sie sich wie zu Haus“, sagte er und drehte sich um. Beim Hinausgehen sagte er etwas leiser: „Sie benehmen sich ja ohnehin so." Rebekka fletschte innerlich die Zähne. Bestimmt hatte er seine Worte absichtlich so laut gesprochen, dass sie sie nicht überhören konnte. Blödmann! Im Übrigen hatte sie nicht die geringste Lust, sich wie zu Hause zu fühlen. Sie wanderte unruhig im Raum auf und ab und passierte dabei den Tisch, auf dem jetzt nur eine feine Tischdecke lag, während bei Rebekkas letztem Besuch noch Geschirr, Kaffee und Kuchen daraufgestanden hatten. Gleichzeitig malte sie sich schon mal aus, was sie Chris alles an den Kopf werfen würde. Wenn er glaubte, dass diese seltsame Hinhaltetaktik dazu führen würde, dass sie sich beruhigte, dann hatte er sich geschnitten!

Die Minuten vergingen und nichts geschah. Rebekkas Wut wurde durch das Warten noch zusätzlich angeheizt. Was bildete sich dieser Kerl eigentlich ein? Wollte er sie spüren lassen, dass eine Audienz bei Ihrer Hoheit nicht so leicht zu bekommen war?

Endlich hörte sie Schritte. Aber wenn sie mit Chris gerechnet hatte, wurde sie erneut enttäuscht. Auch dieses Mal erschien nur Armin Rosenberg im Türrahmen. „Er erwartet Sie."

„Tut er das?" Rebekkas Tonfall war mehr als schnippisch. „Ich fühle mich über alle Maßen geehrt."

Herr Rosenberg verzog das Gesicht, verkniff sich aber jeden Kommentar. Stattdessen drehte er sich um und marschierte ohne ein weiteres Wort von dannen. Rebekka blieb nichts anderes übrig, als ihm zu folgen. Zusammen durchquerten sie einen Flur, der von der Galerie wegführte. Er war mit einem langen, rot gemusterten Perserteppich ausgelegt. Rosenberg steuerte auf eine Tür am anderen Ende des Flures zu, blieb schließlich davor stehen und klopfte.

Rebekka verdrehte die Augen. „Muss Seine Durchlauchtigkeit noch die Krone zurechtrücken?"

Armin Rosenberg öffnete die Tür, gab aber erst den Weg frei, nachdem er sorgfältig in den Raum hineingelugt hatte. „Bitte schön."

„Soll ich wirklich?", fragte Rebekka amüsiert. „Ich meine, vielleicht ist der Maskenbildner noch nicht fertig ..."

„Entweder Sie gehen jetzt hinein", polterte Rosenberg los, „oder ich werfe Sie persönlich über die Galerie!"

Rebekka strahlte ihn an. „Prima", sagte sie und klopfte dem

verdutzten Mann anerkennend auf die Schulter. „Es tut Ihnen gut, wenn Sie Ihren Ärger rauslassen.“ Dann erstarb das Lächeln auf ihrem Gesicht, und sie sagte todernst: „Nehmen Sie sich ein Beispiel an mir. Gleich werden Sie erleben, wie man diese Tugend zur Vollendung bringt!“

Sie betrat den Raum. Geradeaus, direkt vor einem Fenster, befand sich ein massiver Schreibtisch aus edlem Holz. Rechts daneben schloss sich eine Regalwand an, die mit Büchern nur so vollgestopft war. Noch weiter rechts gab es eine Couchgarnitur aus hellem, flauschigem Stoff. Und dort saß Chris. Auf seinem Schoß ruhte ein geöffneter Laptop. Vor ihm auf dem Couchtisch und neben ihm auf dem Sofa lagen Zettel, Papiere, Stifte und Ordner in ganz erstaunlichen Mengen.

Chris tippte angestrengt auf der Tastatur seines PCs herum. Er trug einen schicken rotbraunen Pullover, der sehr gut zu seiner Haarfarbe passte.

Einen Moment lang war Rebekka so irritiert, dass ihr die Schimpftirade, die sie sich zurechtgelegt hatte, im Halse stecken blieb. Das hier war nicht das, was sie erwartet hatte. Mehr noch, irgendetwas an dieser Szene stimmte nicht.

Jetzt endlich sah Chris auf. „Hallo“, sagte er beiläufig. „Tut mir leid, dass du warten musstest. Ich bin im Moment ziemlich beschäftigt.“

Rebekka ließ ihren Blick über das Meer von Papieren schweifen. Was sie sah, passte irgendwie nicht zu den Umständen! Ja, das war es! Es sah kein bisschen so aus, als hätte sich Chris minutenlang auf ihren Besuch vorbereitet. Das hier war die Szene, die sie erwartet hätte, wenn sie Chris unvorbereitet gegenübergetreten wäre. So aber wirkte das Ganze, nun ja, gestellt!

„Was“ – er musste sich räuspern –, „kann ich für dich tun?“

Rebekka sah Chris in die Augen. Täuschte sie sich oder spiegelte sich Unsicherheit darin?

„Ich habe meinen Job verloren“, sagte sie viel langsamer und ruhiger als geplant.

Chris schluckte und wandte sich wieder seiner Tastatur zu. „Das tut mir leid“, sagte er, während er irgendetwas tippte.

Rebekka lachte auf, was Chris dazu veranlasste, noch intensiver auf seine Tastatur einzuhämmern. Die junge Frau beobachtete ihn dabei. Ihr Ärger war auf einmal verraucht. Oder war nur etwas anderes an seine Stelle getreten? Zum Beispiel Neugier? Was war das für ein Theaterstück, das hier aufgeführt wurde?

Versuchsweise machte sie ein paar Schritte auf Christopher zu. Sie wollte sehen, ob er überhaupt etwas schrieb oder ob das Ganze nur eine Farce war. Interessanterweise hatte dies zur Folge, dass Armin Rosenberg auf sie zustürzte und sie am Arm packte.

„Was ist?“, provozierte Rebekka. „Wovor haben Sie Angst, Rosenberg?“

Er ließ sie umgehend los.

„Was geht hier vor?“, fragte sie im wahrsten Sinne des Wortes von oben herab. Sie stand jetzt auf der gegenüberliegenden Seite des kleinen Couchtisches und berührte ihn mit ihren Knien. Angesichts dieser Tatsache wich sie ein Stück zurück, konnte aber dem Duft nicht ausweichen, der ausgerechnet jetzt in Form eines unverkennbaren, männlichen Aftershaves in ihre Nase stieg. „Was spielst du für ein Spiel mit mir?“

Chris sah zu ihr auf. Sein Unterkiefer mahlte. „Dass du deinen Job verloren hast, tut mir leid“, wiederholte er. „Ich wäre bereit, dir einen gut bezahlten Ersatzob anzubieten.“

„Ich bin nicht käuflich“, fauchte Rebekka und kämpfte mit diesen Worten nicht nur gegen seinen Vorschlag an, sondern auch gegen dieses unsägliche Gefühl von Vertrautheit. „Das war ich nie.“

„Aber Sie sind am Ende“, mischte sich nun Armin Rosenberg in das Gespräch ein. „Finanziell zumindest. Wenn Sie unser Angebot annähmen, würde Ihnen das viel Ärger ersparen.“

Rebekka verschränkte demonstrativ die Arme vor der Brust. „Ich *liebe* Ärger.“

„Und *ich* die Herausforderung“, sagte Rosenberg kalt.

„Das ist ja unglaublich!“, entfuhr es Rebekka. „Ich bin ein freier Mensch und wir leben in einem freien Land. Ich werde niemals hier arbeiten. *Niemals*!“

„Sie werden hier arbeiten oder nirgendwo“, knurrte Rosenberg. „Dafür habe ich gesorgt!“

Rebekka schnappte nach Luft. „Ich ... ich werde Sie anzeigen!“ Sie wirbelte zu Christopher herum. „*Dich* werde ich anzeigen! Wegen ... wegen Nötigung!“

„Rebekka", sagte Christopher beschwichtigend. „Alles wäre so viel einfacher, wenn du klein beigeben würdest. Ich ... ich schwöre dir, dass du es nicht bereuen wirst. Ich hab die Firma übernommen." Er deutete auf die Papiere um sich herum. „Ich brauche dein Fachwissen als angehende Tierärztin. Du könntest die Haltungsbedingungen des Geflügels verbessern."

Rebekka begriff sofort, worauf diese Worte abzielten. „Mit Speck fängt man Mäuse, wie?", stieß sie hervor. „Das Problem ist nur, dass ich mein Studium aufgegeben habe. Aufgrund meiner Vorstrafe hätte ich die Approbation ohnehin nicht gekriegt."

Chris schien das nicht zu überraschen. „Du könntest trotzdem in deinem Traumberuf arbeiten", köderte er sie. „Und du könntest dich aktiv als Tierschützerin betätigen."

„In der Massentierhaltung, ja?", lachte Rebekka. „Das ist geradezu lächerlich."

„Ich würde dich fürstlich dafür entlohnen!", versprach Chris.

„Ach ja?" Die Wut kehrte wie eine Flutwelle zu Rebekka zurück. „Du glaubst wohl, dass du mit deinem Geld alles kaufen kannst, wie? Christopher Roselius, sponsored by Daddy. Du bist nichts als ein verwöhnter Bengel!"

„Schluss jetzt!", entfuhr es Armin Rosenberg. „Sie wissen nichts. Sie haben ja keine Ahnung, was –" Auf einen scharfen Blick von Chris hin verstummte er.

„Ich will dich nicht kaufen", setzte Chris erneut an. Seine Hände streckten sich Rebekka einladend entgegen. „Ich biete dir einen Job an. Nicht mehr und nicht weniger."

„Fein", lächelte Rebekka. „Und ich lehne ihn ab. Damit dürfte die Sache geklärt sein." Sie winkte ihm zum Abschied noch einmal zu, drehte sich um und stapfte hoch erhobenen Hauptes zur Tür hinaus.

❖

Rebekka schimpfte den gesamten Weg nach Hause wie ein Rohrspatz. Sätze wie „Denen werd ich's schon zeigen" und „Die werden sich noch wundern" wechselten sich ab.

Als sie zu Hause ankam, sprühte sie förmlich vor Energie. Wäre doch gelacht, wenn sie keinen neuen Job bekäme! Und wenn sie drei Wochen am Stück nur telefonierte, sie würde erst aufgeben, wenn sie etwas gefunden hatte. So war das!

Nachdem sie die Wohnungstür aufgeschlossen hatte, warf sie ihre Schuhe von sich und griff als Erstes nach dem Telefon und den Gelben Seiten. Sie klapperte morgens sowieso einen Teil der Stadt ab. Am besten war es, wenn sie eine Möglichkeit fand, bei dieser Gelegenheit noch mehr Papierkram auszutragen. Das mussten ja nicht unbedingt Zeitungen sein. Vielleicht konnte sie einen städtischen Kurierdienst entlasten oder Werbebroschüren verteilen!

Sie ließ sich voller Tatendrang mitten auf dem Flur auf die Knie sinken und begann, in den Gelben Seiten herumzublättern. Zuerst die Kurierdienste! Sie hatte schon die erste Nummer herausgesucht, als die Küchentür geöffnet wurde und ihre Mutter den Kopf in den Flur hinausstreckte. „Rebekka?"

„Jetzt nicht, Mutti", antwortete die junge Frau. „Ich muss dringend telefonieren."

„Und ich muss dir was sagen."

Ihr Unheil verkündender Tonfall ließ Rebekka aufhorchen. „Und das wäre?", fragte sie beunruhigt.

Louise zögerte. „Rückschläge gehören zum Leben dazu", begann sie vorsichtig. „Wenn man richtig damit umgeht, kann man gestärkt daraus hervorgehen. Das hast du selbst einmal gesagt."

Rebekka seufzte tief. *Das war, bevor mein Leben zu einem einzigen Rückschlag wurde*, dachte sie. „Was für ein Rückschlag?", fragte sie heiser und ließ die Gelben Seiten sinken.

Louise atmete einmal tief durch. „Die Zeitung hat angerufen. Sie ... sie möchten sich von dir trennen ... aufgrund ..." Sie seufzte tief. „Na ja ... aufgrund deiner Vergangenheit."

Einen Moment lang war Rebekka sprachlos. *Sie werden hier arbeiten oder nirgendwo,* erinnerte sie sich an die Worte von Rosenberg. *Dafür habe ich gesorgt.* Als Rebekka begriff, was das bedeutete, hob sie beide Arme und schleuderte die Gelben Seiten mit einem Aufschrei gegen die Wand. „Zipfelsinn und Zeckendreck!" Sie sprang auf, rannte zum Telefonbuch und trampelte darauf herum. „Ich bring dich um!" Sie hob das Buch wieder auf, riss einzelne Seiten heraus, knüllte sie zusammen und warf sie von sich. „Das wirst du bereuen!" Sie machte weiter, bis die

Gelben Seiten nur noch aus Fetzen bestanden. Dann hielt sie urplötzlich inne, sackte in sich zusammen und begann, hysterisch loszuheulen.

Kapitel 24

Als Rebekka die Klingel betätigte, die sie nie wieder hatte betätigen wollen, trug sie ihre Nase so hoch, dass sie nicht mehr weit von einem Nackenkrampf entfernt war.

Die junge Frau, die die Tür öffnete, war die gleiche wie beim letzten Mal. Bei Rebekkas Anblick wich sie unwillkürlich ein paar Schritte zurück. Die Erinnerung an den Auftritt, den Rebekka beim letzten Besuch hingelegt hatte, war scheinbar noch frisch.

Aber dieses Mal war Rebekka die Gelassenheit selbst. „Ich arbeite ab heute hier", erklärte sie ruhig, aber irgendwie durch verkrampfte Kiefernmuskeln hindurch. „Wenn Sie mir bitte sagen wollen, was ich zu tun habe."

Die junge Frau hob erstaunt die Augenbrauen. Obwohl sie sehr groß war, erweckte ihre Haltung ein bisschen den Eindruck, als wollte sie sich kleiner machen, als sie in Wirklichkeit war. Und jetzt krümmte sich ihr Rücken sogar noch mehr.

„Sie wissen von nichts, stimmt's?", seufzte Rebekka und betrat das Haus.

Die junge Frau wandte sich um und rief ein wenig ängstlich in Richtung Galerie: „Herr Rosenberg!"

Rebekka verdreht die Augen. Sie hatte gerade ein Déjà-vu-Erlebnis.

Armin Rosenberg erschien kurz darauf am oberen Ende der Galerie. Offenbar hatte er auf Rebekkas Erscheinen gewartet. Er trug heute ein sportlich wirkendes grün-braun kariertes Jackett mit Ärmelschonern und eine dazu passende braune Stoffhose. Jetzt sah er auf die Uhr.

„Acht Uhr dreißig", lächelte er. „Sie sind pünktlicher als die Maurer."

Das dämliche Grinsen wird dir schon noch vergehen, dachte Rebekka und entgegnete: „Wir hatten eine klare Abmachung, und ich habe vor, sie bis aufs i-Tüpfelchen zu erfüllen. Gilt das auch für Sie?"

„Aber selbstverständlich!"

„Das ist gut", antwortete Rebekka und zog sich die schwarze Jeansjacke aus. Darunter kam eine graue Bluse zum Vorschein, die mit schwarzen Applikationen an Ärmel, Saum und Ausschnitt versehen war. Rebekka drückte dem Hausmädchen ihre Jacke in die Hand. „Am Telefon haben wir alles genau besprochen. Wir haben abgemacht, dass ich einen schriftlichen Vertrag bekomme, in dem alle Bedingungen festgehalten sind. Haben Sie diesen Vertrag vorbereitet?"

Armin Rosenberg nahm Haltung an und hob die rechte Hand zu einem militärischen Gruß. „Jawohl, Herr General!"

Rebekka musste sich zusammenreißen, um diese Geste zu ignorieren. *Bleib ganz ruhig*, beschwor sie sich selbst. *Sobald du den Vertrag in der Tasche hast, kannst du anfangen, dich zu rächen. Den beiden wird es noch leidtun, dich eingestellt zu haben.* Stocksteif und mit versteinertem Gesichtsausdruck erklomm Rebekka die Treppe. Sie zwang sich, ihre Hand auszustrecken.

„Guten Morgen, Rosenberg."

Armin Rosenberg nahm die kleine Hand in seine große Pranke und schüttelte sie. „Guten Morgen, Petrell." Einen Moment lang standen sich die beiden einfach nur gegenüber und bedachten einander mit bösen Blicken, dann ließ Rosenberg Rebekkas Hand los und sagte: „Bringen wir die Formalitäten hinter uns. Hier entlang, bitte." Er steuerte ohne Umwege auf den Raum zu, den Rebekka bereits bei ihrem ersten Besuch in diesem Haus kennengelernt hatte. Die junge Frau folgte ihm bis zu dem Esstisch, an dem Chris bei ihrer ersten Begegnung gesessen hatte. Auf der handgearbeiteten Tischdecke lag ein Stapel Papiere.

„Ich lasse Ihnen jetzt Zeit, den Vertrag zu studieren." Rosenberg wandte sich bereits zum Gehen. „Wenn Sie fertig sind, rufen Sie mich!"

Rebekka sah Rosenberg nach. Als er die Tür hinter sich geschlossen hatte, zog sie einen der aus dunklem Holz gefertigten Stühle hervor und setzte sich. Dann hob sie den Stapel mit den Papieren auf und blätterte ihn durch. Er machte einen professionellen Eindruck. Vor ihr lagen zwei Vertragsentwürfe mit jeweils vier Seiten. Alle beide trugen das aktuelle Datum und waren von Chris bereits unterschrieben. Rebekkas Blick blieb an seiner Unterschrift hängen. Sie war mit dicker Tinte geschrieben und wirkte kühn und schwungvoll. *Christopher B. M. Roselius.* Ihre Gedanken wanderten zur Gerichtsverhandlung zurück. Wofür hatten B. und M. noch mal gestanden?

„Interessiert mich überhaupt nicht“, murmelte Rebekka, als ihr auffiel, dass sie viel zu viele Gedanken auf etwas allzu Unwichtiges verschwendete.

Sie wandte sich dem Vertragstext zu und begann zu lesen. 20 Arbeitsstunden wöchentlich ... abzuleisten nach eigener Einteilung in der Zeit zwischen 8:00 Uhr und 20:00 Uhr ... Minimale Arbeitszeit am Stück: zwei Stunden, maximale: sechs ... 26 Urlaubstage ... 16 Euro brutto – alles wie besprochen!

Als sie zum Ende kam, war sie hundertprozentig sicher, dass dieser Vertrag wie ein Sechser im Lotto war. Und dennoch ...

Sie ging zur Tür, öffnete diese und rief Rosenbergs Namen.

Es dauerte nicht lange, bis dieser wieder auf der Bildfläche erschien. „Und?“, fragte er sofort.

„Nicht schlecht“, antwortete Rebekka ein wenig von oben herab. „Das Problem ist nur die sechsmonatige Probezeit.“ Einen ganz kurzen Moment lang zögerte sie. Seit sie sich entschlossen hatte, Chris' Angebot anzunehmen und ihm anschließend das Leben schwer zu machen, rang sie mit der kleinen Stimme in ihrem Inneren, die Chris verteidigen wollte. „Die will ich nicht“, fuhr Rebekka fort und versuchte, die kleine Stimme auf diese Weise zum Schweigen zu bringen. „Oder sagen wir mal so: Ich möchte, dass der Vertrag einseitig kündbar ist, und zwar von mir, während er von Ihrer Seite aus erst nach zwei Jahren gekündigt werden kann.“ Sie grinste ihm frech ins Gesicht.

Rosenbergs linke Hand ballte sich zu einer Faust, aber sein Tonfall blieb ruhig. „Ihrem freundlichen Lächeln nach zu urteilen, wird es Ihnen nichts ausmachen, mir den Zweck dieser Forderung zu erläutern?“

„Sie haben recht“, säuselte Rebekka und strich sich links ein paar ihrer pechschwarzen Haare hinters Ohr. Auf Haarspangen oder -bänder hatte sie heute gänzlich verzichtet. „Ich stelle diese Forderung, um sicherzustellen, dass ich mit diesem Vertrag mein

Studium beenden kann. Im Klartext: Ich will, dass die Kohle auch dann weiterfließt, wenn ich mich hier so unbeliebt gemacht habe, dass mich niemand mehr haben will." *Immerhin sage ich die Wahrheit.*

Rosenbergs Augen verengten sich zu wütenden Schlitzen. „Diese Forderung ist eine Unverschämtheit", knurrte er.

Rebekka wurde ernst. „Das weiß ich", sagte sie kalt.

Armin Rosenberg atmete einmal tief durch. „Ich werd ihn fragen." Er wandte sich zum Gehen.

„Das ist noch nicht alles", hielt Rebekka ihn zurück. „16 Euro brutto sind nicht genug. Ich will 20. Und 30 Urlaubstage."

Rosenberg sog scharf die Luft ein. Er drehte sich jedoch nicht noch einmal zu ihr um, sondern verließ ohne ein weiteres Wort das Zimmer.

Geraume Zeit verging. Als Rebekka Rosenbergs Schritte zurückkehren hörte, wippte sie vor Aufregung auf den Fußballen auf und ab.

„Und?", fragte sie, noch bevor Rosenberg den Raum richtig betreten hatte. „Was hat er gesagt?"

Rosenberg hatte einen großen braunen Briefumschlag und einen Stapel Papiere in der Hand. Seine Mimik ließ keine Gefühlsregung erkennen. „Das mit der Kündigungsfrist geht in Ordnung", knurrte er. „Der Rest nicht." Er legte eine Kunstpause ein. „18 Euro die Stunde", bot er schließlich an. „Und 28 Tage Urlaub. Wenn Sie mehr verlangen, wird er sich jemand anderen suchen."

Rebekka verschränkte die Arme vor der Brust und tat so, als müsste sie überlegen. In Wirklichkeit hatte sich zu ihrem Sechser im Lotto gerade die gewünschte Zusatzzahl gesellt.

„Also gut", sagte sie gedehnt. „Ich bin einverstanden."

Daraufhin händigte Rosenberg Rebekka die Papiere aus. Den Umschlag behielt er in der Hand.

Die junge Frau überflog den neuen Vertragsentwurf, der ebenfalls in zweifacher Ausfertigung vorhanden war. Wie es aussah, war der Kompromiss perfekt hineingearbeitet worden. Und auch dieser Vertragsentwurf war bereits unterschrieben.

Rebekka las die beiden Ausfertigungen noch einmal sorgfältig durch und setzte dann auch ihre Unterschrift darunter. Eine Ausfertigung nahm sie an sich, die andere gab sie Rosenberg. Als sie gleich darauf in sein Gesicht sah, entdeckte sie ein fröhliches Schmunzeln darin, das die sympathischen Falten um seine Augen noch vertiefte. Sie erstarrte. Hatte sie irgendetwas übersehen?

„Was ist?", fragte sie misstrauisch. „Haben Sie mich reingelegt?"

„Nicht doch." Rosenberg räusperte sich und verbannte das Grinsen aus seinem Gesicht. „Wann werden Sie anfangen zu arbeiten?"

„Ich komme morgen um acht", antwortete Rebekka, ließ Rosenberg aber nicht aus den Augen. Das Zucken um seine Mundwinkel verstärkte ihren Verdacht. Vielleicht wäre es besser gewesen, wenn sie Jura studiert hätte.

„Nun machen Sie schon, Rosenberg", sprudelte es aus ihr heraus. „Klären Sie mich auf. Auf welche Weise haben Sie mich beschissen?"

„Sie sind viel zu misstrauisch", grinste Rosenberg. „Aber wenn Sie unbedingt wissen wollen, was mich so freut ..." Er öffnete den Briefumschlag, den er noch immer in Händen hielt und kramte zwei weitere Stapel Papiere daraus hervor. Von beiden entfernte er das jeweils letzte Blatt und zerriss es, bis nur noch handtellergroße Stücke davon übrig waren. Die anderen Seiten reichte er Rebekka. „Hier, eine kleine Bettlektüre."

Noch ein Vertragsentwurf?

Rosenbergs Grinsen reichte derweil von einem Ohr zum anderen. „Aber trösten Sie sich", ergänzte er leichthin. „Er hat ausdrücklich gesagt, dass ich diesen nur im größten Notfall aus dem Hut zaubern soll. Sie wissen schon ... wenn gar nichts anderes mehr hilft." Er reichte ihr zum Abschied die Hand. „Bis morgen, Frau Kollegin."

Sekunden später war er verschwunden. Er ließ Rebekka zutiefst verwirrt zurück. Und es sollte auch noch recht lange dauern, bis sie begriff, dass er womöglich auf jede denkbare Forderung eingegangen wäre. 20 Euro Bruttolohn ... 30 Tage Urlaub ... nur die Seiten mit seiner Unterschrift fehlten ...

Rebekka konnte der Versuchung, die Zimmereinrichtung zu zertrümmern, nur mühsam widerstehen.

❖

Als sich Rebekka am nächsten Morgen auf den Weg zu ihrer neuen Arbeitsstelle machte, war sie topmodern gekleidet. Passend zu ihren Haaren trug sie eine pechschwarze Stoffhose im Cargo-Style. Unter ihrer Jeansjacke befand sich ein enges, weißes Shirt mit schwarzem Aufdruck. „Arbeit ist Scheiße" stand dort in großen Lettern, und das war das Einzige, worauf sie heute Morgen noch stolz sein konnte. Denn sie hatte ursprünglich die ältesten und hässlichsten Klamotten anziehen wollen, die sie besaß. Die abgewetzte Jeans und den schlichten, verwaschenen Pulli hatte sie sich abends noch zurechtgelegt und morgens auch tapfer angezogen. Aber nachdem sie an einem Spiegel vorbeigekommen war, hatte sie es einfach nicht mehr fertiggebracht, damit loszuziehen. Das Outfit, das sie jetzt trug, war das Ergebnis vierfachen Umziehens. Oh, wie sie sich selbst verachtete!

Und jetzt war sie auch noch spät dran, was dazu führte, dass sie den Weg zur Bushaltestelle im Schweinsgalopp zurücklegen musste!

Immerhin erwischte sie den Bus noch. Während der Fahrt dachte sie an den gestrigen Abend. Sie hatte ihrer Mutter vorgeschwindelt, dass sie jetzt wesentlich mehr Stunden bei Familie Birkner arbeiten konnte. Das war eine Lüge. Ganz klar. Trotzdem hätte sie jederzeit wieder so gehandelt. Wie hätte sie ihrer Mutter auch die Wahrheit sagen können? Wie hätte sie ihr erklären sollen, dass sie bei Chris arbeitete? Vor allem, wo Louise schon vor Scham im Erdboden versank, wenn sie den Namen Roselius auch nur hörte?

Als Rebekka ihr Ziel erreicht hatte, stellte sie fest, dass das Tor heute nicht geschlossen war. *Wie einladend.* Rebekka spazierte einen breiten, aus Natursteinen gepflasterten Weg entlang und bewunderte dabei den gepflegten Garten. Links und rechts von ihr blühten einige Blumen und Stauden, sodass es kein Wunder war, dass ihr ein süßlicher Duft in die Nase stieg. Als Rebekka die Marmortreppe erklomm, wurde bereits die Haustür geöffnet. Rebekka war nicht überrascht, als die schlaksige junge Frau vor ihr stand, die ihr ja nun schon häufiger begegnet war.

„Hallo", sagte Rebekka freundlich.

„Hallo", erwiderte die junge Frau ein wenig unsicher.

„Ich bin Rebekka. Wie es aussieht, sind wir ab sofort Kolleginnen. Macht es Ihnen was aus, wenn wir uns duzen?“

Die junge Frau blickte Rebekka aus großen, erstaunten Augen an. Es dauerte recht lange, bis es ihr gelang, den Kopf zu schütteln.

Rebekka seufzte. „Und wie heißt du?“, fragte sie ein wenig frustriert.

„Hannah, äh, Michaelis.“

„Und Hannah, äh, Michaelis, seit wann arbeitest du hier?“

Hannah schluckte. „Seit zwei Jahren.“

Rebekka musste auf einmal grinsen und murmelte: „Das ist lang, sehr lang.“ *Länger, als ich jemals hier arbeiten werde.* Sie hatte sich ihren Plan bereits zurechtgelegt. Sie würde Chris nur die schlechtesten Ratschläge geben! Sie würde Dinge von ihm fordern, die seinen Betrieb an den Rand des Ruins bringen würden, jawohl!

Da es nicht so aussah, als ob ein vernünftiges Gespräch mit Hannah zustande kommen würde, spazierte Rebekka an ihr vorbei, hängte wie gewohnt ihre Jeansjacke an die Garderobe und erkundigte sich: „Wo ist Rosenberg?“

Hannah räusperte sich. „Oben?“

Rebekka seufzte erneut. „Lass mich raten: Als Alleinunterhalterin bist du nicht eingestellt worden, stimmt's?“

Hannah riss verständnislos die Augen auf.

„Schon gut“, murmelte Rebekka und hielt auf die Treppe zu. „Ich find den Weg allein!“

Langsam und fast ein wenig widerwillig schlich sie die Treppe hinauf. Sie fragte sich, wie diese Farce wohl weitergehen würde. Würde sie Chris dazu bringen können, sie hinauszuwerfen?

Sie war noch nicht ganz oben, als sie auf einmal Stimmen hörte. „Das ist total albern“, hörte sie jemanden sagen. Unwillkürlich dämpfte sie ihre Schritte. War das Rosenberg?

„Und wenn schon!“

Als sie Chris' Stimme vernahm, blieb Rebekka so plötzlich stehen, als wäre sie mit ihm zusammengestoßen. Ihr Herz begann unkontrolliert zu klopfen.

„Wie lange willst du das durchziehen?“, fragte Rosenberg. Die Stimmen der beiden Männer kamen aus dem Raum, in dem Rebekka die Arbeitspapiere unterschrieben hatte.

„Weiß ich noch nicht“, knurrte Christopher.

Rebekka sah vorsichtig in die Halle hinunter. Zu ihrer Erleichterung war Hannah bereits verschwunden.

„Also, wenn du mich fragst, hältst du das keine drei Stunden aus. Spätestens heute Mittag machst du schlapp!"

„Und wenn schon!", fauchte Chris ihn an. „Es ist fünf vor acht. Sie muss jeden Moment kommen. Entweder du hilfst mir jetzt oder ich frage jemand anderen!"

Rebekka hielt sich so krampfhaft am Geländer fest, dass sie die Narbe an der Innenseite ihrer rechten Hand spüren konnte. Diese Unterredung hatte mit ihr zu tun! Aber was hatte sie zu bedeuten? Inwiefern würde er schlappmachen? Was versuchte er ihr zu verheimlichen?

Jetzt waren schabende Geräusche zu hören, die normalerweise entstanden, wenn ein Stuhl über einen Holzfußboden geschoben wurde. Anschließend knarrte, kratzte und quietschte irgendetwas. Am Ächzen der beiden Männer erkannte Rebekka, dass sie all ihre Kraft aufwenden mussten, um irgendetwas zu tragen oder zu bewegen.

„Hast du Hannah gesagt, dass sie uns Bescheid sagen soll, wenn Rebekka da ist?", fragte Chris. Obwohl seine Stimme vor Anstrengung bebte, hörte Rebekka Besorgnis darin mitschwingen.

„Mist, das hab ich vergessen", antwortete Rosenberg schwer atmend. „Ich mach's gleich!"

Rebekka erschrak so sehr, dass sie sich ohne weitere Verzögerung in Bewegung setzte. Sie segelte fast die Treppe hinunter. Glücklicherweise hielten die Geräusche noch an, was ihr den Rückzug erleichterte. Sie schaffte es bis zur Eingangstür, ohne größeren Lärm zu verursachen. Als sie dort angekommen war, öffnete sie die Tür und ließ sie gleich darauf lautstark ins Schloss fallen. Wie auf Kommando erschien Rosenberg am oberen Ende der Treppe.

„Da sind Sie ja", begrüßte er sie.

Rebekka schmunzelte innerlich, als sie sah, wie sehr er sich darum bemühte, ruhig zu atmen und entspannt zu lächeln. Allein sein stark gerötetes Gesicht verriet jetzt noch etwas von der Anstrengung, die er hinter sich hatte.

„Ja, da bin ich", nickte sie. „Ihrer Majestät zu Diensten. Worin bestehen heute meine Aufgaben?"

Rosenberg seufzte. „Nun kommen Sie doch erst einmal rauf. Christopher erwartet Sie schon."

Rebekka atmete einmal tief durch, durchquerte dann die Halle und erklomm zum zweiten Mal die Treppe. Dann folgte sie Rosenberg. Sie war gespannt. Ob sie wohl erkennen würde, was die beiden umgestellt hatten? Irgendwelche Möbel vielleicht? Oder womöglich einen Tresor?

Aber als sie hinter Rosenberg den Raum betrat, stand alles genauso da wie noch ein paar Tage zuvor. Überhaupt hatte die Szene sehr viel Ähnlichkeit mit ihrem letzten Besuch. Chris saß am Esstisch. Er trug einen grauen Baumwollpullover mit ein paar roten und grünen Querstreifen. Vor ihm stand allerdings kein Kaffeegeschirr, sondern ein Durcheinander von Dosen, Schachteln, Uhr-Bestandteilen und Miniatur-Werkzeugen. Und Chris bastelte gerade an einem kleinen Uhrwerk herum.

Rebekka seufzte tief. Eben hatte er noch Möbel gewuppt, und jetzt tat er so, als ginge er schon seit Stunden seinem Hobby nach?

Als er ihre Reaktion vernahm, hielt Chris mit seiner Arbeit inne. Sein Blick hob sich zu Rebekka, blieb dann aber an ihrem T-Shirt hängen. *Arbeit ist Scheiße.* Chris' Mund verzog sich zu einem Grinsen. Da war es wieder, dieses Grübchen.

„Wie ich sehe, bringst du die nötige Motivation mit", begrüßte er sie und blickte ihr zum ersten Mal seit einer Ewigkeit offen in die Augen.

Aber das hätte er nicht tun sollen! Rebekkas Bemühungen um Selbstkontrolle hatten sie einen Moment lang unvorsichtig werden lassen. Jetzt war sie wie hypnotisiert und konnte sich von seinen warmen, bernsteinfarbenen Augen gar nicht mehr lösen. Viel zu lange starrte sie ihn an. Schließlich konnte sie sich nur losreißen, indem sie sich in Bewegung setzte und zum Fenster marschierte.

„Schöner Garten", sagte sie, noch bevor sie überhaupt nach draußen sehen konnte.

„Ja, sicher", stotterte Chris. „Du ... du kannst ihn gern nutzen, wenn du willst."

Rebekka drehte sich um. Ihr Blick war jetzt wieder hart und kalt. Trotzdem vermied sie es, in Chris' Augen zu sehen. „Ich bin zum Arbeiten hier", informierte sie ihn. „Nicht zum Faulenzen. Und deshalb wäre ich erfreut, wenn du mich endlich in meine Aufgaben einweisen könntest."

Chris schluckte und schwieg eine ganze Weile. Dann erwiderte er gedehnt: „Es gibt eigentlich gar keine."

Rebekkas Augenbrauen schnellten in die Höhe.

„Ich könnte mir natürlich welche aus den Fingern saugen", beeilte sich Chris zu versichern. „Ich meine, wenn du darauf bestehst. Wenn nicht, würde mir auch deine Gesellschaft reichen."

Rebekkas Arme stemmten sich wie von selbst in ihre Hüften. Bevor sie jedoch eine Schimpftirade vom Stapel lassen konnte, sagte Chris: „Du solltest dich darüber freuen. Zu Hause braucht dich deine Mutter. Die Zeit, die du hier verbringst, kannst du als Vorbereitung auf das Diplom nutzen."

Einen Moment lang war Rebekka sprachlos. Woher wusste er ...? Gleichzeitig schwankte sie zwischen Wut und Verwirrung hin und her. Wie konnte er nur so offen zugeben, dass er sie die ganze Zeit belogen hatte? Und wozu war der Job gut, wenn sie gar nichts zu leisten hatte? Aber sie konnte auch nicht leugnen, dass dieser Vorschlag wie gerufen kam. Sie hatte sich schon die ganze Zeit gefragt, wie und wann sie ihr Studium beenden sollte.

„Was heißt ‚Gesellschaft'?", fragte sie spitz.

Chris senkte den Blick und rieb sich gedankenverloren die Stelle, an der sich einmal sein linker kleiner Finger befunden hatte. „Es ... es genügt mir, wenn du im gleichen Raum bist. Na ja, und *vielleicht mal mit mir sprichst*." Als er jetzt aufsah, trafen sich ihre Blicke zum zweiten Mal an diesem Morgen. Dieses Mal wehrte sich Rebekka nicht dagegen. Ihr war ohnehin klar, dass sie genau das Gleiche dachten. Der dunkle, muffige Kellerraum war zum Greifen nahe ...

Schon eine knappe Woche später hatte sich Rebekka mit dem Gedanken, ihr Studium bei Chris fortzusetzen, erstaunlich gut angefreundet. An jedem der vergangenen Arbeitstage hatte sie ein paar Bücher und Ordner mitgebracht. Und nachdem sie an diesem Morgen auch noch einen schicken mahagonifarbenen

Schreibtisch vor den großzügigen Fenstern vorgefunden hatte, war sie richtig gut gelaunt. Sie hätte es nicht besser treffen können! Die Aussicht auf den Garten war für städtische Verhältnisse paradiesisch. Von ihrem Schreibtischstuhl aus konnte sie direkt in die Krone einer Eiche blicken. Sie liebte es schon jetzt, den Blättern bei ihren Tänzen zuzusehen. Und dann erst die vielen Vögel, die in dem Baum Zwischenstation machten! Endlich, endlich konnte sie den Sommer wieder sehen … hören … *erleben*!

Der Eichbaum rief aber auch noch eine andere Assoziation in ihr wach. Immer, wenn Rebekka der Gegensatz zwischen seiner imposanten Größe und den detailreichen Verästelungen seiner Zweige und Blätter bewusst wurde, musste sie an Pfarrer Schloen und seinen Vortrag über Schönheit denken. Schönheit aus Gegensätzen. Kraft und Zärtlichkeit. Gnade und Gerechtigkeit. War derartige Schönheit wirklich ein Wesensmerkmal Gottes?

Was Rebekka ein bisschen an ihrem Arbeitsplatz störte, war Chris' ständige Anwesenheit. Nicht nur sie selbst hatte nämlich einen Schreibtisch bekommen, sondern auch er. Die gute Nachricht war, dass sich seiner nicht einmal in der Nähe des Fensters befand, sondern genau auf der anderen Seite des Raumes. So gab es einen gehörigen Sicherheitsabstand zwischen ihnen. Andererseits saß Rebekka von nun an mit dem Rücken zu Chris, was dazu führte, dass sie sich seinen Blicken ein wenig ausgeliefert fühlte. Auf jeden Fall konnte sie von nun an nicht mehr kontrollieren, ob er gerade arbeitete oder sie einfach nur beobachtete. Und das ständige Prickeln auf ihrem Rücken ließ nur allzu oft auf Letzteres schließen …

Auch in diesem Moment sah sich Rebekka genötigt, einen prüfenden Blick über ihre Schulter zu werfen. Und tatsächlich! Für den Bruchteil einer Sekunde fing sie seinen Blick auf, dann wandte er sich eilig wieder seiner Tastatur zu.

Rebekka zog die Stirn kraus und gab dem Verlangen nach, nunmehr ihn zu beobachten. Irgendwie bot er ein seltsames Bild, wie er da hinter diesem wuchtigen Schreibtisch saß. Die junge Frau konnte nur seinen Oberkörper sehen, denn der Schreibtisch aus hellem, aber ebenfalls massivem Holz war im unteren Bereich mit einer Verkleidung versehen. Und das war nicht das Einzige, was den Eindruck erweckte, dass er sich dahinter verschanzt hatte. Auch die Anordnung des Schreibtisches mit den vier mächtigen Rollcontainern, die ihn beinahe halbkreisförmig umgaben und an den Seiten fast bis an die Wand reichten, erweckte den Eindruck, als versteckte er sich vor irgendetwas. Oder irgend*wem*?

Rebekka seufzte lautlos und wandte sich wieder ihren Büchern zu. In Epigenetik hatte sie noch einige Schwächen. Es dauerte ein bisschen, bis es ihr gelang, Chris' Anwesenheit zu vergessen, aber dann stieß sie auf einen sehr interessanten Text und verlor sich darin. Eine gute Stunde später lernte sie gerade die wichtigsten Stellen auswendig, als das Telefon klingelte.

„Roselius", hörte sie Chris sagen. Unwillkürlich spitzte Rebekka die Ohren. „Nein, nein, kein Problem ... Gut ... Heute Morgen ist es allerdings schlecht ...Moment." Er räusperte sich und fragte etwas lauter: „Ach, ähm, Rebekka?"

Rebekka drehte sich zu ihm um und hob fragend die Augenbrauen.

„Wie lange bleibst du heute?"

Rebekka zuckte die Achseln. „Bis eins oder so ..."

Chris nickte, griff in seine Hosentasche und holte die Patek Philippe daraus hervor. Er betrachtete kurz das Ziffernblatt. „Kommen Sie doch um drei", sagte er ins Telefon. „Aber auf keinen Fall früher." Nach einer kleinen Pause verabschiedete er sich und legte den Hörer auf.

„Wer war das?", fragte Rebekka. Ihre Neugier war einfach zu groß.

„Das war geschäftlich", entgegnete Chris knapp. Er trug heute einen beigefarbenen Strickpullover mit hohem Kragen, der gut zu seinen braunen Haaren passte.

Rebekka lehnte sich auf ihrem Bürostuhl zurück und schlug die Beine übereinander. „Etwas, das ich nicht mitkriegen darf?"

Chris schluckte, hielt ihrem herausfordernden Blick aber stand. „Genau."

„Und dabei bin ich doch deine Beraterin", stichelte Rebekka.

Ihr Gegenüber antwortete nicht gleich. Stattdessen rieb er sich wieder einmal die Stelle, an der sein kleiner Finger fehlte. Schließlich sagte er leise: „Ich habe schon zugegeben, dass das nur ein Vorwand war."

Rebekka atmete einmal tief durch. Sie wusste selbst nicht, warum es sie störte, dass er Geheimnisse vor ihr hatte. „Vergiss es einfach", sagte sie mit einer wegwerfenden Handbewegung. „Deine Geschäfte interessieren mich ohnehin nicht."

Rebekka stellte mit Genugtuung fest, dass bei diesen Worten ein verletzter Ausdruck über Chris' Gesicht huschte, hatte aber keine Gelegenheit, sich darüber zu freuen, weil in diesem Moment Hannah den Raum betrat. Wie jeden Morgen um diese Zeit trug sie ein Tablett mit Kaffee und Keksen herein.

„Oh, das ist nett", bedankte sich Rebekka, als Hannah das dampfende Gebräu samt feiner Schokoladenkekse auf ihrem Schreibtisch absetzte.

„Milch und Zucker sind schon drin", sagte Hanna mit ihrer leisen, hellen Stimme und bewegte sich auf Chris' Schreibtisch zu. „Für Sie auch?"

„Wenn er nicht so stark ist wie gestern ...", antwortete Chris so mürrisch, dass Rebekka erstaunt zu ihm hinübersah.

„Ich hoffe nicht", piepste Hannah und stellte das Gedeck aus feinem Porzellan auf einem der Rollcontainer ab. Dabei zitterte allerdings ihre Hand, was dazu führte, dass der kleine silberfarbene Löffel vom Untersetzer rutschte.

„Passen Sie doch auf", fauchte Chris.

„Entschuldigung", murmelte Hannah und bugsierte den Teller mit den Keksen entsprechend vorsichtiger vom Tablett auf den Rollcontainer.

Aber auch das schien Chris an diesem Tag nicht zu besänftigen. „Ich hab Ihnen gestern schon gesagt, dass ich diese Kekse hasse", meckerte er. „Können Sie nicht mal was anderes besorgen?"

„Oh, das ... das ... hab ich wohl vergessen ..." Als wolle sie sich vor Chris ducken, krümmte sich Hannahs Rücken noch stärker als sonst.

Auf Rebekkas Stirn bildete sich eine steile Falte. Ihres Wissens hatte Chris die Kekse am Vortag noch gemocht. Und überhaupt ging es ihr allmählich auf die Nerven, wie Chris diese Hannah behandelte. Gestern hatte er auch schon so unhöflich auf sie reagiert!

„Die Kekse sind lecker", warf Rebekka dazwischen.

„Sie sind grauenhaft", widersprach Chris, ohne seinen Blick

von Hannah abzuwenden. „Ich will, dass Sie andere besorgen. Am besten sofort.“

„Besorgen Sie ‚Rocher‘“, schlug Rebekka in spitzem Ton vor. „Dann können Sie Ihrer Lordschaft ungestraft die Kugel geben.“ Rebekka hatte den Satz kaum ausgesprochen, als sie auch schon spürte, dass er eine ungewöhnliche Wirkung entfaltete. Chris wandte ihr schlagartig den Kopf zu und starrte sie seltsam prüfend an. Hannah vergaß vor Schreck das Atmen. Ihr fassungsloser Blick wanderte von Rebekka zu Christopher und wieder zurück.

Rebekka zog irritiert die Augenbrauen hoch. Hatte sie etwas Falsches gesagt? *Rocher … Kugel*, überlegte sie und begriff plötzlich. Beschämt dachte sie an die Kugel, die sich Chris im Gerichtssaal eingefangen hatte.

„Das war wohl ein bisschen unpassend“, entschuldigte sie sich.

Derweil verließ Hannah fluchtartig den Raum.

Rebekka sah ihr hilflos nach. „Hab ich sie verschreckt?“

Chris antwortete nicht gleich. Stattdessen fixierte er Rebekka schon wieder mit diesem alles durchdringenden Blick. Nach einer Weile entspannte er sich und sagte langsam: „Sie ist es wohl nicht gewohnt, dass jemand so … sagen wir mal … *unbefangen* mit mir spricht.“

Rebekka verschränkte die Arme vor der Brust und hob ihre Nase ein wenig höher. „Die Aufgabe, sie daran zu gewöhnen, werde ich gern übernehmen.“

Chris seufzte tief. „Ich wäre dir sehr verbunden, wenn du meine Autorität nicht allzu sehr untergraben würdest.“

Rebekka lächelte frech. „Kein Problem“, säuselte sie. „Behandle deine Mitmenschen einfach so, wie du selbst behandelt werden möchtest, und ich halte meine Klappe.“

„Hannah arbeitet für mich“, entgegnete Christopher scharf. „Und es geht dich nichts an, wie ich meine Angestellten behandle. Ich hab dich nicht als meine Erzieherin eingestellt.“

„Als was hast du mich denn eingestellt?“

„Als Gesellschafterin“, gelang es Chris zu antworten.

„Gesellschafterin … wow“, lachte Rebekka. „Das klingt toll. Die entscheidende Frage ist allerdings, ob ‚Gesellschafterinnen‘“ – sie betonte das Wort so, dass es wie eine Beleidigung klang –, „bei dir das Recht haben, nett behandelt zu werden.“

Chris blinzelte ein paarmal unter Rebekkas Blick, sagte dann aber mit fester Stimme: „Ja, das haben sie."

Mittlerweile hatten sich Rebekkas Augen zu drohenden Schlitzen verengt. „Dann merk dir eins, Christopher Roselius", sagte sie betont langsam und mit rauer, tiefer Stimme, „wenn du mich jemals, auch nur einmal, so herablassend behandelst wie Hannah, dann marschiere ich durch diese Tür da" – sie deutete auf die Tür, durch die Hannah soeben entschwunden war – „und komme nie mehr zurück. Nie mehr, hörst du?"

Chris hielt ihrem Blick weiterhin stand, sah jetzt aber ein bisschen verärgert aus. „Ich werd's mir merken, okay?", fauchte er.

„Was wirst du dir merken?", sagte in diesem Moment eine sympathische Männerstimme.

Rebekka wandte den Kopf. In der Tür stand ein Mann von Anfang 30. Er war eher klein und dabei recht mager, trug jedoch einen schicken grauen Anzug mit Hemd und Krawatte. Seine wachen blauen Augen blickten sie durch eine randlose Brille an.

„Alf!", sagte Chris ehrlich erfreut. „Was treibt dich hierher?"

„Die Sehnsucht", grinste Alf, ging wie selbstverständlich auf Chris zu, beugte sich zu ihm hinab und nahm ihn kurz in den Arm. „Wie geht's dir so?"

„Ganz gut so weit", antwortete Chris ausweichend.

„Und wer ist diese schöne Dame?", fragte Alf und blickte dabei in Rebekkas Richtung.

Die Angesprochene erhob sich und schlenderte langsam auf ihn zu. „Rebekka Petrell", stellte sie sich vor.

Alf sog scharf die Luft ein. „Ach nee." Er sah fragend zu Chris hinüber. „Wieso weiß ich nichts davon?"

Chris warf ihm einen warnenden Blick zu.

„Alf Westenholz", stellte sich Alf nun seinerseits vor und schüttelte Rebekkas Hand. Sein Gesichtsausdruck verriet, dass er ausgesprochen verwirrt war. Er wandte sich erneut an Chris. „Und wo ist dein –?"

„Wenn", fiel ihm Chris polternd ins Wort, „du kein besonderes Anliegen hast, könnten wir uns doch heute Nachmittag zum Joggen treffen, oder?"

Alf klappte den immer noch geöffneten Mund geräuschvoll zu. „Zum Joggen", wiederholte er.

„Ja, zum Joggen", zischte Chris mit seltsamer Betonung. „Ich hab im Moment viel Arbeit und brauche ein bisschen Bewegung. Bist du einverstanden oder nicht?"

„Einverstanden, klar", stammelte Alf und machte ein paar unsichere Schritte nach hinten. „Dann ... bis dann ..." Und mit diesen Worten flüchtete er hastig aus dem Raum.

❖

Da sich das Semester dem Ende zuneigte, lernte Rebekka in der darauffolgenden Zeit mit Feuereifer für die noch verbliebenen Klausuren. Irgendwie half es ihr sogar, im Hause Roselius zu pauken. Erstens gab es dort weder Hausarbeit, die zu tun war, noch eine Mutter, die ihre Aufmerksamkeit forderte. Und auch die Tatsache, dass sie Chris in ihrer Nähe hatte, war ihrer Arbeit zuträglich. Da sie sich beobachtet fühlte, vermied sie Pausen, die sie sonst ganz sicher eingelegt hätte. Außerdem spielte sie die Hochkonzentrierte, was mehr als einmal in tatsächlichen Arbeitseifer mündete.

Und dann war da auch noch etwas anderes. Hatte Rebekka anfangs nur sehr wenig mit Chris gesprochen, so führte die ständige räumliche Nähe dazu, dass sie irgendwann doch begann, ihre Gedanken mit ihm zu teilen. Und sie stieß dabei stets auf offene Ohren. Niemals war er zu beschäftigt, um kein Interesse für ihr Studium aufzubringen. Niemals reagierte er genervt oder unfreundlich.

Und nicht nur das. Ein wenig widerstrebend stellte Rebekka fest, dass Chris über einen wachen Verstand und ein gutes Gedächtnis verfügte. Schon nach kurzer Zeit konnte er ihren speziellen und nicht gerade unkomplizierten Gedankengängen folgen und sogar hilfreiche Überlegungen dazu anstellen. Manchmal hatte sie fast den Eindruck, als wäre er einer ihrer Mitstudenten!

Als sie sich heute überraschend zu Chris umdrehte, um ihn mit einer Frage zu überfallen, bekam sie mit, dass er beide Hände in den Rücken gestemmt hatte und dabei die Wirbelsäule weit nach hinten überdehnte. Was sie allerdings am meisten irritierte, war der schmerzverzerrte Ausdruck auf seinem Gesicht. Ihr war schon häufiger aufgefallen, dass er sich manchmal sehr unruhig auf seinem Bürostuhl hin und her bewegte, aber dass er Schmerzen hatte, war ihr nie in den Sinn gekommen.

„Hast du was?", fragte sie ehrlich betroffen.

Als er angesprochen wurde, richtete sich Chris ruckartig wieder auf. „Es ist nichts, gar nichts." Mit einem verlegenen Lächeln zog er seinen schlichten, olivfarbenen Pullover wieder in die richtige Position.

Rebekka hob skeptisch die Augenbrauen. Sie selbst trug heute ihre weiße Bluse mit den großen schwarzen Punkten. Das T-Shirt „Arbeit ist Scheiße" hatte sie schon lange nicht mehr angehabt. „Rückenschmerzen?", hakte sie nach.

Chris zuckte die Achseln. „Ich arbeite zu viel", sagte er leichthin. „Wahrscheinlich bin ich ein bisschen verspannt."

„Du solltest nicht so viel herumsitzen", überlegte Rebekka. „Du sitzt da ja wie festgewachsen. So was tut keinem gut."

Chris räusperte sich. „Alf und ich gehen jetzt öfter joggen. Das muss reichen."

„Trotzdem ...", widersprach Rebekka und dachte darüber nach, dass sie Chris noch kein einziges Mal durch das Haus hatte laufen sehen. Ob er mit seinem Bürostuhl verwachsen war? „Komm doch mal rüber", schlug sie vor und winkte Chris zu sich heran. „Du könntest eine kleine Pause machen und dir die wunderschöne Eiche ansehen. Das entspannt."

„Lass mal", lehnte Chris ab und wandte sich auch schon wieder eifrig dem Schreibtisch zu. Heute stapelten sich dort allerdings keine Papiere, sondern Uhrenbestandteile und Miniaturwerkzeuge. „Ich glaub, ich steh hier kurz vor dem Durchbruch."

Rebekka runzelte die Stirn und fuhr fort, Chris zu beobachten. Mit seinen Uhren schien er sich noch immer tausendmal lieber zu beschäftigen als mit seiner Firma.

„Heißt das, du baust bald eine Uhr, die die Zeit mithilfe dieser Stäbchentechnik anzeigt?", erkundigte sich Rebekka.

Chris blickte auf. „Das hast du dir gemerkt?", wunderte er sich.

Rebekka errötete und war heilfroh, dass in diesem Moment die Tür aufging und Frau Mahler den Kopf in den Raum steckte. „Würde es Sie stören, wenn ich die Fenster putze?"

„Ja", antwortete Chris, doch überschnitt sich dieses Wort mit dem klaren „Nein“, das Rebekka von sich gab. Frau Mahler blickte verwirrt erst Chris, dann Rebekka an. „Nein“, bekräftigte diese. Wie Chris die Angestellten behandelte, ging ihr immer mehr auf die Nerven.

Frau Mahlers Blick wanderte zurück zu Chris. „Es sind die letzten“, sagte sie fast flehend.

„Es ist in Ordnung“, meldete sich erneut Rebekka zu Wort. „Nicht wahr, Chris?“ Sie warf ihm einen drohenden Blick zu, der dazu führte, dass er sich mit finsterem Gesichtsausdruck wieder seinen Uhren zuwandte. „Kommen Sie rein“, zwitscherte Rebekka der Reinigungskraft zu.

Frau Mahler bedachte ihren Chef mit einem letzten zweifelnden Blick, betrat dann aber schüchtern den Raum. Sie war eine kleine Frau von Anfang 50 mit einer blonden Dauerwellenfrisur. Obwohl sie nicht dick war, hatte sie mit einer enormen Oberweite zu kämpfen. Rebekka war sich nicht sicher, ob sie mehr an ihrem Vorbau oder an den zwei Eimern zu schleppen hatte, die sie rechts und links in ihren Händen trug.

„Ich frage mich, wovon es abhängt, welches der beiden X-Chromosomen bei der Lyonisierung inaktiviert wird“, murmelte Rebekka in diesem Moment.

Chris blickte auf. „Ist Lyonisierung das Gleiche wie X-Inaktivierung?“

Rebekka nickte.

„Also, gestern hast du gesagt, das hinge vom Zufall ab.“

„Beim Menschen, ja. Aber bei Beuteltieren ist es immer das väterliche X-Chromosom, das ausgeschaltet wird. Ob es wohl auch Tiere gibt, bei denen es immer das mütterliche ist?“

„Keine Ahnung“, entgegnete Chris. „Findest du im Internet nichts darüber?“

Rebekka seufzte tief. „Eigentlich suche ich schon seit Stunden danach. Aber ich komme immer vom Hundertsten ins Tausendste und finde doch nicht, was ich wissen will.“

„Ich könnte Tom anrufen“, murmelte Chris. „Der findet alles.“ Er öffnete eine der Schreibtischschubladen. „Wo hab ich nur das blöde Telefonverzeichnis?“ Er griff nach dem Telefonhörer und drückte eine Taste. Kurz darauf sagte er: „Ich bin’s. Kannst du mir ein Telefonverzeichnis besorgen? ... Danke.“

Derweil klapperte Frau Mahler mit ihren Eimern herum und putzte die Fenster von innen. Sekunden später erschien Armin Rosenberg. Er hatte ein kleines schwarzes Büchlein in der Hand, das er Christopher reichte. „Sonst alles klar?“, erkundigte er sich.

„Ja, alles bestens“, nickte Chris, doch Rebekka war aufmerksam genug, um mitzubekommen, dass er die Gelegenheit nutzte und Rosenberg einen ungewöhnlich vielsagenden Blick zuwarf. „Es wäre aber schön, wenn du mir ein Glas Wasser besorgen könntest.“

„Ein Glas Wasser“, wiederholte Armin Rosenberg. Interessanterweise klangen seine Worte mehr wie eine Frage.

„Genau“, antwortete Chris, „ein *großes* Glas Wasser.“

Jetzt huschte so etwas wie Verstehen über Armin Rosenbergs Gesicht. „Wird gemacht.“

Rebekka runzelte die Stirn. Irgendetwas, das wusste sie schon seit Längerem, war hier faul. Aber sie konnte beim besten Willen nicht herausfinden, was das war. Sie musste einfach noch aufmerksamer werden!

Chris widmete sich jetzt erneut dem Telefon und wählte eine Nummer. „Roselius“, sagte er ins Telefon. „Ich möchte Herrn Becker sprechen.“ Im nächsten Moment verfinsterte sich sein Blick. „Dann sorgen Sie dafür, dass er mich anruft.“ Wieder entstand eine Pause. „Es ist mir egal, ob er frei hat. Treiben Sie ihn für mich auf. Es ist dringend!“ Er legte auf und wandte sich wieder Rebekka zu. „Du wirst dich einen Moment gedulden müssen“, meinte er bedauernd.

„Du musst deine Leute nicht meinetwegen verrückt machen“, erwiderte Rebekka. Ihrem Gesichtsausdruck konnte man entnehmen, dass ihr das Ganze ausgesprochen unangenehm war. „Wirklich nicht!“

„Ich mache sie nicht verrückt. Ich mache ihnen nur Beine“, lächelte Chris und zauberte auf diese Weise einmal mehr dieses sympathische Grübchen auf seine rechte Wange. „Meines Wissens hat das noch keinem geschadet.“

„Ist das der O-Ton deines Vaters?“, erkundigte sich Rebekka spitz.

Sofort erstarb das Lächeln auf Chris’ Gesicht. „Und wenn?“, fragte er kalt.

„Dann solltest du dir überlegen, ob es nicht besser wäre, einen eigenen Führungsstil zu entwickeln." Sie dachte kurz nach. „Vielleicht finde ich auch, dass diese Härte nicht zu dir passt."

Chris sah sie an. „Ist das ein Kompliment?"

Rebekka spürte, dass sie im Begriff war zu erröten und wandte sich ab. „Ein gut gemeinter Ratschlag", sagte sie schroffer als geplant.

„Den du besser für dich behalten hättest", entgegnete Chris eisig. „Ich hab dir schon mal gesagt, dass ich meine Angestellten so behandle, wie *ich* es für richtig halte."

Rebekka schluckte und kämpfte gegen das Gefühl an, dass sie nicht so hart hätte reagieren dürfen. Aber er war auch ein Scheusal! Armin Rosenberg war der Einzige, den er mit Respekt behandelte. Na ja, und sie selbst vielleicht. Aber alle anderen bekamen seine Herablassung zu spüren. Und das gepaart mit Unfreundlichkeit!

Armin Rosenberg betrat in diesem Augenblick zum zweiten Mal den Raum. Er hielt ein Glas Wasser in der Hand.

Komisch, dachte Rebekka und spürte, dass der Argwohn von vorhin wieder aufflackerte. *Für Getränke ist sonst immer Hannah zuständig.* Rebekka hatte noch nicht herausfinden können, welche Aufgaben Armin Rosenberg eigentlich wahrnahm. Fest stand aber, dass er bei Chris einen ganz anderen Stand hatte als die anderen Angestellten. Er bediente weder, noch wurde er herumkommandiert.

Neugierig nahm Rebekka ein Schriftstück in die Hand und tat so, als vertiefe sie sich in irgendetwas. Gleichzeitig beobachtete sie Rosenberg und Chris aus dem Augenwinkel. Dabei bekam sie mit, dass Rosenberg Chris nicht nur das Glas Wasser reichte, sondern ganz unauffällig auch noch etwas anderes, winzig Kleines. Geraume Zeit behielt Chris es einfach in seiner Hand. Erst als Rosenberg schon wieder gegangen war und ein Seitenblick auf Rebekka ihn davon überzeugt hatte, dass diese beschäftigt war, führte er die Hand zum Mund und ließ den Gegenstand darin verschwinden. Anschließend trank er das halbe Glas Wasser leer.

Rebekkas Fantasie schlug Purzelbäume. Eine Tablette? Sie wusste ja, dass Chris nicht ganz gesund war. Und dass er Medikamente nahm. Ohne das Ciclosporin wäre er bei der Entführung wahrscheinlich gestorben. Aber Chris war auch bekannt, dass sie davon wusste. Warum also sollte er die Einnahme von Tabletten vor ihr verheimlichen?

„Huch“, rief Frau Mahler, kurz bevor ihr einer der beiden Wassereimer entglitt und aus stattlicher Höhe auf den Boden plumpste. Mit dem dafür typischen Platschen ergossen sich mehrere Liter Wasser über den teuren Parkettboden. Umgehend erfüllte ein frischer, zitroniger Geruch den Raum.

„Oh nein!“, hauchte Frau Mahler, schien aber nicht in der Lage zu sein, irgendwie auf das Desaster zu reagieren. Stattdessen blickte sie nur voller Entsetzen in Richtung ihres Chefs.

„Handtücher!“, rief Rebekka. „Los, Chris, hol auch ein paar!“ Mit diesen Worten war sie auch schon aufgesprungen und rannte in das nächstgelegene Badezimmer.

Als sie nur Sekunden später mit einem Arm voller Handtücher zurückkehrte, schluchzte Frau Mahler herzzerreißend. Chris hingegen hatte sich nicht vom Fleck bewegt und starrte nur grimmig auf seine Reinigungskraft. Die Einzige, die wirklich reagierte, war Rebekka. Sie warf gleich mehrere Handtücher auf den See und begann die Wassermassen damit aufzunehmen. Jedes Mal, wenn sich ein Handtuch ausreichend vollgesogen hatte, wrang sie es über dem Wassereimer aus und warf es dann zurück auf den Boden. Da das Wasser immer noch eine sehr warme Temperatur hatte, war das zwar anstrengend, aber nicht unangenehm.

„Hör auf damit!“, befahl Chris irgendwann. „Das ist nicht deine Aufgabe.“

Rebekka ließ sich nicht beirren. Frau Mahler heulte unablässig. Armin Rosenberg stürmte zur Tür herein. „Was ist denn hier passiert?“, rief er aus.

„Du könntest ruhig mal helfen“, maßregelte Rebekka Chris. „Wenn das Wasser durch die Ritzen dringt, quillt das Parkett auf.“

Armin Rosenberg verließ fluchtartig wieder den Raum. „Hannah!“, hörte Rebekka ihn vom Flur aus durch das Haus brüllen. „Kommen Sie mal!“

„Du sollst das lassen!“ Chris’ überaus forscher Tonfall ließ Rebekka innehalten. Mit etwas entgeistertem Gesichtsausdruck sah Rebekka ihn an. „Liegt dir denn gar nichts an deinem Parkett?“

„Mir liegt was an meiner Ruhe!", schrie Chris und hatte sich dabei schon zu Frau Mahler umgewandt. „Verschwinden Sie endlich, Sie Nervensäge!"

„So was ist mir noch nie passiert", schluchzte Frau Mahler und rang die Hände. „Und es wird auch nie wieder passieren!"

„Da können Sie sicher sein", lachte Chris gehässig. „Ich wusste ja gleich, dass es besser ist, Ihnen nur einen Zeitvertrag zu geben."

„Bist du nicht ganz bei Trost?", fuhr Rebekka ihn an. Vor Anstrengung und Ärger hatten sich kleine Schweißtröpfchen auf ihrer Oberlippe gebildet. „Du kannst sie doch nicht rauswerfen, nur weil sie einen Wassereimer fallen lässt. Das kann nicht dein Ernst sein."

„Und du setzt dich gefälligst wieder hin", befahl Chris, ohne seinen Tonfall zu verändern. „Kümmere dich um dein Studium. Hannah wischt den Boden. Und Sie, Frau Müller" – er wandte sich ein letztes Mal an Frau Mahler und offenbarte dabei einmal mehr seine Schwäche in Bezug auf Namen –, „machen 'ne Fliege. Ende der Durchsage!" Um seinen Worten Nachdruck zu verleihen, rollte er sich mit dem Bürostuhl zur Seite, schnappte sich einen Stapel Papier und hielt ihn sich demonstrativ vor die Nase.

Auf diese Weise entging ihm, dass Rebekka sich zwar setzte, dabei aber erst erbleichte und anschließend puterrot im Gesicht wurde. Sie sah sich hektisch auf ihrem Schreibtisch um, entschied, welche Unterlagen lebenswichtig waren, raffte sie an sich und sprang auf. Als Chris aufsah, hatte sie den Raum bereits verlassen.

❖

Vier Tage später saß Rebekka immer noch in ihrer Wohnung und befahl ihrer Mutter, nicht ans Telefon zu gehen. In den vergangenen Tagen hatte es mindestens einhundert Mal geklingelt.

„Du stocherst schon wieder so lustlos auf deinem Teller herum", merkte Louise an. Es war Mittagszeit und sie hatte sich mit dem Essen heute besonders viel Mühe gegeben. Es gab Kartoffelpuffer. Rebekka seufzte und legte die Gabel zur Seite. „Ich hab einfach keinen Hunger." Da es keinen Grund mehr gab, sich schick anzuziehen, trug sie heute ihren grauen Jogginganzug.

„Warum erzählst du mir nicht einfach, was los ist?", fragte ihre Mutter zum soundsovielten Male. Dann streckte sie die Hand aus und streichelte sanft über die Wange ihrer Tochter. „Das befreit."

Rebekkas Blick verfinsterte sich. Wie sollte sie ihrer Mutter erklären, dass sie den besten Job geschmissen hatte, der ihr jemals untergekommen war? Oder sollte man es lieber anders formulieren? Dass sie Chris' Almosen nicht mehr wollte? Sie erhob sich. „Ich leg mich ein bisschen hin, ja?"

„Becky!", flehte Louise, ergriff die Hand ihrer Tochter und hinderte sie dadurch am Gehen.

Aber Rebekka schüttelte nur entschuldigend den Kopf und entzog ihrer Mutter die Hand. Der Name Christopher Roselius durfte in dieser Wohnung nicht fallen. Niemals. Sie *konnte* ihrer Mutter das Ganze nicht erklären.

Rebekka hatte ihr Zimmer beinahe erreicht, als es plötzlich an der Wohnungstür klingelte. Sie zuckte zusammen und wurde in einer Sekunde von den schlimmsten Befürchtungen überflutet. Das war doch wohl nicht *Chris*?

„Ich geh schon!", rief sie nachdrücklich in Richtung Küche. Dann eilte sie zur Wohnungstür und stürzte sich auf den Spion. Ihre Befürchtungen bestätigten sich zumindest zum Teil.

Im nächsten Moment öffnete sich hinter Rebekka eine Tür und ihre Mutter eilte herbei. Sie bekamen nicht oft Besuch, was Louises Interesse umso stärker geweckt hatte.

„Ein Vertreter", log Rebekka und verstellte die Tür mit ihrem Körper. Fast zeitgleich klingelte es ein zweites Mal.

„Wofür?", fragte Louise neugierig.

„Staubsauger", kam es wie aus der Pistole geschossen. „Aber mit dem werd ich schon fertig. Iss du mal in Ruhe weiter!"

„Ja, gut", nickte Louise, blieb aber noch ein paar bange Momente auf dem Flur stehen, bis sie sich entschloss, in die Küche zurückzukehren.

Es klingelte ein drittes Mal. Rebekka wartete, bis sich die Tür hinter ihrer Mutter geschlossen hatte, und riss dann ärgerlich die Wohnungstür auf.

„Sind Sie verrückt, Rosenberg?", zischte sie mit unterdrückter Stimme. „Ich will nicht, dass Sie hierherkommen. Meine Mutter weiß nichts von" – sie stockte –, „ich hab ihr gesagt, Sie seien ein Staubsaugervertreter."

„Es freut mich auch, Sie zu sehen", lächelte Armin Rosenberg und nickte ihr zur Begrüßung zu. In seinem langen, dunkelgrauen Mantel sah er wie immer äußerst elegant aus. „Wie geht es Ihnen heute?"

„Hören Sie auf mit dem Gesäusel", fauchte Rebekka. „Verschwinden Sie einfach."

Rosenberg verschränkte demonstrativ die Arme vor der Brust. „Nicht, bevor ich Ihnen ausgerichtet habe, was mir aufgetragen wurde."

Rebekka seufzte tief. „Geben Sie sich keine Mühe, Rosenberg. Ich komme nicht zurück. Ich hätte Chris' Almosen nie annehmen dürfen."

Interessanterweise schüttelte Armin Rosenberg entschieden den Kopf. „Sie sind die, die Almosen verteilt, Rebekka. Sie wissen es nur nicht."

Die junge Frau verzog das Gesicht. „Sie sprechen in Rätseln, Rosenberg. Was wollen Sie?"

„Ich soll Ihnen seine Entschuldigung überbringen", entgegnete Rosenberg mit erstaunlich sanfter Stimme. „Es tut ihm ehrlich leid."

Rebekka spürte, wie sie innerlich zu schwanken begann. Es war wie gestern. Da hatte sie mit Pfarrer Schloen telefoniert, diesem die ganze Sache geschildert und eigentlich auf Rückendeckung gehofft. Das Ende vom Lied war eine ellenlange Predigt über Vergebung gewesen! Interessierte hier eigentlich niemanden, was Chris verbrochen hatte? Sie versuchte verzweifelt, sich sein schlechtes Benehmen in den schillerndsten Farben ins Gedächtnis zurückzurufen.

Rosenberg schien ihr Ringen zu bemerken, denn er nutzte das Schweigen, um hinzuzufügen: „Er verspricht, dass es nie wieder vorkommt. Er wird nie wieder auf diese Weise mit Ihnen reden."

Rebekka versteifte sich und sagte mit letzter Kraft: „Dann richten Sie ihm aus, dass ich auf seine Versprechen pfeife. Vielleicht weiß er ja, warum!"

❖

Als Armin Rosenberg den Raum betrat, in dem sich Chris gerade bäuchlings einer Massage unterzog, stemmte sich dieser mit den Armen sofort in die Höhe.

„Wie ist es gelaufen?", fragte er atemlos.

Der kleine, aber äußerst kräftige Masseur drückte Chris verärgert in seine Ursprungsposition zurück. „Wenn Sie sich nicht entspannen, kann ich nicht arbeiten!"

„Hm", machte Armin Rosenberg, der immer noch recht nachdenklich war.

„Armin! Bitte!", flehte Chris, während sein nackter Oberkörper so stark geknetet wurde, dass seine Worte unter den kräftigen Bewegungen verzerrt klangen.

Armin Rosenberg lehnte sich an die nächstgelegene Wand.

Chris' Kopf schoss ein weiteres Mal in die Höhe. „Sag mir jetzt, wie es gelaufen ist!", befahl er erneut.

Rosenberg seufzte. „Sie sagt, sie pfeife auf deine Versprechen. Und du wüsstest schon, warum."

Chris ließ den Kopf resigniert auf das rote Handtuch sinken. „Dann wird sie nicht wiederkommen! Ich hab zum zweiten Mal ein Versprechen gebrochen!"

„Nun mach mal aus einer Mücke keinen Elefanten", beschwichtigte ihn Armin. „Auf mich hat sie den Eindruck gemacht, als wäre sie längst nicht so entschlossen, wie sie vorgibt. Außerdem glaubst du doch nicht, dass ich so schnell aufgebe. Sie hat ungewollt ihren größten Schwachpunkt verraten." Er lachte in sich hinein. „Wenn sie bis morgen nicht von allein zurückkommt, werde ich genau an diesem Punkt einhaken."

Kapitel 25

Als Rebekka drei Tage später vom Einkaufen nach Hause kam, hatte sie die übelste Laune, die man sich nur vorstellen konnte. Erstens knurrte ihr Magen. Zweitens – und das hatte mit Punkt eins zu tun – hatte sie viel mehr eingekauft als beabsichtigt. Und drittens hatte sie dabei Geld verwendet, das erst heute Morgen auf ihrem Konto eingegangen war – von einem Absender, von dem sie eigentlich nichts mehr hatte wissen wollen.

Das Juni-Gehalt hatte ihr Konto ausgeglichen. Was jetzt, kurz vor Ende des Monats, dort eingetroffen war, musste der Lohn für Juli sein. Rebekka war sich nicht sicher, ob dies ein Zufall oder ein weiterer Appell an sie war. Fest stand aber, dass sie es niemals hätte ausgeben dürfen. Denn wie sollte sie diese Kündigung aufrechterhalten, ohne ihm das Geld zurückzugeben?

Rebekka quälte sich mit ihren vier Plastiktüten mühsam die Treppe hinauf. Die schweren Tüten schnitten in ihre Hände und zogen ihre Schultern hinab. Und die schweren Probleme drückten auf ihr Gemüt. Sie fand einfach keine Lösung! Die vergangenen Tage hatte sie wieder einmal mit der Suche nach Arbeit verbracht. Aber auch dieses Mal war sie nicht fündig geworden. Ob Chris wiederum die Hände im Spiel hatte? Und seine Verbindungen nutzte, um ihre Bemühungen im Keim zu ersticken?

Sie schüttelte den Kopf. Was hatte das alles zu bedeuten? Warum lag Chris so viel an diesem „Arrangement"? War es Dankbarkeit, weil sie ihm das Leben gerettet hatte? Oder war es sein schlechtes Gewissen? Wollte er die Jahre, die er ihr gestohlen hatte, auf diese Weise zurückerstatten?

Als Rebekka die Wohnungstür erreicht hatte, stellte sie die Tüten mit einem tiefen Seufzer davor ab. Dann kramte sie umständlich den Schlüssel aus der Rocktasche. Angesichts hoher Temperaturen trug sie heute nur ein schlichtes weißes T-Shirt und einen kurzen schwarzen Rock.

Als sie den Flur betrat, fiel ihr Blick als Erstes auf den fremden, grauen Mantel, der dort an der Garderobe hing. Kam ihr der nicht irgendwie bekannt vor? Im nächsten Moment hörte sie auch schon Stimmen. Sie stellte die Einkaufstüten an der nächstgelegenen Wand ab, stürmte zum Wohnzimmer und riss energisch die Tür auf.

„Bist du schon zurück?", fragte Louise und lächelte ihrer Tochter freundlich entgegen.

Neben ihr saß Rosenberg gemütlich auf dem Sofa. Auch er schenkte ihr sein strahlendstes Lächeln. Rebekka blieb glatt die Luft weg.

„Das ist Herr Rosenberg", stellte Louise ihren Gast vor. „Er kommt von der Firma Vorwerk." Als sie bemerkte, dass Rebekkas

Augenbrauen nur so in die Höhe hüpften, fügte sie eilig hinzu: „Aber mach dir keine Sorgen! Er hat uns nur die Polster gereinigt. Er möchte gar nichts verkaufen."

Rebekka öffnete den Mund und schloss ihn dann wieder.

„Macht der Teppichboden Sorgen, musst du dir 'nen Vorwerk borgen." Rosenberg erhob sich und verbeugte sich mit einem eleganten Diener. Dabei legte er den rechten Arm so über den Bauch, dass die schräg lila und schwarz gestreifte Krawatte, die er zu einem fliederfarbenen Hemd und einem schwarzen Anzug trug, nicht herunterhing. „Stets zu Diensten, junge Dame."

Einen Moment lang war Rebekka nicht sicher, ob sie weinen oder doch lieber schreien sollte. Das hier war einfach zu unglaublich. „Wie ich sehe, hast du unseren Gast mit einer Tasse Kaffee versorgt, Mutti", gelang es ihr schließlich hervorzubringen. „Ich denke, ich könnte jetzt auch eine gebrauchen."

Louise Petrell sprang auf. Sie hatte schon immer gern andere Menschen bedient. Seit sie wegen ihrer Schulter so gehandicapt war, galt das noch hundertmal mehr – besonders im Hinblick auf ihre Tochter. Mit einem beglückten Lächeln auf den Lippen schwebte sie aus dem Wohnzimmer.

„Rosenberg, Sie haben eine Vollmeise", flüsterte Rebekka, als ihre Mutter verschwunden war.

„Aber nicht doch", lächelte der Angesprochene. „Ich habe nur über Nacht meine wahre Berufung entdeckt."

Trotz ihres Ärgers kämpfte Rebekka mit einem Schmunzeln. „Hat Hannah Ihnen den Staubsauger freiwillig gegeben?", fragte sie, obwohl das nicht das Thema war, das sie eigentlich besprechen wollte.

Rosenberg seufzte. „Um ehrlich zu sein, wollte sie ihn nicht rausrücken. Deshalb hab ich meinen eigenen mitgebracht. Wie Sie sehen, scheue ich keine Mühen."

Rebekka verschränkte die Arme vor der Brust. „Um was zu bezwecken?"

„Na, um Sie nach Hause zu holen."

„Ich wohne *hier*, Rosenberg." Als sie den Satz ausgesprochen hatte, konnte sie nicht umhin, Chris' Haus mit ihrer eigenen Wohnung zu vergleichen – ein Unterschied wie Tag und Nacht! Chris' Haus war riesig, das Wohnzimmer, in dem sie sich befanden, gerade mal 12 Quadratmeter groß. Und dann erst die Möbel! Während es bei Chris nur wertvolle alte Antiquitäten gab, hatte Rosenberg gerade auf einem Bett gesessen, das Louise notdürftig in eine Couch verwandelt hatte. Immerhin gab es ein paar Kissen und Rückenpolster, die aus dem gleichen Bezug hergestellt worden waren wie die grün-braun karierte Matratze, die jetzt die Sitzfläche des Sofas bildete.

„Sie *wohnen* vielleicht hier, aber Sie *arbeiten* bei Christopher."

„Ich *habe* bei Chris gearbeitet", korrigierte ihn Rebekka. „Jetzt habe ich gekündigt."

„Sie brauchen den Job, Rebekka." Rosenbergs Worte hatten die Qualität einer Feststellung. „Und das wissen Sie auch."

„Warum tut er das?", fragte Rebekka. „Warum liegt ihm so viel an meiner Gegenwart? Oder geht es nur ums Geld? Zahlt er eine Schuld ab? Oder ist es eine Art Pension für meine Mutter?"

„Das ist es also", sinnierte Rosenberg. „Ihr Verhalten ist in Wirklichkeit ein Test. Sie wollen herausfinden, was seine Motive sind. Und wie ernst er es meint."

„Blödsinn!" Rebekka reagierte so heftig, dass sie das Wort viel zu laut ausrief.

Die Reaktion erfolgte in Form von Schritten, die sich eilig näherten. „Stimmt was nicht?", fragte Louise, kaum, dass sie das Wohnzimmer erreicht hatte.

„Ihre Tochter will mir nicht glauben, dass ich einem frisch gesaugten Teppichboden immer noch eine ganze Handvoll Staub entlocken kann", rettete Rosenberg die Situation. „Aber das wird sich ändern. Ich werde es Ihnen gleich vorführen." Er lächelte freundlich und fügte dann hinzu: „*Nach* dem Kaffee."

Louise sah zu Rebekka hinüber, die sich wiederum an Rosenberg wandte. „Ihr Vorhaben wird nicht zum Erfolg führen", sagte sie entschieden. Ihre Worte schienen zu bestätigen, was Rosenberg gesagt hatte, und sorgten dafür, dass ihre Mutter erleichtert wieder den Raum verließ. Gleichzeitig beinhalteten sie eine eindeutige Botschaft an Rosenberg.

Seine Antwort kam nicht minder eindeutig. „Schade", seufzte er, sobald sie wieder allein waren. „Dann hat es wohl keinen Zweck, diese Maskerade aufrechtzuerhalten." Er tat ein paar Schritte auf die Tür zu. „Wenn Sie erlauben, werde ich mich bei

Ihrer Mutter entschuldigen und ihr erklären, wer mich geschickt hat und weshalb ich hier bin."

Rebekka erschrak. „Das … das wagen Sie nicht", hauchte sie fassungslos.

„Sie würde es nicht verkraften, wenn sie wüsste, dass der, dem ihre Familie so sehr geschadet hat, jetzt auch noch Almosen an ihre Tochter verteilt, nicht wahr?"

Rebekka presste die Lippen aufeinander. „Dann sind es also Almosen", sagte sie bitter.

Rosenberg hob interessiert den Kopf und sah Rebekka an. Dann aber trat ein zufriedener Ausdruck auf sein Gesicht. Er lehnte sich zurück und schlug gemütlich die Beine übereinander.

„Wenn das so wäre", sagte er nachdenklich, „würde *ich* es Ihnen bestimmt nicht verraten." Er schüttelte amüsiert den Kopf. „Nein, das müssen Sie schon selbst herausfinden, Rebekka." Sein Blick bohrte sich in ihren. „Und das möchten Sie doch, nicht wahr?"

„Was bleibt mir anderes übrig?", ranzte sie ihn an.

❖

Rebekka stand bereits früh am Morgen des darauffolgenden Tages wieder vor der Tür der Villa Roselius. Im Gegensatz zu sonst öffnete allerdings nicht Hannah, sondern vielmehr Rosenberg.

„Sie sind wohl degradiert worden?", begrüßte Rebekka ihn schlagfertig. „Erst rechte Hand des Chefs, dann Staubsaugervertreter und schließlich Hausmädchen. Nicht gerade eine Karriere, wie sie im Buche steht, oder?"

Rosenberg war so perplex, dass er so schnell keine Antwort parat hatte. „Ich, ähm, ich meine, wir hatten noch nicht so früh mit Ihnen gerechnet."

„Das macht nichts", seufzte Rebekka und zwängte sich kurzerhand an Rosenberg vorbei. Zur Feier des Tages hatte sie das „Arbeit ist Scheiße"-T-Shirt und einen kurzen schwarzen Rock angezogen. „Ich hab selbst noch nicht mit mir gerechnet."

„Wer ist da?" Dem Klang nach zu urteilen, stammte die Frage von Chris und er befand sich mitten auf der Galerie. Seltsamerweise konnte Rebekka ihn trotzdem nicht sehen.

„Rebekka!", rief Rosenberg in einem Tonfall, der so eindringlich war, dass er Rebekka wie eine Warnung erschien.

Ihre Lippen verzogen sich zu einem gehässigen Grinsen. „Ist er nackt oder was?"

„Ich sehe mal nach!", beeilte sich Rosenberg zu sagen. Und dann schoss er auch schon an Rebekka vorbei, direkt auf die Treppe zu. „Am besten, Sie warten hier so lange."

„Nichts da", fauchte Rebekka und folgte ihm auf dem Fuße. „Er hat selbst Schuld, wenn er mich zum zweiten Mal durch Erpressung hierherholt. Es schadet ihm kein bisschen, wenn seine Haare noch nicht liegen."

Von der Galerie ertönte ein Quietschen, das Rebekka nicht so recht einordnen konnte. Sie beschleunigte ihren Schritt. Aber als sie oben ankam, sah sie nur noch einen Schatten, der in ihrem gemeinsamen Arbeitszimmer verschwand.

Neugierig wollte sie ihm folgen, doch da drehte sich Rosenberg plötzlich um, stemmte seinen Arm gegen das Geländer der Galerie und versperrte ihr auf diese Weise den Weg. Rebekka starrte jetzt auf das grün-braun karierte Sakko mit den Ärmelschonern, das Rosenberg zu einer braunen Stoffhose trug. „Wenn es Ihnen nichts ausmacht", sagte er ungewöhnlich streng, „werde ich Ihren Besuch erst einmal ankündigen."

„Es macht mir was aus", flötete Rebekka und tauchte einfach unter Rosenbergs Arm hindurch. Irgendetwas war hier faul, und was das war, würde sie jetzt herausfinden! Sie sprintete förmlich in Richtung Arbeitszimmer. Aber als sie es fast erreicht hatte, fiel direkt vor ihrer Nase die Tür ins Schloss. Gleich darauf ertönte das charakteristische Geräusch, mit dem ein Schlüssel im Schloss herumgedreht wurde. Und tatsächlich! Als Rebekka jetzt versuchte, die Tür zu öffnen, war diese verschlossen. Sie hämmerte ärgerlich auf der Klinke herum.

„Mach auf, Chris! Ich will endlich wissen, was hier los ist!"

Sie spürte, wie sich Rosenberg von hinten näherte, und fuhr zu ihm herum. „Was soll das alles?", schnauzte sie ihn an. „Warum werde ich hier für dumm verkauft?"

Rosenberg seufzte tief. „Mach auf, Christopher", sagte er schließlich in Richtung Tür. „Du kannst es ihr nicht ewig verheimlichen."

„Was verheimlichen?“, entfuhr es Rebekka. *„Was?“*

Beide starrten jetzt auf die Tür, doch da tat sich überhaupt nichts.

„Christopher!“ Rosenberg unternahm einen erneuten Versuch und klopfte.

„Ich verstehe überhaupt nichts“, murmelte Rebekka.

Rosenberg sah frustriert zur Tür. Einen Augenblick lang schien er nicht zu wissen, was er tun sollte. Dann straffte er die Schultern und hob die Hand, um erneut höchst energisch anzuklopfen.

Aber als er hörte, wie der Schlüssel ein zweites Mal im Schloss herumgedreht wurde, hielt er inne. Beide, sowohl Rosenberg als auch Rebekka, starrten jetzt voller Anspannung auf das Türblatt.

Kurz darauf öffnete sich in Zeitlupentempo die Tür ...

Als Rebekka verstand, sog sie scharf die Luft ein. Vor ihr saß Chris ... *im Rollstuhl.*

Ihr Mund öffnete sich wie von allein. Lange, viel zu lange starrte sie ihn einfach nur entgeistert an. Und Chris starrte mit versteinerter Miene zurück.

Schließlich war es Rosenberg, der das Schweigen brach. „Wollen wir nicht, na ja, eintreten?“, fragte er deutlich verunsichert.

Ohne den Blick von Rebekka zu nehmen, griff Chris an den Greifreifen seines Rollstuhles, fuhr quietschend ein Stück rückwärts und gab dadurch den Weg in den Raum frei.

Rebekka blinzelte ein paarmal. Dann ging sie vorwärts ... Schritt für Schritt ... an Chris vorbei ... bis sie zu ihrem Schreibtisch gelangte. Sie zog ihren Bürostuhl zurück und setzte sich. Dass sie Chris auf diese Weise den Rücken zukehrte, war die größte Erleichterung, die sie jemals empfunden hatte. Mechanisch drückte sie die Knöpfe, mit denen der Computer hochgefahren wurde. Was sie jetzt brauchte, war Zeit. Zeit, den größten Schock zu verdauen, den sie seit Langem erlitten hatte.

❖

Anderthalb Stunden später saß Rebekka immer noch regungslos vor ihrem Computer und versuchte, ihre Gedanken zu ordnen.

Äußerlich war sie ruhig, aber innerlich so aufgewühlt wie schon lange nicht mehr.

Hinter sich hörte sie das leise Quietschen, das Chris' Rollstuhl bei jeder Bewegung verursachte. Dies hing mit der Reibung zusammen, die die Gummibereifung auf dem lackierten Parkettfußboden verursachte.

Endlose Minuten verstrichen. Zum ersten Mal in ihrem Leben hatte Rebekka den Eindruck, als könne sie spüren, dass Luft tatsächlich Druck auf ihren Körper ausübte. Ihr war mehr als klar, dass Chris auf eine Reaktion, einen Kommentar von ihr wartete. Aber was sollte sie *dazu* sagen? Was?

Irgendwann hielt sie die bleischwere Stille nicht mehr aus. „War es", begann sie mit dem Mut der Verzweiflung, musste sich dann aber erst einmal räuspern, weil ihre Stimme versagte, „die Schießerei?"

Chris' Antwort klang nicht minder heiser. „Ja."

Rebekka atmete einmal tief durch, drehte sich aber noch immer nicht um. „Krücken?", wagte sie zu fragen.

Dieses Mal zögerte Chris mit der Antwort.

„Also nicht", schlussfolgerte Rebekka.

Das erneute Schweigen sagte mehr als tausend Worte. Und es transportierte so viel Hoffnungslosigkeit, dass es Rebekka urplötzlich auf ihrem Stuhl herumwirbeln ließ. „Aber es muss doch Heilungschancen geben!", brach es aus ihr hervor.

Angesichts ihrer Heftigkeit hob Chris verwundert die Augenbrauen. Aber auch jetzt ließ er sich mit der Antwort Zeit. „Nein", sagte er, nachdem er Rebekka eine Weile intensiv gemustert hatte. Und auch jetzt noch, während er sprach, verfolgte er jede ihrer Reaktionen. „Nicht bei einer Querschnittslähmung." Seine Worte klangen erstaunlich abgeklärt.

Auf Rebekkas Stirn bildete sich eine steile Falte. Aber anstatt ihm zu widersprechen, sprach sie aus, was sie noch immer nicht begreifen konnte: „Wenn du nichts spüren würdest, bräuchtest du keine Tabletten. Aber du nimmst welche."

Chris lachte bitter auf. „Was ich von der Hüfte abwärts nicht mehr spüre, spüre ich von der Hüfte aufwärts umso deutlicher. Witzig, nicht?"

Rebekka sah ihm verunsichert in die Augen. „Was heißt das?"

„Rückenschmerzen", antwortete er leichthin. „Vom vielen Sitzen."

Die junge Frau sah ihn prüfend an. „Sie müssen schlimm sein."

Chris zuckte gleichgültig die Achseln, wich Rebekkas Blick aber aus.

„Sie bringen dich fast um", kombinierte sie.

Chris schluckte und rutschte unruhig auf seinem Rollstuhl hin und her. „Angenehm sind sie nicht", gab er schließlich zu.

„Hast du deswegen so um dich geschlagen?", schlussfolgerte Rebekka.

„Bei Frau Mahler hab ich mich bereits entschuldigt." Chris seufzte tief.

Rebekka schüttelte den Kopf. „Solche Schmerzen ... Dagegen muss man doch was tun können!"

„Ich tu ja schon alles, was möglich ist: Krankengymnastik, Massagen, das volle Programm."

„Immer, wenn ich nicht da bin, oder wie?", brach es aus Rebekka hervor.

Jetzt huschte der Anflug eines Lächelns über Chris' Gesicht. „Genau."

Rebekka schüttelte den Kopf. „Was hast du dir nur dabei gedacht?"

Chris schwieg. Statt einer Antwort ließ er seine Schultern kreisen, um seinen Rücken zu entlasten. Rebekka registrierte erst jetzt, dass er den rotbraunen Pullover trug, der so fantastisch zu seiner Haarfarbe passte.

„Chris!", beharrte Rebekka. „Wenn wir schon reden, dann auch richtig. Also sag schon! Wieso hast du es mir verheimlicht? Hast du wirklich gedacht, dass du das auf Dauer hinkriegst?"

Um Chris' Mundwinkel begann es zu zucken. „Du bist ganz schön lange darauf reingefallen."

Rebekkas Miene verfinsterte sich. „Bist du auch noch stolz darauf?"

„Vielleicht wollte ich einfach mal wissen, ob ich genauso gut schauspielern kann wie du!"

Sie wusste sofort, dass er auf die Entführung anspielte. Ihre Augen verengten sich zu wütenden Schlitzen. „Du weißt ganz genau, dass ich es nicht aus Spaß an der Freude getan habe!", fauchte sie. „Wenn ich gekonnt hätte, hätte ich dir gesagt, wer ich bin. Aber ich musste meine Familie beschützen. Auch vor dir, das hast du ja später eindrücklich unter Beweis gestellt."

Chris zuckte unter diesem verbalen Keulenschlag sichtbar zusammen. Eine Zeitlang starrte er auf seine Hände und knetete dabei sein verstümmeltes Fingergelenk. Dann sagte er plötzlich: „Im Grunde genommen warst du eine miserable Schauspielerin. Weißt du, es ist seltsam, aber im Nachhinein kommt es mir so vor, als ... als hätte ich tief in mir drin vom ersten Moment an gespürt, dass du es bist." Er zögerte. Dann aber hob er seinen Blick und sah Rebekka in die Augen. „Wusstest du, dass ich noch heute manchmal mitten in der Nacht aufwache und diese ... diese Aura von Menschlichkeit spüre, die du damals in meine Hölle hineingebracht hast?"

❖

In der darauffolgenden Zeit veränderte sich so einiges im Hause Roselius. Dass die Wahrheit über Chris' Beeinträchtigung ans Licht gekommen war, wehte wie ein frischer Wind in die hintersten Winkel des Hauses. Dies zeigte sich zunächst darin, dass alle Türen geöffnet wurden. Rebekka bekam Zutritt zu den meisten Zimmern und konnte sich ungehindert – vor allem ohne Begleitung – im Haus bewegen. Auch Chris steigerte seine Mobilität.

Abgesehen davon herrschte jetzt ein ständiges Kommen und Gehen im Haus. Ärzte, Masseure, Krankengymnasten und Mitarbeiter der Firma gaben einander die Klinke in die Hand.

Rebekka verglich die Situation manchmal mit ihrer Entlassung aus dem Gefängnis. Alle Heimlichtuerei war verschwunden. Das normale Leben hielt Einzug!

An einem Mittwochmorgen im Juli um Viertel nach zehn – Rebekka beschäftigte sich gerade mit Durchflusscytometrie, während Chris an seinen Uhren herumbastelte – betrat Rosenberg den Raum und kündigte den Besuch von Herrn Rulffes, dem Krankengymnasten, an.

„Lass dich nicht hetzen", sagte Rosenberg mit einem Grinsen und wandte sich schon wieder zum Gehen. „Wie du weißt, braucht er Zeit, um seine Folterinstrumente auszupacken."

„Bitte ihn in *dieses* Zimmer“, entgegnete Christopher, ohne von seiner Arbeit aufzublicken oder Rosenberg auch nur anzusehen.

Dieser blieb ganz abrupt stehen und drehte sich um. Seinem verwunderten „Häh?“ war zu entnehmen, dass er glaubte, sich verhört zu haben.

„Bitte ihn in *dieses* Zimmer“, wiederholte Chris ungerührt.

Rosenberg sah sich Hilfe suchend zu Rebekka um, erntete aber auch von dort nur ein verwirrtes Schulterzucken. Sicher, ihr war schon aufgefallen, dass Chris in letzter Zeit immer stärker dazu neigte, seine gesamte Zeit in ihrer Nähe zu verbringen. Auf jeden Fall empfing er die Mitarbeiter seiner Firma dort, wobei es ihn auch nicht zu stören schien, dass Rebekka auf diese Weise Interna mitbekam. Zu ärztlichen Behandlungen, Massagen und krankengymnastischen Übungen hatte er sich bis jetzt aber immer in ein anderes Zimmer zurückgezogen.

„Die, äh, Matte“, stammelte Rosenberg. „Und, also, der Hocker.“

Jetzt endlich sah Chris zu ihm hinüber. „Ist das zu schwer für dich?“, fragte er schlicht.

„N-nein“, stotterte Rosenberg. „Ich weiß bloß nicht ... Ich meine ... Wohin willst du es haben?“

Chris deutete zum Esstisch. „Schieb den Tisch an die Wand. Dann ist genug Platz da.“

Rosenberg nickte, trat aber immer noch unentschlossen von einem Bein auf das andere. Schließlich hielt er es nicht mehr aus und wandte sich an Rebekka. „Wollten Sie heute früher Schluss machen?“

„Armin!“, entfuhr es Chris. „Glaubst du nicht, dass du ein wenig übertreibst? Ich turne ja schließlich nicht nackt!“ Dann wandte er sich seinerseits an Rebekka. „Oder stört es dich, wenn die Krankengymnastik hier stattfindet?“

Rebekka schüttelte mechanisch den Kopf, was Armin Rosenberg dazu veranlasste, beinahe fluchtartig den Raum zu verlassen. Aber schon wenig später öffnete sich die Tür erneut und er schleppte eine schwere, dunkelblaue Turnmatte in den Raum hinein. Nur wenige Zentimeter vor dem Esstisch ließ er sie geräuschvoll auf den Fußboden plumpsen. Dann zog er alle Stühle sorgfältig ein Stück ab, schob den Tisch scharrend an die nächstgelegene Wand und ließ die Stühle folgen. Anschließend platzierte er die Matte dort, wo sich der Tisch befunden hatte.

Chris verfolgte das Ganze mit einem amüsierten Zucken um seine Mundwinkel. Er sah noch zu, wie Rosenberg einen breiten, weich gepolsterten Sitzhocker hereinbrachte und in der Nähe der Matte platzierte. Als Rosenberg dann den Raum verließ, rollte auch Chris zur Tür hinaus.

Wenig später betrat Herr Rulffes das Zimmer. Rebekka hatte ihn schon einmal kennengelernt. Er war ein kleiner, aber äußerst kräftiger Mann von Mitte vierzig. Sein Körper wirkte durchtrainiert. Abgesehen von seinen etwas zu eng zusammenliegenden Augen sah er recht gut aus. Er war mit einem dunkelblauen Trainingsanzug bekleidet und trug einen schwarzen Rucksack bei sich.

„Morgen", sagte er und nickte Rebekka freundlich zu. „Sind Sie heute die Patientin?"

Die junge Frau lachte und schüttelte heftig den Kopf. „Das will ich doch nicht hoffen! Chris kommt gleich."

„Aha", sagte Herr Rulffes mit etwas seltsamer Betonung.

Rebekka hatte jedoch keine Zeit, sich darüber zu wundern, weil Chris in diesem Moment zurückkehrte. Er hatte sich umgezogen, trug eine anthrazitfarbene Jogginghose und ein kurzärmeliges helles Sportshirt. Es lag hauteng an und ließ ihn im Vergleich zu Herrn Rulffes doch eher schmal wirken. Auf alle Fälle wurde Rebekka einmal mehr davon überzeugt, dass Chris mit seiner Beinmuskulatur auch einen großen Teil seiner Rücken- und Armmuskulatur eingebüßt hatte. So überaus stark und kräftig wie früher war er jedenfalls nicht mehr. Sie fragte sich, warum das so war. Hätte nicht der gegenteilige Effekt eintreten müssen? Brauchte er seine Oberkörpermuskulatur in der jetzigen Situation nicht sogar nötiger als vorher?

Chris fuhr mit seinem Rollstuhl bis zu einer Stelle neben dem Hocker und verschränkte dann abwartend die Arme vor der Brust.

„Wo bleibt er denn?", fragte Herr Rulffes nach einer Weile.

Rebekka runzelte die Stirn. Von wem war jetzt die Rede?

Chris griff in die Tasche seiner Jogginghose und holte die Uhr seines Großvaters daraus hervor. Offenbar trug er sie in wirklich jeder Lebenslage bei sich. Er warf einen kurzen Blick darauf. „Bezahl ich Sie nicht gut genug, dass ein paar Minuten Wartezeit im Preis mit drin wären?"

„Tut mir leid", entschuldigte sich der Krankengymnast. „Normalerweise bin ich sehr geduldig. Aber wenn so extrem hübsche Damen anwesend sind" – er warf Rebekka einen bedeutungsvollen Blick zu –, „lauf ich irgendwie im Kreis."

Rebekka wurde von diesem Bekenntnis so überrascht, dass sie errötete. Im Gegensatz dazu verfinsterte sich Chris' Blick ganz erheblich. „Armin!", rief er nun seinerseits ungeduldig in den Flur hinaus.

„Ich komme ja schon", ertönte es von dort. Sekunden später stürzte Rosenberg in den Raum. Er eilte auf die eine Seite des Rollstuhles, wartete, bis Herr Rulffes auf der anderen Seite in Position gegangen war, und griff dann beherzt unter Chris' Achseln.

„Eins ... zwei ... drei", ertönte es, dann hatten die beiden Männer Chris hochgehoben und vom Rollstuhl auf den Hocker befördert.

Rebekka hatte das Ganze aus dem Augenwinkel beobachtet und versuchte nun, sich ihre Verwunderung nicht anmerken zu lassen. Hatte Chris es wirklich nötig, sich bei einer solchen Kleinigkeit von anderen helfen zu lassen? War er am Ende viel pflegebedürftiger, als sie bisher vermutet hatte? Oder kränker, als er zugab? Sie wagte nicht, ihn in Gegenwart weiterer Personen danach zu fragen, beschloss aber, dies später nachzuholen.

Inzwischen hatte Herr Rulffes ein Stretchband mit zwei Griffen aus seinem Rucksack hervorgezaubert. Er hielt es Chris hin, doch dieser verschränkte demonstrativ die Arme vor der Brust.

„Der Sinn einer Krankengymnastik besteht darin, Muskeln aufzubauen und die Muskelkraft zu *steigern*", sagte Herr Rulffes. „Und das funktioniert nur, wenn man den Widerstand der Bänder erhöht."

„Der Sinn *dieser* Krankengymnastik besteht darin, mich irgendwie am Leben zu erhalten", widersprach Chris und rieb sich energisch über die Stelle, an der sich einmal sein kleiner Finger befunden hatte. „Alles andere ist bei mir sowieso Verschwendung."

Rebekka strich die Frage nach Chris' Gesundheitszustand wieder von ihrer Liste. Sie wusste jetzt schon, woher der Wind wehte. Ein klarer Fall von Selbstmitleid!

„Nichtsdestotrotz könnten Sie das neue Band doch wenigstens einmal ausprobieren. Es ist ganz bestimmt kaum widerstandsfähiger als das alte."

„Muss ich mir erst eine Schere bringen lassen?", wollte Chris wissen.

Der Krankengymnast seufzte, warf das Stretchband verärgert in seinen Rucksack zurück und holte ein andersfarbiges daraus hervor. „Dann bleiben wir also bei der Kleinkindervariante – auch gut", murmelte er und warf das Band mit ein bisschen zu viel Schwung in Chris' Richtung.

Der fing es jedoch gekonnt auf und schleuderte es im nächsten Moment so unvermittelt und mit einer solchen Kraft zu Herrn Rulffes zurück, dass es ungebremst gegen dessen Brustkorb flog und ihm ein klägliches Stöhnen entlockte.

Rebekka keuchte vor Schreck einmal kurz auf und löste sich nun vollends von ihrem Lernstoff. Im ersten Moment hatte sie den Eindruck, als würde Herr Rulffes wutentbrannt auf Chris losgehen, dann jedoch bekam er sich in den Griff. Während es hinter seiner Stirn zu arbeiten schien, entspannten sich seine Gesichtsmuskeln immer mehr. Schließlich setzte er sich in Bewegung, doch war nicht Chris, sondern vielmehr Rebekka sein Ziel. Noch während er ging, öffnete er den Reißverschluss seiner Trainingsjacke, streifte sie ab, zog sich auch noch sein weißes T-Shirt aus und stand plötzlich mit seiner gesamten Muskelpracht direkt vor Rebekkas Nase.

„Ich hab mich verletzt", sagte er in mitleiderregendem Tonfall. „Können Sie mal gucken, ob es was Ernstes ist?"

Rebekka hielt erschrocken die Luft an. Sie wusste überhaupt nicht, wohin sie gucken sollte.

„Schluss jetzt!", ließ sich nun Chris vernehmen. Seine schlechte Laune hatte inzwischen ihren Höhepunkt erreicht. „Entweder wir beginnen jetzt mit der Gymnastik oder Sie können gleich nach Hause gehen!"

Herr Rulffes, der Chris in diesem Moment den Rücken zudrehte, blinzelte Rebekka verschwörerisch zu und sah dabei unglaublich zufrieden, wenn nicht gar triumphierend aus. Es dauerte einen Augenblick, bis er sein Gesicht wieder unter Kontrolle hatte. Dann erst drehte er sich zu Christopher um, schlenderte zu ihm zurück und half ihm bei den gymnastischen Übungen.

Die Prozedur, die nun begann, dauerte kaum mehr als zwanzig Minuten und wirkte auf Rebekka eher wie Mutter-und-Kind-Turnen als wie eine Krankengymnastik. Ein paar Streck- und Dehnübungen hier, ein bisschen Muskelaufbau dort. Alles möglichst so, dass keine Anstrengungen damit verbunden waren.

So war es auch gar nicht verwunderlich, dass sich Chris in alledem mehr als gelangweilt gab. Er absolvierte die Übungen allenfalls halbherzig, verdrehte vor jeder neuen Betätigung die Augen und gähnte manchmal sogar. Wirklich aktiv wurde er eigentlich nur, wenn Herr Rulffes versuchte, die Zügel anzuziehen. Dann kämpfte er so vehement gegen ihn an, dass der Mann am Ende entnervt aufgab.

Zwanzig Minuten später konnte man Chris keinerlei Anstrengung ansehen. Rebekka vermutete, dass er nicht einmal ins Schwitzen gekommen war.

Nachdem Herr Rulffes mithilfe von Rosenberg seinen Patienten in den Rollstuhl zurückgehievt hatte, sagte Chris überaus freundlich: „Laufen Sie mir nicht weg, Herr Rulffes. Ich möchte draußen noch mit Ihnen reden, okay?“ Gemeinsam verließen die beiden den Raum.

Dies war das letzte Mal, dass Rebekka Herrn Rulffes begegnete …

❖

Auch die nächste Krankengymnastik fand in dem Arbeitszimmer statt, das sich Rebekka und Chris teilten. Obwohl sie nicht mehr von Herrn Rulffes, sondern von einem anderen Mann namens Schöbling durchgeführt wurde, hatte sie viel Ähnlichkeit mit der letzten Sitzung. Sie war ebenso kurz und nicht minder seicht. Aber das konnte auch daran liegen, dass Herr Schöbling sehr viel älter war als Herr Rulffes. Rebekka schätzte ihn auf Ende fünfzig. Er war faltig und ausgemergelt und wirkte ungefähr so energiegeladen wie eine Kuh beim Wiederkäuen …

Ganz anders der Masseur. Er hieß Max – so und nicht anders ließ er sich ansprechen – und schien gar nicht zu wissen, wo er all seine Energien entladen sollte. Er redete ohne Punkt und Komma und massierte Chris so lange und ausdauernd, dass Rebekka regelmäßig aufatmete, wenn er endlich ging. In seinem Fall hätte Rebekka ganz gut darauf verzichten können, dass neuerdings halb Hannover in diesem Raum ein und aus ging.

Chris hingegen schien das ganz und gar anders zu sehen. Kam Max am Anfang zweimal die Woche, so dehnte er seine Besuche nach einiger Zeit auf dreimal und dann viermal die Woche aus. Als er schließlich sogar jeden Tag erschien, platzte Rebekka der Kragen.

„Zipfelsinn und Zeckendreck!", schimpfte sie an einem Freitagmorgen, als der Masseur endlich gegangen war. „Nichts gegen deinen Max, aber ich halte sein ewiges Gequassel nicht mehr aus. Wirklich nicht! Entweder du bestellst ihn in Zukunft nachmittags oder ich wandere aus!"

Chris, der schon wieder in seinem Rollstuhl saß, sah Rebekka erstaunt an. „Oh", machte er, „ich ... ich wusste nicht, dass er dich so stört." Er griff nach dem hellblauen T-Shirt, das sich noch auf der Massageliege befand, und zog es wieder über. „Tut mir wirklich leid!"

Rebekka seufzte tief. „Ich komme nicht gut voran, weißt du ..."

Chris nickte eifrig. „Kein Problem! Er kann nachmittags kommen. Kein Problem!"

Aber Rebekka war noch nicht zufrieden. „Ganz so drastisch müssen die Maßnahmen nun auch wieder nicht sein. Ich bin ja kompromissbereit. An zwei- oder dreimal die Woche könnte ich mich schon gewöhnen!"

Entschieden schüttelte Chris den Kopf. „Wenn er dich stört, wird er verbannt. Das ist keine Frage."

Rebekka sah ihn zweifelnd an. „Meinst du wirklich?"

Chris nickte und fuhr mit seinem Rollstuhl quietschend zu seinem Schreibtisch zurück. Da die seitlichen Rollcontainer entfernt worden waren, konnte er problemlos an seinen Arbeitsplatz zurück. „Keine Frage!", bestätigte er und schaltete den PC wieder ein.

Bald darauf waren sowohl Chris als auch Rebekka in ihre Arbeit vertieft. Sie wurden erst wieder gestört, als eine gute Stunde später das Telefon klingelte.

Chris griff nach dem schnurlosen Telefon, das neben seinem PC auf dem Schreibtisch stand. „Roselius", meldete er sich fast ein bisschen geistesabwesend. Aber dann richtete er sich so plötzlich in seinem Rollstuhl zu seiner vollen Größe auf, dass Rebekka aufmerkte.

„Du bist es", sagte Chris und klang dabei überhaupt nicht begeistert. „Danke der Nachfrage, aber ich komme ganz gut zurecht." Rebekka hatte Chris' Stimmungen in den vergangenen Wochen zur Genüge kennengelernt. Jetzt spürte sie deutlich seine Abwehrhaltung. „Ich sagte doch, ich komme zurecht." Rebekka beobachtete, wie Chris intensiv an der Stelle herumknetete, an der einmal sein kleiner Finger gewesen war. Ein Zeichen für Ärger oder Nervosität, wie sie nun schon länger wusste. „Ich brauche deine Hilfe aber nicht!" Chris' Stimme klang jetzt regelrecht schneidend. „Und Aufmunterung brauche ich erst recht nicht!" Chris hatte die Hände zu Fäusten geballt. Rebekka wusste, dass er jeden Moment explodieren würde. Und sie behielt recht. „Lass mich endlich in Ruhe!", brüllte er hasserfüllt ins Telefon. „Und wag es nicht, mir noch einmal eines deiner Geschenke vorbeizuschicken. Hörst du!?" Mit diesen Worten flog das Telefon durch die Luft. Es landete mit einem lauten Knall direkt an der Wand neben der Zimmertür und zerbarst dort in viele kleine Teile.

Rebekka schluckte und hatte keine Ahnung, wie sie mit diesem Wutausbruch umgehen sollte. Schließlich erhob sie sich, ging langsam zur Tür hinüber und sammelte die Reste des Telefons vom Boden auf.

„Das kann Hannah machen", stieß Chris gepresst hervor. Rebekka spürte nur zu deutlich, dass er noch immer Mühe hatte, seinen Ärger unter Kontrolle zu bekommen. Trotzdem fuhr sie mit ihrer Arbeit fort. Sie würde sich auch jetzt keine Befehle erteilen lassen! Als sie fertig war, trug sie den ehemals wertvollen Müll zu Chris' Schreibtisch hinüber und warf ihn dort geräuschvoll in den Papierkorb.

Dann murmelte sie leise: „Ich frage mich, an wessen Kopf das Ding eigentlich hätte zerschellen sollen ..."

Chris blickte zu ihr auf. Es dauerte einen Moment, bis er begriff, welche Frage sie mit ihren Worten stellte. Es dauerte einen weiteren Moment, bis er entschieden hatte, dass er diese auch beantworten wollte. „Am Kopf meines Vaters", sagte er mit etwas heiserer Stimme.

„Oh", machte Rebekka und konnte seinen Wutanfall auf einmal besser verstehen. Im Bruchteil von Sekunden erinnerte sie sich an ihre eigenen Begegnungen mit dem alten Roselius. Sie konnte ihn nicht ausstehen! Ihr Blick wanderte zurück zu Chris. Die Verlorenheit, die er in diesem Moment ausstrahlte, versetzte ihr einen Stich.

„Ich dachte, ihr hättet euch versöhnt", fragte Rebekka mit sanfter Stimme. „Schließlich hat er dir die Firma übergeben."

Chris seufzte tief. Nach einer ganzen Weile sagte er: „Das hat er wahrscheinlich nur getan, um mich scheitern zu sehen."

Rebekka schluckte. Mit so viel Bitterkeit hatte sie nicht gerechnet. „Und?", flüsterte sie mitfühlend. „Scheiterst du?"

Chris' Schultern sackten noch eine Spur tiefer. „Ich denke schon ..."

Rebekka verspürte auf einmal den starken Drang, Chris zu trösten. Sie wusste bloß nicht, wie sie das anstellen sollte. Ein wenig verunsichert näherte sie sich ihm, blieb dann aber stehen, zögerte und ließ sich schließlich mit gehörigem Sicherheitsabstand auf der linken Seite seiner Schreibtischplatte nieder. „Und woran machst du das fest?", fragte sie ein wenig hilflos.

„Mein Vater liest es an den Gewinnen ab", antwortete Chris niedergeschlagen. „Seit ich die Firma führe, sind die Gewinne rückläufig." Er zuckte hilflos mit den Schultern. „Ich versuche ja, genauso geschäftstüchtig zu sein wie er. Aber es gelingt mir einfach nicht."

„Vielleicht liegt es an den horrenden Löhnen, die du nichtsnutzigen Angestellten zahlst", schmunzelte Rebekka. Aber dann wurde sie sofort wieder ernst. Dieser Satz hatte sie an eine Frage erinnert, die sie seit dem Tag beschäftigte, an dem sie diesen verrückten Arbeitsvertrag unterschrieben hatte.

„Damals im Kasino ...", begann sie ganz unvermittelt.

Chris sah überrascht zu ihr auf.

„Als ich ohnmächtig wurde ..." Sie betrachtete Chris prüfend und beschloss dann, ihm die Frage ganz direkt zu stellen. „Ist damals wirklich die ‚Acht' gefallen?"

Chris erbleichte und hatte die Frage damit auch schon beantwortet.

„Aber das ... das ..." Rebekka konnte nur noch stammeln. „... das würde bedeuten, dass du damals 11.200 Euro verloren hast!"

Der junge Mann schwieg.

„Aber das kann nicht sein!" Rebekkas Stimme überschlug sich fast. „Du hast mir damals den Schein gezeigt. Dass sie dir das Geld wieder ausgezahlt haben!"

Chris wandte den Blick ab und nuschelte: „Ich wusste eben, dass du einen Beweis fordern würdest. Außerdem brauchte ich noch mehr Geld, du weißt schon, um dir den vermeintlichen Gewinn auszuzahlen."

„Das ... das ist total bescheuert." Rebekka nestelte an den Fledermausärmeln ihres grau-schwarzen Pullovers herum. „Ich meine ... bist du nicht ganz dicht?"

Chris zuckte die Achseln. „Geld bedeutet mir eben nicht viel."

„Ach, und dann wunderst du dich noch, dass die Geschäfte schlecht laufen?"

„Wenn ich ‚Geschäfte' sage", verteidigte sich Chris, „dann meine ich auch Geschäfte. Meine privaten Ausgaben finden keinen Eingang in die Buchführung. Auch dein Gehalt taucht da nicht auf. Oder glaubst du, dass ich Ärger mit dem Finanzamt will? Nein, es ist so, wie ich gesagt habe, die *Gewinne* sind rückläufig."

Rebekka seufzte tief. Sie hatte sich noch immer nicht so ganz von dem Schock erholt. „Aber warum?"

„Wenn ich das nur wüsste!" Chris begann schon wieder, seinen Phantom-Finger zu bearbeiten. „Na ja", sagte er schließlich, „vielleicht liegt es an meiner fehlenden Begeisterung. Ich ..." Er stockte, aber dann brach es ungehindert aus ihm heraus: „Ich kann mit Hühnern einfach nichts anfangen! Hühner! Wer interessiert sich schon für Hühner?"

Rebekka musste lachen. „Und ich dachte, für die Hühner hättest du deine Leute."

„Die hab ich ja auch“, räumte Chris ein. „Im Grunde läuft sowieso alles genau wie vorher. Und deshalb verstehe ich es auch nicht! Warum sinken die Gewinne?“

„Vielleicht liegt es genau daran“, überlegte Rebekka laut.

Chris sah interessiert zu ihr auf. „Woran?“

„Daran, dass du deinen Vater kopierst. Man ist nur gut in dem, was dem eigenen Herzen entspringt.“

„Meinem Herzen entspringt überhaupt nichts“, klagte Chris zutiefst frustriert. „Ich bin völlig unbegabt.“

„Sagt das dein Vater?“, regte sich Rebekka auf. „Er hat unrecht! Niemand auf dieser Welt ist unbegabt. Du hast deinen Stil nur noch nicht gefunden! Probier einfach mal was aus! Vielleicht erlebst du ein paar Fehlschläge. Aber wenn du weitermachst, findest du irgendwann deine ganz persönliche Schatzkiste!“

„Du hast gut reden!“, jammerte Chris. „Vielleicht finde ich diese ominöse Schatzkiste. Aber wenn ich sie aufmache, werden ganz bestimmt keine Hühner drin sein. Uhren vielleicht, aber keine Hühner!“

„Ich weiß“, seufzte Rebekka. „Aber Uhren werden der Firma nichts nützen.“ Sie musste plötzlich grinsen. „Es sei denn, du stellst Eieruhren her ...“ Im nächsten Moment war es um ihre Beherrschung geschehen und sie lachte lauthals los.

„Ha, ha“, machte Chris, ließ sich aber schon im nächsten Moment von ihrem Gelächter anstecken.

Als sie sich halbwegs wieder beruhigt hatten, sagte Rebekka: „Mal im Ernst. Wenn die Gewinne rückläufig sind, wäre es vielleicht an der Zeit für ein paar tiefgreifende Veränderungen. Wie wär's zum Beispiel mit einer kleinen Umstellung auf Freilandhaltung und Öko-Eier, hm?“

Chris' Gelächter ging in ein wissendes Grinsen über. „Ganz uneigennützig gesprochen, versteht sich ...“

Rebekka verschränkte die Arme vor der Brust. „Nur weil es mir gefällt, muss es nicht falsch sein.“

„Das stimmt.“ Chris nahm den Tacker in die Hand, der auf seinem Schreibtisch stand, und drehte ihn nachdenklich in den Händen hin und her. „Aber außer dir sollte es auch noch meinem Vater gefallen ...“

„Warum?“, erkundigte sich Rebekka keck. „Schließlich sind

wir gerade zu dem Ergebnis gekommen, dass du dich von deinem Vater lösen musst."

„Das ist aber nicht so einfach", seufzte Chris. „Es gibt da nämlich gewisse Klauseln im Übergabevertrag." Er nahm gedankenverloren ein leeres Blatt zur Hand, hielt es in den Tacker und drückte zu. Mit dem dafür charakteristischen Geräusch verankerte sich eine kleine silberne Klammer in dem Blatt. „Mein Vater braucht nur mit dem Finger zu schnipsen und ich bin die ganze Verantwortung wieder los."

„Dann überzeugst du ihn eben!" Rebekka erhob sich und gestikulierte jetzt auch mit den Händen, um ihre Worte zu unterstreichen. „Versetz dich doch mal in eine von deinen Hennen. Sie lebt auf etwa 480 Quadratzentimetern. Das sind 22 Zentimeter Breite und 22 Zentimeter Tiefe. Stell dir doch mal vor, du müsstest dein gesamtes Leben auf so engem Raum verbringen. In einem Auto zum Beispiel, einem Auto wie" – ihr Gesicht nahm einen etwas gequälten Ausdruck an –, „Peppo!" Die Erinnerung tat immer noch weh. Ihre Mutter hatte nie einen Führerschein besessen. Außerdem war Peppo extrem reparaturbedürftig gewesen, nachdem sie mit ihm vor Völle geflohen war. Da war es doch nur verständlich, dass Louise ihn verkauft hatte. Nach den zweieinhalb Jahren Gefängnisaufenthalt wäre er ohnehin nur noch schrottreif gewesen. Und trotzdem ...

Chris senkte den Blick, fuhr mit den Händen an den Armlehnen seines Rollstuhles entlang und sagte leise: „Eigentlich lebe ich so ... Vielleicht kann ich mich besser in die Lage der Hühner hineinversetzen, als du glaubst."

Rebekka schluckte. Mit dieser Antwort hatte sie nicht gerechnet. Der Rollstuhl wie ein Hühnerkäfig? „Ich ... ich wusste nicht, dass du das so empfindest."

„Auf jeden Fall kann ich nichts für deine Hühner tun. Glaub mir, ich hab die Diskussion mit meinem Vater schon zur Genüge geführt."

„Hast du ihm auch gesagt, dass die extreme Bewegungseinschränkung bei den Tieren zu Knochenschäden und einem unnatürlichen Auswachsen der Krallen führt?", ereiferte sich Rebekka.

„Ja, hab ich!", gab Chris verärgert zurück. „Und ich musste

mir anhören, dass der Futterbedarf durch den Auslauf der Tiere und die ungeregelten Stalltemperaturen im Rahmen der Freilandhaltung etwa 20 Prozent höher wäre. Klasse, wenn die Gewinne auch so schon rückläufig sind!"

„Aber Öko-Eier bringen auch mehr Geld ein!"

„Mein Vater ist aber nicht der Meinung, dass einen das nach vorn bringt. Er sieht unkalkulierbare Risiken. Angeblich droht in der Freilandhaltung ‚Hühnermüdigkeit', gemeint ist damit, dass wir in großen Mengen Tiere durch Krankheiten verlieren. Seiner Ansicht nach ist das sozusagen vorprogrammiert. Erstens könne man die Ställe nicht ausreichend desinfizieren und zweitens würden Katzen und Regenwürmer Krankheitserreger einschleppen. Was soll ich dem entgegensetzen? Ich bin doch kein Experte!" Chris tackerte weitere Klammern in das unschuldige weiße Blatt. „Außerdem kann mein Vater nichts besser als diskutieren. Glaub mir, ich stehe am Ende immer wie ein dummer Junge da! Er schafft es sogar, die Freilandhaltung als Tierquälerei darzustellen! Vor Kurzem hat er mir eine Untersuchung unter die Nase gehalten, wonach in der Freilandhaltung viel häufiger Federpicken und Kannibalismus beobachtet werden!"

„Traue keiner Statistik, die du nicht selbst gefälscht hast", seufzte Rebekka und setzte sich wieder auf die Schreibtischplatte. Dabei vergaß sie allerdings, den Sicherheitsabstand einzuhalten. „Also keine Öko-Eier", murmelte sie. Sie verstand immer besser, warum Chris seinen Vater fürchtete. „Aber was dann?" Sie überlegte.

„Du riechst immer noch nach Karamell ...", sagte Chris und schloss für einen kurzen Moment genießerisch die Augen.

Rebekka starrte ihn an. Sie wusste, was er meinte, denn auch sie hatte gerade eben sein charakteristisches Aftershave bemerkt. „Lenk jetzt nicht vom Thema ab", krächzte sie und rutschte ein paar Zentimeter von ihm ab. „Wir wollten eine Lösung für deine Firma finden. Denk nach! Du hast immerhin BWL studiert. Da wirst du doch ein paar brauchbare Ideen entwickelt haben!"

„Ich hab eher halbherzig studiert", entgegnete Chris niedergeschlagen. „Ich hab mich ohnehin nur auf Druck meines Vaters für BWL entschieden." Er ließ das Blatt auf die Schreibtischplatte zurückschweben und beschwerte es mit dem Tacker. „Du weißt, wozu das geführt hat. Ich hatte" – er zögerte –, „na ja, mehr Frauen im Kopf als alles andere."

Rebekka schluckte. „Blondinen", nickte sie bitter, „ich weiß. Was ist eigentlich aus der Frau geworden, die du mit in den Gerichtssaal geschleppt hast?"

„Ich hab sie nicht mit in den Gerichtssaal geschleppt!", protestierte Chris. „Ich hatte ihr sogar verboten, mit reinzukommen ..."

„Sieht aus, als hätte sie dieses Verbot missachtet. Nachdem du verletzt wurdest, hatte sie sich ziemlich besitzergreifend auf dich geworfen."

Chris lachte bitter auf. „Ja, da war sie noch besitzergreifend. Aber als deutlich wurde, dass ich nie wieder der Alte werden würde, hat sie panisch die Flucht ergriffen. Sie wollte nicht mit einem Krüppel zusammen sein. Kann man ihr nicht verdenken, oder?" Er sah Rebekka durchdringend an. Als sie nicht antwortete, fragte er noch einmal: „Wie denkst du darüber?"

„Ich weiß nicht", antwortete Rebekka versonnen. „Äußere, also, körperliche Einschränkungen finde ich weit weniger schlimm als innere. Deine inneren Einschränkungen hat wohl keine der Frauen bemerkt, was?"

Chris schluckte und sah Rebekka ungewöhnlich ernst in die Augen. „Keine, außer dir ..."

❖

Keine, außer dir ...

Was hatte er damit gemeint? Obwohl sie es nicht wollte, konnte Rebekka das Gespräch mit Chris einfach nicht vergessen. Das ganze Wochenende über dachte sie an nichts anderes. In zwei aufeinanderfolgenden Nächten träumte sie von der Schießerei im Gerichtssaal. Und warum fühlte sie sich bei jeder Blondine, die ihr begegnete, an Chris' frühere Frauengeschichten erinnert?

Sie versuchte, sich stärker auf ihr Studium zu konzentrieren, aber auch das schien nicht zu helfen. Neuerdings machte es sie immer nervös, wenn dieses Quietschen nicht zu hören war ...

Sogar ihre Mutter bemerkte, dass mit Rebekka irgendetwas nicht stimmte. „Du musst dir doch nicht schon wieder Sorgen um deine Arbeitsstelle machen?", war eine der am häufigsten gestellten Fragen.

Ach, Mutti, wenn du wüsstest …

Als der Montag anbrach, atmete Rebekka auf. Vielleicht konnte sie ein bisschen mit Chris streiten, um innerlich wieder ins Gleichgewicht zu kommen.

Aber als sie ihm dann tatsächlich gegenüberstand, brachte sie nur ein mageres „Guten Morgen" heraus. Sie fühlte sich immer noch gehemmt und zupfte nervös an ihrer Bluse herum! Heute Morgen hatte sie Stunden gebraucht, um sich für ein Outfit zu entscheiden. Schließlich war ihre Wahl auf die weiße Bluse mit den großen schwarzen Punkten, den schwarzen Pullunder und die lange weiße Hose gefallen. Ihre Haare hatte sie mit ihren Perlenklammern nach hinten gesteckt.

Genau wie Rebekka schien auch Chris nicht ganz er selbst zu sein, jedenfalls erwiderte er ihren Gruß nur halbherzig und flüchtete sich danach sofort wieder an seinen Computer.

Auf diese Weise verbrachte Rebekka die ersten beiden Stunden des Tages in dem verzweifelten Versuch, trotz der Semesterferien, die bereits begonnen hatten, etwas Sinnvolles zu lernen. Aber obwohl sie manche Fakten an die hundertmal wiederholte, konnte sie sie einfach nicht behalten.

Als um kurz vor zehn die Tür geöffnet wurde und Rosenberg das Arbeitszimmer betrat, wäre Rebekka vor Begeisterung beinahe aufgesprungen. „Guten Morgen", flötete sie freudestrahlend.

„Morgen", antwortete Rosenberg und sah ein wenig erstaunt zu Rebekka herüber.

„Was soll denn das?", fauchte Chris.

Erst jetzt fiel Rebekkas Blick auf das Handtuch, das Rosenberg in Händen hielt. Es war hellblau und hatte damit dieselbe Farbe wie das Oberhemd, das Rosenberg zu einem dunkelblauen Anzug und einem blau gemusterten Halstuch trug.

„Wieso?", entgegnete Rosenberg. „Max ist da. Ich bring nur das Handtuch."

„Ich hatte dir am Freitag deutlich gesagt, dass –" An dieser Stelle hielt Chris ganz plötzlich inne, schien hektisch nachzudenken und fuhr dann sichtlich verunsichert fort: „... dass ich nicht möchte, dass er morgens kommt. Jedenfalls nicht wochentags." Er sah Rosenberg flehend an. „Du weißt schon ..."

Aber Rosenberg schien überhaupt nichts zu wissen. „Letzte Woche hast du zu mir gesagt, dass er einmal öfter kommen soll. Was stimmt denn jetzt?"

„Er soll heute *Nachmittag* kommen", befahl Chris. Er schien wirklich nicht auf eine Massage vorbereitet zu sein, denn er war weit weniger leger gekleidet als gewöhnlich. Rebekka vermutete, dass er noch einen Mitarbeiter empfangen wollte. Jedenfalls trug er ein altrosafarbenes Oberhemd und eine dazu passende Krawatte.

„So ein Unsinn", widersprach Rosenberg und trug das Handtuch durch den Raum. „Ich hab keine Lust, dich mit noch mehr Schmerztabletten zu füttern. Dreimal am Tag sind dir bestens bekommen. Und deshalb bleibt es dabei!"

„Dreimal *am Tag?*", entfuhr es Rebekka. „Max kommt dreimal am Tag? Aber dann macht es ja gar keinen Sinn, ihn auf Nachmittags zu verschieben. Warum hast du mir das denn nicht gesagt?"

„Das ... das eine Mal", druckste Chris herum, „ist doch nicht so wichtig."

„Nicht so wichtig? Du spinnst wohl", fuhr Rosenberg ihn an. „Gestern hast du dich vor Schmerzen nur so gekrümmt. Und dann willst du auf die einzige Linderung verzichten?"

„Ich verstehe das nicht", überlegte Rebekka laut. „Wenn ich gewusst hätte, dass die Massage so wichtig für dich ist, hätte ich Max natürlich ertragen."

„Ach", kombinierte Rosenberg, warf das Handtuch auf den Esstisch und wandte sich zu Rebekka um. „Daher weht der Wind. Max geht Ihnen auf die Nerven. Deshalb wollte Chris auf die Massage verzichten."

„Scheint so", antwortete Rebekka und sah Chris an. „Aber du hättest die Massage doch einfach in einen anderen Raum verlegen können. Das hätte uns beiden geholfen."

„Seid ihr jetzt fertig mit euren dummen Spekulationen?", schimpfte Chris und setzte seinen Rollstuhl in Bewegung. „Man wird doch wohl noch mal 'ne Massage ausfallen lassen dürfen, ohne dass ein Staatsakt daraus gemacht wird." Er steuerte jetzt auf die Tür zu, brummte noch irgendetwas, das niemand verstand, und war kurz darauf verschwunden.

Rebekka und Rosenberg sahen ihm verdattert nach.

„Verstehen Sie das, Rosenberg?", fragte Rebekka nach einigen Sekunden.

Dieser seufzte tief. „Ich denke schon", antwortete er langsam.

Rebekka streckte ihm fragend die Hände entgegen. „Und erklären Sie's mir auch?"

„Sie sind doch nicht dumm, Rebekka, oder?" Irgendwie klang Rosenbergs Antwort verärgert. „Aus welchem Grund nimmt jemand Schmerzen in Kauf, nur um jede mögliche Minute mit jemand anderem zu verbringen, hm? Irgendeine Idee?"

❖

Rebekkas Gemütszustand verbesserte sich in den darauffolgenden Tagen nicht wirklich. Der Gedanke, dass Chris noch immer etwas für sie empfinden könnte, entfachte widersprüchlichste Gefühle in ihr. Sie konnte keinerlei Logik darin erkennen! Hätte sich Chris damals wirklich in sie verliebt, dann hätte er sie nicht an die Polizei verraten. Und ganz bestimmt hätte er sich auch nicht umgehend eine neue Freundin gesucht! *Nein, Chris! Das werde ich dir niemals abnehmen!*

Dennoch ertappte Rebekka sich dabei, wie sie Chris gelegentlich aus dem Augenwinkel beobachtete. Dabei fing sie jedoch keine verliebten Blicke auf. Eher stellte sie fest, dass sich Chris' Gesicht in Momenten, in denen er sich unbeobachtet fühlte, vor Schmerz verzerrte und er sich verzweifelt in alle möglichen Richtungen dehnte, um sich Erleichterung zu verschaffen.

Der Anblick versetzte ihr einen Stich. Sie konnte es wirklich kaum mit ansehen. Aber als sie dann die nächste Krankengymnastik mit Herrn Schöbling miterlebte, schlug ihr Mitleid in Wut um. Wie konnte er den Mann so gnadenlos ausbremsen, obwohl er eine anständige Krankengymnastik ganz offensichtlich mehr als alles andere benötigte? Massagen mochten ja lindernd wirken, aber seit wann konnten sie irgendwelche Ursachen beseitigen?

Rebekkas Unverständnis begann sich zu verselbstständigen und brodelte bald wie ein Vulkan in ihren Eingeweiden. Während der Gymnastik hielt sie sich noch zurück, aber im Anschluss daran begann sie unruhig im Zimmer auf und ab zu wandern und krampfhaft nachzudenken.

Chris erkundigte sich mehr als einmal nach ihrem Wohlbefinden und fragte im Verlaufe des Vormittags immer verzweifelter nach dem Grund für ihr seltsames Verhalten.

Aber Rebekka wich seinen Fragen aus. Sie musste erst zu einer Lösung kommen!

Dieser seltsame Zustand hielt zwei Tage an und endete dann genauso abrupt, wie er begonnen hatte. Allerdings führte dies nicht dazu, dass wieder Ruhe einkehrte. Im Gegenteil. Rebekka verfiel jetzt in noch hektischere Aktivität. Zuerst holte sie einen Zollstock. Dann baute sie sich vor Chris auf, klemmte sich den Zollstock zwischen die Beine, griff nach seinen Händen und streckte sie lang über seinen Kopf hinaus in die Höhe. Zum Glück trug Chris heute kein Oberhemd samt Krawatte, sondern ein bequemes ockergelbes Poloshirt.

„Bleib so", befahl sie.

Chris gehorchte, nutzte aber ganz spontan die Gelegenheit und umschloss ihre Hände fest mit den seinen.

Rebekka erschrak und hielt inne. Sie konnte ja ohnehin nicht weg. Fast ein bisschen verängstigt sah sie Chris in die Augen.

Sekundenlang verharrten beide, als stünde die Zeit still, dann strich Chris mit dem Daumen über die Innenfläche ihrer rechten Hand. „Die Narbe", sagte er heiser. „Ich kann sie immer noch fühlen."

Die junge Frau erschauderte. Die Berührung ging ihr durch und durch. Wie um alles in der Welt konnte etwas derart Harmloses ihren ganzen Körper in Aufruhr versetzen? Und dann sein Duft ...

„Lass mich los", flüsterte sie, als wäre sie nicht in der Lage, sich ihm durch eigene Kraft zu entziehen.

„Tut mir leid", stammelte Chris kaum hörbar und gab sie frei.

Sofort trat Rebekka drei Schritte zurück. Ihre Hände kribbelten wie nach einer Schneeballschlacht ohne Handschuhe.

Chris senkte Blick und Hände. „Es tut mir leid, wirklich",

wiederholte er entschiedener. „Es wird nicht wieder vorkommen."

Unglücklicherweise verstärkten diese Worte das Gefühl des Verlustes, das Rebekka empfand, noch mehr. Sie griff nach dem Zollstock und umklammerte ihn wie ihren wertvollsten Besitz.

„Darf ich jetzt messen oder nicht?", krächzte sie fast ein wenig pampig.

Sofort streckte Chris seine Arme wieder nach oben. „Sicher."

Mit etwas ungeschickten Bewegungen klappte Rebekka den Zollstock aus, ging um Chris herum und näherte sich ihm nunmehr von hinten.

„Ich brauche Geld", sagte sie, während sie den Zollstock aufstellte.

„Geld? Wofür?" In seiner Verwunderung wanderten Chris' Arme wieder nach unten, doch schnalzte Rebekka so missbilligend mit ihrer Zunge, dass er sie sofort wieder hob.

„Wie viel brauchst du denn?", nahm Chris das Thema wieder auf.

„Sagen wir so zweihundert Euro?" Rebekka war jetzt so weit und maß sorgfältig die Höhe vom Boden bis zu Chris' Händen.

Chris runzelte die Stirn. „Und wofür soll das sein?"

„Für dich", antwortete Rebekka. Doch ihre Stimme klang immer noch nicht souverän.

„Krieg ich etwas genauere Informationen?", hakte Chris vorsichtig nach.

Rebekka schüttelte den Kopf. „Vertrau mir einfach."

Chris seufzte tief und bat Rosenberg, das Geld zu holen.

Das war der Startschuss. Zuerst ließ sich Rebekka von Rosenberg alles Werkzeug aushändigen, das im Haus vorhanden war. Anschließend verabschiedete sie sich mit einem freundlichen „Bis später!" und ward nicht mehr gesehen.

Als sie früh am nächsten Morgen ins Haus zurückkehrte, telefonierte sie wie besessen in der Gegend herum und bestellte irgendwelche Materialien, die – wie Chris mühsam heraushörte – zumeist aus so etwas wie Holzleisten und -latten bestanden.

„Ich wusste nicht, dass du handwerklich begabt bist", versuchte Chris, ein Gespräch zu beginnen.

„Es gibt sehr viele Dinge, die du nicht über mich weißt",

entgegnete Rebekka. Ihre Antwort kam etwas geistesabwesend, weil sie gerade damit beschäftigt war, die Winkel zu zählen, die sie am Vortag in einem der Baumärkte erworben hatte.

„Was denn zum Beispiel?"

„Zum Beispiel, dass ich Ruhe brauche, wenn ich im Begriff bin, mich handwerklich zu betätigen", antwortete Rebekka frech und hatte damit auch dieses Gespräch im Keim erstickt.

Unglücklicherweise ließ sich Chris davon nicht beeindrucken. Nachdem es ihm trotz mehrfacher Versuche nicht gelungen war, irgendwelche Informationen über Rebekkas Vorhaben aus ihr herauszukitzeln, ging er dazu über, jede ihrer Handlungen irgendwie zu kommentieren. Richtig schlimm wurde es, nachdem die Materialien geliefert worden waren und Rebekka damit begonnen hatte, sie zuzuschneiden, abzuschmirgeln, anzustreichen und irgendwie aneinanderzufügen.

Von Chris' Kommentaren vollkommen entnervt, sprang sie irgendwann von ihrer Arbeit auf, stürmte zu Chris hinüber, packte seinen Rollstuhl und schob ihn, obwohl er kräftig protestierte, auf den Flur hinaus.

„Schluss jetzt", schimpfte sie. „Entweder du wartest hier, bis ich fertig bin, oder ... oder ..." Rebekkas Worte verklangen. Ihr fiel einfach nichts ein, womit sie ihm hätte drohen können.

„... oder du gehst, ja?", beendete Chris unaufgefordert ihren Satz. Seine Stimme klang seltsam verletzt.

Rebekka zog verblüfft die Stirn kraus. „Was für ein Blödsinn!", sagte sie nach einer Weile. „Ich gehe natürlich nicht! Warum sollte ich?"

Chris wandte abrupt den Blick ab. „Du bist nur hier, weil ich dich dazu gezwungen habe", sagte er mühsam.

„Unsinn", erwiderte Rebekka erstaunlich sanft. „Ich bin gern hier."

„Weil ich dich dafür bezahle", nickte Chris bitter und wich Rebekkas Blick weiterhin aus.

Die junge Frau schluckte und sah ihn prüfend an. „Das war es doch, was du wolltest, Chris", meinte sie. Aber ihre Stimme klang unsicher und die Aufforderung zum Widerspruch hallte wie ein Schrei darin wider. *Oder? Oder? Oder?*

Sekunden verrannen wie Lava, die sich einen Berg hinunterwälzt. Tiefe Stille begleitete sie. Kein einziges Wort. Als Rebekka endlich einsah, dass nichts mehr geschehen würde, räusperte sie sich verlegen, sagte etwas, das wie „Ja, dann ..." klang, und flüchtete zurück ins Arbeitszimmer.

Die Tür war kaum hinter ihr ins Schloss gefallen, als sich nur wenige Meter von Chris entfernt ein großer, kräftiger Schatten aus dem Dunkel des Flures löste.

Als Chris ihn bemerkte, zuckte er erschrocken zusammen. Aber dann erkannte er auch schon, wer da vor ihm stand.

„Feigling!", sagte Armin, drehte sich um und stapfte ärgerlich davon.

Kapitel 26

Drei Vormittage lang sägte, hämmerte und schmirgelte es in dem Raum, der eigentlich für geistige Arbeiten vorgesehen war. In dieser Zeit war Chris vollkommen aus dem Zimmer verbannt. Erst am vierten Tag, als alles komplett fertig war, riss Rebekka plötzlich die Tür auf und rief nicht ohne Stolz in der Stimme: „Wenn der Herr jetzt bitte eintreten möchte ..."

Als sie erkannte, dass sie zwar das für Chris typische Quietschen vernahm, sich dieses jedoch von ihr weg- und nicht zu ihr hinbewegte, trat Rebekka verwundert auf den Flur hinaus. Dort erblickte sie Chris, der sich immer noch von ihr entfernte. Er sah eher verschreckt als interessiert aus. „Warum kommst du denn nicht?", wollte sie wissen.

Chris stoppte seinen Rollstuhl. „Bin ich denn gemeint?", fragte er zögerlich.

„Ja, was denkst du denn?", lachte Rebekka. Wie auch an den vergangenen beiden Tagen trug sie Arbeitskleidung, genauer gesagt eine alte schwarze Jeans und ein ausgeleiertes graues Sweatshirt. Beides war über und über mit Staub und Sägespänen übersät.

„Was ich denke?" Chris Stimme nahm eine ärgerliche Färbung an. „Keine Ahnung, was ich denke! Wahrscheinlich bin ich ein wenig überrumpelt! Erst erklärst du das Arbeitszimmer zum Hochsicherheitstrakt und dann schreist du plötzlich: ‚Hereinspaziert!' Ich bin solche 180-Grad-Wendungen nicht gewöhnt."

„180-Grad-Wendungen“, wiederholte Rebekka und grinste frech. „Nein, ganz so viel hast du nicht zu befürchten!“ Sie winkte ihn zu sich heran. „Jetzt komm doch endlich. Ich bin soooo gespannt, was du sagst!“

Chris seufzte tief, schluckte seinen Ärger hinunter und rollte vorwärts. Aber als er dann in den Raum hineinsehen konnte, stoppte er erneut ganz abrupt. „Was ist denn das?“, entfuhr es ihm. Mit offenem Mund starrte er auf das riesige, komplett aus Holz gefertigte *Irgendwas*, das beinahe den halben Raum einnahm. Es erinnerte ein wenig an ein Klettergerüst für Kinder. Jedenfalls bestand es aus vielen, etwa 1 Meter 50 breiten Holzstangen, die wie bei einer Leiter in regelmäßigem Abstand und parallel zueinander angeordnet waren. Der Abstand zwischen den einzelnen Sprossen betrug etwa vierzig Zentimeter. Im Gegensatz zu einer Leiter waren die Holzstangen jedoch nicht an geraden Seitenverstrebungen befestigt. Vielmehr beschrieben sie einen weiten Bogen, in dem Sinne, dass sich die erste Sprosse auf einer Höhe zum Boden von etwa 1 Meter 50 befand, während die nächsten den Abstand um jeweils wenige Zentimeter erhöhten. Auf diese Weise erreichte das Gestell eine Endhöhe von gut 2 Metern 50, wobei auffiel, dass sich die letzte Sprosse in größerer Entfernung zur vorhergehenden befand als alle anderen.

„Das?“, antwortete Rebekka langsam, schlenderte auf Chris zu und ging um den Rollstuhl herum. Sie packte die zwei Griffe und schob Chris wie selbstverständlich zum Holzgestell. Direkt unter der ersten Sprosse brachte sie den Rollstuhl zum Stehen. Sie nahm Chris' Hände, hob sie über seinen Kopf und drückte sie entschlossen an die erste Sprosse. „Das ist Klimmzug 100, dein neues Trainingsgerät“, sagte sie fröhlich. „Auf diese Weise kannst du dich ganz ohne deinen Rollstuhl durch den Raum bewegen. Hin und her, her und hin. Toll, nicht?“

Aber Chris sah alles andere als begeistert aus. Er ließ die erste Sprosse wieder los, zog seinen olivfarbenen Pullover herunter, richtete die Krawatte, die samt Oberhemd im V-Ausschnitt zu sehen war, und verschränkte demonstrativ die Arme vor der Brust. Gleichzeitig betrachtete er das Gestell voller Skepsis.

„Wieso ist der Abstand zur letzten Sprosse so groß?“, fragte er kühl.

„Schön, dass du fragst!", erwiderte Rebekka erfreut. „Für den Anfang genügt es, wenn du dich hin- und herhangelst. Aber ich habe auch an später gedacht! Wenn du besser trainiert bist, steht dir die letzte Sprosse für Klimmzüge zur Verfügung!"

Chris' Blick verhärtete sich noch mehr. „Ich kann keine Klimmzüge!", knurrte er.

„Aber du konntest sie früher", entgegnete Rebekka. Es klang wie eine Frage. Und doch glaubte sie, die Antwort zu kennen. Schließlich konnte sie sich noch allzu gut an seinen muskulösen Oberkörper erinnern.

Chris antwortete nicht, sondern knetete nur ärgerlich an seinem verstümmelten Fingergelenk herum.

„Stimmt's?", beharrte Rebekka.

„Früher ... ja", gab er zu. „Heute nicht mehr."

„Das ist ja das Problem!", entrüstete sich Rebekka. „Früher warst du hundertmal sportlicher. Du warst durchtrainiert! Und das ist etwas, das du heute noch viel nötiger hast als damals. Was du nicht in den Beinen hast, solltest du mit den Armen ausgleichen können. Kapiert?"

„Blödsinn!", fuhr Chris sie an. „Ich bin an den Rollstuhl gefesselt. So etwas kann man nicht ausgleichen! Sieh mich an! Ich kann nicht mal *aufstehen*! Ich bin ein Krüppel!"

„Zipfelsinn und Zeckendreck!", schimpfte Rebekka. In ihren dunklen Augen glitzerte es herausfordernd. „Du bist wirklich ein Krüppel ... ein Waschlappen, der sich in Selbstmitleid suhlt wie ein Schwein im Dreck! Willst du jetzt kämpfen oder jammern?"

„Weder noch", bellte Chris mit letzter Kraft. „Ich –" Seine Stimme versagte, und es dauerte ein paar Sekunden, bevor er weiterreden konnte. „Ich sehe das Leben nur realistisch", stieß er schließlich hervor.

Rebekka seufzte tief. „Und genau das", antwortete sie sanft, „sehe ich vollkommen anders." Sie ging vor ihm in die Hocke und suchte seinen Blick. Aber Chris drehte den Kopf zur Seite. Dafür war sein herber, männlicher Duft jetzt so intensiv, dass Rebekka für einen Moment die Augen schließen musste. Als sie sich wieder gefangen hatte, streckte sie vorsichtig ihre Hand aus, legte sie auf Chris' Wange und zog sein Gesicht sanft zu sich heran. „Wenn du das Leben realistisch sehen würdest, wüsstest du, dass es beeinflussbar ist. *Du* kannst es beeinflussen. Du kannst auch deine Rückenschmerzen beeinflussen. Mit dem entsprechenden Training werden sie zumindest erträglicher werden." Sie nahm die Hand wieder herunter. „Willst du es nicht wenigstens versuchen?"

Chris' Unterkiefer mahlte. Rebekka konnte den Kampf, der in seinem Inneren ausgefochten wurde, regelrecht beobachten. Aber als er ihrem Blick schließlich erneut auswich, wusste sie bereits, wie er ausgegangen war. „Ich werde von einem ausgebildeten Krankengymnasten betreut", sagte er dann auch. „Und deshalb brauche ich deine Unterstützung nicht. Bau das Ding wieder ab. Ich schicke dir Armin. Er kann dir dabei zur Hand gehen." Mit diesen Worten wendete er seinen Rollstuhl und rollte quietschend in Richtung Flur davon.

Rebekka sah ihm wütend nach. Einen Moment lang war sie sich nicht sicher. Sollte sie das Risiko wirklich eingehen? „Ich hab drei Tage an dem Ding gebaut", rief sie ihm schließlich nach. „Und es ist das Erste, was ich für dich getan habe, seit du mich bezahlst."

Chris stoppte seinen Rollstuhl, drehte sich aber nicht wieder zu ihr um.

Rebekka atmete einmal tief durch. Dieses Mal war sie sich nicht sicher, wie die Sache ausgehen würde. „Entweder du benutzt es oder ich suche mir einen anderen Job." Jetzt war es heraus. „Überleg es dir."

❖

„Was ist denn nun mit deinem Job?", fragte Louise zum wer weiß wievielten Male.

Rebekka sprang so plötzlich und unvermittelt vom Frühstückstisch auf, dass Louise vor Schreck das Milchkännchen fallen ließ. Es fiel klirrend in ihre Kaffeetasse, riss auch diese mit um und ließ eine Mischung aus schwarzer, weißer und bräunlicher Flüssigkeit über die weiße Tischplatte schwappen.

„Ich hab's vermasselt!", brach es aus Rebekka hervor. „Ich bin ihn los! Das ist es doch, was du hören willst, nicht wahr?" Sie hatte sich so lange und so ausdauernd beherrscht, dass jetzt einfach das Ende der Fahnenstange erreicht war. Jetzt, nach geschlagenen fünf Tagen, musste sie sich allmählich eingestehen, dass Chris sie nicht zurückholen würde!

Louise starrte ihre Tochter fassungslos an. Sie kam nicht einmal auf die Idee, die Ausbreitung des Kaffeesees zu verhindern. „Meinst du das ... ich meine ... ist das wirklich so?"

Rebekka schlug die Hände vors Gesicht und schluchzte. „Ich weiß es doch nicht, okay? Ich weiß es einfach nicht!" In der Verfassung, in der sie sich jetzt befand, und in dem weißen Spitzenschlafanzug, den sie noch immer trug, wirkte sie ein bisschen wie ein kleines Mädchen.

„Aber, Kind ..." Im Gegensatz zu ihrer Tochter war Louise bereits angezogen. Sie liebte es überhaupt nicht, im Schlafanzug am Frühstückstisch zu sitzen. Schließlich bestand jederzeit die Möglichkeit, dass es an der Tür klingelte. Um auf eine solche Eventualität vorbereitet zu sein, trug sie einen wadenlangen schwarzen Rock und ein etwas altmodisch wirkendes graues Twinset. „Was ist nur los?" Louise erhob sich, ging vorsichtig auf ihre Tochter zu und legte ihren Arm um sie. „Wie soll ich dir helfen, wenn du mir nicht erzählst, was passiert ist?"

„Du sollst mir ja nicht helfen", jammerte Rebekka verzweifelt. „Du sollst –" Sie brach mitten im Satz ab, weil das Telefon klingelte. Im Bruchteil von Sekunden zuckte ein Hoffnungsschimmer wie ein Stromschlag durch ihren Körper. Sie spürte die Auswirkungen bis in ihre Zehen. *Chris?*

Rebekka riss sich von ihrer Mutter los und stürmte auf den Flur hinaus. Das zweite Läuten war noch nicht verklungen, als sie den Hörer abnahm. Als sie dann jedoch ihren Namen sagte, klang ihre Stimme außergewöhnlich ruhig, wenn nicht gar desinteressiert. „Petrell?"

„Sie haben gewonnen!", sagte eine überaus wohlklingende Frauenstimme. „Sie gehören zu den Glücklichen, die aus einer Vielzahl von Bewerbern ausgewählt wurden ..."

Als Rebekka begriff, dass sie es hier mit einer Computerstimme zu tun hatte, warf sie den Hörer mit einem wütenden Schrei auf die Station zurück. Warum konnte sie der Wahrheit nicht endlich ins Auge sehen? Warum genügte das Klingeln des Telefons, um sie halb um den Verstand zu bringen?

„Rebekka ... Schatz“, sagte Louise hilflos. „Haben sie versprochen, dich anzurufen?“

Ihre Tochter schluckte schwer an neu in ihr aufsteigenden Tränen. Er hatte gar nichts versprochen! Trotzdem hatte sie geglaubt, dass er –

Rebekkas Gedanken wurden durch Schritte unterbrochen. Unwillkürlich hielt sie den Atem an und spitzte die Ohren.

Kurz darauf rappelte es am Briefschlitz. Mit dem typischen Klatschen fielen gleich mehrere Briefe und ein etwas dickeres Päckchen auf den Fußboden im Flur.

Nein!, befahl sich Rebekka. Dieses Mal würde sie sich die Hoffnung verbitten! *Oder?* Sie drehte sich um und warf einen vorsichtigen Seitenblick auf die Post. Drei Briefe lagen dort: Einer bestand aus Werbung, das erkannte sie deutlich an dem bunten Aufdruck. Die anderen beiden hatten einen länglichen weißen Umschlag und wirkten wie Rechnungen. Verzweiflung überkam sie. Rechnungen konnte sie im Moment am allerwenigsten gebrauchen!

„Wird schon nicht so schlimm sein“, sagte Louise, als hätte sie Rebekkas Gedanken erraten. Sie ging auf die Post zu und hob sie auf.

Rebekka widerstand tapfer der Versuchung, sie ihr aus der Hand zu reißen.

„Das Päckchen ist für dich“, sagte Louise und hielt Rebekka den dicken braunen Umschlag hin. „Rebekka Petrell *persönlich*“, sagte sie mit erheblicher Verwunderung in der Stimme.

Rebekka schluckte und war einmal mehr dem Zusammenbruch nahe. *Chris?* Sie setzte eine möglichst gleichgültige Miene auf und nahm ihrer Mutter das Päckchen aus der Hand. Dann murmelte sie irgendetwas, das wie „Bin gleich wieder da“ klang, und verzog sich mit ihrer Beute auf ihr Zimmer. Aber erst als sie die Tür hinter sich geschlossen hatte, erlaubte sie sich einen zweiten Blick. Im Adressfeld stand unter ihrem Namen tatsächlich das Wort „persönlich“. Allerdings gab es keinen Hinweis auf den Absender. War das nun ein gutes oder ein schlechtes Zeichen?

Rebekkas Finger zitterten, als sie den gepolsterten braunen Umschlag aufriss. Zum Vorschein kamen eine längliche schwarze Schmuckschatulle und ein weißer, unbeschrifteter Umschlag.

Rebekka faltete ihn so gierig auseinander, als hinge ihr Leben davon ab.

Ein handgeschriebener Brief ...

Rebekka hätte Chris' kühne, geschwungene Handschrift unter Tausenden wiedererkannt!

„Liebe Rebekka", stand dort geschrieben, „manchmal ist es eine Frage der Zeit, bis man den Wert eines Geschenkes erkennt. Bekomme ich diese Zeit? Vielleicht können wir auch einen Deal machen? Ich benutze Dein Geschenk und Du trägst meines? Chris."

Rebekka musste schlucken und blickte unwillkürlich auf das kleine schwarze Kästchen. Was in aller Welt konnte darin sein? Sie nahm es zur Hand, konnte sich aber nicht durchringen, es zu öffnen. Was auch immer darin war – es war nicht nötig! Sie war längst versöhnt! Spätestens morgen früh (und sie würde sich zwingen müssen, so lange zu warten!) würde sie wieder bei Chris auf der Matte stehen. Das musste ihm doch klar sein!

Ihre Hände strichen über den weichen, schwarzen Samt, mit dem das Kästchen verkleidet war. Sie zögerte immer noch. Irgendetwas in ihr fürchtete sich. Sie wollte nicht, dass Chris ihr Schmuck schenkte. Schließlich war da nichts zwischen ihnen. Und ein solches Geschenk würde ihre Beziehung nur unnötig verkomplizieren! Mit einem tiefen Seufzer öffnete sie die Schatulle ... und wusste sofort, was sie da vor sich sah.

Eine Uhr! *Die* Uhr! Ein Traum von einer Uhr!

Kein Gehäuse, zumindest kein Sichtbares. Nur Glas rundherum. Und keine Zeiger. Nur eine Ansammlung klitzekleiner, kaum stecknadelgroßer Stäbchen. Es waren so viele, dass man das Metallplättchen, in das sie zweifellos eingelassen waren, gar nicht sehen konnte. Im Gegensatz dazu war die Zeit erstaunlich gut zu erkennen. Einige der Stäbchen waren nämlich in die Höhe gedrückt, und zwar so, dass es den Eindruck erweckte, als befänden sich dort zwei Zeiger, ein kurzer für die Stunden und ein langer für die Minuten. Zahlen von 1 bis 12 gab es nicht, dafür hatte eine kreisrunde Ansammlung dieser Stäbchen immer dort eine andere, nämlich goldene Farbe, wo Rebekka genau diese Zahlen vermutet hätte. Insgesamt wirkte das alles so faszinierend anders, so undurchschaubar, dass Rebekka ihren Blick kaum davon losreißen konnte. Als sie es dann aber doch tat und die Uhr herumdrehte, erwartete sie die nächste Überraschung. Von hinten war die Mechanik der Uhr zu erkennen. In glänzendem Gold rotierte dort die Unruh, klackerte der kleine Zapfen hin und her, der das nächstgelegene Zahnrad antrieb.

Ohne es zu wollen, brach Rebekka in Tränen aus.

⁂

Als Rebekka früh am nächsten Morgen an ihren Arbeitsplatz zurückkehrte, war Chris zunächst nicht in Sicht. Dafür stand „Klimmzug 100“ wohlbehalten an seinem Platz.

Halb erleichtert, halb enttäuscht verzog sich Rebekka hinter ihren Schreibtisch und harrte der Dinge. An Arbeiten war allerdings nicht zu denken. Stattdessen betrachtete sie ohne Unterlass ihre neue Uhr. Gestern hatte sie das nicht gekonnt. Schließlich wollte sie den Fragen ihrer Mutter aus dem Weg gehen. Heute endlich konnte sie sie nach Herzenslust bewundern. Um freien Blick auf das Schmuckstück zu haben, hatte sie sich extra etwas Kurzärmeliges angezogen, in diesem Fall eine graue Bluse mit verdeckter Knopfleiste, dazu eine schwarze Stoffhose. Ihren linken Arm hatte sie so auf der Schreibtischplatte abgelegt, dass sie die Uhr betrachten konnte, ohne sich verrenken zu müssen. Ihre dunklen Augen leuchteten verzückt. Was sie dort am Handgelenk trug, war das Schönste, das sie jemals besessen hatte! Ein Traum in glänzendem Gold, filigrane Technik auf dem Silbertablett. Und was das Beste war: Die Uhr hatte seit gestern Nachmittag nicht eine einzige Sekunde verloren! Sie funktionierte perfekt! Auch wenn man sie trug!

Rebekka konnte sich anderthalb Stunden an ihrem Schmuckstück ergötzen, bis sie aus dem Flur endlich das ersehnte Quietschen vernahm. Als Chris dann allerdings hereinrollte, schien Rebekka so vertieft in ihre Arbeit, dass sie nicht einmal aufblickte. Ein wenig unentschlossen rollte Chris vor und zurück und steuerte dann seinerseits den Schreibtisch an.

Eine weitere Stunde verging in absoluter Stille. Diese wurde erst durchbrochen, als Rosenberg hereinspazierte. Er hatte ein Tablett mit Kaffee und Keksen dabei.

„Einen wunderschönen guten Morgen“, flötete er gut gelaunt.

Rebekka blickte auf. „Morgen, Rosenberg“, antwortete sie ein wenig heiser. Abgesehen davon, dass sie bei ihrer Ankunft Hannah begrüßt hatte, waren das ihre ersten Worte an diesem Morgen.

Rosenberg strahlte sie an. Er trug wieder einmal eines der Halstücher, die ihn so überaus elegant wirken ließen. Dieses Mal war es ein altrosafarbenes Exemplar, das gut zu dem hellrosa Oberhemd, der schwarzen Weste und der schwarzen Anzughose passte. „Wie ich sehe, ist die verlorene Tochter zurückgekehrt!“

Rebekka lächelte nur.

„Hast du ihr schon erzählt, wie viele Klimmzüge du mittlerweile schaffst?“, fragte er an Chris' Adresse gerichtet.

Rebekka hob interessiert die Augenbrauen.

Chris' Miene hingegen verfinsterte sich. Sie korrespondierte gut mit dem schwarzen Baumwollpullover, den er trug. „Trägst du den Kaffee nur spazieren oder wolltest du ihn auch servieren?“

Rosenberg warf Chris einen kurzen, strafenden Blick zu, dann ging er auf Rebekka zu und lächelte auch schon wieder. Er setzte das Tablett auf ihrem Schreibtisch ab, goss ihr Kaffee ein, fügte Milch und Zucker hinzu und reichte ihr die Kekse. Dabei sagte er flüsternd: „Ich bin so stolz auf Sie, Rebekka. Sie haben ein Wunder vollbracht! Was ich seit Jahren versuche, ist Ihnen in ein paar Tagen gelungen. Auch wenn er es niemals zugeben wird: Er *trainiert* auf diesem Ding. Der Ehrgeiz hat ihn gepackt!“

„Krieg ich vielleicht auch 'nen Kaffee?“, unterbrach Chris das Flüstern. Seine Stimme klang ausgesprochen verärgert.

Rosenberg seufzte tief. „Hatte ich gerade was Positives über ihn gesagt?“, fragte er lauter in Rebekkas Richtung.

„Etwas *sehr* Positives“, lächelte Rebekka, erhob sich und ging um den Schreibtisch herum. Sie schenkte Kaffee in die zweite Tasse, goss noch Milch dazu, rührte um und trug dann das Ganze zu Chris hinüber.

„Bitte schön“, sagte sie und hielt ihm die Tasse hin. Ihr Blick war offen und freundlich.

Chris hingegen wirkte irritiert. „Ich, ähm, meinte nicht dich“, stammelte er, ohne den Kaffee entgegenzunehmen. Sein Blick ruhte auf der Uhr an Rebekkas Handgelenk.

„Ich weiß", antwortete Rebekka und hielt ihm den Kaffee weiter hin. „Aber du hast mir ein Geschenk gemacht, dessen Wert ich sofort erkannt habe. Und ich möchte mich auf diese Weise dafür bedanken."

Ihre Blicke begegneten sich und Chris ließ den seinen außergewöhnlich lang auf ihr ruhen. „Schön, dass du wieder da bist", sagte er leise. Sein Blick wanderte tiefer, blieb für einen kurzen Moment sehnsüchtig an Rebekkas roten Lippen hängen und senkte sich erst dann auf den Kaffee …

„Klimmzug 100" erfreute sich mit der Zeit zunehmender Beliebtheit.

Nachdem Chris seinen anfänglichen Stolz überwunden hatte und auch Rebekkas Gegenwart nicht mehr scheute, sah sie ihn immer häufiger darauf trainieren. Und seine Erfolge waren beachtlich! Als Rebekka ihn das erste Mal beim Training beobachtete, schaffte er neben der Strecke mit Mühe und Not drei Klimmzüge. Ein paar Wochen später waren es bereits zwanzig. Rebekka konnte förmlich zusehen, wie sich seine Oberkörpermuskulatur kräftigte.

„Je länger du trainierst, desto einfacher sieht es aus", sagte sie eines Tages zu ihm.

„Je länger ich trainiere", keuchte er zwischen zwei Klimmzügen, „desto mehr Spaß macht es auch." Wie an den vergangenen Tagen trug er auch heute nur ein weißes T-Shirt und eine graue Jogginghose mit einem weißen Streifen an der Naht. In Pullover oder Oberhemd sah Rebekka ihn nur noch, wenn er Besuch erwartete. Aber auch dann zog er sich im Anschluss an die entsprechende Begegnung ganz schnell wieder Sportkleidung an.

Rebekka legte das Fachbuch zur Seite, in dem sie bis eben gelesen hatte. „Ehrlich?"

Chris beendete die Klimmzüge und hangelte sich zurück in Richtung Rollstuhl. „Probier es doch aus!", schnaufte er.

„Ich weiß nicht", sagte Rebekka und drehte sich auf ihrem Bürostuhl vollends zu ihm um.

Chris ließ sich ächzend in seinen Rollstuhl zurücksinken. „Nun komm schon!“, forderte er sie auf. „Du solltest wissen, was du mir da aufgehalst hast.“

„Aufgehalst ist gut“, lachte Rebekka. „Stell dir vor, ‚Klimmzug 100‘ ginge kaputt. Ich gehe jede Wette ein, dass du mir ein Vermögen zahlen würdest, damit ich ihn repariere. Stimmt's oder habe ich recht?“

„Wahrscheinlich hast du recht“, gab Chris zu. Er atmete noch immer recht schwer. „Aber möchtest du nicht wissen, was das Ding so unwiderstehlich macht?“

„Hm“, machte Rebekka und ließ ihren Blick skeptisch über das etwa sechs Meter lange Kunstwerk gleiten.

„Los jetzt“, beharrte Chris. „Mit dem Mundwerk bist du stark. Jetzt will ich mal sehen, was du in den Armen hast!“

„Aber ich bin nicht sportlich genug angezogen!“ Rebekka sah an sich hinab und strich das schwarze Shirt mit den ausladenden Fledermausärmeln glatt. Im Gegensatz zu Chris präsentierte sie sich Tag für Tag in ihren besten Kleidungsstücken.

„Um Ausreden bist du nicht verlegen“, stichelte Chris.

„Blödmann“, grinste Rebekka und erhob sich. Sie ging allerdings nicht dahin, wo Chris sich befand, sondern stellte sich mitten unter das Gerät, und zwar so, dass sie die Sprossen mit ausgestreckten Armen gerade noch umfassen konnte. Die Fledermausärmel ihres Shirts fielen jetzt weit nach unten und entblößten die helle Haut ihrer Unterarme. Als Nächstes hob Rebekka die Beine an, ließ eine Hand los und versuchte, die nächste Sprosse zu erreichen.

„Huch, ist das weit weg“, entfuhr es ihr. Verzweifelt versuchte sie, mit nur einer Hand ihr Gewicht zu halten und mit der anderen vorwärtszukommen. Einmal, zweimal gelang es ihr, dann ließ sie los und landete auf ihren Füßen. „Aua, meine Hände“, jammerte sie. „Ich glaub, ich bin total untrainiert!“ Sie blickte zu Chris hinüber und begegnete einem zutiefst zufriedenen Grinsen. „Lach du nur“, schimpfte sie. „Wenn ich ein bisschen trainiert habe, wirst du dich noch wundern!“

Von diesem Tag an nutzten zwei Personen den „Klimmzug 100“. Natürlich trainierte Rebekka nicht annähernd so viel wie Chris. Aber sie machte es sich zur Gewohnheit, jeden Tag mit einer kleinen Trainingseinheit zu beginnen und zu beenden. Klimmzüge schaffte sie nicht, aber nach einiger Zeit bereitete es ihr keine Schwierigkeiten mehr, sich einmal hin- und herzuhangeln.

Dadurch konnte sie aber auch besser verstehen, wie hoch Chris' Leistungen zu bewerten waren. Jetzt ertappte sie sich immer häufiger dabei, dass sie ihn während des Trainings beobachtete. Anfangs faszinierte sie die Widersprüchlichkeit seines Körpers. Während seine Arme immer stärker und kräftiger wurden, wirkten seine Beine dünn und schlaff. Sie schlackerten hinter ihm her, als wären sie nicht mehr als Ballast, als gehörten sie gar nicht zu ihm. Mit der Zeit jedoch wurde dieser Anblick normal. Er war nun mal ein Teil von Chris. Was sie hingegen immer mehr irritierte, war das Spiel seiner Rückenmuskulatur, das sich unter seinen engen Shirts deutlich sichtbar abzeichnete.

Auch an diesem Morgen, es war ein Freitag im August, nutzte Chris das Gerät. Er trainierte aber nicht. Eher schien er gedankenverloren daran hin und her zu spazieren, wie ein Affe, der seiner natürlichen Beschäftigung nachging. Auch als Rosenberg hereinkam, machte er keine Anstalten, zu seinem Rollstuhl zurückzukehren.

„Besuch“, kündigte Rosenberg an.

Rebekka sah auf ihre Uhr. Es war Viertel vor elf. Obwohl sie erfahren hatte, was sie wissen wollte, konnte sie sich auch nach all der Zeit nicht sofort wieder von dem Anblick losreißen. Diese Uhr war einfach ein Kunstwerk.

Chris hob gelangweilt die Augenbrauen. „Wer denn?“

Armin zuckte die Achseln. „Eine Frau. Sie sagt, es sei geschäftlich.“

Chris seufzte, hangelte sich gemächlich zurück zum Rollstuhl und ließ sich auf die Sitzfläche plumpsen. „Ich mach mich fertig, okay?“

Rosenberg nickte, holte noch einen Stuhl aus der Zimmerecke, platzierte ihn so, dass er Chris' Schreibtisch gegenüber stand, und verschwand dann wieder. Derweil stellte Chris seine Beine auf der Fußplatte des Rollstuhles ab. Dann rollte er zur Tür hinaus. Einige Minuten später kehrte er zurück. Anstelle des T-Shirts und der Jogginghose trug er jetzt eine schwarze Jeans, ein blau kariertes Oberhemd und eine dazu passende Krawatte. Wenig später klopfte es an der Tür.

Neugierig, wie sie war, setzte sich Rebekka so, dass sie die Tür im Blick hatte. Zur Tarnung hatte sie allerdings ein aufgeschlagenes Buch auf dem Schoß.

Chris drehte sich zur Tür herum. „Herein!“, sagte er laut.

Die Tür öffnete sich und eine elegant gekleidete junge Frau betrat den Raum.

Rebekka vergaß vor Schreck das Atmen. Diese Frau war eine Schönheit! Sie hatte hellblonde Haare, die in dichten Locken fast bis zu ihrer Hüfte fielen. Ihr Gesicht war makellos, ihr Make-up dezent, ihre Figur perfekt. Miss World persönlich! Rebekkas Nackenhaare sträubten sich. Sie hasste diese Frau schon jetzt ...

Auch Chris schien beeindruckt. Jedenfalls starrte er die Frau ziemlich lange an, bevor er sich endlich in Bewegung setzte. Er benutzte seine Greifreifen, rollte auf sie zu und streckte ihr dann seine Hand entgegen. „Roselius. Freut mich, Sie kennenzulernen, Frau –?“

„Schulz“, half ihm die Dame. Und dann schüttelte sie Chris’ Hand so ausgiebig, dass Rebekka am liebsten dazwischengegangen wäre. „Ich komme von der Firma Bruns und Partner und möchte Ihnen ein Angebot unterbreiten, das Sie nicht ablehnen können.“

„Bruns und Partner“, überlegte Chris und entzog der Dame endlich seine Hand. „Futtermittel, nicht wahr?“

„Genau“, freute sich Miss World. Sie trug ein dunkelblaues Kostüm, das sie mit einer zartblauen Bluse kombiniert hatte. Die Farbe der Bluse fand sich sowohl in den Schuhen als auch in ihrer Handtasche wieder. Perfektion auf allen Ebenen! Rebekka sah verstohlen an sich hinab und fand, dass sie mit ihrer schlichten grauen Bluse und der noch schlichteren schwarzen Jeans eindeutig den Kürzeren zog.

„Aber wer hat Sie zu mir nach Hause geschickt?“, fragte Chris. Er wirkte ungewöhnlich misstrauisch. „Ich bin fast jeden Nachmittag im Büro.“

„Das war Ihre Sekretärin“, antwortete Frau Schulz, ohne auch nur eine Sekunde zu zögern. „Sie war wohl der Meinung, dass mein Angebot nicht bis heute Nachmittag warten könne.“

„Ach tatsächlich?“ Chris klang immer noch äußerst reserviert. Er strich sich nachdenklich über das Kinn. Dann fragte er: „Hatten Sie mit Frau Voigt oder mit Frau Cordes zu tun?“

„Mit Frau Voigt“, antwortete die Dame und strich sich ein paar Haare aus dem Gesicht. „Eine etwas kräftigere Dame, wenn ich mich recht erinnere, dunkelhaarig und nicht sehr groß. Eine Frau Cordes habe ich gar nicht kennengelernt.“

Ich könnte wetten, dass es auch keine Frau Cordes gibt, dachte Rebekka verwirrt. In den vergangenen Monaten waren viele von Chris' Mitarbeitern schon einmal hierhergekommen. Alle anderen glaubte sie zumindest vom Telefon oder aus Gesprächen zu kennen. Aber was bedeutete das? Hatte Chris mit seiner Frage die Glaubwürdigkeit von Frau Schulz auf die Probe gestellt?

Chris nickte und entspannte sich sichtlich. „Sie haben mich neugierig gemacht.“ Er deutete auf den Stuhl, den Rosenberg vorhin geholt hatte. „Nehmen Sie doch bitte Platz.“

Aber dieses Mal zögerte Frau Schulz. „Können wir nicht, ich meine, wäre es nicht besser, wenn wir uns unter vier Augen unterhalten würden?“

Rebekkas Augen verfinsterten sich. Diese Frau hatte es doch auf Chris abgesehen!

Chris warf einen Seitenblick auf Rebekka, die jedoch in ihre Arbeit vertieft schien. „Ich habe keine Geheimnisse vor meiner Mitarbeiterin“, antwortete er und sammelte innerhalb weniger Sekunden mindestens ein Dutzend Punkte.

„Nicht? Na ja, dann ...“, stammelte Miss World und bewegte sich widerstrebend auf den ihr angebotenen Stuhl zu. Sie nahm Platz, zog ihren Rock ein bisschen zu weit nach oben und schlug die endlosen Beine übereinander. Rebekka begann innerlich zu kochen. Es bereitete ihr immer größere Mühe, unbeteiligt und beschäftigt auszusehen.

Chris hingegen rollte hinter seinen Schreibtisch, nahm Papier und Bleistift zur Hand und sah erwartungsvoll zu der Dame hinüber.

„Ein schönes Haus haben Sie“, sagte Frau Schulz und strich sich ausgiebig durch ihre langen Haare. Dabei holte sie sie nach vorn und drapierte sie über ihrer Brust. Rebekka beschloss, durch den Mund zu atmen. Das schwere, süßliche Parfüm, das die Dame aufgetragen hatte, rief einen Brechreiz bei ihr hervor.

„Vielen Dank." Chris wirkte etwas ungeduldig. Jedenfalls klopfte er mit seinem Bleistift rhythmisch auf die Schreibtischplatte.

„Ich frage mich gerade, was *das* ist", erkundigte sich Frau Schulz und deutete auf „Klimmzug 100".

Chris legte den Bleistift zur Seite. Seine Augen begannen zu leuchten. „Ein Trainingsgerät", antwortete er. „Es ist toll, nicht wahr? Frau Petrell hat es gebaut." Mit diesen Worten deutete er auf Rebekka. „Man sieht es ihr nicht an, aber sie ist eine hervorragende Handwerkerin!"

Der Blick von Frau Schulz streifte Rebekka kurz, wanderte dann aber sofort zurück zu Chris. „Ich werde das Gefühl nicht los, dass Sie es Tag und Nacht benutzen", sagte sie. „Man sieht es Ihnen einfach an."

Während Rebekka innerlich Mordpläne schmiedete, reagierte Chris äußerst gelassen. „Vielen Dank für das Kompliment. Darf ich Sie dennoch an den Zweck Ihres Besuches erinnern?"

„Zweck, oh ja", stotterte Miss World. „Entschuldigen Sie." Sie fingerte an ihrer Handtasche herum und zauberte einen zusammengefalteten DIN-A4-Zettel daraus hervor. „Ich möchte Sie bitten, diesen Zettel auszufüllen. Er ist Grundlage unserer Bedarfsanalyse. Die Daten werden natürlich vertraulich behandelt. Bitte lassen Sie sich darauf ein. Ich bin sicher, dass wir Ihre Kosten um mindestens zehn Prozent senken können."

Chris nahm den Zettel und überflog ihn. „Beim letzten Mal sind wir nicht ins Geschäft gekommen", erinnerte er sich.

„Nein?" Frau Schulz räusperte sich und fuhr dann mit seltsam erotischer Stimme fort: „Dieses Mal kommen wir bestimmt ins Geschäft. Auf die eine oder andere Weise ..."

Rebekka hielt den Atem an. Träumte sie oder war das die unverschämteste Einladung, die sie je gehörte hatte? Sie starrte Chris an. Wie würde er reagieren?

Im ersten Moment schien er etwas fassungslos zu sein. Jedenfalls starrte er sein Gegenüber entgeistert an. Dann sagte er etwas Seltsames: „Mein Vater schickt Sie." Die Worte klangen halb wie eine Feststellung, halb wie eine Frage.

Miss World antwortete nicht gleich. Stattdessen räkelte sie sich einladend auf ihrem Stuhl hin und her.

„Antworten Sie mir!“ Obwohl Chris diese drei Worte geflüstert hatte, duldeten sie keinen Aufschub.

„Und wenn schon“, hauchte die schöne Blondine. „Ich kann dafür sorgen, dass du keinen Gedanken an ihn verschwendest.“

Chris reagierte mit nur einem einzigen Wort. „Raus!“ Auch dieses Wort kam bedrohlich leise.

Miss World hielt in ihren Bewegungen inne. „Wie bitte?“

Chris' Stimme erinnerte jetzt an ein bedrohliches Knurren. „Raus, sagte ich. Sofort!“

Die Blondine schluckte. „Hören Sie, Chris. Es ist nicht so, wie Sie vielleicht denken. Sie werden nicht merken, dass ich bezahlt wurde. Das verspreche ich Ihnen.“

„Raus, verdammt!“, brüllte Chris und beförderte mit einer einzigen Bewegung seiner Arme das Notebook, das Telefon und diverse andere Gegenstände auf den Fußboden. Während sie laut polternd dort aufkamen, sprangen Rebekka und die Blondine gleichzeitig von ihren Plätzen auf. Während die Blondine jedoch zur Tür flüchtete und gleich darauf verschwunden war, rannte Rebekka zu Chris.

„Chris, meine Güte!“, rief sie, wich dann aber zurück, weil ihr weitere Gegenstände entgegenkamen. „Chris!“, schrie sie ihn an. „Chris!“

Ihre Stimme schien diesen wieder zur Vernunft zu bringen. Jedenfalls sah er sie an und der Ausdruck blanker Wut verwandelte sich für einen kurzen Moment in abgrundtiefen Schmerz. Als er es bemerkte, wirbelte er mit seinem Rollstuhl herum und kehrte ihr den Rücken zu. Stille ersetzte den Lärm. Nur Chris' schwerer Atem und das sich entfernende Klackern von Absätzen war jetzt noch zu hören.

Rebekka schüttelte ganz leicht den Kopf. Sie begriff nicht ganz, was geschehen war. Miss World eine Prostituierte? Und wenn ja, warum brachte ihn das so auf? Sie konnte einfach nicht anders. Langsam näherte sie sich ihm, ging um den Rollstuhl herum und hockte sich neben ihn. Obwohl er sein Gesicht von ihr abwandte, sprang ihr die Verzweiflung förmlich entgegen.

„Chris", sprach sie ihn an. Ihre Stimme war sanft. Sie atmete seinen Duft ein.

Er schloss für einen kurzen Moment die Augen. Als er sie wieder öffnete, hatte er seine Gefühle halbwegs unter Kontrolle. „Es tut mir leid", sagte er heiser. „Ich hätte mich nicht so vergessen dürfen."

„Ich verstehe überhaupt nichts", erwiderte Rebekka hilflos. „Was hat dich nur so wütend gemacht?"

Chris schüttelte den Kopf.

„Sag es mir bitte", flehte Rebekka. „Ich weiß sonst nicht, wie ich dir helfen soll."

„Niemand kann mir helfen, Rebekka", erwiderte Chris. Dann lachte er bitter. „Und du am allerwenigsten." Aber als er Rebekkas etwas verstörten Gesichtsausdruck sah, tat es ihm schon wieder leid. „Es ist nicht deine Schuld, wirklich nicht. Es ist meine. Ich bin ..." Er seufzte tief. „Vergiss es einfach."

„Auf keinen Fall!", widersprach Rebekka. „Ich will wissen, was hier los ist. Es hat mit deinem Vater zu tun, nicht wahr? Du reagierst immer so, wenn es um deinen Vater geht. Hat er dir diese Miss World geschickt?"

„Miss World?", wunderte sich Chris. „So schön war sie nun auch wieder nicht!"

„Sie war *wunder*schön", behauptete Rebekka. „Ich wette, sie hat ein Vermögen gekostet."

„Und zweifellos hat sie mehr gekostet als die vom letzten Mal", sagte Chris trocken.

Rebekkas Augen weiteten sich. „Die vom letzten Mal?" Ohne dass sie es wollte, stellte sie sich Chris eng umschlungen mit irgendeiner anderen Blondine vor. Und dieser Gedanke gefiel ihr überhaupt nicht, wie sie verwundert feststellte.

Chris nickte. „Und *sehr* viel mehr als die Erste." Während er dies sagte, huschte wieder dieser verletzte Ausdruck über sein Gesicht.

„Hast du", begann Rebekka, brach dann aber ab. „Ich meine ... habt *ihr* ...?"

Chris' Blick wanderte für einen Moment in die Ferne. Dann schüttelte er langsam den Kopf. „Nein."

Es war ein „Nein, aber", das spürte Rebekka genau. Aber es

war auch ein „Nein, frag nicht weiter nach". Sie entschied sich, es zu respektieren, und sagte stattdessen: „Väter sind nicht das, was sie sein sollten ..."

Chris sah auf seine Hände und rieb sich sein verstümmeltes Gelenk. „Nein", krächzte er. „Das sind sie wirklich nicht."

„Als ich im Gefängnis war ...", begann Rebekka ein wenig zögerlich.

Chris sah auf. „Ja?", ermunterte er sie.

„Ich ... ich hab mir viele Gedanken über Gott gemacht ..." Wieder zögerte Rebekka. Sie hatte die Befürchtung, dass Chris sie auslachen würde. Aber es sah nicht so aus. „Als Kind bin ich ziemlich religiös aufgewachsen ... Aber ich hab nie zu Gott gebetet, sondern immer nur zur Jungfrau Maria." Rebekka spürte, wie ihre Beine allmählich einschliefen, ignorierte es jedoch. „Früher hat mir das genügt, aber dann, als ich im Gefängnis war, ist mir auf einmal bewusst geworden, dass die Jungfrau Maria für mich nur ein Bild mit einem Heiligenschein ist. Sie war nie wirklich real für mich. Und dann hab ich mich gefragt, ob es nicht noch einen anderen Gott gibt. Einen, den man erfahren und spüren kann ..." Ein wenig verlegen strich sie mit den Fingern über den rauen Gummireifen des Rollstuhles.

„Und?" fragte Chris. „Gibt es einen?"

Rebekka zuckte die Achseln. „Ich weiß es noch nicht. Der Gefängnisseelsorger hat gesagt, dass die Jungfrau Maria nur ein gewöhnlicher Mensch war. Aber wenn Gott so etwas wie ein Vater ist – und so steht es überall in der Bibel –, dann weiß ich nicht, ob ich ihn haben will. Ich hab nämlich auch keine sehr guten Erfahrungen mit Vätern gemacht ..."

Chris dachte einen Moment lang nach. „Wenn Gott nicht mehr wäre als ein Mensch, dann wäre er nicht Gott, oder?" Sein Blick wanderte in die Ferne. „Wenn es nach meinen Erfahrungen ginge, hätten bei mir weder Gott noch Maria eine Chance. Mit Müttern hab ich nämlich noch schlechtere Erfahrungen gemacht als mit Vätern ..."

Rebekka schluckte und ignorierte die lauter werdenden Proteste ihrer Knie. Um nichts in der Welt hätte sie dieses besondere Gespräch unterbrochen. „Deine Mutter hat dich verlassen, als du noch klein warst."

Chris nickte, blieb aber stumm. Es war etwas sehr Zerbrechliches in seinem Gesichtsausdruck.

„Und?", flüsterte Rebekka. „Fehlt sie dir?"

Chris zog kurz die Stirn in Falten. „Ich ..." Er räusperte sich. „Ich kann mich kaum an sie erinnern. Aber manchmal denke ich ..." Er zögerte kurz. „Manchmal denke ich, dass ich an den verrücktesten Orten nach ihr suche ..."

Rebekka starrte ihn eine Weile nachdenklich an. Dann fragte sie leise: „War sie blond und kurvenreich?"

Chris schluckte. „Den Bildern nach zu urteilen schon." Als er jetzt aufblickte, umspielte ein verlegenes Lächeln seine Lippen.

„Und?" Rebekkas Worte waren jetzt so leise, dass Chris sie gerade noch verstehen konnte. „Hast du jemals gefunden, was du gesucht hast?"

Chris schüttelte langsam den Kopf. „Die Haarfarbe macht's nicht, Rebekka."

❖

Rebekka verbrachte den Rest dieses Tages in tiefer Unruhe. Das Gespräch mit Chris und der Besuch von Miss World hatten etwas in ihr ausgelöst, das sie sehr beunruhigte. *Die Haarfarbe macht's nicht.* Was sollte das heißen? Was machte denn den Unterschied? Hatte sie selbst etwas, das Chris suchte? Und wenn ja, wollte sie das? Wollte oder konnte sie gegen Frauen wie Miss World antreten? Bisher hatte sie das verneint, aber jetzt ... Sie konnte immer noch die Abneigung spüren, die sie von der ersten Sekunde an gegen diese Frau empfunden hatte. *Eifersucht.* Es hatte keinen Sinn, dieses Gefühl zu leugnen. Sie hatte es deutlich gespürt. Sie war tatsächlich eifersüchtig!

Aber wie war das möglich?

Sie rutschte unruhig auf ihrem Stuhl hin und her und bedachte das Objekt, um das sich ihre Gedanken drehten, mit einem vorsichtigen Blick. Seit einer halben Ewigkeit saß er nun schon an seinem Schreibtisch und starrte gedankenverloren auf die Tischplatte. Und auch jetzt noch umgab ihn diese Aura von Traurigkeit. Sofort spürte sie wieder den Drang, zu ihm zu gehen und ihn in den Arm zu nehmen.

Sie raufte sich die Haare. Was war nur mit ihr los? Eben noch hatte sie sich geschworen, ihm das Leben zur Hölle zu machen, und jetzt war sie mit ihren Gefühlen wieder an Orten, die an jenen Keller erinnerten?

Nein! Sie schüttelte heftig den Kopf. Sie wollte das alles nicht! Sie war hier, weil Chris sie dazu gezwungen hatte. Aber warum hatte er das getan? Welchen Grund konnte es geben außer dem, dass auch er noch etwas für sie empfand?

Ihre Gedanken wanderten zum hundertsten Mal zu der Blondine zurück, die ihn in den Gerichtssaal begleitet hatte. Damals hatte er nicht lange gebraucht, um schwarze Haare durch blonde zu ersetzen. Was sollte heute anders sein?

Ihr Blick blieb an seinem Rollstuhl hängen. Oder lag es einfach an seiner Behinderung? Wollte er sich mit Schwarz begnügen, weil Blond jetzt eine Nummer zu groß für ihn war? Der Gedanke war schmerzhaft, aber nicht so ohne Weiteres von der Hand zu weisen. Vielleicht war sie einfach zweite Wahl!

Der Gedanke ließ sie so heftig schaudern, dass Chris zu ihr aufblickte. „Stimmt was nicht?“

„Ich … ich glaub, ich muss nach Hause“, stammelte Rebekka. „Mir ist kalt. Vielleicht werd ich krank.“

„Soll ich dir einen Arzt rufen?“, fragte Chris besorgt. „Oder eine Decke holen?“

Sag mir nur, was in deinem Kopf vor sich geht!, schrie Rebekka in Gedanken, antwortete aber: „Nein, nein, ich leg mich zu Hause ein bisschen hin. Dann bin ich am Montag bestimmt wieder fit.“ Sie stand auf, rührte sich aber nicht vom Fleck. Eine ganze Zeitlang starrte sie abwartend zu Chris hinüber, so als bestünde die Aussicht, dass er die nicht gestellte Frage dennoch beantworten würde.

„Alles in Ordnung?“, fragte Chris schließlich.

Das weckte Rebekka aus ihrer Trance. „Ja, klar!“ Ihre Antwort sollte fröhlich klingen, wirkte aber nicht sehr überzeugend. Sie merkte es selbst und kam dadurch vollends aus dem Tritt. Nervös und fahrig stolperte sie aus dem Raum.

Sie hatte es bereits ins Foyer geschafft, als sie Rosenberg begegnete. Er trug einen Stapel Post bei sich. „Gehen Sie schon?“, fragte er unbedarft.

Rebekka blieb stehen. „Ja, ich …“

Rosenberg sah sie prüfend an. „Alles in Ordnung?“

„Ja!“, fauchte Rebekka. „Es ist alles in allerbester Ordnung.“

Rosenbergs Augenbrauen hüpften gleich mehrere Zentimeter in die Höhe. „Sicherlich“, antwortete er erstaunt.

Die junge Frau sank in sich zusammen. „Lassen Sie mich einfach in Ruhe, ja? Ich fühl mich nicht besonders!“

Rosenberg betrachtete sie durchdringend. „Hat Christopher irgendetwas angestellt?“, fragte er vorsichtig. „Sie dürfen ihn heute nicht besonders ernst nehmen, Rebekka. Er ist immer noch durcheinander. Wegen dieser Frau Schulz.“

Rebekka seufzte tief. *Wem sagen Sie das …?* Gleichzeitig kam ihr eine Idee. „War sie wirklich eine Prostituierte?“, fragte sie vorsichtig.

Rosenberg zuckte die Achseln. „Scheint so.“ Dann aber schüttelte er fast ein wenig fassungslos den Kopf. „Dabei hat sie überhaupt nicht so ausgesehen. Chris muss wirklich einen siebten Sinn für solche Damen haben.“

„Aber warum?“, fragte Rebekka. „Ich meine … was ist damals passiert? Bei den anderen, die ihm sein Vater geschickt hat?“

„Tja“, machte Rosenberg und schien zu überlegen. „Also, wenn ich mich richtig erinnere, hat Chris die zweite genauso rausgeworfen wie Frau Schulz. Aber was bei der ersten passiert ist“ – er hob hilflos die Hände –, „das wüsste ich auch nur allzu gern. Ich hab ihn schon öfter danach gefragt, aber er wird immer stumm wie ein Fisch, wenn ich dieses Thema anschneide. Ich nehme an, er wird einfach sehr spät gemerkt haben, dass er bezahlte Dienste in Anspruch nimmt. Wahrscheinlich hat ihm das zugesetzt. Jedenfalls macht er seitdem einen großen Bogen um alles, was weiblich ist.“

„Unsinn!“, protestierte Rebekka. „Ich bin auch eine Frau oder etwa nicht? Wenn es stimmen würde, was Sie sagen, säße ich jetzt gemütlich zu Hause vorm Fernseher!“

„Was ich gesagt habe, entspricht der Wahrheit“, beharrte Rosenberg. „Aber Ausnahmen bestätigen die Regel, nicht wahr?“ Mit diesen Worten drehte er sich um und verschwand in Richtung Küche.

❖

Während sie nach Hause fuhr, ärgerte sich Rebekka über sich selbst. Warum hatte sie das Gespräch mit Rosenberg nicht von vornherein abgeblockt? Warum konnte sie nie ihren Mund halten? Und was sollten diese Andeutungen, mit denen dieser Kerl ständig um sich warf? Wenn er etwas zu sagen hatte, dann sollte er es tun! Aber nein! *Das müssen Sie selbst herausfinden, Rebekka.* Blablabla! *Ausnahmen bestätigen die Regel.* Blablabla! Davon hatte sie allmählich genug!

Sie drückte sich in die hinterste Ecke des Busses, ignorierte die Jugendlichen, die sich lautstark über ihre Lehrer unterhielten, und starrte auf die Straße. Das Grau des Asphalts verschwamm vor ihren Augen zu einer traurigen Masse.

Eines stand fest: Rosenberg versuchte, den Eindruck zu erwecken, dass Chris mehr von ihr wollte als nur ihre Gesellschaft. Aber warum tat er das? Theoretisch bestand die Möglichkeit, dass er mit Chris unter einer Decke steckte. Es war nicht auszuschließen, dass Chris über Rosenberg Botschaften zu übermitteln versuchte, die er auf direktem Wege nicht weiterzugeben wagte. Aber war das wahrscheinlich? Gut, Chris schätzte Rosenberg, das spürte Rebekka. Andererseits vertraute er ihm längst nicht alles an. Gerade die Unterhaltung von eben hatte doch gezeigt, dass Rosenberg in Bezug auf Chris' Begegnung mit der Prostituierten auch nicht alles wusste. Nein. Rebekka schüttelte den Kopf. Sie war sich ziemlich sicher, dass all diese Andeutungen allein auf Rosenbergs Mist gewachsen waren.

Aber was folgte daraus? Rosenbergs Andeutungen zielten darauf ab, sie mit Chris zu verkuppeln. Die entscheidende Frage war aber, ob Rosenberg dies versuchte, weil er wusste oder zumindest glaubte, dass Chris in sie verliebt war, oder ob er dies versuchte, weil er fälschlicher- oder auch richtigerweise der Meinung war, dass eine neue Beziehung ganz einfach gut für ihn wäre.

Rebekka stieß einen tiefen Seufzer aus. Hätte ... wäre ... könnte ... würde ...

Es gab so viele Möglichkeiten, dass sie allmählich überhaupt nichts mehr wusste!

Niedergeschlagen ließ sie ihre Stirn gegen die Fensterscheibe sinken. Sie spürte jetzt deutlich das Vibrieren des Motors. Wohl oder übel musste sie sich eingestehen, dass Rosenbergs Andeutungen nicht wirklich viel über Chris' wahre Gefühle aussagten.

Rebekka wurde ein wenig unsanft nach vorn geworfen, weil der Busfahrer recht plötzlich gebremst hatte. Es war erstaunlich voll auf den Straßen. Rebekka setzte sich wieder aufrecht hin. Die Fahrt ging weiter. Also gut, sie wusste nicht, was Chris wollte. In diesem Fall wäre es aber hilfreich zu wissen, was sie selbst wollte, nicht wahr?

Und?

Das Fragezeichen in Rebekkas Kopf fand seinen Widerhall auf ihrem Gesicht. Dennoch waren ihre Gedankengänge erstaunlich klar und strukturiert: dass Chris vielleicht mehr von ihr wollte, war eine Sache. Eine ganz andere war, wie sie darauf reagierte. War sie denn bereit, sich noch einmal auf ihn einzulassen? Wollte sie das Risiko, das damit verbunden war, wirklich eingehen? Bei Licht betrachtet, war es ein enormes Risiko. Abgesehen davon, dass Chris sie schon einmal enttäuscht hatte, war er ein männliches Wesen. Und seit wann konnte man sich auf diese Spezies verlassen?

Sie seufzte erneut und musste an Pfarrer Schloen denken. Er hatte ihr oft gesagt, dass sie nicht von den Männern in ihrer Familie auf die halbe Menschheit schließen dürfe. Aber es war ja auch kein Wunder, dass er so etwas sagte, schließlich war er selbst ein Mann.

Aber ein weiser Mann, das musste sie zugeben. Vieles von dem, was er sagte, klang vernünftig. Auch das mit der Gnade. Über Gnade hatte er immer gern gesprochen. Damals hatte sie nicht viel davon wissen wollen, daran erinnerte sie sich noch sehr gut. Und heute?

Ihr Verstand war eigentlich immer noch der Meinung, dass Chris für sein Verhalten bestraft werden musste. Und das Mindestmaß an Strafe bestand doch wohl darin, dass er aus ihrem Leben verbannt wurde! Andererseits gab es da ein kleines Fleckchen in ihrem Herzen, in das sich Chris heimlich eingenistet hatte.

Sie sah ein wenig sehnsüchtig in den Himmel hinauf. Dort zogen ein paar wirklich dicke Schäfchenwolken über die ansonsten leuchtend blaue Fläche. Aber es ging ihr nicht um den sichtbaren Himmel, sondern um den unsichtbaren. Gab es dort einen Gott, den es sich anzubeten lohnte? Einen Vater, der besser war als Jürgen? Einen Sohn, der mehr war als das hilflose blond gelockte Baby auf dem Arm seiner Mutter?

Wenn Gott nicht mehr wäre als ein Mensch, dann wäre er nicht Gott, oder? Sätze wie diesen hatte sie Chris gar nicht zugetraut. Offensichtlich machte auch er sich seine Gedanken.

Wenn es einen solchen Gott gäbe, dachte Rebekka sehnsüchtig, *dann würde ich ihn jetzt fragen, was ich tun soll! Ich würde ihn fragen, ob ich Chris eine zweite Chance geben soll.* Aber sie wusste nun einmal nicht, ob es einen solchen Gott gab. Und so kam ihr die Frage nicht über die Lippen.

Kapitel 27

Da das Wochenende vor der Tür stand, hatte Rebekka ausreichend Zeit, um über ihr Problem nachzudenken. Und das tat sie dann auch – und zwar so ausgiebig, dass ihre Mutter wieder einmal anfing, besorgt Fragen zu stellen. Schon am Samstagabend war Rebekka so entnervt, dass sie am liebsten geflüchtet wäre. Und dabei stand ihr das Schlimmste noch bevor! Am Sonntag, dem 16. August, hatte sie nämlich Geburtstag. Es war ihr 25ster. Wenn es nach ihr gegangen wäre, hätte sie ihn einfach ignoriert. Sie war nicht in der Stimmung, sich zu freuen oder gar zu feiern. Aber das konnte sie ihrer Mutter nicht antun. Und so bildete sie einmal mehr das Zentrum mütterlicher Aufmerksamkeit.

Morgens besuchten sie wie jeden Sonntag den Gottesdienst. Danach lud Rebekka ihre Mutter zum Mittagessen in ein kleines italienisches Restaurant ein. Eigentlich war es wunderschön dort. Das eher rustikale Ambiente gefiel Rebekka. Die vegetarische Pizza war auch lecker. Aber die Stimmung …

Rebekka sah in einer einzigen Stunde zwanzigmal auf die Uhr. Es war ihr Geburtstag und außer Birgit und Herrn Schloen hatte niemand angerufen. Nicht Jürgen, nicht Vincent, nicht … *Chris.*

Ja, sie gestand es sich ein. Es störte sie am meisten, dass Chris nicht angerufen hatte. Immer wenn sie auf die Uhr sah, wenn sie auf *seine* Uhr sah, versetzte es ihr einen Stich! Dabei wusste er wahrscheinlich gar nicht, wann sie Geburtstag hatte! Es war nie Thema gewesen! Und auch damals, als sie sich kennengelernt hatten, war es nie zur Sprache gekommen.

Und dennoch ...

Er wusste doch sonst immer alles über sie oder etwa nicht? Und er kannte ihre Handynummer!

Aber er rief nicht an.

⁂

Als Rebekka am nächsten Morgen zur Arbeit kam, war sie so schlecht gelaunt, dass Hannah schon bei der Begrüßung drei Schritte zurückwich. Aber das störte Rebekka nicht. Sollten sich doch alle von ihr fernhalten!

Angesichts des beinahe zu guten Wetters, das nun schon seit Tagen in Deutschland herrschte, trug Rebekka lediglich ihren kurzen schwarzen Rock und die kurzärmelige graue Bluse mit der verdeckten Knopfleiste. Es war also nicht erforderlich, eine Jacke aufzuhängen. So konnte Rebekka ohne Verzögerung die Treppe hinaufstapfen und sich schon einmal vornehmen, kein einziges Wort mehr mit Chris zu wechseln.

Aber als gleich darauf das Arbeitszimmer in Sicht kam, blieb sie verblüfft stehen.

Der Eingang war versperrt! Und das, obwohl die Tür ausgehängt war! Stattdessen starrte sie jetzt auf eine Wand aus Zigarettenschachteln. Irgendjemand hatte sie fein säuberlich im Türrahmen aufgestapelt, bis nicht mal mehr der kleinste Freiraum vorhanden war.

25 ... Sie kannte das Alter, das nach der Tradition eine „alte Schachtel" aus ihr machte. Aber niemals hätte sie damit gerechnet, dass jemand daran denken würde.

Fassungslos näherte sie sich der „Wand" und berührte mit den Fingerspitzen beinahe ehrfurchtsvoll ein paar der Schachteln. Sie saßen fest auf- und nebeneinander und bewegten sich nicht.

„Du musst dir schon ein bisschen mehr Mühe geben", kam in diesem Augenblick eine Stimme von rechts.

Rebekka wandte den Kopf. Der Flur war so dunkel, dass sie allenfalls seinen Schatten erkennen konnte. Aber dann quietschte es und Chris rollte auf sie zu. Er trug einen beigefarbenen Strickpullover mit hohem Kragen, der jetzt einigermaßen aus der Dunkelheit hervorstach, und grinste über das ganze Gesicht. „Na, los doch!"

Die schlechte Laune war auf einmal wie weggeblasen und Rebekka begann zu strahlen. Sie ballte die rechte Hand und schlug kräftig auf die Schachteln ein. Obwohl sie im ersten Moment recht großen Widerstand leisteten, fiel im nächsten die ganze Wand in sich zusammen und gab den Weg in den Raum frei. Rebekka schob die Schachteln mit dem Fuß zur Seite und betrat lachend den Raum.

Aber dann blieb sie erneut stehen und starrte auf ihren Schreibtisch. Dort stand ein riesiger Strauß mit roten Rosen! In Gedanken begann sie sofort zu zählen. Es waren 25!

„Oh, Chris ..." Mehr brachte sie nicht heraus.

„Herzlichen Glückwunsch zum Geburtstag", sagte er leise.

Rebekka konnte sich nicht rühren. Sie wusste, dass er noch auf dem Flur stand. Mit seinem Rollstuhl hätte er den riesigen Haufen von Schachteln wohl kaum überwinden können. Aber trotz dieses Sicherheitsabstandes brachte sie nicht den Mut auf, sich zu ihm umzudrehen. Verzweifelt rang sie um Fassung. Niemals zuvor hatte sich jemand so viel Mühe für sie gegeben!

„Dein Geschenk", unterbrach Chris ihre Gedanken. Seine Stimme klang belegt. „Willst du es nicht auspacken?"

Rebekka runzelte die Stirn. Sie hatte gar kein Geschenk gesehen. Aber tatsächlich. Da lag ein kleines rotes Päckchen neben der Vase mit den Blumen. Es war nicht sehr groß. Höchstens so groß wie eine der Zigarettenschachteln. Sie ging darauf zu. Eigentlich hätte sie jetzt protestieren müssen. Er hatte ihr schon viel zu viel geschenkt. Aber es ging nicht. Sie *musste* wissen, was in diesem Päckchen war!

Sie nahm es in die Hand. Es war nicht sehr schwer. Auf dem Geschenkpapier waren rote Rosen abgedruckt.

Rebekkas Finger zitterten, als sie das Papier zerriss. Interessanterweise kam erneut eine Zigarettenschachtel darunter zum Vorschein. Verständnislos starrte sie sie an.

„Du musst sie aufmachen", drängte Chris.

Rebekka schluckte und öffnete die obere Hälfte der Packung.

Keine Zigaretten. Stattdessen quoll ein Wattebausch hervor. Sie zog ihn heraus. Kurz darauf klirrte es und ein Gegenstand fiel vor ihre Füße. Sie hob ihn auf.

„Ein Schlüssel", kommentierte sie verwirrt den Fund. Aber sie konnte sich trotzdem nicht erklären, was sie da in Händen hielt. Es war ein Schlüssel. Ganz aus Silber. Er hatte Ähnlichkeit mit einem Autoschlüssel. Aber da war keine schwarze Kappe. Und überhaupt erinnerte das Material eher an einen Schmuckgegenstand. Es glänzte frisch poliert und wies nicht den kleinsten Kratzer auf.

„Ich ... ich hab keine Ahnung, was ich damit anfangen soll", sagte sie hilflos.

„Ich aber", antwortete Chris. Seine Stimme zitterte fast ein wenig vor Aufregung. „Du gehst nach draußen und guckst mal, ob er zu irgendetwas passt."

„Ob er zu irgendetwas passt?", wiederholte Rebekka. „Aber zu was denn?"

„Das musst du schon selbst rausfinden. Komm jetzt!" Und mit diesen Worten rollte Chris quietschend in Richtung Aufzug.

Rebekka folgte ihm eher widerwillig, stieg über das Chaos von Schachteln hinweg und fand sich schon wenig später mit Chris vor dem Haus wieder. Obwohl es noch früh am Morgen war, herrschten bestimmt schon an die 25 Grad.

Sie blickte rechts und links die Straße entlang. Dort parkten Hunderte von Autos.

Fast ein bisschen ängstlich sah sie zu Chris hinüber. „Du bist doch nicht auf die Schnapsidee gekommen, mir ein Auto zu schenken, oder? Das würde ich niemals annehmen!"

„Beruhige dich", lächelte Chris und wieder einmal trat dabei das neckische Grübchen auf seine rechte Wange. „In Wirklichkeit schenke ich dir gar nichts. Und jetzt sei ein braves Mädchen und such das Schloss, zu dem der Schlüssel passt!"

Rebekka schüttelte den Kopf. Allmählich begriff sie überhaupt nichts mehr. Fast ein wenig unmotiviert wandte sie sich nach rechts, ging die Straße hinunter, betrachtete die verschiedenen Wagen und suchte gleichzeitig den Boden nach einer Schatulle oder irgendetwas Ähnlichem ab. Sie fand nur nichts.

Nach einer Weile kehrte sie ergebnislos zu Chris zurück. „Ich weiß wirklich nicht, was ich hier tue", beklagte sie sich.

„Probier es in der anderen Richtung“, schlug Chris vor und zappelte unruhig auf seinem Rollstuhl hin und her.

Rebekka verschränkte die Arme vor der Brust und sah Chris prüfend an. „Vielleicht sollte ich dich mal daran erinnern, dass ich kein Hund bin, der Stöckchen apportiert.“

Chris zog im ersten Moment verwundert die Augenbrauen hoch. Einige Sekunden antwortete er nicht, dann aber sah er sie an und sagte ernst: „Niemand weiß das besser als ich, Rebekka.“

„Wie meinst du das?“

„So lange ich dich kenne, warst du immer du selbst. Du wusstest, was du wolltest. Und du hast es durchgezogen. Mach dir also keine Sorgen. Ich würde niemals auf die Idee kommen, dass du nach meiner Pfeife tanzt.“

Rebekka schluckte. Chris' Worte zeugten von einem Respekt, den sie nicht erwartet hatte. War das wirklich wahr? Hatte er eine so hohe Meinung von ihr? Und warum berührte sie das in der Tiefe ihres Herzens?

Fast wie von selbst setzte sie sich in Bewegung und flüchtete vor ihren Gefühlen in die Richtung, die sie noch nicht abgesucht hatte. Allerdings nahm sie dabei kaum etwas wahr. Ihr Magen fühlte sich an, als würde er von hundert Nadeln gleichzeitig gepiesackt. Fühlte sich so Liebe an?

Als sie ihn mit ihrem Blick streifte, glaubte sie zuerst an eine Halluzination. Oder an einen Besuch aus der Vergangenheit. Aber dann sah sie ein zweites Mal hin und kam aus dem Staunen gar nicht mehr heraus. Was für eine verblüffende Ähnlichkeit! Was für eine Übereinstimmung!

Die gleiche Farbe! Das gleiche Modell! Die gleichen Sitze! Und am Rückspiegel baumelte immer noch der Tannenbaum!

Ihre ohnehin schon weichen Knie drohten unter ihr nachzugeben. Vor ihr stand Peppo. Ihr süßer, kleiner treuer Peppo!

Sie streckte die Hand aus und wollte sie auf das Autodach legen. Dabei fiel ihr allerdings auf, dass sie etwas darin festhielt. Den Schlüssel! Sie starrte ihn an. Es war nicht das Originalexemplar, so viel stand fest. Trotzdem war die Sache klar. Und als sie kurz darauf Anstalten machte, den Schlüssel ins Schloss zu stecken, hätte sie ihr Leben darauf verwettet, dass er passte. Und das tat er dann auch. Der Sicherungsknopf hüpfte in die Höhe und erlaubte ihr, die Tür zu öffnen. Gleich darauf saß sie in ihrem Peppo und atmete einen Geruch ein, der so intensiv war, dass sie verwundert die Stirn runzelte. Sie griff nach dem Tannenbäumchen, betrachtete es von allen Seiten und gewann schon allein aufgrund der kräftigen Farbe die Überzeugung, dass Chris es erneuert haben musste. Er hatte aber auch wirklich an alles gedacht!

„Peppo“, seufzte sie und schloss die Augen. Der kräftige Duft von Tannennadeln umhüllte sie und schien die Zeit zurückzudrehen. Vor ihrem geistigen Auge erschien Vincent, der sich mühsam aus ihrem Auto schälte ... Sie fuhr zur Uni und hatte Birgit im Wagen ...

Als es klopfte, schreckte sie auf, wandte den Kopf nach links und blickte direkt in Chris' bernsteinfarbene Augen.

Sie kurbelte das Seitenfenster herunter. Es war einer der wenigen Momente, in denen sie sich auf Augenhöhe mit ihm befand.

„Fündig geworden?“, fragte er sanft.

Rebekka nickte und spürte, wie sich ihre Augen mit Tränen füllten.

Chris schob den Kopf ein wenig vor und sog Luft durch die Nase ein. Dann lächelte er. „Jetzt riecht er wieder so, wie er riechen sollte“, sagte er zufrieden.

Rebekka zog fragend die Augenbrauen hoch. „Wie meinst du das?“

„Nach Tannennadeln und Karamell ... So muss Peppo riechen.“

Rebekka sah Chris einen Moment lang nachdenklich an. „Außer dir ist noch nie jemandem aufgefallen, wie ich rieche“, krächzte sie. „Und dann Peppo ... Das ist das wundervollste Geschenk, das ich jemals bekommen habe. Woher hast du ihn?“

Chris senkte den Blick. „Als du ihn verkauft hast ... Na ja, deine Mutter hat ihn verkauft, als du im Gefängnis warst ... Da habe ich ihn gekauft.“

„Was?“, staunte Rebekka. „Damals schon? Aber er war total kaputt! Ich hab ihn vor Völles Haus zu Schrott gefahren!“

„So was lässt sich ja reparieren ...“

„Aber ... aber nur zu unverhältnismäßig hohen Kosten!“, brach es aus Rebekka heraus. „Und dann die Tatsache, dass du ihn all die Jahre aufbewahrt hast ...“

Chris zuckte verlegen die Achseln. „Das ist doch keine große Sache. Schließlich brauchte Stuart ein wenig Gesellschaft ..."

„Ach, tatsächlich?" Rebekka sah ihn prüfend an. „Mir kam es so vor, als gäbe es gar keinen Stuart mehr. Wo steht er denn jetzt?"

Chris wich ihrem Blick aus. „Du hast recht", murmelte er verlegen. „Ich hab ihn verkauft. Ich kann ihn eh nicht mehr fahren."

Einen Moment lang herrschte Schweigen. Dann schnitt Rebekka ein Thema an, über das sie schon häufiger nachgedacht hatte. „Im Gefängnis, Chris ... Da ... da gab es zwei Beamte, die mich protegiert haben ... Es ... es war beim besten Willen nicht zu übersehen ... Sie haben mir sogar Bomben zugesteckt ..."

Chris schien einen Fleck auf seiner hellen Jeans bemerkt zu haben und kratzte mit dem Fingernagel darauf herum.

„Hast du sie bestochen, Chris?"

Chris schluckte schwer, kratzte aber nur noch stärker auf seiner Jeans herum, anstatt zu Rebekka aufzusehen.

„All das, Chris ... nur für mich?", fragte Rebekka sanft.

Interessiert beobachtete sie, wie Chris von seiner Jeans abließ und stattdessen anfing, an seinem verstümmelten Gelenk herumzureiben. Dann blickte er plötzlich auf und meinte: „Irgendwie ist es kalt hier draußen. Wollen wir nicht wieder reingehen?"

Rebekka schüttelte missbilligend den Kopf. „Es ist warm hier draußen, Chris. Und ich will nicht, dass du mir andauernd ausweichst. Nicht jetzt. Sag mir, was das alles soll. Sag mir, warum du so etwas tust. Aus Mitleid? Es wäre in Ordnung, wenn es so wäre, wirklich. Ich muss es nur wissen ..."

Dieses Mal wich Chris ihrem Blick nicht aus. Aber er starrte sie so lange und eindringlich an, dass Rebekka das Gefühl hatte, sie könnte durch seine strahlenden Augen hindurch mitten in seine Seele sehen. Aber warum kam ihr von dort eine solche Verzweiflung entgegen?

Ohne darüber nachzudenken, hob sie ihre Hand, um sie tröstend auf Chris' Wange zu legen, zog sie aber schon im nächsten Moment zurück, als sich Chris schwungvoll vom Wagen abstieß und ein Stück rückwärts rollte. „Armin hat Frühstück gemacht!", verkündete er fast panisch. „Ich fahr schon mal vor!" Mit diesen

Worten drehte er ihr auch schon den Rücken zu und preschte davon.

Rebekka blieb wie geohrfeigt zurück. Hatte sie was falsch gemacht? Während sie ihn dabei beobachtete, wie er sich mit hektischen Bewegungen immer weiter von ihr entfernte, hatte sie das Gefühl, als stocherte jemand mit einer Gabel in ihrem Herzen herum. Warum konnte er nicht einfach ehrlich zu ihr sein?

Völlig verwirrt stieg sie aus dem Wagen und schlug die Autotür so kräftig hinter sich zu, dass Peppo protestierend hin- und herschaukelte. Das brachte Rebekka zur Besinnung. „Oh, Peppo", jammerte sie und tätschelte tröstend den schwarzen Lack des Wagens. „Kaum hab ich dich wieder, behandle ich dich auch schon wie ein x-beliebiges Auto. Ich benehme mich unmöglich!" Sie atmete ein paarmal tief durch und stellte fest, dass ihr das nicht wirklich weiterhalf. Ihre Gefühlswelt war so durcheinandergeraten, dass sie nicht mehr geradeaus denken konnte. Was hatte Chris' Verhalten zu bedeuten? Wieso beschenkte er sie so großzügig, nur um gleich darauf in Panik vor ihr zu flüchten? Und wieso zum Donnerwetter konnte sie ihn nicht einfach lassen?

Als sie merkte, dass ihr Tränen der Enttäuschung in die Augen schossen, ließ sie Peppo einfach stehen, flüchtete zurück ins Haus und steuerte ohne Umwege das Badezimmer im Obergeschoss an. Jetzt half nur noch eine ordentliche Portion kaltes Wasser!

Aber als sie die Badezimmertür gerade erreicht hatte, nahm sie aus dem Augenwinkel eine leichte Bewegung wahr. Erschrocken blieb sie stehen und wandte sich nach links. Dabei wollte sie Chris jetzt am allerwenigsten begegnen!

Vor ihr lag der Trakt, der in Chris' Schlafzimmer führte. Da alle Türen verschlossen waren und es auch keine Fenster gab, konnte man den Flur kaum mehr als erahnen. Trotzdem glaubte sie, am hinteren Ende so etwas wie eine Gestalt zu erkennen. Immerhin stand diese aufrecht.

„Rosenberg?", flüsterte sie in das Dunkel hinein.

Keine Antwort.

„Hannah?", fragte Rebekka. Aber das war absurd. Das, was wie ein Schatten aussah, wirkte viel, viel größer und kräftiger.

„Wer ist denn da?“, fragte sie nun schon ein wenig ungehalten.

Weder rührte sich der Schatten noch gab er ein Geräusch von sich.

Ein Handwerker vielleicht, schoss es Rebekka durch den Kopf. Oder eine Aushilfe, von der sie nichts wusste?

„Ich kann Sie sehen“, rief Rebekka mutig. „Und wenn Sie sich nicht zu erkennen geben, muss ich leider die Polizei rufen.“

Und tatsächlich, jetzt bewegte sich der Schatten. Aber er kam nicht auf Rebekka zu, sondern bewegte sich rückwärts, von ihr weg.

„Hiergeblieben“, befahl Rebekka energisch. „Ich will wissen, wer Sie sind!“

Aber der Schatten hörte nicht auf sie. Im Gegenteil, er bewegte sich jetzt noch schneller von ihr weg. Rebekka hatte inzwischen den Eindruck, als könne sie die menschlichen Umrisse ganz deutlich erkennen.

„Hey, Sie“, schimpfte sie und stampfte mit dem Fuß auf. „Bleiben Sie gefälligst stehen!“

Die Reaktion hätte nicht eindeutiger ausfallen können. Der Schatten wirbelte herum und war im nächsten Moment in der Biegung des Flures verschwunden. Rebekka vernahm hektische Schritte, dann ein Quietschen. Gleich darauf fiel eine Tür ins Schloss und es kehrte wieder Ruhe ein.

Rebekka runzelte verwirrt die Stirn. Was sollte sie jetzt tun? Loskreischen? *Hilfe, ein Einbrecher* oder so was? Sie stellte sich das süffisante Lächeln von Rosenberg vor, wenn sich das Ganze als ein bloßes Missverständnis entpuppte. Dann konnte sie sich auf monatelange Sticheleien gefasst machen. Außerdem war es nicht gerade wahrscheinlich, dass am helllichten Tage Einbrecher im Haus herumliefen, oder?

Sie seufzte tief, ging zur Wand hinüber und schaltete erst einmal das Licht ein. Als der Flur in voller Festbeleuchtung erstrahlte, fühlte sie sich schon wesentlich wohler. Jetzt sah alles freundlich und ungefährlich aus. Geradeaus führte der Flur auf eine schmale Tür zu, die zu einem Abstellraum gehörte. Danach ging es im 90-Grad-Winkel nach links weiter.

Rebekka fasste sich ein Herz und ging vorwärts. Sie passierte die Tür des Abstellraumes, folgte dem Verlauf des Flures nach links und gelangte auf diese Weise in einen Trakt, den sie nie zuvor betreten hatte. *Chris' Privaträume.*

Ein ungutes Gefühl beschlich Rebekka. Wenn sie selbst nie hier gewesen war, durften bestimmt auch Handwerker nicht unbeaufsichtigt hier herumlungern, oder? Sie blieb stehen und zögerte einen Moment lang. Vielleicht war es doch besser, Chris Bescheid zu sagen?

Beinahe im gleichen Moment hörte sie ein Geräusch. Es klang, als sei ein metallener Gegenstand zu Boden gefallen, und kam direkt aus dem Zimmer, das sich zu ihrer Linken befand. Rebekka reagierte vollkommen spontan, stürzte auf die Tür zu und riss sie auf.

Vor ihr lag ein großer heller Raum, der sehr spartanisch eingerichtet war. Es gab zwei große Fenster, aber nur wenige Möbel. Ganz links befand sich eine Schrankwand, die vollständig mit Spiegeln verkleidet war. Aufgrund ihres Einbaucharakters nahm man sie allerdings kaum als Möbelstück wahr. Weiter rechts befand sich ein großes Bett mit einem extravaganten, silberfarbenen Metallgestell und einem dazu passenden Nachttisch. Beides stand frei im Raum und wirkte deshalb ein wenig verloren. Die Schublade des Nachttisches stand ein Stück offen. Rebekka konnte erkennen, dass sich jede Menge Medikamentenschachteln darin befanden, ein sicheres Zeichen dafür, dass sie sich tatsächlich in Chris' Reich befand. Abgesehen davon erinnerte der Raum allerdings eher an einen Tanzsaal als an ein Schlafzimmer.

Rebekka ließ ihren Blick über den Fußboden gleiten. Hier gab es kein einziges Staubkorn, geschweige denn Gegenstände, die eben erst zu Boden geplumpst waren. Sie runzelte die Stirn. Hatte sie sich das Geräusch denn nur eingebildet?

Ihr Blick wanderte zu den beiden Fenstern hinüber. Beide waren verschlossen. Wenn der Einbrecher wirklich hier gewesen war, musste er sich im Schrank versteckt haben! Argwöhnisch betrachtete sie die riesige verspiegelte Fläche, die den Eindruck erweckte, dass der Raum doppelt so groß war. Sollte sie …?

Ihre Neugier war ohnehin größer als ihre Angst. Sie ging langsam auf die Schrankwand zu und schrak im nächsten Moment vor ihrem eigenen Spiegelbild zurück. Ihr Herzschlag setzte einmal kurz aus, raste los … und beruhigte sich auch schon wieder.

Die dunkle Gestalt im Spiegel war kein Einbrecher, sondern sie selbst! Aber es war auch kein Wunder, dass sie sich erschrocken hatte. Sie sah nämlich wirklich ein bisschen zum Fürchten aus! Ihr Gesicht wirkte müde und angespannt zugleich, ihre Haut schimmerte noch blasser als sonst. Außerdem war sie mal wieder dunkel gekleidet. Hätte sie zu dem schwarzen Rock nicht wenigstens ein freundliches weißes Oberteil anziehen können? Stattdessen hatte sie eine graue Bluse gewählt. Ausdruck ihrer düsteren Stimmung?

Sie seufzte, schüttelte über sich selbst den Kopf und öffnete die erste Schranktür. Kleidungsstücke. Jeans, Stoffhosen, Anzüge. Hatte sie wirklich erwartet, dass ihr ein Einbrecher entgegenspringen würde? Sie schloss die Tür wieder und wandte sich der nächsten zu. Pullover, Herrenhemden, Krawatten. Nichts weiter. Schranktür Nummer drei. Bettwäsche. *Unterwäsche.* Sie warf die Tür so schnell ins Schloss zurück, dass sie einen Heidenlärm dabei veranstaltete und sich noch furchtbarer fühlte. Wenn sie Chris durch die Geräusche aufgeschreckt hatte und er nun hierherkäme, um nach dem Rechten zu sehen ... Wie sollte sie ihm dann ihre Anwesenheit und ihr Verhalten erklären? Die Einbrecher-Nummer würde er ihr unter Garantie nicht abkaufen!

Sie musste weg hier!

Nur noch eine Tür! Sie stürzte darauf zu, riss sie auf und warf sie fast noch schneller wieder zu. Sie hatte sich schon umgedreht und ein paar Schritte in Richtung Flur gemacht, als sie urplötzlich stehen blieb. Einen Einbrecher hatte sie nicht gesehen, aber dieses Bild ...

Rebekka zögerte. Ihr Fluchttrieb und ein neuerlicher Anfall von Neugier hielten sich die Waage, rangen miteinander ... bis sie sich ein weiteres Mal umdrehte, erneut auf den Schrank zuging und die letzte Tür zum zweiten Mal öffnete.

Dahinter kam ein kleiner Sekretär zum Vorschein, der mit Schreibutensilien, Papieren und Zetteln übersät war. Rebekka aber blickte nur auf den Ordner mit den Prospekthüllen, der aufgeschlagen einen Teil des Schreibtisches einnahm. In der Hülle, die sie sehen konnte, befand sich ein Zeitungsausschnitt samt Foto. Rebekka griff danach und hielt es mitsamt Ordner ins Tageslicht. Und tatsächlich! Das Foto war nicht sehr scharf. Aber das war auch gar nicht nötig. Ohne die Überschrift lesen zu müssen, erkannte Rebekka sich selbst.

Sie schluckte und versuchte, sich zu erinnern. Neben ihr standen Polizeibeamte in Uniformen. Einer hielt sie am Oberarm fest. An ihren Handgelenken konnte man die Handschellen erkennen ... Rebekka blickte angewidert auf das Foto. Es war nicht angenehm, sich an diese furchtbare Zeit zu erinnern!

Dann betrachtete sie das Gebäude im Hintergrund. Es war ein großer, roter Backsteinbau. Und es sah aus, als verließe sie ihn gerade. Trotzdem konnte sich Rebekka nicht daran erinnern. Alles, was diese Zeit betraf, war in ihrer Erinnerung nur noch undeutlich vorhanden. Ein Schutzmechanismus?

Weiter vorn im Bild entdeckte sie einen Pulk von Reportern. Kein Wunder, dass das Foto in der Zeitung erschienen war. Sie wandte sich dem Artikel zu. „War auch eine Frau an der Entführung beteiligt?“, hieß es dort in großen Lettern.

Sie schüttelte sich und blätterte weiter nach vorne. „Mögliche Entführer verhaftet“, lautete eine Überschrift. Darunter das Foto eines Polizeiwagens, dem gerade ihr Vater entstieg. Im Hintergrund Vincent. Obwohl auch dieses Foto unscharf war, konnte sie erkennen, wie fertig ihr Bruder aussah. „Ach, Vince“, seufzte sie leise.

Jetzt blätterte sie weiter. Schon wieder ein Foto. Es zeigte das Haus, in dem sie damals zusammen mit ihren Eltern gewohnt hatte. „Wohnten hier die Entführer des Industriellensohnes?“, fragte der dazugehörige Artikel.

Rebekka seufzte tief und versuchte die Hassgefühle zu unterdrücken, die aus ihrem Inneren an die Oberfläche brodelten. Die Reporter hatten in ihrer Sensationslust nichts ausgelassen!

Schnell blätterte sie weiter. „Der Feind im eigenen Haus – Hat die Haushälterin etwas mit der Entführung zu tun?“, lautete die nächste Überschrift. Rebekka stöhnte auf. Sie hatte immer geahnt, was ihre Mutter durchgemacht hatte. Aber es noch einmal schwarz auf weiß zu lesen, war einfach zu viel für sie. Sie klappte den Ordner mit einer heftigen Bewegung zu und warf ihn auf den Schreibtisch zurück. Sie wollte an all das nicht erinnert werden!

Trotzdem blieb sie wie angewurzelt stehen. Halb angewidert,

halb bedauernd starrte sie auf den Ordner. Im Grunde gab es da noch etwas, das sie wissen musste …

Wieder rang sie mit sich. Und wieder siegte die Neugier.

Die junge Frau griff ein zweites Mal nach dem Ordner. Dieses Mal schlug sie ihn weiter hinten auf, etwa zu Beginn des letzten Drittels. Auch hier stieß sie wieder auf Zeitungsartikel. Erst über den Fortgang des Prozesses. Dann über die Schießerei. Das Foto, auf dem Chris blutüberströmt auf dem Boden des Gerichtssaales lag, überblätterte sie so schnell, dass sie gar nicht wirklich hingucken konnte. Leider fand sie es auch auf den folgenden Seiten. Es war, als ob jede Zeitung wochenlang nur dieses eine Foto abgedruckt hätte! Dabei verfolgte es sie seit jenem Tag doch ohnehin schon in ihren Träumen!

Aber auch als die Berichterstattung schließlich endete, konnte Rebekka nicht aufatmen. Denn nun stieß sie auf eine Serie von Hochglanzfotos!

Rebekkas Augen weiteten sich. Jemand hatte jeweils sechs kleinformatige Fotos in dafür vorgesehene Klarsichthüllen einsortiert. Fotos, die sie selbst zeigten. Fotos, auf denen sie einkaufte, an der Bushaltestelle stand, das Haus verließ … Diese Fotos stammten aus neuerer Zeit, aus der Zeit nach ihrem Gefängnisaufenthalt.

Sie hatte es geahnt! Chris hatte sie beobachten lassen. Woher sonst hätte er alles über ihre Jobsuche wissen können? Wie sonst hätte er ihre finanzielle Notlage so gezielt ausnutzen können?

Seufzend blätterte sie sich durch Unmengen von Fotos hindurch. *Warum?*, fragte sie sich zum hundertsten Mal. *Warum tust du das, Chris?*

Die Fotos schienen chronologisch geordnet zu sein. Und die letzten stammten sogar aus jüngster Zeit! Es gab jetzt auch Fotos, die sie beim Verlassen dieses Hauses zeigten. Oder an der Bushaltestelle nicht weit von hier. Niemals aber Fotos aus dem Inneren des Hauses. Sie schüttelte den Kopf. Ob Rosenberg die Fotos geschossen hatte? Oder ein Privatdetektiv?

Am Ende des Fototeils waren noch einige leere Klarsichtfolien übrig. Raum für weitere Fotos?

Gedankenverloren blätterte Rebekka weiter. Was interessierte Chris so sehr an ihr?

Jetzt stieß sie auf weitere Fotos. Allerdings nicht auf kleine, sondern sehr viel größere, etwa 20 × 30 Zentimeter groß. Jedenfalls füllten sie eine Prospekthülle problemlos aus.

Irritiert und fasziniert zugleich blätterte sich Rebekka auch durch diese Fotos. Es waren fünf an der Zahl. Und es waren ebenfalls Fotos von ihr selbst. Aber es waren die gelungensten Fotos, die sie jemals gesehen hatte! Eines zum Beispiel zeigte sie an einer Bushaltestelle. Rebekka erinnerte sich an die Begebenheit. Vor ihr und mit dem Rücken zum Fotografen stand ein kleines Mädchen, mit dem sich Rebekka unterhalten hatte. Das erklärte wohl auch ihren sanften, überaus freundlichen Gesichtsausdruck. Und auch sonst ... ihre Haltung war gebückt – wahrscheinlich, weil sie dem Mädchen näher hatte sein wollen –, aber auch anmutig und lässig zugleich!

Und dann das nächste Bild. Sie musste lächeln. Auch daran konnte sie sich erinnern. Sie war an diesem Spielplatz vorbeigekommen und hatte nicht anders gekonnt, als sich auf der Schaukel niederzulassen und einen Moment in Gedanken in ihre Kindheit zurückzureisen. Auf dem Foto hielt sie die Augen geschlossen und ihre Haare flatterten wild um ihr Gesicht herum. Sie wirkte glücklich und vollkommen entspannt.

Wunderschöne Fotos.

Wenn Chris diese Fotos ausgewählt hatte, dann hatte er ein Gespür für ... ja, wofür eigentlich? Für *sie*?

Rebekka schluckte und wappnete sich gegen die Gedanken, die nun unweigerlich folgen würden. Genauso wie sein großzügiges Geschenk erweckte das hier den Eindruck, dass sie Chris sehr wohl etwas bedeutete.

Ding-Dong. Obwohl Rebekka das Klingeln der Haustür zur Genüge kannte, ging es ihr heute durch Mark und Bein. Sie fühlte sich auf frischer Tat ertappt, wirbelte herum und erlitt den nächsten Schock. Der Ordner fiel ihr aus den Händen und schlug mit einem lauten Klatschen auf dem Fußboden auf.

Ihr Gegenüber zuckte nicht minder erschrocken zusammen und starrte sie voller Entsetzen an.

„Was –?“, hauchte Rebekka, brach dann aber ab. Mit allem hatte sie gerechnet ...

Der Mann machte einen Schritt nach hinten und stieß dabei

gegen die geöffnete Tür. „Aua!", jammerte er, während die Zimmertür ins Schloss fiel.

Rebekka erkannte, dass er versucht hatte, sich aus dem Raum zu schleichen. Er war es, den sie auf dem Flur gesehen und bis hierher verfolgt hatte! Wahrscheinlich hatte er sich bei ihrem Eintreten hinter eben dieser Tür versteckt.

„Was tust du denn hier?", fuhr sie ihn an. „Ich dachte, ihr wärt ins Ausland geflüchtet!"

„Jetzt sind wa halt wieder da", antwortete Vincent patzig. Er trug eine Jeans und ein dunkelgrünes Holzfällerhemd. Unter seinen Achselhöhlen hatten sich großflächige Schweißflecken gebildet.

Rebekka hob fassungslos die Hände. „Wo ist Jürgen?", brach es aus ihr hervor.

Vincent holte Luft, um zu antworten, zögerte dann aber. „Ich glaube nicht, dass ich dir das sagen darf", entgegnete er vorsichtig. „Ich bin auch nur hier ... na ja ..." Er blickte verlegen zu Boden. „Herzlichen Glückwunsch nachträglich ..."

Rebekkas Gesichtsausdruck wurde sanft. Das war so typisch für Vince. Harte Schale, weicher Kern. Sie seufzte. „Weiß Jürgen, dass du hier bist?"

Vincent schüttelte den Kopf.

„Dachte ich's mir doch", stöhnte Rebekka und begann, unruhig hin und her zu wandern. Dabei stieg ihr Vincents Schweißgeruch in die Nase. „Er würde dich wahrscheinlich umbringen, wenn er wüsste, wo du dich herumtreibst." Sie blieb stehen und funkelte ihren Bruder wütend an. „Weißt du eigentlich, in welche Gefahr du dich hier begibst? Die Höhle des Löwen ist nichts dagegen! Wenn Chris dich hier sieht ..."

„Chris", wiederholte Vincent. Sein Gesicht nahm einen angewiderten Ausdruck an. „Dann stimmt es also, was Jürgen sagt. Du hast was mit ihm!"

„Ich arbeite für ihn", stellte Rebekka klar.

„Aber ich will nicht, dass du für ihn arbeitest", schimpfte Vincent. „Wegen ihm mussten wir um die halbe Welt flüchten. Er hat unser Leben zerstört!"

„Ihr habt *seines* zerstört", widersprach Rebekka ärgerlich. „Hast du ihn gesehen? Er sitzt im Rollstuhl!"

„Rebekka?" Als die junge Frau ihren Namen hörte, zuckte sie erschrocken zusammen. Es war Chris, doch seine Stimme klang weit entfernt. „Versteck dich", raunte sie Vincent zu und war schon im nächsten Moment zur Tür hinausgeschlüpft. Mit zitternden Knien eilte sie durch den Flur. Als sie das Badezimmer erreicht hatte, hörte sie Chris erneut nach ihr rufen. Seine Stimme kam von unten aus dem Foyer.

„Was ist denn?", rief sie so unbedarft wie möglich.

„Könntest du bitte mal kommen?"

Rebekka schlug das Herz bis zum Hals. Sie kannte Chris. Seine Stimme hatte reserviert geklungen. Er ahnte doch nichts? Oder hatte er womöglich bemerkt, dass sie in sein Zimmer eingedrungen war?

Als sie die Treppe erreichte, sah Rebekka zwei Männer neben Chris und Rosenberg stehen. Sie waren recht leger gekleidet, wirkten aber trotzdem ausgesprochen ernst.

„Ja, bitte?", sagte Rebekka, während sie möglichst würdevoll die Treppe hinunterging.

Der eine der beiden Männer griff in die Tasche seines dunkelblauen Blousons und holte eine Brieftasche daraus hervor. Er schlug sie auf und streckte sie Rebekka entgegen.

„Polizei", sagte er. „Ich möchte Sie bitten, ein paar Fragen zu beantworten."

Rebekka blieb auf der untersten Treppenstufe stehen und versteifte sich. Jetzt war Vincent verloren!

„Sie brauchen keine Angst zu haben", fuhr der Mann freundlich lächelnd fort. Er war um die vierzig und hatte volle, lockige Haare. „Wir sind nicht Ihretwegen hier. Schließlich haben Sie Ihre Strafe abgesessen."

„Was man von Ihrem Vater und Ihrem Bruder nicht sagen kann", warf der andere ein. Seine ergrauten Schläfen deuteten darauf hin, dass er wesentlich älter war. Er trug eine Brille, die nur oben einen Rand hatte.

Rebekka schluckte. „Was wollen Sie?", fragte sie heiser.

„Wir wissen, dass Ihr Vater und Ihr Bruder nach Deutschland zurückgekehrt sind", erklärte der jüngere der beiden Polizeibeamten. „Haben sie sich bei Ihnen gemeldet?"

Rebekka schüttelte stumm den Kopf.

„Wenn es so wäre“, begann der ältere, „würden Sie es uns dann sagen?“

Rebekka schüttelte erneut den Kopf.

Der Lockenkopf lachte. „Sie sind wenigstens ehrlich.“

„Herr Roselius“, wandte sich der ältere an Chris, „wir haben Ihnen wiederholt geraten, dieses ... nun ja ... *Arbeitsverhältnis*“, er blickte so abschätzend an Rebekka herunter, dass diese errötete, „nicht länger aufrechtzuerhalten. Diese Warnung möchten wir jetzt, wo Ihre Entführer wieder in Deutschland sind, noch eindringlicher aussprechen. Um es mal offen zu sagen: Es ist nicht auszuschließen, dass es Kontakt zwischen Frau Petrell und ihrem Vater beziehungsweise ihrem Bruder gibt. Wir können Sie schlecht vor einer Gefahr schützen, die in Ihrem eigenen Hause lauert.“

„Ich habe keine Angst“, entgegnete Chris knapp.

„Das sagten Sie bereits“, antwortete der ältere. Er klang resigniert, so als hätte diese Diskussion schon mehrfach stattgefunden. „Darf ich Sie dann wenigstens bitten, uns das Haus zu zeigen? Erstens würden wir es gern auf seine Sicherheit hin überprüfen, und zweitens wäre es sicher von Vorteil, wenn wir es kennen würden. Nur für den Fall der Fälle, Sie wissen schon.“

Chris seufzte. Er schien nicht besonders scharf auf die Gesellschaft der beiden Polizeibeamten zu sein. Rebekka schöpfte Hoffnung.

Aber da schaltete sich Rosenberg in das Gespräch ein. „Also, wenn du mich fragst, ist das keine schlechte Idee. Die Kriminalpolizei hat sicher viel Erfahrung. Vielleicht können sie uns auch ein paar Tipps geben. Zum Beispiel wegen der Alarmanlage. Sie fällt immer noch andauernd aus!“

Chris zuckte die Achseln. „Also, von mir aus ...“

Rebekka hingegen bebte. „Aber ich verstehe das alles nicht. Wenn es stimmt, was Sie sagen, ich meine, wenn Jürgen und Vincent tatsächlich wieder in Deutschland sind, dann muss ihnen doch klar sein, dass sie gesucht werden. Wieso sollten sie dann so dumm sein und sich ein zweites Mal in Gefahr bringen?“

„Vielleicht, weil Sie hier arbeiten“, sagte der jüngere und brachte Rebekka damit umgehend zum Schweigen. Nichts war so schlagkräftig wie die Wahrheit.

„Dürften wir dann?“, fragte der ältere und ging schon einmal ein paar Schritte in Richtung Treppe. „Wenn Sie nichts dagegen haben, beginnen wir im Obergeschoss. Erfahrungsgemäß gibt es dort die geringsten Sicherheitsmängel. Einverstanden?“

Chris nickte nur.

Rebekka hingegen war einer Ohnmacht nahe. Wie sollte sie Vincent warnen, wenn die beiden auch noch mit dem Obergeschoss anfingen? Hastig wollte sie hinter den Polizeibeamten herstürmen. Aber Chris hielt sie am Arm fest. „Jetzt warte doch mal. Armin hat ein tolles Geburtstagsfrühstück für dich vorbereitet. Es steht im Wohnzimmer.“

Rebekka starrte ihn nur wortlos an. Sie war zu verwirrt, um zu bemerken, dass er das Thema gewechselt hatte.

„Ich hoffe, du hast nichts dagegen, wenn ich dir Gesellschaft leiste“, fuhr Chris fort.

Wieder reagierte Rebekka nicht. Sie war gar nicht in der Lage, an etwas anderes zu denken als an Vincent.

„Jetzt komm schon.“ Chris lächelte und schob die junge Frau in Richtung Wohnzimmer. „Es wird dir gefallen.“

Rebekka fügte sich ihrem Schicksal. Sie setzte mechanisch einen Schritt vor den anderen und fand sich kurz darauf in dem Raum wieder, der in diesem Haus sicher am seltensten benutzt wurde: das Wohnzimmer. Es war riesig groß und dadurch eher ungemütlich. Außerdem hatte man es mit schrecklich wertvollen alten Möbeln nur so vollgestopft. Irgendwie erinnerte es an einen Antiquitätenladen.

Der verschnörkelte Esstisch aus guter alter Eiche bog sich unter einer Ansammlung von Köstlichkeiten. Käse verschiedenster Sorten, Lachs, Marmeladen, gekochte Eier, dazu feinstes Porzellan und Silberbesteck. Zu Rebekka drang das allerdings nicht wirklich vor. Vor ihrem inneren Auge sah sie nur eines: wie Vincent in Handschellen in einen Polizeiwagen verfrachtet wurde. Sie schauderte.

Währenddessen wies Rosenberg ihr einen Platz an, drückte sie sanft auf den Stuhl, goss ihr Kaffee ein, fügte Milch und Zucker hinzu und legte ihr ein Brötchen auf den Teller. Rebekka ließ es widerstandslos geschehen. Sie reagierte erst, als im Flur irgendetwas zu Boden polterte. Entsetzt sprang sie wieder auf.

„Das war nur ein Kleiderbügel", beruhigte Rosenberg sie. „Ich hab ihn heute schon viermal aufgehoben. Die Garderobe hängt einfach zu voll."

Rebekka sank auf den Stuhl zurück. „Warum sind Sie denn heute so schreckhaft?", fragte Rosenberg. Aufgrund der hohen Temperaturen trug er nicht mehr als eine dunkelgraue Anzughose und ein kurzärmeliges, hellgraues Oberhemd.

Doch die junge Frau nahm die Frage gar nicht wahr. Sie bemerkte auch nicht, dass sich Chris an Rosenberg wandte und ihn leise aus dem Raum schickte.

„Also, was ist los?", erkundigte sich Chris, kaum, dass sich die Tür hinter Rosenberg geschlossen hatte. Sein Tonfall war streng und weckte Rebekka aus ihrer Trance. Erschrocken sah sie auf, bemerkte Chris' durchdringenden Blick und wandte sich umso eiliger wieder ihrem Teller zu. Hilfe suchend griff sie nach ihrem Messer, schnitt das Brötchen auf und bestrich es mit der nächstbesten Marmelade, die sie zu fassen bekam. Dann biss sie davon ab. Von dem kräftig-süßen Erdbeergeschmack überrascht, wurde ihr beinahe schlecht. Nur mit viel Überwindung gelang es ihr, den Bissen hinunterzuschlucken. Das Geräusch, das sie dabei von sich gab, wäre vermutlich passender gewesen, wenn sie einen Frosch verschlungen hätte.

„Bist du sauer wegen vorhin?", fragte Chris.

Rebekka schüttelte stumm den Kopf.

„Aber irgendetwas stimmt nicht mit dir", stellte Chris fest und schob demonstrativ seinen Teller zur Seite.

Ein paar Sekunden lang versuchte Rebekka verzweifelt, die Fassung zu wahren. Aber das Zittern ihres Unterkiefers kündigte die drohende Explosion bereits an. Wenig später schluchzte sie lautlos auf und riss die Hände vors Gesicht. Nur das Beben ihrer Schultern zeigte, dass sie weinte.

Völlig entsetzt starrte Chris sie an. „Meine Güte", entfuhr es ihm, „was ... was ist denn mit dir?" Als Rebekka ihm nicht antwortete, stieß er sich ein Stück vom Tisch ab und lenkte seinen Rollstuhl in ihre Richtung. Vorsichtig rollte er in ihre Nähe. „Rebekka", stieß er hervor. „Was ist los?"

Wieder einmal wartete er vergebens auf eine Reaktion. Er hob die rechte Hand und legte sie auf Rebekkas Schulter. Diese zuckte unter seiner Berührung zusammen und drängte ihr Schluchzen zurück.

„Sag es mir", flüsterte Christopher.

Sekunden verstrichen, ohne dass etwas geschah. Dann nahm Rebekka die Hände vom Gesicht, sah Chris aus tränenfeuchten, geröteten Augen an und flehte: „Schick sie weg, Chris. Bitte. *Bitte,* tu das für mich."

Durchdringend sah dieser Rebekka an. Man konnte förmlich sehen, wie es hinter seiner Stirn arbeitete. „Sind sie hier im Haus?", fragte er schließlich.

Angesichts dieser messerscharfen Diagnose sank Rebekka resigniert in sich zusammen. Beschämt blickte sie auf ihre Hände hinab.

„Sag es mir", befahl Chris.

Rebekka schloss für einen Moment die Augen. „Nur Vincent", krächzte sie schließlich. „Er wollte mir zum Geburtstag gratulieren. Aber ich hab ihn nicht reingelassen. Das *musst* du mir glauben!"

Chris dachte ein paar Sekunden nach. Dann fragte er knapp: „Wo ist er?"

Rebekka sank noch tiefer in sich zusammen. „Er wird denken, dass *ich* ihm die Polizei auf den Hals gehetzt habe", jammerte sie verzweifelt.

„Wo – ist – er?"

Chris' Worte klangen so erbarmungslos, dass Rebekka ihnen nichts mehr entgegenzusetzen hatte. Es war ohnehin alles verloren. „In deinem Schlafzimmer."

„Wie passend", hörte sie Chris noch murmeln, dann verließ er eilig das Wohnzimmer und ließ Rebekka allein zurück. Geraume Zeit saß sie einfach nur so da und litt stumm vor sich hin. Erst als sie vom Flur her gedämpfte Stimmen und Geräusche vernahm, flossen wieder Tränen ihre Wangen hinunter. Vincent hatte selbst Schuld an seiner Situation, das wusste sie ja, aber sie war trotzdem seine Schwester. Sie fühlte sich trotz allem verantwortlich für ihn! Und sie wollte nicht, dass er im Gefängnis landete! Schon gar nicht, wenn er nur gekommen war, um ihr zum Geburtstag zu gratulieren!

Nach einem Zeitraum, der Rebekka wie eine Ewigkeit vorkam

und der doch nur eine Viertelstunde umfasste, ging die Tür auf, und Chris kehrte ins Wohnzimmer zurück. Rebekka konnte ihn nicht ansehen.

„Hat er sich gewehrt?", schluchzte sie.

Dieses Mal war es Chris, der nicht antwortete.

„Jetzt sag schon", verlangte Rebekka und sah zu Chris hinüber. Dann aber stutzte sie. Chris sah sie so ganz anders an, als sie erwartet hatte. Es war keine Härte in seinem Blick. Stattdessen lächelte er, und das auch noch sanft, wenn nicht gar zärtlich. Hatte sie irgendetwas verpasst? Völlig verwirrt starrte Rebekka ihn an.

„Geh zu ihm", sagte Chris schließlich. „Bring ihn raus, und zwar so, dass ich sehe, wie er das Haus verlässt." Er deutete auf das Fenster, das sich hinter ihm befand. „Hast du verstanden? Ich werde am Fenster nach euch Ausschau halten. Ich will sicher sein können, dass er weg ist. Und ich will, dass du ihm Folgendes sagst: Ich werde ihm nur diese eine Chance geben. Wenn er mein Haus ein zweites Mal betritt, wird er das bitter bereuen."

Rebekka verstand kein einziges Wort von dem, was er sagte.

„Geh zu deinem Bruder und wirf ihn aus meinem Haus", wiederholte Chris energischer. „Und nimm den Hinterausgang. Die beiden Polizisten sind in der Küche. Armin hat ihnen Frühstück gemacht. Ich schätze, sie werden eine Weile beschäftigt sein."

„Heißt ... heißt das ...?", begann Rebekka, konnte den Satz aber nicht zu Ende bringen.

Chris zuckte die Achseln. „Ich kann es eben nicht ertragen, wenn du weinst", sagte er und lächelte ein wenig. „Aber schick mir Armin ins Wohnzimmer. Wir brauchen dringend eine neue Alarmanlage."

Fassungslosigkeit und Freude standen in Rebekkas Gesicht geschrieben. Sie sprang auf und stürmte wortlos aus dem Raum.

Kapitel 28

Am nächsten Morgen schwebte Rebekka wie auf Wolken zur Arbeit. Ihrer Stimmung entsprechend hatte sie sich ganz in Weiß gekleidet. Sie trug eine schneeweiße Jeans und ein schneeweißes T-Shirt, welches an Ausschnitt und Ärmeln mit Spitze besetzt war.

Gut, die Tatsache, dass Vincent und Jürgen in der Stadt waren, machte ihr ein bisschen zu schaffen. Aber sie hatte Vincent begreiflich machen können, dass er es nur Chris zu verdanken hatte, noch auf freiem Fuß zu sein. Das würde ihn doch wohl davon abhalten, ihm weiter nachzustellen, oder?

Und dann gab es ja etwas, das alle Sorgen und Probleme bei Weitem in den Schatten stellte: Chris' Verhalten. Sie konnte noch immer nicht fassen, was er für sie getan hatte. Er hatte einen seiner Entführer laufen lassen, einen der Männer, denen er seine Behinderung zu verdanken hatte! Das hatte er getan, für *sie* getan!

Rebekka hatte das Haus jetzt erreicht. Aber als sie vom Fußweg auf das Grundstück einbog, wich sie plötzlich entsetzt zurück, weil sie sonst mit einem Fahrradfahrer zusammengestoßen wäre, der in einem Affenzahn direkt vor ihrer Nase vorbeirauschte.

„Ups", machte Rebekka. Gleich darauf kehrte das verklärte Lächeln wie von selbst in ihr Gesicht zurück. Das war umso erstaunlicher, als sie sonst statt „ups" eher „Du Blödmann, hast du keine Augen im Kopf?" gerufen hätte.

Aber heute war eben alles anders. Auch anders als gestern. Gestern war gestern. Heute war heute. Und heute war sie sich nun einmal sicher, dass es doch nicht so schlimm war, sich von Chris den Kopf verdrehen zu lassen. Risiko hin, Risiko her. Was Chris für sie getan hatte, zeigte ihr, wie viel ihm an ihr lag. Jetzt war es an ihr, die Beziehung voranzutreiben!

Ein Liedchen pfeifend klingelte Rebekka an der Haustür.

❖

Den ganzen Vormittag hatte Rebekka schon darüber nachgedacht, wie sie Chris aus der Reserve locken konnte. Jetzt war es Zeit für eine kleine Offensive.

„Sag mal", begann Rebekka und schlug dabei einen beiläufigen Ton an, „was machst du eigentlich für gewöhnlich abends?"

Chris tippte weiter auf seiner Tastatur herum. „Abends?", antwortete er eher geistesabwesend. „Was meinst du?"

„Na ja, siehst du da fern oder liest du oder trainierst du?"

Chris zuckte die Achseln. „Keine Ahnung. Mal so, mal so. Gestern war zum Beispiel Alf da und wir haben uns einen Film angesehen. Warum fragst du?"

„Weil ich dich gern mal zum Essen einladen würde", antwortete Rebekka und beobachtete Chris aus dem Augenwinkel heraus. Er sah unheimlich gut aus in seinem dunkelblauen Shirt.

Jetzt hielt er mitten in der Bewegung inne. „Wie bitte?", fragte er und schenkte Rebekka mit einem Mal seine gesamte Aufmerksamkeit.

Die junge Frau schluckte. „Na ja, ich hab nicht viel Geld, das weißt du, aber ich dachte ... ich könnte dich mal bekochen oder so ..."

Chris sah erstaunt aus. „Bekochen?", wiederholte er und erweckte dabei den Eindruck, als habe er das Wort noch nie gehört.

„Na ja", ruderte Rebekka zurück, „ich bin natürlich keine begnadete Köchin, aber wenn ich mir Mühe gebe, krieg ich bestimmt was Genießbares hin." Chris' immer noch irritierter Gesichtsausdruck machte Rebekka nervös. „Ho-hoffe ich jedenfalls", schob sie hinterher.

„Ich ... du ... du musst das nicht", stammelte Chris schließlich. „Ich meine, du musst dich nicht bedanken."

„Du meinst für Vincent?", fragte Rebekka und erkannte im gleichen Moment, dass er ihr damit eine hervorragende Begründung für ihr Unterfangen geliefert hatte. „Will ich aber", entgegnete sie schlicht.

Chris hob ein wenig hilflos die Hände. „Es ist aber nicht nötig. Du tust auch viel für mich." Er deutete auf „Klimmzug 100". „Denk mal an den da."

„Das kann man doch nicht vergleichen", protestierte Rebekka. „Du hast schließlich das Material bezahlt." Sie senkte ein wenig beschämt den Blick und fügte leiser hinzu: „Von der Arbeitszeit mal ganz zu schweigen."

Der zärtliche Ausdruck, der in diesem Moment über Chris'

Gesicht huschte, entging Rebekka. Als sie wieder aufsah, schüttelte er bereits unwillig den Kopf. „Lies mal deinen Vertrag", sagte er. „Dann wirst du feststellen, dass du als Bürokraft eingestellt wurdest, nicht als Tischlerin. Nein, ich bleibe dabei. Ich stehe in *deiner* Schuld."

„Auch gut", antwortete Rebekka und grinste ihm frech ins Gesicht. „Dann kannst du die Schuld abtragen, indem du meine Einladung annimmst. Wie wär's mit Samstagabend?"

❖

Fünf Tage.

Das war nicht viel Zeit, wenn man vom Kochen keine Ahnung hatte. Und mit der Küche im Haus nicht vertraut war. Und nicht wusste, was man überhaupt servieren wollte! Und zum Friseur musste! Und kein einziges vernünftiges Kleid besaß!

Rebekka hatte Mühe, die aufkommende Panik zu unterdrücken und einen Punkt nach dem anderen in Ruhe abzuarbeiten.

Ihr erster Weg führte sie zu Armin Rosenberg. Sie besuchte ihn in der Küche, einem riesigen Raum mit edlen, aus hellem Holz gefertigten Küchenmöbeln und einer Arbeitsplatte aus schwarz-weißem Marmor. Kaffeeduft erfüllte den Raum, da neben der Spüle aus schwarzem Mineral gerade eine Kaffeemaschine friedlich vor sich hin gluckerte. Rosenberg saß an einem großen, ebenfalls aus hellem Holz gefertigten Esstisch. Vor ihm stand eine Rechenmaschine, mit deren Hilfe er Belege aufaddierte. Als sich Rebekka auf der gegenüberliegenden Seite des Küchentisches niederließ, blickte Rosenberg nur einmal kurz auf und tippte dann seelenruhig weiter. Es dauerte ziemlich lange, bis Rebekka begriffen hatte, dass er nicht vorhatte, seine Arbeit ihretwegen zu unterbrechen.

Schließlich wartete sie ab, bis die Maschine einen Moment stillstand. Dann fiel sie mit der Tür ins Haus. „Rosenberg, ich brauche Ihre Hilfe."

Viele Sekunden verstrichen. „Und wobei?", erkundigte sich Rosenberg schließlich. Seine Worte klangen geistesabwesend, und er machte auch keine Anstalten, seine Arbeit zu unterbrechen.

„Ich denke, Sie wissen vielleicht, was Chris für meinen Bruder getan hat ..."

Für einen kurzen Moment hielt Rosenberg inne. Sein Blick verfinsterte sich. Er stand jetzt in krassem Gegensatz zu dem zartgelben, kurzärmeligen Oberhemd, das er ohne Krawatte oder Tuch trug. „Allerdings", knurrte er und fuhr auch schon mit seiner Arbeit fort.

Rebekka räusperte sich. Im Grunde konnte sie sich denken, was Rosenberg von dieser Tat hielt. Sie fand es ja selbst unglaublich. „Wie auch immer Sie darüber denken", begann sie, „ich finde einfach, dass es meine Pflicht ist, mich angemessen für diese Freundlichkeit zu bedanken. Deshalb habe ich Chris zum Essen eingeladen." Sie geriet ins Stocken und wartete auf eine Reaktion. Als keine kam, fuhr sie fort: „Es ist nur so, dass ich, nun ja, nicht besonders gut kochen kann. Und da dachte ich, Sie könnten mir vielleicht ein bisschen helfen ..."

Armin Rosenberg hielt erneut inne, seufzte tief und legte endlich die Belege zur Seite. Dann lehnte er sich zurück, verschränkte die Arme vor der Brust und sagte müde: „Wenn Sie meinen Rat wollen, Rebekka: Lassen Sie das. Und mehr noch als das: Suchen Sie sich einen neuen Job. Die Sache mit Ihrem Bruder hat mir eines ganz deutlich gemacht: dass Ihre Gesellschaft für Christopher nicht gut ist. Er verliert ja allmählich den Verstand. Also, wenn Sie ihm einen Gefallen tun wollen, dann verschwinden Sie aus seinem Leben. Und vergessen Sie die Sache mit dem Abendessen."

Rebekka musste schlucken. Irgendwie konnte sie Rosenberg verstehen. „Ich weiß, was Sie meinen", sagte sie darum auch. „Aber ich hab ihn nun einmal eingeladen. Und zwar hier. Das bedeutet, dass ich das Essen in dieser Küche kochen muss. Und die kenne ich doch überhaupt nicht. *Bitte* helfen Sie mir!"

Rosenberg schüttelte zunächst den Kopf, streckte dann aber den linken Arm aus und deutete einladend in alle Richtungen. „Bitte schön, die Küche gehört Ihnen. Fühlen Sie sich wie zu Hause."

„Aber ich habe keine Ahnung, was ich kochen soll", setzte Rebekka erneut an.

Dieses Mal deutete Rosenberg auf einen der Schränke.

„Zweite Tür von links", entgegnete er knapp. „Dort finden Sie jede Menge Kochbücher."

Rebekka seufzte tief. Sie konnte Nudeln und Bratkartoffeln kochen. Aber selbst mit Kochbuch war ein Drei-Gänge-Menü zum Scheitern verurteilt! Und wen außer Rosenberg sollte sie um Hilfe bitten? Etwa ihre Mutter?

„Rosenberg", flehte sie kleinlaut. „Können Sie sich nicht ein bisschen mehr Mühe geben?"

Doch dieser schüttelte nur stumm den Kopf.

So abweisend hatte Rebekka ihn noch nie erlebt! „Ich verstehe Sie nicht!", fuhr sie ihn an. „Monatelang haben Sie versucht, mich mit Chris zu verkuppeln! Und jetzt, wo ich Sie um Hilfe für ein Candle-Light-Dinner bitte, blocken Sie einfach ab?"

Rosenberg wandte abrupt den Kopf. Seine Augen verengten sich zu derart wütenden Schlitzen, dass Rebekka unwillkürlich zurückwich. „Candle-Light-Dinner, ja?", sagte er gefährlich leise. „Dass Sie sich nicht schämen, Rebekka! Christopher bedeutet Ihnen gar nichts! Und ehrlich gesagt bin ich mir auch nicht mehr sicher, auf wessen Seite Sie überhaupt stehen. Wer weiß, was Ihre saubere Verwandtschaft sonst noch alles vorhat!"

Rebekka verschlug es den Atem. Aber es waren nicht Rosenbergs Beleidigungen, die sie trafen, sondern seine Befürchtungen. Wenn sie ehrlich war, deckten sie sich zumindest im Ansatz mit den Ihren. Ihre Stimme zitterte ein wenig, als sie fragte: „Sie glauben also, dass mehr dahintersteckt? Ich meine, hinter Vincents Eindringen?"

Rosenberg sah Rebekka prüfend ins Gesicht. „Sie haben doch Kontakt zu Ihrem Bruder. Sie müssten am besten wissen, was er vorhat."

„Mein Bruder hat überhaupt nichts vor!", antwortete Rebekka verärgert. „Er kann kaum bis drei zählen. Und mein Vater ... im Grunde ist auch er eher harmlos. Ein Problem bestünde nur ..." Sie schluckte und mochte den Gedanken nicht zu Ende denken.

„Nur?", hakte Rosenberg nach.

„Wenn mein Onkel bei ihnen wäre", schloss Rebekka und verlieh mit diesen Worten ihren schlimmsten Befürchtungen Ausdruck. „Aber ich kann mir beim besten Willen nicht vorstellen, dass er sich noch einmal mit Vincent und Jürgen abgeben würde."

Rosenberg starrte Rebekka weiterhin durchdringend an. „Das klingt erstaunlich ehrlich", meinte er schließlich.

Angesichts dieser neuen Beleidigung ging ein Ruck durch Rebekka. „Denken Sie doch, was Sie wollen", fauchte sie und erhob sich. „Aber glauben Sie mir eines: Ich werde auch ohne Ihre Hilfe das genialste Abendessen kochen, das die Welt je gesehen hat." Mit diesen Worten drehte sie sich um und stapfte auf die Küchentür zu.

„Warum liegt Ihnen so viel an diesem Essen?", rief Rosenberg ihr nach.

Rebekka hatte die geschlossene Küchentür bereits erreicht. Ihre Hand ruhte auf der Klinke, bewegte sich aber nicht. Lange Zeit verharrte sie regungslos in dieser Position und kämpfte mit sich selbst. War es nicht an der Zeit, jemandem die Wahrheit zu sagen? Sie atmete ganz tief durch, wandte Rosenberg aber weiter den Rücken zu. „Dass er Vincent hat laufen lassen", krächzte sie, „ist so unglaublich! Ich meine, ich hätte nie gewagt, ihn darum zu bitten." Sie zuckte hilflos die Achseln. „Sagen Sie mir, Rosenberg, und zwar zur Abwechslung mal geradeheraus: Glauben Sie, dass er mich liebt?"

Der ältere Mann musste sich ein paarmal räuspern, bevor er antworten konnte. Dann erwiderte er mit fester Stimme: „Ja, ich glaube, dass er Sie liebt, Rebekka."

Rebekka atmete ganz tief durch, nahm die Hand von der Türklinke und wischte sich ein paar vorwitzige Tränen aus dem Gesicht. Ihre Stimme war mehr als unsicher, als sie fragte: „Warum helfen Sie mir dann nicht, ihn zu erobern?"

Es dauerte lange, bis Rosenberg antwortete. Bis dahin erfüllte nur das Gluckern der Kaffeemaschine den Raum. Aber auch das hörte irgendwann auf. Es ertönte ein letztes zischendes Fauchen, dann war Ruhe. Ein paar Augenblicke später sagte Rosenberg ganz ohne Vorwarnung: „Kürbiscremesuppe mit Pinienkernen und Sahnehäubchen."

Rebekka wirbelte herum und sah, dass Rosenberg sie mit dem breitesten, entspanntesten Lächeln anblickte, das sie je bei ihm gesehen hatte.

„Kürbiscremesuppe mit Pinienkernen und Sahnehäubchen", wiederholte er. „Und ich garantiere Ihnen, dass er von Anfang an Wachs in Ihren Händen ist."

„Der Nachtisch ist auch nicht ganz unwichtig", sagte Rebekka vorsichtig.

„Kommen Sie wieder her", sagte Rosenberg und winkte Rebekka eifrig zurück an den Küchentisch. „Wir erarbeiten einen Schlachtplan!"

Es war Donnerstagvormittag. Rebekka rannte wie ein aufgescheuchtes Huhn durch die Innenstadt. Sie hatte immer noch kein passendes Kleid gefunden und die Zeit wurde allmählich knapp. Mittlerweile hatte sie alle Secondhandläden abgeklappert, die ihr eingefallen waren. Aber nichts. Oder besser gesagt: nicht *es*, das Kleid, das Chris aus den Schuhen, pardon, aus dem Rollstuhl hauen würde. Verführerisch musste es sein, aber nicht zu aufdringlich, elegant, aber nicht zu festlich. Nicht zu lang, nicht zu kurz, nicht zu teuer. Und keinesfalls schwarz. Das hatte jedenfalls Rosenberg gesagt. Ihm gegenüber hatte Chris nämlich einmal erwähnt, dass er es schade fand, dass sie ständig nur Schwarz und Weiß trug. Fröhliche Farben, hatte er geäußert, würden sich viel besser von ihren schwarzen Haaren abheben. Also gut. Man konnte es ja einmal ausprobieren. Sie wusste eigentlich selbst nicht, warum sie ständig zu gedeckten Farben griff. Auch jetzt trug sie eine schwarze Jeans, ein hellgraues T-Shirt und ihre schwarze Jeansjacke. Aber das musste ja nicht ewig so bleiben, oder?

Rebekka kramte gerade ihr Handy aus der Tasche, um über die Telefonauskunft weitere Läden zu erfragen, als dieses plötzlich klingelte. Erstaunt drückte sie den grünen Knopf. Sie bekam nicht oft Anrufe.

„Ja?"

„Ich bin's." Die Stimme am anderen Ende klang vertraut und fremd zugleich.

Rebekkas Augen weiteten sich. „*Vincent*?"

„Ja. Bist du allein?"

Unwillkürlich sah sich Rebekka um. Sie stand mitten in der Fußgängerzone. Auf allen Seiten schoben sich Menschenmassen an ihr vorbei. „Sozusagen. Warum hallt es denn bei dir so?"

„Ehrlich, so 'ne Wohnung haste noch nie gesehen!", schwärmte Vincent. „Sie ist riesig und es gibt keine einzige Wand!"

„Keine einzige Wand?", wunderte sich Rebekka. „Was soll das denn heißen?"

„Und keine Türen! Aber jede Menge Platz zum Fußballspielen. Und vom Balkon aus kann man die ganze Stadt sehen!"

Rebekka runzelte die Stirn und dachte an ein Loft, eine Fabrikwohnung. Solche Wohnungen waren mega-in, aber bestimmt furchtbar teuer. Jürgen konnte sich so was bestimmt nicht leisten!

„Und wer wohnt in dieser Wohnung?", erkundigte sie sich. Das plötzliche Schweigen am anderen Ende der Leitung machte Rebekka nervös. „Bist du noch da?"

„Becky ... hör mal ...", fragte Vincent gedehnt, „kannste dir nich 'n andern Job suchen?"

Seine Schwester schluckte. „Wie meinst du das?", fragte sie misstrauisch.

„Du könntest putzen gehen! Mutti war sich dafür auch nich zu schade", brach es aus Vincent heraus.

Obwohl Rebekkas Blutdruck in Sekundenbruchteilen von 120 auf 180 stieg, kombinierte sie noch, dass diese Aussage nicht wirklich von Vincent stammte. So weit dachte er doch gewöhnlich gar nicht! „Und ich bin mir zu schade, ja? Sagt Jürgen das?"

„Na ja", druckste Vincent herum. „Der auch ..."

„Der *auch*?", erschrak Rebekka. „Was heißt das? Wer ist sonst noch bei euch?"

„Such dir 'n andern Job", wiederholte Vincent. „Ich will nicht, dass du für diesen Penner arbeitest. Klar?" Die letzten beiden Sätze wurden von einem deutlich hörbaren, fünffachen Klingelton begleitet. Vincent stöhnte auf. „Ich mach mal das Fenster zu, ja? Warte 'n Moment."

Als er ans Telefon zurückgekehrt war, fragte Rebekka: „Wieso Fenster? Das klang doch so, als hätte es an der Tür geläutet."

„Nee, nee, das ist die Schule von nebenan. Je höher man wohnt, desto lauter wird's."

„Aha", nickte Rebekka ein wenig geistesabwesend. Sie wich

gerade vor einem ausgewachsenen Staffordshire Terrier zurück, der an der Leine eines Punks durch die Innenstadt flanierte. Der Punk trug Springerstiefel und eine schwarze Lederjacke mit Nieten. Seine Frisur bestand aus einem leuchtend grünen Irokesenschnitt. Rebekka hatte nichts gegen solche Leute. Aber mussten sie mit so gefährlich aussehenden Hunden in der Innenstadt herumlaufen? Als die Gefahr gebannt war, atmete sie einmal tief durch und wandte ihre Aufmerksamkeit wieder ihrem Bruder zu. „Vincent", begann sie mit einem leichten Zittern in der Stimme, „ich will jetzt wissen, was hier vorgeht. Bitte sei ehrlich: Ist Völle bei euch?"

Wieder herrschte einen Moment lang Schweigen am anderen Ende der Leitung. Dann war die Verbindung plötzlich unterbrochen und nur ein Knacken drang an Rebekkas Ohr.

„Vincent!", rief Rebekka ins Telefon und dann noch einmal: „Vincent!"

Als nichts geschah, drückte sie verzweifelt auf ihrem Telefon herum und versuchte, die Nummer anzuwählen, von der sie gerade angerufen worden war. Aber auch das scheiterte. Ob Vincent seine Rufnummer unterdrückt hatte?

„Zipfelsinn und Zeckendreck", fluchte Rebekka und stampfte mit dem Fuß auf. Sie war auf einmal zutiefst beunruhigt. Vincent wusste, dass sie immer gleich merkte, wenn er log. Hatte er deswegen aufgelegt?

❖

„Was sollen Sie mit der Ente machen, wenn zwei Stunden um sind?", erkundigte sich Rosenberg streng.

„Ich lege sie in den Deckel des Bräters und stelle sie unabgedeckt in den Backofen zurück", antwortete Rebekka müde.

„Und dann?"

„Ich wende sie von Zeit zu Zeit." Rebekka wirkte nicht so, als unterhielte sie sich über die Zubereitung eines Festtagsmenüs. Eher hatte man den Eindruck, als spräche sie über die Einäscherung ihrer besten Freundin. Ein bisschen fühlte es sich auch so an. Für Chris war sie über ihren Schatten gesprungen und bereitete eine Fleischmahlzeit zu. Gut, es handelte sich um eine Bioente, die ein glückliches Leben geführt hatte. Aber dieses glückliche Leben hätte ja auch noch andauern können! Abgesehen davon gab es noch ein paar andere Dinge, die ihr Sorgen machten ...

Rosenberg war ihre betrübte Stimmung schon lange aufgefallen. „Was ist nur mit Ihnen los?", fragte er sanft. Sie saßen wieder einmal am Küchentisch und besprachen die letzten Einzelheiten. „Wir sind alles hundertmal durchgegangen. Sie schaffen das schon!"

„Dann stelle ich die Soße her", spulte Rebekka ihren Text ab. „Ich nehme den Bratensaft, erhitze ihn, bis er blubbert, und rühre Soßenbinder hinein." Während Rebekka dies sagte, sah sie nach links hinüber, wo in die schwarz-weiße Marmorarbeitsplatte ein schwarzes Ceranfeld eingelassen war. So konnte sie sich die Arbeitsschritte besser vorstellen.

„Falsch!", protestierte Rosenberg. „Sie vermischen Mehl mit Wasser und verwenden das als Soßenbinder."

„Tu ich nicht!", fauchte Rebekka und sprang auf. Gleichzeitig funkelte sie ihren Kochlehrer wütend an. „Was Sie hier von mir verlangen, ist sowieso unmöglich. Ich kann nicht kochen, okay? Ich hab in meinem ganzen Leben noch nie eine Soße hergestellt. Wenn Sie mich überfordern, geht sowieso alles schief!"

„Aber eine Soße mit Soßenbinder schmeckt wie Omelette ohne Ei", ereiferte sich Rosenberg. „Das müssen Sie doch einsehen!" Gefühlsausbrüche wie diese waren ungewöhnlich für Rosenberg. Auch wollten sie nicht so recht zu seinem eleganten Aufzug passen. Er trug eine schwarze Anzughose, ein kurzärmeliges, zartgrünes Oberhemd und ein Halstuch, bei dem die verschiedensten Grüntöne wie Flüssigkeiten ineinanderliefen.

„Nichts sehe ich ein!", keifte Rebekka und musste im nächsten Moment feststellen, dass sie kein einziges, weiteres Wort mehr herausbrachte. Mit einer hilflosen und ziemlich verzweifelten Geste sank sie auf ihren Stuhl zurück und schlug die Hände vors Gesicht.

„Aber, Mädchen!", entfuhr es Rosenberg. Und dann starrte er ratlos auf sein Gegenüber. Wütend und aufbrausend hatte er sie ja schon häufiger erlebt. Damit konnte er umgehen. Aber das hier? „Wenn ... also ... wenn ich es mir recht überlege", stammelte er, „ist Soßenbinder ... na ja ... doch gar nicht so übel."

„Lassen Sie mich in Ruhe!“, schluchzte Rebekka. Da sie ihre Haare offen trug, fielen sie wie schwarze Seide auf ihre Schultern. „Ich kann das alles nicht.“

„Aber natürlich können Sie das“, widersprach Rosenberg. „Jeder halbwegs intelligente Mensch kann kochen.“

„Aber vielleicht will ich es ja gar nicht! Vielleicht ist es besser, wenn ich gehe und nie mehr wiederkomme!“

„Warum denn das?“ Rosenberg war schockiert. „Jetzt, wo sich endlich alles zum Guten wendet, können Sie doch nicht gehen!“

„Und was ist, wenn ihm meine Anwesenheit zum Verhängnis wird?“, brach es aus Rebekka hervor. „Was ist, wenn ihm meine Familie ein zweites Mal auflauert? Was dann?“

Rosenberg versteifte sich. „Gibt es etwas, das ich wissen sollte?“, fragte er misstrauisch.

Die junge Frau sank noch tiefer in sich zusammen. „Vincent hat mich angerufen“, krächzte sie schwach. „Und er war am Telefon so komisch. Vielleicht ist mein Onkel doch in der Stadt.“

Seltsamerweise entspannte sich Rosenberg „Und ich dachte schon, Sie würden mir eröffnen, dass Sie doch –“ Er brach mitten im Satz ab.

Rebekka sah auf. „Doch was?“, knurrte sie. In ihren Augen glitzerten Tränen.

„Na ja, doch mit Ihrer Familie unter einer Decke stecken.“ Er seufzte tief. „Nach dem ‚Besuch‘ Ihres Bruders, da habe ich alles Mögliche in Erwägung gezogen.“ Er zuckte ein wenig beschämt die Achseln, sah Rebekka aber weiter in die Augen. „Auch dass ich mich in Ihnen geirrt habe und Ihnen nicht wirklich etwas an Chris liegt. Es hätte doch sein können, dass Sie nur hiergeblieben sind, um Chris alles heimzuzahlen. Dann hätte ich ihm womöglich auch noch geholfen, den Feind ins Haus zu holen!“

Rebekka atmete einmal tief durch. Als sie sprach, schwang keinerlei Ärger in ihrer Stimme mit, nur Verständnis. „Chris bedeutet Ihnen sehr viel“, sagte sie leise. „Sind Sie wirklich nur sein Angestellter?“

Der ältere Mann musste lächeln. „Sie sind ein kluges Mädchen, Rebekka. Ich bin sein Onkel.“

Rebekka erschrak sichtlich. „Wie bitte?!“, entfuhr es ihr. Erschrocken dachte sie an den alten Roselius. Wenn es einen

Menschen gab, den sie nicht leiden konnte, dann ihn. Hektisch blickte sie Rosenberg an und suchte nach Ähnlichkeiten. Aber da waren keine!

Rosenbergs Lächeln verbreiterte sich. „Entspannen Sie sich, Rebekka. Ich kann Adalbert genauso wenig leiden wie Sie. Ich bin ein Onkel *mütterlicherseits*."

„Können Sie Gedanken lesen?"

„Ihre manchmal schon." Rosenberg grinste.

„Und dann misstrauen Sie mir so?", fragte Rebekka schlagfertig.

Chris' Onkel seufzte. „Ich weiß auch nicht, woran das liegt. Wahrscheinlich macht es mich nervös, dass plötzlich alles so glattzulaufen scheint. Chris liebt Sie, Sie lieben Chris. Alles wird gut."

„Alles wird gut", wiederholte Rebekka und ließ den Satz einen Moment im Raum nachklingen. „Das hört sich so gut an." Sie rieb sich die Hände, fühlte dabei das Eurozeichen in ihrer rechten Handfläche und starrte es eine Weile nachdenklich an. Unglücklicherweise erinnerte es sie an Zeiten, in denen *nicht* alles gut gelaufen war. „Aber ich weiß nicht, ob Sie recht haben. Vor allem bin ich mir nicht sicher, ob Sie Chris so gut kennen, wie Sie glauben."

„Er liebt Sie", sagte Rosenberg voller Überzeugung. „Glauben Sie es einfach."

„Ich hoffe es", schniefte Rebekka. „Aber vielleicht ist gerade das meine größte Schwäche! Vielleicht bringe ich Chris in Gefahr. Völle hat auch mit mir noch ein Hühnchen zu rupfen! Was ist, wenn er Chris ein zweites Mal auflauert? Ich glaube manchmal, er tickt so! Er kann es nicht ertragen, der Verlierer zu sein!"

„Die Chance, entführt zu werden, liegt wahrscheinlich bei eins zu einer Milliarde. Die Chance, zweimal von den gleichen Leuten entführt zu werden, strebt unter Garantie gen null. Sie machen sich zu viele Sorgen, Rebekka."

Doch diese wirkte noch längst nicht beruhigt. „Sie kennen meinen Onkel nicht."

„Und Sie kennen Chris' Onkel nicht", grinste Rosenberg selbstsicher. „Das Haus ist eine Festung. Ich habe alle Alarmanlagen erneuern lassen. Ein privater Sicherheitsdienst überwacht jedes Fenster und jede Tür. Außerdem hat Chris in jedem Raum die Möglichkeit, unbemerkt Hilfe zu rufen. Man hat mir zugesichert, dass die Sicherheitsleute nach spätestens drei Minuten vor der Tür stehen. Und ganz nebenbei fährt auch noch die Polizei an die achtmal am Tag hier vorbei. Sobald sich auch nur die kleinste Kleinigkeit regt, sind sie zur Stelle."

„Aber was ist, wenn Chris das Haus verlässt?"

„Erstens ist er vernünftig. Und zweitens braucht er immer einen Fahrer." Rosenbergs Grinsen verbreiterte sich. „Chris weiß zwar nichts davon", gestand er, „aber unser Fahrer ist Mitglied eines privaten Sicherheitsdienstes. Und der Wagen selbst ist sowohl schuss- als auch bombensicher. Nur für alle Fälle, Sie wissen schon!"

Rebekka atmete ein kleines bisschen auf. Vielleicht würde doch noch alles gut werden.

Kapitel 29

Auf Rebekkas Oberlippe standen kleine Schweißtropfen. Und das war nicht nur auf ihre Nervosität zurückzuführen. Harte körperliche Arbeit und die mindestens 30 Grad, die in der Küche herrschten ... das war schon an sich eine tödliche Mischung. Aber wenn man dann auch noch ständig den Backofen öffnen musste, um Geflügel vom Bauch auf den Rücken zu befördern (und umgekehrt), dann geriet man schon bald in so etwas wie einen Fieberwahn.

„Ente gewendet, Soßenpulver bereit, Suppe umgerührt, Rotkohl ausgeschaltet, Kartoffeln abgeschüttet", murmelte Rebekka so atemlos, als hinge ihr Leben davon ab. Sie sah hektisch auf ihre Uhr. Zum vielleicht ersten Mal gönnte sie ihrem Schmuckstück keinen zweiten Blick. Das Essen war für acht Uhr anberaumt. Jetzt war es schon zwanzig nach. Warum dauerte das nur alles so lange? „Du wirst jetzt sofort anfangen zu blubbern", befahl sie dem Sud, der jetzt Grundlage ihrer Soße werden sollte. „Sofort!" Aber die Flüssigkeit hörte nicht auf sie. Still und stumm lag sie in ihrem Topf und rührte sich nicht. „Ich hab alles hingekriegt!", fauchte Rebekka. „Du wirst mir jetzt nicht meinen Auftritt vermasseln."

Es klopfte. „Entschuldige bitte“, sagte eine Stimme durch die Tür. „Geht's gleich los oder kann ich noch einen Anruf tätigen?“

Rebekka erschrak und sah an sich hinab. Die Entscheidung, alte Klamotten anzuziehen, hatte sich als goldrichtig erwiesen. Jedenfalls waren ihre alte schwarze Jeans und ihr graues, ausgeleiertes Sweatshirt über und über mit den verschiedensten Speiseresten bekleckert. So jedenfalls wollte sie Chris nicht unter die Augen treten!

„Bleib ja draußen!“, rief sie warnend in seine Richtung. „Das Menü ist eine Überraschung.“

„Ist es auch eine Überraschung, wann es serviert wird?“, erkundigte sich Chris.

Rebekkas Augen verengten sich zu wütenden Schlitzen. Hatte er eigentlich eine Ahnung, was sie hier durchmachte? „Halb neun“, bellte sie ärgerlich. „Und wag es ja nicht, vorher das Wohnzimmer zu betreten!“

„Ich bin ja nicht lebensmüde“, hörte sie Chris noch murmeln, dann war Ruhe.

„Ich schon“, hauchte Rebekka und ließ den Kopf sinken. Wie sollte sie in nicht einmal mehr zehn Minuten eine Soße kochen und ein vernünftiges Outfit zustande bringen?

„Ich hab doch gewusst, dass Sie das schaffen“, unterbrach in diesem Moment eine Stimme ihre Überlegungen.

Rebekka wirbelte herum und sah Rosenberg am Herd stehen. Er hielt einen Deckel in der Hand und lugte gerade in den Topf mit der Suppe. Offensichtlich hatte er sich durch die Speisekammer in die Küche geschlichen. Von dort aus gab es einen zweiten Zugang.

„Das riecht gut, wirklich gut“, lobte er, während er den Dampf, der dem Topf entwich, mit der Hand zu sich heranwedelte.

Rebekka sog unwillkürlich ein bisschen Luft durch die Nase, roch aber nur den kräftig-würzigen Duft gebratener Ente.

Rosenberg legte den Deckel auf den Suppentopf zurück und wandte sich nun der Soße zu. Eine Weile starrte er sie an, dann runzelte er die Stirn und wandte sich der Leiste mit den Drehknöpfen zu. „Könnte es sein, dass Sie vergessen haben, die letzte Herdplatte anzuschalten?“

Rebekka erschrak, stürzte auf den Herd zu, schubste Rosenberg zur Seite und warf einen Blick auf die Knöpfe. Er hatte recht! Der entsprechende Schalter stand auf null.

„Jetzt ist alles verloren!", jammerte sie verzweifelt. „Bis ich mit allem fertig bin, ist die Ente längst verbrannt!"

„Ruhig Blut!", lächelte Rosenberg und schaltete die Herdplatte an. „Erstens bin ich jetzt hier und zweitens schmeckt die Soße mit Mehlschwitze sowieso viel besser." Er griff nach der Tüte mit dem Soßenbinder und warf sie schwungvoll in den Mülleimer. „Nun los! In zehn Minuten ist hier alles fertig. Sie sehen so aus, als ob Sie sich noch umziehen müssten." Er öffnete einen der Unterschränke, holte eine schwarze Schürze mit Latz daraus hervor und hängte sie sich um. Auf diese Weise wollte er wohl seine braune Anzughose, das lachsfarbene Hemd und die zu beidem passende Krawatte schützen.

„Das täuscht", seufzte Rebekka und wischte sich mit dem Ärmel über die feuchte Oberlippe. „Was ich wirklich bräuchte, wäre ein dreitägiger Aufenthalt auf einer Schönheitsfarm."

Rosenberg lächelte und schüttelte sanft den Kopf. „Sie irren sich, Rebekka. Mit Ihren leicht geröteten Wangen sehen Sie heute besonders hübsch aus." Er zwinkerte ihr zu und begann, die Bänder seiner Schürze hinter dem Rücken zusammenzubinden. „Glauben Sie mir, auch Christopher wird das merken."

❖

Eine knappe Viertelstunde später rief Rebekka vom Flur aus nach oben: „Kann losgehen!"

Oben ging eine Tür auf. „Soll ich kommen?"

„Ja, bitte!", sang Rebekka fast. Sie hatte sich mächtig in Schale geschmissen und trug ein Kleid aus zartgelbem Stoff, das mit kleinen, kräftig gelben Blüten bestickt war. Es war knielang und eng geschnitten. Insgesamt war es eher schlicht gehalten, bestach jedoch durch einen schmalen Carmen-Kragen, der die Aufmerksamkeit auf Rebekkas nackte Schultern lenkte. Aufgrund der hellen Farbe bildete das Kleid einen herrlichen Kontrast zu ihren schwarzen Haaren. Rebekka hatte diese mit kleinen, gelben Spangen kunstvoll hochgesteckt.

Rebekka hörte, wie Chris oben in den Fahrstuhl fuhr, und

näherte sich schon einmal dem unteren Ausstieg. Dann sah sie noch einmal prüfend an sich herunter. Ob Chris sie hübsch finden würde? Sie blickte argwöhnisch auf ihre Schuhe. Es waren die schwarzen Pumps, die sie schon seit ihrer Firmung besaß. Schuhe in der Farbe ihres Kleides hatte sie in Größe 34 nicht auftreiben können. Höchstwahrscheinlich hätte ihr Budget dafür aber auch gar nicht gereicht. Und sie konnte sich ja damit trösten, dass die Farbe der Schuhe immerhin zu ihren Haaren passte.

Als sie hörte, wie sich der Fahrstuhl mit einem schabenden Geräusch in Bewegung setzte, beschleunigte sich ihr Herzschlag. Sie fühlte sich wie damals vor ihrem ersten Date mit Chris. Mit dem Unterschied, dass sie dieses Mal sicher sein konnte, dass er auch kommen würde! Nervös strich sie ihr Kleid glatt. Es fühlte sich seltsam an, ein farbiges Kleid zu tragen. Und ein derart leuchtendes noch dazu. Irgendwie kam sie sich vor wie ein Weihnachtsbaum.

„Sie sehen bezaubernd aus", flüsterte Rosenberg. „Wie eine Blume im Frühling." Als sich Rebekka zu ihm umdrehte, sah sie, dass er einen Mantel trug. Um seine Augen tanzten Lachfalten. „Mit dem Essen kann nichts mehr schiefgehen", setzte er leise hinzu. „Ich mach mir jetzt einen netten Abend. Vor Mitternacht werde ich auf keinen Fall zurück sein." Bei diesen Worten lächelte er Rebekka noch einmal aufmunternd zu und schlüpfte aus dem Haus.

Rebekka atmete ganz tief durch und wandte sich wieder dem Fahrstuhl zu. Gleich darauf setzte dieser mit einem leisen, dumpfen Ton auf dem Boden auf. Dann öffnete sich scharrend die Tür. Chris hatte die Hände schon an den beiden Rädern seines Rollstuhls, als er Rebekka erblickte. Er hielt mitten in seiner Bewegung inne und starrte sie an.

Die junge Frau lächelte ihm glücklich zu.

Aber Chris reagierte nicht darauf. Er wirkte erschrocken, wenn nicht gar entsetzt.

Schließlich wurde auch Rebekka nervös. „Stimmt was nicht?", fragte sie unsicher.

Ihre Worte schienen Chris aus seiner Apathie zu reißen. Jedenfalls räusperte er sich und sagte ein wenig heiser: „Bin ich irgendwie falsch angezogen?"

Erst jetzt fiel Rebekkas Blick auf Chris' Outfit. Er sah eigentlich aus wie immer. Zumindest trug er eine hellblaue Jeans und einen dunkelblauen Baumwollpullover mit einem weißen Querstreifen. Sicher, er hätte sich ein bisschen eleganter kleiden können. Aber darauf kam es doch nun wirklich nicht an!

„Du siehst toll aus!", antwortete Rebekka und schenkte Chris ihr strahlendstes Lächeln. „Und jetzt komm, das Essen wird kalt!" Sie eilte zur Wohnzimmertür und hielt sie Chris auf.

Doch dieser zögerte immer noch. Und auch als er sich endlich in Bewegung setzte und das Wohnzimmer ansteuerte, wirkte er irgendwie angespannt.

„Du kannst dir sicher denken, welchen Platz ich für dich vorgesehen habe", sagte Rebekka, kaum, dass Chris das Wohnzimmer erreicht hatte.

Wieder einmal blieb er mit seinem Rollstuhl wie angewurzelt stehen. Rebekka hatte das Wohnzimmer ganz offensichtlich umgeräumt. Die Essecke, die sich sonst im Raum befand, war verschwunden. Stattdessen stand dort ein kleinerer, quadratischer Tisch, der mit einer weißen Spitzentischdecke versehen und liebevoll für zwei Personen gedeckt war. Am auffälligsten aber war die Beleuchtung. Es brannte nur sehr dezentes, indirektes Licht in zwei Vitrinen und auf einer Anrichte. Der Tisch hingegen wurde in erster Linie durch das Kerzenlicht beleuchtet, das von langen gelben Kerzen herrührte, die in eleganten Kerzenständern auf dem Tisch thronten. Auf der rechten Seite des Tisches stand einer der Stühle, die sich auch sonst im Wohnzimmer befunden hatten. Auf der anderen Seite befand sich überhaupt kein Stuhl.

„Sicher", murmelte Chris. Doch klang auch dieses Wort irgendwie gequält.

Rebekka schloss die Wohnzimmertür. „Dann nimm mal deinen Platz ein", forderte sie ihren Gast auf. „Sonst wird die Suppe kalt."

„Suppe", wiederholte Chris und sah auf die verzierte Suppenschüssel, als hätte er sie vorher noch gar nicht bemerkt. Aber immerhin steuerte er jetzt im Zeitlupentempo auf seine Seite des Tisches zu.

„Wenn es dich nicht stört, mache ich ein bisschen Musik an", sagte Rebekka und schwebte regelrecht auf den Schrank zu, in dem sich eine Stereoanlage befand. Alles schien schon vorbereitet zu sein. Jedenfalls drückte sie nur einen einzigen Knopf und es ertönte sanfte Musik von Ronan Keating.

Christopher räusperte sich. „Ich, ähm, weiß nicht so genau, ob ich deine Einladung richtig verstanden habe. Ich meine, also, hier sieht es so aus, als hätte ich ..." Er verstummte.

„Als hättest du was?"

Chris schluckte. „Na ja, B-Blumen mitbringen sollen oder so was."

Rebekka hatte sich inzwischen wieder dem Tisch genähert und bewaffnete sich nun mit der Suppenkelle. „Wäre nicht schlecht gewesen", antwortete sie mit einem Augenzwinkern. „Aber ich verzeihe dir." Plötzlich stieg ihr Chris' unverkennbarer Duft in die Nase. *Und wie ich dir verzeihe*, dachte sie verzückt, sagte aber tapfer: „Darf ich dir Suppe auftun?"

Chris nickte nur und beobachtete Rebekka mit einer seltsamen Mischung aus Sorge und Verwunderung. Als er kurz darauf sah, was da in den Teller gefüllt wurde, wuchs sein Erstaunen noch mehr. Er schnupperte. „Ist das etwa Kürbissuppe?", entfuhr es ihm. Dann beugte er sich vor und versuchte einen Blick in die Schüssel zu erhaschen. „Mit Sahne obendrauf?"

Rebekka strahlte ihn an. „Deine Lieblingssuppe, nicht wahr?"

„Aber woher hast du das Rezept?" Chris' Frage klang beinahe verzweifelt.

„Von dei-" Rebekka brach ab und überspielte die Situation mit einem Husten. *Von deinem Onkel*, hatte sie sagen wollen, doch war sie sich auf einmal nicht mehr sicher, ob Chris unbedingt wissen musste, wie gut sie sich in letzter Zeit mit Rosenberg verstand. „Von Rosenberg", entgegnete Rebekka. „Aber denk ja nicht, er hätte die Suppe gekocht. Das war ich, ich ganz allein." Sie stellte den Teller vor Chris auf den Tisch. „Probier doch mal!"

Chris schüttelte fast ein bisschen panisch den Kopf. „Aber dieses" – er deutete auf den gedeckten Tisch und die Umgebung –, „dieses Ambiente hier. Das hat *er* doch hoffentlich inszeniert!?"

„Aber nein!", empörte sich Rebekka. „Das war ganz allein meine Idee." Sie sah Chris durchdringend an. Sein Verhalten kam ihr immer seltsamer vor. „Gefällt es dir denn nicht?"

„D-doch", stotterte er. „Es ist nur, wie soll ich sagen, etwas ungewohnt."

„Ach wirklich?", fragte Rebekka spitz. „Als ich dich damals kennengelernt habe, hast du, glaub ich, sehr großen Wert auf ein solches Ambiente gelegt."

Chris schluckte schwer. „Das ist lange her."

„Aha", entgegnete Rebekka. Sie hatte immer noch die Suppenschüssel in der Hand und bemerkte nicht, dass es in regelmäßigen Abständen von dort auf die weiße Tischdecke tropfte. „Oder liegt es an der Gesellschaft? Früher hattest du immer Blondinen um dich ..."

Chris stieß einen leisen Seufzer aus. „Jetzt fang doch nicht schon wieder damit an!"

„Warum denn nicht? Wenn du die Wahrheit wissen willst, Chris: Ich hab dich nicht einfach so zum Essen eingeladen. Ich hab dich eingeladen, damit wir reden. *Wirklich* reden! Ich ..." Jetzt war es Rebekka, deren Stimme brach. Sie räusperte sich und fuhr dann etwas vorsichtiger fort: „Ich will wissen, woran ich mit dir bin, Chris. Sag mir die Wahrheit: Warum bin ich hier? Was willst du von mir?"

Chris sah einmal kurz zu Rebekka auf und senkte dann schnell wieder seinen Blick. Er sagte kein Wort.

„Chris!", drängte Rebekka. „Ich bin schon so lange hier. Und ich bin verwirrt! Anfangs dachte ich ... Ach, ich weiß eigentlich gar nicht, was ich dachte. Ich war immer hin- und hergerissen. Manchmal dachte ich, du hättest ein schlechtes Gewissen und wolltest mir deshalb einen Job geben. Ich hab auch in Erwägung gezogen, dass du von Muttis Gesundheitszustand erfahren hattest und im Grunde *sie* unterstützen wolltest. Und dann gab es wieder Zeiten, in denen ich den Eindruck hatte ..." Sie atmete einmal tief durch. „Na ja, dass du mich nur um meiner selbst willen bei dir haben wolltest. Und dann hast du die Sache mit Vincent getan. Es kam mir vor wie eine ... eine Liebeserklärung." Rebekka schauderte. Jetzt war es heraus! Es tat ihr fast körperlich weh, sich derart verletzlich zu machen. Aber es war notwendig. Sie musste endlich wissen, woran sie war!

Ängstlich erwartete sie Chris' Reaktion. Aber dieser rieb sich nur nervös das nackte Fingergelenk und sah sie nicht einmal an.

Du hast dich getäuscht, hämmerte es in Rebekkas Kopf. *Du machst dich lächerlich!* Aber aus irgendeinem Grunde konnte sie an diesem Punkt nicht mehr zurück. Sie würde ihre Antwort bekommen!

„Ich liebe dich, Chris“, hörte sie sich sagen. „Ich hab dich wahrscheinlich immer geliebt. Und jetzt sag mir, was du für mich empfindest.“

Unablässig starrte Chris auf seinen Teller. Die Kürbissuppe dampfte nur noch wenig.

„Chris!“, bettelte Rebekka und kämpfte mit den Tränen.

„Ich ...“ Chris' Stimme klang fast metallisch. „Ich hätte dich nicht herholen dürfen.“

Rebekka schloss die Augen. Zwei Tränen kullerten über ihre Wangen, doch gewann sie bereits in diesem Moment ihre Fassung zurück. Hektisch wischte sie die Tropfen fort.

„Warum nicht?“, gelang es ihr zu fragen.

Seine Stimme klang gepresst. „Ich kann dir nicht geben, was du dir wünschst.“

„Was wünsche ich mir denn?“, fragte Rebekka verzweifelt.

Chris starrte weiterhin auf seinen Teller, antwortete aber nicht.

„Chris!“, entgegnete Rebekka beharrlich.

„Rebekka ...“, krächzte Chris. „Bitte lass mich ... ich ... ich kann es dir nicht erklären ...“ Er zuckte hilflos die Achseln. „Ich kann einfach nicht ...“

„Ich verstehe“, entgegnete Rebekka und legte die Suppenkelle neben die Schüssel auf den Tisch. „Dann ... dann ist es wohl besser, ich gehe jetzt. Du ... du kannst auch allein essen. Wenn ... also ... Da ist eine Ente im Backofen. Ich kann sie dir noch holen, wenn du magst. Und der Nachtisch ist im Kühlschrank! Du hast ja noch nichts gegessen. Meinst du ... Oder kannst du dir die Sachen selbst holen?“

Chris griff ganz plötzlich nach ihrer Hand und hielt sie fest. „Rebekka!“, erwiderte er und blickte zum ersten Mal wieder zu ihr auf. „Wenn du wüsstest, wie leid es mir tut!“

„Entschuldige dich nicht“, fuhr Rebekka ihn an. „Man sollte sich nicht für seine Gefühle entschuldigen! Ich werde mich auch nicht für meine entschuldigen! Ich muss nur ...“ Sie sah sich hektisch um. „Ich muss nach Hause! Mutti wartet ja auf mich!“ Völlig verwirrt drehte sie sich um die eigene Achse. „Meine Sachen! Macht es dir was aus, wenn ich sie noch hole?“

„Wieso holen?“, fragte Chris beunruhigt. „Welche Sachen?“

„Den PC! Den PC brauch ich am dringendsten!“, stammelte Rebekka und riss sich los. Dann umrundete sie den Tisch und eilte zur Tür.

„Jetzt warte doch mal“, rief Chris hinter ihr her.

Aber Rebekka hörte nicht auf ihn. Sie stürmte durch den Flur und dann die Treppe hinauf. Sie hatte die Galerie bereits erreicht, als sie Chris vom Flur aus nach ihr rufen hörte. Er war außer sich.

„Was hast du denn jetzt vor? Sag nicht, du packst! Rebekka! Das ist doch Blödsinn!“

Doch die junge Frau sah das anders. Sie stürzte ins Arbeitszimmer, schaltete das Licht ein und lief zu ihrem Schreibtisch. Dort schnappte sie sich ihr Notebook und raffte alles an sich, was sie nur tragen konnte. Sie würde nie, nie wieder hierher zurückkommen! Die Arme voller Unterlagen trat sie den Rückweg an. Sie hatte gerade den Fahrstuhl passiert, als sich dessen Tür öffnete.

„Rebekka!“, rief Chris und rollte auf die Galerie hinaus. „Du hast mich falsch verstanden!“

Aber Rebekka lief, zwei Stufen auf einmal nehmend, die Treppe hinab, war bald wieder im Erdgeschoss angelangt und stürmte in Richtung Eingangstür. Sie riss diese auf, prallte aber schon im nächsten Moment wie von einer unsichtbaren Mauer gestoppt zurück. Auf ihrem Gesicht stand nicht länger Schmerz, sondern blankes Entsetzen.

Auch ihr Gegenüber wirkte völlig schockiert. „Sie?!“ Adalbert Roselius starrte Rebekka ungläubig an.

Diese starrte entgeistert zurück. Hinter ihr segelten zwei weiße Zettel zu Boden, die sie in der Eile verloren hatte.

„Wie … wie können Sie es wagen?“, schnaubte Chris’ Vater.

Als sich das Gesicht des alten Roselius vor Wut rot färbte, wich Rebekka unsicher zurück. Sie hatte mit allem und jedem gerechnet, aber nicht mit Chris’ Vater. Wusste er denn nicht, dass sie hier ein und aus ging?

„Vater!“, rief Chris von oben. „Was tust du denn hier?“

Aber an diesem Tag schien niemand mehr auf ihn zu reagieren.

„Sie … Sie verbrecherisches Subjekt wagen es, meinen Sohn zu belästigen?“, donnerte Adalbert Roselius Rebekka entgegen und hob auch schon die Hand.

„Vater!“, rief Chris hilflos von oben, konnte aber nicht verhindern, dass sein Vater ausholte und Rebekka mitten ins Gesicht schlug.

Da sie völlig unvorbereitet war, ließ Rebekka zwar noch ihren PC und ihre Unterlagen fallen, konnte ihre Hände aber nicht mehr rechtzeitig heben, um den Angriff abzuwehren. So traf sie der Schlag mit voller Wucht und katapultierte sie gleich mehrere Meter rückwärts. Ein fürchterlicher Schmerz schoss in ihre linke Gesichtshälfte, wurde dann aber von einem Schlag gegen ihren Hinterkopf noch übertroffen. Ein paar Sekunden wurde ihr schwarz vor Augen und sie sank zu Boden, dann versuchte sie auch schon, sich wieder hochzurappeln. Wie von fern hörte sie Chris unverständliche Worte brüllen, dann spürte sie, wie irgendetwas an ihr zerrte. Sie strampelte mit den Beinen, um wieder Boden unter die Füße zu bekommen. Ohne Erfolg. Kurz darauf schlug sie erneut so heftig irgendwo auf, dass ihr die Luft wegblieb. Einen Moment lang glaubte sie zu ersticken, dann gelang es ihr, Luft zu holen, was allerdings zur Folge hatte, dass sie sich an irgendetwas verschluckte und fürchterlich zu husten begann. Gleich darauf bemerkte sie, dass etwas in ihrem Mund war, das da nicht hingehörte. Sie rang nach Luft, hustete und spuckte gleichzeitig. Es dauerte ein paar Sekunden, bis sie den Sand und die vielen kleinen Steine losgeworden war, die auf unerklärliche Weise in ihren Mund gelangt waren. Allmählich dämmerte ihr auch, dass der alte Roselius sie im wahrsten Sinne des Wortes hinausgeworfen hatte und dass sie neben dem kleinen Weg lag, der von der Straße zu Chris' Haus führte. Sie rappelte sich hoch, sackte aber gleich darauf wieder in sich zusammen. Ihr Kopf schien nicht mehr zu ihr zu gehören. Auf alle Fälle meldete er ihr nicht, was hier los war. Von irgendwoher vernahm sie die dumpfen Geräusche eines heftigen Streits. Sah sie die Sterne, weil sie tatsächlich da waren oder weil sie buchstäblich Sterne sah? Alles war so dunkel! Rebekka schloss die Augen und wartete ab.

Mit der Zeit wurden die Stimmen aus dem Inneren des Hauses deutlicher und der Sinn für die Realität kehrte zu ihr zurück. Als Rebekka die Augen wieder öffnete, hatte der Schwindel nachgelassen. Sie kämpfte sich auf die Knie und krabbelte auf allen vieren zur Straße. Sie wusste nur noch, dass sie von hier wegmusste …

Kapitel 29

Als es früh am nächsten Morgen an Rebekkas Tür klopfte, wusste sie im ersten Augenblick nicht, wo sie war. Sie war völlig benommen, hatte schreckliche Kopfschmerzen und bekam die Augen einfach nicht auf. Mit einem abwehrenden Brummen drehte sie sich auf die andere Seite und war Sekunden darauf schon wieder eingeschlafen.

Einige Minuten später wiederholte sich die Störung. Dieses Mal klopfte es lauter und anhaltender.

„Rebekka", rief Louise durch die geschlossene Tür. „Aufstehen. Sonst verpassen wir die Messe!"

Die junge Frau riss erschrocken die Augen auf. Um sie herum war es stockdunkel. Sie versuchte, ihre Gedanken zu ordnen. War heute wirklich Sonntag? Hatte sie verschlafen? Sie richtete sich auf, woraufhin ihr im nächsten Moment ein klägliches Stöhnen entwich. Nicht nur ihr Kopf schmerzte. Auch die Knochen taten ihr weh. Und zwar überall, sodass sie im Grunde nicht einmal sagen konnte, woher der Schmerz rührte.

„Mutti!", wimmerte sie kläglich.

Ihre Mutter öffnete die Tür. „Geht es dir nicht gut, mein Schatz?", fragte sie besorgt.

„Ich weiß gar nicht, was passiert ist", jammerte Rebekka. „Kannst du mal das Licht anmachen?"

Louise gehorchte und schaltete die Deckenbeleuchtung ein. Von der plötzlichen Helligkeit geblendet, riss Rebekka die Arme vors Gesicht.

„Kind!", erschrak ihre Mutter. „Was ist denn das für ein Nachthemd? Ist das neu? Ich meine ... seit wann trägst du gelb?"

Rebekka nahm die Arme herunter und blinzelte gegen das Licht an. Warum fühlte es sich nur so an, als hätte ihr jemand die Augen verklebt?

„Oh, mein Gott!", entfuhr es Louise. Schon im nächsten Moment saß sie neben ihrer Tochter auf dem Bett. „Ich rufe einen Arzt an! Ich werde ... oder soll ich lieber einen Krankenwagen rufen?"

Rebekka hob eine Hand und betastete ihr Gesicht. Da war eine harte Kruste an der rechten Schläfe, an Nase und Oberlippe.

Auf einmal erinnerte sie sich an das Gefühl von Sand und Steinen in ihrem Mund. Adalbert Roselius ... der gestrige Abend ... *Chris*!

Mit einem Stöhnen, das kläglicher nicht hätte sein können und das dieses Mal Ausdruck ihrer seelischen Schmerzen war, sank sie in ihre Kissen zurück. Chris wollte sie nicht!

„Becky!“, schluchzte ihre Mutter. „Sag mir doch bitte, was passiert ist. Kannst du mich hören?“ Als ihre Tochter nicht gleich antwortete, sprang sie auf. „Ich werde Hilfe holen“, verkündete sie und stürzte zur Tür.

„Nein!“, rief Rebekka alarmiert.

Ihre Mutter blieb stehen, wirbelte herum und eilte an ihr Bett zurück.

„Es ist nicht so schlimm“, sagte Rebekka tapfer. „Es sind nur Schrammen. Wirklich, ich brauche keinen Arzt.“ Das hätte ihr gerade noch gefehlt, jemandem erklären zu müssen, wie sie zu diesen Verletzungen gekommen war. „Hilf mir einfach unter die Dusche, okay?“

Louise zögerte. „Ich weiß nicht, Becky.“ Ihre Stimme klang immer noch furchtbar besorgt. „Vielleicht bist du schlimmer verletzt, als du ahnst. Was ist denn nur passiert?“

Rebekka schluckte. Sollte sie etwa schon wieder lügen? Im Grunde war sie es leid, ihrer Mutter eine Unwahrheit nach der anderen zu erzählen. Sie hatte es einfach nicht verdient. Außerdem bereitete es ihr immer größere Schwierigkeiten, glaubwürdig zu bleiben. Man vergaß eben, was man sich am Vortag oder an den Tagen davor zusammengelogen hatte.

„Ich bin zusammengeschlagen worden“, antwortete sie und hoffte inständig, es dabei belassen zu können.

„Aber wo? Und von wem?“, wollte ihre Mutter wissen.

Rebekka seufzte tief. Der Name Roselius durfte in dieser Wohnung einfach nicht fallen. Außerdem war die Geschichte mit Chris seit dem Vorabend ohnehin zu Ende. Nur noch eine einzige Lüge, dann würde sie zur Wahrheit zurückkehren können.

„Es war gar nicht weit von hier“, sagte sie mühsam. „Und es war eine Gruppe Jugendlicher.“

„Dann rufe ich nicht den Krankenwagen, sondern die Polizei“, sagte Louise grimmig.

„Ich kannte sie nicht“, stieß Rebekka rasch hervor. „Und es

war schon dunkel. Außerdem bin ich mir ganz sicher, dass ich sie auch nicht wiedererkennen würde. Glaub mir, eine Anzeige macht keinen Sinn. Ich möchte das Ganze lieber vergessen. Hilf mir unter die Dusche, ja?"

Louise seufzte tief, kam der Bitte ihrer Tochter dann aber nach.

Es war mühsam und schmerzhaft für Rebekka, den Weg bis zur Dusche zurückzulegen. Als sie das Kleid auszog das sie extra für das Date mit Chris erworben hatte, entdeckte sie einige handtellergroße Blutergüsse auf ihrer rechten Körperhälfte. Noch viel schlimmer sah ihr Gesicht aus. Ihre Oberlippe war dick geschwollen, an der Schläfe hatte sie eine tiefe Schürfwunde. Ihr rechtes Auge war blau unterlaufen. Das warme Wasser sorgte zwar dafür, dass sie wieder richtig sehen konnte, prickelte aber wie Nadelstiche auf ihrem gesamten Körper. Als sie fertig geduscht hatte, war sie völlig erledigt und wollte nur noch eines: in ihr Bett zurückkriechen.

Sie lag gerade wieder drin, als es an der Tür läutete. Rebekka zog sich demonstrativ die Bettdecke über den Kopf. Jetzt war sie zum ersten Mal froh, dass ihre Mutter wusste, wie es um sie bestellt war. Sie würde unter Garantie niemanden an sie heranlassen.

Die junge Frau war schon halb in den Schlaf hinübergeglitten, als ihre Zimmertür leise geöffnet wurde.

„Rebekka?", flüsterte ihre Mutter.

Abgesehen von dem Spalt in der Tür, durch den nun helles Sonnenlicht in Rebekkas Zimmer flutete, war es dunkel in dem Raum. Und das sollte auch so bleiben, fand Rebekka.

„Ich will schlafen", gab sie zurück und unterstrich ihre Aussage mit einem herzhaften Gähnen.

„Ich fürchte, daraus wird nichts", sagte Louise. Ihre Stimme klang bedauernd. Aber es lag auch noch etwas anderes darin. Besorgnis? Angst?

Rebekka war sofort wieder wach und richtete sich auf. „Warum nicht?"

„Hast du mir wegen gestern Abend die Wahrheit gesagt?", fragte ihre Mutter.

Die junge Frau schluckte. „Wieso fragst du das?"

„Die Polizei ist hier", entgegnete Louise. Ihre Stimme bebte. „Gibt es irgendetwas, das ich wissen sollte?"

Rebekka hatte das Gefühl, dass ihr irgendetwas die Luft abschnürte. Die Polizei war alles andere als ein Freund und Helfer für sie.

„Warum sind sie hier?", fragte sie und ging gedanklich schon einmal ihre Fluchtwege durch.

„Sie sagten, es ginge um die Familie Roselius", antwortete Louise. „Ich hab ihnen gesagt, dass wir seit der Entführung keinen Kontakt zu ihnen haben." Sie zögerte. „Sie scheinen mir aber nicht zu glauben. Du hattest doch keinen Kontakt, oder?"

Rebekka schloss kurz die Augen. Das durfte doch alles nicht wahr sein!

„Rebekka!", stieß Louise krächzend hervor. „Sag mir, dass du keinen Kontakt zu ihnen hattest!"

Die junge Frau schwieg jedoch. Sie wusste nicht, was sie hätte sagen können.

„Also gut", sagte Louise Petrell seltsam entschlossen. „Die Polizei erwartet dich im Wohnzimmer. Und ich auch. Glaub ja nicht, dass du allein mit ihnen reden wirst!"

Als Louise ihr Zimmer verlassen hatte, seufzte Rebekka tief. Ihr Leben war im Moment eine einzige Katastrophe. Frustriert schlug sie die Decke zurück und quälte sich aus dem Bett. Aber das hätte sie lieber nicht tun sollen, denn nun tanzten Sterne vor ihren Augen, die sie zum dritten Mal innerhalb von zwei Tagen zu Boden sinken ließen. Glücklicherweise landete sie auf dem weichen Teppichboden und zog sich keine weiteren Verletzungen zu. Beim nächsten Versuch war sie vorsichtiger und ließ sich beim Aufstehen Zeit. Das gelbe Kleid war von der Nacht zerknittert und von der Begegnung mit Adalbert Roselius beschädigt. Abgesehen davon hätte sie es nach dem gestrigen Abend sowieso kein zweites Mal angezogen. Daher schlüpfte sie vorsichtig in eine graue Jeans und einen schwarzen Pullover. Auf diese Weise dauerte es recht lange, bis sie endlich das Wohnzimmer betrat.

Louise hatte ihr Bett wie immer in eine Couch verwandelt. Auf der grünbraunen Matratze saßen zwei Männer in Zivil vor einer Tasse Kaffee und jeder Menge Keksen. Louise hatte auf einem Stuhl Platz genommen. Rebekka registrierte den angenehmen Duft, der von dem Kaffee ausging, trotzdem verfinsterte sich ihr Blick. Musste ihre Mutter jeden – auch den Feind – so fürstlich bewirten?

Als die Polizeibeamten zu Rebekka aufsahen, sogen beide scharf die Luft ein. Dann aber fassten sie sich und standen auf, um Rebekka zu begrüßen.

„Helfersdorfer, Kriminalpolizei", sagte der Beamte, der Rebekka am nächsten war. Er war dunkelhaarig und trug einen Oberlippenbart. Dabei war er nicht sehr groß, aber ein wenig untersetzt.

Rebekka ergriff seine ausgestreckte Hand nur widerwillig und wandte sich dann dem anderen Polizisten zu. „Radtke", stellte sich dieser vor. Genau wie sein Kollege war er um die vierzig, dabei aber schlank und ein wenig größer. Er trug eine silberfarbene Brille, die schon ein wenig aus der Mode gekommen war.

„Was ist Ihnen denn zugestoßen?", erkundigte sich Herr Radtke als Nächstes.

„Sie kommen gleich zur Sache, wie?", antwortete Rebekka kühl.

Der Polizeibeamte sah sie durchdringend an. „Wir können Sie zur Befragung auch mit aufs Revier nehmen, wenn Ihnen das lieber ist", drohte er.

Rebekkas Augen verengten sich zu wütenden Schlitzen. „Ich weiß nicht, was Sie von mir wollen", fauchte sie. „Wie Sie sehen, bin ich hier das Opfer und nicht der Täter." Aber als sie sah, dass die beiden Polizeibeamten sich einen fragenden Blick zuwarfen, wurde sie unsicher. „Oder weswegen sind Sie hier?"

„Wo waren Sie gestern Abend zwischen zwanzig und zweiundzwanzig Uhr?", wollte Herr Helfersdorfer wissen, ohne auf Rebekkas Frage einzugehen.

Diese wand sich. „Eigentlich habe ich nichts dagegen, Sie aufs Revier zu begleiten", entgegnete sie.

Louise sprang auf. „Antworte!", befahl sie. Strenge hatte schon immer zu ihrem Erscheinungsbild gehört, aber noch nie war sie so ausgeprägt gewesen wie heute. Rebekka wusste nicht, ob das an der Entschlossenheit in ihrer Stimme, an den besonders straff hochgebundenen Haaren oder der hochgeschlossenen grauen Bluse lag, die sie zu einem schwarzen Faltenrock trug. Oder war es eine Kombination aus all diesen Faktoren? „Und zwar sofort!"

Rebekka seufzte und sah ihre Mutter an. Aus dieser Nummer würde sie ohnehin nicht wieder rauskommen. „Ich war bei Chris", sagte sie leise. „Wir waren zum Essen verabredet. Es tut mir leid, Mutti. Ich konnte es dir nicht sagen."

„Wieso? Und seit wann?", fragte Louise vollkommen erschüttert. „Ich meine, war es das erste Mal?"

Rebekka senkte den Blick. „Du weißt, dass ich keinen Job finden konnte. Und wir brauchten das Geld doch!"

„Was ... welches Geld? Was meinst du?"

Rebekka atmete tief durch. Es war Zeit, die Sache hinter sich zu bringen. „Ich hab für Chris gearbeitet", sagte sie schuldbewusst. „Und das seit vielen Monaten."

„Aber gestern haben Sie sich gestritten", mischte sich Herr Radtke in das Zwiegespräch ein.

Rebekka sah ihn an. „Ja, das stimmt", sagte sie leise. „Aber woher wissen Sie das?"

„Adalbert Roselius hat gesehen, wie Sie fluchtartig das Haus verließen. Christopher Roselius ist Ihnen gefolgt. Was ist passiert, als er Sie eingeholt hat? Haben Sie sich erneut gestritten? Hat er Ihnen diese Verletzungen zugefügt?"

„Moment! Moment!", entfuhr es Rebekka. „Was reden Sie denn da? Chris ist mir keineswegs gefolgt! Und die Verletzungen stammen von seinem Vater. Er hat mich zusammengeschlagen. Hat Chris Ihnen das nicht gesagt?"

Die beiden Polizeibeamten tauschten vielsagende Blicke.

Rebekka hingegen war völlig verwirrt. Was war hier los? Was wollten die Polizisten von ihr? Aber als sie darüber nachdachte, schien die Antwort auf einmal naheliegend. Der alte Roselius war noch nicht fertig mit ihr! Vielleicht hatte es ihm nicht gereicht, sie zu schlagen. Vielleicht war es ein zweiter Schritt auf seinem Weg der Rache, ihr die Polizei auf den Hals zu hetzen. Sicher hatte er genug Fantasie, um ihr irgendeine Straftat anzuhängen. Ein kleiner Diebstahl vielleicht? Sicher fehlte irgendetwas im Haus. Die Frage war nur, ob Chris da mitmachen würde.

„Ich habe nichts gestohlen!", brach es aus ihr hervor. „Oder hat Chris etwas anderes gesagt?"

Herr Helfersdorfer schüttelte den Kopf und wandte sich an seinen Kollegen. „Ich glaub nicht, dass sie etwas weiß."

Herr Radtke seufzte. „Ich auch nicht."

„Dass ich *was* nicht weiß?", brauste Rebekka auf. „Kann mir jetzt mal jemand sagen, was hier eigentlich los ist?"

„Sie haben gesagt, dass Sie bereit wären, mit aufs Revier zu kommen", erwiderte Herr Helfersdorfer. „Gilt das Angebot noch?"

„Bin ich verhaftet?", fragte Rebekka mit kläglicher Stimme.

Herr Radtke schüttelte den Kopf. „Nein, sind Sie nicht. Aber vielleicht können Sie uns helfen, Christopher Roselius wiederzufinden. Er ist seit gestern Abend spurlos verschwunden."

❖

Als Rebekka an diesem Abend die Tür zu ihrer Wohnung aufschloss, war sie völlig erledigt. Sie hatte Stunden auf dem Polizeirevier verbracht. Endlose Fragen, immer dieselben. „Wie ist Ihr Bruder ins Haus gekommen? Wo hält er sich versteckt? Wann haben Sie ihn zuletzt gesehen? Hat sich Ihr Vater bei Ihnen gemeldet?" Und so weiter und so weiter ...

Sie hatte der Polizei alles gesagt, was sie wusste. Alles. Sie hatte ihnen von dem Telefonat mit Vincent erzählt. Davon, dass er sich offensichtlich in einer Dachgeschosswohnung aufhielt. Auch die Befürchtung, dass Völle wieder bei ihnen sein könnte, hatte sie geäußert.

Aber natürlich hatte diese Aussage nicht wirklich weitergeholfen. Dachgeschosswohnungen gab es viele in der Stadt. Und ansonsten wusste sie überhaupt nichts. Keine Adresse, keinen Stadtteil. Nicht mal Vincents Handynummer kannte sie!

Sie seufzte tief und schlüpfte in den dunklen Flur. Ihr Kopf fühlte sich an, als würde ihn jemand mit einem Hammer bearbeiten. Sie wollte nur noch in ihr Bett zurück. Als sich die Tür des Wohnzimmers öffnete, ahnte sie bereits, dass es in dieser Hinsicht Schwierigkeiten geben würde.

„Ich dachte schon, du würdest überhaupt nicht mehr nach Hause kommen", sagte Louise halb vorwurfsvoll und halb erleichtert.

Rebekka antwortete nicht gleich. Tatsächlich hatte es ein paar Minuten gegeben, in denen sie das auch gedacht hatte. „Nicht jetzt, Mutti, okay?", flehte Rebekka. „Ich weiß, dass wir reden müssen. Und ich kann mir vorstellen, dass du sauer auf mich bist. Aber bitte, *bitte* gib mir Zeit bis morgen früh. Mir tut alles weh."

„Ich möchte wirklich nicht stören", sagte in diesem Moment eine Stimme, die Rebekka hier nicht erwartet hätte. Ihr folgte ein ziemlich zerknittertes Gesicht.

„Rosenberg!", entfuhr es Rebekka und sie umarmte ihn verzweifelt. „Es ist alles schiefgegangen", jammerte sie. „Und dabei hab ich alles so gemacht, wie wir es besprochen hatten!"

„Aber, Rebekka, Mädchen!", antwortete Rosenberg schockiert. Passend zu den Sorgenfalten, die sich auf seinem Gesicht eingegraben hatten, war er heute längst nicht so tadellos gekleidet wie gewöhnlich. Er trug nichts als eine schwarze Stoffhose und einen schlichten grünen Rollkragenpullover. „Wie ... wie sehen Sie denn nur aus?" Er schob Rebekka ein Stück von sich, um ihr Gesicht zu betrachten. „Das kann doch unmöglich Christopher getan haben?"

Rebekka strich sich unwillkürlich mit der Hand über das Gesicht. „*So* schief ist es dann wohl doch nicht gegangen", sagte sie und verzog den Mund.

Rosenberg ließ seine Arme sinken. „Aber wer sonst hat Ihnen das zugefügt?"

Die junge Frau schluckte und warf einen vorsichtigen Seitenblick auf ihre Mutter. Jetzt war sie eigentlich ganz froh, dass Louise schon fast alles wusste. „Chris' Vater", seufzte sie. „Haben Sie gewusst, dass Chris ihm niemals von mir erzählt hat?"

Rosenberg schüttelte nur den Kopf. „Und Christopher hat das nicht verhindert?", fragte er fassungslos.

Rebekka zuckte die Achseln. „Er war oben. Schätze, er konnte so schnell nichts machen."

„Oben", wiederholte Rosenberg und bedachte Rebekka mit einem prüfenden Blick. „Und was hat er da oben gemacht?"

Die junge Frau wusste, was er wirklich wissen wollte. „Jedenfalls nicht das, was Sie denken!", gab sie zurück. Dann sah sie Rosenberg in die Augen. „Er hat mir gesagt, dass er mich nicht liebt", sagte sie mit unüberhörbarer Bitterkeit in der Stimme. „Und wissen Sie was: Er hat mit dieser Information noch nicht mal bis zum Essen gewartet. Keine Suppe, keine Ente, kein Nachtisch. Alles umsonst."

Rosenberg schüttelte ungläubig den Kopf. „Das kann doch nicht sein. Wirklich nicht! Das ist unmöglich!"

„Ich mache Ihnen keine Vorwürfe, Rosenberg", sagte Rebekka. „Jeder kann sich mal irren." Als sie weitersprach, wurde ihre Stimme unsicher. „Ich hab ja auch daran geglaubt!" Sie räusperte sich und zwang ihrer Stimme einen festen, beinahe harten Klang auf. „Aber damit ist jetzt Schluss. Ich ... ich kündige, Rosenberg. Ich komme nie mehr zurück!"

„Das kann ich gut verstehen, Rebekka. Wirklich gut." Rosenberg nickte. „Aber bedeutet es, na ja, dass Sie mir auch nicht helfen werden, Christopher zu suchen?"

Rebekka hob hilflos die Hände. „Ich hab der Polizei alles gesagt, was ich weiß! Mehr kann ich nicht tun. Ich hab nicht den blassesten Schimmer, wo er ist. Vielleicht ist er ja gar nicht entführt worden. Die Polizei hat gesagt, es gäbe keine Forderungen. Vielleicht hat er sich nur verdünnisiert!" Sie starrte an die gegenüberliegende Wand, ihre Stimme brach. „Wahrscheinlich ging es ihm genauso wie mir. Er hat einfach erkannt, dass Abstand jetzt das Beste ist."

„Er ist Ihnen nachgeeilt, Rebekka. Das hat mir jedenfalls Adalbert erzählt."

Rebekka wandte sich abrupt zu ihm um. „Sie haben mit ihm gesprochen?"

Rosenberg nickte. „Ja, aber scheinbar hat er mir nur die Hälfte erzählt. Dass er Sie geschlagen hat, kam in seinem Bericht nicht vor. Er hat nur gesagt, dass Christopher irgendeiner Frau hinterhergefahren und danach nicht wieder aufgetaucht sei. Ich hab dann einfach vermutet, dass Sie das waren."

Rebekka runzelte die Stirn. „Kann schon sein, dass er noch mal mit mir reden wollte", überlegte sie und strich mit der rechten Hand gedankenverloren über das glatte Holz des Türrahmens. „Jedenfalls wollte er nicht, dass ich so mir nichts, dir nichts verschwinde. Aber wie gesagt, er hat mich nicht eingeholt."

„Wäre es nicht möglich, dass Ihr Vater und Ihr Bruder die Gelegenheit genutzt haben, ihn zu entführen?"

„Möglich", entgegnete Rebekka und seufzte tief. „Aber nicht

sehr wahrscheinlich. Viel wahrscheinlicher ist, dass *er* sich entführt hat. Vielleicht hat er die Gelegenheit genutzt, ein paar Tage Urlaub zu machen. Vielleicht ist er bei Alf ..."

„Den hab ich natürlich längst gefragt ..."

„Und wenn er sich ein Hotelzimmer genommen hat?"

„Glauben Sie wirklich?" Rosenberg klang verärgert. „Glauben Sie wirklich, dass ein Rollstuhlfahrer ohne Gepäck und ohne einen Cent in der Tasche einfach so für ein paar Tage ins Hotel geht?"

„24 Stunden", korrigierte Rebekka ihn. „Er ist gerade mal 24 Stunden weg."

„Aber ohne mir Bescheid zu sagen", brach es aus Rosenberg heraus. „Das sieht Christopher überhaupt nicht ähnlich!"

„Kommt drauf an", gab Rebekka zurück. Ihre Stimme triefte auf einmal vor Bitterkeit, ihr Gesichtsausdruck war hart. „Vielleicht ist er mir tatsächlich nachgeeilt. Und vielleicht ist ihm bei dieser Gelegenheit eine hübsche Blondine über den Weg gelaufen. Dann würde die Hotelvariante doch noch einen Sinn ergeben."

„Ich sehe schon", sagte Rosenberg, drängelte sich an Rebekka vorbei und ging mit forschen Schritten zur Tür. „Sie sorgen sich nicht wirklich um ihn. Wenn ich Hilfe brauche, muss ich sie mir anderswo holen."

„Aber, Rosenberg", beschwichtigte Rebekka ihn und folgte dem älteren Mann in den Flur, „so ist das doch nun auch wieder nicht gemeint!"

„Liebe", fauchte Rosenberg, während er auf die Garderobe zuhielt, „damit ist es immer das Gleiche. Die Menschen lieben nur, solange der andere das tut, was von ihm erwartet wird." Er hantierte umständlich an seinem Mantel herum. „Aber wehe, er verhält sich anders. Dann platzt die große Liebe wie eine Seifenblase." Er wandte sich der Wohnungstür zu und öffnete sie. Bevor er jedoch hinausging, drehte er sich noch einmal zu Rebekka um. „Wissen Sie was, Rebekka? Sie haben Christopher gar nicht verdient!" Und mit diesen Worten verschwand er aus Rebekkas Leben.

❖

Die nächsten Tage waren für Rebekka ein einziger Albtraum. Sie saß untätig zu Hause herum und hatte nichts Besseres zu tun, als ihrer Mutter in jeder Hinsicht Rede und Antwort zu stehen. Sie führte endlose Gespräche, rechtfertigte ihr Verhalten und erntete doch nur Unverständnis. Das Schlimmste aber war, dass sie selbst alles noch einmal Revue passieren lassen musste. Die Art und Weise, wie Chris ihr den Job aufgezwungen hatte. Seine vielen Freundlichkeiten. Wie sie schließlich herausgefunden hatte, dass er im Rollstuhl saß. Wie sie gemeinsam gearbeitet, geredet und gelacht hatten. Der „Klimmzug 100". Die Uhr – die sie im Übrigen schon an die hundertmal abgenommen und wieder angelegt hatte. Die Sache mit Vincent. Und schließlich jener Abend …

Chris war in dieser Zeit so real, als arbeitete sie noch für ihn. Er beherrschte jeden ihrer Gedanken, jedes Gespräch, jede Mahlzeit, sogar ihre Träume. Und über allem hing die beängstigende Frage: War er schon wieder aufgetaucht? Saß er längst wieder in seinem Arbeitszimmer? Oder war er am Ende doch entführt worden? Und dann die Angst, die vor allem Louise auf Schritt und Tritt begleitete: War es möglich, dass Jürgen und Vincent ein zweites Mal …?

Obwohl Rebekkas körperliche Verletzungen allmählich verheilten, verschlechterte sich ihr Befinden von Tag zu Tag. In der Wohnung lief ohne Unterbrechung der Fernseher. n-tv. Aber nichts. Keine Nachrichten über Chris. Kein Hinweis auf eine Entführung. Kein Artikel in der Zeitung. Kein Bericht im Radio. Gar nichts.

„Du könntest diesen Rosenberg anrufen", verlangte ihre Mutter von Zeit zu Zeit.

Aber davon wollte Rebekka nichts hören. „Ich habe gekündigt, Mutti! Ich stehe in keiner Beziehung mehr zu Chris. Er geht mich einfach nichts mehr an!"

Diese Worte standen allerdings in krassem Widerspruch zu ihren Gefühlen. Sie konnte nicht mehr ruhig schlafen, mochte nichts mehr essen und lief die meiste Zeit wie ein gefangenes Tier in der Wohnung herum. Am Morgen des vierten Tages hielt sie es schließlich nicht mehr aus. Sie war aus einem Albtraum aufgewacht, in dem Jürgen, Vincent, Völle und Chris vorkamen, und musste nun endgültig wissen, was los war. Nachdem sie den Rollladen hochgezogen hatte, holte sie ihr Handy und kehrte damit in ihr Bett zurück. Dort saß sie nun mit wirren Haaren und weißem Spitzenschlafanzug und wählte Rosenbergs Handynummer.

Er war erstaunlich schnell am Telefon. „Ja?"

Rebekka schluckte schwer. „Äh, ich bin es, Rebekka!" Erwartungsgemäß klang ihre Stimme kratzig und belegt.

Sie erntete nur Schweigen.

„Ich weiß, dass Sie sauer auf mich sind", fuhr sie fort. „Und ich hab auch nicht vor, Sie häufiger zu belästigen. Können ... können Sie mir trotzdem sagen, ob Chris, na ja, wieder aufgetaucht ist?"

Keine Antwort.

„Rosenberg!", fuhr sie ihn an. „Ich muss es wissen!"

„Sie haben aber lange gebraucht, um sich danach zu erkundigen", stellte Rosenberg fest. Er klang weiterhin verärgert.

Rebekka seufzte tief. „Ist er nun wieder da? Sagen Sie Ja und ich rufe Sie nie wieder an!"

„Nein."

„Wie: Nein?", stöhnte Rebekka. „‚Nein, ich sage es Ihnen nicht' oder: ‚Nein, er ist nicht wieder aufgetaucht'?"

„Nein, er ist nicht wieder aufgetaucht."

Rebekka schloss einen Moment lang die Augen und musste sich zurücklehnen. Kam es ihr nur so vor oder schwankte ihre Umgebung tatsächlich?

Dieses Mal sprach Rosenberg von allein weiter. „Es gibt eine Lösegeldforderung, die in verschiedener Hinsicht viel Ähnlichkeit mit der letzten hat. Die Polizei geht davon aus, dass es sich um die gleichen Entführer handelt. Die Geldübergabe soll morgen stattfinden."

Rebekka hatte Mühe zu atmen. „Seine Medikamente", krächzte sie. „Hatte er sie bei sich?"

„Ich dachte, das könnten Sie mir vielleicht sagen", fuhr Rosenberg sie an. „Sie haben ihn zuletzt gesehen, schon vergessen?"

„Sein Vater hat ihn zuletzt gesehen", entfuhr es Rebekka. „Aber ich ... meine Güte, er hat seine Medikamente nie bei sich getragen! Das wissen Sie genauso gut wie ich!"

„Dann sind wir an dem gleichen Punkt wie damals", sagte Rosenberg matt.

„Nein, bitte nicht!", schluchzte Rebekka verzweifelt. „Bitte, bitte nicht!"

❖

Rebekka war so aufgewühlt, dass sie nichts mehr in der Wohnung hielt. Sie musste raus hier, brauchte Luft zum Atmen. Eilig schlüpfte sie in eine graue Jeans und einen anthrazitfarbenen Pullover und eilte auf den Flur hinaus. Dort roch es durchdringend nach Aufbackbrötchen, doch fand dieser Duft keinen Widerhall in Rebekkas Magen.

„Ich muss mal kurz weg", rief sie und riss ihre schwarze Jeansjacke von der Garderobe. Dabei fiel der schwere Holzbügel polternd auf den Linoleumfußboden.

„Wie – *weg*?", hörte sie ihre Mutter aus der Küche antworten.

Rebekka pflückte den Bügel vom Boden und klatschte ihn an die Garderobe zurück. Dann schlüpfte sie mit dem linken Arm in den Ärmel ihrer Jacke und öffnete mit dem rechten die Wohnungstür. „Zum Mittagessen bin ich wieder da."

„Aber du hast doch noch gar nicht gefrühstückt", protestierte Louise und trat auf den Flur hinaus.

Zu diesem Zeitpunkt befand sich Rebekka allerdings schon im Treppenhaus. Erleichtert hörte sie, wie hinter ihr die Wohnungstür ins Schloss fiel. Eine weitere Fragestunde war jetzt ohnehin das Letzte, was sie gebrauchen konnte! Sie rannte, immer zwei Stufen auf einmal nehmend, ins Erdgeschoss hinunter. Aber erst, als sie wirklich draußen war, atmete sie ein wenig auf. Die Luft war kühl und klar und tat ihr gut. Obwohl der Himmel bedeckt war, sah es nicht nach Regen aus. Sie sah sich um. Nur wenige Meter von ihr entfernt stand ein Mann, der gerade am Kofferraum seines silberfarbenen Opel Vectra herumhantierte. Als er Rebekka sah, spiegelte sich Erstaunen auf seinem Gesicht. Rebekka runzelte die Stirn. Sie kannte den Mann doch gar nicht! Ein wenig verwirrt nickte sie ihm zu und wandte sich in die entgegengesetzte Richtung. Als sie ein paar Schritte gegangen war, hörte sie, wie hinter ihr ein Kofferraumdeckel zugeschlagen wurde.

Sie blieb stehen. Irgendetwas stimmte hier nicht. Sie drehte sich um. Und tatsächlich. Der Mann war hinter ihr. Er war noch jung, wahrscheinlich kaum älter als sie selbst, und hatte lockige blonde Haare, die in Kombination mit einer schwarz umrandeten Brille noch heller wirkten. Im Gegensatz zu Rebekka blieb er allerdings nicht stehen, sondern ging weiter, an ihr vorbei. Er schien es recht eilig zu haben.

Rebekka sah ihm nach. Litt sie jetzt schon unter Verfolgungswahn?

Kopfschüttelnd ging sie weiter. Aber wohin eigentlich? Nach kurzem Überlegen entschied sie sich, den Park anzusteuern. Vielleicht konnte sie dort ein bisschen Frieden finden.

Sie wechselte die Straßenseite und bog an der nächsten Ecke rechts ab. Dann ging es ein ganzes Stück geradeaus. Die Monotonie des Weges beruhigte jedoch keineswegs ihre Gedanken. Im Gegenteil. Die verschiedensten Erinnerungen stürmten auf sie ein. Jürgen, der in seinem Zimmer Zeitungen zerschnitt. Völle und Babbel, die die Kellerschächte absicherten. Chris in jenem Raum, gefesselt, halb bewusstlos. Der Gestank nach Schweiß und Urin ...

Schluss damit!, befahl sie sich. *Ich will nicht darüber nachdenken!*

Aber ihre Gedanken gehorchten ihr nur zum Teil und führten sie wieder zu dem Abend zurück, an dem sie für Chris gekocht hatte. Sie hatte seine Nervosität von Anfang an gespürt. *Ich liebe dich nicht, Rebekka.* Hatte er das eigentlich so gesagt? Sie konnte sich nicht mehr daran erinnern. Auf jeden Fall hatte es sich so angehört. Warum konnte es ihr nicht genauso gehen? Warum konnte sie Chris nicht einfach vergessen? Warum wurde sie halb verrückt bei dem Gedanken, dass er erneut in Lebensgefahr schwebte?

„Ich hasse dich, Christopher Roselius", sagte sie laut. „Ich wünschte, es wäre mir egal, was aus dir wird."

Aber das war es nicht. Das Gegenteil war der Fall! Und vor dieser Tatsache würde sie nicht fliehen können, nirgendwohin, auch nicht in den Park! Die Wahrheit war, dass sie erst dann mit dem Thema „Chris" würde abschließen können, wenn sie ihn sicher zu Hause wüsste. Keine Sekunde früher. War es da nicht am sinnvollsten, alle Hebel in Bewegung zu setzen, um

Chris zu helfen? Vielleicht konnte sie ja ein bisschen in ihrer Erinnerung kramen und ein paar alte Freunde von Jürgen und Vincent ausfindig machen – vielleicht kam sie ihnen ja auf diese Weise auf die Spur! Die Erkenntnis kam so plötzlich, dass Rebekka abrupt stehen blieb, auf dem Absatz kehrtmachte und den gleichen Weg zurückeilte, auf dem sie gekommen war. Als sie kurz darauf aufblickte, entdeckte sie in wenigen Metern Entfernung einen Mann, der ihr ausgesprochen bekannt vorkam ...

Sie blieb erneut stehen und stemmte die Hände in die Hüften. Gleichzeitig sandte sie wütende Blicke in seine Richtung. Der Mann wusste überhaupt nicht, wohin er schauen sollte. Er verlagerte sein Gewicht unruhig von einem Bein aufs andere und wich Rebekkas Blicken aus.

Das machte diese noch wütender. Sie ging auf ihn zu. „Sind Sie von der Polizei?“, fragte sie, noch bevor sie ihn erreicht hatte.

„Nun ja ...“ Der Mann zuckte ratlos die Achseln. Er trug eine helle Jeans und einen schwarzen Blouson.

„Zeigen Sie mir Ihren Ausweis“, verlangte Rebekka.

Der Mann seufzte tief. „Wenn mein Chef das erfährt, bekomme ich Ärger“, murmelte er, öffnete den Reißverschluss seines Blousons und kramte eine Art Brieftasche daraus hervor, die er Rebekka reichte. Rebekka klappte sie auf und fand tatsächlich einen Dienstausweis vor, der ihr verriet, dass sie es mit Oberkommissar Thomas Wendheim zu tun hatte.

Sie warf ihm die Brieftasche so abrupt zurück, dass sie gegen seinen Brustkorb prallte und von dort auf den Boden fiel. „Wenn Sie mich in der Hoffnung beschatten, dass ich Sie zu meinem Vater oder meinem Bruder führe, dann haben Sie sich gründlich getäuscht. Ich habe keinen Kontakt zu ihnen. Das habe ich Ihren Kollegen an die hundertmal erklärt. Wollen Sie mir nicht endlich mal glauben?“

Thomas Wendheim bückte sich, um seinen Dienstausweis wieder aufzuheben. Sein Blick war jetzt ziemlich finster. „Ich tue nur meinen Job“, knurrte er.

„Dann tun Sie ihn richtig! Tun Sie was Sinnvolles. Klappern Sie zum Beispiel alle Dachgeschosswohnungen ab.“

„Dachgeschosswohnungen?“, lachte der Polizeibeamte und

versenkte seine Brieftasche wieder in seinem Blouson. „Sie sind lustig. Haben Sie eine Ahnung, wie viele es davon gibt?"

„Nein. Aber ich hab eine Ahnung, was Chris durchmacht. Er hat keine Medikamente bei sich!"

„Glauben Sie wirklich, wir seien untätig?" Der junge Mann zog den Reißverschluss seines Blousons hoch, ging dabei aber zu unsanft vor und blieb stecken. In der Folge zerrte er ärgerlich am Zipper herum. „Hören Sie, junge Lady: Wenn einem Roselius etwas zustößt, nachdem wir sozusagen vorgewarnt waren, dann hat die Polizei ein ernsthaftes Problem. Sie können also sicher sein, dass wir unser Bestes tun, um ihn zu finden."

„Da bin ich mir ganz und gar nicht sicher", zweifelte Rebekka. „Vielleicht wäre es gut, wenn ich Ihnen ein wenig zur Hand ginge. Vielleicht könnten wir gemeinsam etwas bewirken. Sie könnten mich doch mitnehmen oder etwa nicht?"

„Mitnehmen?" Der Zipper war auf einmal wieder frei und schnellte förmlich weiter. „Sie müssen verrückt sein! Ich ermittle doch nicht mithilfe Verdächtiger. Wissen Sie, was mich erwartet, wenn das rauskommt?"

„Es muss ja nicht rauskommen", antwortete Rebekka keck.

„Sie sind ... also ... Sie sind total durchgeknallt, nicht wahr?", stammelte Oberkommissar Wendheim. „Wissen Sie was? Ich gehe jetzt zurück zu meinem Wagen. Was Sie machen, ist mir völlig egal." Und mit diesen Worten ging er in die Richtung, aus der er gekommen war.

Rebekka lief hinter ihm her. „Jetzt warten Sie doch mal! Ich will Ihnen nur helfen, mehr nicht!"

Wendheim beschleunigte seine Schritte. „Lassen Sie mich in Ruhe."

„Aber warum denn? Ich bin eine wichtige Zeugin! Ich könnte Ihnen bestimmt irgendwie helfen!"

Der Oberkommissar begann zu laufen.

Doch Rebekka war noch nicht bereit aufzugeben und rannte hinter ihm her. „Warten Sie doch, Herr Wendheim!"

Vergeblich. Rebekka folgte ihm noch eine Weile, fiel aber immer weiter zurück und blieb schließlich stehen. Obwohl sie etwas außer Atem war, musste sie grinsen. „Interessante Methode. Die muss ich mir merken." Und mit diesen Worten bog sie ab, um sich ohne etwaige Verfolger auf die Suche nach Chris zu begeben.

❖

Das Kramen in der Erinnerung erwies sich als glatte Fehlanzeige. Nachdem Rebekka drei Stunden lang ziellos umhergewandert war und mithilfe ihres Handys die halbe Welt durchtelefoniert hatte, gab sie schließlich auf. Alle Freunde, von denen sie wusste, saßen entweder im Knast oder hatten seit einer Ewigkeit nichts mehr von Jürgen und Vincent gehört. Sagten sie jedenfalls. Außerdem waren sie nach eigener Aussage schon von der Polizei zu genau diesem Thema befragt worden. Was konnte sie da noch tun?

Niedergeschlagen machte sich Rebekka auf den Rückweg. Ihr Magen knurrte und sie war müde. Außerdem taten ihr die Knochen weh, eindeutige Auswirkung ihrer netten Begegnung mit Adalbert Roselius. Trotzdem weilten ihre Gedanken mehr bei Chris als bei ihrem eigenen Gesundheitszustand. Wie mochte es ihm jetzt wohl gehen? Man konnte davon ausgehen, dass diese Entführung besser vorbereitet war als die letzte, und so bestand die realistische Hoffnung, dass Völle und Jürgen bereits im Vorfeld Medikamente für Chris besorgt hatten. Aber wenn es Chris körperlich gut ging, würde er Vincent so provozieren, wie er es beim letzten Mal getan hatte ... Rebekka schluckte schwer. Die Vorstellung, dass Vincent Chris misshandelte, war einfach unerträglich. Chris selbst hatte ihm doch die Freiheit geschenkt, und das nach allem, was damals geschehen war!

„Vincent", knurrte sie, „wenn du ihm auch nur ein einziges Haar krümmst, werde ich dir das nie verzeihen." Aber Vincent war ein dummer Junge. Wenn Völle und Jürgen ihn gegen Chris aufbrachten, wäre ihm alles egal. Und da Völle und Jürgen höchstwahrscheinlich nicht wussten, was Chris für Vincent getan hatte, und ihn sowie als ihren Feind betrachteten ... *Oh nein!*

Zu allem Überfluss setzte genau in diesem Moment ein feiner Sprühregen ein. Rebekka klappte den Kragen ihrer schwarzen Jeansjacke hoch und beschleunigte ihre Schritte. Sie befand sich inzwischen in einer etwas besseren Wohngegend. Hier reihten sich kleinere Wohnhäuser mit liebevoll gepflegten Vorgärten aneinander. Passend dazu kam Rebekka auf dem Bürgersteig eine junge Frau mit Yorkshire Terrier und Kinderwagen entgegen. Auch sie schien es aufgrund der Witterung recht eilig zu haben. Rebekka trat einen Schritt zur Seite, um die Frau passieren zu lassen. Dann setzte sie ihren Weg umso eiliger fort. Wenn sie allerdings geglaubt hatte, auf diese Weise dem Regen entkommen zu können, dann hatte sie sich getäuscht. Der feine Regen hatte inzwischen ihr gesamtes Gesicht benetzt und ließ sie frösteln. Wieder musste sie an Chris, den Keller und die Kälte denken ...

In der Ferne kam ein kleiner Kirchturm in Sicht. Das Gebäude selbst wurde von anderen Häusern verdeckt, aber der Kirchturm ragte wie ein Wegweiser über sie hinaus. Rebekka schlug wie von selbst den Weg ein, der auf die Kirche zuführte. Es war, als gäbe es keine andere Richtung. An der nächsten Kreuzung bog sie links ab, dann noch einmal rechts. Jetzt konnte sie bereits die Vorderfront des roten Backsteingebäudes sehen. Es handelte sich um eine schlichte, eher kleinere Kirche mit halbrunden Fenstern und einem einzigen Turm, der sich direkt an der Straße befand. Im unteren Teil lud eine breite Tür aus dunklem Holz zum Eintreten ein. Rebekka ging schnurstracks auf sie zu, drückte den gusseisernen Türgriff hinunter und betrat die Kirche.

Im Inneren des Gebäudes war es dunkel und kalt, außerdem roch es ein wenig muffig. Trotzdem war Rebekka dankbar dafür, dass sie nun ein Dach über dem Kopf hatte. Es hielt zumindest den Regen ab. Abgesehen davon gab es da etwas, das ihre Aufmerksamkeit auf sich zog. Rebekka durchquerte langsam den Mittelgang, der von schweren dunklen Kirchenbänken gesäumt wurde, interessierte sich aber nicht für die kunstvoll verzierte Holzkanzel, die sich zu ihrer Rechten in etwa einem Meter Höhe befand. Stattdessen hielt sie direkt auf das Gemälde zu, das im hinteren Teil der Kirche direkt über dem Altar prangte. Wider Erwarten stellte es keine Kreuzesszene, sondern eine aufrecht stehende Jesusfigur in wallenden, leuchtend hellen Kleidern dar. Und dieser Jesus sah ihr direkt in die Augen! Ja, mehr noch, er schien auf eine seltsame, unbeschreibliche Weise mit ihr zu reden. Es war dieser besondere, intensive Blick, der den Eindruck erweckte, er lade sie zu irgendetwas ein. Rebekka blieb ein paar

Meter vor dem Gemälde stehen und betrachtete es intensiv. In dem Gesicht war nichts von dem, was sie so sehr fürchtete. Da war keine Härte, kein Vorwurf, keine Überheblichkeit, nur Sanftheit, Freundlichkeit und Verständnis.

Eine ganze Weile stand Rebekka einfach nur so da, sah in diese außergewöhnlichen Augen und vergaß mehr und mehr ihre Vorbehalte. Schließlich flüsterte sie: „Wenn es dich gibt, Jesus, dann hilf mir, Chris zu finden. Bitte hilf mir, Chris zu finden ..."

In diesem Moment ertönte von hinten ein Geräusch. Rebekka zuckte zusammen, wirbelte herum und stellte fest, dass eine alte Dame mit Strickjacke und Kopftuch die Kirche betreten hatte. Sie schlurfte auf eine der hinteren Sitzreihen zu und nahm mit einem Ächzen Platz. Rebekka empfand die fremde Anwesenheit als störend. Sie warf „ihrem" Jesus einen letzten Blick zu und verließ dann die Kirche. Draußen angekommen stellte sie dankbar fest, dass der Sprühregen nachgelassen hatte. Sie verspürte das starke Bedürfnis, sich nach rechts zu wenden, und gab ihm nach. Allerdings nahm sie beim Gehen kaum etwas von der Umgebung wahr. Vor ihrem geistigen Auge sah sie immer noch dieses einzigartige Gesicht, das sie mit so viel Liebe angeblickt hatte ...

Rebekka war ungefähr zehn Minuten gegangen, als sie in der Ferne das Geschrei und das Lachen von Kindern wahrnahm. Ohne sich bewusst dafür zu entscheiden, hielt sie darauf zu.

Die Geräusche verstärkten sich und führten Rebekka zu einem Schulgelände mit ausgedehnten Grünanlagen. Es war gerade Pause, jedenfalls tobten die Kinder über den Schulhof. Rebekka blieb am Zaun stehen und sah ihnen einen Moment lang zu. Tischtennisplatten. Klettergerüste. Stimmen. Bewegung. Leben. Das alles tat ihr gut und riss sie ein wenig aus ihrer apathischen Stimmung.

Ding. Dang. Dong. Die Schulglocke rief zur nächsten Stunde und die Kinder bewegten sich in Richtung Schulgebäude. Rebekka aber stutzte. Das Geräusch der Schulglocke hatte irgendeine Erinnerung in ihr wachgerufen. Aber welche? Sie grübelte kurz nach. Das, was sie im Ohr hatte, klang anders. Komplexer. Melodiöser. *Ding. Deng. Ding. Dang. Dong.* So vielleicht. Aber wieso vermischte es sich mit Vincents Stimme?

Das Telefonat! Rebekka war auf einmal wieder hellwach. *Das ist die Schule von nebenan.* Hatte Vincent nicht so etwas gesagt? Ja! Sie erinnerte sich nun ganz deutlich. Während des letzten Telefonats hatte es geläutet. Sie selbst hatte es für die Türklingel gehalten, aber Vincent hatte sie korrigiert. *Das ist die Schule von nebenan.*

Welche Schule?

Die Aufregung trieb Rebekka die Röte in die Wangen. Vielleicht hielt sie den Schlüssel zu Chris' Aufenthaltsort in Händen! Sie lief den Schulzaun entlang, bis sie einen Durchgang fand. Durch ihn betrat sie den Schulhof und kämpfte sich durch die Schülermassen in Richtung Gebäude. Sie musste ins Sekretariat. Drängelnd und schiebend gelangte sie in die Schule. Es war ein altes Gebäude aus rotem Backstein und wirkte im Inneren ziemlich düster und ehrwürdig.

„Du da!", sprach sie einen Schüler an. Er war vielleicht zehn oder elf und hatte feuerrote Haare und jede Menge frecher Sommersprossen. „Wo ist euer Sekretariat?"

Der Junge deutete nach links, einen langen Gang entlang. „Um die Ecke, zweite Tür rechts", lautete die knappe Antwort.

„Danke!" Rebekka fand eine Lücke und rannte den Gang entlang, bog am Ende ab und steuerte auf die zweite Tür auf der rechten Seite zu. „Sekretariat" stand dort an der Tür. Sie war richtig! Unglücklicherweise schienen hier auch allerhand Schüler „richtig" zu sein, jedenfalls fand sie sich in einer Schlange von acht Menschen wieder. Warten stand nicht zur Debatte. Also drängelte sich Rebekka an allen anderen vorbei.

„Entschuldigung", sagte sie laut. „Das hier ist ein Notfall!"

„Was für ein Notfall?", sagte eine kompakt wirkende Dame, die hinter einem Tresen saß.

„Polizei", erwiderte Rebekka selbstbewusst. In gewisser Weise war sie schließlich die Assistentin von Thomas Wendheim, oder nicht? „Ich ermittle in einem Entführungsfall. Sie müssen mir unbedingt eine Frage beantworten!"

Die Schulsekretärin runzelte skeptisch die Stirn. „Entführungsfall?", fragte sie. „Ist heute der erste April?"

„Bitte", flehte Rebekka. „Es geht um Leben und Tod! Ich suche eine ganz bestimmte Schule! Ich kenne nur die Schulglocke. Sie geht ungefähr so." Rebekka räusperte sich und versuchte, die

Melodie nachzuahmen. „Ding. Deng. Ding. Dang. Dong.“

Die Schulsekretärin sah Rebekka an, als hätte sie nicht alle Tassen im Schrank. „Unsere Schule ist es jedenfalls nicht“, sagte sie schließlich.

„Das weiß ich doch“, jammerte Rebekka. „Aber Sie kennen doch bestimmt noch andere Schulen, oder nicht?“

„Und Sie glauben, ich merke mir den Klang der *Pausenglocke*?“ Die Dame konnte es nicht fassen.

Rebekka auch nicht. „Wer weiß denn so was?“, brach es aus ihr hervor.

„Niemand“, erwiderte die Sekretärin im Brustton der Überzeugung.

„Ich“, sagte eine Mädchenstimme.

Rebekka wirbelte herum. „Wer?“, keuchte sie.

Ein Mädchen hob zaghaft die Hand. Sie hatte glatte, schulterlange Haare und einen intelligenten Gesichtsausdruck. „Das Gymnasium, das meine Cousine besucht ... dort klingt die Glocke genauso, wie Sie es vorgemacht haben.“

„Wo ist diese Schule und wie komme ich dorthin?“

Kapitel 30

Rebekka stand ein wenig ratlos vor dem besagten Gymnasium. Da es sich ganz am anderen Ende von Hannover befand, hatte sie eine halbe Ewigkeit gebraucht, um erst Peppo zu holen und dann hierherzukommen. Und jetzt, wo sie endlich da war, wusste sie nicht so recht, was sie tun sollte!

Keines der umliegenden Häuser erinnerte an ein altes Fabrikgebäude. Alles sah ganz gewöhnlich aus. Gepflegte Vorgärten, Gardinen hinter den Fenstern, keine Auffälligkeiten in den oberen Geschossen. Außerdem gab es mindestens zehn Mehrfamilienhäuser in Hörweite der Schulglocke. Was sollte sie jetzt tun?

Ein wenig unentschlossen steuerte Rebekka auf den ersten Hauseingang zu und studierte die obersten Türklingelschilder. „Gertraude Schöffel“ stand auf dem einen geschrieben, „W. Meyer“ auf dem anderen. Das klang nicht gerade nach ihrer Familie.

Sie entschied sich, erst einmal ein Haus weiter zu ziehen. Als sie sich dem entsprechenden Hauseingang näherte, öffnete sich die Tür, und ein junger Mann kam heraus. Das brachte Rebekka auf eine Idee.

„Entschuldigen Sie", sprach sie ihn an. „Ich suche einen alten Freund. Das Problem ist, dass er bei einem Kumpel untergekommen sein soll und deshalb nicht am Türklingelschild steht. Ist Ihnen im Haus vielleicht ein sehr großer, kräftiger Mann aufgefallen?"

Der junge Mann zuckte die Achseln. „Keine Ahnung. Ich wohne noch nicht lange hier. Fragen Sie doch mal die alte Frau Sturm. Sie wohnt im Erdgeschoss." Er zwinkerte Rebekka zu. „Außerdem hat sie ein Fernglas, wenn Sie wissen, was ich meine."

„Ein Fernglas ... super", antwortete Rebekka und lächelte dankbar. Sie steuerte die Klingeln an und läutete bei „Gerda Sturm".

„Wer ist da?" Die Stimme klang alt und ein wenig klapprig.

„Äh, Petrell ist mein Name, Rebekka Petrell. Ich suche einen alten Freund von mir. Man hat mir gesagt, dass Sie sich hier in der Gegend ziemlich gut auskennen ..." Rebekka war gespannt auf die Reaktion der alten Dame. Und die ließ tatsächlich nicht lange auf sich warten. Der Türöffner surrte. Fast ein bisschen erstaunt betrat Rebekka den Hausflur. Ein paar Stufen führten zu den ersten beiden Wohnungen hinauf. Noch während Rebekka diese erklomm, öffnete sich bereits die linke der beiden Türen und eine erstaunlich zierliche Gestalt kam dahinter zum Vorschein.

„Kommen Sie herein", sagte Frau Sturm und winkte Rebekka ins Innere der Wohnung.

Die junge Frau schluckte, trat aber ein. Irgendwie fühlte sie sich nicht wohl. Die alte Dame jedenfalls wirkte alles andere als einladend. Ihre Augen lagen in tiefen Höhlen, blickten aber so wach und prüfend, dass es schien, als habe sie Rebekka längst durchschaut. Bekleidet war sie mit einem schwarzen Faltenrock und einem kurzärmeligen grünen Pullover.

Frau Sturm bedeutete Rebekka, ihre Jacke auszuziehen, und winkte sie dann in die Küche. „Setzen Sie sich. Möchten Sie einen Kaffee?"

„G-gern", stammelte Rebekka und entspannte sich ein wenig. Die Küche war hell und freundlich eingerichtet. Abgesehen von einer sehr veralteten Küchenmaschine und einer hölzernen Kaffeemühle mit Metallkurbel wirkten Möbel und Geräte recht modern. Außerdem roch es angenehm nach Kaffee.

„Nun setzen Sie sich schon", drängte Frau Sturm. Sie deutete auf eine Eckbank, die mit einem dezenten grauen Stoff bezogen war. Rebekka nickte und nahm Platz.

„Schwarz?", erkundigte sich Frau Sturm, während sie eine Tasse hervorkramte und damit die Kaffeemaschine ansteuerte.

„Milch und Zucker bitte", antwortete Rebekka.

Die Alte lachte glucksend. „So 'eine sind Sie also."

Rebekka rang sich ein Lächeln ab. „Wegen des Mannes, den ich suche –", setzte sie an, hielt aber inne, als sich die alte Dame umdrehte und warnend ihren Zeigefinger hob.

„Erst trinken wir einen Kaffee", bestimmte sie, „dann dürfen Sie Ihre Frage stellen."

Rebekka schluckte den Rest ihres Satzes hinunter und nickte gehorsam. Es folgte ein recht belangloses Gespräch über die gestiegenen Kaffeepreise, das Wetter seit der Klimaveränderung und das Verkehrsaufkommen in Hannover.

Obwohl Rebekka brav ihre Rolle spielte, wuchs ihre Anspannung mit jeder Minute. Der Gedanke, dass Chris irgendwo hier in der Nähe war und verzweifelt auf Hilfe wartete, brachte sie schier um den Verstand. Außerdem fragte sie sich, ob sie nur ihre Zeit vergeudete. Vielleicht war es ja ein Fehler gewesen, diese Frau aufzusuchen. Verschwendete sie hier nur ihre Zeit?

„Na gut", seufzte Frau Sturm, „ich sehe schon, dass Ihre Frage keinen Aufschub mehr duldet. Also schießen Sie los."

Rebekka schreckte aus ihren Gedanken auf. „Hm?"

„Der Mann, den Sie suchen", half die alte Dame ihr auf die Sprünge.

„Ich suche einen sehr großen, sehr kräftigen Mann von Mitte zwanzig", sagte Rebekka. „Und einen älteren, fast fünfzigjährigen, mit Bierbauch und schütterem Haar."

Die Alte nickte, erhob sich und ging aufs Küchenfenster zu. Sie schob die weiße Gardine ein wenig zur Seite und deutete nach draußen. „Gehen Sie in diese Straße da rein. Sehen Sie die

Häuserfront auf der linken Seite? Es ist der zweite Eingang. Die Leute wohnen im Dachgeschoss."

Rebekka starrte sie an. „Dachgeschoss" klang ja ganz gut. Aber alles andere kam ihr ein wenig zu fantastisch vor. So einfach sollte es sein? Eine kurze Beschreibung, eine präzise Antwort, und voilà?

„Sind Sie sicher?" Der Tonfall hätte ihre Zweifel nicht deutlicher zum Ausdruck bringen können.

Frau Sturm lachte. „Sie glauben mir wohl nicht!"

Rebekka zuckte ein wenig verlegen die Achseln, woraufhin ihr Gegenüber einen etwas verärgerten Tonfall anschlug. „Die beiden, die Sie beschrieben haben, sehen sich ziemlich ähnlich. Sie könnten glatt Vater und Sohn sein."

Die junge Frau sprang auf und war mit einem Satz am Fenster. „Wo haben Sie gesagt?", fragte sie atemlos.

„Die Straße da rein, zweiter Eingang auf der linken Seite. Sie wohnen im Dachgeschoss", wiederholte Frau Sturm.

Rebekka umarmte die Dame und drückte ihr einen Kuss auf das weißlichgraue Haar. „Danke."

❖

Auf der linken Seite besagter Straße gab es eigentlich nur *ein* Haus. Es begann an der Straßenecke und reichte, so weit wie der Blick. Dass es sich in Wirklichkeit nur um eine nahtlose Aneinanderreihung mehrerer Häuser handelte, erkannte man einzig und allein an der Verschiedenartigkeit des Außenputzes und an der Art der Fenster. Ansonsten sahen alle Gebäude gleich aus. Sie waren schlicht gehalten und mit den gleichen, roten Dachziegeln gedeckt. An der Vorderfront gab es weder Balkone noch Erker.

Der zweite Eingang gehörte zu einem Haus mit grauem Putz und weißen Fenstern.

Rebekka runzelte die Stirn. Von außen deutete jedenfalls nichts darauf hin, dass hier Entführungsopfer versteckt wurden! Und ein Loft? Das würde man doch wohl in einem stinknormalen Wohngebäudekomplex nicht finden, oder?

Zaghaft und mit wenig Hoffnung betrat Rebekka den Weg, der zur Eingangstür führte. Er war mit Betonplatten gepflastert.

Links vom Weg gab es ein paar Fahrradständer, von denen zwei belegt waren. Rechts wuchsen ein paar kleinere Büsche. Ein köstlich-würziger Essensgeruch wehte Rebekka entgegen und erinnerte sie daran, dass Mittagszeit war. Als sie Peppo geholt hatte, war sie zum Glück noch schnell oben gewesen und hatte ihrer Mutter mitgeteilt, dass sie nicht zum Essen kommen würde.

Als Rebekka die Haustür erreicht hatte, fand sie schnell die Türklingelschilder. Es waren insgesamt neun, zwei gehörten zu jeder Etage, aber nur eins wies auf den fünften Stock hin. Und dort stand „Erwin Röhrs".

Als Rebekka den Namen las, setzte ihr Herz einmal kurz aus. Sie musste nicht lange nachdenken, um zu wissen, dass dies kein Zufall war. Sie war richtig! Erwin Röhrs war bestimmt kein Allerweltsname. Erwin Röhrs war ein Spielkumpan ihres Vaters!

Sie atmete ganz tief durch und versuchte, ihren Adrenalinspiegel wieder zu senken. „Du musst jetzt ganz genau überlegen, was du tust", flüsterte sie sich zu. „Ganz genau!"

Aber das war leichter gesagt als getan! Eine kleine Stimme in ihrem Inneren flüsterte ihr zu, dass sie eigentlich gar nicht hier sein dürfte. Schließlich hielt sie erneut Informationen zurück. Und war es nicht auch gefährlich, auf eigene Faust zu ermitteln? Für Chris zumindest?

Andererseits war das Türklingelschild ein weiterer Hinweis darauf, dass dieses Mal wirklich nur Jürgen und Vincent an Chris' Entführung beteiligt waren. Und das hatte sie doch so gehofft! Völle war gefährlich. Aber mit Jürgen und Vincent würde sie schon fertigwerden. Vielleicht gab es sogar eine Möglichkeit, die beiden zur Vernunft zu bringen.

„Ich muss es versuchen", murmelte Rebekka und klingelte todesmutig im dritten Stock.

„Ja?", sagte eine Frauenstimme.

„Die Post!", antwortete Rebekka in einem möglichst gelangweilten Singsang.

Das Surren des Türöffners verriet ihr, dass Rebekkas Lüge überzeugend gewesen war. Sie betrat das Treppenhaus und entdeckte im hinteren Bereich einen Fahrstuhl. Aber als sie den entsprechenden Knopf drückte, geschah so lange überhaupt nichts, dass sie sich in ihrer Ungeduld für die Treppe entschied. Sie nahm immer zwei Stufen auf einmal, passierte den ersten und zweiten Stock und keuchte schon gewaltig, als sie den dritten Stock erreichte. Der einzige Trost war, dass auch hier niemand den Kopf zur Tür hinausstreckte, weder von der rechten noch von der linken Wohnung aus. So konnte sie ihren Weg unbehelligt fortsetzen. Sie passierte den vierten Stock. Als sie ihn hinter sich ließ, fiel ihr auf, dass sie ein regelmäßiges, aber undefinierbares Klopfen hörte. Kam es von draußen? Von unten? Von oben? Hatte es eben erst eingesetzt? Sie wusste es nicht, verfiel beim Gehen aber unwillkürlich in den Rhythmus, den ihr das Geräusch vorgab. Eins, zwei, drei, vier, eins, zwei, drei, vier ... Als sie im fünften Stock angelangt war, endete die breite Steintreppe. Stattdessen führte eine geschwungene, aber wesentlich schmalere Holztreppe hinauf in das sechste und letzte Stockwerk.

Eins, zwei, drei ... Stille. Das Klopfen hatte aufgehört.

Ein wenig verunsichert blickte Rebekka nach oben. Sie hatte keine Idee, was sie tun wollte, keinen wie auch immer gearteten Plan. Und noch war Zeit, die Polizei zu rufen ...

Jürgen und Vincent sind zwar gesuchte Verbrecher, aber trotzdem Familie, hielt eine andere Stimme dagegen. *Und die Polizei wird sie bestimmt beim geringsten Widerstand über den Haufen schießen!*

Das genügte. Mit einem Ausdruck wilder Entschlossenheit zog Rebekka ihre Schuhe aus, nahm sie in die linke Hand und betrat die Treppe. Lautlos erklomm sie eine Stufe nach der anderen. Die Treppe beschrieb einen größeren Bogen und endete schließlich auf einem Podest. Links befand sich der Einstieg des Fahrstuhles, rechts eine weiße Tür, neben der eine Klingel befestigt war. Darunter klebte ein einfacher weißer Zettel mit der Aufschrift „Erwin Röhrs".

Rebekka starrte auf die Klingel. Es erschien ihr nicht sehr vernünftig, einfach zu klingeln.

Was ihr allerdings auffiel, war die Tatsache, dass die Tür nicht mit einem Knauf, sondern mit einem einfachen Türgriff versehen war. Offen war sie bestimmt nicht, oder?

Rebekka drückte ihn dennoch lautlos herunter und schob die Tür nach innen. Seltsamerweise stieß sie dabei nicht auf Widerstand. Die Tür ließ sich öffnen! Und kaum, dass sie einen Spaltbreit offen stand, vernahm Rebekka auch schon Geräusche.

„Gib dir keine Mühe", hörte sie eine Stimme sagen, die sie überall und zu jeder Zeit als die ihres Vaters hätte identifizieren können. Er klang atemlos und erbost. „Die Stange wird halten. Hörst du? Sie wird halten!"

Quasi als Antwort setzte etwas ein, das Rebekka schon vorher vernommen hatte. Das Klopfen! Jetzt war es keine Frage mehr, dass es von hier oben stammte! Es hatte einen eher dunklen, aber metallischen Klang. Und es wurde von einem angestrengten, wenn nicht gar verzweifelten Keuchen begleitet.

„Ich bring dich um", knurrte Jürgen. „Wenn ich dich erwische, bring ich dich um!"

Rebekka schluckte und schob die Tür vollständig auf. Vor ihr befand sich eine weiße Wand. Rebekka trat ein und schloss lautlos die Tür hinter sich. Dabei nahm sie den Geruch von kaltem Zigarettenqualm wahr. Sie wandte sich nach rechts und erblickte einen einzelnen, riesigen Raum, der auf der gegenüberliegenden Seite direkt auf einen Balkon führte und von hellem Tageslicht nur so durchflutet war. Abgesehen von der breiten Fensterfront auf der anderen Seite stammte dieses Licht aus mehreren großen Dachfenstern und war wohl auch deshalb so wirkungsvoll, weil der Raum extrem hell ausgestattet war. Rebekka stand auf großen weißen Fliesen, auch die Tapeten waren weiß. Zur Linken erblickte Rebekka eine Kücheneinrichtung mit glänzenden, schneeweißen Fronten, die man mit Griffen und Küchengeräten aus Edelstahl kombiniert hatte. Geradeaus gab es eine Art Wohnbereich, der noch wesentlich extravaganter wirkte. Das Zentrum dieses Bereiches bildete ein übertrieben großer Flachbildfernseher. Drei gleich große Sofas aus weißem Leder waren so angeordnet, dass man von jedem Platz aus einen optimalen Blick auf den Fernseher hatte. Zwischen den Sofas standen kleine Beistelltische aus Edelstahl, die das Ganze zu einer optischen Einheit verbanden.

Und rechts?

Rebekka machte vorsichtig ein paar Schritte vorwärts und trat erst dadurch um die Wand herum, die ihr den Blick in den Bereich zur Rechten verstellt hatte. Als sie endlich etwas sehen konnte, blieb ihr vor Schreck die Luft weg …

Da war Chris! Er trug immer noch die hellblaue Jeans und den dunkelblauen Baumwollpullover mit dem weißen Querstreifen. Beides hatte er an jenem Abend angehabt ... Aber er saß nicht in seinem Rollstuhl, sondern auf dem Boden und hämmerte mit einem Gegenstand, der sie an einen Schlagstock erinnerte, gegen eine Stange, die vom Boden bis zur Decke reichte. Sie bestand aus Edelstahl und war rundherum mit irgendwelchen Haken und Knöpfen versehen. Weiter hinten lagen zwei Gestalten auf dem Boden. Der eine rührte sich nicht, der andere ...

„Becky!", rief Jürgen halb überrascht, halb erfreut. Er war eine der beiden Gestalten und hatte gerade jetzt den Kopf gehoben.

Von dem Ausruf überrascht, wirbelte nun auch Chris herum.

Rebekka starrte verwirrt von einem zum anderen. Jürgen schien sich nicht richtig bewegen zu können. Gerade hatte er sich von der Seite auf den Rücken gerollt, doch gelang es ihm trotz mehrfacher Anstrengung nicht, sich aufzurichten. Rebekka fiel jetzt auch auf, dass sich seine Hände hinter seinem Rücken befanden. Dadurch wurde sein ohnehin schon ausladender Bauch noch weiter in die Höhe gedrückt.

„Becky, ich blute!", keuchte Jürgen. Auf seiner kahlen Stirn standen Schweißtropfen. „Du musst mir helfen!"

Seine Tochter setzte sich unwillkürlich in Bewegung, blieb aber stehen, als Chris sie mit einem entsetzten „Nein!" zurückhielt.

„Ich", stammelte Rebekka, „versteh hier überhaupt nichts!"

„Ich verblute, Becky!", stöhnte ihr Vater. „Du musst meine Wunde verbinden!"

„Rebekka", flehte Chris. „Bitte ruf die Polizei!"

„Vincent!", rief Jürgen. Seine Stimme hatte wieder diesen extrem nasalen Klang. „Er blutet am Kopf! Bitte sieh nach, ob er noch lebt!"

Die Sorge um ihren Bruder trieb Rebekka vorwärts. Dieses Mal ließ sie auch Chris' warnende Rufe außer Acht. „Warte! Deinem Bruder geht es gut! Er ist nur bewusstlos!" All das konnte Rebekka nicht aufhalten. Chris sah unverletzt aus! Vincent hingegen rührte sich nicht!

Voller Sorge lief Rebekka zu ihm und kniete sich neben ihm nieder. Dabei wirkte sie neben der mächtigen Gestalt ihres Bruders klein und schmächtig. Vincent lag auf dem Rücken und hatte die Augen geschlossen. Seine feine schmale Nase verlor sich schier in seinem runden Mondgesicht. Da Rebekka auf Anhieb nicht erkennen konnte, ob Vincent atmete, legte sie ihre Hand an seinen Hals. Bange Sekunden lang spürte sie gar nichts, dann ertastete sie einen langsamen, aber durchaus kräftigen Puls. Sie atmete auf.

„Es geht ihm gut“, sagte sie und bemerkte erst jetzt, dass Vincents Hände mit Stofffetzen hinter seinen Rücken gefesselt waren. Ihr Blick wanderte weiter zu Jürgen. Auch er war an Händen und Füßen gefesselt!

„Mach mich los“, flehte ihr Vater. „Ich habe Schmerzen!“

Rebekkas Blick fiel auf das Bein ihres Vaters. Da er helle Kleidung trug, war der große, rote Fleck nicht zu übersehen. Er deutete auf eine nicht unerheblich blutende Wunde hin. Erschrocken setzte sich Rebekka in Bewegung.

„Nein!“, rief Chris und hechtete nur mithilfe seiner Arme so abrupt in Rebekkas Richtung, dass diese vor Schreck zurückwich. Chris hätte sie trotzdem erwischt, wenn er nicht auf den letzten Zentimetern von irgendetwas zurückgehalten worden und stöhnend auf dem Boden gelandet wäre. Er befand sich jetzt auf der Höhe von Jürgen und Vincent, konnte Rebekka aber nicht erreichen.

„Mach mich jetzt endlich los!“, rief Jürgen energisch.

Aber Rebekka tat überhaupt nichts. Völlig verwirrt hielt sie nach der Ursache für Chris’ Sturz Ausschau und stellte fest, dass sie an einem seiner Füße zu finden war. Handschellen! Der linke Fuß des jungen Mannes war mit Handschellen an die Stange gefesselt!

Alle drei gefesselt? Was um aller Welt ging hier vor sich?

„Was ... was soll das alles?“, stammelte Rebekka.

Chris kämpfte sich in eine sitzende Position hoch. „Was das soll?“, fuhr er Rebekka an. „Das siehst du doch! Deine saubere Familie hat mich zum zweiten Mal entführt! Und wenn du sie jetzt losmachst, bringen sie mich um!“

„Aber wie“ – sie deutete auf ihren Vater und ihren Bruder –, „wie hast du das hier hingekriegt?“

„Sie waren unvorsichtig“, antwortete Chris, „und hielten mich für einen Krüppel.“ Auf seinem Gesicht bildete sich der Hauch eines Grinsens. „Niemand hat daran gedacht, was ein ‚Klimmzug 100' so alles bewirken kann."

Rebekkas Blick wanderte zurück zu ihrem Vater. „Er blutet", sagte sie entschuldigend. „Ich muss ihn wenigstens verbinden."

„Ruf einen Krankenwagen!", flehte Chris und zog nunmehr mit den Armen ruckartig an der Stange. Doch sie bewegte sich nicht einen Millimeter.

„Nein, Becky", hielt ihr Vater dagegen. „Wenn du einen Krankenwagen rufst, könntest du genauso gut die Polizei informieren." Er wand sich in seinen Fesseln, kam damit aber genauso wenig weiter wie Chris.

Rebekka stand auf. „Ich bringe Chris von hier weg", sagte sie zu ihrem Vater. „*Danach* komme ich wieder und befreie dich."

„Nein!", rief Jürgen und zappelte verzweifelt hin und her. „Befrei zuerst Vincent und mich! Dann haben wir genug Zeit, um uns aus dem Staub zu machen. Anschließend befreist du ihn, und ihr könnt gehen, wohin ihr wollt!"

Rebekka sah fragend zu Chris hinüber.

„Er lügt, und das weißt du, Rebekka! Er wird mich niemals freiwillig gehen lassen!"

„Unsinn!", widersprach Jürgen und schüttelte heftig den Kopf. „Wir brauchen ihn nicht mehr. Die Entführung war erfolgreich. Gestern hat der alte Roselius gezahlt. Und wer für diese Entführung verantwortlich ist, weiß sowieso jeder!"

„Mein Vater hat keinen Cent gezahlt", widersprach Chris verzweifelt. „Jedenfalls noch nicht! Wie soll das so schnell über die Bühne gegangen sein?"

„Ich hab erst heute Morgen mit Rosenberg gesprochen", krächzte Rebekka und spielte nervös mit dem obersten Knopf ihrer schwarzen Jeansjacke. „Er hat gesagt, dass die Geldübergabe für morgen angesetzt ist!"

„Geld oder nicht. Darauf kommt es sowieso nicht an", verteidigte sich Jürgen. Es gelang ihm jetzt, sich auf die Seite zu drehen. Dadurch konnte er seiner Tochter ins Gesicht sehen. „Es ging nie ums Geld. Die ganze Entführung ... sie war ein einziger dummer Zufall. Wir hatten das nicht geplant. Alles ist passiert, weil Vincent nicht aufhören konnte, hinter dir herzuschnüffeln. Er hat andauernd vor seinem Haus herumgelungert." Jürgen deutete mit dem Kopf auf Chris und zeigte damit an, dass dessen Haus gemeint war. „Und dann hat er mitbekommen, wie der alte Roselius dich zusammengeschlagen hat. Und du kennst doch Vincent. Er wird wahnsinnig, wenn er so was sieht. Als der da", wieder deutete Jürgen mit dem Kopf in Chris' Richtung, „im Rollstuhl hinter dir hergefahren ist, richtete sich Vincents Wut auf ihn. Er hat ihn von hinten angegriffen, bewusstlos geschlagen und schlicht und ergreifend mit zu uns gebracht. Was hätten wir in dieser Situation denn tun sollen?"

Rebekka sah Chris an.

„Dieses Mal sagt er die Wahrheit", pflichtete dieser ihm nickend bei. „Aber, Rebekka, das macht die Sache nicht besser. Du kennst doch deinen Onkel. Du weißt, wie gefährlich er ist. Darum musst du mich von hier wegbringen. *Bitte*, Rebekka!"

„Völle?" Rebekka zitterte, als sie den Namen aussprach. „Ist er …? Wo ist er?"

Chris spürte, dass Rebekka endlich auf etwas reagierte. „Er ist nur kurz weg. Er kann jeden Moment wiederkommen."

Rebekka zögerte keine Sekunde, sondern stürzte auf Chris zu. Sie zerrte an seinen Fußfesseln. Aber die saßen bombenfest. „Wie krieg ich das ab?", jammerte sie.

„Es gibt Werkzeug", keuchte Christopher. „In dem Schrank da hinten!" Er deutete auf eine weitere Ecke des Raumes, in der sich ein großes, breites Bett mit Nachttisch und eine weiße Anrichte befanden. „Hol die Säge oder besser den Bolzenschneider. Damit wird es gehen!"

Rebekka sprang auf und eilte zur Anrichte. Sie riss beide Türen auf einmal auf und zerrte vor lauter Panik gleich den oberen Regalboden samt Inhalt aus dem Schrank. Klirrend und donnernd polterte eine Flut von Gegenständen auf die weißen Fliesen, darunter auch Werkzeuge. Rebekka griff nach dem Bolzenschneider.

„Becky", rief ihr Vater. „Wenn ich ins Gefängnis muss, werde ich deine Mutter mitnehmen!" Seine Stimme klang erstaunlich entschlossen.

Obwohl Rebekka mitsamt dem Bolzenschneider bereits aufgesprungen war, um zu Chris zurückzueilen, hielt sie jetzt inne. „Was … was meinst du damit?"

„Ich packe aus", drohte Jürgen. „Ich erzähle alles. Auch, dass deine Mutter geholfen hat, uns zu befreien."

„Was ... was redest du da nur für einen Unsinn?!", entfuhr es Rebekka. „Mutti hatte nichts damit zu tun!"

„Doch, hatte sie! Und das muss dir schon lange klar sein. Wer sonst könnte Völle so überzeugend in eine alte Dame verwandelt haben?"

Rebekkas Augen weiteten sich. Sie sah noch einmal Völle vor sich, der mit Hut und Kleid im Gerichtssaal aufgetaucht war. Niemals, nicht ein einziges Mal, war ihr der Gedanke gekommen, dass ihre Mutter ihn bei dieser Maskerade unterstützt haben könnte.

„Du weißt, dass das Theater ihr großes Hobby war. Sie hat das Kostüm besorgt und sich um Völles Make-up gekümmert."

„Das ... nein ..." Rebekka schüttelte heftig den Kopf. „So etwas würde sie niemals tun. Nicht Mutti. Nein!"

„Vincent war gerade erst zusammengeschlagen worden. Sie hat sich furchtbare Sorgen um ihn gemacht. Und der Zweck heiligt die Mittel, nicht wahr? Das war schon immer Muttis Motto."

Rebekka begann heftig zu zittern. Was Jürgen ihr da erzählte, klang so einleuchtend, dass es keinen Zweifel duldete. „Aber nicht diesen Zweck", flüsterte sie. „Nicht ..." Sie deutete mit dem Bolzenschneider auf Chris. „Nicht das hier." Denn das hier war verantwortlich für Chris' Behinderung! Für die Schüsse, die ihn in den Rücken getroffen hatten! Und wenn ihre Mutter für so etwas verantwortlich war, dann ... dann ...

„Wenn du ihn befreist", fügte Jürgen hinzu, „wird er uns ein zweites Mal ans Messer liefern. Dann gehen wir alle ins Gefängnis. Vincent ... ich ... deine Mutter."

Rebekka schluckte schwer.

„Oder kannst du ihm vertrauen, Rebekka? Ganz und gar vertrauen?" Rebekka sah fragend zu Chris hinüber.

„Ich werde euch decken", sagte dieser. „Euch alle. Ich verspreche es. Rebekka, ich hab auch deinen Bruder laufen lassen!"

„Das stimmt, Jürgen", pflichtete Rebekka ihm bei und nickte hektisch.

Jürgen lachte auf. „Der Wille mag ja da sein. Aber glaubst du wirklich, er kommt gegen seinen Vater an? Der wird ihm schon sagen, wie der Hase läuft!"

Rebekka ballte die freie Hand zu einer Faust. Jürgen hatte recht. Beim letzten Mal hatte Chris seinem Vater nichts entgegensetzen können.

„Gib mir eine zweite Chance", flehte Chris. „Ich bin nicht mehr so schwach wie damals!"

Rebekka starrte ihn an. In ihrem Kopf herrschte ein einziges Durcheinander.

„Stell dir vor, was passiert", sagte Jürgen, „wenn alles noch einmal von vorn losgeht. Die U-Haft, die Befragungen, das Gerichtsverfahren, das Gefängnis."

Angesichts dieser Aussichten hatte Rebekka das Gefühl, als würde der Boden unter ihr beben, und sie musste die Augen schließen, um nicht zusammenzubrechen. Alles, was sie an diese schreckliche Zeit erinnerte, verursachte noch heute ein unerträgliches Schwindelgefühl.

„Und was wird aus Mutti?", erkundigte sich Jürgen. „Glaubst du, dass sie im Gefängnis überleben kann?"

Rebekka konnte die Augen überhaupt nicht wieder öffnen. Alles Für und Wider schien wie die Klingen befeindeter Schwertkämpfer aufeinanderzuprallen. Auf Rebekkas Oberlippe bildeten sich kleine Schweißtröpfchen. Was sollte sie denn jetzt nur tun?

Hilfe, dachte sie verzweifelt. *Hilfe*. Und dann hatte sie plötzlich ein Gesicht vor Augen, das ihr erst heute Morgen begegnet war. Ein freundliches Gesicht. *Jesus*. Und dieser Jesus hatte ihr schon einmal geholfen. Das hatte er wirklich! Hatte sie ihn nicht gebeten, ihr bei der Suche nach Chris zu helfen? Und hatte sie nicht wenig später die Schulglocke gehört? Der Gedanke ließ sie erzittern. Ob Jesus wirklich real war? Ob er wirklich helfen konnte?

„Was würde Mutti tun?", setzte Jürgen noch einmal nach. „Glaubst du, sie würde einem Mann die Zukunft der Familie anvertrauen?"

Nein, das würde sie nicht, dachte Rebekka. *Und sie würde sich auch ganz bestimmt nicht an Jesus wenden …*

Aber hatte Mutti wirklich in allem recht? Hatte sie alles richtig gemacht? Rebekka dachte erneut an die Schießerei im Gerichtssaal und erschauderte. All die Jahre hatte sie versucht, so zu sein wie ihre Mutter. Und jetzt? Jetzt traf ihre Mutter eine Mitschuld an dem, was im Gerichtssaal geschehen war! Sie sah alles noch einmal vor sich, die schreienden, verstörten Menschen, das viele Blut! Wie Chris auf dem Boden lag. Chris! Dass er nicht laufen konnte, nie wieder würde laufen können, hatte ihre Mutter mit zu verantworten! Es war, wie Pastor Schloen gesagt hatte: Aus Unrecht folgte immer noch mehr Unrecht!

Aus diesem Teufelskreis, hörte sie den Pfarrer noch einmal sagen, *kann dich nur Jesus herausführen. Aber dafür ist es erforderlich, dass du ihm dein Scheitern bekennst.*

Nichts auf der Welt erschien Rebekka auf einmal richtiger als das! *Jesus, ich glaube, ich habe Mist gebaut,* dachte sie. *Ich habe Mist gebaut ... viel Mist ...* Tränen traten in ihre Augen. Es war wirklich so! Sie hatte so vieles falsch gemacht! Besonders, was Chris anging! Es war, wie er gesagt hatte: Sie hätte ihn viel früher befreien müssen! Sie hätte dem Unrecht niemals so viel Raum geben dürfen! Sie hätte den Kreislauf durchbrechen müssen! Als wäre eine Schleuse geöffnet worden, fielen Rebekka jetzt noch ganz andere Dinge ein. Der Einbruch in den Hühnerstall ... die daraus resultierende Sachbeschädigung ... Die vielen Lügen ... Der Diebstahl im Supermarkt ... *Jesus, vergib mir.*

Und dann überkam sie ein seltsames Gefühl, eines, das sie niemals zuvor bei einem Gebet gespürt hatte. Es war, als würde jemand sie in den Arm nehmen und ihr sagen, dass jetzt alles in Ordnung war. Dass die Fehler keine Rolle mehr spielten. Dass sie von vorn anfangen durfte. Sie hörte die Worte nicht, aber sie fühlte es. Und scheinbar spiegelte es sich auch auf ihrem Gesicht wider.

„Mach mich jetzt los“, befahl Jürgen energisch. „Sofort!“

Rebekka kehrte langsam in das Chaos ihrer Realität zurück. Ihr Blick wanderte zu Jürgen, blieb einen Moment auf ihm ruhen und glitt dann zu Chris. Eines wusste sie auf einmal: Sie musste ihm jetzt einfach vertrauen. Wenn sie selbst eine zweite Chance bekommen hatte, stand Chris das gleiche Recht zu!

Mit einer Entschlossenheit, die bis eben undenkbar gewesen war, eilte sie auf Chris zu und ging neben ihm in die Hocke. Im nächsten Moment begegneten sich ihre Blicke. Rebekka las nackte Angst und tiefe Unsicherheit in Chris' Augen und beantwortete sie mit einem Blick, der ihm mehr verriet, als die Worte

„Hab keine Angst, ich helfe dir doch" auszudrücken vermocht hätten. Und da war sogar noch mehr. Rebekka war selbst nicht bewusst, wie viel Liebe sie durch diesen einen Blick transportierte. Sie spürte nur, wie schwer es ihr fiel, ihre Augen von Chris zu lösen. Die Handschellen zu öffnen war da schon wesentlich einfacher. Spätestens seit der Aktion mit dem Hühnerstall konnte sie mit Bolzenschneidern umgehen. Ein sauberer Schnitt und die Kettenglieder waren durchtrennt. Chris war frei! Ohne Zeit zu verlieren, trat Rebekka hinter Chris, griff unter seinen Achseln hindurch nach seinem Unterarm und zog ihn zur Wohnungstür. Die Situation schien Bärenkräfte in ihr freizusetzen. Fast mühelos schleppte sie Chris bis zur Wohnungstür und dann zum Fahrstuhl. Dort setzte sie ihn kurz ab und drückte auf den Knopf. Dann eilte sie zur Treppe und sah ängstlich nach unten.

„Die Luft ist rein", flüsterte sie Chris zu und hörte schon, dass sich der Fahrstuhl näherte. Sie atmete auf. Jetzt waren sie so gut wie gerettet! Sie kehrte zum Fahrstuhl zurück und wartete darauf, dass sich die Tür öffnete. Doch als das schließlich geschah, erstarrte sie. Völle! Der zwei gefüllte Plastiktüten in der Hand hatte ...

Im ersten Moment schien er überrascht. Aber dann erfasste er die Situation erstaunlich schnell, holte mit dem Fuß aus und trat Chris mitten ins Gesicht, woraufhin dieser nach hinten kippte und hart auf dem Boden aufschlug. Sekundenbruchteile später landeten Völles Plastiktüten polternd auf und neben Chris' Oberkörper. Rebekka wollte schreien, doch eine riesige Hand legte sich so hart und unbarmherzig auf ihren Mund, dass sie nicht einmal mehr atmen konnte. Völle klemmte sich Rebekka quasi unter den einen Arm, packte Chris mit dem anderen an der Kleidung und zerrte beide in die Wohnung zurück. Im Flur angelangt, ließ Völle Chris einfach zu Boden fallen, schloss beinahe sanft die Tür und konnte nun seine ganze Aufmerksamkeit Rebekka widmen.

Mit einer Wucht, die seine ganze Wut zum Ausdruck brachte, stieß er Rebekka gegen die nächstgelegene Wand. Der Aufprall war so heftig, dass ihr die Luft wegblieb und Sterne vor ihren Augen tanzten. Sie wäre still in sich zusammengesackt, wenn Völle das nicht verhindert hätte, indem er mit der Hand ihren Hals umklammert hielt. In ihrer Angst zu ersticken, griff Rebekka mit beiden Händen nach Völles Hand und versuchte verzweifelt, sie von ihrem Hals zu lösen. Das führte jedoch nur dazu, dass Völle noch unbarmherziger zudrückte und jeden ihrer Versuche, Luft zu holen, im Keim erstickte.

„Völle“, rief Jürgen aus der Mitte des Raumes zu ihnen hinüber. „Hör auf!“

Jetzt geriet Rebekka vollends in Panik. Der Todeskampf mobilisierte all ihre Kräfte. Sie trat nach Völle, rammte ihre Fingernägel in Völles Hände und zappelte aus Leibeskräften. Ohne Erfolg.

„Völle, sie ist meine Tochter! Deine Nichte!“, schrie Jürgen und konnte doch nichts tun. „Becky!“

Es dauerte nicht lange, bis Rebekkas Bewegungen langsamer und kraftloser wurden. Schon spürte sie, wie ihr Bewusstsein schwand. Die braunen Locken um Völles wütendes Gesicht verschmolzen zu einer einheitlichen Masse. Das Licht veränderte sich. Es wurde gelber und verlor an Helligkeit. Die Geräusche schienen immer dumpfer und leiser ...

Dann folgte ein weiterer Schlag ...

Rebekka begriff überhaupt nichts mehr.

Röchelnd atmete sie ein, dann noch einmal ... Von weither hörte sie Stimmen. Sie spürte etwas Kaltes, Glattes unter sich. Hörte ein Stöhnen. Atmete ... atmete ...

„Rebekka!“, keuchte jemand.

Als sie ihren Namen hörte, erlangte sie ihr Bewusstsein vollends wieder. Aber warum hatte er wie ein Hilferuf geklungen? Sie nahm all ihre verbliebenen Kräfte zusammen und versuchte, sich hochzurappeln. Jetzt begriff sie, dass sie auf den Fliesen gelegen hatte. Sie befand sich im vorderen Teil der Wohnung, dort, wo sich die weiße Küchenzeile befand. Es gelang ihr, auf die Knie zu kommen. *Oh nein!*

Nur wenige Meter von ihr entfernt tobte ein heftiger Kampf! Völle lag auf Chris. In seiner Hand glänzte ein Messer, das nur noch wenige Zentimeter vom Gesicht des jungen Mannes entfernt war. Obwohl sich dieser mit den Armen durchaus zur Wehr setzen konnte, hatte Völle seine Schwäche erkannt. Er setzte sein linkes Knie mit ein und rammte es in regelmäßigen Abständen gegen Chris' Körper.

Rebekka sah sich verzweifelt um. Sie brauchte eine Waffe! Direkt neben ihr befand sich die Küchenarbeitsplatte und dort stand eine leere Glasflasche – das war besser als die Werkzeuge, die sie vorhin aus der Anrichte gezogen hatte, schließlich befanden die sich ganz am anderen Ende des Raumes! Aber als sie sich aufrichtete, um nach der Flasche zu greifen, war ihr, als zöge sie ein Gewicht wieder nach unten. Gleichzeitig wurde ihr schwarz vor Augen. Aber sie durfte jetzt nicht bewusstlos werden! Sie durfte nicht!

Neben ihr stöhnte Chris auf, weil er ein weiteres Mal von Völles Knie getroffen wurde. Dann ein Schrei!

Rebekkas Kopf wirbelte herum. Mit Entsetzen sah sie, dass die Klinge des Messers in Chris' rechter Schulter steckte! Schon wollte Völle nach dem Messer greifen, aber Chris kam ihm zuvor. Er griff mit der linken Hand nach dem Messer, zog es mit einem schrecklichen Schrei heraus und wollte es gegen Völle richten. Aber dieser schlug es ihm einfach aus der Hand. Es flog in hohem Bogen durch den Raum und landete mit einem Klirren auf den Fliesen.

Mittlerweile hatte sich Völle aufgerichtet. Er stand jetzt wie ein wild gewordener Stier vor Chris und hielt nach einer anderen Waffe Ausschau, um dem Entführten den Todesstoß zu versetzen. Chris erkannte die Gefahr und schob sich mit dem unverletzten Arm rückwärts. Doch das nützte ihm nichts.

Unbarmherzig holte Völle mit dem Fuß aus und trat gegen die verletzte Schulter. Chris schrie vor Schmerzen auf und griff mit seiner linken Hand nach seiner heftig blutenden Schulter. Erneut blickte sich Völle suchend im Raum um und wurde umgehend fündig. Wie von Sinnen stürzte er auf das Messer zu, das nur wenige Meter von ihm entfernt auf den Fliesen lag, hob es auf und ging damit wieder auf Chris zu. In seinen Augen glitzerte die reine Mordlust. Rebekka schenkte er überhaupt keine Beachtung.

Chris sah zu ihm auf. An seinem Blick konnte Rebekka erkennen, dass er wusste, was die Stunde geschlagen hatte. Und dass er jetzt nichts mehr tun konnte. Schutz suchend rollte er sich zusammen und schloss die Augen.

Völle stand jetzt mit dem Rücken zu Rebekka. Lautlos richtete sie sich auf und griff nach der Glasflasche. Völle holte aus.

Ebenso Rebekka.

Und mit einem verzweifelten Schrei schlug sie Vӧlle die Flasche unter Einsatz all ihrer Kräfte auf den Kopf.

Erstaunlicherweise ging sie dabei nicht kaputt! Diese Tatsache erschreckte Rebekka so sehr, dass sie die Flasche fallen ließ. Sie schlug hart auf den Fliesen auf, zerbarst nun doch in tausend Stücke und verteilte sich über den gesamten Boden. Währenddessen stand Völle einfach nur so da, die Hand erhoben, das Messer erhoben. Dann sackten seine Hände herunter und das Messer fiel ihm aus den Fingern auf die Fliesen. Rebekka hielt die Luft an. Völle stand zwar immer noch vor ihr, aber schon im nächsten Moment kippte er nach hinten auf sie zu. Die junge Frau schrie auf, sprang zur Seite und konnte auf diese Weise gerade noch verhindern, dass er auf sie fiel. Stattdessen schlug er wie ein gefällter Baum mit der Rückseite auf dem Boden auf und rührte sich nicht mehr.

Chris öffnete die Augen und blickte sich verdattert um. Vor ihm stand Rebekka! Sie war kreidebleich. Nicht weit von ihm entfernt lag Völle! Instinktiv versuchte er, sich aufzurichten, wurde von den Schmerzen in der Schulter jedoch zurück auf den Boden gedrückt.

Sein jämmerliches Stöhnen weckte Rebekka aus ihrem Schockzustand. Sie schluchzte herzzerreißend auf, setzte sich aber gleichzeitig in Bewegung und rannte wie ein aufgescheuchtes Huhn durch den Raum.

„Rebekka!“, rief Chris ihr nach.

Aber Rebekka beachtete ihn nicht, sondern steuerte auf die nächstbesten Küchenschubladen zu. Mit viel zu viel Kraft riss sie nacheinander mehrere davon bis zum Anschlag auf. Es schepperte und polterte. Schließlich jedoch fand sie, was sie offensichtlich gesucht hatte: eine Schere. Jetzt sah sie sich erneut um und eilte mit ihrer Beute auf das Bett im hinteren Teil des Raumes zu. Immer noch schluchzend griff sie sich das Oberbett und zerrte so heftig am Bezug, dass einige der Knöpfe in hohem Bogen in alle Richtungen davonflogen. Dann schnitt sie fünf breite Streifen heraus und eilte damit zu Chris zurück. Sie ließ sich neben seiner verletzten Schulter auf dem Boden nieder, nahm erneut die Schere zur Hand, durchschnitt damit auf der Höhe seiner

Handgelenke den Ärmel seines Pullovers und arbeitete sich von dort aus vorsichtig nach oben. Sie schluchzte jetzt nicht mehr, sondern biss deutlich sichtbar ihre Zähne zusammen. Als sie die Verletzung erreichte, wappnete sich Chris gegen den Schmerz und wandte vorsichtshalber den Blick ab.

„Ich hätte nie gedacht", stieß er gepresst hervor, „dass eine Frau so stark ..." Der Rest des Satzes musste warten, weil Rebekka in diesem Moment den Stoff von seiner Wunde zog. „... so stark sein kann wie du!", vollendete er deutlich gequält seinen Satz.

„Glaubst du, ich hab ihn umgebracht?", schluchzte Rebekka, fing sich aber sofort wieder und setzte tapfer ihre Arbeit fort.

„Du hast mir das Leben gerettet!", sagte Chris.

„Ich weiß", nickte Rebekka und begann jetzt, die immer noch heftig blutende Wunde vorsichtig mit den Stoffbahnen zu umwickeln.

„Er hätte mich umgebracht! Ohne auch nur mit der Wimper zu zucken. Du hättest sein Gesicht sehen sollen! Da war ... uahhh!"

Rebekka hatte seinen Redefluss genutzt, um den Stoff ordentlich festzuziehen.

„Bist du verrückt?", krächzte Chris und wand sich weiterhin unter Schmerzen.

„Ich muss die Blutung stoppen", entschuldigte sich Rebekka und umwickelte weiter seine Schulter. „Hier schwimmt schon alles."

„So ... so macht man das vielleicht bei Tieren", beklagte sich Chris. „Hat dir denn niemand beigebracht, dass man mit Menschen sanfter umgeht?"

„Mensch stirbt wie Tier, wenn er zu viel Blut verliert", sagte Rebekka und konnte über seine Bemerkung noch nicht einmal lächeln. „Du solltest dich mal sehen. Du bist weiß wie die Wände hier. Frierst du?"

Chris schüttelte den Kopf. „Bin ... mit den Schmerzen ... ausreichend ... beschäftigt."

„Kann ich mir vorstellen", sagte Rebekka. Zutiefst besorgt sah sie ihn an. „Du blutest so stark!" Sie vollendete ihr Werk, zerschnitt das Ende der obersten Stoffbahn, wickelte die eine Hälfte noch einmal um die Schulter und verknotete sie dann mit der anderen. Anschließend sprang sie auf und eilte mit einem übrig gebliebenen Stofffetzen auf Völle zu. Sie kniete neben ihm nieder und tastete mit zitternden Händen nach seinem Puls. Und da war er! Kräftig und regelmäßig! Vor Erleichterung schloss sie kurz die Augen, dann drehte sie Völle mit großer Anstrengung auf den Bauch, verschränkte seine Arme hinter seinem Rücken und umwickelte seine Handgelenke sorgfältig mit dem restlichen Stoff. Noch ein ordentlicher Knoten und die Gefahr war gebannt.

Ohne auch nur eine weitere Sekunde verstreichen zu lassen, sprang sie auf und eilte auf die Wohnungstür zu. „Ich rufe jetzt einen Krankenwagen."

„Nein!", rief Chris. „Bleib hier!" Rebekka blieb stehen und wandte sich zu ihm um. „Ist Peppo unten?", erkundigte er sich.

Rebekka nickte.

„Dann bring mich raus und fahr mich mit Peppo ins Krankenhaus!"

„Ich hab keine Trage, und mir fehlt auch die Kraft, dich so weit zu schleppen!", krächzte Rebekka.

„Die paar Meter schaffst du schon", bestärkte Chrisie. „Wie vorhin!"

Die junge Frau zögerte. „Wie soll ich das machen, ohne dir wehzutun?", jammerte sie.

„Wenn du den Krankenwagen rufst, kannst du die Polizei gleich mit rufen", wandte Chris ein und deutete mit dem Kopf auf Rebekkas Vater und Bruder. „Hör zu, du lieferst mich im Krankenhaus ab und kommst wieder, um sie zu befreien. Das möchtest du doch?"

„Tolle Idee", kommentierte Jürgen fast ein bisschen zu eifrig. „Ganz, ganz tolle Idee." Seine Stimme hatte einen geradezu herzerweichenden Klang. „Becky?" Rebekka sah kurz zu ihm herüber und wandte ihre Aufmerksamkeit dann wieder Chris zu. „Aber dein Leben ist in Gefahr."

„Ja, aber nur, weil du hier rumstehst und dich nicht überzeugen lässt. Bring mich gefälligst ins Krankenhaus!"

Selbst Rebekka konnte diesen Worten nicht widersprechen. Und so eilte sie zu ihm zurück und zog ihn aus der Wohnung zum Fahrstuhl. Dabei rechnete sie es ihm hoch an, dass er trotz der Schmerzen, die er zweifellos litt, die Zähne zusammenbiss. Der Fahrstuhl schien eine Ewigkeit zu brauchen, um oben anzukommen ... und noch länger, um die wenigen Stockwerke bis ins Erdgeschoss zurückzulegen. Aber danach ging alles recht schnell. Die Sorge um Chris' Leben verlieh Rebekka zusätzliche Kraft. Fast mühelos schleppte sie ihn aus dem Fahrstuhl durch die Haustür zu Peppo und schaffte es sogar, ihn einigermaßen vorsichtig auf den Beifahrersitz zu hieven.

Dann sprang sie selbst in den Wagen und fuhr los. Im Geiste ging sie erst einmal die Krankenhäuser durch und entschied sich für das Krankenhaus, in dem sie Chris auch beim letzten Mal abgeliefert hatte. Es war am schnellsten zu erreichen.

„Hör zu", sagte sie, als sie sich einigermaßen klar darüber war, welche Route sie nehmen würde, „ich will, dass du mit mir sprichst, am besten ununterbrochen, damit ich weiß, wie es dir geht."

„Kein Pro-blem", antwortete Chris, doch kamen diese Worte so mühsam hervor, dass Rebekka besorgt zu ihm hinübersah. Gleich darauf senkte sich ihr rechter Fuß wie von selbst bis zum Anschlag auf das Gaspedal. Peppo heulte auf. Aber das war jetzt egal. Chris brauchte *sofort* ärztliche Hilfe! Sein Verband hatte sich schon großflächig rot gefärbt. Völle musste eine Arterie getroffen haben!

„Frierst du jetzt?", fragte Rebekka. Ihre Stimme zitterte.

„Ein bisschen", flüsterte Chris, doch seine Worte waren so undeutlich, dass Rebekka erst recht alarmiert war.

„Erzähl mir, wie sie dich behandelt haben", verlangte sie.

„Gut", faselte Chris. „Sie haben mich gut behandelt. Besser als beim letzten Mal ..."

Rebekka schluckte. Sie wusste nicht, ob sie die richtige Entscheidung getroffen hatte. Im Krankenwagen hätte Chris Blutkonserven bekommen können. Aber was, wenn er ihr hier im Auto einfach wegstarb?

„Wie lautet dein vollständiger Name, Chris?", stieß sie hervor, während sie die Fahrspur wechselte und den Fuß aufs Gaspedal stemmte. „Sag ihn mir!"

„Christopher Bernhard ...", begann er und brach dann einfach ab.

„Dein vollständiger Name!", fuhr Rebekka ihn an. „Sag ihn mir gefälligst."

„B-Bernhard", versuchte es Chris von Neuem, „Bernhard!"

„Christopher Bernhard Maximilian", half Rebekka ihm auf die Sprünge. „Und dann weiter? Denk nach!"

„Denk nach", wiederholte Chris, doch waren diese Worte kaum noch zu verstehen.

Ein Schauer lief Rebekka über den Rücken. So ging das keinesfalls weiter!

Fahr schneller, beschwor sie Peppo und musste dennoch abbremsen. Es war einfach zu viel los auf den Straßen! Hektisch überlegte sie, was sie jetzt tun konnte. Dann kam ihr der rettende Gedanke! Sie beugte sich nach rechts hinüber, griff nach dem Handy, das auf der Ablage lag und wählte mit zitternden Fingern die 110.

Als sich die Polizei gemeldet hatte, versuchte sie, ihre Notlage kurz und bündig zu schildern. „Jetzt hören Sie genau zu", befahl sie. „Ich habe einen schwer verletzten Mann im Wagen und befinde mich auf dem Weg ins nächste Krankenhaus. Aber ich komme nicht schnell genug voran. Können Sie mir einen Krankenwagen entgegenschicken?"

Es dauerte ein paar Sekunden, bis der Beamte der Einsatzleitzentrale begriff. Dann aber fragte er gezielt: „Wo befinden Sie sich gerade?"

Rebekka sah sich um, entdeckte aber so schnell kein Straßenschild. Außerdem musste sie sich auf den Verkehr konzentrieren. Wem half es schon, wenn sie jetzt einen Unfall baute?

„Keine Ahnung", jammerte sie verzweifelt. „Ich sehe eine Tankstelle, aber kein Straßenschild."

„Was für eine Tankstelle?"

„Eine Aral-Tankstelle."

„Was sehen Sie sonst noch?"

Rebekka bremste und kam an einer roten Ampel zum Stehen. Jetzt konnte sie sich in Ruhe umsehen. Nicht weit entfernt entdeckte sie ein Schild, auf dem sie den Namen der Querstraße ebenso ablesen konnte wie den Namen der Straße, auf der sie sich befand. Erleichtert gab sie die Informationen weiter.

„Um wie viele verletzte Personen geht es?"

„Um eine. Sie, also vielmehr er hat eine Stichverletzung in der rechten Schulter und viel zu viel Blut verloren! Bitte helfen Sie mir!"

„Warten Sie!“, sagte der Mann. Eine ganze Zeit lang passierte überhaupt nichts. Dann klickte es in der Leitung. „Legen Sie auf keinen Fall auf!“, fügte der Mann hinzu. Und dieser Hinweis war auch notwendig, denn gleich darauf herrschte erneut Stille in der Leitung. Während sich Rebekka weiter durch den dichten Verkehr kämpfte, erschien ihr diese Zeit wie eine Ewigkeit.

Dann endlich meldete er sich wieder. „Und wo befinden Sie sich jetzt?“

Rebekka hatte in der Zwischenzeit jedem Straßennamen Beachtung geschenkt und so konnte sie sofort Auskunft erteilen.

„Gut“, antwortete die Einsatzleitzentrale, „dann biegen Sie bei nächster Gelegenheit rechts ab.“

„Rechts geht es aber nicht zum Krankenhaus“, widersprach Rebekka.

„Aber zum *Krankenwagen*“, beharrte der Mann am anderen Ende der Telefonleitung.

„Versprochen?“, stieß Rebekka matt hervor.

„Ja, versprochen! Vertrauen Sie mir einfach!“

Rebekka seufzte, ordnete sich rechts ein, blinkte und bog ab. Dass diese Entscheidung richtig war, wurde schnell deutlich. Nur hundert Meter entfernt stand ein Rettungswagen am Straßenrand und zwei in Weiß gekleidete Sanitäter warteten bereits auf dem Bürgersteig!

„Oh, sieh nur, Chris, ein Krankenwagen“, jubelte sie, kehrte aber schnell auf den Boden der Tatsachen zurück, als sie merkte, dass Chris nicht mehr reagierte.

Rebekka hielt mit quietschenden Reifen nur wenige Meter hinter dem Krankenwagen, riss die Wagentür auf und sprang hinaus. „Hilfe!“

Die beiden Sanitäter reagierten sofort und eilten auf die Beifahrertür zu. Ein sehr junger, dunkelhaariger Sanitäter riss sie auf und sah sich Chris kurz an.

„Wie beschrieben“, sagte er und wandte sich zu seinem Kollegen um. „Hol die Trage.“ Der andere lief los.

„Kennen Sie seine Blutgruppe?“, fragte der Dunkelhaarige an Rebekka gewandt. Seine Stimme hatte einen beruhigenden Klang.

„0 negativ“, antwortete Rebekka. Sie hatte sich im Rahmen

ihres Studiums mit Blutgruppen beschäftigt und bei dieser Gelegenheit mit Chris darüber gesprochen.

„Sind Sie sicher?“

„Ganz sicher“, entgegnete Rebekka mit fester Stimme.

„Gut. Sie wissen, dass wir Sie nicht mitnehmen können?“

Rebekka nickte tapfer.

Der Sanitäter lächelte ihr noch einmal aufmunternd zu, dann holte er Chris mithilfe seines Kollegen aus dem Wagen, platzierte ihn auf der Trage und brachte ihn im Eiltempo zum Krankenwagen. Rebekka blieb nichts anderes übrig, als dabei zuzuschauen. Aber trotz der Aufregung ließ sie das Bild nicht mehr los. Chris hatte so schrecklich bleich ausgesehen! Die Augen geschlossen ... Selbst die Lippen hatten jede Farbe verloren ... Und dann der krasse Gegensatz zu seiner Kleidung! Sein dunkelblauer Baumwollpullover hatte sich großflächig noch dunkler gefärbt. Und dann erst der Querstreifen! Wo der Pulli ursprünglich weiß gewesen war, hatte er sich auf wesentlich mehr als der Hälfte blutrot gefärbt! Nur noch an der linken Schulter war ein kleines Stück der Ursprungsfarbe zu sehen!

Nach wenigen Minuten endete der Spuk. Die hinteren Türen des Rettungswagens wurden geschlossen und der Wagen setzte sich in Bewegung. Rebekka blieb allein am Straßenrand zurück. Sie fühlte sich so elend wie selten zuvor. Und sie wünschte sich nur eines: ein Bett und eine Decke, die sie sich über den Kopf ziehen konnte. Nichts war schlimmer als die Tatsache, dass ihre Aufgabe noch immer nicht erfüllt war. Obwohl alles in ihr dagegen war, zwang sie sich ein weiteres Mal in den Wagen und fuhr an den Ort zurück, an dem sie ihre Verwandtschaft zurückgelassen hatte ...

Kapitel 31

Als Rebekka am späten Nachmittag die Treppenstufen zu der Wohnung hinaufstieg, in der sie mit ihrer Mutter lebte, war ihre Haut fast so bleich wie die von Chris. In Gedanken sah sie wieder den Krankenwagen vor sich. Sah ihn davonfahren, hörte, wie er die Sirene einschaltete und wie diese erst laut in ihren Ohren dröhnte und dann immer leiser wurde, bis sie nichts mehr hören und auch nichts mehr sehen konnte ...

„Das werden wir dir nie vergessen", hatten Jürgen und Vincent gesagt, nachdem sie sie befreit hatte. Rebekka seufzte tief. Sie hatte den beiden das Versprechen abgenommen, dass sie in Zukunft nicht mehr straffällig werden würden. Aber ob man sich darauf verlassen konnte? Konnte man sich bei Jürgen überhaupt auf etwas verlassen? Na ja ... zumindest konnte man davon ausgehen, dass er keine wirklich schlimmen Straftaten mehr begehen würde. Diese waren unter Garantie auf Völles Initiative zurückzuführen und nicht auf Jürgens. Was Völle anbelangte, war es nicht einfach gewesen, Jürgen und Vincent davon zu überzeugen, dass dieser nicht mitkommen würde. Und es war Rebekka wahrscheinlich nur gelungen, weil Völle ohnehin das Bewusstsein noch nicht wiedererlangt hatte. So hatte Jürgen eingesehen, dass sein Bruder einen Arzt nötiger hatte als die Freiheit. Sie seufzte erneut. Sie hatte anonym die Polizei angerufen. Wahrscheinlich befand sich Völle inzwischen in einem Krankenhaus ... unter Bewachung. Und Barbara? Jürgen hatte Rebekka erzählt, dass Barbara anfangs ebenfalls in dem Loft gewohnt hatte. Aber als Vincent Chris angeschleppt hatte, war ihr die Hutschnur geplatzt, und sie hatte die Gruppe verlassen. Eine gute Entscheidung, wie Rebekka fand. Sie dachte erneut an Jürgen und Vincent. Was aus ihnen werden würde, stand noch in den Sternen. Sie hatte ihnen Peppo gegeben. Aber ob sie es mit seiner Hilfe über die Grenze schaffen würden?

Mühsam und in sich zusammengesunken erklomm sie die letzten Treppenstufen. Als sie die Wohnungstür erreicht hatte, zog sie umständlich den Schlüssel aus der Tasche. Ihr Schlüsselbund fühlte sich so leer an ohne den silbernen Schlüssel, den Chris ihr zum 25. Geburtstag geschenkt hatte!

In diesem Augenblick schwang die Wohnungstür auf. Und dann ging alles sehr schnell. Das Schlüsselbund fiel klirrend zu Boden. Rebekka wurde mit dem Gesicht zuerst gegen eine Wand geschubst. Hinter ihrem Rücken klickten Handschellen um ihre Handgelenke. Unerbittliche Hände hielten sie an den Oberarmen fest.

„Rebekka?", hörte sie ihre Mutter rufen. Sie klang eingeschüchtert und verunsichert.

„Mutti?“, schrie Rebekka und versuchte, ihren Kopf zur Seite zu drehen. Es wimmelte nur so von dunkel gekleideten Männern.

Louise steckte ängstlich den Kopf aus der Küchentür auf den Flur hinaus. „Sag mir, dass du nicht daran beteiligt warst“, flehte sie ihre Tochter an. „Sag es mir! *Bitte*!“

„Beteiligt woran?“, krächzte Rebekka.

„An der Entführung!“, schrie ihre Mutter sie an. „Du bist voller Blut!“

Rebekka antwortete nicht, sondern ließ ihre Stirn gegen die Wand sinken. In ihrem Kopf hämmerte eine einzige Frage: *Hatte Chris Wort gehalten? Oder würde man ihr aus ihrem Verhalten erneut einen Strick drehen?*

„Vergiss die Belehrung nicht“, sagte einer der Männer, die Rebekka festhielten.

Der andere zog die junge Frau in Richtung Wohnungstür. „Sie sind wegen des Verdachts der Beihilfe zum erpresserischen Menschenraub vorläufig festgenommen. Sie haben das Recht zu schweigen. Sie haben das Recht auf einen Anwalt. Wenn Sie sich keinen leisten können, wird Ihnen einer gestellt.“

Rebekka schloss die Augen. Alles um sie herum schien sich zu drehen. Und sie konnte nur noch eines denken: dass jetzt womöglich alles von vorn losgehen würde. Wie damals. Jürgen und Vincent frei. Sie selbst im Gefängnis. Ihre Mutter am Ende. *Weil Adalbert Roselius stärker war als Chris?*

❖

Rebekka ließ sich ohne Widerstand in den Polizeiwagen verfrachten und aufs Revier bringen. Sie wehrte sich auch nicht, als der Erkennungsdienst über sie herfiel, ihre Fingerabdrücke nahm und Fotos von ihr schoss. All das kannte sie schon vom letzten Mal. Es war furchtbar und vertraut, furchtbar vertraut.

Einerseits sehnte sie das Ende dieser Prozedur herbei, andererseits wusste sie, dass sich endlose Verhöre daran anschließen würden. Und so war es dann auch. Vier geschlagene Stunden wurde sie befragt – und gab keine Antworten. Sie blieb stumm wie ein Fisch, äußerte sich weder zu ihren Personalien noch zur Sache.

Auch die Frage, ob sie einen Anwalt zu sehen wünsche, blieb unbeantwortet. Erst als man sie schließlich in eine Zelle steckte und endlich, endlich allein ließ, fand Rebekka ihre Sprache wieder.

„Muss ich jetzt noch mal für alles büßen?", fragte sie in die Stille des Raumes hinein.

Eine Antwort erhielt sie nicht, aber dafür kam ihr ein Bibeltext in den Sinn, den sie irgendwann einmal gelesen haben musste. *Befiehl dem Herrn deine Wege und hoffe auf ihn, er wird's wohlmachen.*

Sie runzelte die Stirn. Man hatte sie verhaftet! Alles war genauso wie beim letzten Mal. Sie würde eine weitere Ewigkeit hinter Gittern verbringen. Worauf sollte sie unter diesen Umständen noch hoffen?

Verzweifelt dachte sie an das zurück, was sie heute Mittag erlebt hatte. Das Gefühl, dass Gott da gewesen war und sie begnadigt hatte ... War das alles nur Einbildung gewesen?

Ich bin keine Schwärmerin, überlegte sie. *Und was ich gespürt habe, war so real.*

„Ich will nicht wieder ins Gefängnis", flüsterte sie. „Bitte, Jesus, lass nicht zu, dass ich wieder ins Gefängnis muss!"

❖

Am nächsten Morgen wurde Rebekka früh geweckt. Sie wusste schon, warum. Müde Gefangene waren kooperativer.

Interessanterweise wurde Rebekka dieses Mal nicht in den karg ausgestatteten Verhörraum gebracht, sondern in ein Büro. Ihr bewaffneter Begleiter bezog neben der Tür Stellung. Rebekka blieb zunächst unentschlossen neben ihm stehen und ließ ihren Blick durch den Raum schweifen. Auf einem Schreibtisch standen Tassen mit Teelöffeln, eine Thermoskanne, ein Milchkännchen, ein Zuckerbehälter und ein Teller mit belegten Brötchen. Am gegenüberliegenden Schreibtisch saß eine freundlich aussehende Polizeibeamtin, die sich gerade Notizen machte. Ansonsten gab es zwei große, helle Fenster und viele Schränke mit Akten.

Schließlich blickte die Polizeibeamtin von ihren Unterlagen auf. „Guten Morgen", sagte sie und deutete auf den Schreibtischstuhl, der noch frei war. „Möchten Sie sich nicht setzen?"

Rebekka nickte und nahm Platz, woraufhin die Polizistin auf den Kaffee und die Brötchen deutete. „Wie wär's mit einem Frühstück?"

Aha, dachte Rebekka, *die Weichspülermethode.* Die Brötchen betrachtete sie, als wären es ihre Feinde. Sie war nicht käuflich! Aber furchtbar hungrig …

Die Polizistin schien ihre Zerrissenheit zu spüren. „Nun kommen Sie schon! Sie müssen halb verhungert sein!"

Rebekka versuchte, nun auch ihr einen bösen Blick zuzuwerfen. Aber das funktionierte nicht so gut. Die Dame war einfach zu sympathisch. Sie war um die vierzig, hatte eine gute Figur und rötlichbraune Haare, die zu einer schicken Kurzhaarfrisur geschnitten waren. Ihre braunen Augen strahlten Wärme und Souveränität aus.

Der Anflug positiver Atmosphäre verlöschte wie eine Kerze im Wind, als jetzt die Tür aufging und Herr Freudensprung eintrat. Rebekka kannte ihn bereits vom Vorabend. Ihr Herz tat ganz bestimmt nicht das, was der Name suggerierte. Gestern hatte sie den Mann launisch und aufbrausend erlebt.

„Hat sie schon was gesagt?", fragte er seine Kollegin. Er war etwas älter als diese und trug einen dunklen Vollbart.

Oh, vielen Dank, dachte Rebekka zynisch. *Auch ich wünsche Ihnen einen wunderschönen guten Morgen.*

Die Polizeibeamtin beantwortete die Frage mit einem Augenrollen. „Ich versuche noch, sie zu einem Frühstück zu überreden", sagte sie ärgerlich.

„Soll ich die Croissants besorgen?", fragte Herr Freudensprung. Seine Stimme triefte vor Ironie.

„Nicht nötig", entgegnete seine Kollegin mit einem besonders freundlichen Lächeln. „Gekochte Eier täten es auch."

„Haha", machte Herr Freudensprung und ließ sich auf den nächstbesten Stuhl fallen. Dieser stand etwa zwei Meter links neben Rebekka. Diese wandte den Kopf und musste mit ansehen, wie der Polizeibeamte erst einmal ausgiebig gähnte.

„Ich glaub, ich könnte auch einen Kaffee vertragen", meinte er dann. Er blickte erwartungsvoll zu seiner Kollegin.

Diese sah Rebekka an. „Soll ich ihm etwas abgeben?", fragte sie mürrisch.

Rebekka musste lächeln. „Vielleicht verbrennt er sich ja die Zunge“, sagte sie und brach ihr Schweigen nur, um der netten Dame einen 1:0-Erfolg gegen den Blödmann zu verschaffen.

Herr Freudensprung richtete sich so plötzlich auf seinem Stuhl auf, als hätte Rebekka ein Geständnis abgelegt. „Reden Sie jetzt endlich?“

Rebekka würdigte ihn keines Blickes und blieb stumm.

„Ist Ihr Name Rebekka Petrell?“, fragte er gereizt.

Die junge Frau seufzte und lehnte sich auf ihrem Stuhl zurück.

„Frühstück?“, fragte seine Kollegin.

„Ich weiß nicht mal, wie Sie heißen“, entgegnete Rebekka.

„Reiter, Angelika Reiter“, antwortete sie.

Rebekka beugte sich über den Schreibtisch nach vorn und streckte der Dame die rechte Hand entgegen. „Rebekka Petrell, freut mich, Sie kennenzulernen.“

„Ganz meinerseits“, lächelte Frau Reiter und schüttelte die ihr angebotene Hand. Dann aber stutzte sie und hielt inne. „Nanu“, sagte sie und drehte Rebekkas Hand so, dass sie in deren Innenfläche sehen konnte. Einen kurzen Moment lang betrachtete sie das Eurozeichen, das als Narbe darin erkennbar war. „Wo haben Sie das denn her?“

Rebekka entzog der Dame sanft, aber bestimmt ihre Hand und setzte sich wieder. „Ist ’ne längere Geschichte.“

Frau Reiter nickte. Offenbar konnte sie mit dieser Antwort vorerst leben. Sie deutete einmal mehr auf den Teller mit den Brötchen. „Möchten Sie?“

Rebekka nickte und griff sich eine Brötchenhälfte mit Käse, die sie gleich darauf mit Genuss verspeiste. Wem nützte es schon, wenn sie hier im Gefängnis verhungerte?

Herr Freudensprung sah ihr eine Weile dabei zu, wippte aber immer ungeduldiger auf seinem Stuhl hin und her. Als Rebekka nach der Kaffeetasse griff und sich aus der Thermoskanne bediente, konnte er nicht mehr an sich halten. „Ich frage mich ununterbrochen, warum Sie sich bei der zweiten Entführung kein anderes Opfer gesucht haben. Waren die Erfahrungen vom ersten Mal nicht schlecht genug?“

Rebekka verhielt sich so, als wäre die Frage niemals gestellt worden. Sie nahm das Milchkännchen aus orangefarbenem Plastik zur Hand und gab Milch in ihre Tasse.

„Haben Sie eigentlich eine Ahnung, wie die Gerichte mit jemandem verfahren, der zweimal die gleiche Straftat begeht?", setzte er hinzu. „Und das auch noch am gleichen Opfer?"

Rebekka konnte es sich lebhaft vorstellen, sagte es aber nicht. Stattdessen öffnete sie den blauen Zuckerbehälter und ergänzte ihren Kaffee um zwei Löffel Zucker.

„Sie müssen ziemlich dämlich sein, um so etwas zweimal zu vermasseln, finden Sie nicht auch?"

Glücklicherweise, dachte Rebekka und rührte friedlich ihren Kaffee um, *bin ich nicht dämlich genug, um mich provozieren zu lassen.*

„Waren Sie an der Entführung beteiligt?", fragte Frau Reiter.

Rebekka leckte ihren Löffel ab, legte ihn auf den Schreibtisch zurück und schüttelte den Kopf. „Nein", antwortete sie schlicht.

„Wie kommt es dann, dass Ihre Fingerabdrücke überall in der Wohnung waren?", fauchte Herr Freudensprung.

Rebekka atmete einmal tief durch. Dabei stieg ihr der Duft ihres Kaffees in die Nase. Sie nahm die Tasse zur Hand und trank einen Schluck.

„Waren Sie in der Wohnung?", erkundigte sich Frau Reiter.

Rebekka sah der Dame in die Augen und nickte. „Ja, das war ich."

„Da hörst du's", jubelte Herr Freudensprung. „Sie war in der Wohnung, sie war schon mal an der Entführung beteiligt ... Sie ist zumindest wegen Beihilfe dran!"

„Langsam, Jens", rief Frau Reiter ihn zur Ordnung. „Erst mal müssen wir hören, was sie zu sagen hat."

„Wozu brauchen wir ihre Aussage, wenn der Entführte sie längst belastet hat?"

Für den Bruchteil einer Sekunde trat ein Ausdruck von Schmerz auf Rebekkas Gesicht. Herr Freudensprung hatte mit seiner Frage eindeutig Rebekkas Nerv getroffen. Stimmte das? Hatte Chris sie belastet? *Chris ... Wozu hat dich dein Vater gebracht?* Während sie mit dieser Frage rang, entging Rebekka die Überraschung, die sich angesichts dieser Frage auf dem Gesicht von Frau Reiter gezeigt hatte.

„Wir wissen, dass Sie Herrn Roselius zu einem Krankenwagen gebracht haben", sagte Frau Reiter mit sanfter Stimme. „Wie kam es dazu?"

Rebekka seufzte tief und zögerte. Konnte sie die ganze Geschichte erzählen, ohne die Fassung zu verlieren? Schließlich schüttelte sie den Kopf. „Nicht heute. Ich kann noch nicht darüber reden."

„Das werden Sie aber müssen!", brauste Herr Freudensprung auf. „Ansonsten werde ich persönlich dafür sorgen, dass Sie nie wieder aus dem Gefängnis freikommen. *Nie wieder*!"

„Jetzt hör doch mal auf", fuhr ihn seine Kollegin an. „Erstens redet sie sowieso nicht mit dir, sondern mit mir. Und zweitens wäre der Roselius tot, wenn sie ihn nicht ins Krankenhaus gebracht hätte. Auch schon zum zweiten Mal, wenn ich mir so die Akten ansehe. Abgesehen davon frage ich mich, woher du weißt, was er ausgesagt hat. In meiner Akte finde ich nur gähnende Leere. Aber wenn du mehr weißt, kannst du mich gern daran teilhaben lassen!"

Rebekka runzelte die Stirn. Von was für einer gähnenden Leere sprach sie da?

„Bist du jetzt Polizistin oder Seelsorgerin?", fragte Herr Freudensprung kalt.

„Und du?", gab Frau Reiter zurück. „Bist du Polizist oder Ganove?"

„Jetzt reicht's mir aber", fauchte Herr Freudensprung und stand auf. „Mach doch deinen Scheiß allein." Mit diesen Worten stürmte er zur Tür.

„Warte!", rief Frau Reiter hinter ihm her. „Bevor du mich hier allein lässt, will ich wissen, ob Christopher Roselius nun ausgesagt hat oder nicht."

Das will ich auch wissen, dachte Rebekka schwach.

„Der Alte hat ausgesagt", antwortete Herr Freudensprung ausweichend.

„Komisch", wunderte sich Frau Reiter. „In meiner Akte steht, dass der *Junge* entführt wurde."

„Du weißt, was der Alte für 'n Kaliber ist. Wenn wir ihn wütend machen, kriegen wir mächtig Ärger."

„Gibt es eine vernünftige Aussage oder gibt es keine?", beharrte Frau Reiter. Sie war tougher, als Rebekka angenommen hatte.

Herr Freudensprung seufzte tief. „Soweit ich weiß, sitzt er unten bei Michael und Frank“, sagte er fast ein wenig kleinlaut. „Du kannst sie ja fragen.“ Und dann ging er.

Als sich die Tür hinter ihm geschlossen hatte, fragte Rebekka atemlos: „Chris ist hier?“

„Sieht so aus“, antwortete ihr Gegenüber nachdenklich.

„Heißt das, dass es ihm gut geht? Ich meine ... *Was sagt er?*“

„Ich denke, ich frag mal nach“, überlegte Frau Reiter und nahm tatsächlich den Telefonhörer zur Hand. „Reiter ... Ich hab gehört, ihr vernehmt Christopher Roselius?“ In der Pause, die nun entstand, klopfte Rebekkas Herz so schnell, als wollte es ihr aus der Brust springen.

„Und? Was sagt er?“, fragte Frau Reiter. Rebekka hatte sich inzwischen so weit nach vorn gebeugt, dass sie schon halb auf den übrig gebliebenen Brötchen lag.

„Ach nee!“ Die Polizistin klang nicht sehr überrascht und bedachte Rebekka mit einem nachdenklichen Blick. „So was in der Art dachte ich mir schon!“

Rebekka hing an ihren Lippen. Sie platzte schier vor Neugier.

„Und jetzt?“, fragte Frau Reiter ratlos. „Also gut, ich komme.“ Sie erhob sich und verließ fluchtartig den Raum.

Rebekka blieb mit ihrem Bewacher allein zurück. In der Folge wurde ihre Geduld auf eine extrem harte Probe gestellt. Es dauerte eine geschlagene halbe Stunde, bis Frau Reiter endlich zurückkehrte. Dann aber sagte sie schlicht: „Frau Petrell, Sie sind frei.“

Rebekka sah sie ungläubig an. „Wie bitte?“

Frau Reiter lächelte ihr aufmunternd zu. „Der Haftbefehl ist aufgehoben. Sie können gehen, wohin Sie wollen.“

Aber das schien Rebekka nichts zu bedeuten. „Hat Chris ausgesagt?“, wollte sie wissen.

Frau Reiter nickte.

„*Was* hat er ausgesagt?“

„Ich bin nicht befugt, Ihnen darüber Auskunft zu erteilen“, antwortete Frau Reiter und zuckte entschuldigend mit den Achseln.

Rebekka dachte fieberhaft nach. „Ich kann gehen, wohin ich will, ja?“, hakte sie nach und erhob sich. Als Frau Reiter nickte, ging sie zum Fenster hinüber. Ein Blick genügte. Das Gebäude, in dem sie sich befand, war ziemlich groß. Aber sie selbst befand sich im ersten Stock! *Unten bei Michael und Frank*, hatte dieser Freudensprung gesagt. *Unten!* Sie ging zur Tür.

„Wohin gehen Sie jetzt?“, fragte Frau Reiter.

„Nachsehen, was von meinem Leben noch übrig ist“, antwortete Rebekka und schlüpfte im nächsten Moment hinaus.

Sie verlor keine Zeit. Rasch lief sie den Flur entlang bis zur nächsten Treppe. Immer zwei Stufen auf einmal nehmend, gelangte sie ins Erdgeschoss. Ohne lange zu überlegen, klopfte sie an die erstbeste Tür und drückte die Klinke herunter. Abgeschlossen. Sie eilte auf die nächste Tür zu und wiederholte das Ganze. Dieses Mal fand sie einen erstaunten Herrn mittleren Alters vor, der hinter seinem Schreibtisch saß.

„Entschuldigung!“, sagte sie mit einem höchst lieblichen Lächeln. „Ich hab mich wohl im Stockwerk geirrt!“

An den folgenden Türen tat Rebekka das Gleiche. Sie wollte gerade an eine weitere Tür klopfen, als sie Stimmen hörte. Neugierig schlich sie ein paar Meter weiter. Auf der gegenüberliegenden Seite stand eine Tür ein paar Zentimeter offen. Und diese Stimme, die im Übrigen ausgesprochen laut und wütend klang, kam ihr irgendwie bekannt vor.

„Erzähl mir doch keine Märchen!“, hörte sie den Mann sagen. „Sie war das erste Mal an der Entführung beteiligt und sie war es auch dieses Mal! Die ganze Wohnung war voll mit den Fingerabdrücken der Familie Petrell. Volkhard, Jürgen, Vincent, Barbara und Rebekka Petrell. Die gleiche Konstellation. Willst du mir allen Ernstes erzählen, dass die Kleine nicht mitgemacht hat? Wie, bitte schön, hat sie dann deinen Aufenthaltsort ermittelt, hm? Du hast selbst zu Protokoll gegeben, dass sie einfach so dort aufgetaucht ist!“

„Ich muss zugeben, dass ich nicht weiß, wie sie mich gefunden hat“, antwortete eine zweite Stimme bedeutend leiser. „Aber dafür wird es eine plausible Erklärung geben. Auf alle Fälle liegt es nicht daran, dass sie beteiligt war. Im Gegenteil! Rebekka hat mir das Leben gerettet! Wenn sie nicht gewesen wäre, hätte mich ihr Onkel kaltblütig erstochen.“

„Vielleicht hatte sie ja einen Sinneswandel“, sagte die erste Stimme, in der Rebekka längst Adalbert Roselius erkannt hatte,

„weil ihr die Sache zu heiß wurde. Genau wie beim letzten Mal."

„Unsinn!", erwiderte Chris, jetzt schon etwas energischer. „Rebekka ist nicht so! Du täuschst dich in ihr!"

Die junge Frau lugte durch den Türspalt. Chris saß mit dem Rücken zu ihr im Rollstuhl. Seine rechte Schulter wirkte unter seinem grauen Pullover deutlich dicker als die linke. Wahrscheinlich war sie bandagiert. Adalbert Roselius stand mit dem Gesicht zur Tür. Er war hochrot und völlig außer sich. „Was soll ich nur mit dir machen, Christopher? Dieses Flittchen hat dich tatsächlich um deinen Verstand gebracht!" Er schüttelte fassungslos den Kopf. Dann fügte er etwas gemäßigter hinzu: „Sie ist weder blond noch blöd! Was findest du nur an ihr?"

Chris atmete schwer. „Ich glaube nicht, dass ich dir das erklären möchte", stieß er hervor.

Der Blick seines Vaters wurde noch eine Spur härter. „Christopher, jetzt hör mir mal gut zu! Ich werde keinesfalls zulassen, dass sich so ein nichtsnutziges kleines Ding über dich an mein Vermögen heranschleicht. Und das lässt dir exakt zwei Möglichkeiten offen: Entweder du lieferst sie ans Messer und änderst deine Aussage so ab, dass sie zumindest für ein oder zwei Jahre im Gefängnis verschwindet, oder ich sorge persönlich dafür, dass sie jedes Interesse an dir verliert!"

„Und wie willst du das anstellen?"

„Ich enterbe dich, Christopher. Ich nehme dir alles weg, was du besitzt. Das Haus, die Firma, einfach alles. Du kennst die Klauseln."

Chris schüttelte ungläubig den Kopf. Einen Moment lang schien es, als würde er noch etwas entgegnen wollen. Aber dann seufzte er leise und sagte schlicht: „Mach doch, was du willst. Geld hat mir nie etwas bedeutet."

Sein Vater wirkte erstaunt. „Christopher", begann er noch einmal. Sein Tonfall klang jetzt ein bisschen versöhnlicher, aber nicht minder entschlossen. „Ich glaube, du verstehst nicht. Niemand legt sich mit Adalbert Roselius an. Niemand! Auch du nicht! Und deshalb wird dieses Mädchen büßen. Ich gehe da über Leichen. Auch über deine, wenn es sein muss."

Chris richtete sich auf dem Rollstuhl zu seiner vollen Größe auf. „Glaubst du wirklich", begann er gefährlich leise, „ich weine deiner Firma auch nur eine Träne nach? Ich habe mich nie dafür interessiert, nie. Und wenn du mal ein bisschen genauer hingesehen hättest, wäre dir das schon vor zwanzig Jahren aufgefallen. Aber Rebekka hat es gesehen! Sie hat *mich* gesehen. Und deshalb kriegst du sie nicht. Was auch geschieht, du kriegst sie nicht, hörst du!" Erstaunlicherweise klangen diese Worte nunmehr genauso unerbittlich wie die seines Vaters. In jedem Fall wirkten sie ähnlich entschlossen.

Adalbert Roselius' Gesichtsfarbe wechselte von Rot zu Weiß. „Du ... du bist ein Nichts, Christopher. Und es ist höchste Zeit, dass dies offenbar wird." Er schnipste theatralisch mit den Fingern. Dann zeigte er auf seinen Sohn. „Von diesem Moment an besitzt du deinen Rollstuhl und das, was du am Leib trägst. Nicht mehr und nicht weniger. Vielleicht erkennst du dann, was du an mir hattest." Er lachte gehässig. „Ein Schlappschwanz im Rollstuhl. Na, das kann ja was werden!" Und dann stürmte er so plötzlich zur Tür, dass Rebekka gerade noch zur Seite springen konnte. Glücklicherweise gelang ihr das so leise, dass er sie nicht bemerkte. Während der alte Roselius jetzt auf den Flur hinausstürmte, verbarg sich Rebekka hinter der Tür. Und sie verließ ihre Deckung auch erst, als der alte Roselius aus ihrem Blickfeld verschwunden war. Und auch jetzt war sie noch unsicher auf den Beinen. Sie hatte einen Eindruck davon bekommen, was es bedeutete, sich diesem Mann entgegenzustellen. Und das hatte Chris getan. *Für sie.*

Als sie das Büro lautlos betrat, hatte Chris seine stolze Haltung gänzlich verloren. Er saß zusammengesunken in seinem Rollstuhl. Obwohl Rebekka nichts hörte, wusste sie, dass er weinte. Sie spürte es einfach. Und es zerriss ihr förmlich das Herz. Ganz vorsichtig ging sie von hinten auf ihn zu, streckte ihre Hand aus und berührte ihn sanft an der gesunden Schulter. Chris zuckte so heftig zusammen, als hätte ihn jemand geschlagen. Dann fuhr er herum. In seinem Gesicht waren Freude, aber auch Verzweiflung zu lesen.

Das gab Rebekka den Rest. Ohne weiter darüber nachzudenken, bückte sie sich, nahm Chris in den Arm und hielt ihn so fest, als könnte sie dadurch alles ungeschehen machen. Aber das konnte sie nicht. Die Nässe an ihrem Hals sprach ihre eigene Sprache.

„Chris, bitte sei nicht traurig", flehte Rebekka. „Was dein Vater gesagt hat, war gemein."

„Du hast es gehört?", flüsterte er.

„Ja, alles."

„Es wäre nicht so schlimm, wenn es eine Lüge wäre", brach es aus Chris hervor.

„Aber es *ist* eine Lüge", protestierte Rebekka.

Chris schüttelte heftig den Kopf und löste sich aus Rebekkas Umarmung. Dann schob er sie ein Stück von sich weg und sah sie an. „Nein, es ist die Wahrheit. Schau mich doch an!" Sein Gesicht war verzerrt, als er an sich hinabdeutete. „Ich bin ein Krüppel. Ein Schlappschwanz."

„Unsinn", entgegnete Rebekka entrüstet. „Hast du dir denn nicht zugehört? Das Gegenteil ist der Fall! Du bist ein Held geworden, Chris! Merkst du das denn nicht?"

„Sag so etwas nicht!", bat Chris.

„Aber es ist die Wahrheit!" Rebekka untermalte ihre Worte vehement mit den Händen. „Damals, als du noch laufen konntest, hattest du deinem Vater nichts entgegenzusetzen. Aber jetzt hast du es getan! Du bist quasi gegen ihn aufgestanden, Chris! Du bist ein Mann!"

Chris schluckte schwer und schüttelte erneut den Kopf. „Nein, Rebekka, das stimmt nicht. Wenn ich ein Mann wäre, dann ..." Er brach mitten im Satz ab.

Rebekka sah ihn abwartend an.

Die Stimme des jungen Mannes klang belegt, als er endlich fortfahren konnte. „... dann hätte ich dir an jenem Abend gesagt, was du mir bedeutest." Er ertrug es nicht, ihr weiter ins Gesicht zu sehen, und senkte den Blick. Trotzdem sprach er weiter. Aber seine Worte überschlugen sich fast, so, als wollte er sie schnell hinter sich bringen. „Ich hätte dir gesagt, dass ich dich liebe. Dass ich es nicht ertragen könnte, wenn du gehst. Dass ich dich in jeder Sekunde vermisse, in der du nicht da bist. Dass es ohne dich nichts gibt, das mir wirklich wichtig ist. Das hätte ich dir gesagt." Sein Blick streifte sie ganz kurz, heftete sich dann aber erneut auf den Fußboden.

Rebekka versteifte sich. Jener Abend ... Auf einmal war alles wieder da. „Ich ... es fällt mir schwer, das zu glauben, Chris", sagte sie mühsam. „Du ... du konntest immer alle Frauen haben. Und du ... na ja ... hattest sie auch. Früher. Aber was bin ich schon?“ Sie räusperte sich. Und dann sagte sie tapfer, was sie dachte. „Bin ich eine Lückenbüßerin, weil du die Blondinen nicht mehr haben kannst?“

Ihre Worte trafen ihr Ziel. Ein schmerzlicher Ausdruck huschte über Chris' Gesicht. „Blondinen, ja. Bestimmte Blondinen. Und das hatte seinen Grund.“

„Und der wäre?“

„Sie sehen nicht so tief“, entgegnete er heiser. „Sie wurden mir nie gefährlich. Aber du ...“ Er sah sie an. „Du hast immer alles durchschaut. Als hättest du einen Röntgenblick. Du hast von Anfang an alles gesehen. Die Schwierigkeiten mit meinem Vater.“ Er atmete schneller. „Und dann hast du alle meine Schwächen gesehen. Bei der Entführung. Und du hast trotzdem dein Leben für mich riskiert! Obwohl du mich gekannt hast, wirklich gekannt. Ich glaube, das war der Grund, warum ich dich wiedersehen musste. All die Jahre, in denen du im Gefängnis saßest, konnte ich an nichts anderes denken. Ich wollte es wiederhaben. Das Gefühl, dass ich vor dir nichts verbergen muss.“

Rebekka atmete einmal tief durch. Da sie zu Chris hinabsehen musste, hingen ihr einige ihrer langen schwarzen Haare ins Gesicht, und sie strich sie gedankenverloren hinters Ohr. „Ich kann das nicht glauben, Chris. Du hast damals nicht lange gebraucht, um dich zu trösten.“

Chris schloss für einen Moment die Augen. „Ich weiß nicht, ob ich es dir erklären kann“, stieß er hervor. „Mein Vater ... die Zeit im Krankenhaus. Alles war wie früher. Ich hatte plötzlich wieder das Bedürfnis, mich gegen ihn aufzulehnen. Es war so albern. Aber diese wechselnden Frauenbekanntschaften haben ihn immer auf die Palme gebracht. Also hab ich mit einer Krankenschwester angebändelt ...“ Er musste plötzlich lachen. Mit einem Ausdruck von Bitterkeit fügte er hinzu: „Das Schlimme daran ist, dass er diese Schwäche später gegen mich verwendet hat.“

Rebekka runzelte die Stirn. „Wie meinst du das?“

Ihr Gegenüber wand sich. Man sah ihm an, dass jetzt ein Thema kam, das ihm förmlich den Magen umdrehte. „Später“, krächzte er, „als ich im Rollstuhl saß, hatte ich nicht mehr den

Mut, meinen Vater auf diese Weise zu demütigen. Er hat es gespürt. Ich denke heute, die erste Prostituierte war ein Test." Es entstand eine Pause. „Ich wusste nicht, dass er sie bezahlt hatte. Aber ich ..." Er hielt inne und begann, an seinem Fingergelenk herumzukneten. „... ich hab's trotzdem nicht gebracht." Sein Blick wanderte in die Ferne. „Dass du kein Mann mehr bist, hat mir dein Daddy aber verschwiegen, hat sie damals zu mir gesagt." Dann lachte er bitter. „Sie hat es ihm brühwarm erzählt. Und dann, als er Gewissheit hatte, hat er sich einen Spaß daraus gemacht. Er hat immer wieder welche vorbeigeschickt."

„Das soll heißen, dass du ..." Rebekka brach ab. Die Frage war ihr peinlich.

„Ich bin impotent", brach es aus Chris hervor. „Verstehst du jetzt?"

In der Tat, Rebekka verstand! Ihr Herz tat einen Freudensprung. „Ist das der Grund, warum du mich zurückgewiesen hast?", keuchte sie atemlos.

Chris nickte nur.

Rebekkas Gesicht wurde weich. „Und ich dachte, du liebst mich nicht." Sie schüttelte den Kopf. „Weißt du eigentlich, was du damit angerichtet hast?"

Chris sah fragend zu ihr auf. Seine bernsteinfarbenen Augen hatten in diesem Moment einen ganz besonderen Glanz.

„Du hast mich komplett umgehauen, Chris!" Wieder einmal verbannte sie ein paar vorwitzige Haarsträhnen hinter ihre Ohren. „Und ich glaub, ich war noch nie so glücklich, mich geirrt zu haben, wie in diesem Moment."

„Was ... was bedeutet das?", erkundigte sich Chris vorsichtig.

„Das bedeutet, dass ich dich auch so nehme, du Dummkopf! Wie konntest du nur daran zweifeln!"

Chris sah sie argwöhnisch an. „Ich glaube, du weißt nicht, worauf du dich einlässt."

Rebekka verschränkte die Arme vor der Brust. „Ich glaube, das weiß ich sehr wohl", hielt sie dagegen.

„Aber du ... du könntest niemals an meiner Seite durch die Stadt gehen."

Rebekka hielt seinem Blick stand. „Ich könnte hinter dir gehen und dich schieben."

Chris schüttelte ungläubig den Kopf. „Ich bin nierenkrank, Rebekka. Ich schlucke morgens mehr Tabletten, als ich frühstücke."

„Und ich wär fast mal Tierärztin geworden. Ich habe keine Angst vor Medikamenten."

„Aber die ... die Rückenschmerzen. Du hast mich noch nicht nachts erlebt. Manchmal klingele ich Armin mitten in der Nacht aus dem Bett, damit ich ‚Klimmzug 100' benutzen kann."

„Hmmm", überlegte Rebekka und sagte nach einer Weile: „Wir könnten ‚Klimmzug 100' bis in unser Schlafzimmer erweitern."

„Geld habe ich auch nicht", gab Chris zu bedenken. „Du hast meinen Vater selbst gehört. Ich besitze keinen müden Cent."

Rebekka zuckte gleichgültig die Achseln. „Ich auch nicht."

Chris atmete ganz tief durch und fügte dann ernst hinzu: „Kein Sex, keine Kinder. Ein Leben lang."

Rebekka seufzte tief und antwortete nicht minder ernst: „Das finde ich allerdings wirklich schlimm, Chris. Das eine genauso wie das andere. Ich wollte immer Kinder." Sie hielt inne und ließ es zu, dass sich der Schmerz darüber in ihrem Gesicht widerspiegelte. „Gibt es denn wirklich keine Heilung?"

Chris zuckte niedergeschlagen die Achseln. „Die Ärzte sagen zwar, dass es eine Kopfsache ist. Aber ich glaube nicht daran!"

Rebekka nickte tapfer. „Wie gesagt, das ist schlimm. Aber hier" – sie deutete auf ihr Herz –, „tut der Gedanke, dass ich für immer auf deine Nähe verzichten müsste, viel mehr weh. Und außerdem" – sie schenkte ihm ein schiefes Grinsen –, „könnten wir Kinder adoptieren."

Chris sah sie an und schüttelte einmal mehr ungläubig den Kopf. Er setzte zum Sprechen an, brachte aber keinen Ton heraus.

Rebekka nutzte den Moment und hockte sich neben Chris. „Ich liebe dich! Schon seit einer Ewigkeit! Ich liebe dich!" Und dann lachte sie frei wie ein Kind.

Sanft legte Chris ihr die Hand in den Nacken. „Du bist vollkommen verrückt", sagte er mit unglaublich tiefer Stimme und zog ihren Mund zu seinem heran.

Epilog

„Bin wieder da!", krächzte Rebekka, als sie spät an diesem Abend in die kleine Erdgeschosswohnung zurückkehrte, die sie nun schon seit zwei Jahren mit ihrem Mann und ihrer Mutter bewohnte.

Jesus, was hast du dir nur dabei gedacht?

Sekunden später wurde die Tür zur Küche geöffnet. „Abendessen ist schon fertig", begrüßte Louise sie lächelnd.

Rebekka nickte. Sie hatte heute keine Kraft, ihre Mutter dafür zu schelten, dass sie trotz ihrer schmerzenden Schulter ununterbrochen im Haushalt herumwirbelte. Abgesehen davon würde es auch nichts nützen. Louise hörte einfach nicht auf sie. Woher kam das wohl? War es Dickköpfigkeit? Oder lag es auch ein wenig daran, dass Louise sich der Schuld bewusst war, die sie auf sich geladen hatte? Natürlich hatte Chris seiner Schwiegermutter längst vergeben. Aber ob diese auch sich selbst vergeben hatte?

„Ach ja", fügte Louise hinzu, „Birgit hat angerufen. Ich hab ihr gesagt, du rufst zurück." Louises Haare waren ein bisschen grauer als noch vor zwei Jahren und hoben sich dadurch umso mehr von den gedeckten Farben ihrer Kleidung ab. Passend dazu verfinsterte sich jetzt auch ihr Blick. „Du kannst ja sehen, ob du Chris aus seiner Werkstatt kriegst. Ich hab ihn den ganzen Tag nicht zu Gesicht bekommen."

Rebekka seufzte und zog sich ihre schwarze Jeansjacke aus. Erstaunlicherweise kam darunter ein leuchtend roter Pullover zum Vorschein. Rebekka hatte ihn von Birgit zum 27. Geburtstag bekommen. Sie hängte jetzt die Jacke an einen von mehreren Haken, die gleich neben der Tür von der Decke baumelten. Die Haken waren an einem Holzgestell befestigt, das stark an „Klimmzug 100" erinnerte. Im Gegensatz zu jener Konstruktion schien diese jedoch mit der Wohnung verwachsen zu sein. Sie verlief vom Flur aus in alle anderen Räume. Auch die Türen bildeten da keine Hindernisse. Sie waren im oberen Bereich auf einer Höhe von etwa zwanzig Zentimetern einfach abgesägt.

Rebekka folgte jetzt der Holzkonstruktion zu einer Tür, die sich am Ende des schmalen Flures befand. Auch dort verlief

„Klimmzug 100“ über der geschlossenen Tür in den nächsten Raum hinein. Der entstandene Spalt verriet, dass dahinter Licht brannte.

Als Rebekka die Tür öffnete, bot sich ihr ein gewohnter Anblick. Chris saß in seinem Rollstuhl vor einem kleinen Schreibtisch. Eine helle Lampe erleuchtete den sorgfältig aufgeräumten Arbeitsplatz. Hier, in dieser Wohnung, hatte Chris seine Reichtümer zum ersten Mal so richtig ausgebreitet. Einen großen Teil der Geräte und Arbeitsmaterialien hatte er von seinem Großvater geerbt. Neben seiner Kleidung war das das Einzige, das ihm nach seinem Rauswurf noch geblieben war. Dementsprechend hütete er es wie seinen Augapfel.

Der messingfarbene Einpressstock glänzte frisch poliert. Die etwas altmodisch wirkende Ölbar aus rötlich dunklem Holz war zwar ein wenig fleckig, dafür aber noch vollständig bestückt. Gleich daneben prangte ein massives Holzschränkchen. Eine ihrer flachen, in mehrere Fächer unterteilten Schubladen stand offen und gab den Blick frei auf konische Scharnierstifte, Schrauben, Federn, Ziffernblätter, Uhrengläser und noch vieles mehr.

Die Uhr, an der Chris gerade herumbastelte, wirkte ohne ihr Gehäuse erschreckend nackt. Um sie vor Zugluft oder ungeschickten Bewegungen zu schützen, war sie mit einer durchsichtigen Glocke abgedeckt. Chris selbst hatte eine kleine schwarze Lupe vor dem linken Auge. Um sie in dieser Position halten zu können, kniff er die linke Augenhöhle angestrengt zusammen. In der Hand hatte er ein winzig kleines Ankerrädchen. Wie es aussah, versuchte er gerade, einen seiner Zapfen mit einer Laubsäge zu entfernen.

„Hey“, sagte Rebekka leise.

Sofort drehte sich Chris mitsamt seinem Rollstuhl zu ihr herum. „Da bist du ja endlich!“, lächelte er. Rebekka fand, dass er hinreißend aussah. Erstens trug er den rotbraunen Pullover, den sie so an ihm liebte, weil er zu seinen bernsteinfarbenen Augen passte. Und zweitens hatte sich dieses süße Grübchen auf seiner rechten Wange gebildet … Aber als Chris Rebekka sah, erstarb seine Fröhlichkeit.

„Stimmt was nicht?“, fragte er und nahm eilig die Lupe aus dem Auge. Dann sah er Rebekka prüfend an.

Die junge Frau schluckte und wich seinem Blick aus. „Bin nur müde …"

Chris seufzte. „Du arbeitest zu viel."

„Du etwa nicht?", gab Rebekka zurück. Sie wusste genau, dass Chris Tag für Tag fast ohne Pause an diesem Schreibtisch saß und die Uhren von ganz Hannover reparierte. In der Stadt war er längst zu einem Geheimtipp geworden, weil er die Uhren nicht nur zuverlässig, sondern auch kostengünstig reparierte. Aber obwohl diese Tätigkeit durchaus seinen Neigungen entsprach, war sie nicht das, was er wirklich wollte. Seit er die Firma verloren hatte, träumte er davon, die Uhr, die er für Rebekka gebaut hatte, im großen Stil auf den Markt zu bringen. Und dafür brauchte er Geld … viel Geld. Und so kam es, dass er sich eigentlich pausenlos überforderte.

Der Gedanke weckte zugleich Stolz und noch tiefere Verzweiflung in Rebekka. Sie trat hinter Chris und begann, mit festem Griff seinen Rücken zu massieren. „Was machen die Schmerzen?"

Ihr Mann schloss genießerisch die Augen. „Schon weg", log er. Da er seiner Frau den Rücken zuwandte, entging ihm, dass zwei Tränen lautlos ihre Wangen hinunterkullerten. „Wie spät ist es eigentlich?"

Da Rebekkas Stimme versagte, griff sie auf etwas zurück, das Chris trotz der damit verbundenen Erinnerung sehr gern hatte. Sie malte mit dem Finger einen Kreis auf seine Stirn und zeichnete die Zeiger einer Uhr hinein.

„Viertel nach sieben?", fragte Chris. Beide hatten viel Übung in dieser Art der Kommunikation und so lag er auf Anhieb richtig. Rebekka tippte einmal gegen Chris' Wange.

„Dann haben wir noch jede Menge Zeit", stellte dieser fest. „Was hältst du davon, wenn wir uns heute Abend etwas ganz Besonderes gönnen? Wir köpfen eine Flasche alkoholfreien Sekt und dann, na ja, hab ich eine kleine Überraschung für dich!"

Doch Rebekka hörte ihm gar nicht zu. Sie wusste nur eines: dass sie niemals den Mut haben würde, es ihm zu sagen. Seit zwei Jahren steckten sie jeden Cent in dieses Projekt. Und das war es doch auch wert! Die Erfolgsaussichten waren wirklich nicht schlecht. Mittlerweile hatte Chris schon mehr als hundert seiner selbst hergestellten Uhren verkauft. Trotzdem arbeitete er noch lange nicht kostendeckend. Wenn sie jetzt ausfiel, konnte er dichtmachen! Und damit all seine Träume begraben!

„Bei der Arbeit war's wohl auch nicht so toll, wie?", erkundigte sich Chris.

Rebekka riss sich zusammen und verlieh ihrer Stimme einen möglichst unbeschwerten Klang. „Nicht wirklich."

„Ärger mit dem ... dem ... wie hieß dein Prof noch mal?"

„Friedrich", antwortete Rebekka und musste schmunzeln. Chris' Schwäche in Bezug auf Namen kam immer mal wieder durch. „Eigentlich nicht", antwortete sie wahrheitsgemäß. Sie arbeitete für einen Professor, der sie auch bei ihrer Doktorarbeit unterstützte. Und eigentlich war sie dort auch ganz zufrieden. Dass es manchmal Ärger gab, lag bestimmt auch ein bisschen an Rebekka selbst. Schließlich war es ihr noch nie leichtgefallen, sich unterzuordnen. „In letzter Zeit ist er eigentlich ganz handzahm ..."

„Er weiß eben, was er an dir hat!", vermutete Chris.

Hatte, dachte Rebekka und blinzelte die Tränen fort, die ihr die Sicht nahmen.

Ausgerechnet in diesem Moment griff Chris nach hinten und hielt ihre Hand fest. „Sonst alles in Ordnung?"

Rebekka schwieg. Nie und nimmer hätte sie ihn in diesem Moment überzeugend anlügen können.

Chris schien das zu spüren. Jedenfalls griff er mit den Händen nach den Rädern seines Rollstuhles und drehte sein Gefährt zu ihr herum.

„Rebekka!", entfuhr es ihm, als er sie weinen sah. Dann streckte er einfach seine Arme aus, zog Rebekka auf seinen Schoß und nahm sie fest in seine Arme. „Was ist denn bloß los?"

Die junge Frau schlang nun ihrerseits die Arme um ihn und vergrub ihr Gesicht an seiner Schulter. Irgendwie hoffte sie wohl immer noch, ihr Problem vor ihm verbergen zu können.

Vergebens. „Sag mir, was los ist!", flehte Chris.

„Es tut mir so leid, Chris", schniefte Rebekka. „Wir haben so aufgepasst. Ich hab keine Ahnung, wie das passieren konnte!"

„*Was* passieren konnte?", wollte er wissen. „*Was*?"

„Ich weiß einfach keinen Ausweg", brach es aus Rebekka

hervor. „Mutti kann es wegen ihrer kaputten Schultern nicht nehmen!"

„Deine Mutter kann *was* nicht nehmen?", hakte Chris erneut nach. Und als Rebekka immer noch nicht antwortete, packte er sie an den Oberarmen, schob sie von sich weg und sah sie aufmerksam an. „Du sagst mir jetzt sofort, was los ist!", befahl er.

„Ich bin schwanger! Das ist los!", gab Rebekka zurück.

Chris' Unterkiefer sackte nach unten. „W-was?"

„Mutti kann das Kind nicht hüten", sagte Rebekka niedergeschlagen. „Das bedeutet, dass wir exakt zwei Möglichkeiten haben. Möglichkeit a: *Ich* höre auf zu arbeiten. Dann kann ich meinen Doktor nicht machen. Außerdem fehlt uns dann das Kapital für deine Prototypen. Möglichkeit b: *Du* hörst auf zu arbeiten. Dann fehlen uns die Uhren. Es ist gehupft wie gesprungen, Chris! Alles, was du aufgebaut hast, wird den Bach runtergehen!"

Chris wirkte immer noch etwas benommen. „Ein Baby? Deins und meins?", flüsterte er. „Bist du sicher?"

Rebekka senkte den Blick und nickte schwach. „Ich komme gerade vom Arzt. Und ich bin bereits im vierten Monat. Irgendwie hatte ich es zwar geahnt, aber auch verdrängt. Es tut mir so leid!"

„Wieso tut es dir denn leid?", stammelte Chris. „Wir wollten doch immer Kinder, oder nicht? Weißt du nicht mehr, wie unglücklich wir waren, damals, als wir dachten, es würde nie was werden?"

„Kopfsache", nickte Rebekka und lächelte zaghaft, „so haben es die Ärzte genannt. Aber in Wirklichkeit war es wohl eine *Herzens*sache."

„Und deshalb sollten wir uns freuen!"

„Aber doch nicht jetzt!", fuhr Rebekka ihn an. „Später vielleicht, aber nicht jetzt! Wir haben überhaupt kein Geld."

„Das würde ich so nicht sagen", lächelte Chris und zog einen Zettel aus seiner Gesäßtasche. „Eigentlich wollte ich ihn dir erst heute Abend zeigen, aber unter diesen Umständen …"

Rebekka runzelte die Stirn und nahm ihm den Zettel aus der Hand. Während sie ihn las, breitete sich ein Ausdruck höchsten Erstaunens auf ihrem Gesicht aus. „Das … das gibt's doch nicht", flüsterte sie schließlich. „Das ist …" Sie schüttelte den Kopf und sah Chris fragend an. „Ist das gut?"

Ihr Mann grinste. „Ich dachte, darauf hätten wir hingearbeitet."

„Schon, aber ein solcher Auftrag … Das ist eine Größenordnung, die du überhaupt nicht bewältigen kannst!"

Chris zuckte die Achseln. „Ich werde wohl jemanden einstellen müssen", sagte er lapidar.

„Aber damit ist es doch nicht getan!", widersprach Rebekka. „Du bräuchtest … ich weiß nicht … viel mehr Platz, Maschinen, alles Mögliche!"

„Wenn wir ein Baby bekommen, müssen wir uns sowieso nach einer größeren Wohnung umsehen!"

„Chris!", jammerte Rebekka gequält. „Wenn du das bewältigen willst, brauchst du mehr Kapital als vorher. Und wenn ich ausfalle …"

„Ich war heute bei der Bank", warf Chris in den Raum.

Rebekka sah ihn an. Bisher hatte die Bank jeden Kredit verweigert. „Und?"

„Aufgrund dieses Zettels" – er wedelte mit dem Schriftstück –, „und in Anbetracht der Tatsache, dass Armin für mich bürgen will, geben sie mir jede Summe, die ich haben will."

Rebekka runzelte die Stirn. „Das ist zehn Nummern zu groß für mich", hauchte sie.

„Aber nicht für mich", entgegnete Chris selbstbewusst. „Ich hab alles durchgerechnet. Glaub mir: Es kann klappen!"

„*Kann*", wiederholte Rebekka verzagt.

„Ja, *kann*", nickte Chris. „Aber du bist doch hier diejenige, die immer behauptet, dass Jesus uns versorgt!"

Rebekka sah ihn schräg von der Seite an. „Seit wann verlässt du dich darauf?", fragte sie verwundert.

„Ich weiß nicht", erwiderte Chris nachdenklich. „Immer, wenn du diese Behauptung aufgestellt hast, sind ein paar sehr seltsame Dinge passiert. Weißt du noch? Das eine Mal, als wir gar nichts mehr hatten, da hab ich zehn Uhren auf einmal verkauft …"

„Zum doppelten Preis", erinnerte sich Rebekka und lächelte verklärt. Aber dann wurde sie schnell wieder ernst. „Trotzdem sollte man Gottes Gutmütigkeit nicht herausfordern …"

„Das stimmt. Andererseits erinnere ich mich noch gut an deine Worte: ‚Probier doch einfach mal was aus. Dann findest du irgendwann deine ganz persönliche Schatzkiste.‘ Wie ist es nun damit? Bist du bereit, alles auf eine Karte zu setzen? Bist du bereit, mir zu vertrauen?“ Er sah sie herausfordernd an.

„Was für eine Frage“, konterte Rebekka. „Ich hab dich schließlich geheiratet! Und jetzt krieg ich auch noch ein Kind von dir! Findest du, dass das ein guter Zeitpunkt ist, um dir das Vertrauen zu entziehen?“

„Nein!“, grinste Chris. „Das wäre in der Tat ein schlechter Zeitpunkt! Also machen wir es, ja?“

„Was denn genau?“, murmelte Rebekka und neigte leicht den Kopf. „Die Sache mit der Familie oder die mit der Firma?“

„Na, beides natürlich!“ Er lachte und begann Rebekka zu küssen. „Beides! Wir scheffeln Geld und verteilen es an unsere vierzehn Kinder. Was hältst du davon?“

„Vierzehn Kinder? Du spinnst ja wohl! Kannst nicht mal laufen und willst vierzehn Kinder?“

„Ich kann nicht laufen?“, knurrte Chris. „Wer sagt das?“

Rebekka sprang auf. „Fünf Meter Vorsprung“, sagte sie.

„Drei Meter Vorsprung“, widersprach Chris. „Und wenn ich gewinne, krieg ich meine vierzehn Kinder.“

„Vier Meter Vorsprung“, handelte Rebekka, „und wenn du gewinnst, kriegst du *zwei* Kinder.“

„Vier Meter – vier Kinder“, beharrte Chris.

„Drei Kinder“, gestand Rebekka ihm zu.

„Das ist mehr als beim letzten Mal“, überlegte ihr Mann und grinste. „Einverstanden.“ Dann fuhr er zur Wand und griff nach dem Seil, das dort baumelte.

Derweil rannte Rebekka den Flur entlang und öffnete die Tür zum Schlafzimmer, die sich ganz am anderen Ende befand. „Klimmzug 100“ führte in den Raum hinein und endete über zwei Matratzen, die nebeneinander auf dem Fußboden lagen und mitsamt der hellblauen, mit roten Herzen bedruckten Bettwäsche das etwas karge Ehebett bildeten.

Nachdem sie die Tür sperrangelweit geöffnet hatte, kehrte Rebekka in die Werkstatt zurück, zählte von dort die Querverstrebungen am „Klimmzug 100“ ab, ging erneut in den Flur und blieb in exakt vier Metern Entfernung stehen. „Auf die Plätze ...“, es klang wie eine Drohung, „fertig ... *los*!“

Rebekka sprang wie ein geölter Blitz in die Höhe, bekam die erste Sprosse zu fassen und hangelte sich in erstaunlich schnellem Tempo vorwärts.

Als Chris mithilfe des Seiles endlich zu den Sprossen hinaufgelangt war, hatte Rebekka bereits das letzte Drittel des Flures erreicht. Dafür wurden ihre Bewegungen jetzt deutlich langsamer, weil ihr zunehmend die Kraft ausging. Bei Chris war das genaue Gegenteil der Fall. Nachdem er die ersten Meter bewältigt hatte, kam er so richtig in Fahrt. Er überwand jetzt immer zwei Sprossen auf einmal und holte in rasendem Tempo auf.

„Dieses Mal schaff ich's“, keuchte Rebekka, als sie erst das Schlafzimmer und kurz darauf das Bett erreichte. Aber als sie den Klimmzug gerade loslassen wollte, schloss sich eine große Hand um ihre linken Finger.

„Das gibt's doch nicht!“, jammerte sie und baumelte nun atemlos direkt neben Chris von der Decke herab. „Du bist einfach zu schnell!“ Sie versuchte, ihre Hand unter seiner hervorzuziehen. „Lass mich los, ich hab Höhenangst!“

„Nur gegen Lösegeld“, entgegnete Chris ernst. Mittlerweile atmete auch er ziemlich schnell.

„Erpresser“, fauchte Rebekka und versuchte, ihn wütend anzublicken. „Du hast schon drei Kinder gewonnen. Reicht dir das nicht?“

Chris schüttelte den Kopf. „Ich will Küsse“, keuchte er. „Und zwar sofort.“

„Das wollen sie doch alle“, entgegnete Rebekka.

„Aber nur ich kriege sie, stimmt's?“

„Stimmt“, lächelte Rebekka und verschloss seinen Mund mit einem ganz besonders leidenschaftlichen Exemplar.